长篇小说

封存的诅咒

李徵◎著

北京燕山出版社
BEIJING YANSHAN PRESS

图书在版编目（CIP）数据

封存的诅咒 / 李徵著 . ——北京 : 北京燕山出版社 2014.4

ISBN 978-7-5402-3344-0

Ⅰ . ①封… Ⅱ . ①李… Ⅲ . ①长篇小说－中国－当代

Ⅳ . ① I247.5

中国版本图书馆 CIP 数据核字（2014）第 043520 号

封存的诅咒

FENGCUN DE ZUZHOU

作　　者：	李　徵
责任编辑：	王梦楠
特约编辑：	陈　雪
责任校对：	仲济云　李启文　石　英
封面设计：	西　子
社　　址：	北京市西城区陶然亭路53号（100054）
网　　站：	http://www.bjyspress.com/
微　　博：	http://e.weibo.com/u/2526206071
电　　话：	01065240430
传　　真：	01063587071
印　　刷：	北京洛平龙业印刷有限责任公司
开　　本：	787mm × 1029mm　1/16
字　　数：	336千字
印　　张：	20.5
版　　次：	2014年5月第1版
印　　次：	2014年5月第1次印刷
定　　价：	35.00元
出版发行：	北京燕山出版社 BEIJING YANSHAN PRESS

目录

一

我开着帕萨特缓缓地驶进收费站，车内蓝色液晶仪表盘显示的时间是深夜十一点二十七分，青白色的灯光照得站里一片雪亮。我按了一下车窗按钮，窗门慢慢地打开，迎面扑来凉爽的空气，让我为之一振，这才想起我已开了两个多小时。递上钱和收费卡，我特意留意了一下窗口收费的姑娘，长长的睫毛，白皙的皮肤，挺漂亮，低头熟练地撕好票，递给我，冲我善意地一笑。我驶出收费站，周围又是一片漆黑，想着收费站的那个女孩，不经意地顺着公路往前开，我打开音响，那首熟悉的乐曲 Hotel California 又在耳畔响起：

We are programmed to receive.

You can check out any time you like ,

but you can never leave!

我边开车边听着歌曲，不知不觉地行驶到了海滩边。下车后，看见前方不远处就是大海，海风迎面吹来，清爽潮湿。我走到海边坐在沙滩上，深夜的海面神秘而幽静，灰暗的星空上一轮皎洁的明月映得海面波光粼粼。

我点着了一根烟，深深地吸了一口，青白色的烟随风瞬间飘逝，感觉顿时轻松了很多。躺在沙滩上枕着手臂凝望夜空，月光刺眼，周围静极了，而我的思绪却又不知不觉回到了两周前……

清晨，我走在公司明亮、喧闹的办公大厅，夹着公文包，一边躲闪着对面的人一边不断地向公司的同事打着招呼。梁晏在电脑后面向我挥了个手。他是我的死党，跟我同时进的公司，他在设计部，我在工程部，一起在公司干了四年。我们无话不谈，大到人生前途，小到私人生活，关键在于梁晏是个猎艳高手，从公司的白领到KTV的包房无所不能，我们甚至都有对方家里的钥匙。他常常跟我交流心得，应当说在对待异性方面他是我的老师。

三周前我新提任了工程部副经理。当时公司承包了一个项目，在市区开发一个新楼盘，由我部负责工程施工。公司上级对项目很重视，特地找我谈了话，让我一定要保质保量按时完工，这涉及公司与项目双方的利益，也是对新上任经理的一种考验，我自然要表现一番，当下向领导表示了决心，决不让公司失望，自己也准备大干一场。这次我回公司就是向董事会汇报初期施工情况，心里有些忐忑不安。一小时后当我走出办公室的时候心情相当好，董事会对工程的进度和安排相当满意，这也意味着我初战告捷。我正得意着，梁晏走了过来调侃道："新官上任三把火，火烧得还不错吧？""那是，也不看看是谁。""还没说你胖哪，你就喘上了。"梁晏笑道，"晚上我在豪爵KTV约了几个朋友，你也来，有朋友介绍给你认识。""什么朋友？""我在网上新认识的。晚上我跟你联系。"

整个下午我都在工地，我们施工所在的地点位于这座历史悠久的城市的繁华地段，过去这里是个国营工厂，改制后整体搬迁，只剩下厂房，现在已经被工程队拆得差不多了，挖掘机和铲土机整日轰鸣着。当夕阳把工地染成一片金黄色的时候梁晏来电话了，电话里催促着我赶快过去，人都齐了，在豪爵迪厅。我看看表到了下班时间便开车赴约。

傍晚的这座城市好像灯的海洋，五颜六色的霓虹灯在夜色下变幻着，如同跳动的音符。豪爵是个综合性的娱乐场所，巨大的霓虹灯广告牌立在豪爵娱乐城欧式的屋顶，耀眼的灯光把夜空映得色彩斑斓，巴洛克式的立柱显得格外雄伟。我拾级而上，穿过走廊，震撼的音乐从迪厅传了出来。手机震了一下，打开一看是梁晏发来的短信，叫我到迪厅找他。走进迪厅，强悍的音乐令人不由自主地想随着舞动，宛如罩了一层黑幕般的大厅里一道青白的光束从天顶打了下来，灯下是随着澎湃的舞曲扭动的身体和闪动着的颜色失真的各色服装。我找了个空位坐了下来要了杯热咖啡，静静地看着舞池，仿佛像个局外人。一会儿，神采奕奕的梁晏叼着雪茄拥着两个女孩走过来，松开其中一个俯身拍了拍我的肩膀说照顾好，说罢搂着另一个女孩转身走了。

坐在身边的女孩尖尖的下巴，大大的眼睛，蓬松的头发，一身黑色的紧身上衣，黑白相间的紧身裤，仿佛会说话的眼睛垂下眼帘。我们相互点了一下头，都扭头看舞池，互不说话，看着闪动在眼前扭动的身躯，神经被音乐刺激得有些麻木，空气中凝结的欲望被重金属的乐曲冲击着如同不断燃烧升腾的火焰。我感觉有些窒息，拉着女孩出了豪爵娱乐城。

外面的空气清新、凉爽，感觉心情舒畅了很多。我们坐在广场中心的喷水池边，我问道："听梁哥说你们是一起的？""嗯。咱们一会儿去哪玩？""我开着车呢，去哪儿都行。""那去郊区的森林公园吧。""好。"我们上了车，车内狭小的空间让我看到她耳朵上被透过风挡玻璃的街灯映得闪闪发光的耳环，闻到空气中她散发着的淡淡的香气。忽然我有一种吻这个女孩的冲动。"你是学生？""嗯，我叫姜雨欣。不过你看起来挺老实，看见女孩比较腼腆。""还行吧。"刚把车启动，我的手机忽然响了。

电话是工地打来的，有急事叫我赶快回去。我看看表刚过九点，只好抱歉地跟姜雨欣告别，姜雨欣挺通情达理，约好下次再见面。把她送上出租车后我便风风火火地赶往工地。

工人在施工现场挖到了古墓，不止一个。已有多家新闻媒体的记者赶来采访，准备上明天报纸的头版。很快上级指示在国家考古部门没有抢救挖掘完之前工程要停一停，我赶紧叫各个工程队停止施工，考古部门已经介入，负责人是一位姓侯的专家。我凑过去跟他闲聊，他个子很高，五十多岁的样子，他告诉我从挖掘现场看有价值的文物不少，但破损严重，而且古墓在过去曾不止一次被盗，最近的一次从现场看应当发生在晚清。令侯专家感到棘手的是对这些被盗古墓的断代很困难，推测最晚是明代。

其实我只关心什么时候能开工，对于考古我是不懂，只是知道这些文物价值不菲。好奇心驱使我问专家能不能到现场看看，侯专家说现在不行，工作人员正在紧锣密鼓地抢救挖掘，不能受干扰。正说着走过来一男一女两个干警，我知道他们是维护现场治安的。其中的男干警问我是不是有民工偷拿了文物，因为据反映，刚挖到古墓的时候有人抢拿了一些东西，他于是想让我协助调查。我跟他一起回到公司，召集了各个包工头，向他们讲明了国家的法律。在民警面前包工头们主动地提供了一些情况，民警告诉他们回去后做做工人的工作，向他们讲明国家的法律，很快就有工人陆陆续续交上来一些东西，经过鉴定确实是属于古墓的。我也向干警保证一定把文物都追缴回来，所有工人公司都登记在案，跑不掉的。民警要我协助研究所做好文物保管跟清点工作，等挖掘工作一结束就移交给考古研究所。

送走民警后已是下午五点多了，我躺在沙发上想休息会儿。听着墙上挂钟嘀嗒嘀嗒的声音，忽然想清点一下缴上来的文物，它们都临时放在公司的文件柜里。我打开保险柜，里面放满了各式各样的文物，凌乱地呈现在我面前，我小心地一件一件清点着它们，并把它们一一登记下来。在一堆破损瓷器里，有件物品引起了我的注意，是一本古书。由于年代久远，书已破烂不堪，没有封面，书的旁边有一个紫檀坠链，由金属丝线跟紫檀珠子串起来。这条链子很特别，每颗珠子都用金属片包裹起来，中间的一个珠子略大，裹在外面的金属片闪闪发亮，如同镀了金一般，而且珠子里面是镂空的。除了这颗珠子外，其他的早已锈迹斑斑。它的旁边还有一幅画，画的是溪山远眺。书和画好像都经过蜡的处理，不过画的大部分已经腐烂，书保存得要相对好一些。我拿起书随便地翻了几页，居然能看懂，书中记录了一个名叫郑灿的人的所见所闻。我好奇地从头读了下去，渐渐地被带进书中的情景，被带到那个沧桑巨变的年代。我仿佛迷失在作者的书中，忘却了自己，脑海中浮现出一幅幅鲜活的画面……

二

一只雄鹰展翅盘旋在苍穹下，时而侧身俯冲，时而振翅啼鸣，声音响彻云霄。自由翱翔间，一双犀利的眼睛无时无刻不在俯视着辽阔的大地，好像在搜寻着猎物，它那矫健的身姿下便是被喻为游牧部落天堂的锡林郭勒草原。这些游牧部落世代生活在草原上，我记事时起就随着部落不断地迁徙。我名叫郑灿，小名叫灿儿。因为是家里唯一的男孩儿，爹给我起名时费了很大心思，希望我福大命大，能延承郑家香火，将来出人头地。爹娘都识字，从小就教我读书写字，可我对那些方块字并不感兴趣，尤其是那个郑字，歪歪斜斜总也写不好。爹说我没出息，娘却不这么看，孩子有没有出息也不能全看字写得好坏。我整日跟堡子里的孩子骑马、放牧、狩猎，日子过得无拘无束、无忧无虑。在我的眼里那些广漠的草原，以及生活在那里的动物远比读书写字要有趣得多。我每天要做的就是赶着羊群翻过山梁去放牧。每当我爬上山梁，那些迎面而来的景象就深深地刻在我记忆里，从来不曾忘记……

一望无际的原野上，连绵起伏的山丘铺着绿油油的青草，漫山遍野的绿草被清凉的山风吹拂着，像平静的湖面荡起阵阵涟漪。空气中弥漫着山花的清香，时而潮湿，时而干爽，变幻莫测，一切都是那么熟悉和亲切。我赶着羊群走在山梁上，脚下怪石嶙峋。我直起了身子，抬起头，晌午明媚的阳光刺得我睁不开眼。手搭凉棚，我举目远眺。天高地阔，山峦下一望无际的草原就像碧绿色的大海，远处起伏的山丘如同海面上荡漾的层层波浪，巨大的白云在蔚蓝色的天空中缓缓飘移着、翻卷着，变幻着各种形状，阳光透过移动的云层映在无际的草原上，留下忽明忽暗的光影，仿佛夜空中放起的色彩斑斓的烟花一般绚丽多彩。在空旷、浩瀚的原野上，仔细辨认才能看见淹没在绿色草原里的马群，它们如同穿梭在水草里的鱼儿，红的、黑的、白的……掩映在绿草下面时隐时现，不经意间还能看见挥动套马杆的牧马人。

我靠着一块石头坐了下来，拢了拢被风吹散了的头发，擦了擦额头的汗，拔了一根草秆儿，衔在嘴里，甜丝丝的。山风吹拂着我的脸庞，令人心旷神怡，我闭上眼享受着阳光的沐浴，不知不觉间睡着了。梦里我看见一个红衣女孩儿，她不但相貌秀美而且还会腾云驾雾，带着我飞，我俩一会儿纵身直入云霄，一会儿又俯身冲向大海。她拉着我的手对我微笑，顷刻间我对她心驰神往、崇拜至极，就想长大以后我一定非她莫娶。

忽然一阵狂风席卷而来，那个红衣少女便消失得无影无踪。我身体悬浮在半空，惊骇不已，双手狂抓奋力挣扎，吓出了一身冷汗，我顿时从梦中醒来。这是我第一次想到异性，那一年我刚满十四岁。虽然醒来已记不清那个少女的模样，但冥冥中，她似乎已经成为当时我心目中完美的女人，以至于好多年后都忘不了。

从梦中醒来的我刚缓过神儿，就听见远处传来隆隆的雷声。我站起身四下一看，太阳早已躲到阴云的后面不见踪影，天空灰暗，西面天边黑压压的乌云打着闪电，齐着地平线向这边压了过来，空气中能闻到潮湿的水汽，暴雨要来了。虽然过了立夏，但草原早晚的天还是很凉，而且说变就变。我知道这场雨肯定小不了，于是连忙赶着羊，急匆匆地往山下跑去。

我把羊赶进圈里，刚钻进自己家的帐篷，大雨便倾盆而下。我坐在上面脱靴子，娘正在煮奶茶，妹妹正蹲在一旁给帐篷中间的火炉加柴。帐篷里飘着奶茶的清香，“灿儿，没让雨浇着吧？”“没。”我回答。这时我又向娘提起那件事：“娘，我托您的事，您跟完颜守家说了吗？”“什么事？”“就是给我要那匹马驹。”“哎，这么个宝贝咱们怎么好要人家的。”“可那匹红马是咱们家给他的，怎么说生下马驹也得给咱们一匹。”“那都是你爹当初答应给人家的，都过去好几年了，咱们怎么好意思要。”“哥，这几天爹快回来了，别忘了给爹弄点好吃的。”妹妹在一旁搭话。我喝完茶，抹了抹嘴角：“我早准备好了，前几天在山里挖了坑，这几天的工夫没准能捉头野猪呢，到时候杀了吃才香呢。”“傻儿子，这么大的雨，坑让水灌满了，怕你什么也逮不着。”“娘，我挖得深着呢。再说这雨甭看它大，来得快去得也快，等过会儿一停我就出去看看。”

正说着，帐篷外马声嘶鸣，紧接着帘忽地一掀闪进一个人，浑身湿漉漉的，进到里边来，边解斗篷边说：“娘，你们说什么哪？这么大的雨，我看一时半会儿停不了，都别出去了。”是姐郑澜回来了。“郑灿，一会儿把马替我牵到棚子里。”说着她把马鞭甩给了我。

这就是我姐郑澜，我们家的掌上明珠，在堡子里也算呼风唤雨的人物，人聪明又漂亮，比我大六岁，这些优势足以让我跟妹妹对她唯命是从。她蹲下身给火炉加柴，边加边仰头问娘：“爹是不是快回来了？”娘说：“按说快了。这不，郑灿正想逮头野猪给你爹吃呢。”姐说：“想不到咱家灿儿还挺有心的。”娘看着我说：“灿儿，你那法子行吗？”妹在一旁给我打气：“娘，您别管哥，他自有办法。”我拎着马鞭，揭开帐篷一角，外面水雾连天，电闪雷鸣，雨真是不小。哎，我心里盘算着，爹走了有小半年，掐指算可不就是这几天回来嘛，这么大的雨不知他们走到哪儿了……

雨下了一个下午，傍晚的时候才停。我走出帐篷，雨后草原的空气更加清新，晚霞映红了整个天空，云彩像烧得通红的火焰，天边一道彩虹镶嵌在火红的天空下。我跨上爹的黑骏马，直奔北面的山林。我骑在马背上，夕阳的余晖晃着我的双眼，乌黑的马儿被晚霞映得如同烧得发红的火炭。我骑着马踏过积水的草地，走进幽暗的山林。树林里光线昏暗，趁着余晖我小心地来到挖坑的地点，一看坑口已经完全暴露，水浸满了坑里。“让它跑了，”我心想，“挖这样的一个坑得花半天时间，况且地面都是积水，坑不好挖，只能想别的办法。”我骑马出了林子，向东边的山丘奔去。

安术虎家就住在山丘下的空地，白色的帐篷被晚霞映得如同燃烧的火焰。我驱马站在帐篷外大声喊：“安术虎！”安术虎的娘从帐篷里走出来，我们堡子的孩子管安术虎的娘都叫大娘。因为她是寡妇，堡子里的人都照顾她，她唯一的儿子安术虎是我从小一起长大的伙伴，他爹是谁没人知道。至于叫安术虎，只是堡子里的人称呼惯了，随便起的名字。大娘长得瘦弱，身体总是不大好，见是我忙说："是郑灿吧，快进帐子里来吧。""不了，大娘，安术虎在吗？""他跟完颜守出去了。""那您告诉他一声，晚上到我家，我找他有事商量。"

晚饭后，娘和妹妹在油灯下缝补皮靴，我骑马跑了出来，策马向堡子西南的那条大河飞奔。那是流经这片草原的一条大河，蜿蜒曲折也不知道上游在哪里。记忆中每当夏季暴雨来临的时候沿着河畔几十里总是闪电密集，由此堡子里的人都管这条河叫闪电河。

当晚夜空明净如洗，银月挂在灰蓝的天空上。我驱马来到河岸边，河水静静地流淌，河面被月光照得波光粼粼，岸边水草茂盛，虫蛙声连成一片。我骑着马登上河湾处的一座山丘，站在崖边，崖高十余丈，悬崖陡峭，河水从脚下的崖底流过。头顶上的月亮亮得特别刺眼，仿佛近在咫尺。我骑马站在悬崖上仿佛溶进了巨大的月亮里。远远望去，月色下辽阔的草原好像披上了一层银纱，显得格外静穆、幽寂。我赤裸着身子站在崖边，仰头呼吸着带着花香的空气，周围静极了，没有一丝风，低头看着脚下流淌的河水，我头朝下纵身跳下。我最喜欢这种跳水的感觉，每当身体浮在空中，张开双臂感觉自己在飞。我睁大眼睛，耳边风声呼呼，"噗"的一声，我扎进水里，耳朵猛然听不见声音，浑身乍凉，仿佛进入了另一个世界，身体不断在下沉，我憋着口气，睁着眼使劲向上划。河水清澈、透凉，水草丛生，我随着水流漫舞，仰头透过水面，我看见空中的月亮被荡起的水波冲散开来，形成荡漾的光环，在头的上方一闪一闪地发亮。我头钻出水面，大口呼吸着新鲜空气，甩了甩头发上的水，仰望夜空，月亮洁白明亮。不由自主地我哼起了从小就会唱的曲"月儿弯弯照九州，几多欢喜几多愁，几多飘落在他州……"旷野里我逆流而上，自由自在地戏水，像条无拘无束的鱼儿。

正当我游得畅快，一块石子飞落在我身边，溅起一片水花。我四下一看周围没有什么异常，心想可能是河里的鱼，便不再理会，一个猛子扎进水里。当我再次浮出水面时，很明显一个石子样的硬物击中了我的后背，我不由得警觉起来，站在浅水中环顾四周。岸上的柏树林在皎洁的月色下显得幽静神秘，我吹了一声口哨，在岸边吃草的马打了个响鼻儿，一切都很正常。我纳闷地站在水中，齐胸的水流缓缓滑过身体，感觉河水清澈得甚至能看见成群的鱼。我盯着波光粼粼的河面发呆，水流有急有缓，河面被一股股暗流冲荡着形成的旋涡由远及近，忽然感觉双脚被水下什么东西给抓住了，将我往深水里拉，我感觉不妙急忙挣脱着身子向岸边划去。

连蹬带踹总算爬上了岸，我赶忙跑到马旁边穿衣服，匆忙中后背又被人抱住，把我压在地上，骑在背上。我正准备挣扎，忽然感觉后脖子上冰凉，被架上了一把锋利的刀，我不动了，在惊异中沉默地等待。忽然，上面的人大笑起来。我一听笑声气得够呛，翻身爬起来就追打，那人转身就跑，他就是完颜守，这时安术虎也从水里钻了出来，两人笑得前仰后合。我们堡子里的孩子常常一起打闹，完颜守体魄强健，一身古铜色的皮肤，格外显眼，安术虎长得俊朗，一双狡黠的眼睛闪闪发亮。他俩问我什么事，我说堡子的马队快回来了，想弄点山货，慰劳出门在外的家人，他俩立马同意，我们很快商量好了办法。

第二天清晨，天刚刚亮，我们三人骑马一起奔向北面的山林。一层薄雾笼罩在山林周围，显得那么静谧，一丝风也没有，空气清冷，我们各自带着狩猎的工具，悄悄地靠近山林。完颜守的箭法相当准，在堡子里他的箭法、马术即使与成年人比也是很出色的。他在箭杆上刻上自己的名字，箭羽染成红色。每次堡子里进行捕猎活动时他总能先拔头筹射中猎物，这也是他最爱向我和安术虎炫耀的。安术虎下马从随身的布包里抓了把盐撒在空地的水洼里，然后躲在树丛中，拿出桦树皮学起麋鹿叫。这个季节不太容易捕获到麋鹿，倒是虎豹经常出没。我和完颜守相当警觉，各自躲在林子外的树后，我手持长枪，他搭弓上箭，关注林子里的动静。安术虎的哨子吹得惟妙惟肖，很快林子里便有了动静，安术虎小心地转换着地点，向林子外移动，他的任务就是把麋鹿引到林外空地，我负责封住逃回林子的路，完颜守来射杀。不一会儿，一头麋鹿出现在我们的视野里，它警惕地看着周围，迟疑着，不肯走出林子。安术虎不住地呦呦叫，沿着树丛向外移动并引诱它。我离林子最近，躲在一棵大树后，屏住呼吸等着，眼睛盯着林子。麋鹿回应着哨声，走进空地，很快一只、两只、三只……陆续地从林子深处聚集了一群麋鹿。

麋鹿这种动物非常敏感，平时有点风吹草动便消失得无影无踪，钻到山林深处，再想捕到它们是不可能了。以往和堡子里的大人们捕猎时，由于人多成功率较高，多名弓箭手可以同时射杀。像这种情况，射倒一只，其他的全跑了，能捕到一只就很不错了，还得动作快。为了提高捕杀概率，我们耐下心，等待更多麋鹿出现，渐渐地，越来越多的麋鹿被引诱到空地，完颜守举起了弓“啪”的一声射出了第一支箭，紧接着飞快地连续射出几支箭，鹿群里应声倒下数只鹿，中箭的麋鹿挣扎着想在慌乱的鹿群中站起来，却无奈被同伴在惊恐中拥挤践踏，透过扬起的尘土依稀看见不停抽搐的脚，其他的麋鹿如惊弓之鸟闪电般地四散逃开。我双脚一夹马肚，手持长矛，从树后冲了出去，堵住麋鹿逃回去的路线，把它们逼向空地。

冲杀间我的余光瞥见站在树丛中的安术虎，我大吃一惊，他的身后站着一头巨大的黑熊。堡子周围的山林，狼、虎、熊等野兽常见，我们也跟着堡子里的大人捕猎过，但体形这么庞大的黑熊还是头一次遇到，而全神贯注射杀麋鹿的安术虎对自己所处的危险全然不知，我勒马持枪转身冲了过去，向着他大声喊："快闪开，安术虎。"刹那间冲到黑熊面前，长矛直刺黑熊的心窝，黑熊俯身躲过，枪贴着它的肩头滑开，转身黑熊抡掌扇向我骑的黑马，黑马本能地往后一仰，前蹄腾空，而脖子上还是被黑熊抓出几条血红的爪印，黑马痛得仰头向天一声嘶鸣。

这时天已大亮，火红的朝阳把近在咫尺的我和黑熊照得一清二楚。我看见黑熊油亮的黑色鬃毛被霞光映成了金黄色，我甚至能清楚地看见它嘴角流下的口水，嘴里尖利的牙齿，感觉到它粗重的呼吸，听见它喉咙里发出的低沉的吼声，尤其是我与它目光对峙时，那双充满野性的双眼让我知道黑熊被激怒了。爹曾经告诉过我，与熊对视是极为危险的，黑熊向我猛冲过来，我一手勒住缰绳，一手握住枪杆，向黑熊猛刺，黑熊闪身劈断我的长矛，黑马疾驰地躲开它的进攻。这时安术虎转身想跑，黑熊又蹿过去，把他扑倒在地，正准备张口撕咬，刹那间一支红色箭羽的箭"嗖"地插进黑熊的肩膀，是完颜守，黑熊痛得倒退了一步，紧接着第二支箭射中了黑熊的大腿。倒在地上的安术虎抽出短刀向黑熊的腿挥舞，我攥着半截长矛冲了上去，黑熊受伤被迫向后退，转身蹿向后面的山林。

我们三人骑马顾不上四散的鹿群，直追逃进山林的黑熊。黑熊平日里动作慢吞吞的，但遇到危险时动作是非常敏捷的，在山林里穿梭如履平地，直奔山顶。我们骑马紧追不舍，林子里草木丛生，自小习惯了翻山越岭，对此也是驾轻就熟，完颜守在最前面，安术虎和我紧随其后，我们的速度都很快，感觉树木一排排向后闪，黑熊灵活地左蹿右跳，却始终没离开我们的视线。安术虎兴奋地打着口哨，完颜守不时地向黑熊射箭，就这样我们一路追杀到了山顶。山顶是一片空地，黑熊无处藏身，退到了崖边，准备滚下山崖，完颜守猛然举弓拉箭，一箭正中要害，从背后刺穿了黑熊的喉咙，随着它一声嘶哑的哀号，硕大的身躯轰然倒地。

此时我们紧张的神经才松了下来，却已感觉浑身大汗淋漓，气喘吁吁。安术虎仰面躺在地上，捂着被黑熊抓伤的胸口，大口地喘气，疼得直叫。完颜守拿药给他敷上，我走到黑熊身边，弯腰摸着黑熊的鬃毛，兴奋地自言自语说："这可比逮个麋鹿强多了。"

站起身走到崖边，我环顾四周，这座山崖是这片草原的最高峰，此时已接近晌午，山顶微风徐徐，几只雄鹰在天空盘旋。放眼望去，整个草原一览无余，尽收眼底。一片天苍苍野茫茫的景象。我眯起眼，大口呼吸着崖顶清新的空气，空寂的天空回荡着雄鹰的鸣叫，我发现远处地平线上若隐若现地出现一些黑点，随着黑点的不断移动，我猛然兴奋地大声叫起来："完颜守、安术虎，快来看啊，是马队回来了，我爹他们回来了。"南边远远的天际，一群马队如蚂蚁般大小，沿着起伏的丘陵拉成一条蜿蜒的长线向这边缓缓地行进。完颜守、安术虎凑过来，我们三人高兴地跳起来，向马队的方向挥舞着手臂，大声喊着："比—恩—德—白—纳（我们在这里）。"

我们驮回猎物，马队已经回到堡子里，回来的还有很多陌生的面孔。我跑到父亲面前，父亲和勃堇正说话，旁边站着一位清瘦的长者，父亲见我过来拉着我的手，向勃堇和长者一一行礼。勃堇身材魁伟，声音洪亮："半年不见，你们几个小子，又长高不少。"指着驮回来的熊夸我们是好样的。勃堇是我们对他的尊称，实际上他不过是一堡之长罢了。我们嘿嘿一笑，勃堇虽然年纪大了，但身子骨健壮，性情豪爽，是完颜守的父亲，堡子里的孩子们都喜欢跟他闹。倒是那位陌生的长者，含笑不语，头戴方巾，一绺长髯飘在胸前，一身青灰色的布衣被风吹得呼呼作响，这使得他站在身着皮袍、马靴的我们中间格外显眼。这种装束我是第一次见到，感到特别新鲜。

晚上，堡子里点起了篝火，大家欢庆马队的归来，十几个巨大的篝火把堡子照得通亮，堡子里的男男女女围着篝火席地而坐。我记忆中从小到大每年马队回来，都会庆祝一番。孩子和大人欢快地玩，如同过年一样，每次马队回来都会带来好多新鲜玩意儿。当然大人们最喜欢喝酒，大块吃肉。勃堇一手端着盛满酒的碗，一手拉着他的媳妇，站在人群中间边唱边跳舞，故意做着各种夸张的表情，逗得围坐的人们哈哈大笑，火光把人们本喝得红扑扑的灿烂的笑脸映得更红。大家说笑着，烤着肉，喝着酒，空气中飘散着烤肉的香味，伴随篝火发出的噼噼啪啪的声音，嘹亮的歌声响彻夜空。抬头仰望，悬挂在头顶上静谧夜空中的那轮满月显得格外明亮。远处传来阵阵的狼嚎，肉香引诱着野兽，火光迫使它们不敢靠前，它们徘徊在堡子栅栏外的丛林中，一双双闪亮眸子在丛林中若隐若现，引得堡子里的狗跟着愤怒地咆哮着。

我跟完颜守和安术虎靠在木桩上，嚼着肉干看着欢庆的人们。堡子里的男男女女开始对唱，翩翩起舞，欢乐的气氛达到了高潮。姐姐郑澜也在其中，歌唱得好，舞跳得也好，尤其在与完颜皓边唱边舞的时候，那种洋溢着欢快与活力的朝气感染着大家。完颜皓魁梧俊朗，微微噘起的下巴和微笑时翘起的嘴角，让人感觉粗犷而亲切。完颜皓是个很讨人喜欢的人，我们对他印象都很好，不过他的出身始终是个谜，我听堡子里年长的人说过，他好像是个孤儿，从小被勃堇领回来认作义子，虽然他的身世不幸，可俊朗的外表跟敦厚的性格仍博得了很多姑娘的青睐。在那充满幻想的青春年纪，出众的小伙子很轻易就会引起那些年龄相仿的姑娘的注意，可他却偏偏喜欢姐姐，这不用说出来明眼人一看就知道。

姐姐也确实是喜欢完颜皓，而且他俩背地里好了很长时间，虽然没有公开，甚至连爹娘都不知道，可关于他俩的事我却比谁都清楚。那还是去年的夏天，有一次我在后山的林子里捕猎，正当我从埋伏的巨石后面悄悄站起身拉弓搭箭，目光定准一只草丛中的野兔准备射时，就看见前面的一棵大树下姐姐跟完颜皓抱在一起亲嘴，完颜皓不住地吸吮着姐姐的嘴，看见我站在那里他不但没停下来，还冲我笑呢，我当时心里不知道是一种什么滋味，在那之前我一直以为姐姐是属于自己的。她虽然常常让我干这干那，甚至有时也会打我，可是我知道她是陪我一起长大，最疼我的人。我印象最深的就是小时候我一闹，她就背着我，那时候我就喜欢趴在她背上，她的背温暖而柔韧，那种感觉让我感到既温馨又亲切，因而每次总不肯下来，而她就真的一直背着我，一边干活儿，一边哄着我。可现在看见姐姐，却没想到她跟别人好了，而且那样子好像比对我还亲。姐姐大概从完颜皓的表情里察觉到什么，转头看到了愣在那里的我，那一瞬间也看到了我目光中闪过的那丝难过。

那天夜里我躺在帐篷里怎么也睡不着，深夜的时候感觉有人进了我的帐篷，我一听脚步声就知道是姐姐。她坐在我的毡褥子上，像以前小时候一样用手抚摸着我的头发，眼睛有些湿润，轻声说着话，像是自言自语，又像是说给我听，她温柔的手跟亲切的话语让我心里重新感到从前的温暖。

她说灿儿，姐姐有了心上人你应该替姐姐高兴，除了爹娘，妹妹还小，你就是姐最亲的人了。姐姐以前疼你，现在你也该心疼姐姐了。我虽背朝着姐姐没吱声，可从那一刻起心里却真的为姐姐想了，我觉得姐姐没有丢弃我，她跟我仍是骨肉相连。她的幸福就是我的幸福，我故意不回答她是想让她感觉到我已经长大，不想让她看到我稚嫩无措的脸。从那以后我就跟姐姐达成了默契或者说叫联盟，她的秘密瞒着爹娘，妹妹也不知道，因为我要听姐姐的话，要为姐姐的幸福着想，而且我知道早晚有一天姐姐会把她的事告诉爹娘的，我也认为爹娘会同意姐姐的选择，何况完颜皓是个那么出色的青年，对我也很好。

围着篝火的人们随着气氛的高涨，都跳起舞来，我们几个孩子在篝火闪耀、人影晃动的人群中追逐嬉闹着，躲闪着迎面而来的身躯。在火光的照映下我看到了勃堇与他人交谈，几个中原打扮的男女毕恭毕敬地听着，他们在人群当中显得很独特，白皙的皮肤，眉清目秀，他们的装束跟举止与我们如此不同，让我对他们充满了好奇。大家正玩得起兴，忽然有人拉了我一把，扭头一看是妹：“哥，爹叫你回家去。”

进了帐篷看见爹和娘坐在毯子上，油灯把帐篷照得通亮。爹回来后我还没跟他一起待过，感觉这半年爹苍老了很多，瘦了不少，面色显得有些忧虑和疲倦。见到我和妹妹进来，招呼我俩坐在他左右。妹妹撒娇地问：“爹，给我带什么好礼物了？”爹伸手从包裹中拿出了一个香囊递给妹妹，妹妹高兴地捧在鼻子前闻了闻，又递给了娘。爹拍了拍我的肩膀：“都十六岁了，大小伙子了，爹也不知给你买什么好。嗯，还是想让你多识点字吧。”说着从包里小心地取出笔墨纸砚，我双手接过来，心里又好奇又新鲜：“爹，我感觉您这次回来，跟以往不一样，好像心情不太好，有什么愁事儿吗？”看着我疑惑的样子娘插过话：“又要打仗了，能换的东西越来越少。”爹叹了口气：“南面又在打仗，遭殃的总是平民百姓，咱们恐怕也要受牵连。”娘奇怪地问爹：“你们怎么带那么多中原人到堡子里来？”“跟咱们一样，都是背井离乡，有的是逃难来的，有的是被官府抓来的，充壮丁。”妹妹忽然问：“爹，咱们也是中原人？”爹转过头看着身穿皮袄，梳着辫子的妹妹不禁笑了，摸了摸她的头：“咱们的祖辈是中原人，从你爷爷那辈来这儿的，可中原人不穿咱们这样的衣服，梳你这样的辫子。”

妹妹撒娇地说：“中原人穿的衣服真好看，娘，咱们一家什么时候回中原啊。”娘一把拉过她：“告诉你过多少回，别说这个，让人听见了，咱们家可就遭殃了。”我对爹说：“我将来不能总在堡子里放羊，不如去参军算了。”“傻小子，你以为参军打仗是闹着玩呀。咱们终究是老百姓，打下江山是人家当天子，咱们去送命，你有几条命？我想好了，就让你学个一技之长，将来能养家糊口就行。这次跟我们回来的有位会画画的蔺师傅，我看画得不错，这些笔墨纸砚就是爹从中原换回来的，为的就是让你跟那个蔺师傅学画。这兵荒马乱的世道学门手艺，比成天打打杀杀的强，或许咱们家终有一天能回中原故土。”爹说到中原时满脸惆怅，若有所思地喃喃自语。

帐篷外明月高悬，一丝月光透过门缝照进帐篷里，映在地上，我抬头透过门缝看着夜空中的那轮明月，心里不禁纳闷地想：中原，到底是什么样呢？

三

清晨，东方地平线上的太阳照得广漠的草原一片金黄，我走出帐篷时爹正给马背上的羊皮捆绳子，是给蔺师傅带的见面礼。捆好后，我们骑马一前一后向蔺师傅家奔去。

路上远远看见赶着马群去草场的安术虎，以前我俩总是搭伴儿走，我去砍柴放羊，他放牧。这小子朝我这边抽了两鞭，算是打招呼，清脆的鞭声在空中回荡，我回给他了个口哨，爹在前面催我快走。

蔺师傅就是昨天见到的那位身着青布衣衫的长者，他的帐篷是临时搭建的，虽说是临时搭建，但跟堡子里其他的帐篷没什么两样，只不过个头略小罢了。好多人在帮忙，麻脸叔也在。麻脸叔三十出头，长得挺精神，只是脸上有些小坑点。麻脸叔是堡子里最能干的人，可惜去年冬天他去北面山里狩猎，遇上大雪，几天没回来，他媳妇一人上山找他时被狼群围住，他回来后去找人，只在山里捡到了一只靴子。我跟正在打桩的麻脸叔打过招呼便去拜师了。仪式很简单，磕了头就算是他的徒弟了，父亲走后，我一直忙到天黑。

晚上回家胡乱吃了口饭，一身的汗引得蚊虫叮咬，睡不着于是骑着黑马去了河边，我下了水，畅快地游泳释放着满身的疲劳。游累了，我仰头浮在水面上，顺水漂流，望着夜空，数着天上的星星，心里琢磨着昨天爹说过的话，或许回到中原，我也是中原人？那安术虎和完颜守不是中原人？正想着忽听得河湾拐角传来哗哗的水声。我一下兴奋起来，不是安术虎就是完颜守在游泳，我得好好捉弄他俩。想到这儿，我蹑手蹑脚地上岸穿好衣服，捡起一块石头，轻轻地向河湾靠近。

我知道他俩习惯放牧、狩猎的生活，耳朵比狼都灵。我靠在一块大石头的后面，慢慢地探出头，举起手里的石子，准备扔向他们. 然而我的手却停在了空中，眼前的景象使我惊诧不已，我恍惚看见一个姑娘在水中洗澡。我怕是看错了，揉了揉眼，睁大眼睛再看，没错，一个少女裸露的背影清晰地映入我的眼帘，白皙的皮肤被波光粼粼的河面映得泛着青白色的光，一头散开的秀发披在肩上。

我按住胸口，狂跳的心使我呼吸急促，血往上撞，我坐在了地上。我看到了女人全裸的身体，如此美丽诱人。按捺不住好奇心我又探头看，夜色下柔和的光线照在少女身上，勾勒出玲珑优美的曲线。她轻轻地梳理着头发，怡然自得地哼唱着歌，竟然是我常唱的。我虽然看到的是背面，但仍直觉地感到她不是我们堡子里的人，堡子里的人不论男女体形都比较健硕，像她这样的身材好像不是草原上的人。我正想着，黑马不知什么时候走到我躲的石头这边，低着头蹭着我的肩膀，还打了一下响鼻，我吓坏了，赶紧起身离开，可慌忙间腰带又被树杈卡住了，使劲一拽才脱身，我翻身骑上马，飞似的跑开了。边跑边忍不住回头看，黑马四蹄狂奔，只看见身后扬起的滚滚烟尘。

回到家倒头便睡，却怎么也睡不着，迷迷糊糊地熬到后半夜才入睡。

清晨，熟睡中的我被完颜守叫醒，他和安术虎站在帐篷外大声地叫我。我睡眼蒙眬地走出帐篷，看见完颜守牵着一匹赤褐色的马驹。“郑灿，看，这马驹怎么样。”我仔细地弯腰端详，说真的我从没看见过这么好的马，四腿修长，银色的蹄子，浑身透红，闪着缎子般的亮光。“这匹马太好了。还是个公的呢。”完颜守得意地说。

牧民都爱马如命。我爹前两年曾经跟胡人商队一起去西域做买卖，胡人做的是贩马的生意，其中就有稀世的汗血宝马。回来的路上遇到强盗，被围困在沙漠里，最后商队的马匹被抢，人也被杀，只有爹带着一匹马逃了出来。爹所有的东西都被抢走了，骑着这匹马回到了堡子，后来爹就把那匹马送给了完颜家。这个马驹就是原来我家那匹马生的，这也就是我一直让娘向完颜家要的那匹马驹。它现在应该有一个多月大，完颜守视它为自己的亲兄弟一般。

堡子里还有几匹像这样的好马，不过都是官府的，不是作为种马就是代养，因为我们堡子草场好，养的马也好。其实这马就是传说中的汗血宝马，所谓汗血是指它跑起来挥汗如血，不过我听老人说，是马本身的寄生虫导致的皮肤病造成它流汗像是流血。说它是宝马是指它奔跑速度快，耐力极强，普通的马根本没法跟它比，而且这种马只有通过去西域的商队才能买到，极为珍贵，价值连城。这种马谁看了谁都会爱不释手。

“你给马驹起个名吧，郑灿。”完颜守说。我摸着马驹额头上的一撮白毛，想了想：“它生在闪电河，脑门这撮白毛又像闪电，就叫闪电吧。”“好，就叫闪电。”完颜守拍了拍马背。马驹好像能听懂似的，大眼睛一眨一眨，仰了仰头，一声嘶叫，逗得我们都笑了。

我把昨晚在河边游泳所看到的告诉了完颜守和安术虎，他俩睁大眼睛看着我，一副将信将疑的样子，倒是安术虎打趣地说：“你说的是真的吗，你看错了吧，你看看我的体形怎么样。”说罢便脱下上衣，露出健壮的肌肉，我差点吐出来，踹了他一脚。完颜守在一旁笑得不行。一阵风吹过来，安术虎打了个喷嚏，草原的夏天短，秋风已让人感到阵阵寒意。

我低头走进师傅的帐篷，里面的陈设很简单，跟一般牧民家没什么区别，只是帐篷中间放着一个小画案。我近距离地打量师傅，他五十多岁的样子，瘦瘦的身板穿着宽大的长袍站在帐篷里，犹如一个飘逸的幽灵。清瘦的脸上棱角分明，凹陷的眼窝里闪动着一双深邃的眼眸。薄薄的双唇下一绺长髯显得更加与众不同。与堡子里健壮强悍的人不同，他单薄的身体令我都担心他熬不过草原的冬天。

师傅平时很少说话，这不由得让我对他产生一种敬畏。师傅很爱饮酒，写字之前总是先喝酒，三杯酒下肚，精神饱满，精力充沛地教我，话也多起来。他先教我怎样拿笔，从最简单的汉字教起，他在画案上铺好纸工工整整地写了几个方块字，我照着临摹，手第一次拿笔，轻巧的笔杆使用起来竟不如马鞭灵活，手不停地发抖，好半天才歪歪扭扭地写下了郑灿两个字。师傅告诉我怎样运笔，要用肩、腕的力量，还拿树枝在地上比画给我看。我默默地记住，照着他说的做。但他除了书画方面也几乎不跟我做别的交流。

第二天，我依旧去师傅那儿，把昨天学的字写给他看，他说感觉好多了。他的鼓励让我信心倍增，更加仔细，全神贯注地投入，可事与愿违写得并不好，师傅看了看我说：“不要急于求成，不要急功近利，那只会让你浮躁。静下心，练画可不是一日之功，技巧不过是手段，放松心境，去体会画里的意境，你可能进步得更快。”我听着师傅的话，似懂非懂地点着头。师傅给我做示范，我边看边学，不知不觉间到了晌午。

帐篷里有些热，我正想脱掉外袍，这时帐篷帘掀了起来，一束阳光随着晃动的人影照进帐篷，我被光线晃得眯起眼，却闻见扑面而来山花的清香，随后听见一个悦耳的声音：“爹，给您做的饭拿来了。”随着那人缓缓放下门帘，我循声定睛一看，帐篷口站着一位姑娘，上身粉色的丝锦衫，下身黑色的布裙，清秀的面庞，明朗的额头，一双清澈的眼睛，乌黑的头发盘在脑后。

师傅介绍说：“这是小女，蔺晚秋，这位是我新收的徒弟，郑灿。”蔺晚秋放下手里提的篮子，侧身半蹲行礼。我自小在草原长大，总是舞刀弄剑，打打闹闹，没有人给我行过礼，忽然有人这么对我行礼，弄得我有些紧张，不知所措，脸腾地红了，赶忙拱手还礼但总感觉有些狼狈。蔺晚秋好像看出来了，含笑看了我一眼站在一旁。师傅插话说：“郑灿虽是中原人但从小长在草原，自然是天马行空惯了。晚秋，入乡随俗，你们不必过于拘泥礼节。”蔺晚秋点头道：“爹，这是我给您煮的饭，怕您吃不惯这里的口味。您趁热尝尝，我先回去了。”说罢对我再行礼，侧身掀帘出了帐篷。

随着深秋的临近，人们储备粮草，用来抵御寒冬的来临。而我每天除了学画外，午后都要赶着马群翻过山梁去草场。虽然天已渐凉，但晌午的阳光依旧是那么刺眼、灼热。我驱赶着马群从山脚下往山上走，仰面望去巨大的白云笼罩在头顶上空，像是压在山梁上。我骑在马背上，用一只手挡住耀眼的阳光，一只手挥着套马杆，赶着头马向山梁行进。马队爬上了山梁，山顶风呼呼地吹着，人几乎站不住。我任由马自由地吃草，自己躺在草地上，仰望蓝天，空中是变幻莫测的白云，白云随风不断飘移、旋转、翻卷着。我望着白云，感觉自己也好像云彩一样随着它们飘浮起来，卷入空中化作一缕缕云烟。

空旷的山野里传来“啪，啪”的马鞭声，打断了我的思绪。远远望去，完颜守和安术虎赶着各自的马群在山梁上，他俩一前一后沿着倾斜的山坡，踏着被风吹得此起彼伏的草地向我这儿驱马过来。不一会儿他俩就来到我面前，我躺在草地上假装睡着了，从眯起的眼缝中我看见安术虎油光的额头被阳光照得透亮，他蹲下身拔了根草叶捅我的耳朵，我痒得不行，禁不住笑起来。完颜守说："郑灿，听说你这阵子跟一个老师傅学画？""嗯，现在还没有，先练习汉字。""怪不得总看不见你哩，原来是做学问去了。"安术虎随声道。我说："是我爹让我去的。"安术虎说："听说，东边又在打仗，很多部落已揭竿而起了，据说攻下了不少城呢，不知道会不会波及咱们堡子。"我问道："你说的可靠吗？""堡子里的大人都是这么说的。"完颜守说："揭竿而起的大多是完颜部的，但我们这儿的堡子，大多是抓来的人，恐怕没那么心齐。""那你是想揭竿而起了？""当然，省得受朝廷的窝囊气。我来年去参军，安术虎也打算去。""找个军饷好的。"安术虎插话。"我也想去，但估计我爹不让。"我悻悻地说。安术虎看着我和完颜守说："咱们仨过去干什么可都在一起，郑灿去不了我也不想去。"

完颜守扭头看着远山，沉默了很久，才说了句话："不管你们去不去，我肯定要离开这里。"我无语地望着天空，不知将来该怎么办，我知道自己生性喜欢平平淡淡，而完颜守是个不甘平凡的人，我总感觉他将来能干一番事业。这个堡子终究是留不住他的。正在思量之际，忽听得山下有人叫我的名字，循声望去，只见娘一个人正在山下向我不断地挥手。我立刻站了起来，家里肯定有事，不然娘不会叫我。急忙把套马杆交给完颜守，便急匆匆地跑下山去。

回家路上娘跟我讲郑姝又病了，这次病得突然，爹跟娘都急得不知道该怎么好。妹妹的身体向来比较弱，小病总是不断，家里人这么多年了对郑姝的病没少请懂医术的人，但都是看不出个所以然，而每次妹妹的病折腾个把月也就自然而然地好了。所以大家也就习以为常，不会太在意郑姝的病情，可看看娘焦急的表情，感觉这次妹妹病得不轻。果然，见到她时，她正躺在帐篷里，身上盖着厚厚的毡子倚在姐身上，郑澜端着碗正在给她喂水，郑姝闭着眼，昏睡着，靠在姐的怀里，一只手无力地垂落在毛毡外面。妹妹的额头很烫，牙关紧咬，时不时地说着梦话。爹先后请来的几个附近中原的郎中看后都摇摇头，跟爹说孩子脉象微弱，无能为力。听到大夫这样说，爹娘都焦急万分，却也不知如何是好。

这样一直熬到了日落，天黑的时候，勃堇跟麻脸叔、大娘一起来了。

看了郑姝的病情，大娘说：“这孩子病得不轻，咱们附近恐怕没有能看这病的人。”麻脸叔说：“那怎么办？总不能眼看着孩子病下去，照这样怕是熬不了几天。”大娘略微皱了一下眉又说：“现在只有一个办法，可以试一试。早年间咱们这一带住着一位萨满巫师，这位巫师法力高深，据说没有她看不好的病，周围的部落不少上她那儿求医的。我小的时候被毒蜂蜇过，险些死掉，后来浑身都肿了，人都变了形，家里的人看我没救了，不想让我死在家里便把我放到后山的森林。我在森林里昏迷了两天，就在奄奄一息的时候，那个巫师恰好经过，见我还有一口气，便出手相救，把我带到了她住的山里，也不知道施的什么法儿，十来天就好了，等我回到家的时候整个堡子里的人都以为是鬼回来了呢。后来我也曾去山里找过她，可那时候小，也没记清路，总也没找到。从那以后我再也没见到那位萨满巫师，如果能找到她，我想郑姝的病肯定有救。”

听大娘这么一说，爹跟娘像抓着救命稻草似的，恨不得立刻就见到巫师。大娘看了看爹娘充满希望而又焦灼的目光，迟疑了一下接着说：“这个巫师是我几十年前见的，现在是不是还健在不敢说。这个巫师现在给不给人看病也难讲，再有郑姝这身体翻山越岭恐怕也支撑不住。”这时在一旁的勃堇插了话：“你这么一说我倒想起来了，这个巫师我也见过，就在两年前，南方商榷的一位中原人得了病，找遍了名医也没看好，后来找到我，说咱们这附近山里据说有一位巫师法术很厉害，想让她给看看病。我当时也不知道这个巫师，于是四处打听，最终在蒙古人的部落里打听出了这个巫师的下落，她确实就在咱们这一带。后来蒙古朋友带着我们进山，找到了这位巫师，真把那个中原人看好了。上次是我亲自到山里找的她，从堡子向西北翻过两道山就到，我还认得路。”

爹娘当即就决定去找这位巫师，麻脸叔备好了车马，一家人连同勃堇、麻脸叔、完颜守、安术虎跟大娘一起顶着漆黑的夜色上路了。一行人向西北方行进，郑姝躺在马车里身上盖着厚厚的毡子。其余人都骑着马，勃堇跟麻脸叔在前面举着火把引路。西北的山脉离堡子不是太远，与北面的山是连成一片的。但这里的山势与其他地方不同，虽不太高但很陡峭，怪石嶙峋，几乎寸草不生。因为不适合放牧，所以堡子里的人很少来这里。大概子时的时候，我们一行人来到了山下，此时向山上望去，山顶光秃秃的，一层薄薄的雾气笼罩在山腰。黑黝黝的山矗立在幽蓝的夜空下，那些突起的怪石如同张牙舞爪的怪兽，在月色下显得异常地诡异、肃杀。勃堇勒住了马，转身对爹说："翻过这座山，再走过一段草地，就看见另一座山，走到那座山的半山腰，差不多就到了。"说完又对大娘说："剩下的路车马都派不上用场，也不好走，我看安术虎你们娘儿俩在这儿等我们，其余的人跟我上山。"

大家听从了勃堇的吩咐，把郑姝用绳子固定在担架上，我们抬着她开始登山。麻脸叔跟爹两人在前，我跟完颜守在后，四个人抬担架并不费劲儿，只是没有路可走，要安全地把妹妹托起来就没那么容易了。勃堇举着火把带路往山上走，山下还好，越往上越陡，有的时候不是走而是爬。姐举着火把就在我旁边，熊熊燃烧的火把发出噼噼啪啪的响声，把周围的石头照得通红通红的。虽然没有路，山势也陡，好在并不高，不多时我们已经登上了山顶，山上风大了些，勃堇举着火把，上面的火苗被风吹得呼呼直响。勃堇摆着手，招呼大家下山。下山的坡面要比上山的平缓些，植被也多，尤其是一些带刺的野枣树，经过时把衣服、手背都剐破了。我们很快便翻过了这座山，来到了山脚下。

放眼向前望去，眼前是一片宽阔的山谷，说是山谷其实也可以看作夹在两山之间的草原，草原地势平坦而宽阔。由于没有牧民来放牧，这里的草长得高而且密，整个地形犹如被山环绕起来的湖面，在夜色下显得宁静而安详，偶尔吹过来的风让齐胸高的野草轻轻地摇摆，如同湖面荡起的细细波纹。远处能隐约看见一座山脉，起伏的山脊犹如马鞍的形状，勃堇指了指前方："那座山便是了，大伙歇一歇。"可大家并不觉得累，麻脸叔急着赶路，要先行往前走，勃堇连忙伸手拦住："我在前面先走。"说罢赶在众人前面。勃堇这样做是有他的道理的，凭他的经验他知道眼前的草原并不像它外表看起来那么宁静、安详。由于四面环山，地势较低而且封闭，夏季的雨水多由山上汇聚到这里，久而久之，逐渐形成了一些大小不一的湖泊，有的地方甚至变成了沼泽。整个地表形态被野草掩盖起来，貌似平坦，殊不知下面却隐藏着致命的危机。

勃堇叫麻脸叔找了根木棍，在前面试探脚下的地面是否坚实，我们随后跟着他们的脚印走。大家小心翼翼地向前行进，脚下的土地确实很松软，有时一脚踩下去拖泥带水地拔出来。大家深一脚浅一脚地往前走，好在前面有勃堇跟麻脸叔探路，选泥层浅的地方走，不会陷得太深。只是猛然间身边的草丛里会有个东西从脚下钻过去，也看不清是什么动物，倒是来得突然往往将大家吓一跳。周围偶尔会有一两只鸟从草丛里飞起来，拍着翅膀啼叫两声便消失在幽深的夜空里，除此之外仍然很安静。

已是下半夜，风慢慢地小了，月亮渐渐出来了，整个夜空明月高悬，月朗星稀，皎洁的月光把整个山谷染成了银灰色，而平坦的草原在月光的笼罩下像是披了一层白纱。放眼望去那些茂盛的葱绿的草叶反射着来自月亮的银光，在幽暗的山体映衬下呈现出一片片柔和青白的光晕，如同湖面泛起的点点波光，远处的山峰清晰可见。月色把整个山谷装点得神秘而肃静，橘红色的火把闪耀在草原上，从高处看去就好像飘动在丛林中的萤火虫。

我们走得很艰难，速度也很慢。火把烧了两个时辰也都燃尽了，而此时东边的天空也微微发亮。我们走了整整一夜，大家都有些疲倦，不过那座山已经近在咫尺了。由于山谷里起了晨雾，整个山倒不如远处看得清楚。娘给躺在担架上仍昏迷不醒的郑姝掖了掖被角，问爹："现在就登山吗？"爹看了看勃堇，两人点了点头，众人没有停歇，马上登山。山脚下还是依稀能找到上山的小路，只不过是用碎石简单铺垫而成的，看来是雨季来的时候用来防滑的。小路蜿蜒崎岖，依山而建，盘转向上。众人顺着小道向上攀爬，不多时便到了山腰，转过山腰，当我们面向东的时候，眼前是一片开阔的空地，透过树木之间的间隙能依稀看见东方地平线上已升起一轮红日，金色的光芒穿过参天的古柏，把山林染上一层金色。山腰这片宽阔的空地像是人工开辟的，四面被密林包围着，而最让我们惊讶的是空地中央竟站着几个蒙古装束的人，或站或坐，正在休息，见忽然由山下上来一群人，很惊讶地瞪着眼睛看着我们。勃堇会说蒙语，他走向前去打招呼："赛诺！赛诺！"他们交谈着，不知说着什么，这时我注意到靠山坡这边有一个山洞，洞口有两丈多高。大家伙儿都看着前方站着原地不动，等着勃堇。不多时，勃堇从蒙古人那边走回来对大家说："我们要找的萨满巫师就在这儿，这几个蒙古人是昨天就来这里的，因为族里有人被杀，杀人者逃走了，他们来请萨满巫师诅咒杀人者。我们原地不动，不打扰他们就是了。"

诅咒？我跟完颜守彼此交换了一下眼神，又把目光集中到勃堇身上，勃堇点了点头说道："一会儿他们要举行个仪式，咱们别出声。"大家把担架放下，屏气凝神地观察着眼前的一切。不多时只见一个蒙古装束的壮汉从洞口走出来跟外面的几个人交代了点什么，其中一个人立刻从身上拿出一块羊皮，铺在地上，又从怀里取出类似头发的一卷东西握在手里。我们正看得纳闷，但见洞口走出仨人。仨人都头戴白色圆帽，上面安着两只系着铃铛和花花绿绿布块的铁角，中间那人帽子的下缘拴着一些骨头串儿，垂在她的脸上和脑后，看不清她的脸，而旁边的两个人帽子上没有装饰，看似是十七八岁的少女。她们都是下身一袭土红色锦裙，黑色宽边，裙腰上系满了铁铃。中间那人好似是巫师，她左手拿着木杖，右手拿着皮鼓。而两位少女手里只拿着皮鼓，鼓的边缘都挂满了铃铛。巫师跟几个蒙古人耳语了一阵，只见那几个蒙古人又从包裹里拿出几件衣服，扔在了铺在地上的羊皮上。巫师接过蒙古人递给她的那卷好像头发的东西，抓在手里，嘴中念念有词地说着什么，声音低婉，浑浊不清。

我好奇地睁大了眼睛仔细看着每一个细节，生怕漏了什么新鲜的东西。不一会儿，巫师把头发放在地上的羊皮上，三人开始围着羊皮边击鼓边跳着舞蹈，舞蹈姿势简单，动作如同鬼魅，口咏咒语，如歌如泣，伴随着鼓点跟铁铃声，大家感觉气氛越来越神秘而诡异。我正好奇于她们口中的咒语是否真的灵验时，见巫师蓦然停止了击鼓，将一把刀系于木杖的顶端，口中开始念念有词地吟唱，由于声音沙哑低沉听得不太清楚，我凝神屏气断断续续地听到“……取尔一角指天，一角指地之牛，无名之马，向之则华面，背之则白尾，横视之则有左右翼者。”言罢以刀画地，接着所到之处羊皮、衣物、毛发尽断，我们则看得目瞪口呆。

萨满教作为当时漠北草原最大的宗教形式，对于我们游牧牧民来讲是相当值得尊崇的。巫师不仅能通神而且能消灾治病，神通广大。我们后来听勃堇讲，我们看到的诅咒是最厉害的诅咒之一，只要有被诅咒人身上的毛发、衣物，就可对其施咒，经此诅咒的人，家道衰败，必遭横祸。

等到那几个蒙古人走后，我们向巫师说明来意，她看了郑姝的病后说：“这个孩子的病是先天体质孱弱，脾虚而致。可以留在山上调理个把月，彻底治愈要很长时间，暂时缓解控制住病情没问题。”听她这么一讲，爹娘总算放了心，对巫师千恩万谢。而后大家决定让我跟郑澜留下来照顾妹妹，其他的人都下山回堡子。临走时娘特别叮嘱我跟姐要照顾好妹妹，过些日子再来看我们。这样我跟姐便在山洞里日夜守护着郑姝，过了二十多天以后在巫师的调理下妹妹的病情日渐好转，甚至可以到户外短暂地走走了。看到妹妹病情好转，我跟姐心里甭提有多高兴了。

可事情偏偏有不巧，这期间我外出狩猎时不小心跌倒从山坡上滚了下去，被树枝划破了肩膀，伤口有半尺来长，疼痛难忍。巫师在伤口上给我敷了一些草药，说可以减轻一下疼痛。姐姐也让我好好在洞中休息。那天天气很好，给我上好药，巫师跟姐都出去打猎了，山洞里只剩下我跟熟睡的妹妹。妹妹睡得很香，脸庞红润，呼吸匀称，看来病已好了大半，我靠在石头上，不敢发出一点声音，怕把郑姝惊醒。洞里很安静，洞口外秋日的阳光很强烈，斜斜地照进来，碧绿的树叶偶尔会随着微风摇曳，晃动时发出轻微的哗哗声。

我靠在石壁上，感觉肩膀真的不怎么疼了，我暗自思量萨满巫师的医术还是很神奇，心里对巫师更是充满了好奇。自打带郑姝看病以来我们始终在洞口处休憩养病，从来没深入洞里面去过。我看了看幽深的山洞深处，心里有一种想看看里面的冲动，恰好现在也没人。我轻手轻脚地站起来，扶着岩壁慢慢地向洞深处走去。

四

这个洞里面的形状就像个葫芦，从外面看洞口很小，而实际上里面颇大。我越往里走越觉得空间宽阔，岩壁上每二十多步就插着一个火把，所以沿着洞走还是能看见路，岩壁湿漉漉的摸起来很滑。当走到四十多步的时候，我的眼前出现一个水潭，似乎还有个暗河通向山洞深处，一股轻柔的微风从洞的深处吹过来，让人倍感凉爽。水潭四周地势平坦开阔，头顶上方是个圆形穹顶，穹顶上垂下一条铁链，铁链上悬挂着一盏油灯，油灯上的火苗闪着微弱的蓝光。我右前方水潭上面的岩壁上燃着一个火把，火把旁边有个用岩石堆砌成的石台，上面隐隐约约好像立着一块东西。我轻轻地走过去，走到跟前一看原来是一块石牌，石牌两尺多高，很普通，没什么特别之处。洞里光线昏暗，我凑近仔细看，石牌上刻着一个人脸，立眉虬髯，二目圆睁，我用手摸了摸，上面光洁如镜一尘不染，看来常有人擦拭。可能是什么祭拜之物吧，我心中暗想。这时我注意到石牌前面放着一个用金属丝串起来的紫色坠链，我小心翼翼地拿起来，好奇地看，感觉它特别古朴跟神秘，于是忍不住便戴在脖子上，然后趴在潭水边看水中的自己。

借着头顶上昏暗的火光，我看着自己水中的倒影，呈现在眼前的是一张少年的脸，充满着稚气，而挂在脖子上的坠链却使他增添了几分英俊。恰在这时一阵风吹过，潭水泛起了波纹，倒映的轮廓在一层层荡漾的波纹中扩散开去，待到潭水慢慢恢复平静，我又看到自己的倒影从水面逐渐显露出来，我笑水中的倒影也笑。就在我与水中倒影对视的瞬间，忽然感觉水中自己的头好像慢慢变大了，我的倒影旁边渐渐浮现出另一张脸，黑黝黝的看不清面庞，就在我惊诧之时，忽听得背后有人说话："你在干什么？"我连忙回头一看，一个黑影正站在我身后也探着头往水中看。此人的脸被帽檐系着的骨片挡住，看不清脸，这人不正是萨满巫师吗？我不由得惊了一身冷汗。巫师来无影去无踪，她不知道什么时候回来了，而且她进洞来我竟全然不知，真叫人匪夷所思。我赶忙把坠链放回原处，退到一边。

此刻的我心里忐忑不安，不知道偷偷看她的东西会不会激怒她，但她的脸被遮住，看不见丝毫的表情变化。我靠在岩壁上不知所措，心想应该解释些什么，于是张口便说："我只是看了一下，没干别的。"巫师一动不动地伫立着，她好像看到我动了那个坠链，然后缓缓地走到石台旁，拿起坠链，看了看，转头对我，用拉长的音调说："看不见我的脸是不是？不用怕，我的脸远没有你将来看到的这个世道丑陋。"她顿了一下又接着说："这个坠链是我们萨满教世代传下来的圣物，喜欢它吗？"我点了点头。"它传到我这儿已经好几代了，我们萨满教的人没有人去碰它，几百年来你是第一个碰到它的外人。"

我刚想问她为何没人去碰它，而巫师好像知道我要问什么，接着说："它的来历很神奇，据说是由一个西域能讲通古斯语的萨满巫师所造，也就是石牌上刻着的人，他是我们萨满教的先祖。这个坠链被施了咒语，据说能给佩戴者消灾免祸，实现逢凶化吉的愿望，但佩戴者也可以用它来诅咒别人，用善良虔诚的心打开封存在项链里的诅咒。但这种诅咒只能用一次，经佩戴者诅咒的人必遭横祸，而佩戴者也会因此再也不会得到神灵的庇护，由此陷入万劫不复的境地。"说完巫师头转过来，虽然我看不见她的面孔，但感觉到她正用一双眼睛看着我。

我壮着胆子问她："那他为什么要造这么个坠链？"巫师把双手背了过去，仰头边来回踱步边回忆着说："这说来话长了。相传上古蛮荒时代，有个年轻的萨满巫师，他不但能通神冥两界而且相貌英俊，他也非常喜欢自己俊美的相貌，常常坐在河边看自己的面庞对影而歌。很多姑娘对他心生爱慕，可是他却不为所动。那个年代各个部落间常常爆发战争，年轻的巫师因作战勇猛被推举为酋长。他带领本族人打败了很多部落，领土不断扩大。可是更多的部落联合起来准备与他决一死战，巫师自知难以取胜。这时，冥界的邪恶力量乘机给了他神谕，告知他做一个坠链，戴在身上便可获得战胜一切的力量。巫师便按照神谕做了这个坠链，在战斗中他依靠坠链的邪恶魔力大获全胜，可他也由此逐渐变得异常残忍，自私猜忌，谁也不相信，认为谁都要杀害自己，逐渐成为一个嗜血成性、杀人如麻的暴君。一个月夜，他看见自己水中的倒影，那个曾令他着迷的俊美的脸变得丑陋狰狞。他因此十分痛苦，于是祈问神灵，得到的答复是，那个邪恶的坠链被冥界的恶魔施了诅咒，它能让人的内心充满仇恨，使人变得自私、残忍、暴戾，丧失人性，巫师无法摆脱它的控制，它强大的魔力可以摧毁整个世界自然也包括巫师自己。巫师十分后悔当初做的选择，便问该怎么办，神灵告诉他去东方一个部落，找一位不嫌弃他丑陋的姑娘就能救他。

“于是巫师苦苦寻找，终于找到了那位姑娘，是东方一个部落酋长的女儿，善良又美丽。他俩一见倾心，彼此深深地相爱，姑娘的爱让他体验到了幸福，也第一次体验到了人与人之间的信任，他也因此不再滥杀无辜。姑娘看见巫师慢慢地变得富有爱心，也更加喜欢他了。可他过去毕竟杀人无数，仇家众多。姑娘的父亲——部落的酋长迫于巫师的强大势力不敢公开反对他与自己女儿相爱，于是趁机取得他们的信任，可暗地里却派自己的儿子来刺杀巫师。结果姑娘为了救巫师，牺牲了自己，用身体挡住了她哥哥刺向巫师的剑，鲜血浸在了坠链上。姑娘临终前让巫师发誓不要杀害她的族人，不要杀害她的亲人，她不想他变回过去的样子。姑娘死后，巫师悲痛万分几欲起兵报仇，可想起对姑娘发的誓言，只得作罢。而坠链里的恶魔时时刻刻提醒他去憎恨这个世界。他每日在思念姑娘的痛苦与悲愤中度过，最后他无法忍受这种折磨，再次祈问神灵。梦里他再次得到神谕，用那位姑娘的鲜血把坠链中的恶魔囚禁起来，用爱与正义的力量把邪恶死死地封存在坠链里。

“巫师照做了，从此摆脱了恶魔的诅咒，他放弃王位，远走他乡。为了纪念他心爱的女人，为了见证他们之间的爱情，他耗用毕生精力赋予这个坠链神奇的魔力。他要把它留给后人，但只有那些悲天悯人、心地善良的人才会拥有它，它会给佩戴者带来好运，永远庇护它的主人。可谁都会有善恶两面，巫师出于对人性的不信任，他也留给后人开启里面诅咒的机会，其实他想看看在爱与邪恶面前人们是如何选择的。爱、正义与邪恶势不两立，一旦爱向邪恶屈服，作为对恶魔妥协的一种答谢，恶魔会满足释放他的人一次诅咒别人的愿望。但从此坠链也会失去魔力，那个人再也得不到庇护。”

巫师的故事讲完了，而我好像听懂了，可还好像有些不明白于是又问：“它这么神奇你怎么不戴呢？”萨满巫师又说道：“我说过，这个坠链的诅咒只能用一次，虽然它很灵验但会给开启诅咒的人带来不幸，我们萨满教徒常常给别人看病，消灾免祸，难免应别人的祈愿施咒于人，我们是没法戴的。既然你佩戴过它，命里必然跟它有缘，你注定就是它的主人，它也非你莫属。”“为什么？”我问 。“因为你是自它创造以来第一个戴过它的人，你既已碰过它，若不佩戴，便得不到神灵的庇护，灾祸会接踵而至。”

我愣愣地站着，听完萨满巫师的话，不知如何是好，只感觉浑身没劲，巫师轻轻走过来，口中念念有词地说着：“可怜的徒儿，不要怕，神灵会给你庇护。”我则像中了魔似的，在懵懂之际任她摆布。她轻轻地用双手拢起我颈后的头发，把坠链戴在我脖子上，然后一手抓起我的左手于胸前，从身上取出一把匕首，在我食指上一割，把鲜血滴在了坠链的珠子上，侧身附在我耳边轻声说：“若你相信这个世界的美好，这个坠链就会给你好运。若你想诅咒别人，只要不住地念着他的名字，把这颗浸过血的珠子上的金属片揭开就好，你诅咒的那个人必会遭到报应。不过我希望你永远不要诅咒别人，因为一旦释放了这里面的诅咒，你也将厄运缠身，万劫不复。记住我说的话，千万不要把这坠链给别人，它是你的庇护神，在你开启它的诅咒之前它会给你带来幸运，永远追随你，无论你是生是死。”我听着巫师的话，头越发昏昏沉沉的。

“哥，你怎么了，快醒醒。”我感觉有人在推我，我睁开睡意蒙眬的双眼，见妹妹正坐在我身边叫着我的名字。我看了看四周，我正躺在洞口妹妹的旁边。郑姝摇晃着我的胳膊急切地看着我，我一摸额头全是汗。“哥，你怎么了，是不是做噩梦了？”我这才意识到刚才是做了一场梦，我擦了擦头上的汗坐了起来。见我没事妹妹稍稍平静了些：“哥，你刚才把我吓坏了，边喊不要不要边出汗，我以为你中了邪了。”“没事，就是做了个梦。”“什么梦？说来听听。”妹妹好奇地看着我。我不由自主地摸了摸脖子，脖子上空空的，什么也没有。扭头看了看幽深的洞里面，若有所思地说：“没什么。”“我不信。”妹妹摇着头说。恰在这时，洞口外传来一阵脚步声，很快洞口闪出几个人影，见他们身背着鹿，拎着虎皮，我很快认出他们就是前些天来的那几个蒙古人。我听不懂他们说些什么，他们把东西放在洞口，然后跪在洞口拜了拜，嘴里说着什么，然后就离开了。

傍晚，出去打猎的人都回来了，巫师看到洞口的东西，便知道是蒙古人来过，他们是因为诅咒灵验特意回来答谢的。

姐姐那天心情特别好，见妹妹气色好了很多便趁着太阳还没落山，拉上我跟妹妹登上了洞口外面的山顶。那天风和日丽，金色的霞光给大地万物披上了一层红色的外衣，远处层峦叠嶂的群山如被点燃的火海，金色耀眼，天空的云彩被霞光染成了红色，犹如一群群奔腾的红色骏马，驰骋在浩瀚的天际。微风不时吹过山顶，我们迎面感受着微风带来的阳光跟花草的味道，沐浴在晚霞的金色光芒中。我忽然问姐姐：“姐，你说咱家还会回中原吗？”姐说：“我也不知道。看看眼前的一山一树，咱们生活在这里，这也是咱们的故乡，咱们早已是这里的一部分，即使真有一天离开这里，它也不会从我记忆中抹去，我不会忘记这广漠的草原。”我点了点头。妹妹在一旁说：“姐，哥，我想爹跟娘了，咱们什么时候回家啊？”话音刚落身后传来一声：“随时都可以，郑妹的病快好了，再住下去也是无益。”我们循声回头一看是萨满巫师，她立在我们身后，拖地的裙角随风摆动。奇怪再次看到她并不觉得像梦中那么可怕。

妹妹想爹娘，总吵闹着要回家，我跟姐姐商量了一下，觉得妹妹恢复得不错，于是决定提前走。第三天清晨，我们辞别萨满巫师下山了。我们三人依然要穿过那片沼泽，我走在前面，边用木棍试探路，边拨开挡在眼前的野草。走到一半路程的时候，妹妹睡着了，我跟姐轮流背着她，轮到姐背妹妹的时候，姐把我叫住，伸手递给我一件东西，我一看，是一个坠链，跟我梦中见的一模一样，我一脸惊诧地看着姐：“这个，是怎么回事？”姐说：“咱们离开的前一天晚上那个萨满巫师交给我的，她让我下山后再给你，让你戴上，说不用解释你全知道，还跟我说这个项链能给你带来好运。我想既然能给你带来好运，那也挺好，可平白收下人家的东西总感觉不太合适，不过巫师一再强调这个坠链跟你有缘，本是属于你的，如果拒绝就不太吉利。我想既然她这样说，就替你收下了，等日后再来答谢人家，现在给你。”我接过坠链，心中好生奇怪，我做的梦跟谁都没说过，巫师竟然全知道，它真如巫师所说的那么神奇吗？我将信将疑，于是举起它对着阳光仔细端详，没觉得它有丝毫异样，只有周围绿色的野草在风中来回晃动。

回到堡子，几个伙伴都过来看望妹妹，完颜守跟安术虎也来了。安术虎无意间看到我脖子上的坠链很惊奇，他问我怎么来的。我告诉他是那位给妹妹看病的巫师给的，她说它跟我有缘，而且充满了魔力，只要我不用它去诅咒别人就能逢凶化吉，永远会给我带来好运。安术虎更加好奇了，连说是真的吗？一旁的完颜守笑了，他说这是不可能的，我刚要跟他争辩，他说不妨我们做个验证，他拿箭射我，如果我戴着坠链不躲，他不能射中我说明坠链有魔力是真的，否则就是假的。我一口答应，完颜守叫我站在三十步开外，然后拔去箭头，拉弓搭箭，瞄准后，一撒手箭杆飞了出去，我纹丝不动地站着，眼看着箭向我飞了过来，正击在我的胸前，箭“啪”的一声掉在地上。完颜守笑着走过来捡起地上的箭杆对我说：“如果上面带着箭头，你今天就死定了。相信所谓的魔力，不如相信自己的实力。”

我无话可说，低头摘下坠链扔在了一边。安术虎走了过来弯腰拾起坠链递给我拍拍我的肩膀说：“很多事情我们其实说不清，既然它跟你有缘，就戴上它吧。我宁愿它是真的，就算是个祝福也是好的。”

天渐渐冷了起来，尤其是拂面而过的风让人感觉有些刺骨。眼看就要入冬了，这时堡子里是最忙的，人们既要为过冬做好准备，又要向官府交税。尤其今年官府四处征战，各家牧民摊的税份比往年多，堡子里能干活的都不能闲着，家家得出劳力，爹叫我去帮师傅忙。

堡子里有个蜂场，在北面的山坳里，离堡子二十多里的山路，虽说是山坳但地势平坦开阔，每年开春到立秋各样五颜六色的野花相继盛开，尤其是杜鹃花，成片成片地铺满了整个山坳，走进山坳的林木中如同漫步在粉色的花海一般。林中各种野蜂、蜜蜂、蝴蝶数不胜数，蜂场就安置在山坳的斜坡上，有两个临时帐篷。养蜂是女人干的活，由姐郑澜跟堡里其他几个妇女负责，长年都住在这儿。有人管蜂箱，有人负责摘各种水果，比如梨、杏、桃……还有人专门把水果制成干，去除水分，用蜂蜜浸泡制成果脯，每年都要装几车上交给官府。果脯这个东西很好吃，小时候，姐总是偷着拿一些给我吃，堡子里的孩子总喜欢往蜂场跑，弄些好吃的。

蔺晚秋这些日子就住在蜂场。每年这个季节都要把做好的果脯运到堡子里，现在人手不够，师傅让我跟蔺晚秋一起往堡子里运果脯。因为山路不好走，不能等到冬天下雪封山后什么都运不出来了。我把运果脯的那几匹马的缰绳拴在我的马鞍上，便跟着蔺晚秋从师傅那出来，一前一后骑着马，朝着山坳方向走去。

这个活儿我以前也干过，轻车熟路。运果脯最不好走的就是上山那段路，山脚下是茂盛的树林，绵延向上覆盖了整个山脉。秋天，金黄的落叶铺满了树林，踩上去松松软软，却也掩盖了很多潜在的危险。那里有我们捕猎挖的陷阱，还有自然形成的沟壑，它们都被厚厚的落叶掩藏，外表根本看不出来。

蔺晚秋跟我没有话说，我跟在她后面，耳边只有轻轻的马蹄声和偶尔马打的响鼻儿。我看着她的背影，她骑的黑马健壮有力，乌黑的皮毛在光线的反射下随着肌肉的起伏移换着高光，马尾巴不时地左右甩着。她也穿上了牧民的衣服，只是发髻没变。我默默地跟在她后面，低着头看着脚下枯黄的杂草。头顶上方传来大雁此起彼伏的啼叫，我抬头仰望天空，一群大雁排成之字形正时隐时现地掠过薄薄的云层，向南方飞去。我情不自禁，朝天空学了一声大雁的啼叫。

蔺晚秋勒住马，转过身，看着我，我见她看着我，不由得有些不自在，我好生奇怪，为什么在她面前我感觉自己像个犯错的孩子，我故意把头扭向旁边，甩着手里的马鞭，晚秋道："看不出在师傅面前腼腆的学生，却也有顽劣的习性。""顽劣是什么？"见我一副诧异的样子，晚秋说："你刚才学的，不是捕猎时候大雁的叫声吗？""你怎么知道的？"晚秋没回答，仰望渐渐消失在云层中的大雁道："望月惊弦影，排云结阵行。千里迢迢飞向南方，一路不知有多少艰辛。""是啊。"我说道。晚秋问："你捕杀过它们吗？"我摇摇头。晚秋用马鞭指了指大雁远去的方向："再看到它们，又得是明年了。"她转头问我："你祖籍也是中原？""对，但我自小就在这，从没回去过。""人啊，有时还不如这大雁，想回去就回去了。"我说："除非人能长出双翼。""怎么，你想变成大雁吗？""不，我想变成雄鹰。"说着我伸出双臂做飞翔状，晚秋看着我的样子不禁被逗笑了。

一阵风袭来，吹散了她额头的头发，我看着她抬手拢头发的样子，感觉似曾相识，却怎么也想不出到底在哪见过。忽地我脑海里闪现出那晚在河边看到的洗澡少女，虽看到的是背影，怎么这么像她？想到这儿，脸不由得红到了脖根，赶忙转头，催促赶路。

很快，我们走进了山林。林中大多是白桦树、松树和杨树，地上满是厚厚的落叶，我走在前面小心地辨认树干上的记号，以免掉入陷阱。我们安全地到达蜂场时，已是中午。

那里的五六个人正等着我们，我看见完颜皓也在。大家抓紧时间装箱，以确保我们在太阳落山前走出山下的那片树林。当我把最后一箱果脯搬上马背，用绳子勒好，姐走了过来塞给我和晚秋一人两包果脯和干粮，叫我们赶紧下山。我欣然答应着随手把姐拉到一边，斜眼撇了一眼正在干活的完颜皓悄声说："姐，皓哥怎么也在这儿，是帮你忙的吧。"姐拍了我一下脑门："大人的事，小孩别瞎打听。"我赶忙躲闪："我是你弟弟啊。""别那么多废话，路上照顾好晚秋。"我答应着骑上马，看着带来的六匹马都驮满了沉甸甸的箱子，忽然感觉肩上的担子重了很多。

正准备出发，姐和完颜皓走到马前，姐嘱咐我们下山时别走原路，皓哥指着我来时东面那片山丘，叫我从那边下山，说罢看了看偏西的太阳，说："天短了，这条路比你来时的要远，估计要多走一个时辰，万一天黑还没走出去，一定要找到林中的那座仙人石。石头西边有条小道，顺着往前走，就能出去。""皓哥，我以前走过，不用担心。"姐说："出了树林，一直往南。""我知道，又不是头一次。"姐又嘱咐晚秋。完颜皓递给我浸了油的火把和打火石。"一路小心。"我接过来，和晚秋上路了。

我们顺着起伏的山脊，来到了那座山丘。晚秋问我为什么他们不让我们走来时的路。我说那条路留下了咱们的气味，往往会招引一些猛兽闻风而至，回去时遭遇它们可不是闹着玩儿的。尤其是狼群，在这个季节最好避开它们。下山的路不好走，光秃秃的山坡其实也根本没有路，倒是坡很陡，一些参差不齐的岩石凸露在外面。我们沿着斜坡迂回地往山下走。实在太陡了，于是我干脆下了马走在最前面，我尽量向后靠着身子，拉着头马的缰绳，头几乎贴在马的胸上，我知道控制好领头的马，后面的马队就会跟着往下走。晚秋走在马队的最后，手里握着缰绳遇到坡陡的时候向后提拉着，就这样马队在山坡上缓慢行进着。

我尽量牵着马选择那些表面坚实的地段走。对于一些铺满碎石的坡面，我往往先探探虚实，而马遇到那些松动的路面也是驻足不前，我使劲才能把它拉动。不断地，有一些大大小小的碎石在马蹄的踩踏下顺着陡峭的坡面一直滚到山下，伴随着噼噼啪啪的响声，整个山坡扬起一片尘土。

经过好一阵的迂回向下，马队终于走过最艰险的路程，深一脚浅一脚地行进到山腰。下面的路好走多了，可马已是浑身湿透，我也大汗淋漓，停下脚步，我倚在马身上，短暂地休息。

解开皮袍上面的盘扣，阵阵的山风吹过山坡，拂面而过，顿时让人感到清爽。我摘下皮帽，边扇着，边向后喊道：“晚秋，跟得上吗？”我扭头往后看，透过参差不齐依次向上的马背，看见晚秋排在队伍的最后，正坐在一块凸起的岩石上，一身白色的皮袍已被蹭得满是灰尘。她正一手牵着缰绳一手搭着凉棚挡着刺眼的阳光，侧头向西眺望，清冷的面庞被身后黑色空旷的山坳衬托得很亮，犹如深潭中的一块玉，顺着她的目光，我看见太阳已偏西。

晚秋朝我指了指快要落山的太阳，我明白她的意思是催我快点赶路。我转过头俯视四周，脚下的树林顺着蜿蜒起伏的山势延伸到整个山脉。我拍了拍头马的脑门：“伙计，咱们得赶路了。”说罢又往下走。当晚霞把天空染红时马队终于下了山。

山下的树林光线很暗，借着穿过树木缝隙照在地上的霞光，依稀能辨认崎岖不平的小径。马队在光影斑驳的林中穿行，忽明忽暗。我骑着马仍走在最前面，抬头仰望迎面而来的参天大树，挺拔的树干仿佛直插云霄。我挥刀劈开横在面前的枝杈，耳边除了呼啸的风声就是嘚嘚的马蹄声。

晚秋从后面赶上来，与我并肩而行，她侧过头来，看着我，手藏在身后，看着她一副煞有其事的样子，我正感觉挺纳闷，她把皮帽伸到我面前，我这才知道刚才下山时把帽子弄丢了。“你戴着吧。”我说。“我有。”说罢她把帽子塞给我，从马鞍的另一侧取出一顶帽子，自己戴上。我瞧着她神采奕奕的样子，心想中原女子竟也可以把这身粗蛮骑服穿得如此精美。

正想着，没注意迎面而来的树枝，急忙闪身，还是被剐歪了帽子。看见我滑稽的模样，晚秋不禁笑出声来。我抬头忽然看见前面黑黝黝矗立在树林中的一座巨石，指给晚秋看：“看，那就是仙人石，咱们这就能出去了。”晚秋顺着我指给她的方向看，可是光线太暗，黑乎乎的什么也看不太清楚。这时一阵山风袭来，寒气逼人，冻得我不由得打了一个冷战。在清冷的空气中，我忽然闻到一股淡淡的香味，我疑惑地望着晚秋：“你闻到一股香味了吗？”晚秋眨着眼睛看着我说：“没有，怎么了？”说罢有意地闻了闻。我凑过去，感觉香味是从她那发出来的。晚秋也低头闻了闻自己的袖子，“嗨，你说的是不是它？”她从袖口里取出一个香囊举给我看。

果然，香味是从那散发出来的。我有些埋怨地说：“你怎么带着它？”“怎么了？”“你闻闻我身上的味。”晚秋吸了吸鼻子：“有什么好闻的，就是皮子味，草籽，还有些膻味。”“对啊，这些味道，掩盖了我本身的气味，野兽是不容易发现到我的。你就不行了，它们在几十里以外都能闻到，轻易就找到咱们。”

太阳快要落山了，树林越来越暗，晚秋随手把香囊用力抛向林子深处，香囊在满是树叶的地上弹了几下，滚到了土坡下，静静地躺在地上。一阵疾风袭来，擦着地面卷起片片落叶，香囊也被风刮起的树叶簇拥着微微地挪动了一下。

我正要和晚秋往前赶路，忽然我骑的黑马竖起耳朵，睁大惊恐的眼睛，焦躁不安地踱着前蹄，一阵阵地嘶叫，其他马也躁动起来，我侧耳倾听。暗叫：“不好，林子里有动静。”凭我自幼跟随大人捕猎时的耳濡目染，警觉地感到有猛兽正逼近我们，不由自主地，我从背后抽出佩刀。晚秋担心地问：“怎么了？”“周围有猛兽逼近，危险。”正要准备把马圈起来迎战突袭的野兽，晚秋提醒我快点燃火把。我顿时醒悟过来，急忙取出火石打火，接连打了几下。这时两旁的树丛里沙沙作响，我知道它们已近在咫尺。

情急之下打火石的手竟有些发抖，打了几下都没打着。晚秋策马过来帮我挡风，这时马队已混乱，这些马受到了惊吓，本能地开始乱踢乱咬。就在一片嘈杂的马蹄声与野兽阵阵的咆哮声中我点燃了火把，熊熊燃烧的火焰照亮了昏暗的周围。我把火把高高地举过头顶，周围林子笼罩在火光之下，火光把我和晚秋的脸映成了红色。晚秋紧挨着我，抬头望着火苗，四周树林深处一双双忽隐忽现的亮光是野兽的眼睛，它们在黑暗的隐蔽处徘徊着，发着低沉的吼声。马儿此时也好像有了稍许的安静，我吆喝着，引领着马队加快了步伐，紧忙往前赶路。

当夕阳把最后一缕火红的霞光映照在大地上的时候，我带着马队终于走出了树林。眼前的原野在幽蓝的星空下显得更加空旷、辽阔。连绵的山丘被夕阳染成了金黄色。我带着马队尽量在山丘顶上走，以避开猛兽的突袭。好在出了树林，它们再也没有尾随跟来。我回头看看晚秋，晚秋的脸被遥远的地平线上那一缕残阳照得红灿灿的。

我跟晚秋遥望星空，浩瀚的夜空中繁星点点。晚秋指着繁星中那勺子似的七颗给我辨认，告诉我方向没错。一阵山风袭来，紧接着又一阵风袭来，而且越刮越大，山丘顶上长满了厚厚的野草，随风摇摆，我紧了紧领口跟晚秋说：“还有一段路要走，咱们快点吧。”“嗯。”晚秋答应着。

夜色逐渐笼罩了整个苍穹，一只雄鹰静静地站在高高的悬崖边上，任由山风吹着它深褐色的羽毛，一动不动。当天边那最后一缕霞光消失在地平线上的时候，雄鹰蓦地腾空而起，张开双翅迎着风向山下俯冲下去。它展开双翅，在苍穹间自由翱翔，它掠过山峦、丘陵、树林，风从它翅膀间滑过，掀起一片片羽毛，接着，它一个侧转身，天地在它双翅间旋转、变形，然后它一个俯冲滑向茫茫草原，大地在它身下飞快地向身后闪去，那一双犀利的眼睛扫视着灰莽莽的原野。在它疾驰如电的身形下，依稀能看见一行马队顶着漫天的朔风正行进在崎岖隆起的山丘上，满山的野草被阵阵呼啸的北风卷起的层层尘沙席卷、摇晃着，犹如风暴中海面掀起的波浪。马队里两个少年倾着身子，低着头排成一行，在清冷的空气中艰难地行进，他们的身影在层层的沙浪中时隐时现。

“郑——灿——”我依稀听见晚秋在身后喊我，风太大，我勒住马，把皮帽揭开一角转头问：“怎么了？”晚秋在马队的最后，她用马鞭指指天空，兴奋地让我看，我抬头看去，一只雄鹰正飞过头顶。晚秋把手拢起来向我喊道：“你不是想变成它吗？”我笑着点点头，喘息间冒着雾气，注视着雄鹰渐渐消失在夜空。“对，变成它。”我自语着，朝着苍鹰远去的方向打了个响亮的口哨。天这时已完全黑了下来，我催马赶紧赶路，挥着鞭子大声吆喝着：“驾！”马仰头嘶鸣着，快步向前奔去。当听到前面传来阵阵的狗叫时我知道，我们终于回到堡子了。

五

早晨被一些嘈杂声吵醒，透过帐篷缝隙的光束明亮而耀眼，预示着今天是个好天气。我躺在帐篷里厚厚的皮垫子上，盖着柔软的羊皮毯子。昨天奔波的疲劳被一夜的酣睡冲得无影无踪，皮毯盖在身上特别地暖和，蓬松的毛，贴在面颊上，让人感到踏实而温馨，呼吸间还能闻到淡淡的羊膻味，这个味我再熟悉不过了。

我慵懒地躺着，不愿起来，甚至眼皮都是半睁开，那些穿过门帘的寒冷空气让我意识到帐篷外很冷，草原的冬天已经到来。我一动不动地就这样躺着，两眼直直地看着帐篷顶，支撑帐篷的木制龙骨呈放射状地呈现在眼前。我看着篷顶，脑海里不由得浮现出晚秋的身影，晚秋总是让我感觉与众不同，辽阔的草原孕育了我们游牧人豪迈、豁达、坚韧的性格，晚秋虽不像我们，却多了几分灵动之气。中原人都这样吗？那天晚上我看到的洗澡的人是她吗？正想着，这时听到帐篷外有些响动。

仔细一听是爹娘在外面，一边干活一边说话，听这动静好像是在刮皮子。刮皮子就是打磨存放下来的羊、牛等各种兽皮，把没有剥离干净的油脂磨下去。因为这些皮子存放时间长了以后就会变硬，所以要用卵石或木棒把它们打磨干净，让皮子更柔顺。我听大人说过，家里若存有虎皮，是很值钱的，可我们家没有。我只见过完颜守家有一张。我家最好的可能是娘存放在箱子里的水獭皮。刮皮子这种活多半是由女人和小孩子来干。爹身子骨不是太强壮，干不了重活，所以这种活也跟娘一起干。

只听得娘对爹说："郑澜也老大不小了，这年月兵荒马乱的，总得给她找个依靠，趁着你我这身子骨还能折腾，赶紧给她寻个人家。这十里八乡的，你看有没有合适的。"爹没吭声，手里的活儿也没停，又听娘说："别人跟我提过，我呢也看出那么点眉目。咱们老大跟完颜家的相好，完颜皓是个好后生，可他毕竟不是汉人啊。"正说着，听见爹叹了口气。其实我了解爹的想法，他大半辈子都在想带着全家回中原，一直努力找机会。从我记事起，回中原故土就成为他在沉默寡言时，让人深深感觉到的一种压在心头上抹不去的情结。这种翘首期盼的心情不必说出来，我也能感受得到，不过在堡子里这种话也没人敢讲，那会引来杀身之祸。

不过眼看头发已斑白，回乡仍遥遥无期，怎能让他不愁，况且大姐要嫁给当地人，那举家回乡的梦想岂不成泡影。可面对孩子一年年长大，自己一年年老去，那种无奈又当如何面对。

我躺在帐篷里正寻思着爹娘的话，听得妹妹从外面跑过来，自从上次她治好了病，便跟爹娘嚷嚷要养一只海东青，说安术虎有一只不给她玩，爹娘跟她讲你还小，海东青有时是认主人的，也很凶猛弄不好会伤着人的，妹妹不听缠着爹娘闹，没办法爹娘叫妹妹："去，找你哥去。"

我赶忙装睡，妹妹掀帘子冲进来，见我躺在垫子上睡觉，双手便推我，怎么晃我也不醒，于是用手捏我鼻子。我终于被她折腾得没法装下去了，只得想办法哄她。海东青这种猛禽确实很危险，也很珍贵，堡子里不是家家都有，安术虎将他养的海东青视为宝贝，平时都很少拿出来，怎么会轻易给别人玩。不过这小子用鹰来馋我妹妹也确实可气。想到这儿，便哄妹妹跟她去放纸鸢。纸鸢是前几年爹从中原商榷市场上换来的。细竹条围成的架子，上面糊着白纸，白纸上描画着胭脂色的云纹，还有两条长长的飘带。去年冬天我还跟妹妹放来着，甚是好看。妹妹听我说放纸鸢，自然高兴起来。

我拿着纸鸢带着妹妹走出帐篷，帐篷外晴空万里，一丝云彩也没有，阳光刺眼，照在脸上感觉有些灼热，而拂面而过的风却异常清冷甚至有些刺骨。放眼望去印象里碧绿色的草原不知不觉中早已变成土褐色。那眼前的山丘，在阳光照射下所形成的黑黝黝的阴影与山脊平缓单调的线条使往常熟悉的山丘仿佛也换了一份心境，显得那么孤寂、沉静。风很大，吹得帐篷外立的杆子上的幡旗哗哗作响。旗杆在地上拉了一条斜斜的影子，爹娘在空地上刮着皮子，架起的木杆上搭着深浅各异的皮子。耳边除了风声什么都听不见。

我拉着妹妹向东走，一步一步，呈现在眼前的是不远处几个白色的帐篷，再远就是那永远无法消失的地平线。妹妹拉了我一下说："哥，你发什么愣啊？"我这才缓过神，看着这景色竟忘了自己要给妹妹放纸鸢。不过看着这么大的风，放纸鸢恐怕不行。正想跟妹妹解释，瞅见妹妹那双急切的眼睛真不忍心扫她兴。我叫她把纸鸢举过头顶我来放线，由于风大，纸鸢很快升起来但在空中摇摆不定，我把绳子交给妹妹牵着，跟她一起跑，长长的细绳一头牵在妹妹手里，一头通向飘在空中的纸鸢。纸鸢在空中随着风左右摇摆，很快向侧面倾斜滑向地面，掉在了地上。

还没待我去捡，远处飞驰而来三匹马，马上是安术虎、完颜守和晚秋。完颜守在急驰的马背上一侧身，身子几乎擦着地面，一手拾起纸鸢，同时跃起，然后双脚撑着马镫子，几乎是一瞬间冲到我们面前勒住马，把纸鸢递给我妹妹。马蹄踩踏扬起的尘土扑面而来，我跟妹妹掩面后退。青鬃马粗大的鼻孔喘着气，凸出的大眼闪着兴奋的躁动。随着主人紧勒缰绳，青鬃马往后一抬头，仰天嘶鸣。后面的完颜守胳膊前伸缓缓松开缰绳，马随即低下头，双蹄不住地踏着地。

我这才看见高高坐在马背上英姿飒爽的完颜守。完颜守身穿白色窄袖圆领袍，脚蹬长筒乌皮靴，腰佩犀角柄弯刀，身背长弓。安术虎、晚秋也随即驱马过来。安术虎伸出的手臂上包着皮护垫，上面稳稳地站着海东青，它尖利的双脚牢牢地抓着皮垫，一只腿上拴着的细铁链固定在马鞍上，双眼箍着皮套罩，站在安术虎的前臂上，偶尔展开双翅，保持着身体的平衡。

"哥，你看，我要那个海东青。"妹妹指着安术虎手臂上的鹰对我说。安术虎苦笑了一下说："妹妹，给你玩可以，伤着你我可不管啊。""好啊。"妹妹答应着就要过去拿，我一把拉住了她："你一个小女孩玩那么危险的动物干什么，它也不认你啊。"见我阻拦，妹妹说："我看见刚才晚秋还拿它来着，我为什么不行？"晚秋无奈地摇着头说："你才多大啊。""我不怕，反正纸鸢也放不起来，你说怎么办啊？"妹妹噘起嘴对我一副不满的样子。"那你除了海东青，就没想要点别的？”安术虎试探地问。妹妹想了一下赶忙说：“那你给我抓个虎崽儿来？”“你怎么不叫我给你捉条龙啊？那是你玩的吗？”“那你说给什么啊？”妹妹白了安术虎一眼。忽然看到完颜守，便笑脸上前说：“守哥，你家的小马驹挺不错的，能不能借我玩些日子？”完颜守直往后躲：“它还小，禁不起你的折腾，大点再说吧。”“你怎么这么小气，我又不是要你的马驹，帮你养着。”妹妹的话语犀利，完颜守说：“马怕你养不好，我给你逮个小鹿行不行？”“好，君子一言驷马难追。限你三天，给我捉只鹿崽儿，逮不到，再拿马驹代替，拉钩。”完颜守措手不及被妹妹拉了钩，妹妹得意地仰着脸，蹦蹦跳跳地走开了。

安术虎看着完颜守：“上当了吧，给自己找个活儿。”完颜守笑了一下：“反正这两天堡子该狩猎了，逮个鹿还不手到擒来。”一拉缰绳策马要走。我问：“你们这是干什么去？”安术虎说道：“西边的河面冻上了，每年河面结冰的时候不都快打猎了吗，晚秋也想去。我们教她怎么捕猎，刚才完颜守还教她射箭来着 。”晚秋取过完颜守递过来的弓，朝我做了个拉弓的姿势，说道：“怎么样，一块来吧？”看着晚秋兴高采烈的样子，心里不知怎么酸溜溜的。完颜守的箭法是我们三人中最好的，弓也是最好的，弓柄黏合了三层，弓弦用的是麋鹿后腿的筋，两头用鱼鳔白熬成的胶黏合而成十分牢固、强韧，用起来既轻巧，射程又远。不过在冬天再好的弓现在用起来也紧。我心想完颜守的弓也没什么嘛，忙说：“改天吧，我还要帮家里刮皮子呢。”

说实在的帮家里刮皮子不过是个借口。最近不知怎么着，自从上次跟晚秋运果脯回来后，每见到她心里总是有些不自然，胸口像揣了个兔子，乱跳个不停，心神不宁的，还不能让人看出来，所以故作轻松，好像什么都不放在心上，其实心里很在乎她的一举一动。我觉着心里好乱，自然没心思跟他们打猎去了。

入冬的草原，天早早地就黑了，晚饭胡乱地吃了几口，也没品出个味儿，便回到自己的帐篷里，点上油灯。油灯在我们这里是奢侈品，平日里舍不得用，是我跟安术虎在勃堇那拿的，趁亮拿出笔墨纸砚，在灯下练起字来。草草地写了几个字总觉得不大满意，正练着听得有人掀帘进来。

进来的是姐郑澜。姐见我仍低头写字，并不搭话，便翻了翻我写的纸页，坐在灯的另一头看着我，过了一会儿她问：“郑灿，看你没精打采的样子，有什么心事吧？”“没有。”“真的？”“真没有。”我躲闪着姐姐询问的目光，怕她看出我的心事。我还没准备好把自己的秘密讲给她听，于是岔开话题："姐，我听见爹娘在说你的婚事，好像要给你找个人家。"

姐见我无意说自己的事，便也没再问，说到她的婚事，姐赶忙问："爹娘是怎么说的？""我也没听他们说出个结果，就是娘挺替你着急的。"我侧目看了一眼灯对面的姐，那张被灯光映得红润的面庞清晰而明朗，姐确实很好看，十里八乡没人比得上。姐说："不管爹娘怎么定，我的事我自己做主，除了完颜皓我谁也不嫁。"我知道姐的脾气，也能体会爹娘的苦心，完颜皓也没什么不好的，我只希望他能对姐好，姐能真的跟完颜皓平平安安的。

当天夜里下了入冬以来第一场大雪，足足下了一尺多厚 ，天刚亮完颜守、安术虎就来找我，说是给妹妹郑姝逮鹿去。我换上厚厚的皮袄，看见晚秋也骑马整装待发。她身后刚升出地平线的朝阳刺得人睁不开眼，我赶忙转头看向别处。这才注意到大地已被厚厚的积雪装点成银白色。在强光照射下泛着冷冷的青光。他们身上都已装备齐全，三人背对着太阳，面向我，强光沿着他们的轮廓形成一圈光环，炯炯的目光注视着我，询问的眼神像是在问要不要一起走。这种默契已让我别无选择，我翻身上马。

四人骑着马并排走在白茫茫的雪原上，我们谁也没说话，只有马蹄踩在雪地里发出单调的吱吱声，除了远处偶尔传来野兽的啼叫在山谷中回荡，周围静极了。我抬头看向前方，强光下的雪原亮得刺眼，我不由得眯起眼来。视线里宽阔的雪地平整、细腻，洁白得没有一丝瑕疵。远处山丘上高耸的密林犹如从天而降垂下的巨大帷幕横在眼前。

在完颜守的示意下大家停了下来，我们紧挨着，连成一排站着，太阳使我们在雪地上留下了青色的阴影。一股股寒风打着旋儿扫过地面，吹散了我们鬓角的头发，卷起了地上的浮雪，扬在空中。在阳光的折射下，浮雪形成晶莹剔透、七彩斑斓的亮点，随着气流忽隐忽现飘逝旋转。冷空气使我们的呼吸间都冒着白气，我侧目看了看那三个人，晚秋眼睛、睫毛上都挂着雪花，而我跟两个伙伴也都一样，只不过唇上刚长出的胡楂也结了层霜。

完颜守眯起眼睛往远处看，安术虎下马扒开积雪，在地上摸索着，我知道他在找麋鹿留下的足迹。很快在杂草中他找到了麋鹿的粪便，用手捏了捏，反复地闻了闻，然后向完颜守点了点头。他的意思是，这附近有麋鹿曾来过，现在它们离这儿应该不会太远。

冬季在雪地逮这种动物，只要确定它们活动的范围，跟踪留下的脚印就能找到它们。而且所用的工具是一种叫绊脚索的绳子，两米来长，两头拴着木块或者铁球。用的时候先将绳子在手中抡起来，等它完全旋转快了以后，擦着地面甩出去，这时如果绳子碰到正在奔跑的动物的腿上，由于惯性作用拴有重物的一头立即会缠在猎物的腿上，这样它就会绊倒，很容易就能捉到活的。不过这种捕猎用具，只有在开阔的地势上才能用。

完颜守观察了一下地形，便跟安术虎从东面进树林，而我则跟晚秋由西面进树林，把麋鹿赶到开阔地，然后再逮。确定好包抄的路线后，我们便策马冲进了山林。跟晚秋一起我心里是很乐意的，但不能流露出来，只是我走在她前面，以应对不测。

我们沿着铺满积雪的山坡往山上走，眼界里尽是两三个人才能抱得住的参天大树，拔地而起，直耸入云。树冠上枝叶盘结，藤干缠绕，像在头顶上织起一张大网，厚厚的积雪覆在上面，我们犹如在搭建起来的一个巨大山洞中穿行。

林子里的光线比外面暗些，阳光透过树顶的缝隙在林中形成角度各异的光柱。行进在林子里，不时会有些积雪从树梢上散落下来，一不留神，雪就会钻进脖颈子里，凉飕飕的。我听见身后瑟瑟直响，回头一看，是晚秋在低头扫脖子里的雪，我不禁笑出声，晚秋见我笑，也跟着笑起来，忽然我觉得脖子根一凉，一大块雪正落在我头上，我赶忙低头往外倒。这时晚秋笑弯了腰。

往前行进了没多远我便发现鹿群的脚印，但同时我也看见一些别的脚印，断定盯着这群麋鹿的，不只我们，还有其他的猎手，那就是冬季的草原狼。一只狼对于我们这些狩猎牧民来讲应该不足挂齿，但是一群狼，尤其是冬季饥饿的群狼，对付起来可就没那么轻松了。根据狼留下的脚印判断，应该不下十来只。我不由得警惕起来，晚秋见我神色不对便问：“怎么了？”我指着地上的脚印给她看：“狼的脚印是压在鹿的脚印上面的，说明鹿先在此地觅食，然后狼群突袭，或者被麋鹿事先发觉有危险，择路而逃，狼在后面穷追。雪地上没有撕打的痕迹，说明狼还没有逮到猎物，顺着脚印，快的话可以追上它们。”

想到这种情况，应该让完颜守和安术虎他们知道有这种危险。也不知道他俩走到哪了。我跟晚秋也顾不了太多，顺着脚印追了下去。

安术虎跟完颜守由西面包抄过来，实际上他们没有发现有狼群也在跟踪麋鹿。这片密林的深处是一座依山而立十余丈高的悬崖，刀削般的崖面平整光滑，夏天山上的溪水汇集到悬崖，沿着崖面奔涌而下形成一道瀑布，瀑布使悬崖下面形成一潭湖水，水面不大，但潭底有温泉。冬天瀑布已结成冰，而湖面四季如春，即使在寒风中也是热气腾腾。

这个地方我们很少单独来，原因是它处在树林深处，地势险峻，各种猛兽经常出没，比较危险。但在冬季此地却是捕猎的好去处，很多动物都来这饮水。

完颜守跟安术虎自然也会找到这里。他们悄悄从东面靠近潭水，东面地势比较高，耸立着各种参差不齐的岩石，岩石顶上铺着厚厚的积雪。他俩靠着岩石慢慢地探出头来，湖面上浮着浓雾般的水汽，几乎看不到水汽下面的情景。他俩侧耳倾听，从动物走动和打嗝的声音判断，他俩知道这是一群在此处饮水休息的鹿群。

他俩判断得没错，此时，我跟晚秋也追着脚印靠近了湖边，只不过西面地势较低，地形相对比较平坦，视野开阔。我们躲在树后清晰地看见眼前的情景，湖面上缭绕着浓浓的雾气，湖边拥挤着饮水的土褐色的鹿群，几只小鹿也挤在大鹿的腿边。

我记得给我妹逮只活的小鹿，于是解下绊马绳，示意晚秋原地不动，我匍匐靠近湖面。正当我缓缓挪动身子向前接近目标时，我听见三声清脆不间断的麋鹿叫，我听出这是安术虎发出的信号，他们在附近，让我动手。

安术虎跟完颜守正是此意，我接到信号后，心里有底了，待到适当的距离抡起绊马绳朝着小鹿甩了出去，鹿群大乱，小鹿被绊倒。安术虎和完颜守听到动静，知道该下手了，便从岩石后冲出来。正当完颜守搭弓拉箭准备射杀麋鹿的时候，忽然头顶岩石上的积雪四溅，十多个黑影铺天盖地从天而降，把他俩从马上扑了下来，围住他俩，低头撕咬，完颜守的箭匣也随着跌进了湖里。

这一切我清清楚楚地看在眼里，袭击我们的就是刚才我所担心的群狼。一只体形较大的狼站在高耸的岩石上，没有扑下来，四肢粗壮有力，前腿扎在积雪里，低头看着下面，喉咙里发出低沉的吼声，一身青灰色的皮毛，配着龇出嘴外的獠牙，让人看了不寒而栗。看样子它应该是头狼。

雪地里完颜守、安术虎跟狼群撕打到了一起，我搭弓拉箭瞄准头狼射去，头狼侧身闪开，双眼随即扫视到我，它低头退步纵身一跃跳下岩石，向我扑来。狼这种动物很聪明，捕食猎物的时候很有方法，尤其是群狼作战时，往往能杀死比它们大好多的猛兽。它们身法敏捷，行动矫健，很懂得协同作战，几只狼围住猎物，从不同的方向角度进攻，让对手腹背受敌。它们会很好地保持体力，每次进攻，都是有目的的，对于比较强大的对手，并不急于一下杀死对方，它们会把危险降到最小，免得自己受伤。它们轮番进攻，拖垮对手，耗费对手的体力，当对手体力不支时，再真进攻，往往一招置对方于死地。这种群狼作战的方法很有效。

我抽出配刀，捡起地上的一根树枝，迎战扑面而来的头狼。我晃动手里的家伙，目的是干扰狼的判断，扰乱它的进攻方向，果然头狼冲到我面前不进攻而是左右徘徊，想找我的漏洞伺机下手。我用武器保持着跟它的距离。头狼见无可乘之机，便发出一声长长的吼叫，很快两只狼便被召唤了过来，围住了我跟晚秋。我一边防着正面进攻的狼，一边又要照顾身后的晚秋，这样一来它们得手的机会很大。

果然两只狼同时向我扑来，一个咬向我的大腿，一个扑向我的上身。我后退着挥舞树枝躲开了一只狼，而另一只却狠狠咬住了我的右胳臂，幸好我穿的皮袄比较厚，但前臂仍感觉到一阵痛。得手的狼拼命地往后拉我，我被这只三十多斤的狼拖着，险些栽倒，右臂根本抬不起来。我连忙举起左手挥刀便砍，狼撒嘴闪到一边，刀锋擦着它的后背划出了一道血痕，狼在雪地上打了几个滚，蹿起来，俯身仰头向我低吼着，咧起的嘴形成的褶皱使得脸变了形，挤得一双眼睛更加凶残。我回头看了看晚秋，她也被狼逼得狼狈不堪。我知道这样单打独斗下去肯定不行，打了个口哨，我俩要跟完颜守他俩一起。

完颜守跟安术虎此时退到了湖边，跟群狼杀得血肉横飞，额头上蹭出了血，衣服也被撕烂了，满头大汗，汗水跟血水混合着冻成了冰柱粘在脸上，几只狼也挂了彩。完颜守的光头在寒冷的空气中冒着热气，安术虎紧咬牙关，我们四个人背对背，围成圈靠在一起。十多只狼把我们围在中间，它们左右徘徊，晃动着身子，寻找着机会，逐渐地缩小着包围圈。而那只头狼却远远地坐在雪地里，一动不动。它在保存体力，一双眼睛紧盯着我们，偶尔用鲜红的舌头舔一下嘴唇，像是在品尝它期待的猎物。它在等我们的疲态，一旦让它发觉我们体力不支动作缓慢，它就会冲过来，那对我们来讲将是致命的。

我们一次又一次地击退着群狼的佯攻，时间一分一秒地过去，我们的体力一点一点地在下降。两个时辰的恶战，我已是腿发软胳膊发酸了。面对攻势不减的狼群，我们已是强弩之末，照这样下去不出半个时辰，我们就会命丧狼口。体力的下降已让我们心里有些不安。我们环顾四周寻找逃生的机会。周围是千年的古柏，树与树之间盘根错节，纵横交错。从这儿逃出去摆脱狼的围攻几乎不可能，只能往山上走，可山上地势陡峭，积雪皑皑，我们的体力恐怕不行。

趁着狼群稍作调整，我们也彼此靠着，半坐在雪地上喘着气。我把刀笔直地插进雪地里，手紧握着刀柄支撑着半个身子，刀锋上挂着雪花，在宽而明亮的刀背所折射出金属特有的光泽中，依稀能映射出对面头狼那被欲望冲得发红的双眼。它低头俯身已经窥视到我们的乏力，它前爪不住挠着地，正召集着饥不可耐的手下，准备最后一击。忽地，见它仰颈一声长啸，群狼回应，十多只饿狼咆哮着一起向我们扑咬过来。

这次是真的进攻，我感到了它们身上的腾腾杀气。它们分工明确，目标精准，直取我们的咽喉，我们机械地举刀招架。就在这寡不敌众的危机时刻，我却并没有看到如之前所预料的狼突袭得手，相反我们听见了一声声狼的哀鸣。我们正疑惑之时，只见在白雪皑皑的古柏林中闪过一个身影，一支支雕翎箭从幽暗的林中射出，准确地刺穿了腾空跃起的狼的脖子。瞬间四五只狼应声倒地，血光四溅。头狼见事不妙，发出阵阵的嗥叫，带着剩下的狼闪身逃逸在密林中，瞬间不见踪影，我们几个坐在地上被突发的情况弄呆了。

一阵寒风袭过，晃动着被积雪压弯了的树枝，周围一些枝头的积雪随风散落，有的飘扬在空中。在这漫天飞雪中，一匹浑身透亮高大的枣红马从幽暗的树林中隐约地显现出来，随着消退的雪花逐渐清晰地映入我们的眼帘。马背上一个手持弯弓的少年，二十多岁的样子，头戴鎏金毡冠，身披皂青袍，面色白净清秀，耳朵上的银色耳环闪闪发亮，右手拇指上戴着的一个翠绿扳指很是显眼。这个我们是知道的，应当是翡翠，只有贵族或者有钱有势的官宦人家才戴得起，平常人想都别想，这也表明了他的身份。这个是专门用来拉弓射箭的，也可以做装饰。完颜守早就想有一个了。

我们不必多想，大恩不言谢，四人上前抱拳行礼。青年并不下马，拉了一下缰绳，侧过身，也不搭话，一双丹凤眼好奇地从左到右打量了我们一遍，自顾自地腾出手来从腰间解下个酒囊，一仰脖喝了口酒。然后用手臂擦了一下嘴，盯着我们，鲜红的嘴唇轻轻翘起，嘴角划过一丝诡异的微笑，露出雪白的牙齿，嗓音略带纤细地说：“小兄弟，我也是路过，举手之劳，无足挂齿。”“敢问恩人大名，他日定当答谢。”青年笑了一下，掉转马头：“不用谢。”转身催马消失在纵横交错的密林中。

我们几个木然地站在原地，被这突如其来的变故弄得有些懵懂。我们不知道这个奇怪的人是谁，也不知道他为什么会出手相救。总之，现在能从刚才的险境中脱身真是万幸。人虽然安全了可再瞧那些鹿，一个不剩早跑得无影无踪了。我们互相看了看对方，大家都满脸窘态，一身狼狈。看着看着彼此都不由自主地笑了，我们都沉浸在劫后余生的喜悦中，开始互相扔雪球。晚秋似乎也被快乐感染了，也加入我们开心的嬉闹中。

欢乐永远是我们这个年纪的特权，我们看着日月的轮回，体验着四季的变化，我们热爱草原，在她的怀抱中自然成长，她赋予我们自由与顽强的性格。在与恶劣环境的抗争中，我们依赖着她，她教会我们如何在逆境中生存，如何领略她的美丽与无私。她已如烙印一样深深印在我们的心里，成为我们身体的一部分，不可分割……

狩猎一无所获，我们回到堡子，妹妹真的从完颜守手中牵过了闪电的缰绳。这个当时并没当真的戏言却真的促成了妹妹的心愿。本以为有了马驹的陪伴，妹妹就不会再缠着我，可接下来她三天两头拉着闪电让我教她驯马。我被她追得没办法问她：“你真的想学？”妹妹认真地点点头。我又说：“你想学什么？”“我想让闪电听我的，什么都想学。”“郑姝，其实训练马是很费心的，要有耐心，否则前功尽弃。咱们堡子里每户人家都会驯马，每家的方法各有不同，有的是靠吆喝，有的是抽响鞭，光是吆喝就有很多种。咱们开始学不了那么多，你如果真想学先从简单的开始好吗？”“学什么简单呢？”“学打口哨，你想训练闪电什么？”郑姝歪头想了想说：“回家，它一听我打哨令，就回到我身边。”“这个很难，干脆别学了，你驯不好的，这都是男孩子学的，你偏偏学这个。”“哥，你别瞧不起人好不好，或许我是咱们堡子里最会驯马的人呢？”“何以见得？”“我要把闪电训练得最好，无论天涯海角，无论身处何方只要听见我的哨令就回到我身边。”“好，不过在训练成功之前不要再缠我教你别的。”我故意增加难度想让她知难而退。妹妹点点头说：“一言为定。”后来我教会了郑姝那种驯马的哨令，自那以后郑姝真的认真地去训练闪电了。其实我的想法不过是搪塞她一下而已，省得她天天缠着我。

六

又忙碌了些日子，眼看就要过年了。一天清早，天刚蒙蒙亮，我就被一阵阵鼓声吵醒，随后被爹娘叫起。每当有大事的时候堡里就会打鼓让牧民集合。帐篷外吵吵闹闹，人声嘈杂。我穿好皮袄，掀开门帘走出去，外面清凉的空气把我慵懒的睡意一扫而光，我踏着雪地上的脚印追随着前面零零散散的人。

堡子中间的空场围了很多人，圈成了个半圆形，四周还有三三两两的牧民不断聚集。我找了个高处，翘首往人群中间看。人群中间的旗杆上耷拉着白色的旗子，旗子下面赫然矗立三个留着髡发，身配腰刀，穿着皮甲的武士模样的人。三人都骑在马上，正襟危坐，两边的两个像是随从，满脸横肉，瞪着一双圆眼，目不转睛地瞅着人群。中间的那个年长的像是个官员，头戴裘皮帽，紧闭的双唇上长着两撇长长的胡须，眼睛眯成一条缝，一动不动，松弛的眼袋使他看起来像个僵尸。

见堡子的人来得差不离，勃堇招呼人停止了打鼓。这时安术虎和完颜守也挤到我身边，我们仨一般是形影不离，大家谁都没有说话。这时只见勃堇三步并作两步从让出的人墙里跑到三个骑马人的面前单膝跪地，低头抱拳，毕恭毕敬地说道："请宫使大人下马入座。"三人这才慢腾腾地侧身下马，一副贵气十足的样子，挺着肚子缓步走向早已搭好的木案桌落座。一身的皮甲使他们看起来有些臃肿，走起路来有些笨拙。不过我们三个人都分明看到了挂在他们腰间明晃晃刻着字的银色牌子。

说实话，这种场面我们仨是头一回见到，我更多的是好奇与兴奋。我听旁边的人小声说，他叫耶律载熙，我看到完颜守面无表情，紧咬双唇。接下来就是在勃堇的安排下进献供品，一些由妇女端上来的猪头、烤全羊、熊掌、鹿肉热气腾腾地摆满了一桌子。空气里飘着肉香跟沙葱的味道。只见那个耶律大人站起身，在烤全羊焦黄油亮的身子上插了三炷香，面朝北，啪的一声双手合于胸前，低头嘴里嘟囔着一些听不懂的话。然后便跟两个随从大快朵颐。看着他们手撕着烤肉不断往被肉塞得满满的嘴里送的吃相，感觉他们不像是官员，倒像头抱着蜂巢舔食蜂蜜的黑熊。正吃得津津有味，忽地其中一个随从停下手抬头对勃堇说："找人给我们唱个曲，跳个舞，热闹热闹。"说罢侧头冲另外两个人眨了眨眼，三个人不约而同大笑起来。

勃堇赶忙安排。我们这个堡子隶属于翰鲁朵管辖，这几年由于战事频繁，国力衰退，派往各翰鲁朵的官员排场已大不如从前气派。不过来的这几个人毕竟是朝廷派来的宫卫使官，督察我们的赋税，是我们的顶头上司，掌控着我们的生杀大权。虽然朝廷每年都会派人来，但这三个是新上任的，大家都不熟悉。勃堇不敢怠慢，赶忙找人来奏乐、伴舞。两个随从嫌来伴舞的妇女人太少太老，不热闹，勃堇只得又叫几个女子充数，我看见姐郑澜也夹在人群里。

宫使大人叫每个伴舞的女子过来敬酒，两个随从仰着头，张大眼睛，挂着一副贪婪的笑脸，盯着每个敬酒的人。鼓乐声响起，气氛显得很融洽，大家都相互交谈着。轮到郑澜，姐轻步上前，像每个敬酒的人一样，把壶里的酒倒进碗里，只听见酒倒进碗里哗哗的声音。斟满后转身刚要走，只听得一声："慢着。"一个随从叫住了郑澜，只见他举刀挡住郑澜的去路。仰着下巴眼里充斥着挑衅的躁动："把酒端起来，敬宫使大人。"霎时周围安静了下来，众人的目光都集中到这里，周围的空气仿佛也凝结了。大家都知道这意味着什么，我也知道姐的脾气，不由自主地抽出了短刀，随时准备冲出去。

姐转过身，缓缓地举起酒碗，看着对方的眼睛。慢慢地举起碗，甩手泼向随从的脸。这个不敬的举动让所有在场的人更是大吃一惊，两个随从大骂着拔刀架在姐的脖子上，姐闪身也抽出随身的鞭子，人群中的完颜皓满脸通红，额头上的青筋暴露，被周围的人推搡着没有冲过来。气氛顿时紧张起来，双方的人剑拔弩张。眼看两边的人要兵戎相见，却被宫使耶律大人起身拦住了，他摆手叫勃堇过来，低头耳语了几句，勃堇不住地点着头。然后向大伙摆着手，告诉众人今天的宴请就到此结束了。众人各自散去，而那个宫使大人带着随从也走了，勃堇也跟他们到了堡子外，一些孩子骑着马，围着堡子跑，边跑边打着口哨。

听大人讲过，今天陪酒这种事也不是什么新鲜事，但若发生在头几年，我们家肯定会被抓起来，说不定还会牵连堡子。只不过现在的朝廷无暇顾及那么多，连年的征战，已耗尽了国力，各地叛乱如燎原之势席卷全国。朝廷已无法控制，各地的官员有的各自为政，有的如惊弓之鸟，对所辖翰鲁朵的宫户恩威并重，即使有一些抵抗朝廷之举，也尽量大事化小，小事化了。不过今天发生的事，我看不那么简单，很奇怪没有处罚任何人。

回到家，刚进帐篷就见家里人跟几个堡子里的朋友都在地毯上围坐在一起，完颜皓也在，很显然大家都在议论刚才发生的一幕，姐姐一言不发地坐在角落里。大家你一言我一语，话题都围绕着郑澜，好像在谈论她的婚事，从爹紧皱的眉头可以看出来，爹真的开始考虑姐的大事了，而且已提上了日程。我觉得也没什么不好，至少姐将来也有个依靠，再说完颜皓我也挺喜欢。爹虽有些顾虑，但眼下的时局也顾及不了那么多。娘不断地给每个人面前的碗里倒着奶茶，妹挨着娘坐着，俏皮地瞧上姐几眼。众人见我进来，忙让出位子，我坐在了完颜皓旁边。大家又都沉默不语，好像在等姐说什么。

姐沉默了半晌，忽然抬起头，脚一踢毛毡："谁说我要嫁人了？"一语既出，大家愕然，完颜皓急得脖子根都红了，扭头看着姐。妹扑哧笑出声来，看了看大家满脸严肃、惊讶的表情，自己不好意思地扮了个鬼脸，吐了一下舌头，低头不语。

皓哥是个很实在的人，人也挺聪明，平日里有说有笑的。可在姐面前总是像矮了半截，今天出事的时候我看到他气得那个样，就知道他心里有姐。不过瞧他大气也不敢出的样子，可想姐平日里没少欺负他，我想为他抱不平："姐，你跟皓哥不是挺好的吗，他哪点配不上你了，难道你看上别人了？""你小孩瞎管什么，没看上别人就非嫁给他吗？"我不知道她说的是真的还是假的。姐有时就是那样，话故意反着说，也可能是在考验完颜皓。再看完颜皓，正红着脸低头使劲地搓着手。妹在一旁帮腔地说："是啊，你想娶，我们就得嫁啊，怎么也得拿出点诚意啊。"娘拍了她一巴掌："你搭什么茬。"又对姐说："澜儿，今天的事你也看到了，咱们没权没势的，有些话可想好喽再说。""我的事，知道该怎么办。"听姐这么说皓哥有些坐不住了。正在这时，听得帐篷外有脚步声，帘子一掀，是勃堇，送走了宫使，忙了大半天的他，一脸疲态。

爹赶忙招呼他坐下。勃堇见完颜皓在场，沉吟了一下对他说："我有点事跟你郑叔说，你先回避一下。"皓哥起身告辞而退。娘给勃堇沏好奶茶，勃堇端起来喝了大半碗，抹了抹嘴，喘了口气，拍着爹的膝盖，这才说："兄弟，平日里咱哥俩能说到一块去，哥有什么就说什么，都这把岁数了，在外混不容易，我呢，年纪大了，今天的事怪哥考虑不周，兄弟多担待。"爹说："哪里话，今天的事没闹大，也就万幸了。"勃堇思索迟疑了一下跟爹又说："今天这个宫使大人临走的时候，私下跟我说他看上了你家郑澜，托我给你家带个信，想择日娶她过门。"

此话一出引得全家人惊诧不已，爹把头摇得如拨浪鼓似的："不行，不行，你赶紧把话带给宫使，我们庶民，高攀不起。"娘说："看那个宫使大人，跟孩子他爹的年纪也差不多了，我们再糊涂，也不能让孩子嫁过去。"勃堇赶忙说："不是这样。宫使大人有个公子叫耶律释才，到了谈婚论嫁的年龄，可这位公子性情异于常人，说的几门亲人还没过门，都让他打跑了，自此没人敢再提亲。宫使大人愁死了，他的意思是看你家郑澜挺厉害没准能降制住他，也好让他走个正道。"

爹摇摇头："不行，门不当户不对，肯定有不妥之处，你还是给回绝了吧。"勃堇考虑了片刻说："咱们先别急，其实我也有所耳闻，完颜皓跟你家郑澜挺好的。可眼前这事处理不好可能会危及咱们堡子，咱们做长辈的不得不考虑长远些，我不是怕担风险，但毕竟郑澜是你家的人。答应宫使大人或是不答应，这事我听你的，咱哥俩明天去找大人当面说清楚。"姐插话："这婚事我觉得可以考虑。"爹生气地说："这事我说了算，我们明天就去。"其语气坚决，声音之洪亮俨然一位首领的气派。家里的事爹一向让姐来拿主意，今天一反常态，姐被爹的坚决弄得哭笑不得。

姐的态度让我琢磨不透，我偷着把刚才发生的事告诉了完颜皓。其实我也不知道该怎么办，只是觉得应该让皓哥知道，有个准备。

第二天一早爹就跟勃堇出去了，天黑了人才回来。家里人都急切地想知道结果，围住了爹，爹半晌才说话，第一句竟是："宫使大人答应放咱们回中原，只要咱家同意郑澜嫁过去。"娘说："那也不行，咱们怎么能丢下老大独自走，要走一家人一起走。"爹说："我说了，宫使大人的意思是只要嫁过去，将来回中原也可以考虑。"再看姐，姐也看着大家："你们这是干什么啊，拿我当什么，可以交换的牛羊？告诉你们，我不同意。"姐的态度又变了。爹说："你不是同意考虑吗？"姐说："开始您还不同意呢。"我看姐是成心搅乱，她心里压根儿就谁都没想嫁。娘又问："你看见人家公子了吗？"爹摇摇头。妹说："那可不好，要是个丑八怪，就糟了。"爹说："听勃堇说，人脾气挺怪的，长相倒也没什么可挑的。"我听出来了爹的口气，他对这场婚姻充满了期待。

一家人都不同意这场婚事，除了爹。最后大家也没商量出个结果，倒是妹妹靠在娘的怀里睡着了。

第二天早晨，天还没亮，爹娘早早地出去干活去了。冬季的牧场没有足够多的新鲜草料，马都在马棚里，他俩要给在寒夜中熬了一晚的马准备草料。今年的雪下得太大，把草尖掩埋了，我们根据雪是否埋掉草尖来看来年的收成，如果大雪没了草尖，马则吃不到草，可能大批地死亡，出现这种情况唯一解救的办法就是人为地喂它们。爹娘迎着地平线那一抹逐渐升起的朝阳拉着雪橇一前一后，踩着厚厚的积雪走向储存饲料的草垛，用木叉扎着打好捆的草料，呼吸间冒着白色哈气，他们不停地挥舞着叉子，直到把足够的草捆堆放到雪橇上。太阳渐渐从地平线上露了出来，金色的朝阳洒在刚扎好堆的草堆上，给青色寒冷的早晨平添了一丝暖意。远处空寂的原野里偶尔传来几声犬吠，回荡在深蓝纯净的星空下，像是预示着草原的晴朗，平静的一天又开始了。

帐篷里妹正在酣睡，娘缝给她穿的厚皮袄虽然穿起来有些臃肿，但很实用，脸蛋睡得红扑扑的，手里攥着爹给她的香囊。一丝朝阳透过帐篷的缝隙照在妹稚嫩的脸上，大概是她感觉到了什么，眉头轻轻动了一下。帐篷外一声马的嘶鸣使她蓦地睁开双眼，她突然想到哥郑灿给她抱来的闪电还在帐篷外，她担心小马在外会冻坏，也为自己的疏忽责备着自己，急忙起身向外跑。

妹掀开帐篷口的门帘，立刻被笼罩在朝阳炫目的光线下。瞬时的强光，使她眼前一片空白，她急忙用手背挡住了双眼，整个人沐浴在和煦的朝阳里，腰间绿色的束带也迎着微风飘摆起来。慢慢地她放下手臂，逆光中一个硕大的身影逐渐清晰地映入妹的眼帘，一个长发飘逸，面如朗月的青年男子伫立在门口。她不由自主地睁大双眼，惊诧的目光望着少年，少年低垂着双眸，一张血红的双唇微微翘起，似笑非笑的表情让人感觉到莫名的诡异。

“这家是姓郑吗？”青年用略带纤细的声调问，妹点着头。

青年退开帐篷口，从腰间取下酒囊，仰头喝着，随即从身后抽出长鞭，扬手抽向帐篷顶，帐篷顶的毛毡立即被鞭子揭开个口子。妹大声叫着：“爹，娘。”我闻声跑出自己的帐篷。见一个身披绿斗篷的人正用鞭子抽帐篷，帐篷顶已被揭开了一个口子，我急忙冲了过去。正要理论，但见此人似曾相识，定睛一看是救我们于狼口的青年。我诧异之间竟不知说什么好。倒是青年侧目看了我一眼，冷冷地说了一句：“是你？”我正要问他为什么，只见他一摆手，叫我不要说话，“你是郑家人？”“嗯。”我点着头。“转告你爹娘，我不会娶你家的姑娘，这次是个警告，下次，我就会烧了你们的帐篷。”我一头雾水，“你到底是谁啊？”“耶律释才。”原来是他，我这才明白原来他是宫使大人的公子。怪不得这么骄横跋扈。“说娶的是你爹，谁说我姐要嫁给你啦。有什么话跟你爹说去。”我有些气愤地说。耶律释才并不答话，只是一字一句地说：“记住，不要让你爹答应。”说罢，翻身上马，扬长而去。看着他远去的背影，我不禁心想，他这人真的挺怪啊，是不是当官的人家都这样。

我正寻思着，见娘一个人拉着雪橇回来了，我问爹呢，娘说刚才勃堇跟几个官府的人把爹叫走了。我把刚才发生的事告诉了娘，妹在一旁补充，不住地说耶律释才可英俊了。娘想了想摇了摇头自言自语道：“他们家演的是哪一出呢？”

晌午爹跟勃堇一块回来了，爹牵着几匹骆驼，勃堇捧着一捆绸缎。爹跟娘说这是宫使大人给的聘礼，回中原的事也答应了，只不过郑澜暂时不能跟咱们一起回去。我跟妹看着精致鲜艳的锦缎心里真是羡慕不已。娘跟爹说这事还是跟孩子商量妥的好，勃堇接过话来：“这事都定下来了，商量不商量都一个结果。宫使大人很给面子，咱们也收了聘礼，我拍着胸脯担保的，可不是儿戏。关键是等郑澜一嫁过去，你们一家可以回中原了。”

勃堇了解我们家，他跟爹也是无话不谈，他自然知道爹想回中原的心思，见有这个机会当然替爹说了不少好话，再说在平常人的眼里能攀上个官宦人家还求之不得呢。能促成这段婚姻不是两全其美吗。爹现在已被曾经已成死灰的回中原的希望重新复燃刺激得异常激动："反正早晚都得嫁人，这事我说了算。"他已做好打算，虽然家里其他人不太同意，但其反对的决心似乎没有他主意来得坚定。他已抱定决心，回到故土。

下午我一直在找姐，我要把发生的一切告诉她。我不敢肯定姐的想法，但隐隐感到，家里将会发生一场变故，是好是坏，吉凶未卜。找到她的时候，她正跟皓哥在一起，我告诉家里发生的事，很久姐并不说话，完颜皓也一直看着姐，似乎在期盼着什么。他俩看来交谈了很久，好像也决定了一些什么事。行事爽快的姐沉默着，竟一句话也没说。

晚上姐跟爹和勃堇吵了一架，很显然双方谁也没说服谁，最后姐甩手跑出了帐篷。而爹一直跟勃堇待到深夜。跑出来的姐好像意识到什么，在家里另一顶帐篷找到坐在角落里心里忐忑不安的我和妹。我跟妹一直在关注着她跟爹的谈话，见姐进来帐篷不由自主地站起身。姐问我听不听她的话，她不用说明白我也知道从现在开始要从姐与爹之间做一个选择了，虽然我不情愿，但我已别无选择。我希望姐幸福，我也希望爹能带着全家回到中原，虽然我不知道中原到底对我有多大意义。

从他们之间做个选择如同把心割成两半，从心里我希望姐能自己选择自己的将来，我更希望家里团团圆圆的。我期盼着，迎接我们的是一个皆大欢喜的结果。但从目前看不太可能了，这种隐隐的不安，让我有些焦虑。我向姐点了点头，作为从小把我跟妹带大的姐，早已如同家长一般，我不可能让她受半点伤害，我别无选择地站在姐的这边。做出决定的同时，心里一阵发酸，我为苍老无助的爹感到可怜。妹懵懂地跟我点头，九岁的她还不太懂其间的利害关系。

接下来的几天什么都没发生，大家都平静地各做各的事，只有完颜皓偶尔出去到堡子外。大家谁都不再提这件事，似乎有意在淡忘它。我则每天上午带着妹在村南冰冻的河面上捕鱼。冬季的河面早已被大雪覆盖，远远望去与周围白茫茫的原野连成一片，显得空寂而辽阔。一些发黄的萎草沿着冰冻的河边矗立着，在标定河方位的同时似乎也在见证着它曾经的繁盛。我跟妹拿着铁叉、斧子站在厚厚的积雪里，我们用脚搓出一块空地，露出冰冻的河面。我用斧子砍着冰面，冰屑四溅。

在我挖好洞后，透过洞口可以不时地看到水下游弋的鱼儿。一些鱼会主动地浮到水面上，我跟妹则要抓住时机用叉子叉到它们。那些叉到的鱼被扔到冰面，它们弓着身躯，甩起鱼尾在冰面弹跳着、翻腾着，湿漉漉的身体很快就被粘在冰冻的河面上，动弹不得，只剩下一张嘴，一张一合的，在绝望中做着最后的挣扎……

我低头扎鱼，妹往筐里捡，正干得起劲，我不经意一抬头，看见河对面的一行官府打扮的人骑着马向我这边走来。我正疑惑间，一阵马蹄声从身后由远及近，我回头一看但见安术虎骑着马向我奔来。到近前气喘吁吁地对我说："刚才我路过你家，你家好像有什么事发生，你姐叫我找你，你快点回去吧。"说罢递给我缰绳。我叫着妹骑上马向家飞驰而去。

在马背上我告诫自己一定要冷静，姐的事可能到了最后抉择的时候了。事情来得突然，我要见机行事。果然还没到家，就见很多人已在我家附近走动。我跟妹跳下马，我拉着妹的手直奔家里的帐篷。

家里帐篷前已支起了火堆，姐果然在帐篷里，不过周围围了一圈人，大多是堡子里的妇女，有的年轻，有的上了年纪。娘在一旁忙活着，不时用袖口擦下眼睛，这么大的姑娘要离开家，当娘的能不难过吗？我看见姐穿着华丽的绸缎，坐在帐篷中央，面带焦虑。一个不知道哪里请来的年纪较大的萨满巫师正闭着双眼，一手扶着姐的额头，一手摇着挂满铜环的手鼓，嘴里振振有词地念着什么。显然这里正在举行一种草原隆重的婚俗仪式。我诧异怎么我对家里的事一无所知，姐也好像没有准备。我心里想爹娘肯定对我跟姐隐瞒了他们的计划，他们想让姐出嫁，而爹跟勃堇很可能就是这一切的幕后指使者。忽然想到刚才捕鱼时看到的那些官府打扮的人，大概就是来接姐的。

姐见我来了，用急切的眼神暗暗递给我个眼色，我知道是叫我去找完颜皓。转身我就出去了，可找遍了堡子却不见完颜皓的身影。完颜皓不在堡子里，不过很快我就打听出了眉目，有人看见完颜皓两天前就出去了，好像是朝中京的方向走的，我找到完颜守跟安术虎，现在能帮我的只有他们。我让完颜守顺着中京方向去找完颜皓，安术虎跟我在堡子里暗中观察，我们分头行事，以便跟姐有个呼应。事实上从姐的眼神里我已经知道她的想法了，这种默契是我跟她从小到大养成的，她在等完颜皓，至于他们会怎么做，我隐约地感觉到他们很可能是想一起逃走。

目前我能做的只有这些，我们还是半大的孩子，不会引起大人的关注。我跟安术虎躲在暗处，密切地注视着事态的变化。

事情正如我分析的那样，那些骑马穿着官服的人是来接郑澜的。看来爹跟勃堇和宫使大人都暗中商量好了，他们定的是今天迎亲。那些来迎亲的穿官衣的人里没有耶律释才，来的只是一些武士装扮的侍卫。萨满巫师围着点燃的火堆从下午一直跳到天黑，她手里根据时辰的不同更换着各种法器，口中念着听不懂的词语，披着的斗篷随着晃动的身躯忽上忽下，左右摇摆，在火光的映衬下在地上不断变换着各种奇怪形状的黑影，显得十分的鬼魅。萨满巫师只有在重大场合才会出现，一般婚庆是请不到的，她的到来让家里人很有面子。可见宫使大人对这门亲事的重视程度。堡子里的男男女女和一些孩子围坐在火堆旁，大家都怀着敬畏的心情看着萨满举行的仪式。

仪式一直到后半夜才结束，堡子里的人都来了，都喝了很多酒，到四更天的时候人们才渐渐散去，来迎亲的那几个侍卫早已喝得酩酊大醉，打着呼噜躺在帐篷里蒙头大睡。姐没睡，娘跟几个堡子里的妇女陪在她旁边。爹不知去向，估计跟勃堇在一起。帐篷前的火堆仍然烧得很旺，烧得劈柴噼啪作响，我目不转睛地盯着火堆，脸被火光映得通红，我一动不动地坐着，心情却如这燃烧的烈火一般焦灼不安。

天亮后姐肯定会被侍卫带走。我要计划好让姐逃走的时间，我在等，等完颜皓，他如果天亮以前回来，姐跟他还有逃走的机会；如果他回不来，只能尽量拖延时间，然后伺机在路上劫走郑澜。我正盘算着，旁边的安术虎拿胳膊碰了我一下，我扭头一看，完颜守不知什么时候已悄悄凑到我身边。他对着我的耳朵悄声说：“完颜皓找到了，他正在堡子西北的树林边等郑澜呢，有什么话见面说。我跟安术虎把郑澜周围那几个妇女引开，让她赶紧去找完颜皓。”我点了点头悄悄地叫醒睡着的妹，拉着她向西北的树林跑去。

我跟妹跑到树林的时候，完颜皓已在树林边等候多时了，他骑在青鬃马上，腰上的配刀在月色下泛着青冷的光，身后背着弯弓，马背上还驮着包裹。显然他跟姐早已计划好要逃走的。我上前一问，原来这几天完颜皓去中京找耶律释才去了。说话间姐骑着马也过来了，她换下那身绸缎衣服穿上了皮袄，下马后把眼泪汪汪的妹搂在了怀里，我们姐弟仨人情不自禁地抱在了一起。妹哽咽地问：“姐，你是要走吗？还回家来吗？”姐摸着妹妹的脸点点头：“回来，不过这次走得时间长些。”我问：“要去哪儿？你跟皓哥盘算好了吗？”姐说：“有可能先去南方中原的京城吧。我一安顿好，就给家里去信。这件事宫使大人不会放过咱们家的，不过我让完颜皓跟耶律释才商量了，他不同意娶正好可以让他说服他父亲宫使大人，他也答应了。”

姐一边擦着妹的眼泪一边对我说：“郑灿，你是咱们家唯一的男丁，要像个男子汉。我不在一定要照顾好妹跟爹娘。”我点着头，姐又接着说：“其实姐早晚都要走的，就像咱娘一样，嫁到郑家就是郑家的人了。我将来真要嫁给完颜皓就是完颜家的人了。”我听到这里眼圈忽地一下红了，而此时说到爹娘，一向坚毅的姐眼睛也有些潮湿。

已经快五更天了，东方的天空已经微微发亮，黎明的天空没有一丝云彩，整个星空呈现出幽深的蓝色，让人感觉格外地纯净。远处堡子里火光闪烁，时间不早了，姐撒开我们，扭头骑上爹的黑骏马。完颜皓一拉马缰绳转过身冲我点点头，宽厚的肩膀让人感觉到他的自信而有力，我也希望这个肩膀能够托起姐幸福的一生。“告诉你爹娘我会照顾好郑澜的。”完颜皓说罢拉着姐的马缰绳双脚一夹马肚，青鬃马一声长鸣，前蹄高高抬起，尾巴扫着雪地，而后顺着崎岖的山路向西奔去，二人肩并肩逐渐消失在清晨的雾色当中。我看着姐慢慢模糊的背影，心里既有些心酸又有些庆幸。庆幸的是有完颜皓这样的青年能与姐风雨同舟，共担甘苦；心酸的是对姐的依恋随着她的离开而被撕裂，对亲人的牵挂也随着被带走。我想不管姐走多远，对她的那份挂念永远也不会消失。

我拉住几欲要追上前的妹，把她抱在怀里。姐就这样走了，很久我跟妹都望着姐离去的方向驻足不肯离开直到天大亮。姐的出走让我感觉肩上的担子骤然重了很多。回来的路上妹问我：“哥，你也会离开家吗？”我看着妹担心的表情，使劲地摇了摇头：“不会的，哥会永远跟你和爹娘在一起。”

七

现在的堡子，已乱成了一锅粥。刚到家便见爹跟勃堇被迎亲的侍卫五花大绑地推出帐篷，迎娶的人不见了，爹跟勃堇肯定脱不了干系。侍卫逐一地问着堡子里的每一个人，没人知道姐的去处。问到我跟妹时，我们只是摇头，没能查出结果，爹跟勃堇只能被侍卫带走。他俩被捆着架上马，押往中京。我几欲要冲上去阻拦，但见完颜守和安术虎直冲我摇头，麻脸叔跟堡子里的大人用身体把我跟妹挡在人群外，爹跟勃堇被连夜押往了中京。

爹被押走后娘就病倒了。勃堇跟爹过去总给堡子里的人拿个主意想个办法，大家都拿他俩当自己家人一般，他俩平时人又和气，对大家都不错，晚上堡子里的人都过来帮忙想办法。姐跟完颜皓出走的秘密在众人的猜测中也逐渐被揭开。见行动被揭穿，我们这几个策划者自然也就承认了。娘气得只想打我们，众人忙上前解劝，想到事已至此，娘无可奈何地摇着头，心里自然惦记着郑澜。

没有官府的人在场大家说话也就方便。有的感慨，有的惋惜，更多的是担心此事会不会牵连堡子以及爹跟勃堇去中京的安危。大家纷纷议论之时，麻脸叔力压群声，站起来说：“我看勃堇他们二人没大事，现在上都被攻占，中京也岌岌可危，朝廷没精力处理这种小事儿。按说这不过是宫使大人的家事，只要他不深究，应该不会有太大麻烦。大家不用担心，明日我带几个人去中京，大不了咱们花些银子赎呗。”

还有的说不行连夜咱们就追过去，杀了那几个侍卫，救了人再说。完颜守插话：“勃堇跟郑叔不会有大事，在这之前完颜皓已跟耶律释才商妥好。耶律释才本来就不愿成婚，这件事他会跟宫使大人说清楚，到时他会鼎力相助。”听了完颜守的话娘提着的心稍微安稳了些。

接下来的几天，堡子里的人都在焦急地等着勃堇跟爹的消息，麻脸叔带着堡子里的人也出去好几天了。本来我也要去，却被娘拦下了，她怕我也受连累回不来，死活不肯让我去，我也急得寝食难安。

夜深了，娘跟妹都睡了，我却怎么也睡不着，我走出帐篷，外面很冷，万籁俱寂，夜空中繁星闪烁，明月高悬，眼前的雪原在皎洁的月色下呈现出迷人的青蓝色，人在其中仿佛置身于幻境。我一个人默默地走在空旷的雪地上，耳边只有靴子踩在雪地上发出的吱吱声。我心里想，姐也不知走到哪了。这几天家里接连发生的事那么突然，让我有些头晕脑涨，我呼吸着清冷的空气，我要让繁乱的思绪清晰起来。

这时身后传来脚步声，我回头一看，见晚秋正踏着积雪向我走来，待她来到我身边，我问：“这么晚了，怎么没睡？”晚秋轻轻咬着下嘴唇微微地点了点头：“爹让我叫你，抽空去他那一趟。”我这才想起好一阵没去师傅那了。家里发生了这些事，把学画的事都给忘了，应该告诉师傅一声的。

我侧头看着晚秋，浩瀚的星空下，一头乌黑的秀发被月色渲染成幽蓝色，散发着朦胧的光晕，透过一根根拂过面庞的发丝，可以看到双眸闪过的一丝忧郁。“郑澜姐的事，你也不必太过担心。跟皓哥在一起，对她而言，可能是一生的幸福。”说罢，遥望星空，“你看天空中那无数的繁星，它们在苍穹看着我们每个人，每个找到自己真爱的人都有属于他自己的星星。无论生与死，无论遇到什么艰难险阻，它都会照亮你前方的路，也会见证那些曾经有过的轰轰烈烈，即使过一千年也不会暗淡，犹如这满天的繁星般灿烂。我想郑澜跟完颜皓肯定找到了属于他们的那颗星。”晚秋转过头来，一双深如潭水般的眼睛望着我，我读出了那目光里的灼热，似乎那种热度能化成一丝丝扣人心扉的温暖把人融化掉，我低下头，竟不敢面对。

她把一个物件举到我面前，拎着上面的绳穗，轻轻地在我眼前摇晃："这个你认识吗？"我凝神一看，是一把玉锁，青蓝色的光线沿着玉锁婉转圆润的轮廓线折射出柔和的光，平滑细腻的锁面上刻着我的名字，这分明是爹娘给我的玉锁，一直戴在我身上。前一阵子，无缘无故丢了，为此我一直瞒着爹娘，没告诉他们。今天怎么会突然出现在晚秋手上？我有些诧异地望着她："这个怎么会在你手上？""我捡的。"晚秋俏皮地说。"捡的？哪捡的？"我忍不住追问。"河边。""河边？你怎么会在河边捡到属于我的东西？"见我疑惑不解的样子，晚秋侧过头反问："你说呢？"我看着晚秋，仔细一想，恍然明白了，那天在河边看到的女孩果然是她，玉锁是我在河边不小心丢的，我不好意思地低下头，顿时脸有些发红。晚秋随即把玉锁攥在手里："我知道这个东西对你很重要，可这毕竟是我捡到的，你说我该怎么处理呢？"我不知道该怎么回答她好，只是觉得没有勇气向她要，晚秋看了我一眼："这样吧，玉锁先由我保管，直到你找到更有价值的东西跟我换。"说罢向我摆了摆手转身离开了，我看着她远去的背影心里想着她刚才的话，找到更有价值的东西还她。什么能更有价值呢？我思量着……

早晨见到蔺师傅的时候，他正在光线明亮的帐篷里闭目翘首，手捻长髯，好像在沉思什么事情。即使那身宽大的长袍换成了皮袄仍掩盖不了他那仙风道骨的飘逸。很奇怪每次到师傅那我都倍感舒服，他那儿少有世间的浮躁与狭隘，有的是天马行空的自由与豁达，像个与世无争的世外桃源。他很少出门，对外面的事一无所知，跟堡子里的人来往也不多，大家时间长了都知道他有学问，所以很敬重他，一般的也很少来人打扰他。感觉有人进了帐篷后，他睁开双眼，深邃的目光让人感觉炯炯有神。也许他要教我些真东西，我正寻思着果然看他喝了一口酒，面色红润，挥手叫我写几个字给他看。

我平日里还是挺用功的，这时把所学都用上，泼墨挥毫，凝神聚力，写了一首师傅教给我的诗："素练风霜起，苍鹰画作殊。竦身思狡兔，侧目似愁胡。"写完后颇有些得意地拿给师傅看。他看了一番后点了点头说："还是有些进步。"说罢便指着字给我讲解字的大小、布局，如何用笔，笔力的位置，要做到大者不失结密，小者不失宽绰。我感到师傅讲得很玄妙，虽然有些似懂非懂，但还是硬记在脑子里。

接着师傅拿过笔，悬腕挥毫接着我的诗往下写："绦镟光堪摘，轩楹势可呼。何当击凡鸟，毛血洒平芜。"写罢振振有词地给我讲解："看字，写书法要知道什么样的书法是好，什么样的是劣。自古以来，以方圆肥瘦适中，锋藏画劲，气清韵古，老而不俗为上；方而有圆笔，圆而有方意，瘦而不枯，肥而不浊，各得一体者为中；方而不能圆，肥而不能瘦，模仿古人笔画不得其意，而均齐可观为下。"说罢撂下笔看我说："看你的字，当做何论，恐怕连下都算不上吧。"

我被师傅这么一说，摸着自己的后脑勺，有些不好意思。师傅从木箱里取出一轴画卷，随着画卷缓缓地打开，一幅墨色古朴，笔意苍劲，层次分明，气韵优雅的山水画映入眼帘，恰如一股春风扑面而来。画面上远处山峦耸峙，云雾缭绕，山腰处树木丛生，垂瀑亭台，山下碧波荡漾，横桥木舟，这一切都被描绘得惟妙惟肖，令人爱不释手。 我不禁暗暗称奇。师傅说这幅《晴峦春晓图》是前朝一位名叫李成的画家所画。

正待师傅详细讲解，帐帘一挑晚秋进来："爹，您改日再教郑灿吧，勃堇回来了，郑灿你快回家看看。"我忙告别师傅，却被他叫住了："你家的事晚秋都告诉我了，出了这样的事我也帮不上什么忙。这幅画你拿去，也许用得着。"师傅的诚意，我不好推辞，谢过之后便急匆匆地赶回家了。

家里聚集了不少人，把勃堇跟娘围在中间，有的站着，有的坐着，我挤进人群坐在了勃堇旁边，听得他讲："我是给暂时放回来了，郑灿他爹已经当作人质关押在中京。宫使大人本想杀了我们，亏得耶律释才力保，这才免除一死，不过宫使大人提出放人的条件是拿二十个北珠换郑灿他爹，如若不然，除了郑灿他爹性命不保之外，还要屠杀堡子里的老老小小，大家说怎么办？"就听有人说："咱们堡子虽说哪的人都有，可大家朝夕相处如同一家人一般。今天郑家出了事，我们出钱、出力，都听勃堇的，你拿主意吧 。"众人纷纷响应。的确，我们堡子哪的人都有，而且大多是被抓掠来的，难得这么心齐。此刻我心里不由得涌出一份温暖和感激。不过我知道北珠很值钱，在榷场卖的话大概一珠可抵百匹马，向官府交的税金里就有北珠。每年我们堡子上交给朝廷的北珠大概有十来颗吧。这个宫使大人真敢要，可北珠不是那么好找的，据说在东方千里之外的海边才能找到。我没有去过，只知道每年朝廷都会派鹰坊官员到堡子来督察组织人到海边去取，时间上大概也就是现在的节气。

这时听得麻脸叔说道："诸位，现在战火连天，朝廷已是岌岌可危，根本无暇顾及进贡北珠之事，也就是说我们不交北珠给朝廷也无大碍。现在上京、辽阳已经失守，朝廷已迁都到中京，整个东部基本在阿骨打势力控制下，各个斡鲁朵能出骑兵征战的已寥寥无几，也就是说在无朝廷援助的情况下，让我们这个小堡子的几十个装备不足的人马去东部取北珠，无异于把我们往火坑里推。这个耶律大人在借刀杀人。”麻脸叔分析得头头是道，大家频频点头。可我们毕竟在朝廷管辖范围之下，如若抗命也会引来杀身之祸。怎么才能想个万全之策呢？大家把目光投向了勃堇。

勃堇放下手里的茶碗点头说：“麻脸叔说得没错，宫使大人这步棋确实阴险，可整个事件起因跟咱们也有关系。我跟郑灿他爹毕竟答应了耶律大人这门婚事，而且郑澜跟我的内子私奔，咱们违约在先。不过这应该是耶律大人的家事，他虽是皇族，能征战的骑兵也不过千余人，已大不如前，现在朝廷正是用人之时，他的骑兵也未必全听他调遣。他只是在威胁咱们。不过咱们若真抗命，耶律大人的面子确实不好过，只怕到时就不仅仅是对郑灿他爹不利了，事已至此……”勃堇喝了口茶接着说，“假如我们答应去取北珠，最近的路是朝东北方向直接去鸭子河入海口，行程两千多里。但那必经上京，那是阿骨打控制地区，咱们堡子有海东青，尚且够用，不必走鹰路，以免跟阿骨打发生冲突。我看咱们不妨绕道先向北，到额尔古纳河上游呼伦湖附近再向东，到达高丽以北，库叶岛以南沿海也能找到北珠。咱们轻装简从避开战乱区，来回五十多天，神不知鬼不觉，最多两个月就回来了，等赎出郑灿他爹，这件事也做个了断，避免跟朝廷的直接冲突，大家看怎么样？”众人点头说好。这时有人说：“这条向北走的路，我们不认识，怎么办？”勃堇说：“这条路我十年前走过，我认识。”

安术虎突然插话道：“让我跟完颜守、郑灿去行吗？”勃堇拍了他脑袋一下：“你们不去谁去，都是你们惹的祸，我还没找你们算账呢。”说罢又打，众人哄笑。

时间不等人，当晚大家开始准备，对于我跟完颜守、安术虎而言既紧张又兴奋。我们仨跑到安术虎家，商量了一下，安术虎说：“这是头一回出远门，凶吉未卜。咱们三人平时总在一起，我没有兄弟姐妹，只有一个老母亲，今日咱们三人结拜为异姓兄弟，日后也好有个照应，如若谁遭不测，他之父母兄弟姐妹视为己出，如何？”“好。”我们俩也十分乐意，爽快地答应了。即刻请来勃堇，在勃堇的主持下歃血为盟。我们三个向北跪地，叩拜结为兄弟，我们对天发誓，将来无论遇到什么事都有福同享，有难同当，同甘苦，共患难。叩罢我们三人端过勃堇递过来的鸡血酒一饮而尽。拜了兄弟便是手足，我们勾肩搭背沉浸在喜悦当中，那个誓言，当时铭记在彼此的心中。我们年纪轻轻朝气蓬勃，一股仗剑走天涯的侠义与义无反顾的豪迈让我们热血沸腾，似乎我们的誓言能让我们担当起对未来的憧憬与希望，能使我们心手相连无坚不摧。但那些青春年少发下的誓言究竟能在日后坚守多少，我们没人知道。

对于我要跟堡子里的人出门远行，娘是不大乐意的，可也没办法，晚饭特意炖了兔肉给我补身子。锅里煮着鲜嫩的肉撒上草原特有的沙葱，浇上从中原换来的酱油，使帐篷里弥漫着诱人的肉香。馋得围坐在锅边的我跟妹直流口水。这种源于中原地区烹煮做法，对平时吃惯了烤肉、凉拌肉的我们来说，无疑是一顿盛宴。肉刚熟，我们便盛到碗里，狼吞虎咽起来。妹一边吃一边对我说："哥，完颜守跟我说好了，你们出去的这阵子，闪电还由我来喂养。"我应了一声，娘在一旁对妹说："你就把马看好了。"说罢一边嘱咐我路上小心一边叫我一会儿包上肉给蔺师傅拿过去。

走到师傅的帐篷外已是深夜，我犹豫着驻足在门帘外。那晚晚秋跟我讲的话，不时地萦绕在脑海里，对于她提出的问题，我无法给出一个完美的答案，在没有理出个头绪前，我不知如何去面对她，甚至有些怯于见她。徘徊了很久，也没想出个办法，索性心一横顺其自然吧，便鼓起勇气掀开师傅的帐帘。

帐篷里点着一盏小油灯，师傅还没有睡，晚秋并不在。我把最近发生的事向师傅说明，还有我很快就要跟堡子里的大人出趟远门，这阵子过不来了。临走要告辞的时候，师傅叫住我，递给我一个折好的信笺，告诉我这是晚秋写给我的，她说让我实在想不通的时候再打开看，她要跟我说的话都在信里，我把信揣在怀里便跟师傅告辞了。

回家的路上我好奇地想晚秋能给我写些什么呢，几欲要打开看，想到晚秋让师傅转告我的话，便打消了念头，心想或者自己能悟出晚秋的意思。

经过一天的筹备勃堇已把人马装备好，晌午的时候刮起了小风，四十多个整装待发的精兵强将骑着马集合在堡子口。像这种远行我们都要准备充足的干粮，每匹马背上都驮着个袋子，或者皮子的或者布做的，用来盛干粮。我的布袋已被娘装得满满的。我骑在马背上看送行的人跟家人道别，却没看到晚秋的身影，也难怪，这里本来也没有她的亲人嘛，这时却见妹牵着闪电走了过来，到了近前塞给我一把腌好的腊肉跟果脯："这是娘给你的，路上带着。”妹踮着脚向上递，我下马接过来。

这时勃堇开始招呼大家上路，顿时马声嘶鸣，大家提着缰绳搏马列队，在密集的马蹄踩踏下，空地上扬起阵阵的尘土。妹站在我的对面，周围是随着移动的马背而不断晃动着的各色皮靴、马缰绳，以及纷杂交错的马腿，卷起的烟尘使妹穿着的白皮袄看起来有些脏兮兮的，额头上的头发显得凌乱，身后随风而逝忽浓忽淡的烟尘衬托着妹的脸更加白皙，只是面颊上由于风吹日晒略显发红的颧骨和干涩的嘴唇似乎证明着那个曾在我眼里不经世事的小孩儿已经逐渐出落长成一个大姑娘了。妹看着我的双眼有些湿润，轻声说：“哥，你回来的时候别忘记给我带些海边的贝壳。”我虽然心里也依依不舍，但不想在这个场合让别人看见我婆婆妈妈的，于是点了点头便翻身骑上马背。晌午的日头很强，天很蓝，远处天边几片纤细的白云让人倍感草原的空寂、辽阔，清凉的空气吹得衣领哗哗作响，耳边传来阵阵的号声，这是出发的信号。完颜守跟安术虎策马过来，我们仨一夹马肚，随着奔驰的马队冲出了堡子。

我们一路向北，堡子被远远抛在了身后，直到它逐渐消失在地平线上，再也看不到，我才不再回头。我们几个孩子在马队的后面，整个队伍排成一字形向北行进。前方没有路，只有冰冻的沼泽，干枯的草地，连绵不尽的沙漠，陪伴我们的也只有刺骨的北风和视线里无边无际的荒原。道路的艰难丝毫没有影响我们前行的速度，反而激发我们的勇气，多年的草原生活，使我们在与自然搏斗获取生存权利的同时养成了一种顽强、豁达的性格。只是环境的恶劣使我们少了一些细腻与温存，多了一分粗犷与豪迈。

我们三个把兄弟在一起自然少不了嬉闹，即使在飞速颠簸的马背上也忘不了爱玩的天性。尤其在天气好的时候，马队里除了密集的马蹄声还能不时听见阵阵的笑闹声，这个时候走在马队前头的勃堇往往把向后看的头转过来，含笑不语，不过很快那丝残留在嘴角的笑意便凝固成如临大敌的警惕。他选的路方圆几百里没有人烟，眼界里尽是望不到边的沼泽，除了偶尔由于被惊吓跑过一两只野兔、山鸡外再没有别的活着的生物。勃堇扶了扶皮帽，帽顶上的雉鸡羽翎随着颠簸在马背上上下跳跃左右晃动，银狐的帽檐蓬松而柔软，衬托着他那张深褐色的脸更加显得粗糙而坚硬，由于睡眠不足而布满血丝的双眼虽然看起来有些疲惫，但仍掩盖不住不经意间流露出的那份咄咄逼人的犀利。不过在那份目光之后似乎能看出一丝隐藏的担忧。的确，勃堇清楚，避开阿骨打控制的势力范围是容易的，向北走的这段荒芜人烟路也是安全的，甚至只要不影响行进的速度他可以让手下嬉闹，因为他知道短暂的欢娱可以减轻一下大家的压力，但是他隐约感到真正的危险离我们越来越近，就在前面等着他，他甚至无法回避。早年的征战已使他对危险的嗅觉异常敏感，他在刀刃上闯过，早已将生死置之度外，只是跟随他的这几十号人他不得不考虑，虽然在堡子里跟大伙讲得清清楚楚，但在这兵荒马乱的年月谁敢打包票不出一点事呢？

这次来的人大部分也是身经百战，甚至去东海取北珠已不是第一次了。他们知道像这种冒险，性命跟运气是紧紧连在一起的，运气无法控制，但性命是自己的，因此要降低风险。他们信任勃堇，相信他能安然无恙地带大伙回到堡子，也完全认同他的考虑，为了安全起见宁愿绕一些远路。

我们几个孩子依照大人的吩咐每行进五十里就做一个记号，就地取材，有石头的时候便在石头上刻个记号，有树林的时候便削一片树皮做记号。就这样我们风餐露宿，日夜兼程，冬天的傍晚天黑得很早，我们往往披星戴月地赶一段夜路。

这样下来，路好走的时候一天不下二百里。我骑在马背上看着周围的景色，一棵棵树木，一座座山丘，一条条河流由远及近闯入我的视野，然后被甩在身后，慢慢地消失。我已记不清经过多少这样的场景，这些场景甚至让我有些麻木，只有在夜里，我们踏着月色前行时，整个大地笼罩在皎洁的月光下，清冷的空气使我的头脑异常清醒，我能看见前面大人背后背着的弯刀在月色下泛着的寒光，看到马深灰色的大眼一眨一眨，听见远处幽暗的原野里传来的一阵阵狼嚎，叫声此起彼伏回荡在星空下，夜空里那一行北斗星在繁星中显得格外耀眼。每当遥看星空时我都不禁想起晚秋，不知道她此时会不会也跟我一样正看这满天的繁星，我还会想到姐、娘跟妹，以及被押在中京的爹。这时我都会有些发愣，安术虎跟完颜守见我掉队便骑马过来催我跟上队伍。

就这样我们向北走了十多天。在第十五天早晨的时候，队伍刚翻过一座小山包，站在山顶上，勃堇勒住马向后一挥手叫队伍停下，他指了指前面叫大家看，大家凑上前顺着他手指的方向举目远眺，由于居高临下眼前的草原一览无余，湛蓝的天空中飘浮着朵朵白云，白云下是无边无际的草原。未化的积雪星罗棋布地覆盖在褐色的原野之上，犹如散落在大地上的羊群。几条河流从不同的方向顺着起伏的地形蜿蜒回转地从天边延伸过来，汇集在一起，形成眼前宽阔无际的巨大湖泊。结了冰的湖面在太阳照耀下闪闪发亮，仿佛镶嵌在大地上的一枚晶莹闪烁的蓝色宝石。

我挤到前面，听勃堇讲，沿着这个湖一直向东就可以到大海。我特意看了看眼前的草原，广阔的天地在地平线上连成了一体，云层下是望不到边的草原，这是我除了家乡锡林郭勒之外看到的最为壮观的景象。勃堇一声令下，马队鱼贯而出犹如一股旋风冲下坡。我拉着缰绳跟着马队往下急驰，我看见前面的马蹄把积雪踩翻，露出青褐色的草地，一阵阵山风迎面而来，让人感到阵阵的清爽。

那天天气很好，阳光明媚，湖泊看着很近，可实际距离很远。我们到达湖边的时候已接近晌午，几天的奔波让大家都有些疲惫，勃堇有意让队伍休整，便让大家烧火做饭。于是有的人在架木柴点火，有的在冰面上凿洞取水。我蹲在开好的洞口接过完颜守跟安术虎递过的皮囊，把它没入水中，往里灌水，湖水冰凉，我灌好水把皮囊逐一递给他们，抬头起身之际才感到头顶上方天空飘浮着巨大的白云，低压在头顶上的云层仿佛触手可及，厚厚云层在阳光的折射下呈现出淡黄色，照在下面人的额头上泛着橙色的光。安术虎仰头喝了口湖水，打了个饱嗝，完颜守在一旁给马喂草料，冰面光滑可鉴，能清晰地看到天空和人的倒影。

队伍在岸边休息了一个时辰，几天的行军没顾得上好好饱餐一顿。我舍不得吃太多，转身看到不远处的乌古奈，他正从马背上取下自带的干粮，他是我们堡子吃得最好的人家，尤其是他媳妇做的腌肉远近闻名。我见安术虎也在旁边，便跟他互相使了个眼色，他从背后抄过去抢他的干粮，我指着前面的一座山逗他："乌古奈，你看，你媳妇怎么也跟过来了？"他诧异地顺着我指的方向看，这时安术虎抽身抢过他带的干粮袋转身就跑，乌古奈缓过神来追他，他又把干粮袋抛给我，我们俩几经倒手便把乌古奈甩在了身后，气得他大叫，我俩跑到一边分着他的干粮，然后又远远地抛回给他。乌古奈口中嘟囔着，捡起干粮袋后指着我们俩说决饶不了我们，乌古奈说话原来就有些结巴，一生气更结巴了，我俩也学他说话，都笑弯了腰。

嬉闹之际听得湖边响起集合的号声，队伍又要出发了，我们赶紧骑马跟上队伍，我看见完颜守跟勃堇在队伍前面向东指指点点地说着什么。队伍顺着湖岸拉成一字形绵延一里多地，缓缓地行进。难得的好天气，头顶的日光强得耀眼，在这温暖的午后我们享受着稍纵即逝的放松。马儿似乎也感觉到了主人的倦意，没精打采地拖着脚步走，马蹄踩在湖岸边青白色的鹅卵石上发出单调的嗒嗒声，日光下的影子随着向前移动颠簸的马背，掠过凹凸不平的地面。往北望去，平坦的湖面一直延伸到天边，冰面上还能隐约看到天空中白云的倒影。

我们靠着湖岸向东一直走到天黑也没看到湖的尽头。晚上在湖岸扎营，点起几堆篝火，大家吃着烤热的干粮，听完颜守说这个地方叫呼伦贝尔草原，这个湖叫贝尔湖。夜晚的贝尔湖与大地融为一体，在夜色中显得沉静而悠远，只有从幽深的湖面上反射的点点月光映入人们的眼帘，让人倍感夜晚的寂静和寒冷。夜深人静，大家奔忙了一天很快就入睡了。我靠着包裹，往火堆里加柴，耳边是木柴燃烧时发出的噼噼啪啪的响声和此起彼伏的鼾声。每当一个人的时候，我就开始想家，虽然是跟着大伙一起，可我仍感觉孤单。我凝望夜空，找着那北斗星，似乎它们身上寄托着什么，我想到晚秋，她此刻会不会跟我一样也看着夜空呢？我希望一切尽快结束，能回到堡子里。就这样边想着心事，在不知不觉间，蒙蒙眬眬地睡去……

离开了贝尔湖后，又向东走了七八天，视野里不再有宽阔的原野，取而代之的是连绵不绝的山丘和白雪皑皑的兴安岭林海。我们艰难地跋涉在数尺深的雪原中，一天大部分时间都是在马背上度过的，或者在被积雪覆盖的宽阔的山坡上，或者在丛林密布的林海里。有的地段常年不化的积雪齐腰深，我们只能下来牵着马走，速度明显降了下来。不知道翻越了多少山坡，终于一条宽阔的大河出现在视野里，勃堇一直紧绷的脸也看到了少许的轻松，这就是他要找的鸭子河。他指着宽阔的河面用略带宽慰的语气对大家说："顺着河往东走，就离咱们要去的地方不远了，已经走了一多半路程了，大伙儿再加把劲儿，过几天就到了。"众人自是很欣喜。接下来就是在平原上急行，虽然没有路，但地势平坦，好走很多，速度也快了不少。

我印象中是在穿过一座峡谷的时候天开始下大雪，而且雪越下越大，鹅毛般的大雪铺天盖地地一连下了几天，几乎看不清路，天地间一片白茫茫的世界，众人帽子、皮袄上都落着厚厚的雪花，连站在肩上的海东青也不时地抖落着落在羽毛上的雪花。天气也是出奇地寒冷，那些渗进刀鞘的雪花结了冰，把刀跟刀鞘冻在一起，拔也拔不出来。我看见麻脸叔赶到队伍前叫到勃堇，勃堇回过头，胡子眉毛上都挂着雪渣，远远望去一张褐色的脸在飘落的白雪中显得十分明显，他俩似乎在商量着什么。

安术虎、完颜守凑过来，安术虎一边搓着冻僵的手，一边对我俩说：“刚才听麻脸叔说，依据咱们的进度，应该昨天就到了，可这个地方他以前也没来过，雪又这么大，看来是迷路了。他在跟勃堇商量。”不一会儿勃堇叫大家到前面山坡下的一片树林安营扎寨。众人伐木，清扫积雪，很快搭成了几顶简易帐篷。大家在帐篷里看着漫天的大雪，众说纷纭，不知道这大雪什么时候停，也不知道现在是什么时辰，昏沉沉的天空看不见太阳。勃堇一言不发地坐在角落里，拿着酒壶，不时地喝几口。他此时的心情相当焦虑，他心里清楚他没有迷路，这条路他很多年前曾走过，他依稀记得。只不过雪下得太大了，一些能辨认的路标都被大雪掩盖了，他也不敢贸然带大家出去，万一遇上阿骨打的部队，是他最不愿看到的。从堡子出来一直到现在都挺顺利，他可不希望有什么闪失，他要带着大家速战速决，拿到北珠后立即撤离。但怎么到现在也还看不到路的尽头呢？沿着河走，现在应该快到入海口了，甚至昨天就该到了，可这突如其来的大雪完全打乱了他的计划。他只能等，等着雪停。

一旁堡子里的几个汉子围坐在一起，其中一个叫尼蛮古的说：“不就是担心阿骨打的人嘛，他娘的，真要遇上了，大不了跟他们拼了。”麻脸叔瞥了他一眼：“问题是怕人家有埋伏，不跟你拼命。”帐篷里生起了火，大家烤着食物，阵阵的饭香伴随着炊烟弥漫在帐篷里慢慢地向外扩散，进而飘逝在空气中。

已是深夜，众人都已睡去，我却头枕着双臂丝毫没有睡意，心里感到阵阵的迷茫，这时想到晚秋给我的信，心想她给我写的是什么呢？实在忍不住便从怀里取出信来，一层层打开折得方方正正的信，借着篝火的光亮，看见上面晚秋清晰的字体：“好男儿志在四方”。

八

不知过了多久，蒙眬中我感觉脸上凉飕飕的，像是落下了什么东西，随即耳边传来阵阵清脆的鸟叫，周围的嘈杂声把我从沉睡中慢慢唤醒。我睁开迷迷糊糊的双眼，映入眼底的是明亮洁白的世界，几缕金黄色的朝阳斜斜地透过树林的缝隙洒落在帐篷外的雪地上，强烈的光线刺着眼睛，头脑也渐渐清醒起来。我用手抹了把脸，是树梢上散落下的雪花，几只松鼠在头顶上满是积雪的树枝上来回跳跃，散落的雪花穿过帐篷的缝隙撒在我的面颊上。我侧头向外看，昨夜的大雪已把层层叠叠的树枝装点成千姿百态的“树挂”，被冰雪包裹成银白色的枝条在明媚的阳光下折射出晶莹的幻彩般的光泽，我这才意识到雪已经停了，大雪过后的空气清凉得沁人心脾。远处几只林中的鸟儿啼叫着，除了这声音，周围安静极了。

我纳闷地看了看四周，一个人也没有，眼前的篝火已经熄灭了，只剩下灰黑色的木炭，袅袅青烟从燃尽的火堆中缓缓升起。一种莫名的不安向我袭来，我诧异地站起身，勃堇、麻脸叔、安术虎他们都哪去了？我连忙走出帐篷，外面仍是空无一人，只有马儿拴在树旁，默然地站着。雪地中一片纷杂的脚印顺着山坡一直向上延伸到树林的深处。我猜想这可能是大家离开时留下的踪迹，想到这便循着脚印，深一脚浅一脚地向树林深处走去。

越往上走，树林越密，积雪越深，走着走着我已是满头大汗，静静的树林里只有行进中衣服摩擦发出窸窸窣窣的声音跟脚踩进厚厚的积雪里发出的吱吱声。我仰着头气喘吁吁地靠在一棵树干旁稍事休息。此时的朝阳更加耀眼，处在树干背面的我清楚地看见一棵棵挺拔的大树用它笔直的树干挡住照进树林的光线，那些光线犹如被一块块锋利的岩石所劈开的奔腾而下的瀑布，齐刷刷地被折射到四周，而后穿过树木间隙，进而又被挤压切割成薄如蝉翼的光束，像是在林木的间隙拉起一层层光的帷幕。稀薄的晨霭在林中冉冉升起，缓缓地聚集、旋转，在光的映衬下显得恢宏而壮观。

我无意欣赏眼前的自然景象，继续向山顶前进。几只喜鹊飞过头顶的树梢，不停地啼叫，我抬头一看，已然登上了山顶，只感觉阵阵潮湿的清风迎面袭来。由于树木的遮挡我看不清远处的景象，只是透过树木的间隙那些波光粼粼的光点向我预示着，前面可能是此行的终点了。勃堇没有错，我们宿营的地点离海岸只有一丘之隔。“大海！”我按捺不住兴奋的心情，失声地喊了出来，急匆匆地向山下奔去，身下雪花四溅，几乎是连跑带滑，冲下了山坡。

快冲出林子的时候我站住了，由于处在林子边缘，透过挡在眼前几棵零星的树干，整个海岸线一览无余。与林子里灰蓝色的阴影不同，被朝阳染成金黄色的巨大白云从暗青色的海平面升腾起来，占据了大半个蔚蓝色的天空，整个岸边都是解冻的浮冰和成片齐肩高的芦苇。海滩上零星地布满了礁石，一些叫不出名的白色海鸟盘旋在芦苇上空。海风把鸟的叫声传向四周，让人听了时而悠远时而清晰，感觉它们既好像远在天边，又好像近在咫尺……

我第一次看到大海，心情自然激动无比，拔腿就要向林子外奔去，眼看就要冲出树林，恰在这时，身子猛然被人从背后抱住，一下跌倒在雪地里。我随即从腰里抽出刀来，转过身来一看是安术虎，他用食指竖在嘴前做了一个不要出声的手势，然后指了指周围树后。我扭头朝他指的方向一看，周围树后，雪地里躲的都是堡子里的人，大家或趴在树丛里，或在地上挖个坑，用雪掩埋住自己，隐蔽得相当好。刚才我完全被大海吸引了，竟没有发觉大家。

我正有些奇怪，安术虎俯身对着我的耳朵悄悄说：“麻脸叔跟完颜守去附近察看地形了，他俩回来之前勃堇叫大家隐蔽好待命。早晨出来忘叫你了。”我点了点头，就地侧身隐蔽在树丛里。没过多久，麻脸叔跟完颜守骑着马回来了，从他俩轻松的表情看来，这片海域应该是安全的。果然，勃堇冲大伙儿挥了挥手，示意解除了戒备，大家这才纷纷走出掩体，抖落身上的积雪，就听乌古奈叫着：“娘的，就是这里了，这就是大海了。”我迫不及待地冲出树林子，登上一块矗立在岸边的礁石，远处碧蓝色的海面上层层的波浪在朝阳的照射下泛着金色的光芒，明晃晃的刺得人睁不开眼，强烈的光线照在面颊上甚至让人能感到一丝的灼热，不过很快这点温暖就被冬季刺骨的海风吹得荡然无存。

我站在礁石上心想要是能带晚秋和妹妹来就好了，让她们也看看这大海是什么样。正想着，完颜守来到我身后，他手指远处枯黄的芦苇丛对我说：“你看那里。”我手搭凉棚顺着他指的方向望去。沿着海岸线长满了成片的芦苇丛，芦苇随海风左右摇摆，起伏间能依稀看见栖息在苇丛里的白色大鸟。它们零零散散地分布在整个海岸边，三五一群，或追逐嬉闹，或掩头盘卧，或振翅长鸣。尤其是它们展开飘逸翅膀，仰起雪白的长颈的样子，真是让人赞叹。“这大鸟真漂亮。”我不由自主地感叹道。完颜守笑了笑，递给我一面鼓，我问他这是干什么用的，还没等他回答，就听见安术虎向我们这儿边挥手边大喊：“快点过来。”

很快我就知道这面鼓的用处了，我跟安术虎和其他几个人抱着鼓悄悄地钻进芦苇丛里，分散开来，好在岸边附近的海面都结了冰。我们尽量往芦苇丛深处走，以便离那些大鸟更近些，麻脸叔在前头，我紧跟他后面，我们脚步很轻，脚踩在干枯的芦苇上发出吱吱的声音。我看见麻脸叔身穿灰白的宽大皮袄，被他用手拨开的芦苇秆从他肩膀两侧向后回拢迎面打来，我边用手拨开茂密的苇秆儿，边注意着周围的动静。只见麻脸叔行进了一段距离后停住了脚步，胳膊伸向后面，摆了摆手，我定身不动。不一会儿岸边传来一阵号声，麻脸叔立刻猛劲地击鼓，我也跟着一通敲，其他的方向也随即响起鼓声，顷刻间芦苇丛里鼓声阵阵，震耳欲聋。

这突如其来的响动让一点防备没有的大鸟惊慌失措，纷纷四处奔逃，它们不停地挥舞着翅膀，乱作一团，奔跑着争先飞上天空。与此同时岸边的海东青也被主人解开了脚链，摘下眼罩，它们如离弦之箭般从主人手臂上飞向蓝天，直奔那些美丽的大鸟。我站在芦苇丛里仰望着天空，目睹了海东青擒鸟的全过程。那些大鸟在空中远没有海东青灵活、敏捷。海东青可以随意地飞，直上直下，快如闪电，身形矫健。而那些大鸟却只能沿着一个方向飞，速度也不快。它们挥动着翅膀，由芦苇丛里飞向天空，向四面八方逃散，却被盘旋等候在上空的海东青瞄准锁定，十几只海东青闪电般地冲向目标，用铁钳般的利爪死死地掐住那些大鸟的脖子。大鸟在空中失去平衡，扇动着双翅，拼死挣扎，身子却不住地往下坠落。一时间，哀鸣阵阵，散落的羽毛纷纷扬扬如雪花般从天而降。

这种大鸟我头一次见到，后来从勃堇口中得知它们的学名是天鹅，每年从高寒的西伯利亚南下过冬。鸭子河入海口是它们栖息的最佳地点，这里气候温暖，加上江水与海水的汇合处盛产鱼虾河蚌，吸引着大批的候鸟在此度过严寒的冬季。其实以前也听堡子里的人说过，只不过今天得以亲眼看见。那些从空中跌落下来的天鹅再也飞不起来，有的已经死了，有的拖着身子想钻到芦苇丛深处，陆地上天鹅行动更缓慢。我们开始围猎，用利器刺进它们的咽喉。

一只天鹅的腹内往往能取出两三枚北珠，不到半天工夫海岸边已满是天鹅的尸体，我们把零散的天鹅堆起来，差不多堆成了个小土包。我捡起一枚北珠，仔细观看，由于刚刚从天鹅腹中取出，北珠还带着天鹅的体温，拿在手里暖暖的。阳光下北珠呈现出一种偏紫的银白色，明亮而细腻。我把它举过头顶眯起眼睛对着太阳观看，强光穿过北珠，使它看起来朦胧而圆润，真是件好东西，难怪在商榷上能那么值钱，可惜这美丽的天鹅了，谁让它爱吃这些蚌呢，我暗自感叹。心里虽然有些不忍，但这个小东西却能救爹的命，也顾不了那么多了。我又在海滩岩石的缝隙里捡了好多五颜六色的贝壳，各种形状都很漂亮，我把它们统统装到随身的包裹里。这是我答应郑姝给她带的。

一切进展得很顺利，勃堇催促大家赶快收拾好，当天往回返。此时大家的心情比来时轻松了很多。任务已完成一半，有的人想休息一下，明天再走。勃堇坚决地摇了摇头：“此处绝不可久留。”众人于是收拾好装备走上了返程的路，勃堇依然在队伍前头，带着大伙向西走。一个时辰的急行军后，队伍放慢了行进的速度，我回头向后看，海岸早已远离我们的视线，当时刚过晌午，天气相当好，明媚的阳光普照着大地，漫山遍野的积雪反射着耀眼的强光，晃得让人不得不眯起眼睛。

勃堇没有走来时的路，他知道留下的任何蛛丝马迹都有可能引来麻烦，勒住马缰绳，在他眼前横着一座座连绵起伏的山丘，整个山丘被大片大片的积雪覆盖着，一片银白的世界。那些山丘上层层叠叠长满了茂密的树林，透过压在树冠上积雪间的缝隙依稀能看见裸露在外的青灰色的岩石。那些粗糙、深色的岩石点缀在白色的丛林、山岭间，犹如师傅曾给我看的一幅墨色的《寒山雪景图》。

呈现在勃堇面前的是一条覆满积雪的山道，笔直地通向不远处山坳之间的峡谷，峡谷二十余丈宽，二里多长。两侧是陡峭的山岩，山岩上长满了苍天古柏树，两侧的古树纵横交错，盘根错节，压满积雪的树枝沿着峭壁向上伸展，把峡谷上方的天空挤压得只留下一条断断续续的空隙。峡谷入口处，一棵粗大的柏树斜斜地矗立在离地一丈来高的岩壁上，一阵寒风吹过，枝头上的雪花随风飘落。

队伍静静地待在原地不动，周围只有呼呼的风声，偶尔几声鸟叫回荡在山谷里。勃堇手捻长髯，凝望前方，峡谷是回程的必经之路，这里地形险恶，他心里有些不安，回头看了看大家，目光交汇之际大家都心领神会地相互点了点头。勃堇挥了挥手，队伍变换了队形，麻脸叔带几个人在队伍前头，年龄小的几个在中间，其他人殿后。队伍排成一字形走进了峡谷。

峡谷里很幽静，耳朵没有在外面呼呼的风声。大家骑在马上，都小心地抬起头往高耸入云的峭壁上看，光线从头顶上方茂密的树枝缝隙间垂射到谷底，依次照在每个经过的人身上。峡底的路时宽时窄，麻脸叔跟乌古奈走在最前，他俩都警惕地观察着四周。大约走了半里地，前面路的中间，十多丈远，好像横着一个什么东西，像是一个人。大家很紧张，由于看不清是什么，队伍停了下来。

麻脸叔给乌古奈使了个眼色，示意他过去查看，乌古奈驱马离开队伍，大家都目不转睛地盯着他的背影。见他骑在马上一手提着缰绳一手紧握弯刀，缓慢地向前行去，挂在马鞍后面的两只天鹅尸体随着马儿起伏的脚步来回晃动着。乌古奈慢慢地接近那东西，当走到近前的时候，终于看清楚了，横在他眼前的是一根干枯的树干，树干很粗，半截埋在雪里，露在外面的部分从远处看很像躺在地上的人，很明显是从岩壁上滚落下来的。乌古奈不由自主地笑出声来，连日的高度紧张使他的精神几近崩溃，现在连一根树干都把自己吓着，他觉得自己好像惊弓之鸟，太可笑了，抑制不住压抑的心情，他昂起头面向天空长吼了一声，释放着连日的紧张情绪，翻起的眼白上由于多日的奔波，布满了血丝，从他睁大的眼睛里可以清楚地看到天空中由于受到吼声的惊吓，两只黑色的鸟展翅穿过树林时，在他的瞳孔上一闪而过的黑色身影。它们拍着翅膀掠过树梢，消失在空中纵横交错的密林中。

乌古奈转过身冲着大家摆了摆手，喊道：“没事儿，过来吧，是根树杈，娘的，我还以为躺个女人呢，哈哈。”众人听他这么说提着的心算是放下了，不过随即有几个爱开玩笑的人拿他打趣：“乌古奈看准了，真的不是女人？要是的话我们就不过去了，等喝完你的喜酒再走。”乌古奈没听出来大家在逗他，急着说真不是女人，是木头，不信？说着指了指马鞍后面的天鹅：“现在咱们拿它点着能烤天鹅吃。”“我们大伙儿可不想当癞蛤蟆。”众人哄笑。乌古奈缓过味儿来手指着大伙说：“是哪个混小子拿爷取乐呢？”

大家看着他涨红着脸，骑在马背上一动不动的样子哄笑、取闹着他。就在大家的一片笑声中，乌古奈并没有把举起的手放下来，而是僵硬地伸着，那圆睁的双眼一眨不眨，透着一丝怪异，就在众目睽睽中，慢慢地他的身子往前倾斜，直挺挺地一头栽下马来，重重地摔在雪地上。与此同时众人都惊异地看见，他的背上赫然插着一只灰羽白杆的雕翎箭，大家刹那间都惊呆了，也就是眨眼间的工夫，峡谷两侧岩壁上的积雪开始松动，一些剥落的雪花顺着陡峭的岩壁沟壑滑落下来。大家目光不由自主地往峭壁上看，只见一个个身披灰蓝色兽皮、手持弯弓的人从树干后面、草丛里冒出来，灰蓝色的兽皮与青灰色的岩石融为一体，不仔细看分辨不出哪个是人哪个是岩石，他们高高低低，星罗棋布地分布在岩壁两侧，或隐藏在树后，或埋于积雪下。显然他们是有备而来，早早埋伏于此，等待猎物，等待着我们的出现，一旦目标进入弓箭的射程，便倾巢而出，伺机射杀。顷刻间，一排排搭着箭的弯弓悄无声息地从树后伸出来，居高临下地瞄向我们。我甚至还能听见拉弓时，绷紧的弓弦发出的吱吱声。

这时听见勃堇扯着嗓子大喊一声：“五国部的人，中埋伏了，大家快撤。”话音未落，只听得耳边嗖嗖直响，箭如雨点般地从空中向我们射来，几个人应声摔下马来。我们赶忙拿盾牌抵挡，顿时盾牌上像刺猬一样扎满了雕翎箭，此时赶快离开是最好的逃生办法。勃堇站在队尾，挥舞着弯刀叫大家冲出峡谷，有几个人一马当先冲在前面，没跑几丈远，人跟马一头栽进陷马坑。那些早已挖好的坑上面被积雪覆盖，根本看不出来，坑里插满了削尖的木棍，掉下去必死无疑。后面的人马跳过坑，继续往前冲。没跑几步，早已埋伏在雪地下面的五国部的人突然拉起横在路中间的绳索，急速奔驰的马前腿被绊倒，嘶鸣着整个身子向前翻去，马背上的人也被甩出去老远。

五国部的人停止射箭，开始呼啸着从岩壁上扑下来，他们身形矫健，手握刀枪从半空中跳下，落地后打个滚直扑向我们。近距离我才看清他们，与我们的穿着不同，他们大多是身穿狼皮，灰蓝色的狼毫清晰可见，厚厚的皮袄套在身上显得不是那么合身，甚至有些肥大，但丝毫不影响他们的行动速度。他们髡发立眉，环目阔鼻，俯着身子向我们冲过来。一场伏击战不可避免地开始了，勃堇最担心的事还是发生了。

五国部世代生活在鸭子河入海口一带，这里盛产北珠，也曾经因为北珠与朝廷多次作战，现已归顺阿骨打。在他们的领地，他们不会让任何别的部族轻易拿走属于他们的宝贝，我们当然也不例外。五国部其实也不止五个部落，还有七水部这样一些小的部落。至于伏击我们的是哪个部落我不清楚。可能是统门，也可能是耶悔……

他们作战勇猛，手法老到，好在我们来的人大多是身经百战，两拨人立刻混战在一起。我骑在马上木然地看着眼前的一切，那些厮杀的人在我眼里好像都放慢了速度，放大了局部，一张张扭曲的脸，一只只举起砍刀的手臂，一片片染满鲜血的皮袄，一个个倒下去的身躯……我好像是在做梦一般，耳朵什么都听不见，一动不动地立在那儿，眼看着一个身穿狼皮袄手持长枪的人冲我跑来。他的脸掩盖在狼头做的帽子下面，模糊不清，而帽子两侧已成标本的那双亮闪闪的狼眼却异常醒目，刺向我的长枪随着他的脚步上下晃动着，锋利的枪尖由远及近地直奔我的咽喉而来，我清楚地看见了那枪尖上闪过的寒光。就在枪尖刺到我脖子的一刹那，一个宽大的刀背儿横过来挡开了枪头，随即一声："郑灿，你干什么呢？拿刀迎战。"我一愣，缓过神来，是勃堇侧马横刀替我挡了一枪。没等我说话，他从怀里掏出个布袋抛给我，"拿上它跟麻脸叔快往外跑。"

我接过布袋，揣在怀里，双腿一夹马肚，向前冲了过去，密集的敌人一窝蜂似的拥过来把勃堇包围了，在与敌人拼杀之际，我听见勃堇高喊着麻脸叔带人冲出去。我也是没跑几步便被人一枪从马上刺了下来，好在只是穿透了皮袄，后背划了个口子，并无大碍。我摔在地上还没等起身，眼前寒光一闪，不好，我赶忙侧身，就在我身体翻过去的一刹那，一把宽斧擦着肩膀重重地砍在了雪地上，顿时雪花四溅，我抹了把脸上的雪，看见站在面前的一个黑大的身影，紧接着那黑影俯身抡斧向我横扫了过来。我手脚并用连忙向后躲，皮袄前襟被斧刃划开一道口子，怀里的布袋随即掉在地上，闪闪发光的北珠从里面滚落出来，撒了一地。

我懊悔不已，慌忙低头去捡，由于前襟敞开，我清楚地看见脖子上的那个坠链悬在胸前晃来晃去，却毫发无损。与此同时，那个身影看到满地的北珠也愣了一下，紧跟着准备举斧向我发起致命的一击。就在逼近我的那一刻，我发现他身子忽然停顿不前，见他低头往脚下看。他的一条腿已被人抱住，抱住他腿的不是别人，正是趴在地上奄奄一息的乌古奈，他不知道怎么醒过来了，见他死死地抱住那人的一条腿，任他怎么甩也不撒手，使他寸步难行。我趁乱低头赶紧去捡散落了一地的北珠，我双手随着快速移动的视线在青白色的雪地上抓起那些晶莹的北珠，把它们重新放回布袋里。也就是眨眼间，当我揣好布袋抬起头之际，呈现在我视线里的是头已被人砍得血肉模糊的乌古奈。

还没等我站起身，那人踹开乌古奈，一个箭步跨过来，狞笑的脸被周围积雪反射的光线照成了青蓝色，那些被照亮的高光部分跟原本黑棕色皮肤所形成的鲜明对比，在我看来使他的表情与凶神恶煞别无二致。只是他在我面前还没站稳脚跟，那咄咄逼人的气势便随着从他胸前突然刺出的利刃消失得荡然无存，庞大的身躯如泄了气的皮囊瘫倒在地。在他倒下去的瞬间可以看到矗立在他身后的安术虎，他边拔出刺穿敌人的弯刀，边踹开尸体，飞快地向我做了个上马的手势。

我们俩翻身上马向前飞奔，好在麻脸叔与完颜守在前面断杀，冲开了一条血路，我们几个人快马加鞭闯出了五国部的埋伏圈。不断有敌人追过来，我们边跑边回身向后射箭。当我们最终冲出峡谷的时候，回身之际看见那些没能跑出来的人已被敌人团团围住，人头攒动间，只看见明晃晃的刀剑在寒空中挥舞着，兵刃相交发出叮叮当当的声响让人听了不寒而栗。洁白的雪地已被鲜血染成了一片红色。

或者是勃堇带着众人牵扯了敌人的力量，他们的殊死抵抗使五国部的人无暇顾及逃走的我们。麻脸叔带着逃出来的人一口气跑出了十来里，看到没有敌人追上来，大家这才勒住马，互相看了一下，众人都浑身是血，出发的时候五十多人，现在数了数只有十余个人。麻脸叔带着大伙儿登上一座山丘，向东方眺望，我们几个逃出来的人都把目光投向了麻脸叔。大家在等麻脸叔发话，勃堇不在，他在我们眼里就是族长，只要他一声令下，我们就杀回去。麻脸叔一言不发，牙关紧咬，可他的头脑飞快地转着，他知道依靠现在的人马没能力去援救勃堇他们。五国部的人比较多，这场袭击是他们精心策划好的，而且是敌众我寡，我们长途跋涉，除了人员没有他们多，还人困马乏。如果硬拼无疑是狼入虎口，白白送死。而勃堇最后向麻脸叔喊的话也是告诉他能带多少人逃走就带多少，而他会死命地牵住敌人。麻脸叔知道勃堇的意图，他不能把剩下的十几个人再推入险途。麻脸叔望着东方，天已渐暗，心想勃堇他们现在肯定凶多吉少，生死未卜。良久，麻脸叔挥了挥手，转身率众人，向西飞奔而去。

十几个人骑着马踏着被夕阳照成金色的雪地向西一路狂奔。飞奔的马蹄践踏起的雪花被来自旷野深处的风卷起，连同急促的马蹄声一起，如一缕疾驰而过的云雾擦着地面传向四面八方。那些光秃秃的树枝被呼啸而过的寒风摇晃得左右摆动，偶尔会有一两只受到惊吓的鸟从繁密的树林中飞起，在即将日落的天空中展开被太阳余晖染成血红色的翅膀，顺着风势做着滑翔。它们忽上忽下地盘旋在奔驰的马队上空，不时地啼叫，如同鬼魅，引得伏在安术虎肩上的海东青焦躁不安地奓着翅膀。

九

就这样，从峡谷逃出来后，麻脸叔带着众人一路不分昼夜地向西狂奔，在马背上我不知颠簸了多少天，这种马不停蹄的奔跑使我的精神与体能接近崩溃的边缘，我不知道自己身在何处，只是趴在马背上任由马儿带着我日夜兼程，后来身体越发虚弱。有几次差点从马背上跌落下来，意识也是时而模糊时而清醒。

我记得最后一次从马背上滑落下来，自己竟然浑然不觉，大脑一片空白，浑身麻木，恍惚间有人把我抬上马背。又不知过了多久，我好像产生了幻觉，自己似乎飘到了云端，周围是朵朵的白云，我站在云彩之上。四处眺望，空旷的天际没有一个人，我心想自己可能死了，就在这时远处忽然迎面跑来一匹骏马，我一看原来是闪电，它长得高大威武，我高兴地骑上它，一起跑啊跑啊……后来的事却怎么也记不起来了。

事实上，在麻脸叔的带领下，我们终于回到了堡子，而我产生的幻觉也并非完全不真实。等到我体力恢复了一些，神智也清醒的时候，晚秋跟郑姝给我讲了其中的经过。我这才明白其中的原委。

对于我们在外所遭遇的一切，当时堡子里的人是一点也不知道的，大家只是盼望着亲人早日平安归来，人们生活跟往常一样。那天早晨天刚亮，娘跟郑姝就开始了一天的忙碌。已是一月，寒冷的天气使世间万物都仿佛处在休眠状态。东方的太阳刚刚冒出地平线，朝阳便映红了半个天空，那些金灿灿的光线照在帐篷顶上，给原本笼罩在寒冷空气中的堡子平添了一份暖意。

在强光的照射下，帐篷背着光线的一面拉出了一片长长的阴影，妹妹郑姝一边走一边咳嗽，她过去的病好像有些复发。她到帐篷后面的马棚去牵马，闪电老远就看到郑姝，不住地上下晃动着脑袋。这小半年里闪电由一个小马驹已长成了一匹高头大马。尤其是这段时间，即便是草料匮乏，郑姝也会想尽办法精心调配饲料，在她的喂养下闪电不但长得快，而且身上的毛光滑油亮。它欢快地仰着头，鼻子里不断地打着响鼻，郑姝过去抱着它的头跟它玩很方便，现在不行了，几乎要踮起脚才能够得到它的头。闪电亲昵地低下头，郑姝把脑门顶在它的修长的前额上，一边抚摸着它的耳朵一边喃喃地跟它说着什么。闪电很通人性，好像听懂了郑姝的话，任她抚摸着耳朵，乖巧得像个小孩儿。

那边娘叫着郑姝："郑姝，磨蹭什么呢，快点牵马过来。"妹妹牵着马走到娘跟前，娘把两个皮囊搭在马背上说："郑姝，你自己去行吗？"郑姝一边接过娘递过来的斧子，一边说："没事的，娘，我行，这就去。"说着把斧子挂在马背上，拉着马便走，娘在她身后说："别忘给大娘拿过去。""知道了。"郑姝头也不回地答应着。

妹妹牵着马径直向南走。清晨的气温很低，周围静悄悄的，只有马蹄踩在草地上发出的吱吱声。郑姝牵着马缰绳的手裸露在寒冷的空气中很快便感觉有些僵硬，她低着头把两只手放在胸前互相使劲地搓着，不断哈着气，暖着手。放眼向前望去，不远的前面就是大河，河面结着厚厚的冰，河对岸沿着河坡生长着茂密的树林，没有了夏日的绿叶，那些树木看起来，只剩下光秃秃的树杈矗立在那，一些大树从成片的树林中分离出来零散地分布在岸边，横七竖八，甚至有些斜搭在结冰的河面上。远远望去，在朝阳的照射下那些林木形成的深蓝色阴影与河面反射呈现出的金黄色的亮光所造成的视觉反差，让人产生一种幻觉，仿佛是一条蜿蜒的金色巨龙缓缓地穿梭在黛青色的林海中。

冰面上隐约好像有个人，郑姝走近了才看清，是蔺晚秋。她正砸开冰面取水，身边放着盛水的皮囊。郑姝过去打着招呼叫着：“姐。”晚秋抬头看见是郑姝，用手臂抹了把额头上的汗：“郑姝，我听你娘说，你又咳嗽了，病没好，怎么还来这儿干活儿？”妹蹲下身子说：“没那么娇气，过两天就好了。”说着拿着斧子也跟她一块干起来，冰层很厚，两个人轮流地砸着，半个时辰过后，终于见到水了。晚秋把皮囊浸在水里，她抬头对妹妹说：“把皮囊拿来，我给你灌。”妹妹转身去解马背上的皮囊，晚秋又说：“要灌两份儿水？”“嗯，娘要我再灌一份儿给大娘拿过去。”两人说着话的时候，身后的闪电忽然开始焦躁不安地用蹄子不住地踢着冰面，还发出连续的嘶叫，她俩互相看了看又望了望闪电，一脸纳闷儿的神情。郑姝刚要说什么，只见闪电围着她俩跑着转了一圈，然后撒开蹄子向河对岸狂奔而去。

这下可急坏了郑姝，她赶忙追了过去，光滑的冰面让她险些摔倒，在闪电后面边跑边喊：“闪电，站住。”而平时乖巧听话的闪电此时却头也不回，好像没听见似的撒欢儿向前跑去。晚秋也起身追了过去，她不敢把湿淋淋的皮囊丢在寒冷的冰面上，如果冻在一起，更麻烦，她拎着皮囊紧跟在他们后面。

一阵剧烈的咳嗽使郑姝不得不弯腰停了下来，晚秋赶过来帮她捶着后背，两人对闪电的反常举动，既生气又奇怪。转眼间闪电已跑到了对岸，一头钻进河坡上的树林里不见了。

她俩追到对岸，顺着马蹄印儿也钻进树林，沿着河坡往上追，河坡不高，但挺陡，晚秋在前，郑姝在后，快爬到坡顶的时候她们听见坡的另一边马儿撒欢儿的叫声，是闪电的声音。晚秋加快了脚步追了上去，而郑姝却脚下一绊扑通一声栽倒在地，一脸灰土的郑姝刚抬起头想要爬起来，却看见晚秋已站在坡顶上，睁着眼睛盯着斜坡的对面，她好像看到了什么，惊喜之间，皮囊竟失手掉在地上，皮囊落在地上弹起，滚下斜坡，水花四溅，顺着斜坡流了一地。郑姝清楚地听见，晚秋用有些颤抖的声音大声喊着：“郑姝，我看见了，是麻脸叔，是麻脸叔他们回来了。”

或者是我们浑身被血迹跟尘土弄脏的衣服，或者是从十几个人疲惫的表情，立刻，晚秋似乎从中看出了什么，她直觉地感到我们多半遭遇了不测，赶忙拉起妹妹两人朝着我们跑过来。

就这样，我们在河边被晚秋发现，并被随后赶过来的人接回了堡子，我躺在帐篷里一连昏睡了好几天，高烧不断。在模糊的意识中，依稀感觉是娘跟妹妹在给我敷药，我想跟她们说说话，可没等张口便又昏睡过去。我病得很重，意识时而清醒，时而模糊。或许在别人看来我很难闯过这一关了，昏睡中我会浑身冒汗，会突然说一些胡话，引得坐在我身边的妹妹一边默默流泪，一边给我擦脸上的汗。娘在一旁不断地给我换额头上镇着的冰块，敷着跌打药。我在疾病下煎熬着，或者说在生死间挣扎着。

蒙胧中，完颜守、安术虎跟晚秋来过，好像跟娘聊了很长时间，只是当时意识不太清，没留下什么特别清晰的印象。我就这样静静地躺着，帐篷外太阳每日从东方升起，又从西方落下，透过帐篷缝隙照进来的光线投在地上，把帐篷里照得通亮。那些缓缓移动的光束随着日起日落变化着角度，偶尔会照在我脸上，照在我紧闭着的双眼上，暖暖的光线把我苍白的皮肤映成橘红色。外面的风轻轻地掠过山岗，她带着草原特有的清新袭卷而来，我在睡梦中感觉到她的存在，她好像就在我身边，我却看不到摸不着。我追出帐篷，跑上山岗去找她，空旷的原野里只有轻柔的风抚过面庞，却空无一人，我站在高处，大声地呼喊着，却怎么也发不出声，无声的呐喊只有自己能听见。我奋力地奔跑着，双手努力地抓着，却什么也抓不到，直到满头大汗。这时感觉有人给我擦汗，我忽地清醒了，我想我又在做梦了。在模糊的意识中我分不清哪里是现实，哪里是梦境……

也许时间是疗伤的良药，随着日子一天一天地过去，我渐渐地感觉有了精神，身体也逐渐地恢复了些体力。甚至还能在清醒的时候思考一些事情，头脑中不时闪现着断断续续的画面：有时是林海丘陵，有时是雪原湖泊，有时是郑澜跟完颜皓，还有勃堇骑马挥刀与五国部的人拼杀，现在不知道他们怎么样了，是突围出来了，还是全军覆没？每当想到这儿，头就发涨，脑子很乱，理不出个头绪。

这段时间也许是经历的变故太多，自己好像成熟了不少，曾经眼里那个温暖而美丽的世界犹如被烈火点燃般骤然变得冷酷与血腥，甚至还没等你反应过来，现实就如同一个巨兽正一点一点地把你吞噬，犹如身陷沼泽，身体一点一点往下沉，虽然努力挣扎，却清楚地知道无济于事。我不知道怎样用过去那颗善良的心去面对如今的现实，也不知道怎么来适应它，更无力把握未来。对现实的无奈让我对它产生了厌恶，我宁愿它是一场梦，醒来后我依然有完整而温馨的家，我仍可以像以往那样替姐牵马，听妹妹唱歌，还有完颜守跟安术虎，他们既像朋友又像兄弟，自小就跟我形影不离。完颜守满怀抱负，有报效国家的大志，安术虎风趣幽默，为人行侠仗义。我又想到晚秋，只有想到晚秋，那颗灼热沸腾的心似乎才能平静一些，就像烈日下吹过的一缕清风。我不知道晚秋会不会想我，我又想到她写给我的信……

我沉浸于对回忆的留恋，不想有一丝改变。

又是一个阳光明媚的早晨，郑妹像往常一样熟练地用温水洗好手巾，给我擦脸。在娘跟妹妹精心的照顾下，我恢复得很快，我艰难地坐起身靠着皮垫，打算自己擦脸，妹妹说："还是我来帮你吧。"这时，听见帐篷外传来一阵急促的脚步声。门帘忽地被掀开，来的人是晚秋，只见她面带惊喜地冲着我跟郑妹说："回来了，你爹被放回来了。"妹妹睁大眼睛高兴地问："在哪呢？""我刚才看见跟麻脸叔一起去了勃堇家里。"妹妹把手巾一把丢给晚秋，边向外跑边喊："娘，爹回来了，我去看看。"眨眼间冲出了帐篷。听见爹回来的消息确实让我精神一振，我挣扎着再次要坐起来却感觉一阵头晕目眩，又倒在了垫子上。

晚秋见虚弱的我脸上又冒汗，轻步走过来拽拽我的被角儿，让我别动。我只好像木偶一样靠着垫子看着她，心里特别难受，我不想让别人看到我狼狈无助的样子，特别是在晚秋面前。晚秋转过身，弯腰给我洗毛巾，拧干毛巾后转过身，小心地给我擦脸。忽然她手停下来，看着我额头上一块紫青色的撞伤，轻声地问了一句："疼吗？"我点点头。此时帐篷里只剩我跟她，很想跟她说说话，可连说话的力气都没有。我想跟她说我经历的事，我参与了真正的厮杀，不是野兽，是人。那些惨烈的场景冲击着我的内心，我们当时没有别的选择，只有你死我活地拼杀，虽然我捡了一条命回来，可这种经历也许会让我改变，使我忘掉过去那个善良的自己，我害怕自己变得像野兽一样凶残。我无法摆脱那场惨烈的厮杀对我内心的影响，这种矛盾的想法使我的精神备受煎熬。我看着正专注给我擦着额头的晚秋，她动作轻盈，挽起的袖口露出的胳膊在光线下呈现出一种娇嫩的粉色，她一如从前一样没有丝毫改变，不知道此刻她能理解我的心情吗？我又闭上眼睛，感觉她挨得我很近，我甚至能听到她轻轻的呼吸与怦怦的心跳。

日子一天天过去，可关于勃堇一行人的下落却没有半点消息。麻脸叔知道没能回来的人肯定都遭遇了不测，不过他没有说，他不想把那些盼着家人回来的人的希望给抹杀。但随着时间的推移大家也渐渐猜出了事情的真相，堡子里哀声不断，大家心里都笼罩上了一层阴影。

爹虽是交了北珠给放回来了，却也挨了不少苦，人也瘦了一圈，他也由大伙推举替代勃堇的位子。中京没有再追究我们的过失，似乎姐逃婚这件事也就过去了。经过一段时间的调养我也基本恢复了体力，除了平日里干些活儿之外，我更多的是去师傅那学画。我流连在书画的意境里，听师傅高谈阔论，我陶醉在笔墨山水间，那些厮杀的经历渐渐地被我淡忘，心情也随之渐渐好了起来。

那段时间，晚秋常常陪我，我和她之间话不多。不过我们还是从对方眼神里感觉到了一些微妙的变化。她总爱在烈日下看我干活，我劈柴她就坐在栅栏上看着我，而她经过我身旁的时候我不用抬头也能感觉得到是她。我跟晚秋之间似乎有某种让人心动的东西在悄然地生长，它来得直接而猛烈，甚至无法回避，因为我能明显地感觉到彼此加速的心跳，她的举手投足像磁石一般吸引着我。

我忘不了当我讲起去海边的那些经历的时候，她专注地听我说着。我把五国部对我们的突袭讲给她听，也把当时的感受告诉了她。血腥的现实冲击着我心里的那份善良与美好，这种如火的煎熬深深地在我心底点燃着，像枷锁一样套着我，压得我喘不过气。当我无助地望着晚秋的时候，她上前拉住我的手说：“你感受到的我也感受得到。”我看着她的双眼，禁不住说：“当我在千里之外遥望星空时，你有曾感觉到我在想你吗？”晚秋点了点头，我情不自禁地紧紧抱住了她。这种成长过程中的共同感受使我俩年轻激荡的心紧紧地贴在了一起，似乎所有经历过的磨难都在晚秋如水般的双眸下融化了。偎在我怀里的娇小身躯好像蕴含着无穷的力量，支撑着我即将坍塌的世界。我们紧紧地拥抱着，这种迸发的情感如洪水般地倾泻而出在彼此的心田流淌，无法控制，它像一股温泉流向我的心底，驱散着那份挥之不去的寒冷。而我随着内心的解冻周围的世界仿佛也焕发出了奇异的光彩，身体好像长了翅膀飞了起来，周围世界在飞快地旋转，一切都好像沐浴在阳光下，温馨而朦胧，我感受着这份情感，沉浸在无比的幸福之中。

晚秋在我眼里无疑是完美的，她用她的美丽证明着我们坚守于内心世界的意义，让我重新找回了自己，支撑着我们曾经桀骜不驯的世界，也赋予我面对一切的勇气。我们携手在幽蓝的夜晚遥望星空，我们骑在奔驰的马背上追逐着翱翔于天际的雄鹰，我们相偎站在山巅看着火红的夕阳落下。那段日子我们彼此倾诉着内心的感受，甚至在闹别扭的时候都有着默契，那份刻骨铭心的情感已深深地印在我的脑海里，我们彼此享受着相互拥有的快乐。

随着日子一天天过去，转眼又到了春天，大地开始苏醒，河面解冻，春暖花开。而我就在那个春天做了我一生中的重要决定，跟晚秋永远在一起。我打算先告诉家里人，这些日子我沉醉在跟晚秋的二人世界里，忽略了周围的一切，而大家却时刻地关注着我。人们见我跟晚秋总在一起，都笑而不说，其实不用我说明，家里人也都清楚，甚至连完颜守、安术虎也看出了我的异常，他俩开始纳闷地问我为什么总不跟他们在一起，后来好像觉出什么来了，见到我便冲我嘻嘻地笑。

爹娘经过姐姐的事后，人变老了很多，尤其是父亲，似乎他那个回故土的愿望彻底破灭了，人更变得寡言少语。娘还是看出了我最近的变化，她私下跟我说晚秋人不错，如果我觉得合适找个恰当的时候让爹跟蔺师傅提亲。我犹豫了一下，说家里刚刚发生这么多事，过一阵子再说吧。其实还有一个原因就是该如何向师傅提起这件事，我当时还没有做好心理准备。

腊月的风冷得刺骨，夜晚更让人感到透骨地寒冷。我站在帐篷外，夜空中明月高悬，我感受着寒风抚过面庞，心境却与这风儿迥然不同。因为晚秋告诉我，师傅知道了我跟她的事，晚秋说师傅同意了，虽然不是正式的但师傅的态度令我倍感温暖，所以即使是在凛冽的寒风中我却体会到另一番意境。我静静地听着风吹过时发出的声音，享受着这独自的宁静，她就像一只纤柔的手轻轻地抚过草原，如同在大地上弹奏着一首优美的乐曲，那森林、山谷、草场仿佛就是一根根琴弦，在风的弹拨下发出各种各样的声响。那些声音随风而走，忽快忽慢，忽远忽近，像是流淌在空气中的一曲悠扬的旋律。在它们急促地掠过帐篷时，不远处旗杆上的帆布被吹得哗哗作响，我凝神仔细听着各种声音，分辨着它们……

然而一阵急促的脚步声由远及近，打乱了我的这份惬意。随之而来发生的事情改变了我一生的命运。

我抬头一看前面帐篷外闪过两个黑影，飞快地向我跑来，还没等我看清是谁，两人已冲到我面前，是安术虎跟完颜守，他俩神色凝重，二目圆睁，我感觉有些不妙，从他俩异常的表情来看一定是发生了什么事。安术虎一言不发，头上的青筋暴露，拳头紧握，完颜守沉默了片刻，在这片刻里我已感到他俩胸中燃烧的怒火好像即将爆发的火山，猛地他抬头问我："郑灿，咱们是不是兄弟？"一句话问得我有些木然。"难道不是吗？"我问着自己。

看样子肯定是有事情发生了，不管怎么样，他俩的事就是我的事，我们拜过把子，需要我帮忙就是上刀山我也不会皱一下眉头，这种兄弟情义的神圣感从胸中油然而生，让我毫不犹豫地向完颜守点了点头。完颜守拍了拍我的肩膀，安术虎紧咬牙关，递给我一把短刀，把头一扭随即说了一句:“跟我走，见机行事。”我接过刀，握在手里，跟着他俩向北跑去。虽然我不知道他俩去干什么，但直觉告诉我将要面临的绝非简单之事。我被他俩愤怒的情绪感染着，热血沸腾。三个人在幽暗的月色下飞奔，快速行走的皮靴踩在刚长出嫩芽的草地上发出“沙沙”的声响。

已是深夜，堡子里的人大多都睡了，只有一顶帐篷还点着油灯，橘红色的灯光从帘子缝隙露出来，在青黑的夜幕里很是显眼。我们冲到帐篷外，完颜守停下脚步，我们都听见帐篷里传来断断续续沙哑的哼唱声，安术虎向我跟完颜守对视了一下，手握弯刀一个箭步冲进了帐篷，我们随即跟了进去。

帐篷里酒气熏天，两个喝得酩酊大醉的武士横躺在地毯上。一个官员打扮的人靠在几案边，边喝酒边哼唱着小曲，可能是感觉到什么，他缓缓地转过头，我看见被灯光照得通红油亮的脸上一双喝得有些迷离的小圆眼正诧异地看着突然闯进来的三个手持利刃的少年。火苗随着吹进来的风在油灯的灯芯上跳跃着，明亮的光线把帐篷里照得通红，我们三人黑色的身影映在帐篷上，随着跳动的火苗变幻着形状。片刻的沉默，空气中聚集的愤怒随着晃动的火苗不断膨胀着，似乎随时都会爆发。毫无防备的官员似乎感觉到进来的人带着咄咄逼人的杀气，他下意识地去抽腰上的佩刀，手哆哆嗦嗦地在腰间摸索着，可酒精使他的行动显得迟钝，一切为时已晚，我们一下冲了过去，安术虎上前手起刀落，顿时血光飞溅，我们迅速地解决了这三个人，对于完颜守跟安术虎来讲杀一个毫无防备的人易如反掌，他们能在眨眼间的工夫，剥下一张羊皮，何况这几个官员已烂醉如泥。尸体仰面朝里躺着，其中那个官员的手一直在抽搐，血顺着袖口往外淌，流向腰间挂着的银色牌子，牌子上刻着几个明晃晃的字——银牌天使。字迹被鲜血涂满，在灯光下泛着刺眼的光。

这几个人就是朝廷派来的银牌天使，我们杀了朝廷的人。虽然当时我不知道安术虎和完颜守为什么杀他们，但我认定他俩的选择肯定是对的。事实上后来我才知道大娘跳河自尽与此事有关，事后从大人们的口中隐约听到存枕，我不知道什么意思，也不知道发生了什么事，但心想这些所谓的银牌天使必定是罪不可赦。

杀人，我从前想都不敢想，但看到刀锋上未干的血迹，大脑一片空白，我不敢相信，自己真的杀了朝廷的官员。我们擦干刀上的鲜血，冲动的情绪渐渐平静了，头脑也逐渐冷静下来，我们意识到祸可能闯大了，于是坐在草地上商量下一步的对策。完颜守早有打算，他说：“咱们最好去参军，投奔阿骨打。阿骨打已在北方建了国，跟朝廷打仗，咱们拿着银牌去投靠他们。我听麻脸叔说过他在军营里有朋友，咱们可以先找他引荐，只要咱们去参军打仗，将来干出一番事业，就不再受欺负了。”安术虎说：“参军我没意见，反正我也没有家人了，也没什么牵挂，只不过咱们一走简单，可朝廷会放过堡子里的人吗？”一席话让我跟完颜守无语。可我心里想家里人能让我跟他俩去参军吗？参军意味着可能每天都要面对着血腥的厮杀，这毕竟是我不喜欢的。我心里扔不下画画，师傅给我展示的那些书画，曾经让我流连忘返，它给我带来的愉悦像磁石一样吸引着我，我也舍不得离开晚秋跟家里人，年纪尚轻的我不知如何选择。安术虎思量了半天，然后说：“实在没有办法，事因由我而起，一切我来承担，我去自首。”我说：“不行，自首只有死路一条，即便你去自首，朝廷也未必会放过堡子。”我们商量着，却始终没想出个好办法。

这时远处地平线开始发亮，黎明的天空呈现出一抹淡蓝色，眼看天就要亮了。我们只好先把三具尸体掩埋起来。于是我们把尸体用毡子包好，驮在马背上准备往山上的树林拉。我们悄悄穿过堡子，正当我们刚要离开时，忽然身后一个声音让我们吓了一跳：“你们仨这么早去哪儿啊？”我们不约而同回头一瞧是我爹，他拎着茶壶正站在后面。“我们去河边喂马。”我赶紧撒了个谎。“马背上驮的是什么？”“草料，我们喂马去。”爹瞥了一眼马背没再说什么转身走了。

看得出来，爹这阵子心力交瘁，这么早起来是给朝廷的官员送奶茶的，他对朝廷派来招募壮丁的官员虽是愤恨却也敢怒不敢言，说是招募其实跟抢掠没什么两样。这几个银牌天使是前几天到的，他照例接待他们，现在的朝廷虽早已没有往日的威风，可下来的这几个银牌天使却依旧骄横跋扈，闹得堡子里的人跟官员的关系很紧张。麻脸叔纠集了不少人，摩拳擦掌，愤愤不平，随时可能刀戈相见，爹夹在其间也不太好受。走着走着，爹忽然停下脚步，他觉得好像看见驮马背上的毡子里露着一只脚，没错他肯定自己没看错，应该是一只官靴，想到这，爹的脑袋忽地大了，他意识到了什么，转身冲着还没走远的我们大声喝道：“站住！”

银牌天使被杀的消息很快传遍了堡子，没有人责备我们，反而像对待英雄似的对我们投来赞许的目光。只有爹急得在帐篷里来回踱步，我们仨站着，面面相觑。麻脸叔在一旁劝道：“老兄，这几个孩子做得没错，即便他们不杀他们，我这次也会动手，事已至此，想想下一步该怎么办吧，好在还有时间。”爹背着手，扭过头来说：“怎么办，只有让他们逃命去啦。两天后，中京还有大批官兵来咱们堡子征壮丁，到时候他们肯定会知道银牌天使被杀。咱们怎么交代，把他们交出去吗？不交，恐怕咱们堡子难逃此劫。”麻脸叔说：“那就让他们仨先逃走，反正交出去也是死，不如让他们逃走，或者能闯出一条生路。去投奔阿骨打的部队吧，我那儿有个故交叫张觉，虽说多年不见，提我他也会给你们关照的。”

我们几个人的目光都投向爹，爹无可奈何地叹了口气，他本想让我留在家里给他养老送终的，日后再学门手艺，也可平安度日，可现在，事已至此恐怕是不行了。爹摆了摆手：“逃吧，也只有这样了。”我插话：“不如我们堡子一起逃走。”爹摇摇头：“说得容易，堡子这么多老老少少，说走就走哪那么快。你们在堡子里我们会很麻烦，即便藏起来，时间长了，难免不会走漏风声。与其被抓，不如现在就走，走得越远越快越好。”完颜守问：“我们走了你们大伙怎么办？万一朝廷带人马来兴师问罪，大伙儿岂不受牵连？”麻脸叔说：“你就别管我们了，我们就说那几个官员没来过，一切都不知道，尽量拖延时间，能拖到什么时候就拖到什么时候。实在不行，动起手来，咱们也不白给。你们就别替我们操心了。”

晚上一家人围坐在帐篷里，娘在一旁给我收拾包裹，这次可是真的要离开堡子了，也不知道什么时候再能回来，娘跟妹虽没说什么，但我感到家人的心里很不是滋味。姐走了，我再一走原来热热闹闹的家就只剩下爹娘跟妹妹了。我想说点什么，可话到嘴边却什么也说不出来，妹妹牵过闪电轻声地说：“哥，把闪电也带走吧，它也长大了，或许你们在外能用得着它。”妹妹眼里闪着泪光，我接过缰绳：“我们只是到外面避避风头，先还给完颜守吧，等我们回来再给你。”妹妹点点头，一阵剧烈的咳嗽使她身体抖动起来，我正想问她怎么病重了，恰在这时，帐篷帘一掀，蔺师傅进了帐篷。

家里人忙招呼客人坐下，我到外面拿来木墩儿给师傅坐。师傅虽来草原有些日子但仍保持着中原人坐椅子的习惯。寒暄过后师傅手拈长髯对爹娘说：“郑灿是你家的长子，但也是我徒弟，他的事我得问问。我听说他跟几个人把银牌天使给杀了？”爹点点头。师傅情绪有些激动，下巴颤颤巍巍地连说：“杀得好，这年头真是官逼民反啊，我想官府不会善罢甘休，不如让他们远走高飞吧，您二位说呢？”爹点头：“我跟他娘也这么合计，目前也只有这么办。”师傅感慨地说：“郑灿虽不是很聪慧，但天性纯挚，很有悟性，若我略加调教三五年，想必有所成就，也不枉二位对我的托付。现在看来当初的愿望也只能放一放了。”

娘边给师傅倒着奶茶边说：“这也都是命，由不得谁，行与不行看他的造化了。”师傅又说：“让孩子去哪，您二位是否有所考虑？”爹摇摇头：“没啥打算，能去哪就去哪吧，我也想开了，出门在外，能混口饭活下去干什么都行。麻脸叔说让他们去投奔阿骨打的部队，或许是条出路。”师傅点了点头：“这年月都是在刀尖儿上过日子，哪都差不多。不过郑灿若能回到中原，回到我的故土之地，最好……”师傅说到这儿摇摇头叹了口气，“咱们此生回去中原恐怕也只有在梦里了。”师傅是中原吴越之人，在外漂泊四十余载，像爹一样都幻想着有朝一日能回到故里，每逢说到这都难免感慨万分。而站在一旁的我心里却想着另外一件事，虽理解父辈的想法却没什么切身的感触，中原对我来讲不过是个遥远的世界，我虽听爹多次讲过，却总感觉如幻境般虚无缥缈，与其憧憬遥不可及的中原故里，不如把握当下让我牵挂在心的那份情感，而那个让我无法割舍的人就是晚秋。

我知道晚秋喜欢去山后的树林，我去那找她的时候已是深夜，一轮弯月静静地悬在夜空中，空中大片的云朵缓缓地飘动，云被幽深的夜空映成淡灰色，不经意看去，月亮仿佛穿梭在薄如蝉翼的云海里，时隐时现。光线透过云层洒在无边的草原、起伏的山丘、茂密的树林上，给它们笼罩上一层银色的光。在这黑白的世界里，我看到晚秋，她站在山下一片低矮的桃花林里，阵阵春风拂过开满桃花的树枝，成片的树枝被轻柔的春风摇动着，在月色下摇曳着身姿。风带走散落的花瓣，那不断聚集的片片花瓣被风卷起，飘浮旋转在空中，在灰暗的树林里犹如升起一片片粉色的云海。晚秋散开的秀发被风轻轻吹起，飘动的发丝泛着如丝绸般柔和细腻的光泽。

大概晚秋知道我要离开堡子的消息了，我们互相看着对方，听着风吹过树林发出的哗哗声，默不作声。其实不用多说，彼此内心的默契已经让我们感到离别的无奈与依依不舍。

久久，晚秋抬头望着我，银色的月光洒在她白皙的脸上，她问：“你决定了吗？”我点了点头，“我怎么办？”“等我，我会回来接你的。”对于这个回答我是语气坚定，语速急促，而且充满信心的。至于去哪里，我们似乎没有仔细考虑，一种冲动的热情鼓舞着我，在那种情绪里，去哪都是一样的。年轻的我们只在乎能否在一起，在那个动荡的年代里能抓得着对方，拥有对方是内心最大的安慰。我们不在乎物质条件的好坏，只要对方的承诺，它寄托着我们对未来的希望与憧憬。我们沉浸在彼此心心相印的幸福与离别的伤感中，晚秋趴在我的肩膀上眼泪不知不觉中流了下来。我边安慰着她边给她讲着我的计划，憧憬着未来美好的蓝图：“等我回来咱们就跟家里人远走高飞，去找我姐，一起回中原。”晚秋点着头，双手紧紧地搂住我的臂膀。

十

跟家人、朋友告别后，完颜守、安术虎与我便策马向东冲着中京的方向疾驰而去。我们马不停蹄地赶路。对于投奔阿骨打的部队，我们三人的心情是完全不同的，完颜守早已心驰神往，安术虎是走投无路，我是无可奈何。完颜守骑着闪电冲在最前面，他的兴致最高，不时地回头督促着我们，三匹马六个马蹄踩在满是黄土的路面上，扬起滚滚的烟尘。

我们一连跑了两天，在第三天临近晌午，头顶骄阳似火。忽然，跑在前面的完颜守勒住了马，在他前面一马平川的地平线上，远远的如一座山寨般的军营隐约地出现在我们的视野中。一面面白色大旗在营寨中随风飘摆。完颜守兴奋地指着远处大声地冲着我们俩喊："我们到了，前面就是阿骨打的大营。"我们高兴地大声呼叫，催马一溜烟地直奔营寨而去，疾驰的马蹄踏在干燥的地面上很快在我们身后拖起一股长长的烟尘。营寨离我们越来越近，我抬头眺望，甚至可以看到高高的木寨墙上走动的岗哨。

就在我们离寨门百十步远的当口，湛蓝的天空中突然闪过几丝细细的黑影，几支雕翎箭从高高的寨墙后面射了出来，在空中画了个漂亮的弧线，稳稳地落在飞奔的马蹄前，箭头深深地插入黄土中。马儿一惊，侧身转头，我们顺势向后紧勒缰绳，马儿前蹄抬起仰天嘶叫。叫声未落只听见寨墙上探出个脑袋，扯着嗓子喊："别往前走了，你们是哪儿的？"我们并不搭话，但见完颜守从腰间取出银牌绑在箭杆上，然后双膀一用力拉弓搭箭，只听嗖的一声，箭如闪电般地飞了出去。哨兵正把头探出寨墙外往下张望，猛地一支箭着实有力地钉在他旁边的木桩上，露在外面的箭杆由于力道很大，在共振的作用下发出阵阵颤抖的余音，这突来的一箭把他吓了一跳。惊愕之余看见绑在箭杆上的银牌，似乎又有所诧异。

完颜守观察了四周，见寨墙上飘的大旗上写着宗罕，便知此是阿骨打的部队无疑。宗罕乃自阿骨打建国后难得的一员虎将，他骁勇善战，我们早有耳闻。于是完颜守在营寨下拱手道："官差大人，劳驾给大王通报一下，就说有中京翰鲁朵部三人求见，欲投靠大王。"我跟安术虎也随声应和。岗哨骂骂咧咧地取下箭，去营里面禀报。

我们三人在营寨外等着，往寨墙上看，三丈来高的寨墙外面全用削尖的木桩围成，墙上锦旗飘摆，墙上的岗楼里弓箭手正手持弯弓虎视眈眈地盯着我们。我跟安术虎撇了撇嘴，心里合计这回想跑恐怕都不行了。片刻寨门缓缓打开，只见刚才那个报信的岗哨站在寨门前向我们挥了挥手，嘴里喊着："过来吧。"我跟安术虎一起把目光看向完颜守，完颜守说了声："跟我走。"说罢向我们一摆头，率先催马直奔大营，我们紧随其后。穿过高高的寨门，呈现眼前的是宽阔的军营，东西大概有三里地，纵深望不到边。里面帐篷林立，人声鼎沸，我们三人在哨兵的带领下穿行在往来的士兵当中。这些留着髡发、颧骨暗红的士兵放下手中的活儿，三两个人凑在一起，他们有的赤裸着上身拄着锄头，侧着身，瞪着憨直的眼睛好奇地注视着从他们身边走过的我们。这些游动的目光聚集在身上，让我感觉极不舒服。

很快在岗哨的引路下我们来到营中大帐前，大帐大而整洁，在阳光下泛着耀眼的白色，帐篷周围锦旗迎风飘摆，显得气派非凡。我们被卸下兵刃带到帐中。帐篷里光线有些暗，乍一进去感觉双眼发黑，我连忙低头往地上看，脚下猩红的地毯红得像血一般，目光顺着地毯向帐篷里面延伸，最后停留在地毯的尽头，见帐篷中央一张虎皮大椅上，正襟危坐一个身材略胖、披着白袍的将领。看他四十开外，头束白丝巾，髡发披肩，向前微探着身子，右胳膊支在扶手上，手一边捋着长髯，一边眯着眼打量着刚进得帐篷来的几个人。他的左右两边三三两两站着几个将士，都是髡发虬髯，皮肤棕黑，或叉手而立或背手侧身。光线从帐篷口斜斜地照进来，停在他们腰部以下，昏暗的光线使他们面部看起来很模糊，而那些挂在将士腰间钢质的刀柄，在光线的照射下反射出极亮的银色，在幽暗的帐篷里显得格外刺眼。

帐篷里的人刚才似乎正在商讨着什么，被我们几个的到来给打断了。坐在虎皮大椅上的将领，表情冷峻，拧着眉，微微仰起下巴，上下打量着我们。他一动不动，护腕上的钢钉闪着炫目的寒光。帐篷里安静得让人窒息，这种无声的咄咄逼人的震慑充斥在帐篷中，使人不寒而栗。我们几个还没缓过神来，身后就被人推了一把，身子趔趄地向前几乎跌倒："还不快参拜宗罕将军。"我们一听是宗罕便单膝跪地抱拳上前施礼，一一报上名字。这时只见宗罕随手扔出一件东西，啪的一声落在我们脚下，我们一看是射上寨墙的银牌。我跟安术虎、完颜守相互看了看，不知道宗罕是什么意思。只听得他说："这银牌是你们的吗？"完颜守抱拳答道："将军，此牌是我们三人杀了朝廷的银牌天使所得，恐朝廷追杀特来投奔大将军。望能留在军中，若留下，我等必将追随将军征战，身先士卒，即便战死也在所不辞。"

宗罕点了点头："当今朝廷气数已尽，形如朽木，耶律小儿如丧家之犬，拿下中京指日可待，攻下西京也是早晚的事。我们兵强马壮，正是用人之时，你等来投奔必能大展宏图。"宗罕说话铿锵有力，说罢，侧身问身边的将士："额颠阔乌鲁，你看他们这几个人怎么样？"

我们的目光一起转到了宗罕身边的将士，但见昏暗的光线下闪出一个人影，此人身材高大，素袍白巾，脸部的皮肤粗黑，额头的皱纹凹凸不平，他俯身行礼对宗罕道："将军，我们现在正在跟朝廷作战，此地乃中京控制区，各族混居，鱼龙混杂，前几天我们还抓到了中京派来的奸细。这几个人虽有银牌，但他们的来历我们一无所知，仅凭他们的一面之词恐怕难以为信，大敌当前还是谨慎为妙。"一席话说得宗罕不住地点头。安术虎有些急了他大声说："我们不是奸细，真的是投奔宗罕将军的……"

额颠阔乌鲁转过身，那双暴突的充满疑惑的双眼紧盯着我们："你让我们怎么相信你们说的呢？就凭你们这半大孩子带来的银牌？恐怕没那么容易。"他狞笑着，摇着头，故意不说话，他仔细地观察我们，好像要从我们的身上发现他期待的破绽，更像一头猛兽在要弄走投无路的猎物。我们被额颠阔乌鲁的一席话弄得语塞，顿时有些紧张。看来宗罕的将士额颠阔乌鲁对我们的到来多少有些不信任，我心里七上八下，估计接下来凶多吉少，想到这不由得紧张起来。还是安术虎反应快，他大声说："张觉在将军的部队中，他认识我们，可以给我们做证，我们不是奸细。"张觉这两个字故意大声说出来，让在场的人听得清清楚楚。我跟完颜守也有些懊悔地想怎么把麻脸叔介绍的人给忘了，并满怀希望地看着周围宗罕的将士，期待从他们的表情里看到能让我们摆脱窘境的哪怕是一丝的表情变化。

沉默，又是沉默，帐篷里安静得哪怕连细微的呼吸声都听得见，而气氛感觉就像往幽深的峡谷里扔了一块石头。我们期待听到回音，可久久未听到任何响动，大家的反应都是不作声，顷刻间，时间仿佛停止了。而我们的心情却犹如那扔下的石头不住地下沉。

不知什么时候，坐在虎皮椅上的宗罕笑了起来，开始只是静静地微笑，而后变成了颤动着身体仰天大笑，声如洪钟。我们几个被宗罕的举动弄蒙了，不知是什么意思，看看周围的将士他们也都似乎露出了一丝诡异的笑意，我们也跟着似笑非笑地配合地咧着嘴。宗罕缓缓从椅子上站起来，一步一步地朝我们走过来。他不看我们而是背着一只手，另一只手不断把玩着腰间的玉佩，他翘着的嘴角挂着若无其事的微笑，从我们几个人身边擦肩而过，仰着头站在帐篷口，似乎在思考着什么，他深深地呼吸了一口，一头灰白的鬓发迎风飘摆。他眯起眼，看着前面被风吹得哗哗作响的大旗，蓦然，他转过身背着双手，目光转向我们，犀利的眼神里能看到闪过一道冷酷的光，他锁着眉头问道："张觉你们真的认识吗？他在哪里？真的是他介绍你们过来的？"

完颜守见宗罕神色骤变，知道其中必有蹊跷，与其说谎不如照实说，反正我们没做什么亏心之事，于是盯着宗罕一字一句地如实回答："张觉跟我们并不认识，他和我们堡子里一个叫麻脸叔的人是旧友，跟您提起他，不为别的，只是想证明我们的来历。如若将军如此不信任我们，我们也不便打扰，就此告辞。"说完，向我们两个递了个眼色，我们几个双手抱拳行礼，转身欲走。刚要信步走出帐外，但见宗罕手臂一抬："慢。"他走近我们，"几个年轻人还真是初生牛犊不怕虎，你以为我宗罕将军的大帐想来就来想走就走吗？"安术虎反问道："堂堂的大将军，你要怎样？如果用下流卑鄙的手段对付几个初出茅庐的年轻人，传出去怕也不好听吧！"话音刚落，帐篷两侧的将士们立刻"嗖 "的一声拔出刀架在我们三人的脖子上，泛着青色寒光的刀刃抵在皮肤上让人感觉一阵阵发凉。额颠阔乌鲁咬着牙："你们敢对将军出言不恭？"宗罕仰天大笑："告诉你们几个，张觉是在我手下当过几年差，可是他一年前带了我的人马投奔了中原，背叛了我，我至今也没他的下落。若捉到他这不义之人必将其碎尸万段，你们几个既然向我提起他，你们说我该拿你们怎么办？下流卑鄙！哈哈哈哈。”宗罕又是一阵大笑。额颠阔乌鲁插话：“将军您甭跟他们费口舌了，推出去，斩了算了。”我说：“我们又不是张觉，他的所作所为与我们有何干？倘若我们真的是他的同党，有什么不可告人的目的，我们何必提及张觉来引得你们怀疑呢？恐怕避之还来不及吧。”

额颠阔乌鲁手持弯刀架在我的脖子上：“将军，别听他们的蛊惑。万一他们是奸细，大战之时，切不可大意。”宗罕手捻虬髯，沉吟了一会儿：“他们说得有些道理，既然敢来这里，也必有几分胆量。额颠阔乌鲁，咱们也不能仗着人多欺负人家几个半大的孩子，他们是不是奸细我自有分寸。”随后宗罕对我们说道，“你们真想留在我的帐下？”我们点了点头，宗罕说：“难得你们信任我，那好我给你们个机会，这样公平，也能服众，能不能留下全凭你们自己的本事了，对付你们我还用不着卑鄙的手段。”说罢吩咐帐外的校尉准备擂台。

我们三人被校尉推出了大帐，帐外不知什么时候已是人山人海，被聚集的士兵围得水泄不通。我们穿过刀光林立人声鼎沸的甬道，我看着周围人头攒动的人墙上，是一张张由于亢奋而发红的脸，一双双像是被恶魔点燃了欲望火焰的眼睛，他们挥舞着手中的弯刀、长矛，嘴里呼叫着：“杀！杀！”在这有节奏的震耳欲聋的叫喊当中，让人情不自禁地被那种充满原始的疯狂的气氛所感染，不由自主激发出草原部落游牧人那种与生俱来的野性。

我们三人被带到一个宽阔的凸起的土台下，土台两丈来高，我们依次被带着，登上土台的台阶。我前面是完颜守，抬头往上看，顺着完颜守的后背，头顶上方晴空万里，骄阳下是矗立在土台上斜插苍穹的旗杆，旗杆上白色的大旗迎风飘摆，哗哗作响，来回摆动的大旗遮挡着晌午刺眼的阳光，在这忽明忽暗的光线下，眼睛似乎也产生了幻觉，世界仿佛在这一黑一白间不住地转换，而我们就是在这种幻境当中一步一步登上了土台。站在土台上环顾四周，下面是人群涌动，手举兵刃，情绪高昂的士兵，擂台被他们狂热而兴奋的叫喊声包围着，在辽阔的苍穹下无际的草原上，偌大的军营中十来丈宽的擂台仿佛被士兵们狂热的呐喊声压缩成咫尺般大小。在这充满血腥的气氛中，我们更像站在一座祭坛上，参加一个神秘而残酷的祭奠。

土台边对面两侧有栅栏，我们被拦在一侧的栅栏里，完颜守被带出场，一个校尉把弓箭、弯刀跟盾牌交给他，狞笑着对他说："要想活命，只有杀死对手，因为这个擂台只允许一个人活着走下来，这是游戏规则，生死由命吧，小伙子，你死了你的两个兄弟也得被杀。"

完颜守背上弓箭，左胳膊挎着盾牌，右手握着弯刀，准备迎战，台下一浪高过一浪的叫喊声刺激着他的神经。他看了看擂台对面的观景台，木制的观景台离土台十多丈远，呈阶梯状与擂台齐平，上面坐满了将士，在他们中间坐着一个人正是宗罕，他跟周围的手下时而交头接耳，时而微笑，并用精致的小刀切着银盘上烤熟的肉食，锃亮的小刀在他熟练而漂亮的切割动作下在空中画出完美的弧线，配合着细细咀嚼的动作，显得那么闲庭自若。他偶尔不经意地看着擂台，从他漫不经心的动作中，看不出即将上演的是一场血腥的屠杀，也许在他眼里残酷杀戮本身就是一种完美。他不会同情弱者，他只会扔给胜利者一块骨头，让他归顺在他的帐下听自己的调遣，因此他像欣赏一件艺术品一样期待着搏杀比赛拉开帷幕。

额颠阔乌鲁独自站在观景台的靠边处，叉着手，一言不发，双眼紧盯着完颜守，似乎要洞穿他什么。完颜守眼睛扫过四周，扭过头来，看了我跟安术虎一眼，我们几个目光交汇，心里都知道彼此的想法，我跟安术虎手扒着栅栏，心里默默地念着："拼了，加油完颜守！"这时鼓声响了起来，搏杀要开始了，对面的栅栏也开始放人了。完颜守冲我们俩点点头，然后转过身一步一步迈向擂台的中央。

就在他转身之际，忽然间狂风大作，擂台周围飞沙走石，天空中不知什么时候飘来几片乌云，被风卷动着，盘旋在上空，周围的能见度立刻下降得很低，一尺之内几乎看不见任何东西。我们睁大眼睛看着被尘埃、阴霾笼罩的擂台，可是眼前黑蒙蒙的什么也看不清楚，渐渐地风小了，尘埃慢慢散去，完颜守背朝我们持刀伫立在擂台中央，而他的对面那个对手也逐渐浮现出来。乍一看去他犹如一座铁塔站在擂台上，不由得让我跟安术虎倒吸口凉气。只见他足足比完颜守高出两头，光头赘面，虎背熊腰，褴褛的褐色上衣下是隆起的发达的肌肉，棕黑色的皮肤在昏暗的光线下使他的五官显得很模糊，只有隐藏在深深眼窝中那条细长的眼白跟额头上泛起的青色高光，能在昏暗的光线下隐约勾勒出他脸上的特征。他一只手臂绕着拖到地面的铁链，一手握着狼牙棒，站在完颜守对面犹如一堵墙。

片刻的对峙，随擂台下一浪接一浪的呐喊声，光头像一头被激怒的公牛，额头上青筋暴露，抡起狼牙棒劈头向完颜守砸去，完颜守闪身躲过，还没等站稳，铁链擦着地面卷着碎石就向他的双腿扫了过来。完颜守纵身跳起向后一跃，退开十来步。紧接着完颜守腾空跃起挥刀劈向光头，光头举起狼牙棒在头顶上方一横，完颜守的弯刀正好砍到，顿时火花四溅，还没等完颜守落地，光头抬腿直踹他的胸口，正踢在他的胸部，完颜守如被风吹的落叶般，身子向后飞弹过去，重重地跌在地上，在地上滑出数步远，扬起的尘土弄得他蓬头垢面。好在完颜守一个侧翻立刻站起来，这时光头又手举狼牙棒向他冲了过来，刹那间冲到近前一招力劈华山猛向完颜守的头上砸去，完颜守举盾牌迎头挡上，只听咔嚓一声，盾牌被狼牙棒击得粉碎，木屑连同被砸断的铁皮四处飞溅，完颜守也被震得跌倒在地。弯刀也险些脱手，正当这忙乱之际，完颜守刚要抽刀起身，光头一脚踩在刀柄上，冷笑了一声，又一脚把他踢出一丈来远。

一个回合下来完颜守已经被对方打得狼狈不堪，扒在栅栏外面的我跟安术虎心都快提到嗓子眼儿了，我们摇晃着栅栏使劲地喊他的名字，就在我们急切的叫喊当中，完颜守从地上站了起来，见他用袖口擦了擦嘴角流的血，从背后抽出长弓、雕翎箭。然后拉弓搭箭，朝着光头啪的一声射了出去。光头感觉眼前寒光一闪，急忙侧身一躲，一支雕翎箭紧擦着他的面颊飞了过去，但光头没想到完颜守同时射了两支箭，躲过一支另一支却怎么也躲不开了，只听噗的一声另一支箭深深地刺进他的肩膀。一阵钻心的痛让他不由得咧了一下嘴。但他没有理会，甚至连看都没看，似乎这点伤对他如铁打般的身体来说微不足道。说时迟那时快，完颜守紧接着又抽出箭，刚搭在弓上，光头甩出的铁链就到了，把完颜守持弓的手紧紧缠住。光头瞬时拉紧了铁链用力一抻，强大的力量使完颜守顿时被拽起，身子腾在空中。然后光头抡着铁链原地转圈，完颜守被拽在空中，挣扎着要解开铁链，但飞快的旋转让他头晕目眩，眼界里是由于快速移动而变得模糊的景象，耳边是台下阵阵的呐喊声。几圈下来，他眼冒金星已有些晕头转向，恰在这时，光头一抖铁链，缠绕在完颜守手臂上的铁链随即脱开，失去牵引力的完颜守立刻被甩了出去，又重重地跌在地上。

我跟安术虎不由得紧张起来，只见光头一步一步走向躺在地上的完颜守，而完颜守躺在地上却没能起来。光头似乎被刚才射中的箭激恼了，他俯下硕大的身躯，从地上抓起完颜守高高地举过头顶，走向擂台边，向下面情绪激昂的将士大声地吼着。那种带有挑衅的充满叫嚣的炫耀被台下一浪高过一浪的欢呼声回应着，使整个擂台如同欢庆英雄胜利的盛宴。

观景台上宗罕惬意地嚼着刚刚片下的肉，带着少许赞叹的表情看着擂台上光头的独自表演。光头是他手下少有的一员猛将，在他看来杀死完颜守这个半大孩子如同探囊取物般简单。旁边额颠阔乌鲁仍静静地站着，眼看着擂台上发生的一切，似笑非笑的脸上挂着一份莫名的得意。

在一片喊杀声中，光头把完颜守的身体抛向了空中。随着完颜守跌落在擂台中央，溅起的尘土四处飞扬，一股鲜血从他口中喷了出来。我跟安术虎心里不由得一阵战栗，再打下去完颜守可能坚持不住了，可我们只能眼睁睁地看着发生的一切。只见完颜守仰面躺着，动了动手臂似乎要侧身站起来，然而光头走过去再一次将他仰面朝天地举起来，他再次走向擂台边，这回他要把完颜守扔到台下。他两只宽大的手臂上鼓起的肌肉如岩石般坚实，光头大吼着向台下展现着他无坚不摧的霸气，那支被射进肩膀上的雕翎箭，并没有拔下来，随着他由于激动而有些颤抖的手臂也不断地晃动，箭尾褐色的羽毛在空中上下跳跃着，十分耀眼，完颜守被仰面朝天地举着，似乎奄奄一息，那只垂下的手臂无力地耷拉着。

完颜守那只垂下的手晃动着，无意间触到了箭杆，而就在触到的一刹那，整个事态发生了逆转，只见完颜守忽然用力抓住箭杆，使劲一提，布满倒刺的箭头从光头的肩膀中被抽了出来，巨大的疼痛让他拖着的手臂不由得松了劲，就在刹那，完颜守挣脱了光头的手，顺着他的胳膊滑到他的背后，膝盖顶住他的脊椎，一手死死扳住他的脖子，一手拿箭，猛地将箭头插进光头的脖子。整个动作眨眼间完成，甚至连周围的人还没来得及看清发生了什么，只是有些诧异，刚才还斗志昂扬的光头怎么眨眼间变得呆若木鸡，紧接着完颜守快速抽出雕翎箭，鲜血如喷泉般从光头的脖子喷涌而出。光头赶忙用手捂住脖子，怎奈仍血流不止，鲜血顺着他的手指缝往外流，光头伸出另一只手似乎要抓住什么，但只是晃了晃身子，片刻后一头栽倒在台上。此时的擂台下面鸦雀无声，大家都目瞪口呆地盯着台上，似乎还没有缓过神儿来。我跟安术虎激动地看着眼前的一切，当看见完颜守晃晃悠悠地从地上爬起来的时候，我们俩才意识到，完颜守把光头杀死了，想到这，禁不住地跳了起来，兴奋地朝他喊着："完颜守，我们赢了，赢了。"

完颜守捡起光头的狼牙棒作为胜利品高高举过头顶，仰天长吼了一声，扔向了擂台下，顿时下面的人群一阵骚动。此刻观景台上，宗罕把刀丢在了盘子里，靠着椅背，慢慢地嚼着嘴里的肉，若有所思地盯着擂台。他外表的镇静与内心的惊诧形成鲜明的对比，他回想着刚才发生的一切，他不敢相信一个初出茅庐的小伙子能真的杀死他手下的一员猛将。而此时的额颠阔乌鲁再也按捺不住对我们的敌视与不满，他把一个校尉叫到身边悄悄吩咐立刻把我们三个人处死，也就是这当口，宗罕脱口而出："我们打仗需要这样的士兵，先把这三人押起来，待后处理。"宗罕的一句话救了我们，那个校尉见没机会杀我们便退下，后来始终没有对我们下手。

我们仨被分别关在三个木笼子里，木笼子有一人多高，紧挨在一起。傍晚的风有些凉，我们不由地裹紧了皮袄，完颜守虽然受了点伤，但都是皮外伤，仗着年轻力壮并无大碍。我们仨都沉浸在胜利的喜悦里，也暗自庆幸，这场胜利一方面由于完颜守的勇猛，另一方面也由于对手的轻敌，但不管怎样我们胜了，至少现在还活着。看管我们的校尉也对我们十分客气，看来我们赢得的不仅仅是胜利，还有尊严。用他的话讲光头在以往的擂台上从没有失过手，我们是第一个打败他的人。安术虎不屑地对看守说："这个光头算什么，我们杀过黑熊，斗过群狼，别说一个光头，再来几个也不在话下。"完颜守冲他摆了摆手，示意他别吹牛，其实完颜守心里很清楚这场生死之战多少有些侥幸的成分，他现在思考着接下来宗罕该怎样处置我们，我们究竟能不能留下来，离开这儿我们又能去哪儿。

天渐渐黑了，整个天空除了西面的地平线微微发红以外，其余的都呈现出幽深的蓝色，点点繁星闪耀在夜空中，十分明亮。这时候，从前面交错密布的帐篷中闪出一道火红色的亮光，亮光由远及近向我们这儿移动过来。直到近前才看清原来是一行人举着火把走过来。走在最前面的就是额颠阔乌鲁，他背着手，一半脸被火光映成了暖黄色，一半脸隐在阴影中，让人看起来感觉很狰狞。他吩咐看守打开木笼："跟我走吧，宗罕将军要见你们。"

再次走进宗罕的大帐，里面灯火通明，宗罕坐在虎皮大椅上，两边各点着熊熊燃烧的火把，火把用油浸过，火烧得很旺，帐篷里有一股焦油味。我们见到宗罕比起上一次见到他心里有底气多了。我们上前施礼，宗罕并不搭话，吩咐手下端来一个盘子，盘子上斟满了三杯酒，宗罕仰了一下下巴对我们说："几位少年勇士，能经过擂台还站在这里跟我讲话的人并不多，你们既然能站在这里，我宗罕无话可讲，现在正是两军交锋用人之际，那我就开门见山。我作为西南、西北两路都统，说话算话，如果你们不打算留下，现在就可以走，我绝不阻拦；倘若真的投奔我，你们就喝下我为你们准备的这杯酒，你们考虑好，敢不敢？”他把准备这两字话音拉长，说完紧盯着我们，我们互相看了看，宗罕的言外之意很明显，端在我们面前的这三杯酒可能有文章，也可能没有，去留取决于对宗罕的信任。如何选择我们自己决定。

完颜守当即端起一杯酒：“吾等投奔两路军都统，是因朝廷分崩离析，气数已尽，拥戴新的明主，乃人心所向。闻得都统光明磊落，部下作战勇猛，投其帐下，必将有所作为，吾等早已将生死置之度外，都统贤德之名早有耳闻，如此盛意，有何惧哉！”说罢一饮而尽。我跟安术虎也端杯饮下。宗罕见罢手一拍扶手，大喝一声：“痛快，尔等如此信任我，我如若不仁，岂不是鼠辈。”正说着，帐外传来一声：“报，太祖有令。”见一校尉快步行至宗罕面前单膝跪下，呈上一封信。宗罕看罢，对左右的将领吩咐道：“太祖阿骨打有令，集结愔班勃极烈，国论勃极烈及各勃极烈人马攻打中京。”说罢对着额颠阔乌鲁说：“此三人为你部下，完颜守为左先锋，郑灿、安术虎侍其左右，即日起程兵发中京。”

当时驻扎在附近的主要有太祖阿骨打，以及吴乞买跟宗罕的部队，军令一下，兵分三路直奔中京。

三路人马从三个方向向中京进发，骑兵在前，步兵在后，额颠阔乌鲁骑着青鬃马，在队伍前面，完颜守骑着闪电紧随其后。在浩浩荡荡的大军中，我跟安术虎夹在急行的部队当中，手牵着马缰绳，身后拉着木轮车，车上是拆开的旋风炮，是一种投石车。这种装置是在攻城的时候往敌人的城墙抛石头用的，一二百人同时拉可使百斤的重石块投掷三四十丈远，威力巨大，组装容易，拆开便于运输。

中京离我们并不太远，三天的路程，我们到达中京的时候是在阳光明媚的中午，一座黄土夯筑的城墙隐约出现在地平线上，宽有八里多地。我们的部队行至正门百步开外，见城门外吊桥高高悬起，城楼匾额上蓝底朱字写着：“朱夏门”。城墙有四丈多高，一些埋伏在墙里的弓箭手的金属头盔在骄阳下闪闪发光。看来守城士兵早已有所准备。时下已是正月，天寒地冻，额颠阔乌鲁命手下将士安营扎寨，顷刻间帐篷被扎起连成一片，营前燃起三个大火盆，熊熊烈火燃起有一丈来高的火苗。攻城将士已整装待发，数个投石车也组装好，额颠阔乌手举长刀，一声令下：“攻城。”几百号人拉起旋风炮，数十个车轮大小石块，浇上油点着火，被腾空抛起，冒着忽忽的火苗雨点般地投向城墙。这些石块砸在城墙上顿时火光四溅，城墙跟城楼顷刻间变成一片火海，城楼被火石击中，点燃后冒起滚滚浓烟，直冲云霄。不时有些被砸伤的守城士兵从城墙上跌落下来，浑身着火，惨叫声不绝于耳。

第一轮攻势下来，近一个时辰，经过暴风骤雨般的投石，土黄色的城墙已经被烈火、石块破坏得面目全非，坑坑点点。一些地方被烟火熏烤成焦黑色，甚至有的墙面开裂。额颠阔乌鲁紧接着发出了第二轮进攻的号令，这次是步兵沿着被砸开的城墙缺口用云梯开始攻城。在一片战鼓和喊杀声中，攻城步兵手持云梯从四面八方潮水般地涌向城墙。而刚才经过石炮轰击后空空如也的城墙上，瞬时间不知道从哪里又冒出大批的弓箭手，他们手持强弩、弓箭瞄准城下。片刻，冒着火苗的箭，从女儿墙后面密集地射出，近距离的射击造成大片的士兵倒下，刚搭在城墙的云梯即刻被守城士兵推翻，从梯子上跌落的士兵不计其数。在这前仆后继的攻城人潮当中，我跟安术虎手举盾牌提着刀冲在士兵当中，我们用盾牌护住头跟躯干，盾牌上钉满了敌人射的雕翎箭，脚下迈过横七竖八躺在地上的尸体，奔向城墙。我透过被风撕开的弥漫在周围滚滚的浓烟，依稀能看见头顶上方那一抹蓝天，而蓝天下就是矗立在眼前的城墙，城墙下尸体叠加成金字塔的形状，一直堆砌到城墙缺口的下方。我们喊着，大脑一片空白，踩着尸体冲上了城墙。而另一边，宗罕指挥着部队从正门进攻，在滚石、箭雨的夹击下，完颜守带着骑兵也冲开了城门，宗罕骑在马上，远远地看着攻城部队前仆后继地冲进城去，脸上逐渐露出一丝欣喜的表情。坚固的中京城在宗罕的先头部队近三个时辰的强攻下终于土崩瓦解了。

战斗虽然激烈但感觉中京城的守军并不多，可能这种顽强的抵抗只是为了拖延时间。攻进城后，额颠阔乌鲁第一件事就是奉宗罕之命去内城捉拿耶律延禧，作为先头部队，完颜守首当其冲，但搜遍了内城外城不见其踪迹。抓个内臣来问，才知道耶律延禧果然早已带领群臣逃出城外。

没捉到耶律延禧，宗罕自然有些遗憾，不过拿下中京也算头功一件。宗罕率领部队先拔头筹率先进城，他驱马来到内城的阳德门下，站在宽阔的广场上，眼前是内城巍峨的城墙，阳德门已被撞开，城内的宫殿楼宇，鳞次栉比，武功、文华二殿巍然屹立 。宗罕看了看辉煌的宫殿，半晌用略显低沉的声音说了两个字：“屠城。”

十一

夜幕已降临，偌大的中京城在宗罕的控制下，犹如困在牢中待宰的羔羊。城的四角燃起大火，火光冲天，城楼已被烧得只剩下残垣断壁。城内到处是手持火把四处掠夺的官兵，他们瞪着发红的眼睛，肆意地发泄自己的欲望，像一只只恶狼扑向城中百姓。中京城作为朝廷的都城，其功能仅仅是礼仪上的。因此实际居住在此的居民并不多，主要是一些贵族、大臣的家眷，还有一些经商的人。这让我想起那个曾经要挟过我们的宫使大人，他也应该是住在中京的，只不过现在不知他的去向。我又想起他的儿子，那个怪怪的耶律释才，对他，我没有什么坏的印象，因为他帮我姐开脱，我对他甚至还有那么一点好感，不知道他现在在哪里。运气好的话已经弃城而逃，不好的话恐怕已葬身火海，不过我真希望他能逃离这儿。我看着那些已变成焦土的瓦砾，心想命运真是捉弄人，曾经骄横跋扈的宫使贵族们现在却变成了被我们追杀的丧家之犬。这些人死不足惜，而那些没来得及逃走的平民，或自杀或遭涂炭，令人扼腕。经过数日的屠杀，现在的中京城已变成一片废墟。我跟安术虎目睹这一切，这些士兵的野蛮让我们目瞪口呆。对于攻城我跟安术虎都无所畏惧，想的只是立功，跟着部队冲，遇到敌人的抵抗，只有拼个你死我活，没有选择。但进城后面对手无寸铁的妇孺百姓，看见部队对这些人的屠杀，让我跟安术虎心里对宗罕放任手下肆意的暴行感到厌恶和震惊。

我跟安术虎夹在这些胜利者的屠杀行动中感到无所适从，额颠阔乌鲁很快就发现我们俩。他骑着高头大马走到我们面前，一手拿着酒杯，一手提着带血的钢刀，似乎刚喝了点酒，棕黑的皮肤竟有些发紫，看见我们局促不安的样子竟然咧嘴一笑。他翻身下马，走到我面前用一种傲慢的略带教训的语气说："为什么不动手，没听见屠城的命令吗？这些城中的俘虏都是跟守城士兵一伙的，他们帮着士兵杀了我们不少攻城的将士，他们现在是阶下囚，怎么处置由我们决定。"我看着额颠阔乌鲁一言不发，他把刀举了起来横在我面前，张开满是黄牙的嘴，用舌头舔了舔刀上的血迹在我耳畔轻声说："试一试，杀人很爽快的，尤其是那些无辜的。"他紧盯着我的眼睛说："难道用你的良心能把这座城攻破吗？"见我跟安术虎还不说话，便吩咐左右，带上我们直奔阳德门外的馆驿。这些馆驿原本是招待外国使节的客栈，现已被额颠阔乌鲁手下控制。里面关押着刚刚从内城抓过来的平民。我们来到正房前，正堂锁着的门被额颠阔乌鲁一脚踹开，两扇残破的门左右晃动着斜斜地挂在门框上，发出吱呀、吱呀的声响。进得厅堂见正墙下蜷缩着母女二人，母亲三十多岁的样子，女儿十多岁，二人相依而抱，蓬头垢面。

看见有人进来，二人紧张地向后挪动着身体。额颠阔乌鲁用马鞭指着地上的人对我跟安术虎说："看见没有，这两人就是你们的战利品，念你们两个毛小子跟老子作战有功，把她们赏给你们，让你们做一回男人，去把她们的衣服给脱了，你们先好好享用。"说罢转头对身后的几个校尉说："然后你们上。"几个人哈哈大笑。面对额颠阔乌鲁的命令，我跟安术虎站在原地互相看了看，我们心里都明白，额颠阔乌鲁让我们做的跟银牌天使没什么两样。他不允许在他的权力范围内有异类的存在。他不但要在身体上控制我们，而且要在精神上击垮我们，如若抗命，进而他就可以以此为由栽赃说我们是内奸，甚至置我们于死地。

我们慢慢走到母女面前，蹲下身，二人好像受了惊吓，连忙后退，用警惕惊恐的眼神看着我跟安术虎。我向她们摇摇头示意不要怕，我们不会伤害她们。良久不见动静，那几个校尉在身后叫嚷道："怎么还不动手，磨磨蹭蹭的。”他们边调笑着边向这儿看，像是期待着一场好戏的上演。我站起来转过身对额颠阔乌鲁说：“能不能放了她们母女？”额颠阔乌鲁没等我把话说完便说：“别不识抬举，违抗命令就是对阿骨打的不忠。你不会是耶律家族的内奸吧？”他话语咄咄逼人，目露凶光。

见我们迟迟不动手，额颠阔乌鲁向几个校尉使了个眼色，几个人冲了上来，把我跟安术虎推到了一边，就要扑向母女二人，我们没挡住，被他们险些推倒。眼看他们冲到母女跟前，就在一瞬间，母女二人忽然从身后拔出剪刀双双刺喉而亡。这突如其来的变化让在场的人都始料未及，我跟安术虎愤怒地拔出佩刀冲了过去，几个校尉也抽刀相对，眼看双方就要兵戎相见，就在这剑拔弩张的时刻，门口传来一个人的声音：“额颠阔乌鲁，我找了您很久了，太祖在城外帐中召集各个部下有要事相商，传令各部首领火速前往。您在这里做什么？”众人一看原来是完颜守站在门口禀报，额颠阔乌鲁见到完颜守知道他现在是宗罕的贴身侍卫，官阶仅在他之下，又有太祖召见之令，只得做罢，于是冲我们冷笑了一声转身带着几个校尉匆匆走了。

屋里只剩下我、安术虎跟完颜守。完颜守因作战勇猛深得宗罕的赏识跟信任，现在已经提升为宗罕的侍卫，直接归宗罕调遣。他好像知道了刚才发生的一切，看了看地上的两具尸体，对我俩说：“这两个人确实挺无辜的，可胜者为王，败者为寇，怪只能怪她们命不好了。”我对完颜守说：“咱们离开宗罕这里吧，他滥杀无辜，这与当今朝廷有何区别。”完颜守看了看门外说：“咱们无处可去，现在到处在打仗，宗罕的部队人强马壮，瞧这个趋势撑不过一年半载就得改朝换代，跟着他至少不会吃亏。”

安术虎说：“可他们总是逼我们滥杀无辜，我们做不到。”完颜守说：“我一样也看不惯，可现在这是个弱肉强食的环境，咱们改变不了就得学会忍耐。现在宗罕挺信任我，咱们闯过了一关，刚刚站住脚，哪能轻易放弃，我不会让额颠阔乌鲁再为难你们，他这块绊脚石，我早晚会杀了他。咱们好好干，将来论功行赏没准能当个一官半职光宗耀祖呢。”听了他的话，我并不完全赞同，来参军最初的想法就是避避风头，我根本没想在这里混出个名堂。倘若实在混不下去，我可能会选择离开。安术虎说：“我怎么都行，反正家里也没什么亲人了，只要咱们仨在一起就行。”我看着完颜守忽然问了一句：“完颜守，当官对你真的很重要吗？”完颜守把目光转向门外坚定地说：“人往高处走，水往低处流，王侯将相宁有种乎？咱们从小就在一起，你也知道咱们父辈他们怎么过的这一辈子，我绝不能像他们那样，要活出个人样儿。”

我说：“我也不知道你说得对不对，只是我觉得咱们都在改变着什么，可我不想这样。”完颜守说：“可能吧，为了生存，要学会适应。放心有我在，我会关照你们的。”我看着他心想，完颜守是有雄心的，这是他跟我与安术虎最大的不同。我问自己到底想做什么，我想吸引我的应该是蔺师傅传授给我的那些山水画吧，想到这里不禁又想起了家人跟晚秋，不知道他们现在怎么样了，一股思乡之情油然而生。

耶律延禧弃城出逃让太祖阿骨打心有不甘，几日来寝食不安，可又无计可施，恰在这时，探马来报，先遣追兵完颜娄室部在鸳鸯泊遭遇到了出逃的耶律延禧，要太祖派人马增援。阿骨打获息大喜，立刻召集各部商议，最后议定由降将耶律余睹引路，选轻骑五百，由额颠阔乌鲁跟完颜守任正副先锋率部队即刻增援。人马当晚就集结出发，完颜守自然带上了我跟安术虎。他急于立功，少不了要笼络一些人，而我跟安术虎是他最亲近最信任的人，我俩跟随其左右，等于他的左膀右臂。经过上次的事之后，额颠阔乌鲁对我们处处心存戒备，但表面大家仍是若无其事的样子。我们暗中时刻提防着他，以防不测。

我们在路上还没到达鸳鸯泊的时候，前方有探马来报，耶律延禧已经逃往西京方向，完颜娄室部已经带着人马追了过去，他让我们往西南方向追杀，赶在云中府前会合。我们即刻改道，几经辗转，三天后的下午终于在金峰峪山口与完颜娄室会合。完颜娄室是员虎将，骁勇善战，作战指挥果断、干练。见到我们增援部队，简短寒暄后立即把战况向我们进行了说明。他说：“耶律延禧率赵王、梁王、晋王、耶律撒八等诸臣及部队五千余人驻扎在离我们不到三十里的浑河南岸，我们现在是在浑河以北，看他们的意图是要北上从金峰峪山口进山，渡过桑干河进西京。我们的骑兵全加起来不过两千余人，如果硬拼咱们占不到便宜，等大队人马增援，恐怕最快还要半天才能赶到。可是估计耶律延禧今晚就要进山，北面的西京驻扎着他大量的部队，咱们夹在他们中间，他们一旦出来接应，里应外合，咱们可就有全军覆没之险。金峰峪山口是通往西京最近的一条通道，进山后在四十里的千佛岭处，山道开始分岔，右边一条道山势平缓，但路程比较远；左边一条道山势陡峭，山谷狭窄，但距离短，两条路都可以出山通往桑干河。西京的救兵最快也得明天拂晓才能到桑干河对岸，我们只有一晚上的时间堵住他，拖延时间等增援部队。而我们现在的人马只够堵住一条道，左边一条道山势险峻，易守难攻，估计耶律延禧会选择右边这条道，我现在已经把全部兵力都埋伏在右边了。”额颠阔乌鲁说：“我们派人连夜到左边山上，以少量人马驻守在道口，右边攻不下，他们自然会选攻左侧。守军要佯败，诱其进山谷，然后我们在山上以火药炸开山石，截其归路，进而歼之。”大家的想法一拍即合。连夜开始行动。我们的部队大部分被安排到了右路山口，额颠阔乌鲁跟完颜守带着部分士兵埋伏在左路山崖两侧，我跟安术虎及少量骑兵被派往左路山口，诱敌深入。

此地的群山与恒山一脉相连，多是深谷陡崖，纵深有时达数百米。山谷峭壁两侧多有悬空寺，夜色下远远望去，悬在空中的楼阁犹如传说中的广寒宫一般缥缈，山崖上的一些瀑布早已结成冰，好像一条条银色的巨龙挂在百丈的崖壁上，甚是壮观。千佛岭把山道一分为二，左边的山道在谷底迂回辗转，时宽时窄，两侧的悬崖更是陡峭。崖壁上雕满了高大的摩崖石刻，多数是佛像，有的面部安详，有的面目狰狞，这些石刻沿着峭壁布满了山道两侧，千佛岭由此得名。

我站在谷底仰头向上望，头顶上静谧幽暗的夜空被两侧悬崖尖利的岩石裁剪成犹如一条蜿蜒细长的黑色丝带悬在空中，覆盖在崇山峻岭上的积雪，点缀在漆黑的夜空中，好像盛开的一簇簇白莲花。皎洁的月光洒在峡谷中，在蜿蜒曲折的山道上留下忽明忽暗的阴影。那些大面积的阴影与被月光照得犹如白昼的崖面所形成的对比，让人恍似身处梦境，崖面上的石刻清晰可辨。

我们驻守在山口的人不过三十多个，额颠阔乌鲁给我们的任务就是做诱饵，在敌人来袭的时候，稍作抵抗，然后佯败而逃，敌众我寡，因此我们冒着极大的危险。完颜守告诉我们在我们沿着峡谷撤退的时候，尽量甩开追兵，到距离峡谷二十多里的地方，注意右边的崖壁旁有一个土坡，我们要登上土坡，上面的崖壁有一条隐蔽的窄道直通崖顶，那儿会有人接应我们。

一切安排妥当，我们点燃火把设置好路障，远远地站在山口道中间。时间一分一秒地过去，已是后半夜，随着一股寒风从幽暗的山谷中呼啸而过，脚下的大地开始发颤，一种嘈杂声从前方的深谷传来。噪声有节奏地由远及近，骑着的战马焦躁不安地踱着步，大家心里不禁警觉起来，不用说耶律延禧的部队已经来了。

我看了看旁边的安术虎，他骑着马整个身形淹没在身后巨大空旷的阴影里，微微翘起的嘴角露出一排牙齿，在暗淡的背景下泛着冷冷的白色。谷底很冷，劲风硕硕，呼吸间人跟战马的口鼻都冒着白气。大敌当前，我冲着驻守在山谷里的这些人喊了一句："兄弟们，怎么样，害怕吗？"安术虎哈哈地笑着说："在我这里压根就没这个词，无论生死，你我同在。"众人齐声回应。话音未落只听得前方远远地传来一阵战马的嘶鸣，感觉有数支雕翎箭在黑暗中向我们飞射过来，箭尾的羽毛跟空气的摩擦发出嗖嗖的声响。我们急忙闪身，飞箭带着一股劲风从我们身侧擦身而过，几支箭钉在周围的石壁上，瞬间碎石横飞，火花四溅。紧接着十几匹战马横冲了过来，为首的人一拉马缰绳，战马仰天一声嘶鸣，前蹄腾空而起，我们在山道上设置的路障挡住了他们的去路。

耶律延禧现在如丧家之犬，他的部下也如惊弓之鸟，险峻的山道跟路障让他们的神经立刻绷紧起来，他们试探着往山口里面射箭，我们则躲在岩石后面还击，顿时双方弓弩齐发，弓弦绷弹之声不绝于耳。几个敌人应声落马，不过很快后面的大队人马潮水般地涌了过来，聚集在山口，把山道挤得水泄不通，他们举着火把，把山谷照得通亮，我跟安术虎从石壁后悄悄露出头向前望去，路障前面是黑压压看不到尽头的士兵。他们或手执盾牌，或手举火把，红色的火苗照得这些人的脸好像被血染过一般鲜红。这些穷途末路的士兵如凶神恶煞般地伫立在火光下，就像一个个从地狱爬上来的魔鬼，让人看了不由得胆战心惊。

我看了看旁边的安术虎悄声对他说："一会儿撤退的时候，要快。"安术虎点点头。很快敌军开始分左右两路进攻峡谷，被点燃的雕翎箭雨点般地射进山谷，那些箭头深深地插进身边的岩石上跟地面上，裸露在外的是呼呼冒着火苗的箭杆，火光把幽蓝的山谷照成明亮的橘红色。我们躲在掩体后面拉弓搭箭奋力还击。半个时辰下来，右边山口喊杀声此起彼伏，战斗得十分激烈，而我们这边，敌人已经冲破前面的路障，离我们越来越近了，准备的箭已经射得差不多了，而对方的攻势丝毫不减。在激烈的交战当中，对方逐渐感觉到我们左路守军人数比起右路的人要少得多，因此对我们的攻势也由试探性进攻变成主攻。

随着最后的路障被敌人撞开后，我们身边的几个士兵也受了伤，一些敌人已经手持盾牌骑着马准备冲过来，我们的防御崩溃了。而我们心里知道真正诱敌深入的任务才刚刚开始。大家看时机差不多，便陆续骑上马往后撤。我们彼此招呼着，我跟安术虎最后撤退，坚守在岩石后面，用盾牌跟长矛做最后的抵抗，敌人的飞箭密集地射过来钉在盾牌上，震得手臂都痛。当我看见大伙儿已经都快撤走的时候，便跟安术虎把最后的几根长矛投向敌人，翻身上马，向峡谷深处狂奔。

我紧贴在飞驰的马背上，前方是同伴骑在马背上的身影，后面是紧追不舍的敌人。我们撤退的速度很快，如离弦之箭一般地穿梭在峡谷中，那些迎面而来凸起的岩石，岩壁上光怪陆离的雕像，飞快地向后闪去，疾驰的马背时而被悬崖旁的阴影淹没，变得漆黑，时而暴露在月色下，变得雪亮。快速交替的黑白光线，及上下颠簸的视线，让我的头脑有些恍惚，而身后追兵急促的马蹄声和不断从身后擦身而过的飞箭，让自己本已紧绷的神经更加紧张，危险一触即发不能有一丝懈怠。我不由自主地向后望去，敌人的骑兵在身后穷追不舍，他们有的手举火把，有的手持弯弓向我们不断地射箭。

疾驰的马蹄踩在满是石子的土道上，发出清脆的声响，声音在整个空谷中回荡，几只栖息在悬崖上的鸟被声音惊吓，拍着翅膀飞上静谧的夜空。它们飞出了峡谷盘旋在空中，整个层峦叠嶂的山脉尽在它们的身下，俯视整个大地，天地间一片灰蒙蒙的景象，只有深深的峡谷中那一簇簇快速移动的火光，一匹匹穿梭在峡谷中疾驰的战马，预示着这貌似安静的夜晚正上演着一场血腥的厮杀。那些疾驰的战马一会儿被岩石的阴影遮挡，不见踪迹，一会儿又暴露在月色下，犹如在水中快速游动的鱼儿，时而跃出水面，时而潜入水底。在这场紧张激烈的追逐中，我跟安术虎一前一后紧紧相连，我们一口气跑出了十多里地，大批的追兵紧跟其后。追兵射出的箭从我们身后呼啸而过，我掐算了一下距离，离完颜守告诉我们的那个土坡不远了。然而就在山谷的一个弯道上，我听见身旁安术虎骑的马一声嘶鸣，紧接着一声巨响，他的战马忽然马失前蹄，翻倒在地，巨大的惯性把安术虎甩出去老远，重重地摔在前面几丈远的地上，那匹战马身受数箭倒地而亡。安术虎就地打了个滚很快就站起来了，可见没受什么伤。我从他身边经过，伸手一抓他，他就势侧身上了我的马，马驮着我们俩继续向前飞奔。土坡远远地已经能看见了，先撤的人有的已经登上了土坡，可我们骑的马速度明显降了下来，也就是眨眼间的工夫后面的追兵就赶了上来，安术虎说："郑灿，放我下来吧，不然咱们俩谁都跑不了。"我拉住他的手说："坚持住，土坡就在前面。"恰在这时，几个敌人赶了上来，处于与我们平行的位置，其中一人举刀劈头向我们砍了过来。

此时，坐在我后面的安术虎看见敌人举起宽刀，悬在空中的钢刀在月色下画出一道弧线，向他迎面砍过来，那锋利的刀刃发着冷冷的寒光，而就在敌人挥刀的一刹那，他看见刀后面那张狰狞黝黑的脸突然被刺眼的亮光闪了一下，好比在黑夜打了个闪电，就在安术虎举刀挡开的瞬间，一阵爆炸的巨大声响从山上传过来。一声接一声，紧接着大地开始颤抖，崖上一些大大小小的碎石拖着长长的烟尘不住地往峡谷里落，突发的状况让所有人惊愕不已，敌人勒住马，躲闪着从天而降的石块，而更加让人心惊的是，众人抬头远望，远处山顶积雪，随着山体被炸，开始往下滑落。爆炸产生的冲击波，让周围山顶上的雪也开始滑落。它们聚集在一起，就像雪崩一样连同往下翻滚的巨石，铺天盖地，潮水一般地向我们涌来。巨大的落差产生的冲击力被挤压在峡谷中，进而像火山一样喷发出去，敌人的骑兵被这状况吓呆了纷纷掉转马头往回跑，可雪崩来势凶猛，没跑多远就被冲下来像洪水一般的大雪给淹没了。我跟安术虎骑在马背上也被冲过来的雪卷走，我只感觉身体被巨大的力量推着，掩埋在大雪中，失去控制，安术虎那只抓着我的手也不知道什么时候松开了，我想喊想抓住什么东西却无济于事。就在这挣扎当中我的头好像撞到什么东西，一阵眩晕，大脑在不知不觉中渐渐失去意识。

不知过了多久，我在阵阵的寒风中醒来，头像针扎一般地痛，努力睁开眼，天空有些阴暗，此时大脑一片空白，手脚冻得生疼。我使劲地去回忆，却什么也记不起来，甚至不知道自己身在何处。慢慢地我从雪堆中爬了起来，向四处看，眼前景象一片狼藉。狭窄的山谷已被积雪跟碎石堵塞，倾斜的雪地上裸露着一些朝天的马腿。我看着眼前的一切，努力地回忆着，寻找着一些记忆残片，渐渐地头脑里闪现出一些画面，我终于想起来了，这是我撤退的山谷。

于是我想起了我们在执行任务，还有安术虎，他在哪呢，我四处看，可是我周围除了荒芜的悬崖峭壁跟漫山的积雪什么也没有，我大声喊着：“安术虎。”山谷里远远传来一阵回音，我看着这空荡荡的峡谷耳边除了呼呼吹过的冷风，周围死一般的寂静。我蓦然感到不安起来，开始往前走，雪很深，迈起步来很费力，我没走几步，便踩到个东西，扒开雪一看，是一具已经僵硬的尸体，我捡起雪地上一根折了的旗杆，拄着它，步履蹒跚地在雪地上走，几乎每走几步就能碰到一具冻僵的死尸。我边走边叫着安术虎的名字，没有任何回应，一种不祥的预感让我浑身颤抖，我顾不上额头仍在流血的伤口，任其淌在脸上冻成冰。我四处张望，寻找着，哪怕是垂危的生命体。终于在一处雪地上露出一只皮靴，是我熟悉的靴子，急忙扒开雪，下面趴着一具僵硬的尸体，我翻过来看，正是安术虎，脸色煞白，毫无血色，眼微微张着，瞳孔散开，睫毛上沾满了雪花，一只胳膊向前似乎要抓住什么东西，从他僵硬的姿势中可以看出他是在挣扎中死去的。我把手放在他鼻子下，一丝气息也没有，安术虎死了，我拼命地摇晃着他，大声地喊着他，已是泣不成声，我不敢相信这是真的，怎么会这样？一个从小到大跟我朝夕相处并肩战斗的兄弟，就这样永远离开我了。我问自己，是我的过错吗？问苍天，是老天无眼夺去他的生命吗？我感觉天旋地转，一股悲愤之气无法控制，我抱着安术虎的尸体号啕大哭，发狂地大声叫着，撕心裂肺般的声音回荡在山谷上空久久不肯散去。

安术虎就这样死了，在离土坡还有一步之遥的时候被雪崩冲走，当时如果能跑上去，也许就不是这个结局。

待到我心情有些平静了，背着他的尸体花了整整一天走出了山谷，我擦干他脸上的血迹，在桑干河岸边找了个平坦的土地，用刀挖着坑，边挖边回想整个事情的经过：当时撤退的时候已经离土坡很近了，怎么没等我们上来就开始炸山呢？完颜守说好会有人接应我们的，可当时他在哪呢，怎能弃我们兄弟而不顾呢？他现在又在何处？也可能是别人想害我们？我看着眼前冰封的桑干河，揣测着当时究竟发生了什么，一连串的问题令我百思不得其解。我想到宗罕军中的种种恶行，又想到对我们步步紧逼的额颠阔乌鲁心中便充满了厌恶，既然已经跟他们失去联系，决计暂时也不回去了。

我把安术虎的坟修得规规整整，然后坐了整整一天。在他坟前对他说："兄弟，都是我没照看好你，说好咱们不是同年同月生，但愿同年同月死，可你先走了。我不能让你死得不明不白，提前炸山肯定事有蹊跷，等我查清替你报了仇，再来陪你。哥没啥给你的，一个人黄泉路上冷，给你烧几件衣裳。"边说我边用树枝挑着几件从敌人尸体上扒下来的衣服点着了，熊熊的火苗把我的脸映得通红，我看着安术虎的坟又说："兄弟，哥一会儿就走了，你要是想我，就给我个动静。"正说着一阵风吹过，周围枯树叶被刮得哗哗直响，此情此景我又不禁潸然泪下。夕阳在远处山脊上渐渐消失，红色的大地顷刻间变得一片漆黑，天空月朗星稀。我站起身，感到从未有过的孤单，我用袖口抹了抹脸上的泪，咬了咬牙，转身踏上返乡的路。

十二

我一人徒步走在回家的路上，其实也没什么路，甚至我都不知道该往哪个方向走，一度竟走错，我只知道爬过了一座座山，走过一个个干涸的河床。我常常一人走在戈壁和望不到边的旷野里，有时在清晨有时在夜晚。清晨的时候，太阳刚刚升起，地平线上一层薄薄的雾气，脚下是深褐色的大地，朝阳把我的影子在地上拉得很长，眼睛正对着阳光有些不适应，周围一切都显得模模糊糊。夜晚的时候，我顶着头上的星星，有时我会举着火把，有时什么都没有，只有脚下踩在地上发出的沙沙声。偶尔会出现一两只把我当作猎物的狼尾随着我，时远时近。那时我会举起火把，拿它当作个伴儿，并不理会。

就这样一千多里地我竟然走了两个多月，渴了便喝口河水，饿了就打个兔子什么的，有时几天才能吃上一顿饭，衣衫褴褛，蓬头垢面。待到春暖花开的时候，树都披上了绿色的外衣，鞋已经烂得不成样子，而我也快走到堡子了。脚下是绿油油的草地，空气都是我熟悉的味道，我难以抑制激动的心情，就要见到家人还有晚秋了。当我看见远处那条流经堡子南边的大河时，我禁不住狂喜，终于到家了！跑到河边一头扎了进去，五月的河水还是冰凉，可我心里却是暖暖的，心想终于回来了。我看着水中自己的倒影，面容消瘦，胡子拉碴，自己都吓了一跳，赶忙洗了个澡，用刀把胡子刮了，终于看到自己以前的模样。把自己收拾得干净利落后，便往堡子方向快步走去。

当时已是临近中午，我看着离开半年多的家乡，眼前为之一亮。经过漫长的冬季，褐色的草原现在已经是漫山遍野的绿草，野花盛开，眼前是几块纯净的绿色，那绿色是五月嫩草破土而出长出的颜色，让人看了沁人心脾，那绿色跟着山丘起伏的线条，融进了蓝天，让人看了忍不住心都跟着一起醉了。天空依然是那么蓝，云层低得似乎可以伸手触摸到，我奔跑着来到堡子，我甚至幻想见到家人后他们是怎样的惊喜。我跑着跑着，可眼前依然是空旷的草原，那个熟悉的堡子仿佛从草原消失了一般不见踪迹，我怀疑地看着周围，是不是走错了？当我爬上山丘看着远处的森林，依然是那个森林，没错这就是我家，可堡子哪去了？我愣愣地站在山顶，家里人都哪去了？我疑惑地自言自语，失落地站着。我脑海飞快地转着，会不会我们逃走后，为了躲避朝廷的追杀全堡子的人都搬走了？我该上哪找他们去。我不知如何是好。

天空云层快速地移动，渐渐遮住了太阳，天色忽地变暗，阴沉沉的，随之而来的是蒙蒙的小雨，雨点打在身上很快全身就湿透了，我坐在山顶的一块石头上，耳边是哗哗的雨声，看着雨雾苍茫的原野，像座雕塑般矗立不动。雨水从头上一直流下来，流过前额、眼睛、颧骨、下颌，然后一滴一滴地掉在草地上，我任由它肆意流淌，直到我的视线模糊。我想大声喊却喊不出来，我让雨水洗着我的思绪，我要让自己更清醒。

当我睁开蒙眬的双眼已是第二天的中午，阳光明媚。我头疼得厉害，眼前一片模糊，浑身冷得要命，伴随着一阵阵剧烈的咳嗽，我蜷缩的身体似乎被人抱起，又感觉我被放到了马背上，不住地走啊走啊，自己趴在马背上渐渐地睡去。在迷迷糊糊中我感觉自己要死了，甚至看见爹娘，妹妹郑姝，还有晚秋，他们在一个大帐篷里等着我。我使劲拉开帐篷门，却怎么也打不开，一阵风吹过后，帐篷没有了，只剩下我一人。我常常从梦中惊醒，枕头已湿了大片。我不知道自己身在何处，但总感觉有人在照顾我，不知过了多久，过了多少天，似乎咳嗽不那么厉害了，精神也好了些。我睁开双眼，看见我躺在土炕上，房间不大，屋顶是熏黑了的茅草，空气中一股檀香味，这是我以前从没住过的房子，窗台上点着一盏油灯，看来是夜里。正在我好奇时，门帘一挑，进来一个人，我一看是年龄跟我差不多的一个小和尚，他提着一个桶在我旁边摆了一些斋饭，见我醒了便笑着说："施主，你终于醒了。""我这是在哪？""华清寺。""我怎么会在这儿？""是弥远师兄把你接过来的。"我糊涂了，我不认识弥远师兄，谁会平白无故地帮我？我躺在床上正纳闷，门外一阵脚步声，紧跟着进来一个人，我一看，不禁惊喜得脱口而出："麻脸叔。"

的确是麻脸叔，只不过现在的麻脸叔已剃发为僧，一身和尚的装束。小和尚忙说："他就是我跟你说的弥远师兄。"麻脸叔见我醒来甚是高兴，坐在炕边，我立刻精神了不少，连问："麻脸叔，你怎么在这儿，咱们堡子哪去了，我家人呢？"麻脸叔看着我急切的表情，并没急着回答我，问我好点了没有，我连说好多了，麻脸叔让我躺好，嘱咐我好好休息，他要出去些日子，等他回来再来看我。我忍不住仍要打听，麻脸叔说等我彻底好了以后慢慢告诉我。麻脸叔走后我久久望着窗外，心中暗想，麻脸叔怎么当了和尚？是他把我带到这的，他应该知道家人的下落。不管怎么说，此刻见到麻脸叔就像见到亲人一样，心里踏实了不少。

在小和尚精心照料下我的病好得很快，每日三餐，再配上中药调理，不久就能下地走动。我住的是间柴房，时下已是六月，屋外阳光明媚，耳畔是知了不知疲倦的叫声。我坐在炕边，透过支开的窗户向外望，院子里葱绿色的树叶在阳光的照射下反射着耀眼的亮光，一座座古刹的飞檐掩映在层层绿树间，那金色的琉璃瓦点缀在墨绿的树叶中，在蓝天的衬托下显得那么优雅肃穆。一阵和煦的清风吹过，暖洋洋的空气中夹杂着淡淡的檀香气，耳畔传来阵阵的钟声，那钟声悠远、沉静，让我听得如痴如醉。

"华清寺？"我自言自语道，"是个什么样的寺院呢？"正想着院里传来一阵脚步声，跟着门帘一挑，还是那个小和尚，他见我坐在炕边便说："施主，你好多了。"我点点头。"你看，现在都是六月天了你还穿着皮衣皮袄。我拿了些我的僧衣，你洗个澡，换上吧。"我接过衣服，在小和尚的引领下到另一间柴房，屋里放着一个大木桶，我脱下皮袄，坐进木桶，小和尚边往里倒水边问水的温度，我试着水温刚刚好，沐浴在水中，感觉很舒服，我不禁问道："你家在哪，叫什么名字？"小和尚道："我祖籍是幽州，自小出家，法号弥空，叫我弥空好了。"洗毕换上小和尚拿来的僧衣顿时感觉轻松了很多。弥空看着我一身僧侣的打扮不禁笑了："原来你是中原人？刚开始我还以为你跟弥远师兄一样都是漠北的牧民呢，你叫什么名字？""郑灿。""灿烂的灿？""嗯，弥远师兄跟你提起过我？""是啊，不过他来寺里时间不长，也不太爱讲话，我只听他说过你是他的侄儿。"我说："对，他待我跟亲叔叔一样，他来寺里多久了？""差不多半年吧。""那你怎么管他叫师兄呢？""按辈分我自然比他大，是私下我这么称呼他的。""原来是这样，你能带我看看这华清寺吗？""好。"

我们俩手拉手一起走出了柴房，走出种满树木的小院，晌午的阳光很大，湛蓝的天空一丝云彩也没有，灼热的光线刺得人睁不开眼。穿过院前一座月亮门，豁然出现在眼前的是一座红墙金瓦的大殿，殿堂坐落在一丈来高的石台上，四角的飞檐翘起向天，两侧的古柏犹如数条巨龙拔地而起，有的好像是蛟龙出海，有的如苍龙盘旋转身，动静相宜，看着很是壮观。弥空指着大殿后头说："这里面还有三座主殿。"又指着前方说："那是山门，咱们过去看看。"我们穿过山门的过堂，站在山门口向前方看，眼前是一片云海缥缈，群山尽在眼底，我这才知道华清寺原来坐落在山顶。山门下是依山而建的台阶，紧靠山门左侧是一面直上直下的悬崖，山崖上垂下一条宽宽的瀑布，瀑布薄如蝉翼，飞流而下，撞在岩石上激起一层漫天的水雾，水雾在蓝天下被阳光折射出一道绚丽的彩虹横挂眼前，让人看了恍如幻境。

过堂里清风袭过，霎时让人神清气爽，我被眼前的景象吸引，竟看呆了。弥空拉了一下我的衣角，我这才缓过神来。他说："随我来。"我跟他一起出了山门，下了几级台阶向右拐，踩过一座悬桥登上了一座石峰，石峰独立于其他山体，矗立在浩瀚的云海中。站在石峰上环顾四周，远处那些长满苍松翠柏的群山淹没在烟波浩渺的云雾中，只露出翠绿的山顶，犹如一个个漂浮在云海上的岛屿。快速飘移的云雾如波涛翻滚的巨浪，急剧变换的形状更让人目不暇接。站在峰顶看着脚下来往穿梭的云层，就像腾云驾雾一般。仰头向上看，修建在山壁上的华清寺恍如空中楼阁，红砖碧瓦在阳光的照耀下，金碧辉煌。

华清寺美不胜收，我不禁感叹，回去的路上流连忘返。弥空看着我说："万物皆空，沧海桑田，若心有此山，不留恋它也罢。"我似懂非懂，感觉好像有些道理。华清寺幽静古雅，弥空的话语充满了禅学的寓意，似乎让我领悟到些什么，但又不能彻底明白。困惑间，远处传来阵阵的钟声，那声音悠扬纯净，如圣曲一般一次次撞击着我的心门。

其后的几天里，我整日思考着周围所发生的事，尤其是麻脸叔，法号弥远？我怎么也不会想到他会遁入佛门，堡子到底发生了什么？家人都去了哪里？一连串的疑问让我寝食难安，我身体虽无恙可心里却是忧虑重重。倒是弥空整晚陪在我身边，我跟他熟了，便讲起了我所经历的事，最后讲到安术虎的死，完颜守下落不明。弥空手捻佛珠倾听着我的故事，并不说话。清晨他带我到寺中最高的山顶，当时山顶清风阵阵，霞光万丈，太阳从烟波浩渺的云海中缓缓升起，弥空看着太阳对我说："太阳是世间万物的主宰，跟它比起来，你我不过形如蝼蚁。我们生于自然，也将归于自然，佛说生与死之间并没有严格界限，生生死死是规律，谁也逃不脱这个法则。我们在生死间轮回，身边的人和事不过是匆匆过客 ，不要太迷恋世间万物，迷失在物象中。"我仰望苍穹，思索着弥空的话，我没读过书，也没看过佛经，但感觉弥空深奥而富有哲理的话意有所指。我虽不能从他恬淡自然的举止中参透和领悟出他对生命的那种超然态度，他的话却使我心情渐渐平静下来。

过了些日子，麻脸叔终于回来了，他找我一起散步，我答应了。晚上我们一起出来，很奇怪，我看见麻脸叔身上背着一个棉布包，我们沿着铺满鹅卵石的小路向山门方向走。我告诉麻脸叔离开堡子以后所经历的一切，当说到安术虎阵亡时，麻脸叔摇摇头，慨叹了一声。

路的两侧开满了牡丹花，夜色下甚是好看。我们一起出了山门，下了几步台阶，一轮明月挂在晴朗的夜空，青色的月光洒在山门台阶上，斗拱上的飞檐翘向天空，垂直而下的瀑布发出哗哗的水声。站在台阶上我不由得再次小心地问起堡子及家人的情况，麻脸叔不说话而是把头转过来看着我，我急切地想从他的眼睛里搜寻答案。无声的沉默，渐渐地我从他潮湿的眼睛里读出了答案，那是一种无奈与痛心，我忽然明白了，不禁热泪夺眶而出。

巨大的悲怆让我泣不成声，我颤抖着双肩，感觉自己像一片飘零的落叶，一点一点沉向无尽的深渊，无助而无奈，我哽咽着问："什么时候的事？"麻脸叔说："你跟安术虎、完颜守走后，没过多久，朝廷就派兵围剿堡子，全堡子里的人准备誓死一搏。就在这当口，堡子的人不知怎么先后染上了病，病势迅速蔓延，大多数人染上后都不治而亡，相继死去。朝廷的部队见情况不妙，怕被传染，放了把火，围而不攻，大火烧了两天两夜。我身子骨好，一点都没被感染，就趁乱逃了出来，在山林里躲了数天，等朝廷的部队撤走了，我才下山，此时的堡子已是一片灰烬。整个堡子的人除我之外无一幸免。”我问：“是什么病？”“应该是天花吧，我小时候得过。”麻脸叔说着，叹了一口气，又说，“我孑然一身，了无牵挂，世间种种是是非非，靠一人之力终难以改变什么。我知道你看到我这样会想什么，我如何会遁入佛门，这是命，至少可让我解脱。”麻脸叔说完从身上解下布包递给我说：“蔺师傅的女儿在我临走前，嘱咐我如若日后见到你便把这个包裹交给你，若此生见不到你便让我烧了它。我之所以常回堡子看看，就是想万一能碰见你，也了却我的一份心愿。”

我接过来打开，里面是师傅给我的那幅《晴峦春晓图》，还有三卷绢儿。打开第一卷，上面是晚秋俊秀的字体，我看着字恍如见到本人，上面写的大意是：郑灿，不知你们走到哪了，今天晚上，在爹的画稿里看见你练习时写的字了，天道酬勤，还是有些进步，见字如见人。如果不是战乱，恐怕我们还能在帐中朝夕相处。外面天很黑，风很大，人们说明月寄相思，不知道在没有月亮的黑夜你可曾想到我。打开第二卷：全堡子里的人都在备战，连爹都被叫去了，可爹也像其他人一样高烧不断，真叫人担心，而且郑姝咳嗽得更厉害了，我心里有种不安的感觉，堡子有的人身上长满了痘，而且传染得很快，恐怕不是好现象，幸亏你不在。朝廷的部队已经把堡子包围了。一场大战看来不可避免。打开第三卷，上面潦草和断断续续的字迹已表明晚秋写字的时候已经握不住笔了：郑灿，这可能是我最后给你写信了，堡子里开始着火，朝廷的部队围而不攻，他们放了火退后十里。堡子的人都病了，爹跟郑叔不见踪迹，只有你娘跟郑姝在我身边。好多人都死了，我觉得是得了什么瘟疫，估计难逃此劫，如若有一天你看到这封信，记住跟你在一起的日子是我这一生最快乐的时光，也许这段回忆将陪伴我离开这世间。我手里握着你的那块玉佩，有了它在如同你在我身边，我就不再害怕面对死亡。

看完信，我木然地站着，心里不住地念道：这不是真的，怎么会这样？怎么会这样？我恍惚地走到石峰上，石峰直直地插入黝黑的山底，冷冷的月光把山顶照得雪亮，甚至皮肤都映成了青白色。我低头望着身不见底的山谷，心里万念俱灰，黝深的山底，漆黑一片，我问自己，亲人都没了我为什么还活在这世上，或者我死了就可以见到他们了？这个念头驱动着我，不由自主地往前挪动身子，一闭眼想跳下去。就在这时，衣角被人轻轻拉住，我睁开眼转头一看，是弥空，他不知什么时候站在我身旁，一双清澈的眼睛望着我，向我摇摇头，轻轻说："佛讲六道轮回，自杀并不能减少我们的痛苦，放下吧。"我按捺不住失控的情绪，抱着他痛哭起来。

不知过了多久，东方的天空开始发亮，弥空又带着情绪稍稍稳定的我来到山顶。火红的太阳照常升起，满天金色的霞光，我仰望着天空变幻莫测的浮云。那些翻卷的云层，有的如万马奔腾，有的如惊涛骇浪，就在不断变化的形状中我恍惚看见了爹娘、郑姝跟晚秋，还有安术虎跟勃堇。他们化作一朵朵云彩在满是霞光的天空看着我，他们的音容笑貌是那样地熟悉跟亲切。我大声呼喊着，仿佛他们可以听见，然而转眼间眼中的一切便消失得无影无踪，我使劲地眨眨眼却只看见飘移的浮云。

弥空拽着我的手把我从幻觉中拉回到现实。他有些担心地说："郑灿，有些事是我们改变不了的，强求只能让我们背上枷锁，我想即便是你的亲人也不希望你这样。任何人都无法摆脱生老病死，亲情对于我们来说更多的是拥有而非一味地占有，拥有的意义远远大于占有。占有是一种执迷，最终你会发现你占有的不过是束缚心灵的枷锁。放开心怀，换一种角度，或许能走出一番新的天地。"我站在山顶，任风吹着衣服呼呼直响。我深深地呼吸着，思考着弥空的话。我要让我尽快从失去亲人的悲痛中解脱出来，这种痛苦真的让人无法承担。我仰面向天，沐浴在朝霞中，霞光从云层中折射出来洒向大地，好似岩石激起的巨浪一般一遍一遍地在洗去我思念亲人的痛苦。

时间是医治一切痛苦的良药，我在华清寺静心修养，转眼间已是第二年八月了。我在寺里待了一年，多亏麻脸叔跟弥空的照顾，我的精神并没有垮掉。我体力恢复了很多，每天看着清晨灿烂的阳光，耳畔是悠扬的钟声跟禅院里朗朗的念经声，周围的一切让我思绪慢慢地平静了下来，而我也开始认真考虑我的将来。

麻脸叔让我考虑是否随他遁入佛门，我仔细地想过，家人现在只有姐郑澜还在，虽说去了中原，但我觉得找到她至少我还算有个家，她是我这世上唯一的亲人。虽然华清寺如世外桃源一般让人不忍离去，但是对亲人的牵挂却总是让我放心不下，再有安术虎死得不明不白怎叫我安心。我不能在寺里一直待下去。我把想法告诉麻脸叔，麻脸叔说："佛讲究六根清净，你惦记远在中原的姐，也是情理之中的事。你的佛缘未到，也不必勉强，只是如果你去中原寻你姐姐，中原远在千里之外，其间的艰苦你可有所准备？”我点点头说：“只要能找到姐郑澜，再艰苦我也要去。”麻脸叔说：“打算什么时候动身？”我说：“越快越好。”“那好吧，跟我来，我带你见个人。”

我跟着麻脸叔来到寺院最后的大殿中。当时正是午后，我跟麻脸叔站在门外，只见大殿里空荡荡的，台案上点着红蜡烛，空气中飘着一股檀香味，台案旁布榻上有一位身披红袈裟的长者，雪白的虬髯，弯弯的白眉，正襟危坐，正在闭目养神。

麻脸叔叩拜道：“泓毅大师，弟子有事求见。”泓毅大师点了点头，我们便进得大殿里来，大师摆摆手让我们俩在他身边坐下，睁开眼看了看我们说：“弥远，何事来见？”“弟子有一位侄儿，要去千里之外的中原寻亲，想托您给占卜一下看一看吉凶。”大师看了我一眼说：“小施主，你的事我听弥空说过，人的生死轮回是命中注定，对他们未尝不是一种解脱，也不必过于难过。在寺中多修养些时日，何必忙于打算？”“多谢长老救我于危难，一年来承蒙寺院关照，我现已恢复差不多了，怎可长时给寺中添麻烦？虽然华清寺令人心驰神往，但我凡尘的事未了，放不下心。”大师会意地点了点头：“会写字吗？”“会。”“那就测个字吧。”我接过笔和纸想了想，写什么呢？我想这次回中原主要是找我姐姐郑澜，于是挥笔写下“找”字。

写好后呈给大师看，大师睁开双眼看罢我写的字竟双眉微颤，手捻长髯连连摇头。麻脸叔担心地问：“大师，可有不妥？”大师道：“此行凶多吉少。”“何以见得？”“你看找字左边是一个提手旁，右边是个戈字，代表凶刃，合在一起意为手持利刃，恐怕有血光之灾啊。”麻脸叔听罢满脸惊诧跟担忧，我并不觉得有什么，甚至觉得麻脸叔有些大惊小怪，一个随便写的字能代表什么，便不往心里去。大师见我去意已决，叹了口气告诉我说：“如果你真要去，我也不好阻拦，京城开宝寺有个寂云禅师是我的故交，跟他提我也可给你关照。”

一切安排妥当后，我收拾好行囊准备走了。我对弥空依依不舍，没有了完颜守、安术虎在身边，弥空成了我这一年来无话不谈的朋友，他虽然跟我认识的时间不长，但我俩很投缘，而且越跟他接触越觉得他有一种东西吸引我。他不像完颜守雄心勃勃充满霸气，也不像安术虎诙谐而仗义，他让人感觉恬淡而睿智，洒脱而空灵。他说的话充满了哲理总能开导启发我，多亏他在我身边才让我挺过了心情最灰暗的那些日子，重新振作了起来。而我对他却了解甚少，每次问他家里情况的时候，他也是简单地说：“祖籍是幽州，具体什么地方记不清了，很小的时候就被家里人领到寺院。”他对家乡早已没什么印象了。

临行的那天正是晌午，灼热的太阳照得人脸上直冒油。麻脸叔跟弥空一直陪我到山下，离别的时候我不禁上前把弥空紧紧抱住，我心里真的好喜欢他，他很善良，总会替别人着想。我突发奇想对着弥空说：“弥空咱们做结拜兄弟吧。”弥空笑着说：“我们佛家弟子不兴这个。”“那你告诉我你的出生年月日。”弥空说的日子竟跟我的一样，我不禁奇怪竟有这么巧的事，弥空拍了一下我的背说：“咱俩别老抱着了，要赶路，别耽搁了。”我问他：“弥空，你原名叫什么？”弥空摸了一下脑门：“别人都叫我法号，好久没人问过我真名叫什么了，我也差不多记不起来了，好像是叫李静。”李静。我重复着念着使劲地记住。麻脸叔过来把行囊搭在我肩上，对我说：“给你拿了些银两，也不多，自己一路向南，不认识路就多打听。”我背着行囊往南走出去老远见他俩还站在原地向我挥手。忽然鼻子一酸，不知道这辈子还见得到见不到他们，我站在一个长满草的土坡上手拢在嘴边大声对他们喊着：“李静，有缘咱们再见。”

十三

离开华清寺，剩下的就只有我一个人了，赶路，是我每天要做的事。而路，时有时无，有时根本就没有路，我有时低着头，看着自己的脚快速交替地向前迈进，脚下是不断向后退去的黄土地。有时我耸耸肩膀上的背包，顺便侧头看一下沿途的风景，呈现在眼前的有时是即将落山的夕阳，有时是刚刚升起的朝阳。八月的天气还很热，中午太热的时候我就坐在道边的树荫下乘凉，边休息边脱下草鞋磕里面的土。运气好有时会遇见往南去的牛车，赶车的多是年长的老大爷，大爷穿的衣服就像师傅穿的样式，他们看见我一人赶路往往会让我搭上一程。我坐在车上的棚子里，里面有时人挺多，很热闹，有时只有我一个人。我看到他们都是爹曾说过的中原人的打扮。有时搭车会碰巧遇见跟我年龄相仿的姑娘，有时一个有时几个，她们提着篮子，也是赶路。此时我们坐在颠簸的马车里，由于陌生，大家并不说话。我跟姑娘离得很远，偶尔我们的目光会交汇，只是一瞬间，姑娘羞涩地笑笑便腼腆地低下头，而我也对她轻轻点点头，算是打招呼，而后便看着对面的车棚。阳光穿过车棚的间隙，让眼睛感受忽明忽暗的光线变化。这些姑娘多是穷人家的孩子，她们衣着很朴素，笑起来的时候牙齿雪白。

在路上遇到大雨的时候，我便躲在树下或山洞里避雨，看着大雨倾盆而下。有时雨会接连下两三天，我就望着电闪雷鸣的天空一个人发呆。有时走到没有人烟的荒野，几天看不见一个人影，每当夜晚来临，我燃起篝火，独自坐在火堆旁边，由于很长时间没人跟我说话，寂寞与孤独就像我背后的影子一样无时无刻不跟着我。那种感觉让人窒息，每到这时我就跟自己说话："郑灿，坚持住，就快到了，京城就快到了，你不能这样就放弃了。"有时实在忍不住就冲着荒野大喊几声。

但无论我做怎样的努力，对家人跟晚秋的想念无论白天还是黑夜都无声无息地萦绕在我的脑海当中。我不止一次梦到晚秋，梦到我从后面抱着她，我们躺在柔软的云彩里，我把头埋进她的秀发，嗅着她，她也会把她的身体转过来，看着我，眼睛清澈而纯净，她跟我对视着，在我的瞳孔里寻找着她自己，然后会用温润的双唇亲我的眼睛，她是那么地忘情，我抱着她能明显感觉到她的身体在呼吸间散发的温暖。每当我醒来的时候，自己如同被现实割裂开，那种钻心的疼痛让我躺在地上无法站立，十七岁的少年还不懂得忘记，或者没有能力去忘记。我在加倍体验失去爱人给我带来的痛苦，没有人安慰我，没人告诉我应该怎样做，我只有趴在地上哭。我想人都是在这样无数的伤痛后长大的，而当时唯一可以解脱的就是希望自己尽快变得麻木。

我也记不清蹚过多少条河流，翻过多少座高山。但渐渐地我注意到周围的景物跟以往有很大不同，没有草原上起伏的山丘，取而代之的是一望无际的平原，放眼望去远处是成片成片的田地，分割田地的是纵横交错的河渠，麦田里头戴斗笠弯腰劳作的农夫，河池旁拉网打鱼的渔夫。一切都让我感觉到新鲜。有时我会跑到一望无际的麦田当中，站在里面用手抚摸着麦穗，麦穗滑过掌心，听着风吹过麦田发出的"沙沙"声，让人感到惬意，那种感觉真好，似乎所有疲倦跟不快都随指尖而去了。

就这样我不停地向南走，从八月枝繁叶茂的盛夏一直走到落叶枯黄的秋天。深秋的河岸，湖畔满是凋零的落叶，岸边是茂密的树林，里面生长着高大的槐树、杨树以及柳树，这些横七竖八的大树，或者斜斜地倒下去紧贴着水面，或者几棵纠缠在一起，光秃秃的树枝相互盘绕，夹着雨点的秋风把树枝上仅有的几片树叶刮落下来，树叶在林中哗哗直响，有的飘落在湖面上，打几个旋很快就沉入水底了。

进入寒冬，大雪有时一连下几天，遇到走山路的时候，漫天的大雪让人分辨不出方向，刚刚踩过的脚印很快就被降下的大雪覆盖了。夜晚，雪停了，运气好时，会有一轮明月挂在夜空，我独自走在盘山小道上，对面的崇山峻岭、丛林湖畔，全都被积雪覆盖，远远望去一片白茫茫的世界，在月色下泛着青白的光。偶尔在山腰处会有红红的光影闪动，多数是寺院燃的灯火。

我就这样一直走着，忘记了时间，忘记了冷暖，忘记了过去，忘记了寂寞，甚至忘记了自己，我只感觉那双腿是自己的，大脑不再思考，浑身都变得麻木了。我饱览沿途的风光，自己仿佛就是自然的一部分，我陶醉在难得的惬意中，虽衣裳褴褛，蓬头垢面，却浑然不觉。这时恐怕自己都不认识自己了。

我记着好像是春暖花开的时候，河面上的冰开始解冻，柳树开始发芽，嫩绿的枝条开始吐出苞蕾，甚至上面还挂着晶莹剔透的冰碴，潺潺的流水伴着鸭子的叫声，空气中散发着泥土的芳香，一切都让人感到春意盎然。我走了半年多，也不知道走到什么地方了，眼前出现一条大河，来到岸边，我蹲下身去洗脸，看见水中那个倒影，满脸泥垢，胡子拉碴，连自己都快认不出自己了。我洗过脸刮完胡子，然后站起身看着河面上往来的船只，我想应该也到中原了吧，应该打听打听。于是我顺着岸边走，前面停着一艘大船，几个脚夫在不断地往船上搬运粮袋，船尾蹲着一个老船夫，一身蓝布衣，花白的胡子，头戴斗笠，正拿着碗喝水。我走过去对老船夫用不太流利的中原话说："老人家，您可知道此地是中原吗？"老船夫放下碗，扭头打量着我，"中原？"他摇摇头说，"中原地方大了，小哥儿你要打听什么地方？"我连说："京城。""哦，去京城，那还远着呢。"我说："去京城怎么走您能告诉我吗？""顺着这条河往下游走就能到。"

我道了声谢便往前走，没走多远，就听见背后有人叫我："小哥儿，你过来。"我回头一看还是刚才那个老船夫。我纳闷地走到他面前，他给我倒了一碗水递给我："你是从哪儿来的？要一个人去京城？"我接过碗喝了口水，用袖子抹抹嘴，冲他点了点头："从漠北草原来的，一个人。""怎么不坐船去呢？"我犹豫了一下说："我没有想过。"老船夫喝了口水看着我说："搭我这船去吧，不过我这船到不了京城，剩下的路你再自己走。"我赶忙道谢。"在船上你得帮我们干干活儿。"这种搭船省着自己走路的好事我求之不得，因此连声说好。

船顺着大河往东南方向走，船上装载着粮食，老船夫掌舵，几个船夫划船，我帮着他们打下手，谁划累了我就替谁一会儿。虽说是顺流而下，但我头一次划桨，没经验，桨划起来也确实费力气，中午的太阳很大，船夫们都是赤膊上阵，我也脱了外衣，不一会儿就满头大汗了。几个船夫看着我卖力的样子都笑了，告诉我不用那么使劲儿，他们争相告诉我技巧，示范划船的要领给我看，我边学边看，倒也学会了些其中的门道。

据船上的人讲这条河叫沁河，向南汇入黄河，从黄河再往东就可到京城。这条船有六七丈长，老船夫指挥着各个船员划船，船行驶得既快又稳。我白天帮忙划船，晚上船靠岸停下来我就在甲板上过夜。有时一轮弯月挂在漆黑的夜空，我就坐在船头的船舷上光着脚，把脚伸进河水里，拨弄着水中月亮的倒影。我看着明亮的弯月随着水波一层层荡漾开去，看着看着，竟恍惚觉得好似流经堡子的那条闪电河。而此时忙碌一天的船夫便在船尾围聚在一起，互相地说笑取闹，我听着船夫们一阵阵的嬉闹声，心里不由得想起以前堡子里大家点起篝火热闹的场景，那时的我跟家人幸福而快乐的生活。想到这儿，鼻子不由得一阵发酸。

晚饭一般是粥，有时会有些烧鸡、烧酒，而有了肉跟酒，船夫们的情绪就高涨起来，他们划着拳，喝着酒，争得面红耳赤，甚至大打出手，每个人的脸都像灌了血的鸡头。他们争辩的内容五花八门，不过最多的还是女人，某某船夫讲在京城聚仙楼有个相好，把她说得美如天仙，自己如何为她挥金如土，自己如何跟她云雨，他添油加醋绘声绘色地讲，众人听得眼睛都不眨如痴如醉。但凡有个人说某个楼的女人更好，双方肯定打起来，彼此都喝了七八分醉，下手没轻没重，有时会把人踹到河里，船夫的水性都相当好，跌落水中的人也不急着上来，也不顾撕扯开的衣服，露出胸膛，仰头浮在水面，扯着嗓子大声地唱：“月儿弯弯照九州，几多欢喜几多愁……”船上的人便哈哈大笑，不再理会。

我看着这些船夫打闹，觉得他们都很率真，也不知不觉被他们感染，竟然也跟着笑了起来，那是我几年来少有的笑容。船上给大伙儿做饭的是老船夫的侄女，年纪比我大不了几岁，大家都叫她春妮儿，见我总一个人吃饭，便常凑过来和我一起吃，这时候一旁的船夫就会打趣地冲着春妮儿喊：“春妮儿妹妹，过来陪陪哥哥呗，哥儿这好吃的都归你。”春妮儿回过头扔出一句：“哪个该死的，老娘做的饭都堵不住你的嘴，晚上自己做啊。”她边嚼着馒头边看着我问道：“你叫什么名字？”“郑灿。”又说：“怎么不过去跟他们一起吃啊？”我说我习惯了一个人，虽然嘴上这么说，但我心里确实对什么都提不起精神，跟大家热闹的时候我往往会想到过去，一想到过去心情总免不了难受，所以也就不招惹别人，与其在热闹的环境中随声附和不如自己安静会儿好。见我沉默不语，春妮儿又问：“听说你要去京城，去做什么？”我说：“找人。”“家人？”“嗯。”“分开很久了吗？”“快两年了吧。”“也够久了，有他们的地址吗？”我摇摇头，她又说：“京城很大，没个地址找个人怕不大容易。”我点点头，春妮儿看我碗里的菜没剩下多少了，便把她碗里的菜拨给我：“先吃饱再说别的，多吃点儿。”我刚要推辞，她起身说：“吃完把碗拿过来啊。”说完转身进了船舱。我心里对春妮儿好生感激，半年多了总是自己照顾自己，连话都很少说，突然有人跟自己聊天还对自己有所关照，心里感觉一阵阵温暖。

不知道为什么我总会拿某个女孩跟晚秋比，晚秋比春妮儿秀气，春妮儿给我的感觉是朴实和真挚，她们没有好或不好只是感觉不一样。晚秋虽然不在了，可冥冥中她好像还活着，脑海中总不时浮现她的影子，我到现在才愈发意识到她在我心中的地位是那么重要。

船照常每日往东南开，而我跟船上的人也越来越熟。渐渐地我也跟船夫们偶尔在一起聊天、喝酒，他们的酒虽不是什么上品，但比起以前我在堡子里喝过的别有一番滋味，而除了喝酒大多时候我总是做个旁听者，听船夫们怎么吹牛。他们吹牛的主题依然是女人，似乎也只对这个感兴趣，永远也聊不完，我注意到当我们闲聊的时候，那个老船夫也端着碗边喝酒边听我们说，我们开玩笑他也嘿嘿乐。旁边有个船夫小声告诉我老船夫是个鳏夫。我纳闷地问他什么叫鳏夫，他说就是一辈子没结过婚。从他的话语中我感觉到有一种嘲笑的意思，我倒觉得没什么可忌讳的，只是不太喜欢那个船夫的口气。那天晚上等大家都歇了工，我主动跟老船夫聊起来。

老船夫喝了酒脸红扑扑的，他递给我一杯酒，告诉我他姓贾，年轻时家里穷，即便是穷人家的闺女也没钱娶。加上做船夫大多数不在家，风风雨雨几十年也就这么过来了。等能顾上家的时候，人又老了。他叹了口气：“这就是咱们船夫的命。”告诉我千万不要错过好时光，人生短暂，一定要找到和自己相守一生的另一半儿。正说着春妮儿从舱里过来：“大爷，您又喝多了。”说罢抢过老船夫的酒壶。老船夫有些醉意，对我说自己只有个侄女，无儿无女，除了她也没什么牵挂。就这样他说着说着，靠着船舷不知不觉地睡着了。我看着老船夫酣睡的样子，心想这世上有很多人很多事我真的不了解。春妮儿看了我一眼，没说什么转身进了船舱。甲板上只剩下我一个人孤零零地拿着酒杯，对着水里晃动的月亮发呆。

七八天后，一个不算晴朗的早晨，大船驶进了一片开阔的水域，眼前是一眼望不到边的河面，几个船夫兴奋地大声喊着："前面就是黄河了。"我摇着桨向前远眺，果然前面河水的颜色有点泛黄。这里是两河交汇处，波涛汹涌，老船夫指挥大家小心航行，很快大船驶进湍急的河水中，如一片树叶漂在河面，骤然间，船身随着翻起的波涛在急速的河流中沉浮，巨浪打在倾斜的船舷上激起一簇簇浪花，船夫们的衣服都被打湿了。我们手摇船桨，赤脚踩在甲板上，丝毫不敢懈怠，大家喊着号子，协调着力量，老船夫掌着舵控制着船身在洪流中前行，渐渐地大船离开了暗流汹涌的水域，缓缓前行，慢慢地靠向了岸边。大家提着的心这才放下。

黄河两岸是一望无际的平原，初春的田野里是刚刚破土而出的秧苗，放眼看去犹如一块块排放整齐、异常精美的翠绿色地毯，一直铺向雾霭笼罩的远方。零星的几个农夫在田埂间弯腰劳作，岸边，田埂旁种满了桃树、柳树。粉色的桃花点缀在翠绿的田间树丛中，给这春色盎然风景如画的田园风光添了一抹绚丽的色彩。

船靠北岸停下来，老船夫他们不再顺着黄河往东去，他们要往南走，而我搭船的行程也即将结束。临行前老船夫告诉我，他在这个镇有个远房的表亲，家境虽不算富有，但祖上有十几亩农田，日子过得也还殷实，家中有个比我大不了几岁的表侄，每年这个时候都会去京城，我可以跟他搭伙去，我问老船夫："您这位表侄尊姓大名？""他叫章重。"说罢告诉我怎么走。春妮儿见我即将离开，低着头说："我们这船常年在黄河上跑，每年都会去京城。你要是留意就会找到我们。"我点点头，用目光追寻着春妮儿的眼睛，可她却回避着我的目光。看出春妮儿在躲避着什么，一旁的船夫们开始拿春妮儿取闹，一个说："哎，怪了，平日里凶巴巴的春妮儿今天怎么还腼腆上了。"另一个说："这还用说，人家关心人呗。""可她从没关心过我们啊。""你也不撒泡尿照照自己，你配吗？"几个人你一言我一语，春妮儿走过去用训斥的口气说："去，去，几个大男人没事闲的，像个女人似的嚼什么舌头。"众人哄笑躲避。

我背上行李离开了这艘船，心里挺感激这些人，搭乘他们的船让我少走了不少弯路。我按照老船夫给我的地址走进小镇，果然在镇里找到了一所宅邸，规模在镇里算是比较大的，黑漆的门楼，灰白的土墙，我轻轻叩了几下门，不一会儿门“吱呀”一声开了，门里闪出一位村妇模样的人，我赶忙施礼：“请问这可是章家？”村妇上下打量着我点点头：“对，你有事？”我说：“我想拜见这家的公子。”“你是？”“我是别人介绍来的。”“好，进来吧。”我跟着村妇进得门去，这是所中原风格的农家院，村妇让我先在过堂里稍等，说公子在后面正堂跟朋友聊天饮酒，她去禀报一声。我头一次来到农家，一切都让我感到新鲜，这家前院挺大，院中栽着几棵高大的槐树，后面三排房，几只鸟笼挂在树杈上，里面有几只颜色鲜艳的鸟不住地啼叫着。我好奇地走到树下想看仔细时，听见有个声音说：“早晨好，早晨好，财色兼收，财色兼收。”我纳闷哪来的声音，抬头一看是笼子里的鸟在说话，我好奇怎么鸟还会说话，虽然说的话前句听明白了，但前后逻辑关系没听明白，真是挺新鲜，不禁感叹中原真是无奇不有，鸟都会说话。正想着村妇从过堂走了过来，叫我去后排正房见主人，说罢便在前面引路，我跟着她到了后面正房。

进得门去见屋里坐着三个人，衣着华美，好像是锦罗丝缎，中间一人头戴乌纱巾，身穿粉绿长衫，体形肥胖，一双细长眼，正脸对着门，我上前拱手施礼：“在下郑灿，拜见章大人。”果然中间发胖的那个人说：“不要叫我大人，咱们岁数差不多，叫我章兄就可。可有什么事？”我说明来意。章重点点头：“好说，这个贾老爷子，这么多年脾气一点都没变。你既然是他介绍来的，咱们就别客气了，快坐。”仆人搬来椅子，我在他们旁边坐下。章重问我：“你要去京城找人，我赴京赶考，咱们可以同行。”我赶忙道谢，不过我有些事不明白于是道：“请问章兄，什么叫赶考？”他们三人听罢哈哈大笑，章重笑得眼泪都快流下来了，“咱们岁数差不多，学识的差距怎么就这么大哪？郑老弟定是从外地来的吧？”他喝了一口茶说道，“赶考就是去京城考试，如果考中就可升官发财。”我听了顿时感觉有些不好意思，心想这么简单的常识问题我怎么也不知道。其实我并不知道，用科举考试推举出的文官来统治各个州府，在我们那个年代才刚刚开始。这是朝廷用来削弱地方军权的一种手段，以前都是用武将来管辖一方，弃武用文是开了历史的先河。

章重看我低头便试探地问道：“郑灿，你读过书没有？”我想只是晚秋教过我些诗词，少得可怜，这几个人看样子学识不浅，自己还是别班门弄斧，惹人笑话。于是便摇摇头，章重道：“不读书不行，如果跟我在一起，白丁是让人笑话的。”说罢起身挥毫泼墨写了一首诗，然后举起来声情并茂地朗读：“窗前明月光，疑是地上霜，举头望明月，低头思故乡。”我被他的才气感染了，虽然我还不知道白丁是什么，但是仍不禁起身鼓掌。章重摆摆手对我说：“我周围的朋友都是吟诗作画的高手。”说罢指着旁边一个人说：“张兄，来一首。”只见张兄起身朗诵道：“鹅，鹅，鹅，曲项向天歌，白毛浮绿水，红掌拨青波。”我彻底被他们折服了，他们出口成章，诗句意境优美，我为自己的无知感到惭愧。章重又严肃地对我说：“一口吃不成个胖子，慢慢来。我可以教你。”我说：“多谢，章兄。”

在章重家小憩数日对章家也有了些了解，章兄自幼丧父，其母把他抚养大，此人刻苦读书，练得一手好书法，在乡里很有名气，中过秀才，这次要赴京赶考。我想跟着他准能学到有用的东西，于是主动帮他干些活儿。日子过得很快，章重准备好行囊要赴京了，我也用带的银两在镇里换了身衣服，头戴蓝色幞头巾，身穿粉青长衫，俨然一个书童的打扮。走之前章重嘱咐村妇一定要把他养的鹦鹉喂好，他最喜欢那只鸟了，平时总教鸟说话，现在甚至都能背诗了。我恍然明白原来这鸟会说话是他教的。我挑着担子感觉挺沉便说：“章兄，这箱子里的书怎么这么重啊。”“不仅有书，还有钱哪。”“考试用得了那么多钱吗？”“这你不懂了，古人云：‘书中自有颜如玉，书中自有黄金屋。’可读书不能读死了，要会活用，想考取个官，不会上下打点不行，光读书也是不行的，书中的黄金屋也是要本钱的。”我不禁暗自佩服，又学了一招。

我跟章重起程去京城，开始并没有走水路，而是过了黄河乘牛车再向东南，几天后，改乘小舟北上。据章重讲，黄河上游往京城去的船众多，河道拥挤，再加上朝廷清淤河床，怕几天也走不了，他选的路是从下游往上游走，可以节省时间，我不认识路，听他的就是了。小舟是租的，由一个老艄公撑船，我们逆流而上。时下已是三月初，天气乍暖还凉，章重自上船便感不适，常常咳嗽，便在船篷里不再出来，以免染上重疾。

一日早晨起来，我在篷里陪他，闲来无事便向他请教他养的鸟如何会说话，他说这鸟是他去年从京城花大价钱买来的，能通人言语，只要肯教，什么话都能学会。我问道：“我听那鸟说财色兼收，但我才疏学浅不解其意，能不能给我解释一下？”章重咳嗽了一下颇为得意地说：“那是我教鸟的，是我多年研究的思想准则，也是做人的一种境界。古人云：‘鱼与熊掌不可兼得，得其一即可。’但我拓展了古人狭隘的思维，认为应该勇于兼得。

财就是指金钱，色就是指女人，二者都携入囊中，才是完美的人生。”他看见我一脸疑惑的表情叹了口气：“唉，用世俗的话讲，就是有便宜不占就是傻蛋。”说罢又是一阵咳嗽。我见他气喘赶忙给他斟了杯茶，然后出了船篷，好让他休息。

我独自坐在甲板上，心里虽然对他所讲不敢盲目苟同，但我为没有自己的观点懊恼不已，我为自己的无知再次感到羞愧，为不能跟他辩驳，哪怕是连错的观点也没有而感到苦闷，甚至为不能成为章重那个档次的人感到悔恨。我不知道古人云什么熊掌、鱼。这两个东西我都见过，可它们之间有什么关系呢？我想了半天仍不解其意，最后我归于自己天生愚钝，深奥的理论我不懂，学习些简单的吧，我不想让别人瞧不起，要学习。我打开挑的行李，里面装着很多的书，我随便抽出一本，由于跟蔺师傅学过些字，还是认得书名，是一本《唐诗三百首》。我翻开来看，居然能磕磕巴巴读下来，于是我起身站在船头，一手拿书一手放在背后，找了个简单的诗读起来：“清明时节雨纷纷，路上行人欲断魂，借问酒家何处有？牧童遥指杏花村。”我轻声地读着体会字里行间的意思，这时头顶上空传来隆隆的春雷，几滴雨点飘落在翻开的书页上，立刻浸没在纸里，晕散开了。下雨了，我抬头放眼望去，眼前河面沿岸的景象让我心情顿时豁然开朗。

十四

清晨，阴霾的天空下低低的云层压在宽阔的河道上，平整的水面被天空映成了灰蓝色，清凉的春风吹过河面泛起阵阵涟漪，让倒映在水中的天空随着荡漾的碧波若隐若现，飘移不定的阴云在水中呈现出浓淡各异的层次变化，就像在湿润的绢布上挥笔画下的一抹抹飘逸的墨色。几只轻盈的燕子蓦然闯入视线中，它们相互追逐擦着水面飞过，轻点之处留下淡淡的几圈波纹，身形又瞬间消失在视线中，用我的眼睛刻意去追寻它们，看见的却只是沿岸层层叠叠嫩枝初放的树林。那些形状各异颜色灰暗的树杈掩盖不了刚刚抽出嫩芽的柳枝，远远望去岸边蒙蒙细雨中的树林像是被染上一层茸茸的绿意。河边零星地建着些小客栈，木桩潜入河底，青瓦，白棚，横杆儿上挂着的红字帆布招牌迎风摆动。酒保不时地召唤着过往的行人。沿河的小道上，不时能看见三三两两结伴儿而行的路人，他们或身披蓑衣，或打着伞。空中飘着时断时续的小雨，雨点细如发丝，打在脸上甚至让人感觉不到，空气潮湿而清冷，夹杂着泥土的芳香，让人不由得神清气爽。

艄公边划船边向我喊道：“小哥儿，这就快到中原的京城了。”我一听他这么说，心情不由得激动起来。不仅是因为曾经让一家人魂牵梦绕的京城就要到了，还有我踏遍千山万水要找的姐也在京城。想到这儿心情更加急切。我翘首向前眺望，越往前河面越宽阔，往来的船只越多，停泊在岸边的商船大得惊人，我们从它身边驶过如同飘过一片树叶。岸边的商铺也明显多了起来，熙熙攘攘的人群与鳞次栉比的楼宇让人目不暇接。一切对我来讲都是那么新鲜，而更让我惊诧的景象接踵而至。

随着船向前缓缓行进，经过高低各异的大小船只，透过一面面矗立的桅杆，远远看见前方开阔的河面上一座红色拱桥宛若天边的一道彩虹飞跨东西河岸，在阴霾的天色衬托下它的颜色显得更加炫目。一艘艘巨大的商船从桥底驶过，船上的船夫有的在解桅杆上的缆绳，有的在船头高呼，有的指挥船前行的方向，有的向停泊在岸边船上的船夫打招呼，好一派繁忙的景象。艄公告诉我前面那座桥京城的人称其为虹桥，我目不转睛地看着眼前的景象，直到我们的小船渐渐驶近它。桥大概有三丈高，数丈宽，桥上人头攒动，身穿淡绿、深褐、灰蓝诸色衣服的行人穿梭在桥上，熙攘叫卖之声不绝于耳。船渐渐驶进桥洞，我仰头看，巨大的桥拱悬空而建，五排巨木组成拱骨，巨绳捆扎，钉贯其中，饰之丹雘，让人看了叹为观止。

又向前划行五六里，河岸两侧嫩柳成行，朱门酒肆比比皆是。穿过顺城仓桥后，天空阴云逐渐散开，雨也停了，一抹阳光在不知不觉中穿过云层垂射下来，一座高大的城墙渐渐映入眼帘，城墙上巍峨的城楼在阳光的照耀下显得金碧辉煌，粉白的城墙绵延向北掩映在杨树、柳树间。那垂柳的淡绿，颜色恰到好处，犹如翡翠一般温润细腻，沁人心脾。沿河盛开的桃花娇艳地绽放，粉红的色彩让人看得如痴如醉，流连忘返。而两岸平整的土道上，形形色色的人川流不息，有问路的僧人，骑驴的商人，牵着骆驼的漠北客，推着太平车的小贩，抬着轿子的轿夫，他们神色各异，不胜枚举，拥挤之处摩肩接踵，让人眼花缭乱，喧哗之声此起彼伏。

船离城楼越近，那种被吸引的激动心情越强烈，视线越过城下参差不齐的柳树枝，被遮挡的城楼逐渐清晰起来，上面匾额上蓝底红字写着三个大字："东水门"。要进城了，我心里不禁一阵狂跳。我四处张望着希望能发现姐姐的身影，匾额下面是高大的城门，河水直通城内，河岸两侧各有一城门，往来穿梭的是一些从护城河土桥上过往的行人。有一些闲来之士，三五一群倚在桥栏杆上，对着护城河两岸的垂柳正在高谈阔论，不知在说些什么。我回头看了一下身后，岸边的大树参天而立，深褐色的粗糙树干清晰可见。土黄色的道上，依稀一些阳光洒在上面，过往的人身上不禁会被照到，像背着个光环，那一幅幅景象让我过目难忘。

光线照在皮肤上感觉暖烘烘的，而当船驶进门洞里，立刻感觉到一阵潮湿凉意袭来，不禁打了个冷战。我当时注意的是守城的士兵，他们绷在前额上五彩斑斓的线绳在暗影中显得极为鲜艳。

章兄总算从船篷里出来了，他仍不断地咳嗽，船驶到大相国寺便停下了。我扮演起临时书童的角色，上了岸后便跟随他往南门大街东头的熙熙楼客栈住下了。章重对京城很熟悉，熙熙楼客栈价位适中，位置又处在京城繁华地段，吃住都很方便，每次他来都下榻于此。客栈共两层，青瓦红漆，门楼扎着彩锦。进得里面，高高的楼顶上藻井周围装饰雕刻着花纹图案，一股清爽的檀香味扑面而来。我们上了二楼，在临街的房间安顿下来，打开窗户，外面喧闹之声如潮水一样涌进屋里。我向窗外看了一眼，见眼前的楼宇参差不齐，层层叠叠，交替相连望不到边。

章重咳嗽不断，便叫我去仇防御药铺拿些中药，他给我写了个药名，告诉我地址，我便拿了钱下楼去了。已经过了晌午，街上的人很多，清晨的小雨并没有给嘈杂的市井降降温，唯一的作用是使脚下平平的土地踩起来有些湿湿的感觉，没有扬尘，阳光强得有些过分，犹如七月酷热的天气。过往的人群，每人的面额上总有一块被太阳照得有些油腻的高光，看得我直晃眼，索性低头不再看周围。

我按照章重说的地址一直往东，穿过丽景门不远就到了。丽景门是我除东水门外看见的最有特点的城门，夯筑的城墙呈梯字形，土红色墙面配上朱红的城楼，再加上笔直向上的线条，让人看了无论在色彩还是构成上都给人一种简约之美。城门两侧亦有参天的杨柳树相配，显得古朴而秀雅，我虽说不出什么原因可心里就是喜欢这种风格。

买完药回去的路上，我发觉总有一些目光在追逐我，留意一下周围，见街边几个年龄跟我相仿的人在不住地看我，其中一个好像是头目，眼睛很亮直直地盯着我，目光似是挑衅又似带着某种好奇。我当他们是一些市井泼皮游手好闲之徒，没有理会，不敢耽搁赶快回了客栈。

傍晚的时候，服了药的章重咳嗽好像好了很多，人也精神了，执意叫店里的小二邀了他京城中几个好友，在长庆楼摆了桌酒席，要一醉方休。我本不想去，可章重说把我当朋友，初来京城让我见见世面。我只想着找到姐姐，京城虽然热闹，让我惊叹它的繁华，但我人生地不熟，对于一个漂流至此的异乡人在心理上总有那么一点距离，再加上与陌生人应酬便想推辞不去了。可终拗不过章重再三的邀请，盛情难却，也就一同前往了。

长庆楼离我们下榻之处并不远，穿过小甜水巷左拐就到了。晚上街头巷尾灯火通明自是不必再说，上得二楼朝北的一间独楼，两位好友已经在等我们了。房间里燃着数枚河阳蜡烛，照得屋里亮堂堂的，几个人寒暄后分宾主落座，就在章重高调地与朋友高谈阔论的时候，丰盛的酒菜不知不觉已经摆满了一桌。为了显示一下他的豪爽与对朋友的情谊，他先邀大家共饮第一杯，就在大家举杯之际，一位朋友拿起酒瓶看着惊诧地说："章兄，这可是羊羔酒啊，京城最贵的也不过如此了，我们在当地也难得喝一杯，章兄今天真是太客气了。"章重笑吟吟地说："哪里，太师那儿还劳兄台美言呢。"话外之意不言而喻，众人说笑着饮酒。

席间的菜肴琳琅满目，五颜六色，我因不胜酒力，便不再劝酒，几人在推杯换盏之际门被推开了。店小二引进几个歌女，堆着笑脸对章重说："这几个是听您吩咐从樊楼请过来的。"章重摆了摆手打断小二的话让他下去。歌女落座开始弹曲助兴。几人兴致很高拿筷子敲着酒杯，随曲附和。我因不会词曲之类，便叉手坐在一旁侧目观看，几个歌女粉纱罗衫，颔首凝眉，轻手抚弦，曲声如行云流水，细听一会儿似山中清泉落地，一会儿如惊涛骇浪拍岸，曲声优雅扣人心弦，极为专业。几个人听得入境，竟忘了敲杯，空拿个筷子，一曲奏罢方缓过神来。我对此种娱乐方式并无太大兴趣，只是自顾地夹菜。忽听章重大喝一声："小二，拿笔来。"众人皆惊，小二呈上笔墨，章重诗性大发挥笔在墙上写下一首诗："绿树阴浓夏日长，楼台倒影入池塘。水精帘动微风起，满架蔷薇一院香。"

墨点飞舞，他袖口上粘了些墨迹，小二赶忙过去擦拭。末了章重在诗尾题上"乙巳年于京"。众人纷纷起身鼓掌。两位好友不住夸赞道："仁兄书法遒劲有力，颇有王者之气也。"气氛一时似乎到了高潮。

再饮，酒过三巡，菜过五味，大家似乎也有了一些醉意，歌女们也上了饭桌，劝酒间对诗对词，你一言我一语，好不欢心，气氛随之愈加暧昧，耳边传来的嬉笑之声进而转为呢喃之音，什么你怎么这么长时间没来，想死你了之类的话，而一些肆意的动作也开始上演。他们在干什么？我不再看周围上演的组组画面，而是把目光投向对面仍在弹琵琶的一个歌女，她十六七岁的样子，跟其他人比起来很特别，似乎弹得很投入，更确切地说是弹得旁若无人。我细听，琴声忽急忽缓，急时如暴风骤雨，缓时如潺潺流水，曲声悦耳，章法有度。她专注弹琴的样子与周围的气氛有些不大协调，她本是该跟桌上的人喝酒助兴的，我看着她，静静地坐着，仔细地聆听着，耳朵尽量过滤掉周围的杂音，捕捉着那些琴声。那些躲不开的呢喃之声在房间里来回地飘荡，让人精神无法集中，忽然一声巨响，不知谁的椅子被压垮了，只见有两人“啪嗒”一声搂抱着滚到了地板上，众人一看倒地的是章重，还撞倒了旁边摆着的一盆蔷薇花，他摇晃身子从地上爬起来，乌纱巾歪戴着，前襟敞开，手扶着墙狼狈地站着。黑暗中他那双眼睛发着贪婪的绿光，让我感觉好像是吐着芯子寻找猎物的蜥蜴。

他们又相拥纷纷转到隔壁的各个单独的房间，随手把门紧紧关上，一场朋友聚会竟演变成动物的狩猎。周围欲望横流的气氛让我心力疲惫，喘不过气，我走到窗前打开窗户，用竹竿支好，迎面一股清凉的风吹来，一扫房间燥热的空气。窗外灯火阑珊，街面人头晃动，街对面是高大的城门，朱红的城门上饰以金钉，城门上方的匾额书写着“右掖门”三个大金字。屋里只剩下我跟那个弹琵琶的歌女，而她此刻也放下手中的琵琶缓步径直走到窗前。我们目光对视了一下，那是一双宛若秋水的眼睛，盘着小髻发，一身粉色石榴裙。她看着窗外，外面霓红色的灯光把她白皙的脸照成一片粉色，饱满的双唇微微上翘，充满弹性的嘴唇在嘴角收拢成一个完美的弧线，那温润的感觉恰似一块精雕细琢而成的美玉。她并不看我。“我弹得好听吗？”她问，我点点头：“很好，不过你可以再弹得好些。”她好奇地侧过头：“怎么讲？”“抑扬有度，只是稍有孱弱，力度再加强点就好。”“难得你有心情这么仔细地听，看来你挺喜欢乐曲的。”我不置可否地笑了笑。“那些人是你朋友？”“嗯，大多数不熟悉。”“你怎么不跟他们一起玩？”“我觉得，虽然这里充斥着各种欲望，但我想至少还有自由。”女孩儿侧目投来赞许的一瞥：“人在京城待久了都这样，你是刚来的吧？”我刚要作答，这时感觉楼板轻轻地晃了一下，紧接着桌子上的蜡烛倒了一根，与此同时，楼底下有人高喊：“地震了，地震了。”话音未落，街上的人流开始骚动起来，周围店铺酒楼里纷纷有人跑了出来，冲到了街上。而隔壁那几间房里也有了响动，紧跟着客厅楼梯上传来“咚咚”的声响。我跟女孩儿从窗口往下看，刚才的那几位喝酒的朋友，包括章重都跑到了街上，章兄跑在最前面，而身上竟然只穿了件裤衩。白花花的皮肤，夹在来往的人群中很是显眼。他左顾右盼，东张西望，浑身赘肉随着他的动作乱颤。我跟女孩儿忍俊不禁都扑哧一声笑了。“他书法很好。”我忙说。这时感觉脚下又轻微地动了一下，墙角一些浮土纷纷下落，余震未停。

“你怎么不下楼？”女孩问我。“你不也没下去吗？”我回问。“我在等你下楼啊。”说心里话我还真没把这点地震当回事儿。刚才还想来京的第一个夜晚过得实在令人失望，可能也就这么扫兴地收场了，没想到突来的地震让乏味的晚宴横生出那么多趣事。想着又饶有兴趣地向窗外看。

对面砖石相间的高大城墙上面镌刻着姿态各异的游龙、飞凤、流云等诸多精美的图案，这些图案在灯火的照耀下栩栩如生，宛若真龙在空中盘旋，凤凰在云间遨游，景象蔚为壮观。往西看，宏伟的城楼，高峻的屋角，彩绘的栋梁，层层排列的椽子，琉璃的屋瓦，一种华贵、精美的气势，震人心魄。城楼的金匾上以瘦金体书写着三个大字“宣德楼”。城楼上挂着的红丝灯笼，把城墙照成一片橘红色，就在暖红灯光笼罩的城墙上隐约能看见一些浮动的人影。她们穿着紫罗黄缎，看上去如云端的仙子。一个身着红色翟衣的女子走到城墙边，若有所思地独自站着，好像在往城下看神态却是漫不经心。她们是谁？我疑惑地看着，虽然距离较远，看不清楚，但还是深深地被那张模糊而又清秀的脸庞吸引，直到身旁女孩儿拉我下楼，目光仍凝望着城上，久久不曾离去。

第二天，我决定离开章重，原因是寄人篱下使我很不舒服，我想找到姐郑澜，可这么大的京城要找个人却也不是个容易的事，不论怎么找首先要在城里安顿下来。我想我是独立的，在章重这儿，总觉得别扭，况且他的那一套习惯我也不喜欢，反正已到了目的地京城，剩下的事就靠自己了。于是跟章重说明，章重苦苦相留，见我决心已下便也不再勉强，告诉我今后有什么困难随时都可找他，知道我是从漠北草原来的，去寻家人便对我说：“去都亭驿问问，或者会有所收获。”

我辞别章重，背上行李出了熙熙楼客栈，脚踩在大地上，心情特别地舒畅。这是一个晴朗的清晨，太阳还没升起来，天空一片湛蓝，昨夜的一场细雨让空气格外清新，几只盘旋在街边垂柳上的小鸟儿欢快地啼叫着。这些鸟儿在嫩绿的柳枝间穿梭、追逐，清脆的叫声回响在耳边，我的心情也不由得像这些无忧的鸟儿一样欢呼雀跃起来。

街上的人不多，多是一些赶着鸡鸭、猪牛进城的农夫，也有推车、挑着担子的菜农。街边的一些卖早点小吃的店早已忙碌开了，我掂掂自己的衣袋，里面还有几块铜板，于是就在卖早点处买了几个梅花包子，向小二打听到都亭驿地址，便一边吃包子一边寻了过去。

都亭驿离熙熙楼客栈很近，就在街对面，没走几步就到了。可现在大门紧闭，这是个官办的外事机构，接纳招待各国的使臣，我在门外站了一会儿不见人出来，就走开了。心想先去四处转转一会儿再回来打听姐的下落。于是我向西走，一边走一边品尝着梅花包子的美味，这其实就是一种小肉包子，但里面的灌汤鲜香而不油腻，确实好吃。在漠北的草原我从没尝过如此美食。两边的街铺多数刚刚营业，我一直向西走，大约走了四里地的样子，前面一条南北贯通的街道横在眼前，街面足有四十多丈宽，青石板铺地，两侧立着四尺高的黑漆木栅栏，栅栏外是过往的行人。我顺着栅栏往南看，路的尽头是一个大广场，广场四角立着雕满飞龙的汉白玉的柱子，南面矗立着一座高大的城楼，我问身边过路的行人："这是什么地方？""你是外地刚来的吧？这是御街，前面就是朱雀门。"朱雀门？我小的时候曾听爹说过的，难道这就是吗？我又向南看了看，朱雀门比其他的城门要大，一抹初升的朝阳把城楼向上翘起的飞檐一角染成了金黄色。此时街上的行人也多了起来。熙熙攘攘的人群中一些挑着担子卖货的小贩连声吆喝着，担子上的货物五花八门，五颜六色，花花绿绿。

太阳已经升起一人多高，整个京城在骄阳的照耀下，就像一盆坐在火炉上的清水慢慢开始沸腾。我不想再闲逛了，赶紧去都亭驿，于是往回走。当我转进一个小巷的时候，脚下忽然被什么东西一绊险些摔倒，我站稳定睛一看，面前巷子里突然横出三个跟我年龄相仿的少年，挡住了我的去路，而我身后也站着一个。那三人并排站着把巷子堵得严严实实，中间一个叉着腰，旁边两个人一人手里拿着竹竿一人手里握着匕首，我立刻认出他们就是买药那天路上碰到的那几个泼皮，中间那个就是眼睛很亮的头目。我不想惹是非转身要往回走，而身后那个人贴身过来挡住我的去路。就在这僵持的瞬间站在中间的那个人说话了："小子，刚来的吧，知道城里的规矩吗？"我说："什么规矩？""这是老子的地盘，把银子拿来算你识相。""我没有，有也不给。"我转过头直截了当地回答。"那就别怪我们动手了，兄弟们上。"他一挥手，几个泼皮扑上来就抢我背的行李。我紧紧抓住行李跟他们厮打起来。

平心而论，一对一单打独斗他们未必是我的对手，可他们几个同时出手我可就抵挡不住了，况且他们手里都有家伙。他们边打边说："小子，还敢还手。"我见打不过转身推开挡在我身后的那个人就往巷子外面跑。

我撒腿跑到街上，这是南门大街，街上人来人往，我躲避着迎面而来的人群，翻身跳过小商贩推着的太平车，而身后那几个泼皮紧追不舍。后面被撞倒的行人生气地骂街，道两旁的人都一脸惊诧地看着一路狂奔的这几个人。我不认识路，乱闯一通，我转过街角，应该是向南吧，跑过昨天上船的地方，我向前看远远地一座城楼在路的尽头。这条南北的街上人更多，拥挤的街道让我无法前行，也就在这时，几个泼皮包抄过来，把我围在中间，一场撕斗又开始了，行人不知道发生什么事，只当是一群年轻人在群殴，在街面上立即分流出一块圆形空地驻足围观。

我手里没有一件可以用来抵抗对方进攻的东西，赤手空拳跟他们打在一起，好在我的体力还不错，几个回合下来，虽然胳膊被划破了，身上也挂了彩，但我的拳头也在对方脸上留下深深的印记。以一挡四，并没有被那几个泼皮打倒，围观的人群开始为我叫好。几个泼皮并不想恋战，他们只盯住我的行李。在对峙的片刻，我用余光扫了一下周围，四周聚集的人越来越多，男男女女，花花绿绿的一片，就在我稍有分神的片刻，一个泼皮飞出一脚踹过来，我躲闪不及，正中我的胸口，我趔趄着向后退步，他则顺势把我的行李拽了过去。失去重心的我向后倒去，压在围观的人群身上，手在人群中慌忙间触到一个硬物，情急之下顾不了那么多，伸手抓在手里，向那个泼皮砸去。那泼皮得了行李正把它抛给同伙儿，只知道我倒了下去，却没料到赤手空拳的我忽然间手里多了个物件向他砸来，他刚要撤身却只听见啪的一声怪响，木屑飞溅，正砸在他脑门上，他晃了晃身子便倒了下去，其余几个同伙儿见状，抱着行李转身就跑。我在众人一片惊诧的目光中，拎着手里剩的半截物件直追过去。

那三人像兔子一样在纵横交错的街巷和熙熙攘攘的人流中钻来钻去，我穷追不舍，跑过一个个街口，穿过一道道小巷，三人开始分开逃去。而我只盯住那个拿行李的泼皮，再到后来前面那个泼皮累得气喘吁吁，看我还没有放弃的意思，便把行李往地上一丢，转身钻进熙攘的人群里。我也累得上气不接下气，蹲下来拾起行李，靠在街边的墙根大口地喘气。我打开行李，看东西少了没有，我一件一件地找着，忽然发觉别的东西都在唯独师傅给我那张画不见了，那是师傅给我唯一的纪念，我急了再往泼皮逃走的方向看，想再找过去，来来往往的人群中却哪里还有他的影子。

我拎着手里的那个“武器”背着行李气喘吁吁地跑回刚才打架的地方，希望能从被我打倒的那个泼皮口中查问出点什么。当我回到那个地点的时候，围观的人群早就散开了，地上也没躺着什么人，那个被我打倒的泼皮早已不知去向。而站在原地的却是一个姑娘，十六七岁的样子，一双宛若秋水的眸子，明亮中带着一丝狡黠，她盘着小髻发，一身粉色石榴裙。四目相对，我认出来了，是昨晚长庆楼那个姑娘，而她好像早认出了我，像是在等什么人。她怎么在这？我有些纳闷，看她手里拿着的被我砸烂的半截琵琶，再看看我手里不知是什么的物件忽然明白了，我手里的是琴杆，跟她手里的原是一个，原来我情急之下拿的“武器”竟是她的琵琶。怪不得砸在脑门的声音听起来那么怪呢。我有些抱歉地看着她。我站着不动，眼神片刻地交流，我从她闪动的目光中读出某种询问与关切，我心领神会地冲她笑了一下，她看我无恙也笑了，随即走到我面前举起残破的琵琶仰着头说：“真没想到，在这又碰见你，看来你对琵琶的见解还不仅仅只在音乐方面。”“比如？”我顺着她说。“发挥它的另一种作用。”我也笑了。“而且我也弄明白昨天你给我的建议。”“建议？”“什么叫力度。”我也笑了：“我不知道是你站在那里，我会赔给你一个新的琵琶。”她开心地笑着，笑得很灿烂：“好啊，你叫什么？”“郑灿，你呢？”“谭婷婷。”

她叫谭婷婷，而我更喜欢叫她婷婷，似有亭亭玉立的意思。我告诉她刚才事情的经过，她告诉我京城闹市常有一些泼皮无赖，要小心，问我丢了什么没有，我沮丧地叹了口气：“师傅给我的一张画没了。”我们边说边走，不知不觉到了一间茶坊便邀她一起上了二楼，要了些茶水。她跟我讲每天上午都要去樊楼。今天刚走到这里，便被拥挤的人群卷进来，本以为是街头卖艺的，却发现里面是我在跟几个泼皮打架。“你一人跟四个打，当时还真替你捏把汗。没料到你倒把那几个人打跑了。”“这还多亏你拿着琵琶站在旁边暗中相助。”我给她沏了一碗茶问，“你在京城就一个人？”“嗯，不是。”她看着我询问的眼光喝了一口茶，开始打开话匣子：“很小的时候母亲就死了，是舅舅把我带大。听舅舅讲我们原本家在云南，父亲任过当地的县令，期满后调任到京城，返京途中父亲染病而亡，此后家道败落。七年前我便随舅舅舅妈来到京城谋生，后来家境困难，舅妈在官宦人家给人当厨子，我就去樊楼讨生活。”

“你呢，来京城做什么？”“来找我姐，两年前姐逃婚跟完颜皓跑到中原来了。后来家里出了事，听别人说姐到了京城，我就一人来这儿找她。”婷婷听罢点点头：“找到了没有？”“我刚到京城，现在还没有。”“京城这么大，你打算怎么找？”我摇摇头：“不知道。”说到这儿我突然想起还要去都亭驿去打听，一看天色已经下午了，婷婷见我面露焦急便问：“怎么了？”“我本来今天早晨要去都亭驿打听我姐的去处，没想到出了别的事，给耽搁了。”婷婷一听摆了一下手：“那驿站只接待官方的使臣，民间百姓的来去他们管不管很难说。”那我该怎么办？我心里想着，婷婷说慢慢来会有办法的，先安顿下来吧。于是在她的帮忙下就在浚仪桥南街附近找了个农家，租了间厢房，暂时安顿了下来。由于我身上钱不够，房租还是婷婷替我垫付的。她跟我忙里忙外，说实在的当时心里对她真是感激至极，尤其是临走的时候她跟我说一有空就来看我，从她的眉眼当中我还是隐隐感觉到了点什么，说不清。可能是对我的某种好感吧。

十五

夜深了，我独自躺在土炕上，双手枕着头，眼睛睁得大大的，看着房顶发呆，一丝月光透过窗栏照进屋里。外面街上仍是人声嘈杂，京城的夜市热闹非凡，可此刻的我对着繁华的夜市却丝毫不感兴趣，我知道思念亲人的心又开始隐隐作痛。我又不禁想起亲人，回想起以前在草原上一家人围坐在火堆旁，听爹娘讲起中原、京城的各色新鲜事，当时兴奋得不得了。现在我来到了家人朝思暮想的京城，可身边却没有了他们，短短两年已是物是人非，只剩下我一个人孤孤单单的，心里蓦然感到一阵寂寞。姐还不知下落，她临走时说可能去京城，可京城的人浩如烟海，找她如大海捞针，该怎么办呢？我就这样想着想着，在不知不觉中睡去了。

第二天一早我就在城里转，希望能找份差事。现实摆在我面前，要在京城找到姐，首先要在京城生存下来。我去了几家铺子，人家说我当地话讲得不流利，不愿雇我，无奈地转了半天一份差事也没找到，倒是有个店主让我去运河沿岸看看，在那里临时当个搬运工还是不难的。果然我在漕运码头找了个搬运货物的力气活，管事的见我年纪不大，还是外来的，便给我压价，别人一百六十文一天，我却只有一百四十文钱一天，其中二十文给他当好处费。没办法我也只有干了，一天下来累得筋疲力尽，回到家里倒头便睡，几天下来便有些坚持不住了。

婷婷傍晚来我的住处，见我躺在床上无精打采的样子很奇怪地问道：“几天不见你，人怎么瘦了一圈？”再看看我那有些发肿的胳膊便猜个七八分了。她给我烧了些热水用毛巾沾湿敷在我的胳膊上，然后给我轻轻地按摩。我有些过意不去地看着她，她冲我笑了笑说：“没关系，以前在乡下老家什么活儿都干，舅舅累了的时候我也常常给他揉，你只要放松就好。”婷婷用力恰到好处，让我感到很舒服，看着她低着头一脸认真帮我解乏的样子，忽然我想问她为什么对我这么好，可犹豫了一下终没有说出口。我想了想说道：“婷婷，你的琵琶跟谁学的？”婷婷抬起头用手拢了一下垂在前额的一缕秀发：“跟舅舅，从小就开始学了。这几天你都在干什么？”“在码头干一些力气活。”婷婷沉默了一会儿又问：“你姐姐有消息了吗？”“还没有。”“想她吗？”我点点头。“你先别太急，我也在托人给你打听。”听到这里我抬头看着婷婷。来到京城后她是对我最好的人，我虽然不喜欢欠别人什么，但也不是不近人情，尤其在这举目无亲的京城，一点关心都会让我倍觉温暖，因此我的目光中充满感激之情。四目相对时，再一次从她眼睛里我读到一丝令人心动的温柔。

婷婷的表情让我感觉到一股男女之间淡淡的情愫在我们之间默默地扩散，但是我心里清楚对她的只是感激，这在我看来对她似乎有些不公，可我对晚秋的情感似乎无法让我再去喜欢某个人。我不想伤害她，这让我的心里有些不安，思考之间我试图给自己找个适当的理由：“或者人家对我这个外乡人只是多关心一些罢了。”我这样对自己说。想到这儿我心里坦然多了，片刻的沉默，见我不语，婷婷问道：“你学过画画，是吗？”“你怎么知道？”“谁出门在外会带着画呢？”“是的，以前跟师傅学过。”“京城有好多画画的人，最有名的画师集中在右掖门外的翰林图院。他们是宫廷御用画师，都是有俸禄的。如果你画得还可以，找一份事做，不必那么累。”“是吗？还有这种差事？”我心里一阵惊喜，一说到画画我来了精神便跟她侃侃而谈，婷婷侧过头看着我说：“画画，我不太懂，你先养好身体，闲时咱们可以去看看那些画家的画。”我连连地点头。

几天后恢复体力的我如约跟婷婷一起去看画。婷婷带我去的地方是我从前从没听说也没去过的。沿着御街，过了朱雀门一直再向南，穿过柳荫遮蔽的官道，跨过宣泰桥便到了太一宫、佑神观和明丽殿。它们坐落在路的两旁，里面三三两两的游人，让人感觉不像在市井里那番热闹。就在这曲折回转、碧池朱廊的建筑群中信步穿行，眼前闪过的是一座座亭阁楼台，水榭桥梁，一些宏大的宫殿被翠绿如烟的垂柳遮掩，偶尔露出一角的飞檐很快又被突然冒出的假山、怪石遮挡，让人在行进中目不暇接。而一旦走进那些宫殿，一座座回廊里，墙壁上，一幅幅精美的壁画如此真切地呈现在眼前，让人如入幻境。映入眼帘的有的是仙道神话，有的是飞禽走兽，有的是树石山水，无不栩栩如生。婷婷虽说自己不懂画，却能娓娓道出每幅画的出处，甚至能说出一些画家的名字，什么燕文贵、高怀节等。我听了心里不禁暗暗佩服，我在这方面还不及婷婷一半知道的多。看来自诩会画画是有些夜郎自大了。这些中原人虽说未必个个都是丹青高手，但在常年的熏陶中也必是眼界很高。我看着婷婷如数家珍地给我讲述，心里不住地赞叹。

我们穿过一道拱门，来到一座大殿前，人多了起来，很多人在燃香祈福，空气中弥漫着檀香的味道。婷婷拉了我的手，买了几炷香便要我一起在神像面前跪下祈愿。她煞有介事地看着我嘱咐我说："对神灵一定要心诚，心愿不要说出来，自己知道就好。"说罢就像其他人一样双手合十，闭目膜拜，样子极为虔诚。我学她祈完愿后，她问我："你祈的什么愿？""不是不能说吗？""你可以告诉我。""那你先告诉我你祈的是什么愿！""我不说，"她拍了我肩膀一下，"人家是认真的。"我说："你又不是神仙，告诉你岂不是不灵了。"正说闹着背后忽然有人叫了一声："婷婷。"我俩不约而同地回头看去，是一个五十多岁的妇人，身穿一身浅灰的背子。我正纳闷是谁，而一旁的婷婷却叫了一声："舅妈。"

来人正是婷婷的舅妈，婷婷给舅妈介绍我，我忙施礼道安。舅妈人很和气，没有说什么，只是说到寺里给神灵烧香，保佑家人平平安安。婷婷嘱咐舅妈多注意身体，等这阵子忙过去，家里人聚聚。两人简短地说了几句，舅妈就走了。

我问婷婷："你平时不回家吗？"婷婷点了点头。正说着一声惊雷从翻滚的云层中传来，天空不知什么时候开始变得阴云密布，要下雨了，众人皆四散离开。我也拉着婷婷往回跑，穿过朱雀门的时候天上开始飘下雨点，一阵阵潮湿的凉风也迎面吹来，卷起的尘土跟满地的狼藉四处乱飞。我住的院子就在州桥西面的河岸边上，跑上州桥的时候雨开始大了起来，雨点噼里啪啦打在衣服上不断地往里渗，衣衫贴在身上顿时感到凉飕飕的，桥下的河面被雨点击打得如沸腾的开水。我拉着婷婷三步并作两步跑到家门口，刚进门外面大雨就倾盆而下。我们俩坐在炕沿喘着气，虽然没被大雨浇到，可身上也都是淋湿了。

到了家里婷婷仍没忘我祈愿的事，再三让我说出来，我被逼无奈，便对她说："你先说出来。"婷婷摇头不肯，我其实祈愿的是早日找到姐姐，我虽不迷信，但也抱着一线希望，觉得万一说出来怕不灵验了，于是想跟她开个玩笑，就半真半假地对她说："我的愿望是跟你永远在一起。"正在推搡我的婷婷听到我说出这句话蓦然定住了，她睁大眼睛看着我："你知道我祈愿的是什么吗？"我摇摇头。"是跟你在一起。""真的吗？这么巧。"我故意惊奇地说。而此刻婷婷双手却紧紧地抓住了我的肩膀，指甲都快陷进肉里面了，看着她动情而认真的样子，我不知该说什么好。我挪了挪肩膀，让她的手松了松，见她如此地认真心里后悔跟她开玩笑了，而婷婷愣愣地看着我，被雨水打湿的衣衫紧贴在身上，衬托出她玲珑的身材，微微泛红的面颊跟上翘的嘴唇让她看起来如同一朵待放的鲜花。霎时间我感觉婷婷身上散发着一股魔力，一种令人无法抗拒的魅力，也许是在市井中生活的缘故，这种魅力更多表现出来的是率真跟火辣。她不同于蔺晚秋的灵动而清秀，给人的是一种浓艳而火热的感觉，至少对我是这样。我心里把她当作妹妹看待，知道刚才的玩笑有些过头了，便转回头看着大门不再说话。

外面的雨慢慢地小了，雷声阵阵却也携着乌云渐渐远去，天空也明净了起来，我站起身打开门，屋里顿时亮了不少。雨虽然已经停了，但屋顶的积水仍顺着房檐不住地往下滴。我看着房檐，雨滴在重力的作用下不断聚集，形成一个渐渐变大的水滴，水滴被墙外刚刚生长出来的嫩绿色的枝条映衬着，折射出带有淡绿色彩的光泽，就像一个个晶莹剔透的翡翠，不住地垂落。雨后的空气清新而湿润，院里的青石板被雨水冲刷得干干净净。我站在门口回头看婷婷，见她正在脱外衣，婷婷抬头看着我说："你把外衣也脱下来烤烤吧。"我说："不用了，反正也快干了。""那你帮我生个火吧。"我很快把屋里的干柴准备好，点燃，婷婷把外衣脱下在火堆上面烘烤，我没事可做，便坐在院子里的木凳上看着我住所周围的环境。

不大的小院里两侧是样式一样的青瓦厢房，只不过对面房门紧闭上了锁，不太高的围墙外面即是喧闹的街市，路边一棵参天古槐从墙外伸进来，在院子上方高高地展开繁茂的枝杈，就像在空中撑起一把巨大的雨伞。我打开院门，街上一群孩子在玩一种球，后来我才知道那个叫蹴鞠，沾满泥水的球在孩子们的脚下踢来踢去。天空中一束明亮的阳光斜斜地穿过云层把桥身跟河面照成金橘色，而远处阴暗的天空隐隐还能听见隆隆的雷声。街上零星的有些赶路的行人，我听见婷婷在院里喊我，便关上院门，转身回去。

婷婷已经把烤干衣服换好，站在院子里笑盈盈地问我好看吗，我正准备如她所愿夸奖一般，突然身后的门被猛地撞开，一个人闯了进来，我也被他撞了个趔趄向前冲去，直冲到婷婷面前，还没等我转身看清楚是谁，那人已经跑过来一把勒住婷婷的脖子，手拿着匕首指着我说："小厮听好了，一会儿有人追进来，别说我来过，说错了她就没命了。"说罢拖着婷婷进了屋，咣当一声用脚把门关上了。突如其来的变故让我有点发蒙，以至于那人长得什么样子都没看清楚，我大脑飞快地运转着，努力让自己镇定下来，不住地对自己说："婷婷被人胁迫当人质，一定要保证她的安全，先稳住那个人。"想到这儿我控制好自己的情绪赶忙关好门。这时外面响起一阵急促的脚步声，门又被撞开，几个身穿官服的捕快冲进门来，其中为首的是一个四十来岁的捕头，他提刀立目环顾了一下四周喝问："看没看见有人进来？"我连连摇头："没有。"捕头看见我身后的房子，目光中充满了质询，看样子要准备进屋搜查，我暗叫不好。恰在这时院外面的捕快在喊："那边有人跑过去了。"捕头瞟了我一眼，然后挥了一下刀对手下说："快追。"说罢一行人又冲回到街上，急匆匆地奔西而去。我见他们跑远了赶紧把门关好，急忙叫躲在屋里的人出来。

那人见我开门后，确认没有危险才甩手放了婷婷，另一只手里仍握着匕首。此刻我才看清这个闯进来的人年龄跟我差不多，个头略比我高，见他跨出了屋子，四处看了看回过头对我和婷婷做了个手势，指了指嘴又晃了晃刀子，我明白他的意思让我们嘴严点。我连连点头，就在这时我看他感觉他有些面熟，突然我想起来了这个人就是那天抢我行李的泼皮，他是其中的头儿，而此刻那人也认出了我，他也有些意外，不过也不搭话，翻身越墙而出，消失得无影无踪。

我赶忙问婷婷伤着没有，婷婷毫发未损。悬着的心刚放下，门又被推开了，那帮捕快又折了回来，再次冲进了院子搜了又搜，没发现什么，正准备撤走，我趁机问那个捕头到底在找什么人，那个捕头睇了我一眼说：

“我们在抓盗贼。这几个人都是京城的泼皮，前几天在界身巷偷了当铺的钱，被我们抓住收了监，可其中一个头目今天越狱逃跑了，刚才追的就是这个人。见到此人一定要报官啊。”我连忙说：“是，怎么称呼您？”旁边一个捕快接过话说：“他是我们衙门里的曹捕头。”曹捕头率众风风火火地走了，我跟婷婷则愣愣地站在院子里半天没说话。忽然我想起一件事来，忙跟婷婷说：“我刚才忘了问捕头被缴的赃物里有没有师傅给我的那张画。”婷婷看着我摇摇头用略带遗憾的语调说：“这些人，手里一般不留货，恐怕早就出手了，希望不大。”我坐在凳子上半天无语。

几天后婷婷终于从都亭驿打听出姐的消息，她托一个叫小好的姑娘来告诉我，那个姑娘是跟婷婷在樊楼一起弹琴的姐妹，比婷婷略小一点的样子。婷婷让小好带我到樊楼找她。我们到了樊楼，叫出婷婷一起去了都亭驿，在驿站找到那个当差的小吏。他告诉我们去年曾见过一对漠北来的男女，女的是叫什么澜，男的记不清了，我形容了一下他们的相貌，小吏回忆起来了说就是他俩没错，可以认定姐他们俩确实来了京城。不过当我再问小吏他俩的去向时，小吏摇摇头说：“我们只见过一面，如果不是他们带来的那只海东青，恐怕也没那么深的印象。”“海东青？发生了什么事？”我问。“嗨，离这条街不远有家鹰店专门接待各地过往的贩卖鹰隼之类猛禽的客商。那日骑着高头大马的二人进得城来，那男的肩上的海东青真是好，很快就被贩鹰的老板盯上了，拦下马非要买不可，而附近常有一些达官贵人出没，不乏有些爱玩鹰的，其中一个官员也看上了这只鹰。能在京城混的都是手可通天的人，谁也不示弱，两拨儿人争执不下，竞相抬价，可那人说自己不是贩卖鹰隼的商人，海东青不卖，惹得街上人山人海的人来围观，最后还是官府出面解决的。”“官府怎么解决的？”小吏摇摇头：“那就不知道了，反正从那后，我再也没见过你们找的那二人。”

我跟婷婷谢了小吏往回走，虽然没找到姐却也不是一无所获，至少知道姐曾来过京城，说不定还在城里呢。我边走边想以皓哥的脾气说什么也不会卖那只海东青的，不过没什么生存技能的姐跟皓哥在京城靠什么生活呢？婷婷见我沉思不语问道：“想什么呢？”“姐她现在会不会在城里呢？”“哎，发什么愁嘛，既然他们来过京城，肯定还会有人遇见过他俩。我京城认识的人也不少，发动起来给你找，还怕找不到？今天就是个好例子。”被她这么一说我心情也明朗起来，对于她心里更是多了一份感激：“你这么帮我，都不知道怎么感谢你了。”婷婷斜了我一眼：“还挺客气，要谢也容易，你也帮我做一件事。”“什么事？”

这时婷婷拉了我一下，把我拽到街边，我纳闷地顺着她的眼神往后瞧，见一列驼队正朝我们这条街走过来，行人纷纷躲闪，有的驻足观望，四五个在市井里戏耍的孩童跟着驼队后面又跳又叫。那些骆驼脖子上系的铜铃“叮叮当当”发出清脆的响声，老远就能听见，驼峰上载满了大包的货物。这一只只高大的骆驼被几个异族装束的人牵着，他们留着长长的胡须，经过我们身边时能闻到很浓的体味。我捂着鼻子对婷婷说：“他们大概是西域的人吧？”“对，应该是大食或者于阗人，他们在京城被称作色目人，你看他们的眼睛呈灰蓝色或红褐色。常年往返于京城与西域之间做生意。”“你对他们这么了解？”我问。婷婷自顾扭头看着骆驼没有应答。“这会儿他们怕是应该去驿站了吧？”她看着走远的骆驼队漫不经心地回答。“到底你让我做什么呢？”我小心地问，婷婷把头转过来说：“你先答应我。”我轻轻地点点头：“没问题，说吧，什么事。”“明天你就知道了。”婷婷侧头边笑边说，卖了个小关子。

离开婷婷时，她硬塞给我钱。婷婷知道当时的我几乎身无分文。我揣着钱整个下午都在转悠，希望能找个差事干。当然码头不会再去了，但是我清楚再找不到活干，我可能真的在京城待不下去了。虽然婷婷说画画可以赚钱生活，可我想在这高手如云的京城靠画谋生不是那么容易。这些日都是婷婷在周济我，可一想到七尺男儿要靠别人救济来生活心里感到说不出的惭愧，我一定要把婷婷借我的钱还上，我不想亏欠婷婷什么。

市井中的小巷人来人往，纵横交错的街巷让我几乎分不清方向。来京城有些日子了，可仍没逛过这偌大的京城，应该说在街上每时每刻我都有新发现，数不清的寺庙道观，看不完的瓦子勾栏。那些层出不穷红绿相间的建筑时时都会让我耳目一新，虽然这里除了让我惊诧之外还能满足我的好奇心，但我无心看周围的一切。我盲目地走过一个个路口几近迷路，还好站在十字路口，往四周看，透过层层的楼台屋顶跟道边葱绿的垂柳都能看到一座高高矗立的铁塔，那是城北的方向，这几乎成了我的指路灯。可惜逛了一下午仍没什么收获，傍晚的时候拖着疲倦的身子回了住处。

进了院门，来到院里，发现对面一直紧闭的木门竟然开着，里面黑漆漆的什么都看不清，我不由得心里一惊，莫不是又来了盗贼？于是顺手从墙根抄起一根木棒，擦着墙根蹑手蹑脚地靠近门口。不一会儿门里出来一个人，我举起木棒正准备来个突然袭击，而好像听到什么动静那人一回头跟我打了个照面，他愣愣地站在原地躲也不躲，像一座雕像，而当我看到那人的脸，拿着木棒的手终没有落下去。

这是一个五十多岁的长者，个子不高，人很瘦，灰白的胡须，脸上的皮肤红中带黑布满了皱纹，而那双看着我的眼睛流露出的淡定与儒雅明白地告诉我这是一个有学识跟修养的人。我缓缓放下举在手中的木棒："您是？"长者谦卑地拱了一下手，我还礼的同时看见他那双关节突出的手很粗糙，这又让我很惊讶，一个貌似读书人的长者怎么会有如此粗糙的双手呢？我用充满疑虑的眼神上下打量着他，长者扬了扬眉说："我就住在这里，不常回来。""我是刚搬过来的，不认识您，别见怪。"长者又和气地点了一下头，便回屋去了，随手关上了门。

晚上我的蜡烛用完了，屋里除了淡淡的月光四周漆黑一片，而对面的屋子透过纸窗，能看见里面的灯光。他家有蜡烛，我心想这个人怪怪的，他是干什么的？心里充满了好奇，于是想看个究竟，便起身来到他的门前礼貌地轻敲了三下。门"吱呀"一声开了，长者站在我面前，我怯怯地说道："能否借支蜡烛？"长者点了点头，转身去屋里拿，我趁机往屋里看，见灯光下里面陈设倒也很简单，只是靠墙角架子上摆满了各式各样的瓷瓶，在幽暗的光线下特别显眼。它们擦得很光洁，颜色深浅各异静静地摆在架子上，在烛火笼罩下反射着微弱的光。我很奇怪这些瓶子是干什么用的，也不好问，正在这时长者点燃了一根蜡烛给我拿了过来，我在接过的同时看见他的脸被亮光由下而上照到，由于被五官遮挡而形成参差不平的阴影使他面部看起来很狰狞，我着实吓了一跳，赶忙道谢跑回了屋里。

早晨婷婷来找我的时候太阳刚爬上树梢，而当我们离开的时候对面那家门仍然紧闭。我跟婷婷说笑着出了门，边走我边给她讲昨晚遇到的这个人，婷婷听罢她的看法是不必大惊小怪，大千世界无奇不有嘛。婷婷那天心情很好，我也被她的情绪感染着很快就把这事忘到一边了。于是问她："我们这是去哪儿？"婷婷头也不回地说："你就跟我走吧。"她仍守口如瓶。那天天气有些热，虽然刚过五月，却感觉盛夏好似提前来临，骄阳像悬在头顶上的一座火炉，烤得一丝云彩都没有的天空就像蒸笼一样令人透不过气来。路边成行的垂柳无精打采地在微风中摇动着被太阳照得油亮油亮的嫩叶。远处顺天门城楼上金色的琉璃瓦闪耀着点点粼光，彩色的雕梁画栋距离太远显得模糊不清，但炫目的主色调仍然让它在成片的高低错落的青瓦屋顶面前透出一股贵族般的华丽与威严。

婷婷穿了一身淡绿色开襟长袖罗衫，粉色的抹胸掩在高腰宽褶石榴裙下，罗衫在阳光下反射着丝质物特有的光泽，配合着脖颈边晃动着的精致耳环，显得端庄而又不失俏丽。我忍不住对婷婷说："你今天打扮得和以前不一样，很耐看，我在你旁边就像个跑堂儿的。"婷婷咯咯地笑着："你真会说笑话儿。"我们边走边聊出得顺天门，沿着官道一直往西，路上行人如织，快到万胜门的时候，前面的人忽然多了起来，行人纷纷闪到路边，我正觉得纳闷，迎面走来了一群人，我一看头里的正是风尘仆仆的曹捕头。

我正要考虑跟他打不打个招呼，却看见他身后的捕快正押着一个戴着手铐的犯人，一边走一边推他的后背。我一看那人大吃一惊，那人就是抢我的行李，拿刀挟持婷婷的泼皮，他被逮了。我立刻想到了那天跟曹捕头撒谎的事，心想他被捉住了会不会供出我来，想到这儿头上顿时冒汗，眼睛立刻避开曹捕头装作没看见。那个泼皮倒是昂首挺胸，一副坦荡的样子，不知怎么他却一眼看见了人群中的我跟婷婷，竟侧过头看着我俩，还煞有介事地向我们这眨眨眼，笑了笑，那轻松的样子完全不像在押的犯人，好像在散步跟熟人打招呼。他这样一弄，我倒感觉满脸通红，好像犯错似的，赶忙把婷婷拉到里手，低头匆匆而过。耳边尽是行人断断续续的议论："这小子终于给逮着了，听说偷了银铺不少钱呢。还是越狱逃出来的。据说是出城的时候被抓的。"我走出去了老远仍忍不住回头看他，不知怎么的，刚才很佩服他那份旁若无人的泰然自若。他跟我的年龄差不多，换作我恐怕做不到他身处险境还那么悠然自得。虽然他抢了我的画，如果是一副畏畏缩缩的可怜相，我必是大快，可他偏偏是刚才那副坦荡的样子，心里无端地对他的被捕感到有些惋惜，竟也不怎么恨他了。我正胡思乱想，那边婷婷已走了很远，赶紧追了过去。追上婷婷后我问："刚才你看见那个泼皮了吗？"婷婷点点头。"我刚才觉得他那样子真的挺有趣的。"婷婷见我这么说，用好奇的眼神望着我，好像不认识我似的笑着说："你没事吧？"我又自顾地说："看他的样子总感觉与别的泼皮不一样，好像把偷东西当作一种乐趣，丝毫不觉得内疚，挺有意思。"婷婷摸了摸我的头发说："疯了。"大步向前走去，我落下好远连忙叫："等我。"

十六

出了万胜门，穿过密布在城周连片的屋舍跟纵横的街巷，我来到了郊外。开阔的视野一反城中的燥热与喧闹，连太阳好像都不那么刺眼了，扑入眼帘的是诗意融融的田园景象，一层淡淡的雾霾浮在成片的农田跟零散的农舍上方，恰如其分地过滤掉了乡间田野那过于浓重的绿色，猛然一看就像一幅褪了色的青绿山水画一般让人感到无限的恬淡与释怀。一条宽阔的大河由西向东穿城而过，河堤的北坡上长满了成片的杨槐树，林木繁茂，透过树木的间隙能依稀看见农夫牵着耕牛在田间劳作。靠岸的河水里已生长出葱绿的苇子，浓密的苇丛里，河蛙无休无止的叫声此起彼伏，连着偶尔传来的两声牛叫，让人感觉郊外的田野一片生机勃勃。我跟婷婷走在堤上，用手不停挥打着一些围着我们嗡嗡直叫且绕来绕去的飞虫。

我们顺着高高的河堤走了一段。河堤弯弯曲曲一直伸向视线不及的远方，堤北面望不到边的田野让人感觉像是挂在空中的一幅画，平静而安详，那一成不变的绿色犹如被阳光给凝固一般，再往东看，一片开阔的水域伴着波光粼粼的湖水却又接踵而来。波光荡漾的水面反射着刺眼的强光，让人睁不开眼，恍惚间看见岸边亭台楼阁，绿柳环抱。我手搭凉棚问婷婷：“这是哪里？”婷婷朝着水面的方向扬了一下下巴跟我说 ：“这是金明池，离我家不远了。”“你家？”“我们要去你家？”“是啊。”婷婷用手指了指西南方向。我突然隐约感到婷婷要我帮的忙一定跟这有关。也没有多问，便跟她一起走。太阳有些偏西的时候，我们下了堤坡，往南，一块凸起的丘原上零星地建着几间农舍，其中一家建在坡顶上，东临碧波荡漾的金明湖，周围是成片的杨树林。婷婷奔着这家径直走了过去。

我们登上不是太高的土坡，呈现在我们面前的是一座用篱笆围起来的农家院落。瘦高的门是简单的几个木架搭成的，上面覆着稻草，从敞开的门口往里看，满院的迎春花扑面而来。盛开的朵朵黄花把层层枝条都压弯了，几只蝴蝶在花丛中飞舞，后面一排是茅屋，厚厚的茅草把房檐压得很低，沉沉的样子似乎要塌下来。婷婷穿行在院子里就喊：“舅妈，我回来了。”几声喊过去仍是那个在庙里见过的妇人从屋子里迎了出来，面带慈祥，体态丰盈 。亲切的问候间大家打过招呼，趁舅妈去厨房做饭的时候，婷婷拉了我的手去了正堂。那是一间略显暗淡阴凉的房间，屋里面的陈设很简单，靠墙是一张木床，一张简易的木桌 ，当中几把椅子。其中一把椅子上坐着一个人，身材魁梧，可是显得很消瘦，五十开外的样子。屋外的阳光照在墙上，让本昏暗的房间多少明亮了些，那人双手搭在椅子扶手上，整个人埋在阴影里侧着头看我们。

“这是我舅舅，这是郑灿。”婷婷介绍着说。我赶忙施礼：“舅舅，你好。”舅舅点了点头，指着椅子让我坐下。婷婷却说：“舅舅，趁着天气还好，咱们还是到外面坐吧。”“也好，好久没出去了。”“舅妈，来抬舅舅。”婷婷回头喊了一声。我这才注意到上身自由活动的舅舅腿却一动不动。舅妈过来跟婷婷一起抬椅子，我上去帮忙，舅舅对我说：“几年前得了场风疾，这腿从那以后就不能动了，这些年没少麻烦她们娘儿俩，今天辛苦你了。”“没什么，您客气了。”我说。

屋外清风徐徐，夕阳西下，院子里盛开的黄花在落日的余晖下更显得娇艳夺目。晚霞把篱笆墙的影子拉得好长，投在人身上，形成深浅相间的条纹。舅舅坐在院中，脸庞被霞光照成了金色，眼睛闪烁着点点的光芒，他眯着眼睛看着红日，半晌不说一句话。夕阳把皮肤照得暖烘烘的，风轻轻地吹过，衣衫贴在皮肤上却让人感到凉飕飕的。舅舅要给我倒水，我忙起身接过茶壶。“我来。”边说边沏好茶。饭菜很快就摆满了方桌，四人坐下吃饭，彼此的话也不多。我也是礼貌周到地说些客套话，倒是舅舅执意要喝酒，我便陪了几杯。婷婷忙着给大家夹菜，偶尔跟她的目光相对，她的眼神里亦是俏皮和快乐。几杯酒下肚后舅舅的话开始多了起来，我多少懂些画，便跟舅舅聊起来，舅舅不住地点头，大家你一言我一语地交谈着，气氛轻松随意。就在大家谈意渐浓时，夜幕在不知不觉中降临了，一弯明月已悄然浮现在幽蓝的夜空，月光洒在小院里给眼前的一切笼罩上一层朦胧的淡青色。

舅舅频频举杯，喝得兴致很高，我几杯过后，却也有了几分醉意。凭着酒兴舅舅又要弹琴，也是助兴，舅妈拿来古筝给他弹，婷婷对我说："舅舅弹得很好，很有才华，瘫痪之前他很少喝酒的，从没像今天这样。"我看着舅舅那份酣然惬意的样子，再看看他那失去活动自由的身体，有些理解他了，便问婷婷："怎么称呼你舅舅？""姓王名石坚。"婷婷答道。他现在已摆好琴，焚好香，准备弹奏了，见他轻抚琴弦，手指在弦上吟、揉、滚、拂，交替进行，曲声也在酣畅淋漓与抑扬顿挫间不断转换，而穿插在其间的泛音、散音，让整个乐曲的音色衔接得极其自然。随着乐曲的层层推进，一幅变化万千、气势磅礴的景象逐渐浮现在听者的脑海中，那指尖与琴弦弹出的声音仿佛是从深山幽谷中传来一般，让人荡气回肠，意犹未尽。仔细聆听那分明是一座座巍峨的高山，一条条潺潺的流水，恰似身临其境一般让人回味无穷。好一曲俞伯牙与钟子期。舅舅弹到高潮时却戛然而止。片刻的寂静，方知演奏完毕，我缓过神来第一个鼓掌。舅舅又开始痛饮。旁边舅妈轻声劝舅舅道："石坚你醉了，少喝点吧。"而他此刻却拨开舅妈拦他的手，举杯对我说："郑灿，酒逢知己千杯少，咱们干。"说罢一饮而尽。我也举杯陪着。

几杯下肚，这时我觉得头有些晕了，身子好像也跟着飘起来似的，周围的花也开始摇晃，确实我本不胜酒力，今天有点喝多了。恍惚中听见舅舅醉意蒙眬地似说似唱道："明月几时有，把酒问青天，不知天上宫阙，今昔是何年？今昔是何年？谁告诉我，今昔是何年呢？郑灿，你说今昔是何年？"舅舅似是自言自语地问着。我此刻趴在桌子上，头昏昏的蒙眬中听舅舅叫我，便抬起头，听他好像说什么今昔是何年，我醉笑着重复着舅舅的话摆着手："今昔是何年？不知道，不知道。"这时听见舅舅继续道："我欲乘风归去，又恐琼楼玉宇，高处不胜寒。起舞弄清影，何似在人间……但愿人长久，千里共婵娟。"我连说："好词，好词，今昔是何年，千里共婵娟。”说着我抬起头看见夜空中的那轮明月，蓦然又想起记忆中的草原上，那升起的明月也如现在这般明亮，现在心里一阵怅然。婷婷见我仰头看着天空，知道我又思念亲人，便把手伸过来与我手指相缠。我仰望着长空，清晰的月亮在我眼中却又渐渐变得湿润起来，那皎洁的月色不断地扩散，慢慢模糊了我的视线，逐渐形成一片耀眼的亮点。

那是我多年以来第一次喝醉，而事后的我对当时的情景却怎么也回忆不起来了，婷婷笑我是白痴，因为那天我跟舅舅又哭又笑像个疯子。我给她回了句“难得糊涂”。日子一天天过去，我的差事终于有了着落，倒不是婷婷相助，而是住我对面的那个长者的帮忙。长者姓陈，后来跟他熟了才知道他是城外官窑烧瓷的工匠，做瓷已近三十年了，专给朝廷做瓷器。家中那些瓷瓶、瓷碗都是他烧出来的残品，有的舍不得扔就留了下来。他的家境并不富裕。他有两个儿子，大的在太学读书，小的与我年纪相仿，在作坊做工，以贴补家用。而他介绍给我的差事就是跟他的小儿子一块儿在作坊干活。

这是个卖扇子的店铺，折扇、团扇品种繁多，后面的平房就是做扇子的作坊。而其中一道流程就是画扇面，我做的就是这份差事。店主叫我当场画了张花鸟画，看了以后把画往桌子上一拍就叫我来店里上工。每日照着店家提供的名家画的稿子，在不同的扇面上临摹下来，饰以丹青，工钱按学徒的标准给。虽说挣钱并不多，可是勉强可以度日，再加上可以画画，自己很喜欢这份差事。只是这个铺面只在四月到十月间开，过了十月便转做别的生意了。

长者的儿子叫陈韦，长得文弱而清秀，虽然年纪跟我差不多大，但在店里干的时间比我长，画得又快又好，他就住在店里。整个作坊的人男男女女加起来不过五六个，只有一个年纪大些的，其余都似我这般岁数，所以很快我们也就熟了。天气越来越热，干活儿的时候作坊的门窗都是敞开的。我们在作坊里做工，可以透过敞开的大门看到街上川流不息的人群。

七月天，整个街道在炎炎烈日下都呈现出土黄的色调。那些沿街叫卖的小贩蹲在街边的阴凉处歇脚，不时地喊上两嗓子。那段日子每到中午都会有个年轻的女子到作坊里来，年纪好像比姐郑澜要大些，人更是惊艳一般的美丽。头梳云髻，上身一件粉红丝面过膝背子，下身一袭紫色旋裙，一双大眼睛闪着聪慧贤淑。手里拎着个竹篮，每次来都是找陈韦，篮子里面都是做好的饭菜。一揭开盖在篮子上的布，饭香就飘在作坊里，馋得我们周围几个人口水直流。此刻我们往往对陈韦投去羡慕的眼光，因为我们大家中午吃得很简单，就是烧饼或馒头什么的，根本没有菜。于是大伙儿在下面窃窃私语，议论纷纷。我知道陈韦没有姐妹，那个女子是谁我也觉得纳闷。旁边有的伙计就瞎猜地说："陈韦真是有福气，这么年轻就娶了个贤惠的媳妇。"另一些人开始拿他打趣："哎，陈韦，这么漂亮的媳妇，你也放心天天给你送饭？"陈韦也不说什么，就是笑笑，头也不抬，专心画画。不过我总感觉陈韦跟那个女子有点不对，不像他们所说的那种关系。直到有一天陈韦称呼那个女子嫂子的时候，我们大家才恍然大悟。

嫂子为人善良而且手很巧，每次拿饭菜总招呼大家一起吃，我有机会尝了一次，真是可口，嫂子的厨艺确实精湛。大家对嫂子的印象颇好，一来二去大家熟了，有几次我还在锡庆院看见了陈韦的哥哥，他瘦高的个子，二十五六岁的样子，平常话也不多但眉宇间透着股气宇轩昂的气质。每次见他总是跟几个太学同窗在一起，他们一起高谈阔论的时候我偶尔在一旁听着，似乎在谈论当今三朝的事，我听不明白，不过他们渊博的知识跟滔滔不绝的口才给我留下极深的印象。嫂子家住在外城，记得有一次我跟陈韦一起去嫂子家玩儿，印象最深的是她家的门上挂满了风铃，风一吹"叮叮当当"直响，声音悦耳动听。而且家里有好多风铃，都是嫂子自己做的，各式各样，漂亮极了，她见我喜欢还送了我一个，为此我还特地挂在家里的窗棂上，每天清晨打开窗户那悦耳的铃声让我心情特别好。

那段日子我跟陈韦来往特别多，以至于婷婷找我好几次我都不在。直到一天下午，太阳刚刚偏西，我忙完手里的活儿，正准备歇一歇，就听见门外有人叫我的名字，我抬头一看，见婷婷倚在大门外正悄悄向我招手，我放下手里的笔跑出去。婷婷有些责怪地问我："这阵子干什么去了？来了好几次你都不在。"我说："跟朋友在一起。""是谁呀？"婷婷伸脖子往院里面瞧。我指了指伏在案上画画的陈韦。婷婷瞥了一眼，又看了看我："是他吗？""对，怎么了？""没怎么。"我问："找我有事吗？""当然啊，人家这么热天来找你，也不请人家喝茶。""好啊，咱们这就去喝茶。"说罢拉起婷婷要走。婷婷一甩手说："行啦，又不是真喝，有好消息告诉你。""什么？""打听出你姐的下落了。""是吗？"我听她这么一说浑身一振，兴奋得跳了起来，一把把她抱了起来，大叫着在原地转圈，引得周围的行人好奇地转头看我们。婷婷拍打着要我放她下来。我迫不及待地问她："我姐在哪儿？我姐在哪儿？""你先别急嘛。”婷婷边揉着背边说：“勒得我后背都痛。你还记得不记得上次我们在街上看见的那支骆驼队？”我点点头。“他们去的怀远驿里面接待的大多是南番诸国的使臣跟商人，我原先刚来京城的时候也去过那个馆驿，那里有我几个云南同乡，前些日子我们恰巧碰见了。闲聊时我无意中跟他们说了你姐的事，事后也没在意，可几天前那个同乡跑来找我，他说有个南番的商人见过你姐。而且那个商人非要见你，现在正在茶楼等我们呢。”

“那还等什么？”我听她这么一说跟店里招呼了一声，立刻拉起婷婷直奔茶楼。路上我不住地想，可能就要知道姐姐的下落了，这几年的找寻或许就有了结果。面对这突来的喜讯，不敢相信是真的，又怕不是真的，心里紧张得扑通扑通跳个不停。

在西角楼大街路西面清风楼侧面的一间茶店，我们见到了那位南番商人跟婷婷的同乡。商人看上去三十多岁的样子，中原汉人的装束，可能是因为在南方生活过的缘故，皮肤略显发黑。见我走进茶楼老远就跟我打招呼。大家坐下寒暄几句，那个婷婷的同乡跟我说：“这个商人今天本来是要乘船去扬州的，行前因为在怀远驿有些事要处理，就到驿站里来，我当时正跟别人说那天婷婷跟我讲郑灿跟他姐姐郑澜的事，他听到后，急着要找郑灿，所以就约了你们过来。”我忙向那个商人施礼，便问起姐的下落。

商人看了看我说道：“你长得还真跟你姐有几分相像，郑澜跟我说起过你。要不是凑巧，今天哪里想到会碰见你。”听他这么讲我感觉姐就坐在我对面似的，连忙急切地问：“她现在在哪儿？”“你先别急，容我一件一件跟你讲。”他喝了口茶，润润嗓子缓缓说道，“去年我曾在鸿胪寺一带经营个铺面，主要卖一些南番的杂货，像牛黄、麝香、犀皮甲、白石英什么的。其中有个常年往返于南诏跟京城之间的商队，每次来京城都到我的铺子里卖他的货，领头的是个叫颇磐的蛮族人，会讲些中原话，一来二去我们也就熟了。去年三月，这个颇磐又来到我的铺子，他愁眉苦脸地跟我讲这次的货没了，我知道颇磐家在南诏之地，路途遥远，跋山涉水，来趟京城不容易，差不多三两年才来一次，他的货我每次都收几年的，这次跟我讲没货了肯定是出事了。问他，果然他说今年是备了很多的货来京，可快到京城的时候一伙蒙面盗匪把他的货给抢了，还打伤了他的几个伙计，他到京城报官，可又没证据，没人管，他现在也是走投无路，我见他可怜就让他先在京城安顿下来。他的货一般人留着也没用，那帮盗匪肯定会到城里销赃，到时候再抓他个人赃并获。

“半个月后，果不其然有几个人到我这卖南番的货，我一看就知道货是颇磐的，因为这些东西都是他那儿的特产。于是我就报了官，可是这些卖货的却倒打一耙，说颇磐抢了他们的货，官府把两拨人都收监了，准备再审。哪知这帮盗匪买通了官府，最后定了颇磐的罪，他们却都释放了。我自觉对不住颇磐，到狱中去看他，就在狱中我见到了完颜皓。”

我惊异地睁大了眼睛担心地问道：“完颜皓怎么会在狱中？出了什么事吗？”商人点点头看了看我又说：“他俩在一个牢里。完颜皓好像是因为海东青的事被人诬告抓起来的，鹰也给官府没收了，二人境遇相似，又谈得来，在狱中就成了朋友。此时你姐郑澜在外面变卖了所有值钱的东西，据说还有一颗北珠，花钱买通狱官后，才把完颜皓赎出来。完颜皓出来后想尽一切办法来救颇磐，我也凑了些钱，最后总算也把颇磐救了出来，他二人就此结拜为兄弟。虽然人出来了可大家也都是身无分文，几乎倾家荡产了。颇磐提议一起先去南诏囤货再做些买卖，他家在那儿至少还有些底子，赚些钱然后再回来，你姐跟完颜皓商量了后也同意，于是就随颇磐一起去了云南南诏。事情的经过就是这样。”

我听罢忙问：“我姐她说过什么时候回来吗？”“去年临走的时候说过，两年后一定回来。”商人看着我一脸期盼无奈的表情安慰说，“你不用担心，你姐肯定会回来的。她跟我们总谈起家里人，说还有个弟弟，学过画画，在京城肯定能画好，还打算把你父母接回京城来呢。”听到他说到这儿我猛地用手捂住嘴，险些哭出声来，姐还不知道爹娘妹妹已经不在人世了。我强忍着眼泪跑出了茶店。三人都愣愣地望着我的背影面面相觑，对我刚才的反应一脸惊诧。

我毫无防范，商人的话无意中触及了我的软肋，那段过去被我深深地压在心底，没有跟任何人提及过。我冲到了街上，太阳已西下，但余晖仍明亮刺眼，眼前是晃动的人群，那些被霞光染成金色的面孔，好像被桐油浸过了一般，看起来光亮而又焦黄。我在人群中穿行着，眼泪却已不听使唤地淌了下来，我一口气跑到了河岸，蹲在岸边看着河水，心情跟眼前滚滚的河水一般波涛汹涌。婷婷也紧跟着赶了过来，在我身边喘着气摇着我的肩膀问怎么了，我一言不发，当时耳朵什么都听不见，心底的记忆不断在我脑海中闪过：家人的音容笑貌，宽阔的草原，嘹亮的歌声，无不历历在目，它们像开了闸的洪水一样向我泄来。我曾试图忘记过去，试图从失去挚爱亲人的痛苦中解脱出来，可又怎么能忘得了？如果记忆是条河，如果这一切是命中注定不可避免发生的事情，就让它随着这滔滔的河水而去吧。而我心里一遍又一遍地在喊："姐，我等你回来，我一定等你回来。"

有了姐的消息等于有了希望，我可以重新搭建几近坍塌的心灵家园。

婷婷自从知道我有那段过去后，似乎对我更关心了，而除了我之外似乎还有一个人她比较关心那就是晚秋。有一次她小心地问我，目光中闪烁着某种捉摸不定的敏感："晚秋是谁？""别问了好吗？"心情不好的我有时真受不了她，对于我的冷漠，她从不在意。可她对我的"关心"却变本加厉。她甚至能在作坊里为画画的我擦汗，每到这个时候我总是不习惯地把头躲开。而那几个坏伙计却在旁边偷偷地笑。

日子就在这平淡中一天一天度过，我画得越来越熟练，几乎跟陈韦一样好了，工钱也不再拿学徒的了。经济上的宽裕使我跟作坊里的伙计们去茶楼坐坐有了可能，大家朝夕相处也算得上是朋友了，尤其是陈韦，在画画方面很有见解，我俩十分投缘。傍晚的时候约上他跟几个伙计，当然也免不了婷婷，去外城的聚仙楼小坐，沏上一壶茶，要几盘点心，就着窗外暗蓝色的树影跟阵阵的清风，能一直聊到天亮。聚仙楼不算是京城高档的酒楼，建在外城的金梁桥畔，木制结构，楼分两层，宽大的开间，尤其二楼东西贯通的格局更是敞亮，从窗口能看见外面奔腾的河水。来的客人也一般是衙役、商贩、落榜的秀才什么的，达官贵人是绝对看不到的。那段时间隔三岔五几个人就去聚一聚。桌上摆的几盘小菜，诸人谈笑的表情，还有婷婷那一汪秋水似的眼睛，以及窗外偶尔传来船夫的号子声，都在晃动的烛影下令人倍感温馨。

每次婷婷在的时候都坐在我身边，有一次她有事刚离开桌子，几个伙计就趁机凑过来，一个对我说："你感觉到没有，婷婷对你的态度跟我们不太一样。"另一个说："废话，傻子都看得出来。她好像很喜欢你呢。"我说："可能吧，我刚来京城的时候她帮我很大的忙，挺感激她的。""我们说的不是这个，你喜不喜欢她？""怎么了？有区别吗？"我问。"当然了，人家对你可不是感激。"我知道这些伙计爱嚼舌头，便用询问的目光看看坐在对面的陈韦，他也用目光注视着我，冲我点点头。

我端起茶壶给自己倒了杯茶，说："你们都这么说，可我不这么想。以我现在的状况，怎么可能像你们所说的那样？我待她如亲妹妹一般，俗话说：'君子之交淡如水'，请你们……"我还要往下说，却见那几个伙计表情不对，都坐回座位，一脸若无其事的样子。我转身回头看，婷婷正站在我身后看着我，她不知什么时候回来了，从她的表情看应该听到了什么。她抓起放在桌子上的包，扭头快步跑下楼去。

我也意识到有些不对劲儿，用手点着那几个伙计说："回头再跟你们算账。"忙起身追了出去。

其实我最不愿意伤害婷婷，哪怕是惹她半点不高兴。因为在我最困难的时候她帮过我，我知道那份情意在我心里所占的分量。我追上婷婷，却又不知道该怎么跟她解释，婷婷眼里噙着泪快步地走着，我试图抓住她的手，却被她躲开了，只说了句："我没事，你不用跟着我。"金梁桥上人山人海，赏月游玩的人把桥面堵得水泄不通，我们被拥挤的人群冲散。我眼看着婷婷越走越远，我连声叫她的名字，她却头也没回，一个人淹没在人海中，消失在茫茫的夜色里。

接连几天我特意去樊楼找婷婷，出来的都是小好，她说婷婷现在很忙，见不了我，我只有无奈地离开了。当时我很自责，或者开始就应该把事说明白，更后悔跟她以前开的玩笑。那件事以后很长时间我都闷头画画，谁也不搭理。陈韦一次很坦诚地跟我说，婷婷对我是认真的，这次可能是真生气了，现在找她肯定不会见我，等过一段时间她消气了再去。我觉得只有如此了，我们彼此先冷静一下也好。

没有了婷婷在身边，觉得生活中似乎缺了点什么，不过陈韦跟我对画画都有着浓厚的兴趣，很快就投入画画中去了。那段时间我俩总在作坊里干到很晚，掌柜的看了我俩画的扇面不住地点头说："你们画得不错，可以以假乱真了，应该很好卖。"不过掌柜的又接着说："咱们卖的是扇子，这种画即使画得再好，价钱最多不过几十文，而且咱们是做生意，求快。你们画这种扇面时间长了不免会产生匠气，妨碍你们水准的提高，不如去临摹一些大的山水，可能会对你们将来的发展有更大的帮助。"

听了掌柜的话，我俩觉得挺有道理。闲暇时我们就转遍了京城大大小小的寺庙。如饥似渴地观摩着历代画师留下的壁画瑰宝。应当讲大量的观摩确实提高了自己的眼界，同时我们也意识到了自己的不足与局限性。那些作品震撼着我，从那时起我就萌生出了要画自己喜欢的作品的冲动，那个作坊终究不能让我待一辈子。我暗下决心，一有空闲便到寺庙里去。在数不清的寺庙道观当中，东西景灵宫跟大相国寺是壁画集中地，而且画作多系名家手笔。景灵宫平日不大开放，大相国寺每月只开放五次，出入则方便得多，因此大相国寺便是我常去的地方。

十七

时下已临近中秋，相国寺进香的人很多。那天上午，我做完作坊里的活儿，便又抽空到相国寺来。穿过中庭长廊，转到宝奎殿前，大殿的两侧本绘有大量的壁画，可那日游人太多，拥挤不堪，没法观看，我便绕到殿后资圣门前。门前是块狭长的空地，面积很大，一些参天古槐、松柏枝叶繁茂，遮天蔽日。那里也是人潮汹涌，我挤进人群里看，里面尽是一些卖各类书籍、图画的小摊。不时有些人跟摊主讨价还价，好不热闹。我随手拿了几本翻看，不外是医药、神话方面的书籍与一些质量尚好的印版画。我随着人流往前走，没走多远就看见大殿的后墙上挂满了各式各样的书画作品，有绢的，也有纸的。我边走边看，不少历代的画作绘有山水、人物、翎毛、花竹等等无所不有，其中不乏一些名家作品如郭熙、黄筌、袁仁厚的，当然售价也不菲。那些当代佚名的画家作品也很精彩，亲民的价格让不少收藏者争相购买。

就在一片叫卖和喧闹声中我眼前突然一亮，一张再熟悉不过的画作闪现在我眼前。我揉了揉眼睛仔细看，没错，师傅给我的那幅《晴峦春晓图》

就赫然挂在墙上，众多名家的画作丝毫没淹没它的磅礴大气。周围一群人在围观，不时地评头论足。我怕看错便挤到前面去再次仔细辨认，的确是我被抢走的那张画。此时那个摊主正用掸子一边轻轻扫着画上的浮尘，一边跟几个买主砍价还价。一百两白银，少一个子儿也不行。摊主语气坚决，没有丝毫商量的余地。他胸有成竹，似乎对那张画的价值充满了信心。而他出的价钱也让我惊诧不已，我没想到师傅给我的这幅画如此值钱，一百两白银对当时的我来说简直就是天文数字。旁边那几个买画的人犹豫不决，希望卖家能把价钱降一降，你一言我一语地跟他周旋。

我本想上前跟那个摊主说他卖的那张画是我被抢的，可是转念一想，这样贸然去讲，也没凭没据，恐怕对方不会承认。就在我思量这会儿，一个声音从喧闹中脱颖而出，声音不大却清脆悦耳，掷地有声："一百两，给我包好。"话音刚落，周围的人立刻把目光投向了说话的那个人。我也循声望去，见说话的人站在人群里，是两个姑娘，年龄都在十七岁上下，衣着华丽，穿戴不凡。那个年龄小一点的好像是丫鬟，大一点的像是主人，二人站在人群中像池塘里盛开的两朵荷花，亭亭玉立。那个主人长得更是端庄秀丽，举止间透着一股优雅高贵的气度。众人见出价的是两个姑娘，又没还价，一片哗然。卖主自然把画取了下来，见真有人要买走画了，有人加价道："我出一百二十两。""二百两。"那个年龄小一点的姑娘说道，语气中含着一丝伶俐跟霸道。此言一出众人皆惊，纷纷扭头看，一时间大家议论纷纷。小小年纪竟出手如此阔绰，不由得猜测她俩的来历。就在周围一片嘘叹声中，摊主取下画卷包好递给小姑娘。没人再加价了，二人付了银子，转身扬长而去，留给身后一片羡慕的目光跟啧啧的惊叹声。

我看着自己的画被买走，心里焦急万分却无可奈何，眼看两人就要消失在视线中了，忍不住寻着她们的背影追了过去。

两人出了相国寺东外墙的侧门，轻步迈下石板台阶。两边朱红色的门柱在太阳的照射下反着耀眼的强光，一对大理石雕刻的石狮子立在大门两侧，黄土铺成的街面在过往人群的脚下扬起一层薄薄的尘埃，一个小叫花拄着棍子拿个碗在尘土飞扬的大门前乞讨。我追出大门，见两位姑娘在小乞丐面前停下脚步，那个略显大一些的姑娘拿出散碎银子给了小叫花，小叫花千恩万谢，随即她俩便向停在石狮子旁的轿子快步走去。

我连忙赶了过去，本想叫住她们，却又不知如何开口，眼见那个大一些的姑娘掀帘进了轿子，我终于鼓起勇气上前叫了一声："等一下。"话刚一出口，自己都觉得声音细如蚊子叫，脸马上涨得通红。但那个小姑娘还是听见了，她转过身，眨着大眼睛好奇地看着我："是你在叫我吗？"我点点头。"什么事？"我有些犹豫但还是硬着头皮说："你们刚才买的画是我的。""你的？"小姑娘好像一时没反应过来。我又重复了一遍，她好像明白了，用一种奇怪的眼神看着我，摇着头笑着说："抱歉，我们已经付过钱了。"她一定是认为我是向她变相讨钱的，我想着便又说："那张画是别人从我这抢走的，我还没来得及要回来，你们就买走了，所以……"说话的时候因为着急我的手心都出汗了。"所以你就跟来了？"小姑娘歪着头看着我，一脸调皮的样子。我想当时我的表情一定很窘。她看着我难堪的样子不像在说谎，便有些为难地说："我家小姐喜欢这张画，是她买的。"正说着，轿帘一掀："小雪，怎么还不走啊？""小姐，这个人说你买的画是他的。"小姑娘指了指我，轿里的姑娘随即把目光转向我。

虽然我刚才在资圣门前已见过她，可当我与她目光相对时，还是被深深触动了。那双明亮清澈的眼睛，纯净得犹如雨后草原上湛蓝的天空，让人过目难忘。而彼此瞬间的对视又仿佛是旷野上凭空刮起的一股旋风，从我心头席卷而过，我的心瞬间不禁一阵狂跳，只不过那呼啸而过的风里隐约还能感觉到对方一丝淡淡的忧郁与矜持。我刹那间像是被闪电击到，呆呆地站在原地不动，她目光并没有停留，紧跟着对小姑娘说："咱们快走吧，不然要晚了，这事回头再说。"说罢放下帘子吩咐起轿。我愣愣地看着她们离开。忽然想起什么赶忙对着她俩远去的背影喊："回头我怎么找你们？"小姑娘随轿子走了几步转过身对我说："如果你说的是真的，就到景龙门外万寿观来找我们。那有一座最大的宅邸，红漆的大门，我家小姐姓沈。"

轿子终于消失在车水马龙的街头，我还站在原地，大脑一片空白。她们到底是谁呢？两人的言行举止神秘而匆忙，让我充满了好奇与疑问。正想着突然肩膀被人猛拍了一下。"发什么呆呢？可找到你了。"我回头一看是陈韦气喘吁吁地站在我身边，看他上气不接下气的样子就知道是跑着来的。我嗯了一声。见我漫不经心地应答，陈韦有些焦急地说："小好上午来找你，你不在，她让我转告你，婷婷家里出事了，让你快去看看。"

听陈韦这么一说，我心里猛然一紧，婷婷家里出事了？思绪立刻从刚才神游的状态中拉了回来。这段时间没跟婷婷联系，会出什么事？我想到这儿心里忐忑不安，“她怎么了？”我急切地问陈韦。“我也不清楚，不过小好要咱们赶快去她家，说得挺急的。”“我这就去。”说罢，拔腿就往城外方向跑，陈韦也从后面跟了上来边跑边喊：“等等我。”

婷婷家的事我是责无旁贷要帮忙的，我们风风火火地赶到婷婷家。婷婷不在，只有舅妈跟舅舅在家里，舅妈告诉我是婷婷的舅舅病了，托人告诉城里的她，她在城里找了个郎中，已经给舅舅看完病了。果然舅舅躺在床上仍不住地咳嗽。见我们来了硬要起身，被我跟陈韦劝止了。我问舅舅现在感觉好些没有，他摆摆手说：“没什么，受了点风寒。”舅妈在一旁熬着药，手拿着蒲扇不住地扇着炉子里的火，陈韦则到院子里去劈柴。舅妈跟我讲这几天她要在家照顾舅舅，不能去城里魏府做饭了，婷婷又不在，叫我替她去魏家府上跑一趟，帮她把包裹给府里的人。

当天下午我就赶回到城里，按照舅妈给我的地址找到了魏家。魏家坐落在外城南面，靠张驸马宅东侧。这里远离闹市，巷深人疏，比较僻静。已近黄昏，魏家院里的槐树枝繁叶茂，伸出墙外的部分在夕阳余晖的照耀下，泛着点点的金色，而门楼两侧悬挂着的两个大红灯笼在光线幽暗的巷子里格外显眼。我上前轻叩门环，等了好久未见动静，便顺着墙根向西转悠。在西侧的巷子里，我又看见一座旁门。轻轻一推，门竟然开了。我心里纳闷，大门紧闭，旁门却开着。此时巷子里幽静得一点声音也听不见，周围也没有人，倒是过堂风不停地吹过，让人感觉阵阵凉意。

我进了门，宅子很大，院子里却出奇地安静，空旷的院子里一个人影也看不到。叫了两声也无人应答。我四处观看，见院子中间有个石子铺成的小道通向后院，于是顺着小道往后院走。道的两侧是怪石假山跟各种花木，看来这院子的主人定是显赫的人物。后院的正房里灯光闪耀。我走了过去，站到屋前的台阶下，又喊了几声，还是没人回应，我更是感到奇怪，屋里明明亮着灯怎么会没人呢？我推门进了正房，客厅里空荡荡的没有人。我又喊了几声，总算有脚步声从里间卧房传了出来。只见珠帘一掀，我一看，顿时愣住了。

从里面走出来的人竟是章重，他一边系着裤子，一边穿着上衣，边走边打着哈欠，一脸倦怠的模样，看见我站在客厅里，亦是露出颇感意外的表情，随即就坐在太师椅上：“怎么是你？你怎么到这来了？郑灿。”我连忙施礼：“替人办点事。好久不见了最近怎么样？”他边招呼我坐下边拿桌子上的茶壶倒水，可茶壶里是空的。我毕恭毕敬地坐下，刚要搭话却听见章重又向屋外喊道："亓妈，倒壶茶来。"没人应答，倒是卧房传出一个女人的声音："小重儿，仆人我都打发出去了，你在跟谁说话？"我一惊，卧房里还有个人，而且对章重用昵称。我不禁一脸疑问地看着章重。"我的一个兄弟来了，你睡你的。"他冲卧房回了一声。这里难道是章重的家？我心里琢磨，可这家人明明姓魏啊，于是我试探着问道："嫂夫人在家啊。"章重笑笑摇摇头，"你到这儿办什么来了？"他问。"我是来替人送东西的。"说罢把包裹搁在了桌子上。

章重悠闲地将一只胳膊搭在桌子上用食指不住地敲着桌面，他对我来这儿的目的好似不大感兴趣，又问了我的一些近况。我把最近的一些状况简要地讲给他听，当说到婷婷时，他皱了一下眉头："这个人是谁？"我告诉他是刚来京城时在长庆楼认识的，章重想了想，点了点头终于想起来了，那天晚上邀的几个弹琴的人中有她，他有些不屑地说："是那个歌伎啊，我还当是什么金枝玉叶呢？怎么，最近跟她混在一起？"章重的口气让我很反感。我尽量客气地说："就是相互帮忙，以兄妹相称，没什么混不混的。"章重掸了掸丝绸的长衫又说道："跟一个歌伎在一起能有什么出息。当初要是你跟着我，现在也锦衣玉食了。""我没觉得现在有什么不好，每个人都有各自的活法。"我回应着，心里便有些不悦。

我心想以他现在的标准看我，我与一个乞丐无异，他那种大腹便便的优越感，实在让我难以恭维，便不想跟他再说下去了，准备告辞。又一想来这儿是替舅妈送东西，可还没见着这家主人呢。我正在犹豫之时，桌子那边的章重却仍喋喋不休地说着他自己，好像是故意炫耀："郑灿知道吗，过几天我就要到蕲州做官去了。我有办法也给你弄个主簿什么官的当当，有没有兴趣同往？""我才疏学浅，不敢耽误你的前程。"我婉言谢绝。"既然章兄做了官想必是这次赶考中了状元？"我说。"当官未必得中状元嘛，这你就不知道了，办法多着呢。有时用银子，有时……"章重边说边向我凑过来，好似有天大的秘密要跟我分享。这时卧房的门帘一挑，里面那个女子走了出来，三十多岁的样子，体形跟章重有一拼，穿着紧身衣裤，饱满的身体裹在丝绸的面料里面，好像要胀出来似的，赘肉随着步伐一扭一扭地在面料里面抖动。她边走边系着前襟的盘扣。往我们这儿瞟了一眼："章重，魏老爷那儿我说好了，你尽快离开京城去就是了。"说罢自顾地走进隔壁的屋子。

章重朝隔壁房间努努嘴小声跟我说："这次能去蕲州做官多亏了魏夫

人，虽然说蕲州位置偏了点，但也还算富裕，第一次做官能去那里也不错了。她有钱有势。所以我说你跟那个歌伎在一起没前途。我拿你当朋友才这么跟你说的。”我承认我大脑反应慢，章重所讲的我确实不太理解。不过有一点我听明白了，那就是魏夫人在家，于是我干脆把包袱交给了章重，拜托他转交给魏夫人，就起身离开了。我清楚地记得在我离开时传来章重在后面的喊声：“想好了，到蕲州找我。”我头也不回地走出了魏家，不知道为什么，心想此生最好再也不要见到他。

在路上我边走边想章重跟我说的话，魏夫人真比婷婷高一等吗？人真要分个高低贵贱吗？这些问题我以前面对婷婷的时候是从没想过的。我思索着，可今天遇到的事情太多了，我头脑一片混乱。

陈韦由于他哥哥在太学的缘故，认识了几个翰林画院的画学生，年龄比我们大不了多少。他们虽都是未取得职称的画师，但水平却了得。我认识这几个人的时候已经是一个月以后的事了，当时已经快十月了，铺子的生意比较清淡，作坊里的活儿也没那么多了，我俩闲暇没事时就去找他哥哥玩。恰巧景灵宫要绘制一些新的壁画，陈韦的哥哥因为认识那几个画师就介绍我俩去看他们作画。我们也带去自己画的给他们看，有幸经过画师的指点之后感觉受益匪浅。自那以后，作坊那儿也就渐渐不去了。

没有了收入，我平时断断续续打些零工，余下的时间便躲在家里潜心画画。陈韦则搬到了我对面那间长期空着的房子里住，我俩成了邻居。婷婷待我如从前一样，自从上次舅舅病了以后她好像长大了很多，对我过去说的那些话再也不提了，不过对我的关心依然如故。只是对我说话时刺儿仍比较多，我当她小，也不跟她计较。她白天去樊楼，晚上总会到我们这儿，给我们俩带些吃的，加上陈韦的嫂子时常带些饭菜来，所以即使一无所有，没有固定收入的我居然没有被饿着。这份来自朋友的帮助我自然是铭记在心的，总想把画画好，将来用自己赚到的钱回报帮助过我的人。

每当我吃饭的时候，婷婷常常坐在我身边，手托着下巴看着我，“慢点吃，不着急。”她看我狼吞虎咽的样子禁不住这样说。“你心里别有太大的压力，实在不行，我可以养你一辈子。”她有时会笑着拍着我的肩膀跟我说。我嚼着馒头闷闷地说：“我可以自己养活自己。”婷婷把头转向一边，噘着嘴白了我一眼说了句：“白眼狼。”这时在一旁吃饭的陈韦会笑得饭都要喷出来。

日子一天天地过下去，天气渐渐转凉了。婷婷来得太晚，有时就住在我们这儿，我就给她腾出房来，跑到陈韦那儿住。坏陈韦晚上枕着胳膊对我笑着说：“郑灿，在我这儿睡哪有在你那儿睡好啊。”我从炕上爬起来用枕头堵住他的嘴：“那是我妹妹，叫你胡说八道。”陈韦一边捂着肚子笑一边躲闪着我，大叫饶命。

那段时间我独自去了几次景龙门外的万寿观，找到了那所朱门宅邸，徘徊了很久，也曾不断地敲过门，可大门紧闭，似是无人居住。

天气越来越冷了，而北风来得好像比以往更早，呼啸着从城中穿过，在各个街道、门楼、店铺前卷起层层的烟尘，打着旋儿飘扬在空中。树叶在一夜之间好似全变黄了，被风纷纷卷起，漫天飘落。那些零星挂在树枝上的叶子，在凛冽的寒风中左右晃动着，摇摇欲坠。这满眼肃杀的景象似乎预示京城面临的又将是一个严寒的冬季。城里开始有一些小贩拉着载满木炭的驴车沿街叫卖。京城的百姓除了准备过冬的棉衣外还要储存些木炭以备不时之需。我跟陈韦从街上买了些回来，放在炭炉上点燃后取暖。这倒霉的天气冷得真快，好像眨眼之间就到冬天似的。陈韦把手放在炭炉上边搓着手边嘟囔着。我看了看窗外，虽然太阳还在，却被漫天的阴霾遮挡着，整个天空看起来灰蒙蒙的一片，笼罩在风沙之中，让人看了心头顿感一阵阵压抑。

天越来越暗，风也越来越紧。婷婷还没有回来，我心想也不知道婷婷怎么样了，今天天气不好我有点不放心，于是随手拿了块毯子夹在腋下，顶着风沙出了门。街上的行人不多，都埋头耸肩匆匆而过。地上满是枯萎的树叶。河面上停泊着几艘货船，光秃秃的桅杆随着上下浮动的船身左右晃动着。我加紧步伐，往樊楼方向走，路口的风更大，吹得人几乎站不住，眼都睁不开。我穿街过巷，跑过几个路口终于在一片楼宇中远远看到樊楼的屋顶。樊楼坐落在东华门外大货行街东端，是京城规模最大最豪华的酒楼。楼高三层，是由几个楼宇紧密地连搭在一起组成的建筑群，五座楼房遥遥相对，各楼之间有装有栏杆的浮桥，或明或暗，相互联通。每层的瓦垄下都挂着一盏莲花灯笼。虽是风沙漫天，可那盏盏红灯飘悬在空中，让人老远就能看见。

我走到樊楼附近，街面上停着好多轿子，拥挤不堪，我于是靠在路边盯着樊楼人头攒动的大门口。大约半个时辰的光景，我看见婷婷从灯火通明的正门急匆匆地走了出来。不过身后还紧跟着几个趔趔趄趄的男人，好像要拦下婷婷，其中一个已经烂醉如泥的人被别人架着，口中不住地喊着：

“婷婷，别走，再喝一杯。”婷婷快步地往前走着，似是要摆脱后面的人。我见她朝我的方向走来连忙挥手，婷婷看见了我快步跑了过来。

我一把拉住她的手，把毯子给她披上：“没事吧婷婷？”婷婷见我来接她，一脸欣喜的表情。见我瞟着后面的那几个醉汉便说：“没事，几个酒鬼。”她拽着我的肩膀要我赶快走，我指了指那几人：“要不要我去教训他们一下？”婷婷说：“不用理那几个无赖，我们快点走就是了。”说罢我俩拉着手一路小跑，直到把樊楼远远地抛在脑后，再也看不到才停下脚步。风太大，我俩索性一人抻着毯子的一边搭在头上，婷婷的身体跟我靠得很近，昂起头笑嘻嘻地问我：“今天怎么想起接我？”婷婷就是这样，总喜欢我跟她说些她所期望的甜言蜜语，这时候的她显得既憨蠢又可爱，可我又偏偏不喜欢这一套。“怕你被风刮跑了呗。”我答道。“哧。”她笑斥着我，用拳头拍了我后背一下，以示对我的回答不满意。

我问婷婷：“假如我今天不来接你，对那几个男人你怎么办？”“怎么也不怎么办，我们那儿有护场子的，他们不敢胡来。再说我只是临时弹琴的，来去自由得多。怎么？你吃醋了？”婷婷眨着眼睛故意试探性地看着我。我没理她。“我不在，别人要欺负你怎么办？”我问。“那你天天来接我呗。”“你真是朽木不可雕也。”我摇着头说。“能不能不做这个？”我问。“你养我啊？”婷婷说这话的时候我竟一时没答上来，以我目前的状况照顾自己都困难，更别说养活别人了。我们默默地走了一段路，婷婷拉了我手一下，我顺她的目光往前看，见不远处路边有个小店：“咱们先避避风再走。”说罢婷婷拉着我的手紧赶了几步，进了店里。

店里面灯火通明，小二儿上来招呼我俩：“客官，今儿天冷，您二位往里请。”我们要了几碟小菜。刚坐下就见厅里围着一群人，中间一个人好像在跟周围的人讲着什么，只听他说道：“诸位我所讲的，就是我亲眼所见的，太原已经失守了，我是从那逃回来的。我看攻下京城是早晚的事，谁要是外地有亲戚朋友可以投靠，赶快走吧。”周围的人听罢议论纷纷，有的说：“咱们京城墙高濠深，守军不下数万人，再加上周边的驻军，怎么也不惧他们。”又有人说：“你说得也太离谱了，他们又不是三头六臂，能有什么能耐？敢到中原胡作非为？你不会是在吓唬我们吧？”众人正在你一言我一语地乱讲，这时听得店门砰的一声被人撞开，几个衙役闯了进来。领头的一个我认识，正是曹捕头。我给婷婷递了个眼色把身子侧了过去，心想怎么又是他。

众人一看官差进来了，顿时闭口不言，刚才如蛙坑般热闹的厅堂，现在变得鸦雀无声。曹捕头围着这些人转了一圈，一字一句地说：“刚才有人禀报，这里有人在议论边疆战事。现在天下太平，百姓安居乐业，是谁在妖言惑众？”见众人无语，他顿了顿又说：“朝廷下旨不准妄谈边事，难道都不知道吗？”曹捕头环视了一下四周说：“今天的事，我可以既往不咎，但如若再让我听见有人造谣生事，蛊惑人心，我将严惩不贷。”众人连声称是，曹捕头一挥手众人逐一散去，我跟婷婷也赶紧离开了店里。

路上婷婷问我：“刚才那些人说的是真的吗？听他们的口气好像边疆要打仗了。”我摇摇头：“我也说不清。不管它了，反正打不打仗都是朝廷的事，咱们瞎着急也不管用。”婷婷说着把我的手攥得更紧了。

晚上我躺在炕上头枕着胳膊问陈韦：“你最近听说要打仗的消息了吗？”陈韦摇摇头：“没听到准信儿，不过这几天倒有些事儿挺蹊跷，太学的学生听说都罢课了，我也有好些日子没见着我哥，不知道在忙什么呢。”“万一京城打起仗，你怎么办？”我问。“我肯定要先照顾我爹，跟他回乡下老家躲一躲再说。你呢？”我把身子侧过去：“我是说假设，这太平盛世怎么会打仗呢？在没等到我姐之前，我哪都不去，我要在这段时间里尽快把我的画画好，等到姐回来了我不但能让自己生活得好些，还可以照顾姐跟婷婷。”“好，有情有义，像个男子汉。看来你对婷婷的感情也不一般啊。”陈韦又跟我打趣。“你别瞎说，闲得没事是吧。”我俩你一句我一句地说着，在不知不觉中睡着了。

睡梦中在一条大河旁我又看见姐姐了，她站在对岸向我招手，我拼命地游过去，但是水流湍急怎么也游不到对岸。姐姐伸手来抓我，可我已经筋疲力尽，游也游不动了，眼睁睁地卷入旋涡中。姐大声地叫着我，我却渐渐地被河水冲走了。我从睡梦中惊醒，困意全无，睁着眼睛直愣愣地看着屋顶，耳边是窗外阵阵凄厉的北风，鬼号般地刮了整整一夜。

十八

一个月后，京城迎来了入冬后的第一场大雪。大雪连下了一天一夜，足足有一尺多厚。早晨还没等我起床，婷婷就开始敲门。我被她叫起穿了衣服，推开房门。外面一片银色世界，太阳刚刚从东方升起，金色朝阳洒在青白色的雪地上，折射出明亮而刺眼的光，眼睛在强烈的光线刺激下不得不眯起来。仰望长空，一丝白云横跨天际，天空湛蓝，空气清爽，我深深地吸了一口气，仿佛把阳光跟冬雪吸入心田，雪后的晴天让人一扫往日的阴郁，也如阳光般开朗起来。

婷婷今天没去樊楼，叫我跟她一起回家，她买了些草药，要拿回去熬给舅舅喝。最近她舅舅的病时好时坏，婷婷跟我常常回去看他。我正好前两天卖了幅画，用赚来的钱给舅舅买了本琴谱，这次正好给他。于是我俩很快就上路了。

出了门，走在街上才发现，整个京城被白雪覆盖，一派银装素裹的景象。远处城墙上那些巍峨的城楼，一座座寺庙里挺拔的高塔都被大雪装点成银白色，如冰雕玉琢般晶莹剔透，在金色朝霞的映衬下别有一番韵味。

出了城，郊外又是一片冰天雪地的世界。白雪皑皑的大地仿佛是一整块裁剪得当的丝缎料子，铺展在苍穹下，平滑细润，没有一点瑕疵。我跟婷婷登上隆起的河堤，堤坝蜿蜒地伸向远方，消失在南边的地平线上。脚踏在雪地上发出“咯吱咯吱”的响声。站在河堤上举目眺望，广漠的原野像无边无际的银色雪海。我们身在其中竟有些分不清方向。堤坝北坡丛密的树林结满了树挂，那些裹着冰雪向外伸展的枝条就像在空中爆炸的银色彩花，一层一层疏密相间，蔚为壮观。清晨的郊外里一个人也没有，有的只是栖息在枝头的喜鹊，它们偶尔展开双翅从枝杈上跃起，在空中鸣叫着追逐着，深蓝色的身影眨眼间又消失在密林深处。那些枝杈随着它们的跃起上下颤动着，上面的积雪纷纷飘落。

婷婷在前面走，朝霞把她整个轮廓都笼罩在一片金灿灿的霞光中，粉红的面颊因为天冷冻得红通通的，偶尔侧脸时能看见长长的睫毛下瞳孔里闪烁着点点光芒。堤坡上的积雪被霞光染成炽热的橘红色。我俩深一脚浅一脚地走在长堤上，忽然婷婷脚下一滑，一个趔趄跌倒在地，身体开始顺着坡面往下滑，我赶忙拉她却也被拽倒，两人一起顺着堤坡滚了下去，眼前一阵天旋地转。我们翻滚着跌到底部，浑身沾满了雪花。等我缓过神儿时看到婷婷恰好趴在我身上，她的脸紧贴着我的脸，这么近的距离我们都能感觉到彼此的气息，片刻的沉寂，她的眼睛里闪着令人怦然心动的目光。轻轻地，她在我的额头上亲了一下，那种似水的温柔像一股暖流淌在我心间，炙热而甜蜜。我心里是把婷婷当作妹妹来看待的，但是咫尺间这情不自禁的亲昵还是让我心头不禁一阵悸动。我当时并不是刻意回避什么，只是身在异乡，对未来一片迷茫的我还无法承担来自婷婷的那份真挚而懵懂的情感。

一只喜鹊鸣叫着从我们头顶上方飞过，我拍了拍自己肩膀上的雪对她说：“舅舅还在等我们，走吧。”“嗯。”婷婷点了点头，她好像习惯了我历来不解风情的性格。她觉得我没有回报给她一个拥抱或者热吻，是因为我本身有种大男子气概，拉不下脸，她喜欢我那种傲傲的感觉。在她转身的瞬间我还是看到了她由于羞涩而绯红的双颊。我们起身拍落身上的积雪，等我们再次爬到堤上时，累得已经出汗了。婷婷看着我说：“你总戴着一个坠链，是吗？”我点点头。“我从没见你摘下来过，给我看看行吗？”“行。”我解下项链递给她，婷婷接过项链端详了一会儿。“给我戴戴。”“嗯。”“好看吗？”她看着我，眼神中闪着她惯有的狡黠。“好看。”“给我好吗？”我犹豫了一下：“将来我给你买一个新的好吧，这个对我有特别的意义，对你不大合适。”“这个对你那么重要吗？”“嗯。”

我点点头。“那我就要这个。”婷婷蛮横而俏皮地说，并且边说边往后退，边退边跑了起来。好像要抢走我的宝贝似的。我对她故意取闹有些无奈却又不得不追了过去。我俩在金明池的长堤上一前一后地奔跑着。厚厚的积雪让我们跑起来并不快，我看见她在前面跑，粉红的衣衫在雪地上像一团跳跃的火焰。她边跑边叫我的名字：“郑灿，快点。”那张红润的脸一如树挂上晶莹剔透的冰雪般生动而清澈，让人又不由想起冬日里绽开的梅花。我累得喘不过气，停下脚步看着婷婷奔跑，那团火焰在白色的旷野里渐渐远去，最终化作我眼中一抹洗不尽的嫣红。

见到舅舅的时候他仍在不住地咳嗽。屋里虽是点着火炉却也很冷，我们把拿来的药赶快给他熬上。舅舅摇着头说他没事儿，叫我们别再花钱。他看着我给他买的琴谱，他翻看着说很喜欢，只是现在他身体不允许，等他好了一定会弹给我们听。我安慰他让他好好养病。其实舅舅的病已经很重了，请来给他看病的郎中说，天寒是他病况加重的主要原因，如果还生活在这种天气条件下，舅舅恐怕熬不过这个冬天。当时我们就商量能否让舅舅去南方养一段日子。舅妈说扬州有些亲戚可以投靠，但路途遥远，盘缠也是一笔不小的开支，而且后来从舅妈的口中得知，婷婷为了给舅舅看病借了不少钱，甚至向樊楼借了高利贷。这些当时的我是不知道的。

在周围好友的资助下，大家都拿出来些银两，舅舅跟舅妈也卖了城外的房子，总算凑够了路上的盘缠，他们最终决定去扬州，至少那里比京城要暖和些，对舅舅孱弱的身体也有好处。婷婷仍留在京城，舅妈照顾舅舅去南方，一家人分隔两地。临行前，我跟陈韦都去送别，婷婷一家人相拥而泣，泪洒衣衫，大家依依惜别。

临走的时候婷婷的舅妈单独把我叫到一边语重心长地说：“郑灿，我跟婷婷的舅舅都觉得你是个好孩子，我有个秘密一直瞒着婷婷。其实我们不是她的亲人，她的亲人都在来京的途中死了。当年我们两口子恰巧在路上经过，正好碰上，婷婷妈妈临终前委托我们照顾她的女儿，那时她还在襁褓中，由于我们没儿没女，便答应下来，这些年我们一直当她是亲生的骨肉。其实我们离开后婷婷在城里就无依无靠了，我们也看出来了，我们这个外甥女儿对你挺上心的，你俩好好相处，婷婷有时说话不中听，可心肠好。我们两个虽然不是她的亲生父母，但她对我们两个老人很好。你要对她好，她也就有了依靠，我跟她舅舅也就放心了。”我说：“舅妈您不用担心，我一定会照顾好婷婷的。”我点着头向舅妈保证。

舅舅离开京城后，婷婷来我这儿的次数也不多，常常是照个面就匆匆走了。陈韦常去他哥哥那里，隔三岔五地回来一次。而我当时一边画画一边打些零工赚钱，也是忙得整天闲不住，不过我们彼此之间还会相互周济些，房租也是我跟婷婷分摊的，有时十来天见不到一次面。这种聚少离多的日子一直延续到腊月，本应是张灯结彩欢度元旦，可是战争的阴霾笼罩在每个人心头，使京城少了往年的节日气氛。边疆失守，外敌入侵，京城岌岌可危已不是什么秘密了。上至朝廷官员，下至黎民百姓都在谈论时下的战况。

倒是我没把京城的局势往心里去，我认为即使是有外敌入侵也不过是一群乌合之众的骚扰，偌大的京城戒备森严，可以讲是固若金汤，任何来犯之敌不过是螳臂当车不自量力而已。再有，自从亲人朋友相继去世后，经过这些变故的我对生命安危淡漠了很多，似乎只有姐才是我生活的希望，其他的并不重要，我也不太在意，整日在绘画与生存之间徘徊。不过，生存的压力，确实让我不堪重负。冬天的零活儿并不多，我断断续续地干，手里自然很拮据，有时就靠婷婷给我些钱度日。就这样我们一直熬到腊月底。元旦的前一天，陈韦跟婷婷恰巧都回来了。我们仨很长时间没在一起聚聚了，又赶上过年，于是大家就忙活了一桌饭菜，坐下来边吃边聊。

饭桌上我注意到，这段时间陈韦还是老样子，倒是婷婷明显有些憔悴。我问婷婷："舅舅回信了吗？"婷婷说："还没有。"又问陈韦："你怎么没照顾你爹啊？""嫂子照顾我爹呢，早都回老家了，城里就只有我跟我哥。现在城门看管很严，进出城都不那么容易了。"婷婷对我说："昨天我在樊楼里你猜看见了谁？""谁？"我摇摇头问。"那个抢你画的泼皮。"我睁大了眼睛："他怎么会在樊楼？他不是给关起来了吗？""是啊，我看见他也纳闷，他在请一些人喝酒，后来我听说是因为朝廷大赦才放出来的。""大赦？"我有些不明白。陈韦在一旁补充说："皇权交替，年号都变了，一朝天子一朝臣嘛，大赦放出来也不奇怪。"我平日不关心当下时局，很多事自然也就不知道。

当时我关心的只是如何把画画好，我甚至幻想将来通过画画在翰林画院考取个功名。当然这个想法我跟谁都没有讲。这虽是功利之心，却与章重的做法不同，对他的那一套手段我是嗤之以鼻，他大脑里装的东西在我看来已经腐烂掉了。

而也就在那段时间我找到了泓毅大师的故交寂云禅师。他在开宝寺做住持，我拜见了他。他虽年事已高却也是精神矍铄，鹤发童颜，而且是个丹青高手，威望极高，弟子如云。他见我是泓毅大师介绍来的自是关照不少，知道我喜欢画画后便叫我择日拿些作品给他看。我自是求之不得，于是闭门在家花了三天工夫，凭记忆画了一张范宽的《雪景寒林图》。这张画我临摹过很多遍，早已熟记于心。画好后迫不及待地拿去给寂云禅师看。

寂云禅师打开我的画，仔细看罢对我说："你这是临摹范宽的笔法。"我点点头。他又说："与他的画风比起来，你的画气韵不足，技法粗糙，略显稚嫩。你认为如何？"我点点头。"要想学画，首先应当知道一些起码的绘画知识。我要给你讲的理论，你能理解多少就理解多少。"我又点点头。禅师问道："你为什么要画画呢？"对于寂云禅师提出的问题我以前从没想过，我略思考了一下答道："应该是喜欢吧。"禅师沉吟了一下说："画画的人大体有两种，一种是为了生活，靠画画赚钱；另一种是喜爱，靠画画来表达自己的思想、情感。两者的区别就是一个将来有可能成为一名出色的画匠，一个有可能成为颇有建树跟影响力的画家。你目标是哪一个？""第二个。""好。"寂云禅师放下画对我说道，"画画人的心应该是放松而自由的，只有在自由的状态下才能在山水之间体味其中的意韵，才能激发自己的灵感，才能发挥自我，才能让自己的精神无限地接近自然。为功利而画画的人是体会不到这种意境的，而一个精神真正自由的人也是很难屈从于任何一种意识的胁迫的。本朝前期山水画自李成以来提升到了一个新的高度，范宽师从李成，但成就不在其下，他的特点是用笔刚古朴质，不资华饰。气韵雄伟老硬，得山真骨。技法以浓墨勾石骨，淡墨作点子皴，短条皴，布满岩壑。你若学他不如先从他的技法开始学起。"我点着头。说罢，寂云禅师起身从阁子中取出一巨幅画卷。随着画轴慢慢的展开，一幅气势磅礴的山水画呈现在我眼前。上款题字"溪山行旅图"。"这是我珍藏多年的一件范宽的手迹。"寂云禅师边说边把画挂了起来。

我走近凝神观瞧，这幅画的尺寸很大，站在画面前有一种被它包围甚至融进画卷的感觉。整幅画作绘一巨峰矗立，屏障于天际，极目仰视而不能穷其高。崖面飞泉一线，下临山谷，低首俯视而不知其深。近景一大石横卧，直逼眼际。真可谓"山谷郁茂，林麓幽邃，咫尺杳霭，远隔千里"。我被这幅画所营造的视觉落差，震人心魄的气势跟波澜壮阔的境界所折服了。我恍若身临其境，竟半晌没说一句话。

寂云禅师拍了拍我的肩膀说道："世人为什么会如此喜爱山水画？因为自然景象呈现在我们眼前，它的壮美令我们寄情于其中，体验到一种超越自我的美。自然之美有很多种。雄伟可以征服我们，小桥流水，也可以征服我们，它们之间只是形式上的区别，关键是画家能发现它们的美，并把这种美以个人的风格表现在画面上，以此来表达出一种情怀，并能与观者产生共鸣。这是精神层面的美。还有物象方面的美，也就是物象本身具有的美。这种物象的美不能仅仅停留在愉悦人感官的层面上，换句话说不能仅仅理解为形式上或表面上的美。一个很‘丑’的东西我们也可以把它描绘得很感人，很吸引人，因为逼真地再现物象，这本身就是一种美。物象领域对美的取舍在绘画创作上是相当自由宽泛的。当我们把对这两种美的理解与无懈可击、浑然天成的技法结合起来，并把二者推到极致的时候，思想与物象会相互自然地融合，会产生一种属于你自己独特的风格。你就会自由地游离于其间，而且会沉浸于此，创作出卓尔不群的作品。”

寂云禅师说完这番话的时候，我承认我没完全理解。我愣愣地站着，这种理论对我来讲还是过于深奥了。禅师看出了我的困惑，说：“千里之行，始于足下，慢慢来，多感受一下生活，多观察，自然会有收获。”“嗯。”我点点头。他又给了我一些画稿叫我去临摹。

告别禅师从开宝寺出来的时候，天已经擦黑了，不知不觉间跟他谈了一个下午。街上行人稀少，天空中飘着细细的雪花，我边走边琢磨寂云大师的话，多观察生活不难理解，可他说的那套理论我就不知道能否做得到了。我感觉有些冷，于是加快了脚步。开宝寺位于内城的东北角，而我住的地点在内城南面偏西一点。我沿着大道向南走，经过东华门的时候周围的人渐渐多了起来，我很奇怪寒冬腊月，外面又黑又冷，可人怎么忽然多起来了呢？更奇怪的是这些人好像并不是在逛街，他们大多手举着火把，成一个半圆形围堵在东华门外。火光把周围照得通亮，他们个个情绪激愤，口中不时喊着“严惩六贼”的口号。有人还在擂鼓呐喊，鼓声震天。我看着这些人，禅师跟我讲的话又浮现在耳畔，多感受生活，善于观察。联想到此情此景，他讲的道理很难与我周围的现实联系起来，我周围这些人都在干什么？为什么这么激动？我怎么理解他们的举动？我问着自己，却茫然而没有答案。这些愤怒的人群似乎是点着的火药，一触即发，他们围攻从东华门出来的几个宦官。有几个已经横尸街头。我觉得人群里的气氛有些紧张，冲突似乎随时都会爆发，于是加快脚步离开群情激昂的这些人。

当我快到宣德门的时候，同样看到手持火把围在城下的百姓，他们人更多，黑压压的一片聚集在城门下，把街道全堵了。他们不住地大声地喊着：“李纲，复用李纲。”我站在人群里纳闷地想，李纲是谁？这时见一些愤怒的民众有的攀上石阶把登闻鼓打破了。周围涌过来的百姓越来越多，蜂拥地冲向宣德门，我也被人群挤了进去。我把禅师给我的画稿紧紧搂在怀里，生怕给弄坏了。这时我注意到一些持刀校尉已经开始在人群外集结。看来又要发生流血冲突。恰在这时朱红的城门缓缓打开，喧闹的人群稍稍安静了些，只听得黑幽幽的门洞里有人喝道："陈东，大敌当前，你等聚众闹事，这是政出布衣，不是朝廷，胁迫天子，当事者应以死论处。”人群里有人斥道：“一人做事一人当，以忠义胁天子，不逾于奸佞邪之乎？”对方一时哑口无言。这时一些民众与包围上来的校尉开始发生冲撞，人群一阵骚乱，御街两侧的红漆栏杆都给撞倒了。我从摩肩接踵的人群里硬挤了出来，避开了校尉，向家的方向跑去。

我顺着御街向南一直奔跑，跑出了很远才驻足回望，高大的宣德门城楼被密如繁星的火把包围着，像浮在火海上的一艘巨船。那些跳跃的火苗把巍峨的城墙照得血一样的鲜红，如同被烈火点燃一般，随时都有沉没火海的危险。我看着眼前的这一切，回想刚才发生的一幕幕场景，怎么也与大师跟我讲的画中意境联系不起来。我不知道李纲与六贼都是些什么人，那些歇斯底里的官员与义愤填膺的民众之间到底发生了什么。宣德楼在请愿民众如潮的冲击下往日的威严荡然无存，那块至高无上的面纱被扯了下来，赤裸裸地暴露在众目睽睽之下。这些景象闪现在我脑海里，让我对昔日的京城又多了一层更深的认识。她不再只有繁华和优雅，她也没有我眼中的那么简单，那种最初的亲切感也逐渐变得陌生起来。我想我以前毕竟没有真正在这里生活过，对她并没有真正的了解，我也不属于这里，不过是个过客，周围发生的一切更是与我无关。我对双方的激烈冲突并不感兴趣，只是那半开的城门在灯火中显得肃穆而神秘，蓦然引起我的好奇。我的目光停留在那布满铜钉的红漆大门上，大门半开半掩，幽暗深邃的门洞里透着一股神秘的气息，我不禁暗想这富丽堂皇的大门里居住的人应该不一般，他们究竟是些什么样子的人呢？

从寂云禅师那里回来后，一连几天我都闭门不出，静下心来整日在家里临摹那些画稿。每天清早，晨曦刚刚把窗户纸映得发白便起来，伏案而坐，铺好绢，墨香随着研磨出的墨汁飘散在房间里的每个角落。我悬腕运笔开始勾勒画面，线条干湿相间，浓淡相宜。我沉浸在自己的山水世界中，即便窗外传来隆隆的炮石声，仍然像是给我所画的崇山峻岭、溪流湖泊演奏的一首首高亢的乐曲。我把自己与世隔离，陶醉在自己的世界里乐此不疲。

婷婷每天会来看我，每次都拍着窗户从外面叫我。“郑灿，开门。”我这时才意识到自己已在房间里待了很久，打开房门，往往伴随户外一抹扑面而来的明亮的光线，刺得双眼有些疼痛。婷婷到我这儿大多时候是给我带吃的来的。不过除了食物她还能给我带来一些外面的消息，有时她会告诉我外敌已经兵临城下开始攻城了，利泽门战事激烈，城中的兵将，连捕快都去参战了，还从民间招募了两千敢死士。后来又会告诉我现在双方停战，敌军围而不攻。总之是一些我不知道的时局战况。我边吃她拿来的馒头边听她讲，并没有往心里去。只是跟她说："你都快成情报员了。""这还算情报？满大街的人都知道，哪像你门也不出，当然什么都不知道了。"我说："知道有什么用呢？"

几天过后，陈韦从他哥那儿回来，气愤地告诉我朝廷的投降派准备议和。他这阵子总在外面忙碌，问他最近去哪了，他就说跟他哥在一起。包括上次请愿他也去了，他还亲自参加了护城的交战，并鼓动我参加亲征行营司招募的劳役，给酸枣门做防御工事，帮守城的士兵搬运石块、火药跟弩床。我当时没答应，也没拒绝，只是默不作声低头画画。

随着时间的推移，战事的发展更是瞬息万变。到了二月初，由于敌方考虑到自己孤军深入，中原各路援军到来，所以他们很快就撤退了。而我在这段时间临摹的画稿也积累了厚厚的一摞，就在战事刚一停歇，京城局势刚刚稳定之际，我拿着最近临摹的画稿再次拜访寂云大师。大师看过我的临摹作品后对我说，临摹只是初学绘画的做法，更重要的是要师法自然，多去大自然中，观察真正的大山、大江是什么样子。

大师的话自有他的道理，于是我决定到四处的名胜去看看。我把想法告诉陈韦，他说等到四月份的时候，天也不再那么冷得刺骨了，城外南郊的百岗山景色不错，京城八景之一的百岗冬雪就在那里，虽然那时未必有雪，但奇峰异石却也值得看一看。我来京城虽已整整一年了，也没怎么到京城外面看过，正好可以去外面走走。于是我等到四月初，在一个风和日丽的早晨，一个人出了城直奔百岗山。

京城周边仍是战场留下的一片狼藉。偶尔能看见一些人在清理或烧毁战死将士的遗骸。我按照陈韦说的往城的东南方向走，不到一个时辰的工夫，就看到前面一片群山。百岗山虽不是什么名川大山，也不是很高，但其险峻、奇特的山貌确实别有一番情趣。现在已是初春，漫山遍野的柳枝已经开始蒙上一层淡淡的嫩绿。京城的人有踏春的习俗，往年这个季节来这儿游玩儿的人络绎不绝，可今年因为刚刚经过战事，偌大的群山不见一个人影，空空荡荡的。我走在静静的山谷间，心想整座山里就我一个人也好，可以仔细地看看险峻的山崖奇峰，不受别人干扰。这里的山貌也是不常见到的，以独峰居多，奇峰林立，连绵不绝。

我沿着山谷间的小径往里面走。两侧陡峭的山崖笔直地直冲天空，越往里走，路越宽了起来。我绕过几座岩石突立的石峰，豁然一片碧波荡漾的水域出现在谷底，这片不大的水域是由山泉雨水汇集谷底而成的小型堰塞湖。旁边一条小道通向一侧山顶，我顺着小道登上了山岗，山顶上平坦宽阔，阳光明媚，长满了一人高的灌木丛。一条曲折的小道在灌木丛里伸向对面的群山。我沿着小道往前走，越走周围的灌木越矮，视线也越宽起来。直到露出一片开阔地，小路也在前方戛然而止，一条断崖横在眼前，把整座山顶与其他山体隔断开。我走上前去站在崖边往下看，整个山谷清清楚楚地呈现在眼前，脚下陡峭的崖面笔直地伸向谷底，下面是刚才看见的堰塞湖。一只长翼大鸟正展翅掠过墨绿色的湖面，白色飘逸的羽毛倒映在湖水中，与凌空飞翔的身姿如影相随。周围崖壁陡峭，爬满了青藤。对面则是如一巨大屏风一样横在眼前的青山。

山中很静，偶尔一两声鸟叫在山谷里回荡。我在崖边坐了下来，看着对面的大山，陡峭的山体被漫山的灌木野草装点成翠绿色，那些裸露在外的岩石，有的被风沙雨蚀得变成了暗褐色，有的剥落后露出原有的青灰色。有的参差不齐，有的如刀砍斧劈，千变万化。我看着眼前的景象，与《溪山行旅图》里的那些大山做比较。想象皴出来的肌理效果与真正岩石表面的近似程度。

一个人想得入了神竟然有些困了，我走到灌木旁边的一块大石头上打盹。和煦的阳光照在皮肤上暖暖的，我躺在石头上慢慢睡着了，梦里又回到了草原上的家。天高云淡，我骑着闪电在草原上飞奔，忽然间看见晚秋骑着马在前面跑。我驱马追了过去，她钻进一片树林不见踪迹，我追进林子里大声喊她，却听不到她的回声。这时我忽然闻到一股熟悉的香味儿，我知道这是晚秋香囊的味道，于是我循着香味往前找，终于在一棵大树面前停下来。我知道晚秋就在这棵树后面，正当我喊着晚秋要过去找她时，突然树后面寒光一闪蹿出一个人，拿着锃亮的钢刀狞笑着向我扑了过来。我猛一闪身定睛一看，是额颠阔乌鲁。我吓了一身冷汗，一下子醒了。我嗖地从石头上坐了起来，惊魂未定，用手掐了掐胳膊，确认不是在梦里。我也不知怎么做了这样一个噩梦，感觉不是太吉利。我擦擦头上的汗，定了定神儿。晚秋如此真切地出现在梦里，甚至她随身带的香囊的味道我都记忆犹新，看来两年多的时间丝毫没有磨灭我对她的思念。

十九

一阵清风吹过，我忽然闻到周围空气中飘着一丝淡淡的香味。没错，很像晚秋曾用过的那种香囊的味儿。我有些奇怪，这不是在梦中，这么幽静的大山里一个人也没有，怎么会出现女孩子佩戴的香囊的味道。

肯定有人在附近。我四周环顾，果然，就在我刚才站过的那座崖边，现在蓦然站着一个少女，她侧对着我，鬓角的长发随风飘起，面向山谷，似乎在沉思着什么。她犹豫了片刻，然后开始向崖边挪动着脚步，手抓着旁边的青藤弯下腰，看样子是想站在下面峭壁旁边那凸起的岩石上。她迈脚踩在了突出的石头上，半截身子露出崖面，重心不稳有些摇晃，好像要跳下去的样子。我很纳闷，轻轻地走过去，对她说：“不要跳下去。”她忽然听见有人说话，回过头看着我说：“走开，不要过来。”显然她刚才并没有注意到我，被我这一问弄得有些紧张。当我们彼此看到对方时一下都愣住了，我一下认出她就是买我画的那个姑娘，心里不禁很诧异。她看见我也是颇感意外的样子，好像也认出来了我。“是你？不要过来。”她警惕地对我大声地说。“我没有恶意，你是要跳下去吗？”“关你什么事，走开。”她盛气凌人。“你是不会是跳的。”我再次看着她说。“你凭什么这么说？你以为你是谁，怎么知道我不会跳？”她有些生气地问。“你会游泳吗？”这次她咬着下嘴唇，摇摇头。“即使会游泳跳下去也不能保证安然无恙，水下也可能有暗礁、利石，很危险。”她有些犹豫，怯生生地问：“有多危险？”“粉身碎骨。”“会很疼吗？”“可能死了就不知道疼了。”

这次她没有说话，而是看着山崖下面，表情有些犹豫。显然这个山崖对她来讲实在是太高了，她抓着青藤的手稍稍有些发抖，侧转着身子有些左右摇晃。我又往前走了几步。“你知道漠北草原吗？”我正想转移她的注意力，她不耐烦地打断了我：“我不想知道什么草原，你根本不了解我。”我马上缄口。她站在崖边看着深深的山谷，情绪看起来很失落。“我以前曾跳过很高的悬崖。”我边说边脱去外衣。“你要干什么？”她转过头睁大眼睛惊诧地看着我。“我要陪你一块跳下去。”我边说边脱去衣服，“你先脱去衣服，入水后或者能很快浮上来。”“你疯了吗？你以为我真不敢跳下去吗？”她见我这么说，看我的眼神不再那么充满敌意了，不过语气仍很强硬。“你不会跳的，如果真想跳也不会站这么久。”“我跳不跳跟你有什么关系，我为什么要听你的？”她说道。“我刚才也曾站在这里，这里景色很美，不过真要跳下去，恐怕就再也看不到这么美的风景了。但我说过，你要跳下去我就陪着你，如果你不想让我陪着你去死，就回来吧。”我看着她把手递过去。

她听完我的话，迟疑了一会儿慢慢地转过身，握住我的手，我一把把她拉住，我们俩挨得很近，脸都几乎贴在一起，甚至都能听到彼此的呼吸跟心跳。“你叫什么？”由于紧张她的声音有些发抖。“郑灿，你呢？”她犹豫了一下：“沈嬛嬛。”

我用力把她往上拉，可她脚下那块岩石忽然松动，周围一些碎石开始不断地跌落，紧接着那块岩石也开始往下慢慢地滑，眼看就要脱落下去。就在这失去支撑的一瞬间，我赶忙抓住了沈姑娘的另一只手，随着岩石从崖壁上翻滚着坠落下去，她整个人已悬在空中，全身重量全系在我的双臂上。只听见崖底一声巨响，岩石坠落水中，激起一片浪花。而沈姑娘正仰着头，双手吃力地拉着我的手大喊：“救我。”我使劲地往上提她对她说：“用力抓住往上爬。”我费尽力气终于把她拖上了崖顶，一起栽倒在地。我俩满头大汗地躺在地上喘着粗气，这时从小道上忽然急匆匆地跑过来一群人，他们看见我们躺在一起不由分说上前把我反剪双手按在地上。

来的人有五个，一身家丁的打扮，其中一个好像是头头，他先恭敬地问坐在地上的沈姑娘好，然后气势汹汹地面向我，大概是看见我上身赤裸，劈头一句："你好大的色胆，竟敢对我家小姐无理。"说罢吩咐几个人把我从地上架起来，抓着我的肩膀对我说："看你的样子就知道是个泼皮，绝轻饶不了你，把你押回府里问罪。"这时缓过神儿来的沈姑娘对那几个家丁说："你不要对他那么凶，他没有对我无理，是他救的我。"那个头头一听回过头一脸诧异地问："小姐，您在说什么？是他救的你？"沈姑娘走过来站在我们中间说："刚才我在崖边突然石头滑下山涧了，我也险些掉下去，是他把我拉上来的。"经她这么一说，那个头头的表情更是一脸困惑："刚才来的路上，您千方百计说服我们，说是要自己走走，可您为什么要到这个危险的悬崖边上来啊？""我，我想抓崖下面的那只鸟儿，所以就到这儿了。"沈姑娘有些局促，说话有些结巴，回答得含糊其词。我看着她的眼睛，她却有意地躲闪。"抓鸟？太危险了，您还是小心点吧，万一有个闪失我们可担待不起。"那个头头问我："是这样吗？""嗯，差不多吧。"我点了点头。几个家丁松了手，我揉着酸痛的肩膀看着沈姑娘，我知道她刚说的隐藏了一部分事实。"天不早了，小姐咱们也该回去了。"那个头头说。

沈嫘嫘看了我一眼，随他们一行下山，走了一段路，她又返回来对我说："你知道万寿观旁边有座朱门宅邸吗？"我说："我以前去过那里。"沈姑娘说："两天后的下午去那里找我。"我点点头。"好，一言为定。"沈姑娘说罢转身跟几个家丁往山下走，那个头头看沈嫘嫘跑了回来也跟了回来，他看着我赤裸的上身说："把衣服穿上，快下山吧。"说完转身走了，不过边走边回头看我自言自语道："奇怪，小姐突然掉下山崖，你怎么有工夫脱衣服救她？"我看着他们渐渐远去的背影，心想沈姑娘在对那些家丁撒谎，她心里到底在掩饰什么呢？此时天空晴朗，远方传来一声鸟鸣。我抬头望去，见那只飞在湖面的白色大鸟已跃上天，晚霞把整个天空跟群山染成一片红色，让人看了恢宏而壮观。

我回到住处，把在百岗山所经历的事告诉了陈韦，当他听我说沈嫘嫘邀请我去那座朱门宅邸时，觉得她的身份肯定非同一般，因为那里不是平常百姓去的地方，她或是贵族或是富商家之女。他提醒我说对沈嫘嫘而言，我不过是富家大小姐闲时游玩的调味品，我若真往里钻，无异于飞蛾扑火。

我明白陈韦所讲的，沈嬛嬛的身份确实让我有些顾虑，但她看我的眼神有某种像磁石一样的东西吸引着我，让我充满了好奇，内心涌动着一种冲动，这种冲动与她是相连的，我知道她想要什么，冥冥中似乎有一种力量，让我无法控制地想去接近她。我对陈韦说：“不管怎样，人家邀请我，怎能失礼？”他想了一下问我：“你清楚你在做什么吗？”我点点头。“好吧，你打算穿什么去她那里？”我看了看自己的衣服：“就这样啊。”陈韦摇摇头：“去那里穿得不能太寒酸。”说着他打开箱子把他平时最喜欢的一套衣服拿出来给我穿，白袍素巾，我穿上后也倍感精神抖擞。我没有把这件事告诉婷婷。两天后的下午我如期赴约。

这个朱门宅邸与晨晖门相隔不远，紧邻延福宫。街对面就是京城八景之一的艮月行云。宅邸粉墙鸳瓦，朱门兽环，院里是绿郁郁的高槐，门前是青森森的瘦竹。让人看了倍感气派跟秀雅。我轻叩大门，被人引到里面，这是一所很大的私人宅子，因为紧邻宫城的缘故，这个外面看起来不起眼的宅子其实很不一般，它与宫城相通。这个隐蔽的场所便于宫里面的人进出，不像走东华门跟晨晖门那么招眼。里面转曲回廊，庭院深深。不多时，眼前出现一个池塘，池塘不大，一块太湖石立于其中，沿着池塘边的走廊前行，到了一片郁郁葱葱的竹林。下午的清风一阵阵袭来，竹林轻轻摇摆发出“哗哗”的响声，让人倍感舒畅。

家丁让我稍等，他去禀报，等了一会儿，见没人来，我便独自走进了竹林。我站在幽静的小道上，四周被翠绿的毛竹包围着，阴凉潮湿的感觉就像沉入碧绿色的海底一般。抬头望去，遮天蔽日的竹叶随风轻轻地摆动着，成片的枝叶摇摆着，如同海底不断涌动的暗流。蓝天被交错重叠的叶片裁剪成细碎的五角星的形状，像撒在头顶上方一片会发光的蓝色宝石。

我走出了竹林，前方是一道门，红墙碧瓦，门前的台阶上往下走着一个人，正是沈嬛嬛，紫色霞帔，飘逸的长裙，衣着华丽而高贵。我们并肩沿着竹林外的小溪边走边聊，她问了我过去的一些经历，我告诉她，我从漠北草原来，现在就是孑然一身，住在浚仪桥南街，有个姐姐远在南方，我在京城就是来等她的。“你呢？”我说，“你叫我来不光是听我说我自己的吧？”“当然不是，郑参。”“郑灿。”我纠正道。“郑灿。”她边走边用手拨弄着路边伸出来的竹叶对我说，“我叫你来就是当面向你表达感谢，谢谢你那天救了我，还替我掩饰。”我说：“没什么。”嬛嬛又说道：“我知道你是怎么想我的，一个阔家的小姐，衣食无忧。每天吃的是山珍海味，穿的是绫罗绸缎，为什么身在福中不知福，还要去山崖，做那种危险的事。”我停下脚步看着她：“不，我没这么想，我只是好奇是什么让这个姑娘感到绝望，让她站在悬崖边，冒这个险。”嬛嬛有些激动，她把手递给我看，手腕上戴着精致的翡翠手镯，她又把包金的珍珠的耳环给我看，我不禁赞叹地说：“太精美了，戴着肯定会很沉吧。”嬛嬛说道：“虽然我过着一般人享受不到的生活，在别人眼里我应该是快乐而幸福的，可是我周围的环境让我窒息。每天生活在猜忌跟钩心斗角中，还要做那些烦琐乏味的礼仪，我感觉我生命里的某些东西正在一点一点地被我周围的环境吞噬。我想摆脱却无济于事。我的周围都是各种利益的角逐跟迎合各种权力的势利之人，我身在其中就像一个被人牵制的木偶，我感觉不到活着的意义。似乎整个世界对我们这种人的标准就只有一个：不苟言笑，循规蹈矩，将来嫁给一个王公贵族，生儿育女，维持家族的名誉。而我心里到底怎么想的却无人理睬，可他们说这些都是为我好。”“你是贵族？”我打断她问。嬛嬛点点头：“嗯，对不起，没告诉你我的身份。”我笑笑道：“贵族与富商对我来说都一样。你将来会嫁给王公或者贵族？”“我们的命运就是这样被安排的，谁又能阻止呢？”“你喜欢你将来要嫁的王公贵族吗？”

嬛嬛一脸惊诧的表情看着我：“你说什么？”“我说你喜欢那些王公贵族吗？”“你怎么能这么问？什么喜欢不喜欢，我们是贵族当然要嫁贵族，天经地义，有什么不对吗？”“我是问你喜欢不喜欢，没问对不对，告诉我喜欢或者不喜欢。”“你太无礼了，你凭什么问我这个，你没有权利问我这个，没有教养，你就是个放肆的街头泼皮。”嬛嬛激动地对我说着。她失控的举止让我感到意外，不过我仍笑着，坚持着问她：“我只是问你喜欢不喜欢？有这么难回答吗？”嬛嬛情绪有些失控，大声对我说：“我又没见过，怎么知道？算了，我不该跟你讲这些，我已经谢过你了，我要走了。”嬛嬛的脸通红，她转身往回走。她显然被激动的情绪冲昏了头，生气地说着。“那好，走吧。”我笑着看着她，她走了两步忽然缓过味儿来，转过身走回来指着我说：“这是我的地方，要走你走。”我摇着头说：“请我来的是你，可对我大吼赶我走的又是你，到底谁无礼啊？”

嬛嬛一时无言以对，面子有些下不来，见我背上背着画匣红着脸一把抢了过来气冲冲地说：“你这个破玩意里装的什么东西？”

“画匣里装的是我画的画，我准备拿给寂云大师看的。”嬛嬛拿出几张看了看，眼前一亮，看了我一眼说：“还不错，都是你画的吗？”她边问边坐在道边的一块石头上。“嗯。”我凑过去蹲在她身旁。她抽出一张人物，那是我平时画的晚秋的肖像。她抚摸着画面喃喃地说：“真不错。”“下面还有。”我又从匣子里抽出几张给她看。“你画的都是同一个人。”“对。”“你喜欢她，是吗？”嬛嬛侧过头问我。“嗯，可她现在已经不在世上了。”“对不起，我不知道。”嬛嬛抱歉地对我说。“没什么，已经过去两年了。”“你时常会想她吗？”“会。”我点点头。“她真美。”嬛嬛若有所思地说。“你从漠北来，可我感觉你好像是中原人。”“对，我父母都是中原人。”嬛嬛又问：“你平时都在画画？”“差不多。”“你画的人感觉比山水更生动，看来你还挺善于观察人的。”“嗯，我喜欢观察各种人，体会他们不同的生存状态以及喜怒哀乐。”“是吗？”“也包括你。”我看着她的眼睛说。“我？”“看出什么了？说来听听。”嬛嬛稍稍侧过头，用颇具兴致的口气问。“你是不会跳崖的。”我抬起头，询问的目光中带着某种期待，而语气却异常地肯定。

嬛嬛看着我，半晌没有说话，而是把目光转到别处说道：“郑灿，其实你并不了解我们这些所谓贵族真正的生活。”“嗯，仅凭你一说，是很难有深刻体会。”“貌似我们比一般人享受的物质条件要好的多，不过像我们这样的贵族也有很多禁锢。”“比如呢？”嬛嬛笑着说：“你真的想听？”“嗯。”“比如缠足，我们从小就得遵从祖训，把脚裹起来。”“缠足？为什么？”“我也不知道，大概先祖会认为小脚比较好看吧。”“所以你也就把脚裹起来？”“对啊！”嬛嬛眨着大眼睛望着我，一副顽皮的样子。“让我看看。”我好奇地说，嬛嬛掀开裙边，露出双脚，那分明是一双正常脚的尺寸。“你这脚跟我的也没有什么区别嘛。”我纳闷地说，嬛嬛在一旁却咯咯地笑起来：“骗你的，我压根就没缠过足。”“噢，难怪你可以一个人跑到悬崖边。”“其实，我真羡慕那些平民，没有约束，自由自在多好。”“你们贵族都缠足？”“嗯，我周围的姐妹都缠足，就是我跟她们不一样。”“还是这样自然比较好。”“我也这样认为。”“对啊，至少自由自在想去哪儿就去哪儿，你上次说你是漠北草原来的，那漠北有什么有趣的？”“嗯，有啊，比如说骑马，射箭。”“是吗，你有空来教我行吗？”“好啊。”正说着，旁边传来轻盈的脚步声，小雪快步走了过来，她附在嬛嬛耳边说了些什么，嬛嬛起身向我告辞：“今天就聊到这里吧，我还有事。”说罢，跟小雪转身向来时的门口走去。刚走几步，似是又想起什么，转身对我说："对了，郑灿，忘记问你住哪里了。"一旁小雪说："小姐，看把你急的，这事由我问他便是。"嬛嬛顿时脸一红。对我点点头说："我先走了，你从来时的大门回去即可。"我站在原地看着她俩背影渐渐远去。嬛嬛那一刻脸上泛起羞涩的红晕，我是分明看到了。

我回到住处天已经黑了，陈韦没在家，我把蜡烛拿出来，已经剩得不多了，我点好刚躺下休息，婷婷推门而入，吓了我一跳。"这么晚了，你怎么来了？"我问婷婷。"我为什么不能来呢？""我是说这么晚回来先告诉我一声，我好去接你，你这突然一回来，我一点准备也没有。""说得好听，这两天儿，你人影儿我也没见着啊。""这两天，确实挺忙的。""咦？今天你怎么穿得这么好啊？人也精神了。这么晚了，是要出去吗？""不是，我也刚回来。""穿得这么好，去哪儿了？"婷婷凑过来，饶有兴趣地看着我。"去寂云大师那了。"我没跟婷婷说实话，我怕她多想，闹得彼此都不愉快。

婷婷对我的关心让我不堪重负，从她的言谈话语中我能感觉到她绵绵的情意，可是我觉得自己跟婷婷是兄妹之间的情感，而且我俩互相帮助远比爱慕对方要自然得多。我刻意地跟她保持着一定的距离。但嬛嬛给我的感觉则不同，她身上似乎有某种东西在吸引着我，一种让心跳加快的冲动，虽然表面看不出什么，大家也都平静得像一潭湖水，可我隐约觉得这种激情一旦爆发出来威力惊人。如果说蔺晚秋是我难以忘怀的真爱，那么嬛嬛就是在我经历种种打击后，对爱情重新燃起的一种渴望。虽然婷婷跟我之间多少有些暧昧，但不管她怎么对我，我在她面前更多的是扮演哥哥的角色。

婷婷接着我的话说："我寻思是什么好玩的去处呢，原来是寺里啊。"婷婷边说边脱去身上穿的外套。我躺在炕上坐了起来："婷婷你今晚不回去住了吗？""回哪里？""樊楼啊，你平时不都在那住吗？""这阵子京城这么乱，那儿的客人少，没什么事可做，我就回来了，我以后打算常回来住。"婷婷说完回过头看了我一眼又说："你希望我在那个地方住吗？那可是风月场所。再说这房子是我租的，我难道不能住吗？""不，我没那个意思，我是说陈韦不在家，你回来我去哪住啊？""原来你担心这个啊，我又没赶你走，就在这住呗。""咱们在一起住？好像……"我自言自语地嘟囔着。"别那么多废话，过来帮我揉揉腿，忙了一天累死了。"说罢婷婷靠在炕头把腿平放在席子上。我过去给她揉。一会儿她又翻过身让我揉后背，婷婷似乎很疲惫，我揉了一会儿，她就有了困意，“郑灿，我有些冷。”我正准备给她拿被子，她趴在炕上轻声说：“抱抱我。”我迟疑着：“婷婷你我之间还是应该有些分寸的，你这样恐怕……”“你真啰唆，我真的很冷，快点。”婷婷拉住我的衣角喃喃地说。她把我拉到旁边躺下来，让我把她抱在怀里，婷婷身体确实挺凉，她往我怀里靠了靠，闭上双眼，表情幸福。

桌上的蜡烛终于燃到尽头了，随着最后一点烛火的熄灭，眼前一片漆黑，月亮透过窗纸把屋里照成了青蓝色。婷婷把头转过来声音温柔而低婉地问：“郑灿，你真的只想做我哥哥吗？我有那么不好，不让你喜欢吗？”“不是,你很好，其实我做你哥哥不也挺好的吗?我把你当作妹妹，咱们就像家人一样。”“我觉得做你妹妹不好,我也讲不出原因，可你能娶你妹妹吗？”“我们不谈这个好吧，你舅舅那边来信了吗？”“来了，已经到扬州了。舅妈说舅舅的病见好，可生活加上看病，开销仍很大，我刚托人给他们寄钱过去。”“下一步你有什么打算？”“先赚钱给舅舅治病，别的以后再说吧。”我跟婷婷聊着聊着她便倚在我怀里慢慢地睡去了。等到婷婷睡得很沉很香的时候，我轻轻地抽出胳膊给她盖好被，她表情安详，呼吸均匀。我坐在炕沿，睁着眼睛看着半开的窗户，毫无困意。

二十

端午节快到了，街上也恢复了以前的繁华跟热闹，战争的阴云似乎退去，人们依旧如以前一样生活，似乎几个月前的战事从来都没有发生过。那些卖小吃、五彩线、时令水果的小贩开始沿街叫卖，坐在屋里就能听见。丽景门外，朱雀门内外，相国寺东廊的台座上都挂起了小鼓，一些卖小扇子、长命锁、粽子的商贩云集于此，形成集市，人山人海。宫城里也开始做过节的准备，各个城楼也都挂起了长长的红灯笼，一派喜气洋洋的景象。我被京城这喜庆的氛围吸引，整日流连在城中，看着张灯结彩的街头巷尾，跟周围的人们一起沉浸在节日的欢乐当中。

小雪按我留给她的地址找到我，还拿来了我那幅被嬛嬛买走的画，她说嬛嬛很感谢我，除了画以外她还准备了银两相赠。我让小雪稍等一会儿，然后飞快地进屋写了一封信，内容是这样的："嬛嬛，我没有你显贵的地位跟钱财，你可以说我是个一无所有的穷光蛋，但我有一个健康的身体，还有想去哪里就去哪的自由，这对我来说足够了。你给我的那张画不胜感激，至于钱，我觉得如果是作为答谢你已经给得够多了，我不收了。端午节那天我会在右掖门门外的樊楼夜市等你，希望你能来。时光易逝，把握机会。”我把信交给小雪，让她给嫘嫘带去，我把画留下了，那些钱我分文没要。

送走小雪后，我一个人坐在屋子里，想起刚给小雪的那封信，嫘嫘看了以后会怎样想，她会来吗？想到这儿我心里一阵狂跳。是的，我不知道给嫘嫘写这样的信是否妥当，但我按捺不住想跟她一起的那种渴望。我知道，来自各方面的压力，正考验着我的信心和判断。这个冒险的表白也许会毁了我，也许会让我从此打开另一个世界的大门。我在渴望与失望两种心情下煎熬着，等待着约定的日子。

端午节那天早上，陈韦起来就叫我跟他一起回了老家过节，在乡下玩几天再回来，被我婉言谢绝了。婷婷头一天告诉我她端午那天很忙，回来不回来过节还说不定。整个白天家里都没人，朋友都各忙各的事。我无事可做，索性睡了大半天，傍晚给婷婷准备好晚饭，趁着天还亮着就赶去樊楼，我记得跟嫘嫘的约会。穿过热闹的街道，当我来到樊楼的时候天已经黑了，所幸的是这里属于京城最繁华的夜市区，密布着众多的酒楼跟店铺，那些挂在大门、楼顶的灯笼把整条街照得如同白昼。因为节日的缘故，道两旁卖特色食品的小摊比以往更多。胡饼、灌肠、煎鹅肝、果木翘羹、香糖馃子之类的不胜枚举。那些刚出锅的食物热气腾腾，香味飘浮在空气中引得来往的行人驻足购买。一时间弄得街道拥堵不堪。有些半大的姑娘挎着竹篮穿梭在络绎不绝的人流中拿些鲜花来叫卖。我站在拥挤的人群里向樊楼张望，到处是攒动的人头，却不见嫘嫘的踪影。

我四处寻她不见，心里暗暗责备自己的大意，给嫘嫘写的地址不够详细。这么多人她怎么能找得着我。我从人群中挤到樊楼的门口，站在台阶上，希望嫘嫘能够看见我，大约半个时辰过去了，仍不见嫘嫘来，我心有些凉了，毕竟她能不能来我也没有十足的把握。我靠在墙边，这时有人拉我的衣袖，回头一看，是个卖花的小姑娘，她手举着鲜花对我说：“哥儿，买一枝吧，给心上人最好的礼物。”我摇摇头。“真的不买吗？”小姑娘问道。我点点头，小姑娘一脸遗憾地走了。又等了个把时辰，仍不见人来，我想嫘嫘是不会来了，便准备回去了，拖着身子走在喧闹的街上，耳边尽是小贩的吆喝声，其中也夹杂着卖花姑娘的叫卖声。刚走了几步又有人拉我的衣袖，我只当是那个卖花的姑娘便说：“我不买的。”可那只手却迟迟不肯松开，我转头一看惊讶地发现是个穿着华丽的公子，头戴青色儒巾，身穿浅色襕衫，眉清目秀，风度翩翩。好一个英姿飒爽的美少年，我正觉得有些纳闷，忽然觉得这个少年有些面熟，再仔细一看，原来竟是嬛嬛。她女扮男装，竟让我一时没认出来。

“怎么样？像不像个公子？”嬛嬛颇有些得意地问我。“像，差点没认出来，几日不见真当刮目相看。”我笑道。“那倒也不是，我从没一个人晚上独自到宫城外面过。我若穿着女儿家的衣服，易招人眼，宫中耳目众多，怕行动多有不便。”“可这身衣服还是挺招眼。”我说。“这是我找到最差的衣服了。你等了很长时间吧？”她问。“还好。”“我今天险些来不了，宫里的人都去了金明湖看龙舟竞标。我是撒谎称病，让个丫鬟替我卧病在床才脱身的。”“真难为你了。”“那要看值不值了。”“没问题。”我跟她说，“咱们离开这儿，我带你去好玩儿的地方。”“什么好玩的地方？”“去了你就知道了。”

我拉起嬛嬛的手一路向南跑去，避开拥挤的人群，穿过一条条街巷，我们来到朱雀门前的广场。沿御街两侧尽是各式彩楼跟瓦子勾栏，而广场上搭建的多是临时的露台，各种杂耍、魔术表演一应俱全。这里亦是人潮汹涌，嬛嬛紧紧地拉住我的手，我俩穿梭在人群中，依次钻进勾栏里去看，里面搭的是戏台，有说书的，说的是三国的关羽、张飞。也有讲诨话跟唱诸宫调的，里面的观众都被台上的表演吸引住了，聚精会神，目不转睛，随着表演的故事情节的跌宕起伏，他们一会儿哄堂大笑一会儿摇头感叹。我跟嬛嬛只是看热闹，并不停留。倒是那些悬丝傀儡跟皮影让我跟嬛嬛印象深刻，边唱边演锣笙伴奏，妙趣横生，着实让我俩喜欢了一阵子。去过了瓦子勾栏我们又到了广场，那里的杂技表演更是引人入胜，上竿跟踏索看得人提心吊胆，在观者的一片惊呼中表演者却泰然自若。尤其是踏索，表演者赤足站在悬于高空中的绳索上表演担水、舞判官、过刀门，惊险至极。

我们正看得兴致勃勃，街面上一阵骚动，行人纷纷躲开，只见几匹快马从街南面疾驰而过，头里骑在马背上的正是曾太监，他们挥着手里的皮鞭，大声吆喝：“闪开，闪开。”他们一溜烟儿冲过街道。嬛嬛告诉我头里这个骑马的人是宫中的总管曾太监。她看了看明亮的夜空对我说：“时辰不早了，我也不能太晚回去。”我说：“好，咱们往回走吧。”我跟她一起去了东角楼附近的一处僻静的街巷，随后进了一所独院，嬛嬛在门环上系了一个荷包随手把门关上。院里没有人，中间停着一个四人小轿，红帘方顶。嬛嬛对我说：“敢不敢随我去？”“去哪里？”“我的家里。”“怎么去啊？”“听我安排，上轿。”嬛嬛推了我一下，我掀帘进了轿子，坐在了里面。轿子并不大，侧面设软屏，椅子上铺着茵褥，我刚坐好，就听有人进得院子，只听得嬛嬛问：“小雪，都准备妥当了吗？”“好了，小姐，我见门环上您留的荷包就进来了。”两人又低声耳语了一番。我正纳闷，见嬛嬛进得轿子里来，示意我不要说话，便坐在了我的腿上。这时听得小雪招呼轿夫进得院子，片刻，感觉身子往上一提，轿子离开地面，往前行进。

我头一次坐轿子，感觉既新鲜又刺激，何况嬛嬛坐在我腿上紧紧地挨着我，狭小的空间里我跟嬛嬛如此近距离的接触让我的心不由得怦怦直跳。我双臂环抱住她的腰，脸贴在她背上，她揭开儒巾一席秀发如瀑布般地垂下。她盘着头发对我小声说：“先忍一下，很快就好。”借着侧面丝质屏帘折射进来的光，嬛嬛粉白的脖颈上根根发丝清晰可见，而透过衣服的阵阵体香更让我心头不禁一荡。

轿子出了深巷，来到繁华的东角楼街上。我从屏帘往外看，迎面而来的是熙熙攘攘的行人，两侧酒楼的彩色灯笼把街道照得透亮。轿子顺着宫城东侧的大街一直向北走。我问：“嬛嬛，你家在哪儿？”“很快就到了。”说话间，轿子来到一处朝东的城楼前，巨大的朱漆大门敞开着，门口悬挂着巨大的红灯笼，两侧站着手持利刃的禁军。嬛嬛跟我说咱们从这儿进去。我问：“为什么不走以前那个朱门？”“因为这个地方不是每个人都可以进的，我要让你看看我平时待的地方。”我琢磨着她的话，似乎有某种含义。这时小雪走上前去对监门官出示玉质鱼符，监门官提着灯笼对着轿子照了照说：“鱼符没问题，可这轿子不是宫里的，里面是什么人？”小雪道：“鱼符没问题就可以通过。你问这么多何意？”监门官摆了摆手示意通过。恰在这时一个声音从城门里传了出来：“什么人这么吵？”只见从城门里走出一个人，我跟嬛嬛透过丝帘往外看不由得一惊。此人正是刚才见到的曾太监。

他踱步走到小雪面前，拿过鱼符掂在手里看了看，侧眼瞟了小雪一眼道：“你是绛萼阁里的丫鬟，这么晚了带什么人进宫？”这个突然冒出来的曾太监让小雪、嬛嬛不由得紧张起来。只听小雪道：“轿里是和国长公主，因身体不适，去宫外求医，方才回来这么晚。”“和国长公主？她坐在这个轿子里？”曾太监收敛了刚才一脸骄横的表情，似乎很惊讶，中午的时候因为和国长公主病了，王贵妃不放心让他派人去看看。手下的人回话说公主还在绛萼阁里修养，并无大碍，可刚过了几个时辰怎么又出现在轿子里？他有些疑惑，一把夺过监门官手中的灯笼，径直向轿子走来。坐在轿子里的我此刻心仿佛提到了嗓子眼，嬛嬛回过头来把食指竖在唇上示意我别出声，然后整了整衣襟。曾太监缓缓掀开轿帘，把灯笼举到轿前，橘红的灯光下，他看到轿子里正襟危坐的正是和国长公主，不禁失色低头连声说："在下曾总管给公主请安，请公主赎罪。"赶忙鞠躬下拜。嬛嬛正言道："曾总管，我外出就医，回来晚些，你就横加拦阻，是何用意？""奴才不敢，奴才是担心您的安危，请您开恩。""嗯，念你初犯，恕你无罪。本宫要回绛萼阁，你前头带路。""是。"曾总管侧身让道，轿子随之进了城门。

盖好轿帘嬛嬛回头冲我得意地一笑。我环抱她的手却不由自主地松开了。虽然我知道她是贵族，可和国长公主的身份还是让我颇感意外。"你是公主？"我问嬛嬛。"嗯。"嬛嬛冲我点了点头，"怎么，你害怕了？"她瞪着眼睛看着我。"我说过我是草民一个，贵族跟富商对我来说都一样。但我觉得你贵为公主不该姓沈吧？你应该姓……"没等我说完嬛嬛打断了我的话："对啊，不过你觉得姓什么很重要吗？""可我以后应该怎么称呼你呢？"嬛嬛想了一下贴在我耳边轻声说："若是在公开场合，你尊称我和国长公主，私下我就是你的沈嬛嬛，随你叫好了，这个名字属于你，是咱俩的秘密。"嬛嬛看着我，头几乎碰在了一起，我们目光炯炯，那种由于心动而迸发出的欲望如烈火般闪动在彼此的双眸里，瞬间点燃了我内心的激情。一股强烈的冲动让我情不自禁地抱起她，嘴紧紧贴着她的双唇，嬛嬛搂着我的脖子动情地配合着我狂热的吻……

轿子在宫城的大道上行进，宽阔的大道呈东西走向横贯宫城，路面用汉白玉石板铺成，在月色下泛着青蓝色的光。宫城里静悄悄的，只有轿夫踩在地面上发出的飒飒声，曾总管提着灯笼走在前面，远远望去橘红色的灯光在幽蓝的夜色下缓缓移动着，好像夜晚河面上漂流的莲花水灯。两侧巍峨的宫殿一座挨着一座地矗立在夜色下，随着轿子不断地前行，像皮影戏里的道具般一一从屏帘向后退去。嬛嬛倚在我的肩头指着外面的建筑逐一地轻声讲给我听。"郑灿，这个是端拱门，从这儿进去就是大庆殿，每当朝廷有大礼或朝会父亲都会在此召集文武百官。"我仰头观瞧惊叹这些建筑的精美。轿子往北行至宣祐门，再往北行，两侧亦是内诸司而出了拱宸门则进了延福宫。过了蕊珠宫，嬛嬛便打发曾总管离开，曾总管鞠躬告退，转身离开，他边走边觉得刚才的事蹊跷，他寻思公主病了为何不请御医却去宫外看病，而且据说也不是什么大病为何要去宫城外呢？他越想越觉得不对劲儿，于是没走多远就闪身躲进高墙下的阴影里，偷偷地在暗中观察着我们的一举一动。

轿子到了绛萼阁，嬷嬷仔细想想觉得不太安全，于是跟小雪商量，在她的安排下，让我马上离开宫城，临别时小雪告诉我可能会有人跟踪我们，嘱咐我小心，先别回家。我离开了轿子后迅速地钻进街边巷子里往前奔跑，当时已经是深夜了，长长的巷子里一个人也没有，正当快要跑到头的时候，我感觉巷尾尾随过来一个黑影，鹰一般的眼睛在黑暗中盯着我的背影消失在街口，那人正是曾总管。

在外面逛了半个时辰直到确认甩开跟踪的人我才回到住处。到家时已经是深夜了，推门进屋，灯还亮着，婷婷趴在桌子上睡着了。听到响动婷婷醒了抬起头，见我回来了便起身说："怎么这么晚才回来，我等你等得都睡着了。"我答应了一声，便倒在了炕上，头枕着胳膊心想陈韦去老家还没回来，婷婷却回来了，只好跟她凑合一晚了。婷婷见我躺下又问："你去哪里了，吃饭了吗？""去朋友那儿了，累了，我要歇会儿。""朋友？哪个朋友？京城里除了我跟陈韦你还有什么朋友？"婷婷凑了过来好奇地坐在我身边。"你别问这么多行不行，我困了。""不说算了，以后我有什么事也不告诉你。我给你买了些点心，等你了大半夜，你却回来就睡。"婷婷噘着嘴不高兴地嘟囔着，我又从炕上坐起来哄她："是吗？拿出来，我正好有点饿了。"婷婷见我起来高兴地从锅里拿出粽子、年糕，高高兴兴地放在了桌子上。她一边看我吃一边趴在我的肩膀上说："好吃吗？喜欢吃以后我天天买给你。"

我对婷婷说："今晚咱们就住在一起，等陈韦回来我就搬过去。咱们都是兄妹，互相当亲人那样照顾对方。"婷婷看着我说："你今天怎么了，好像你原来不把我当亲人似的。自从舅舅走后，我就把你当成最亲的亲人了，你知道不知道？""亲人，好啊，反正我也一直想有个妹妹。""舅妈走的时候跟你说什么了？""让我照顾你啊。""你这样算是照顾我吗？""你想怎么样？""一生一世地照顾我。""是啊，我把你当妹妹来照顾，但是假如我将来跟别的人好了，你怎么办？""跟谁好啊？""我是说假如。""不知道，我就知道你是假清高。"我知道婷婷的脾气，再往下说她该真生气了，于是便沉默不语。突然婷婷双臂离开了我的肩头，坐了起来说道："你身上怎么有股香味儿？""是吗？"我侧头闻闻身上，果然有一股淡淡的清香。我立刻意识到这肯定是嫒嫒身上的味道。“你刚才去哪儿了？”婷婷好像发现了什么似的询问我。“下午我经过一家香料店想过节给你买个香包，在里面挑了半天没有喜欢的，大概是那时留下的香味儿。”婷婷虽然觉得有些奇怪但也没听出什么不对。“不用花那些钱了，我还有香囊呢。”婷婷看着我说，眼里不由得流露着感激的目光。我胡乱地吃完点心倒头便躺下。我没想到我撒谎时竟如此自然，如此的脸不红心不跳。我暗暗看了看一旁的婷婷，心里有些过意不去，心想过几天找个适当的时候一定要把我真实的想法告诉婷婷。夜里睡觉的时候婷婷又要我抱她，被我拒绝了，为此婷婷还生气地不理我。

自此以后的一段时间我跟嫒嫒常常书信联系，她不太方便出城，有时把写好的信交给小雪，由小雪再转交给我。我写好信再由小雪带回去。虽然往来的信件中有些字我不认识，也不会写，可我每次都会找小雪帮忙，为此小雪打趣地说她快成我跟嫒嫒之间的鸿雁了。那段时间我给嫒嫒的信里写了很多我在漠北草原上的经历，诸如放牧跟狩猎什么的。这些对嫒嫒来说都是陌生而新鲜的，而她给我讲的那些宫中的事也是我闻所未闻的，其中有一段我印象特别深，我甚至看过好几遍。

她在信中提到那次在百岗山分手后她回到宫里的经过，我读着信，脑海里浮现出当时的情景。那天傍晚时分，万寿观前人来人往，路边的酒楼早早把灯笼挂了起来，红红的灯光把整条街照得通亮，道边成排的杨柳风姿摇曳。街的拐角，那扇朱红色的大门半开着，门口小雪像是在等什么人，不住地向街口张望，一副焦急的表情。不一会儿，一行人抬着轿子从路南面过来了，行至红门前停下，轿帘一挑，下来一人，正是沈嫒嫒。小雪疾步上前，二人相扶进了大门，边走小雪边细声说：“小姐，延福宫那里催了几次了，传您过去，我说小姐身体不适晚些过去。这会儿怕是他们又要催了。”嫒嫒说：“可能是爹由亳州回来了，摆宴庆祝。咱们不能耽搁，快跟我回阁换衣服。”“是，小姐上轿吧。”嫒嫒又换乘早已准备好的另一台轿子，奔西匆匆而去。

到了迎阳门，又换轿，行至绛萼阁，早已有宫女数人迎侍。片刻工夫，从阁中出来的时候，嫒嫒身穿紫色霞帔，翠冠长裙。头上佩戴的珍珠在月色下闪闪发光，与刚才的布衣装扮判若两人。她又乘轿由宫女侍其左右向东直奔拱宸门，进了门，两边侍卫俯身行礼。抬头向北望去，远处幽蓝的夜空下，气势恢宏的延福宫坐落在高高的殿台之上，灯火通明。待到大殿长阶前，嬛嬛跟小雪一前一后，拾级而上，嬛嬛双手提着拖地的长裙，一步一步登上台阶，宽大的大理石台阶发着青色的光。待她来到宫前大殿门口的时候，见里面灯火明亮恰如白昼，早已有人通报，即刻有人高呼：“和国长公主到。”随着两侧侍者俯身叩首，嬛嬛翘首步入延福宫的大殿。眼前的延福宫富丽堂皇，两侧坐满了身着紫袍的群臣。明黄色的烛光把宽阔的大殿照得透亮，一条长长的地毯横贯大殿南北，嬛嬛款步走在红色的地毯上，两侧排列成行的河阳花烛香气怡人，穿行在一盏盏明亮的烛焰中，她那张端庄秀丽的面庞显得更加楚楚动人。

“参见兄长。参见父亲。”嬛嬛一一侧身行礼。礼罢，登上观礼台，在一旁落座，小雪站在她侧后。嬛嬛俯视礼台下面，大殿左右坐着大臣及各国的遣使。她稳坐着，尽量保持着端庄的仪态，这是她从小在宫中就学会的礼节。因为她知道，下面这些大臣不但会给她参拜，也会给她指错，缠上他们也是很麻烦的，虽然她不喜欢这样，可她的身份不同，也没有办法。在这偌大的宫中只有小雪是她最亲密的伙伴儿，自小便在宫中陪她长大，她俩情如姐妹，无话不谈。这时殿中有礼宾高呼：“高丽枢密院副使金富轼参见。”众人行礼。小雪趁行礼之际凑近嬛嬛小声问道：“小姐刚才您撇下奴家去哪了？”“百岗山。”“现在天下这么乱，您怎么敢去那里？！”“待在宫中也会闷死人的。”嬛嬛说的时候目视前方，只是嘴唇微动，以防被别人看出来。“有何趣事？”小雪问。“有，碰见那个资政殿前要画的人了。”“哪个？相国寺门口遇见的那个。”“想起来了，那个傻乎乎的小哥儿。”“嗯。”

这时礼罢，礼宾又高喊：“真腊国遣郎参见。”众人又行礼。“他知道您的身份吗？”“还不知道，我只告诉他我叫沈嬛嬛。”“他叫什么？”“好像叫郑灿。”嬛嬛轻答道。可能是说话的声音引起了别人注意，坐在旁边的几个帝姬都微微侧头往这边看，嬛嬛和小雪闭口不再说话。

晚宴正式开始了，美酒佳肴依次按等级端上案桌。五颜六色的菜肴，锃亮耀眼的金银器具，让人眼花缭乱。众人推杯换盏之际歌舞也开始上演，气氛也随之活跃起来。其实在座的众臣都知道今晚的两个主角儿都不大高兴，众臣又都是官场老手，话语拿捏有度。虽然大家表面都笑脸相迎，频频敬酒，却各自心怀鬼胎，表演得不露一丝痕迹。

嬛嬛喝了几杯仙醇酒，便不再饮，她知道这种西域进贡的御酒很有后劲，她的双颊已开始泛起了淡淡的红晕。此时周围的人开始交谈，话题无非是先帝的墨宝如何绝妙，小雪又过来问：“有机会让我也见见那个郑灿。”“我约他过两天见。”两人正在窃窃私语，那边有人笑出声来，声音稍稍高了些，众人皆侧目看过去，见坐得不远的茂德帝姬正长袖掩口跟她的夫君谈笑风声。她正准备向父亲敬酒，她很擅长在这种场合调节父亲与兄长之间的气氛。

嬛嬛朝他们看了一眼口中轻声说道：“爱出风头的总是他们俩。”一旁的成德帝姬听见嬛嬛的话说笑道：“嬛嬛，人家是夫唱妇随，才子佳人，公公是当朝宰相呢。您要喜欢也找个如意郎君呀，怕是你那双脚没人要吧。”“谁稀罕呢。”嬛嬛不屑地说。

每当我看到这里的时候心里总是不禁暗自感慨，想不到嬛嬛身为公主，也不免遭人排挤。后来我从小雪带来的书信中，隐隐读到了嬛嬛字里行间似乎带着一丝忧虑，这忧虑似乎还夹杂着一种无奈。出于内心的担忧，我特意找机会向小雪询问嬛嬛最近怎么样，小雪在我的反复追问下终于向我道出了实情：原来上次我跟嬛嬛在宅邸见面之后，王贵妃也就是嬛嬛的生母找嬛嬛谈了很久，小雪作为嬛嬛的贴身丫鬟，当时也在场，王贵妃与嬛嬛的谈话她听得一清二楚，她向我讲述了那次谈话的情形。

二十一

那天晚上，夜幕降临，宫城内华灯绽放。绛萼阁里，轻纱罗幔，芳苡灯里面的龙涎香散发着阵阵清香。墙上挂着那幅《晴峦春晓图》，嬛嬛坐在梳妆镜前，看着镜中的自己。母亲王贵妃坐在她侧面的床上看着女儿的背影说："嬛儿，现在宫中没出阁的公主里数你年龄最大。朝中众臣对你的不礼之举颇有微词，虽然过去仰仗你父亲对你的袒护可以对他们不予理睬，但现在你父亲已经退位，你哥继位，根基未稳，朝中重臣分歧太多，况且外敌入侵，人心叵测，时局已今非昔比。如果咱们娘儿俩再不打算，将来即便是在宫中也免不了受制于人。你看刘贵妃，以前对我是恭恭敬敬，现在却骄横跋扈。她们这些人笼络朝中大臣，拉帮结派，我在你父亲面前更是一点儿地位都没有。"嬛嬛打断她的话说："娘，您别说了，总想着这些事烦不烦啊。""你是我亲生女儿，我也老了，将来还要指望着你，那个刘贵妃不就是仗着女儿嫁给宰相才敢跟我耀武扬威吗？你也要嫁给个朝中名臣之后，官职最小也得是个枢密使什么的，将来万一朝中有变，即便不靠你父亲咱们娘儿俩也好有个退路。""娘，您就不能替我考虑考虑，想想我愿意不愿意呢？”嬛嬛回过头对母亲说。“可以呀，宰相，兵部尚书，只要是一品大员都可以，娘都不反对。唉，要不是你不肯缠足，没有宫中这些多嘴的后妃与帝姬的流言蜚语，恐怕你早就嫁给达官显贵了，你长得又不比她们差，哪轮得到她们。”“要是这些人我都不嫁呢？”“嬛嬛，你应该清楚，你父亲对我看都不看，我早就失宠了，下一步要想保住咱娘儿俩的地位，只有靠你了。听娘的话，把脚缠上，我们不能想做什么就做什么，知道吗？你好好想一想，天不早了我先回去了。”王贵妃说完一席话站起身，抬头间看见挂在墙上的那幅画问了一句：“这画是哪来的？我以前没见过。”“是《晴峦春晓图》，我最近在相国寺买的。”“哦，能在民间买到这样水准的画，难得，不过今后还是少去那种地方。”王贵妃出了门，边走还边自言自语地说道：“《晴峦春晓图》，这画还真不错。”

小雪讲到这里的时候停了下来，看了我一眼，见我表情木然，问道：“你怎么啦？”“没什么，你接着讲。”小雪继续说道：“那天王贵妃走后，嬛嬛一个人在梳妆台前愣愣地看着镜中的自己坐了很久，我是和她从小一起长大的姐妹，她怎么想的我都清楚，你想想她既有地位又年轻漂亮，上苍似乎对她特别关爱，所有这个年龄少女该有的健康美丽都在她身上体现得淋漓尽致，不过，宫里明争暗斗的残酷，她比谁都清楚。她也明白自己和母亲的处境，可这一切如果用她一生的幸福来承担，公平吗？我真希望她能够快乐，找到自己的幸福。我见她在镜前静坐不语，便上前安慰她，她让我把王贵妃给她拿来的那块翠绿色的缠足布放回柜子里，我知道她不会听王贵妃的话缠足的，那是她最烦恼的东西。她的姐妹拿她的脚开玩笑已不是第一次了。她也因为这个深受朝臣跟后宫的责难与讥讽，却始终也不肯把双脚裹起来。她从小就这样，裹好了自己偷偷解开，任她的双脚自由生长。这使她与当时只在贵族富人间流行的缠足风尚格格不入。慢慢地她这种坚持也让她的婚事成为众矢之的。不过她宁可违抗父命得罪众臣也不肯委屈双脚，也因此一度与周围人的关系紧张，这也是她的帝姬称号迟迟没有加封的原因。现在还是称呼她和国长公主，不过她并不在意。她知道跟封号比起来她的脚更重要。因为只有这双脚才能给她自由，才能带她去她想去的任何地方。嬛嬛起身走到阁楼的窗前，她叫我一起过来看着窗外，那晚点点繁星如撒在银河的宝石一般闪闪发亮。忽然一颗流星正划过浩瀚的星海，瞬间消失在夜空，嬛嬛动情地对我说，她真想化作那颗流星，永远地飞离开这里。看着她那充满憧憬的目光，我真的很感动，我非常了解她当时的那种期待。”

听完小雪讲的这些，我对嫒嫒所处的环境似乎更加了解了。小雪走后，我又拿出纸笔想写点什么东西给嫒嫒，可竟不知道给她安慰还是鼓励，折腾了半天，也没写出个头绪，于是想改日再写，便把纸和以前的信件偷偷藏在了炕席底下，我不想让人知道，尤其是婷婷。

可是没有不透风的墙，跟嫒嫒交往的这件事终于还是让婷婷发现了。那天我出去不在家，婷婷回来，藏的信竟意外地被她看见了。她是在找东西的时候无意中翻到的，看过之后，联想到我前些天很晚才回家，还有身上的那股香味儿，婷婷一下全明白了，好似抓到证据一般，她把那些信悄悄地藏在身上，静静地坐着，等着我回来。

我回来的时候是中午了，心里相当高兴，因为刚刚跟小雪联系过，她说嫒嫒约我明天一起出城。当我神采飞扬地进屋看见婷婷的时候，她正坐在炕沿儿，便问："婷婷，饭做好了吗？快饿死我了。"婷婷表情很平静，见我进来了便故意笑盈盈地靠过来说："饭？不急。"然后貌似亲热地拽着我的胳膊缠着我让我讲些草原的故事给她听，我感觉有些纳闷儿："你没事吧？干吗要听那个？""你讲给别人听就不能讲给我听？""我讲给谁听了？""讲给谁你自己心里清楚。"婷婷话里有话，我心里咯噔一下，婷婷看出我有些紧张，不急不躁地从身后掏出那些信，当着我的面撕得粉碎然后一把扬在我的脸上，边撕边学我信上写的话："嫒嫒，跟你在一起的这些天是我离开家以来最快乐的日子，你的美丽让我感觉到生活重新焕发出光彩。真不嫌害臊，不要脸。"我上前去抢那些信，她把信往地上一扔。扔完之后踩了几脚然后流着眼泪昂首挺胸走出门去，回手把门重重地一摔。我默默地站着，一句话也没有解释。其实我也知道嫒嫒的事早晚瞒不住她，多说无益。

第二天上午我就按照小雪告诉我的地址去了北城的新封丘门，新封丘门内靠右边有一个军营，是城内最大的军备物资储备处。那里有囤积的军粮、大量的武器装备与战车马匹。军营的对面是南北贯通的街道，街面上商铺林立，临街而立的天清楼是一座二层的酒店，古香古色的风格让它在沿街的铺面中显得独具特色。我进了二楼的一个小阁间，嫒嫒已经在那里等我了，她还是一身男装的打扮。十几天不见，再看到彼此时，嫒嫒的表情比我期待的要稍显冷静。这些日子的鸿雁传书使我对她有了更强烈的渴望，连日的昼思夜想让我情不自禁地上前抱住了这个让我魂牵梦萦的女孩儿。

嬛嬛毫无防备，让我这突如其来的拥抱弄得有些无措。可能是用力过大，我听到她“哎呦”了一声。这时我宽厚的胸膛正紧贴着她的前胸，结实的手臂勒在她酥软的身上几乎陷了进去。我感受到来自她身体的那份柔韧，这种来自异性的接触再次让我怦然心动。我怕弄痛她赶忙放开了手臂，嬛嬛此刻却顺势搂住我的脖子，她把头埋在我的肩上对我小声耳语道：“郑灿，这几日可曾想过我？”“无时无刻，你呢？”“嗯，你觉得呢？”

她边说边忍不住用手触摸我身上一块块隆起的肌肉。那些肌肉散发着男性青春的朝气，充满了力量，或许这种直观而又鲜活的触感令她情难自已，她侧过头来面向我，我不由得又将她抱起，她微翘着下颚，忘情地闭着双眼，我没想到她那份惯有的理性与矜持在我有力的双臂下会瓦解得如此迅速。也许是因为那份来自于她内心的阵阵悸动，我看见她呼吸急促面颊绯红，这几日的分离对她对我其实都是一种煎熬，我这才明白我们早已是心心相通，彼此是多么渴望得到这种充满爱与激情的拥抱。多日的思念瞬间化作深情的热吻倾泄而出，嬛嬛此刻也开启她那温润的双唇任由我的舌尖肆意深入。

那天我与嬛嬛谈得很多，从我小时候讲起，说到了姐姐的离家出走跟父母、妹妹的故去，还有来到京城遇到的种种事情。不过我有意没有讲婷婷，因为我跟她的关系比较特殊，一两句话也说不清，也容易让人引起误解。嬛嬛听了我的过去，感到惊讶，她没料到年纪轻轻外表单纯的我竟有如此坎坷的经历，但是从我的言谈话语中她没觉得面前的这个少年有丝毫的颓废与世故，相反，却是历经磨难后的坚强与自信，这就更加深了对我的喜爱。因为相比简单跟肤浅，她更倾向于接受阅历丰富的男人，这可能也满足她作为女孩儿的某种心理。

嬛嬛也讲了最近宫里发生的一些事情，其实嬛嬛选择在新封丘门这儿约我，是她事先安排好的，因为这儿离军营很近，可以很方便地领到赐给她的战马。当我听嬛嬛说起战马的时候有些不解，便询问究竟，嬛嬛便给我解释了其中的缘由。事情的经过还得从端午节之前我给嬛嬛写的那封信说起。

那天小雪把我写的信交给了嬛嬛，嬛嬛刚看完信，绛萼阁门外便来了一个人，人未到声音却先传了进来：“妹妹，这么好的天怎么也不出来走走，害我还得上你这儿来。”紧接着珠帘一挑，纤步走进一个人来，嬛嬛赶忙把信藏在了身后，抬头一看是成德帝姬。小雪侧身行礼退了出去。成德帝姬比嬛嬛长一岁，生的也是水灵清透，见嬛嬛双颊绯红便问："嬛嬛，你是不舒服吗？怎么脸色这么红？"嬛嬛见她进来心里不免有些紧张，她俩平时就是水火不容，这当口儿她来这儿不知道葫芦里卖的是什么药。嬛嬛先是摇摇头，紧跟着又点点头。成德帝姬见状不禁笑道："妹妹你这是怎么了，又点头又摇头的？""没什么，有一点儿不舒服。""哦，那要多在意了。"说着拧着身步便往里面走，边走边说，"嬛嬛，本来呢，这点事儿是由宫中宦官来传的，可是我近来特别挂念你这个妹妹，反正也不是什么要紧的事，就自告奋勇给你传个信儿，顺便看看你。端午节快到了，宫里每年都要搞些庆典，这你也是知道的。可今年有所不同，因为八哥继位了，朝中一些老臣虽想再拥立父亲，可继位之事并非儿戏，岂能出尔反尔。我知道爹在位时很疼你，可是现在已不是宣和年了。你要想好支持哪一边，真要是出了差错别怪姐姐没告诉你。明天端午节八哥要在金明湖看龙舟竞渡，估计爹也去，到时你要站好队，该怎么办你清楚。"

嬛嬛说道其实她对父亲兄长之间的事也是知道的。正如她母亲所说，现在朝中分成两派，再加上太学党一帮人，政局复杂，变幻莫测。她并没有参与其中的任何一方，她的这种态度，免不了受到别人的猜忌与排挤。父亲在位的时候她很受父亲的庇护，可现在形势不同了，八哥继位后与父亲关系紧张，貌合神离，近日又暗中集结一些亲信党羽，准备对父亲过去的一些权臣下手。父亲那一派的人已经岌岌可危自身难保了，况且她又是深受父亲宠信的女儿，此时她虽为公主却也不得不防，因为城中失火殃及池鱼的道理她自小便懂。倘若她站在八哥这一方，平日里那些嫉妒她的帝姬又岂能容她，所以她沉默着没有说话。

只听成德帝姬又说："嬛妹，按理说每年这时候宫里都会给各个后妃、帝姬御赐些北珠、玛瑙、丝绢布匹，可今年战事不断，商榷也关了，这些珍稀物件自然也少了很多，好的早被别人拿走了，我也没分到什么，只有一个北珠，至于你嘛，好像也没剩下什么稀罕物件了。"成德帝姬说着拿出北珠故意给嬛嬛看，脸上颇有炫耀与幸灾乐祸的表情。听到这里嬛嬛已经明白了七八分。她知道今年没赐给她珠宝只是一个借口，这其中的原委她心里是清楚的，只是懒得跟她们争来争去，她打断了成德帝姬的话："姐，我头有些痛，你先行离开吧，我要休息一下。""对了，妹，你也别太难过，还是有些御赐东西的。封丘门的军营里有些商榷交易换过来的马匹，不过都是些淘汰下来的，也就只有这些了，喜欢的话可以留下来。”“这事我吩咐小雪办就可以。”“好了，我不打扰了，你好好休息吧。”说完成德帝姬一脸得意地离开了绛萼阁。

看着成德帝姬的背影走了出去，嬛嬛一颗悬着的心总算落了地。马匹很少会赐给帝姬，况且是淘汰下来的，实际上嬛嬛什么也没得到，她已经闻到宫廷内部争斗的火药味了。早就厌倦了宫中尔虞我诈的嬛嬛对眼前的一切早已习以为常了，这些人总要生出些是非来。左右为难之际索性不去想它。

她把藏在身后的信拿出来，又读了一遍，她心中暗暗盘算，于是想了个主意，女扮男装出宫赴约。听嬛嬛讲完，我又问她：“你那天没去金明湖看龙舟，如何做到不被发现？”嬛嬛说：“我找了个丫鬟替我在阁里躺着呗，后来母亲还叫那个曾太监去阁里检查过，幸好那个丫鬟听我的嘱咐盖着被，曾太监才没看出破绽。”“难怪那天晚上在宫门口曾太监对咱们起疑心呢。”听嬛嬛讲到这里，我对她在宫中的处境算是有了更加真切的感受。

嬛嬛叹了一口气又接着说：“有时想想自己，如一只被关在金色笼子里的鸟，我只能从栅栏里向外面看，那笼子外的天空似乎永远也不属于自己。我曾试着想飞出去，可我一个孤身女孩儿如何面对吉凶未卜的未来。”我听到这儿握住嬛嬛的手说：“没想到你周围的环境这么复杂，以前我还以为你只是个养尊处优的大小姐呢。”

后来我又从嬛嬛的话语中了解到其实嬛嬛在宫内宫外有意无意地接触过很多年龄相仿的男孩儿，虽然当时的社会也是遵循男女授受不亲的一套礼教，可是自本朝以来亲民之风尤其盛行，上至高官显贵下至平民百姓皆不过分拘于礼数，所以即便是宫中的公主千金亦有乔扮男儿混于市井当中，自然也有机会接触到各类男子。只是嬛嬛以往接触到的大多是王侯将相或名门望族，再不就是太学的学生，他们都是彬彬有礼，知识渊博，对她卑躬屈膝，说一些冠冕堂皇、谦卑恭维之话，很难跟他们有真正的交流。没有一个人给过她像我那般摄人心魄的激动。

我接着问嬛嬛：“你认为我跟你周围的人有很大不同？”“是不同于他们的特质。”嬛嬛点了一下头肯定地说，“你与那些只会吟诗作赋的公子不同，虽然你没有中原人那种文质彬彬的儒雅，却有着他们所不具备的一种天马行空般的自由与真诚，我恰好看重这一点。”“你是说我比他们显得更粗犷，是吗？”“确切地说是你没那么虚伪。”“所以你喜欢跟我在一起？”嬛嬛笑着说：“应该吧，尤其你所说的那个草原，听着令我心驰神往。”嬛嬛又接着说：“我虽然愿意跟你在一起，不过我母亲可不会同意的。”“你母亲知道我？”“她只知道我私下里认识一个市井中的人而已，并不知道你。”“我问过小雪，她说过你母亲特别希望你能够嫁给一个名门望族，是吗？”“嗯，对啊，她是这样，尤其是曾总管把那天晚上跟踪你所看到的情况告诉了母亲，她听说后又跟我秉烛夜谈。她的态度是明确的，不管那个少年是谁，只要不是名门之后就坚决不能来往，她不能容忍自己的女儿与低下的市井之徒交往，让我彻底跟你断绝联系。她给我一些时间去处理这件事，但绝不允许再深入发展。当时母亲看我一言不发，用尽心思苦口婆心地劝诫说：‘一个女儿家的终身大事不能儿戏，况且你身为公主，怎能凭一时欢喜而置皇家尊严而不顾。你平时接触的都是名门望族，你若与一个市井泼皮交往，真要让宫里人知道咱们母女还怎么立足？你真希望我晚年因你连累身败名裂被贬为庶人，在法云寺当个僧尼，每日粗茶淡饭了此一生吗？’虽然母亲的出发点并没有完全出于对我幸福的考虑，但这也阐明了我们母女面临的处境。母亲还说那个处于社会底层，衣食并无保障的年轻人真的能担当起我一生的幸福吗？这份突然发生在地位悬殊的男女之间的情感是否会隐藏着某种难以启齿的目的？她要我当面发誓今后不再跟市井泼皮来往，母亲也许会对她认为可疑的人下手。我也不知道该怎么办。”

我听完嬛嬛的话，觉得她母亲王贵妃虽然尖刻，但一些趋利避害的话倒也颇为中肯。我能给嬛嬛带来什么呢？想到这儿自己半天无语。嬛嬛似乎看出我的心思和顾虑，她又讲了自己的想法。她说她从不怀疑与我一起时那份情感的真实，它来得是那么纯粹与真挚，否则她也不会跟我在一起。她不在乎别人怎么说，她只在乎我对她是否真心。其他的诸如地位金钱她都可以不屑一顾，但她的感情不能容忍一丝的虚伪跟欺骗。她虽然不奢望她的爱情轰轰烈烈，可也要持久与真挚。嬛嬛的话让我也热血沸腾，我也渴望得到这样的情感，我激动地说：“我或者可以伪装起来欺骗别人，可是我无法欺骗自己那颗为你跳动的心。我想如果你也跟我有同样的心跳，那么我的这颗心也将属于你，即便是跟你上刀山下火海，也永不改变。”“你能保证吗？”嬛嬛问。“能。”我用力地点着头说。“可你我悬殊的地位是不会有未来的。你可以试试考翰林画院。”“翰林画院？为什么？”“因为这是我们共建未来的一个最现实最可操控的途径，我想一旦你进入翰林画院，相信你会比现在进步更大，我相信你会成为一名卓尔不群的宫廷画师，进而如果能得到父亲的赏识，那时咱们在一起的计划就有可能实现了。这样母亲即便再有一万个理由反对也只能作罢。退一步想即便你没做出什么成绩，也可以在宫中镀镀金，毕竟悬殊的社会地位让咱们在公开场合根本无法接近。”嬛嬛说完看着我，好似浑身充满了力量与希望。

对于她的想法我有些犹豫，一方面对所谓的上流社会我很陌生，正如嬛嬛自己曾讲过的，我也肯定受不了那里钩心斗角、尔虞我诈的环境，我更希望无拘无束自由自在地生活，这更符合我的个性。另一方面我知道考取翰林画院是非常难的，它不仅仅要求应考者有良好的绘画功底，还要求应考者具备相当深的文化底蕴，而这些都是我欠缺的。不过看着嬛嬛满怀期盼的双眼，我似乎无法拒绝。真的，对一个少年而言没有什么比一个少女期望信任的眼神更有力量了，我不能辜负嬛嬛，于是点点头说：“好。”

那天下午我跟嬛嬛还一起骑马再次去了城外的百岗山。我们一起出了城，嬛嬛不会骑马，于是我从扶她上马那一刻开始，每一项动作要领都慢慢地教她，怎么控制马，怎么跟马沟通，如何对马下指令，奔跑起来身体怎样跟马保持协调等等。嬛嬛聪颖机灵，很快就掌握了其中的技巧。我们骑的马是战马，又经过训练，所以容易领会主人的意图。经过一个多时辰的磨合，嬛嬛竟然可以驾驭着战马奔跑起来。

我见她进步如此快，情不自禁打了一个响亮的口哨，嬛嬛好奇地问我那声音是怎么发出的，她以前从没听过这样的声音，我做好手势教她，她却打不响，她笑了笑：“看来这个比学骑马还难，这口哨有什么用吗？”我想了想回答：“是用来打招呼的。”“什么？用它来打招呼？”她笑问。“对，用哨声跟马打招呼，以前在草原驯马我就是打口哨，马儿能听得懂。”“这么有趣？那以后你要教我这个。”“好。”

我们骑着马一前一后穿行在百岗山的峡谷里，又一起登上连绵的山脊。百岗山，山连山，峰连峰，高高的山脊上一条崎岖山道在崇山峻岭中辗转延伸。我跟嬛嬛顺着山道驱马飞奔，迎面而来的是阵阵从山谷吹来的凉风。嬛嬛散开发髻，仰起头，乌发随风飘扬，她骑在飞奔的马背上，脚下是层峦叠嶂的群山与缥缈于峡谷的云雾。“郑灿，我在飞，这就是我曾经梦寐以求的，你看见了吗？”嬛嬛忽然松开缰绳伸开双臂，大声地冲我喊。那舞动的衣摆和随风飘逸的长发，使她看上去犹如一只展翅飞于云端的鸟儿。

我俩一起登上这片群山的最高峰，下面是万丈深谷，站在凸起的岩石上向南方看，远处层层的山峦如滚滚退潮的波浪一般消失在苍茫的地平线上；向西看，夕阳耀眼夺目，我们用手遮住阳光，金明湖波光粼粼，像浮在大地上的一块亮闪闪的翠玉；再往北看，整个京城一览无余，宏大的城墙跟巍峨的宫殿竟那么缥缈，一座座佛塔矗立在金色的夕阳下，塔檐上的琉璃瓦在落日的余晖下闪动着点点金色的光芒。我们站在最高的山巅，云雾从山腰飘浮而过，举目展望苍穹，身体犹如凌空飞翔一般。那一刻，似乎大地都是为我们而存在，我们大声高呼，声音回荡在山谷里。那驰骋于天际的豪迈之情让我们热血激昂，我们犹如这个世界的主宰。

那天我们玩得痛快淋漓，跟嬛嬛道别后，在回去的路上我在想翰林画院，在我的脑海里那是个可望而不可即的地方，现实中或许我也曾想考取它，不过那只是在头脑中一闪而过的念头罢了，因为我知道京城高手如云，而能进翰林画院者更是寥寥无几，因此对前途不抱过多的希望。但这丝毫不影响我对爱情的向往，通过刚才与嬛嬛的交谈，似乎我已经跟她订了终身，找到了可以一生相伴的人，虽然我不知道这种悬殊的地位在世人眼中的差距到底有多大，甚至不知道有多危险，但我只觉得跟嬛嬛在一起生活好像有了意义，生命也似乎焕发出光彩。在这种信念的支持下，我义无反顾地开始为将来做准备。回到家后的第一件事就是把我的铺盖搬出了跟婷婷合租的那件厢房，搬进了对面陈韦的那间屋子。

婷婷抱着肩靠在门框上冷眼观看，一言不发。陈韦住的炕上摆满了乱七八糟的东西，我把它们都推到了一边，把铺盖铺在腾出的地方。陈韦今天早上刚从乡下回来，本想晚上跟我们好好聚聚，他看我跟婷婷忽然爆发的冷战，也不知道是因为什么，觉得大家闹僵了不好，本想劝劝，站在门口悄悄冲婷婷问了一句：“郑灿你们俩怎么了？”没想到婷婷砰的一声把门关上，一句话也没有回。

陈韦碰了一鼻子灰，转过头来问我跟婷婷闹别扭，是不是因为上次约我的那个叫沈什么的人。我不置可否，躺在床上一言不发。其实陈韦早有预感，这事儿一旦让婷婷知道肯定出事儿，虽然他问我俩谁也不说，不过瞧这架势，明白人一猜就知道八九不离十。见谁都不说话，陈韦也就不再问了。毕竟是人家感情的事，他也不想自讨没趣。其实陈韦这些天挺忙的，他在城外接了一个活儿，大梁门附近的显圣寺遭战火烧毁，陈韦应召去修复损毁的壁画。管吃管住，工钱一天五十文，三个月后发。他问我要不要一起去显圣寺找个活儿干，我摇了摇头表示不感兴趣。

陈韦跟我说这个房的租期快到了，他不打算再续租了，今后如果找他让我去显圣寺。他走后我一个人躺在炕上默默地盘算自己的未来。刚才陈韦介绍给我的差事平心而论还是不错的，工钱给得还算公平，我没有答应是因为我另有打算。我要找个赚钱更多的活儿，干上两个月，攒下一笔钱，下半年就不再出去找零活儿干了，这样到年底我便有充裕的时间来画画。我希望我能尽快通过画画有所成就，让我在生活上稳定下来。这种朝不保夕的日子实在让我不敢设想与嫘嫘的未来。那个做扇子的铺子我肯定是不会去了，挣的工钱是没法攒下来的，可我又能干什么呢？

想来想去，也没能想出个既赚钱多又是我能干的差事。不知不觉间天就黑了，我没点灯，仍静静地一个人躺在炕上冥思苦想。想了父母，想了妹妹，又想到了姐姐，想到跟家人一起平静生活的日子，想到晚秋和我相依相恋的时光。每当回想起她跟我的那段刻骨铭心而又没有结果的恋情，心里就充满了悲凉，感觉他们离我越来越远，似乎要永远地消失在我记忆中的那片广漠的草原上。此时只有姐才是我情感延续的纽带，她现在是否正跟完颜皓走在回中原的路上呢？想到久未谋面的姐姐，我的眼角噙了一丝湿润，带着对过往生活的眷恋与怀念我沉入了梦乡。我乍醒之后的印象，好像又梦到了那个带我飞的红衣少女，只不过那个少女没带我飞上蓝天而是潜入深深的大海，海水冰冷潮湿。

我醒了，屋里漆黑的一片，我分不清现在是深夜还是黎明。周围静悄悄的，但我很快被身旁的一个人影吓了一跳。那人离我很近，我从呼吸上认出那是婷婷，婷婷伏在我身侧，正俯身轻轻地亲我，她的眼泪把我的脸颊都打湿了，我却听不见她一声的呜咽。

我没有动，静静地让婷婷亲了一会儿，当她似乎要揭开被子挤进来抱我的时候，我语气平和地对她说：“婷婷，回去睡觉吧。”婷婷停止了动作，从我身边坐了起来。片刻的沉默，她起身点燃了蜡烛，她的面部即刻被橘红色的烛光照得凹凸不平。她不再抽搐，表情严肃，似乎有话要说，她的态度让我不由得坐了起来，正面回应婷婷。“郑灿，你真喜欢那个叫嫘嫘的女人吗？”“比喜欢更深，是爱。”婷婷顿了一下，似乎是咽了一口气又说：“你不是说永远跟我在一起吗？”“说过，可我一直是把你当妹妹看待的。”“那你爱别人就不能爱我吗？”“不能，爱只有一个。”“你也爱过晚秋，现在又说爱嫘嫘，你的爱总在换，其实只爱的一个是我，对吗？”我本想说：“我跟你那只是懵懵懂懂的兄妹之间的亲情，我并不爱你。”可我又怕话说重了伤到她，于是忍了半天说：“婷婷，有的事不是你能理解的。原谅我吧，我只能说抱歉。”婷婷又接着问：“她很漂亮？”“嗯。”我点了点头。“她是大家闺秀？”“对。”我回答。“你是为了金钱与地位？”我感觉像是受了侮辱，语气有些急促地说：“婷婷请你尊重我好不好？不要用你的眼光看我。”这回倒是婷婷不急不慢地跟了一句：“我认为自己长相也没比谁差哪去，如果你是为了金钱、地位或某种目的，我可以接受你的选择。”

我按捺不住恼怒，站了起来：“婷婷，你既然认为我是这样一个不知廉耻的人，为什么还要理我？我跟你讲最后一遍，以后不许你再这样说她，不许你再这样中伤我们俩。”婷婷的情绪也开始变得激动：“为什么不说，说到你的软肋了，你害怕了？坐不住了？”我开始拉她往屋外走：“走走走，我困了要睡觉，明天还得找事做呢。”婷婷执拗着，并不顺着走，话语愈发变得犀利跟恶毒：“找了那个富家千金还要出去做事？你成了人家的乘龙快婿还不让人家养着你？”我开始往外推她：“你给我闭嘴。”婷婷一边挣脱一边用嘲讽的语气说：“我看只是你一厢情愿吧？也不照照自己，你配得上人家吗？”婷婷挣扎着使劲地把我甩开，用劲过大险些把我推倒。我气得胡乱地穿上衣服，发着狠说：“你不让我睡觉，我去别处睡。”我拉开屋门往外走，婷婷突然从后面扑了过来双手紧紧地抱住了我，用恳求的声音说：“郑灿，你别走，别扔下我，那个富家千金不会真心对你好的。”我使劲掰开她紧扣的手指，同时夺门而出，只听婷婷在身后喊着：“这么晚，你去哪儿？”我头也不回扔下一句：“用得着你管吗？”说着我冲出院子跑到街上，这时还能清晰地听到院子里婷婷带着哭腔儿喊道：“滚吧，你想去跟谁睡就跟谁睡吧，有能耐出去就别再回来找我。”她尖厉的声音在寂静的黑夜里显得格外刺耳。

街上黑乎乎的，除了远处零星的几个酒楼挂着的红灯笼，周围看不清任何光亮，天空也布满了阴云。我沿着依稀能辨的街道往前走，茫然而没有目的，我只想离开那个让我毫无尊严、饱受屈辱的栖息之所。

我漫无目的地走在黑夜里，不知不觉来到了朱雀门前广场，那里已是游人散尽，只是偶尔有些路过的行人。街边的几个小店仍没有打烊，亮着灯。这时感觉起风了，起初并不大，但瞬间就变成狂风大作，来势迅猛，呼啸而过。这突然的变化让人措手不及，紧接着几道银白色的闪电瞬间把整个世界照得犹如白昼，还没等眼睛适应过来又恢复漆黑一片，与此同时夜空中传来隆隆的雷声。要下雨了，街上寥寥的几个行人纷纷脚步匆匆地跑开了，我却茫然而不知所措，不知道自己该去哪里。借着闪电瞬间的亮光，我恍惚看见广场有一座红顶轿子，仿佛是停在那里等我，我脚步轻飘飘地跑上前去，揭开门帘，可轿子瞬时化入大雨中，消失得无影无踪。这时周围又陷入黑暗，我孤零零一个人站在大雨瓢泼的广场上。等闪电再次照亮时，我清晰地看见广场中间有个临时搭建的棚子，那里的莲花棚曾是我跟嬷嬷看戏的地方，曾经热闹非凡的场地此时已是人去楼空，棚子周围遮挡用的勾栏早就撤开了，看上去就像个简易的亭子，四面透风。

我跑进棚子，浑身已被雨水淋湿，我疲倦地蹲在戏台上避雨。台子搭建得很高，人在上面颇有居高临下的感觉。雨越下越大，我抱着双膝，感觉一阵阵寒意袭来，身体在风雨中不停地战栗。热量的散失让我的体能消耗得很快，在恍惚间又产生了幻觉。我仿佛看见一所大房子，我走过去，推开门，向里面张望，里面是姐郑澜跟完颜皓，他们正彼此拥抱着热吻。姐看见我了，冲我挥挥手，叫我过去，我走过去，姐用手摸着我的头发，我叫了姐一声，她微笑着不说话，我告诉姐爹妈跟妹妹都已经死了，姐仍笑着抚摸着我的头发，我又跟姐说我从堡子里逃了出来，历尽千辛万苦来到中原就是为了找你，现在我孤身一人，姐把手伸进我的发梢，轻轻地抚摸着，温柔而温馨，这种感觉真好，我尽情地享受这幻境中的抚爱，沉浸在肆意的遐想中。耳畔阵阵的雷声再次让我睁开眼，偌大的广场空无一人，黑暗中一个接一个的闪电像是要把天空撕扯开一道道裂痕，它瞬间发出的光芒照亮整个阴云密布的苍穹。远处朱雀门城楼飞檐上的祇兽昂首向天，在电闪雷鸣中忽隐忽现。我趴在自己的膝头，想让自己再沉入冥思中却不知不觉地睡去了。

二十二

清晨，我被一阵喧闹声吵醒，睁开眼一看，天已大亮，雨也停了，红红的朝阳把东方的天空染成金色，雨后的空气也异常地清新凉爽。我坐了起来，伸展着四肢，活动着身体，此时广场上聚集着来来往往的人群，京城繁忙的一天又开始了。一夜过后郁闷纠结的心情也随着昨晚的那场大雨消失殆尽，心境的开阔也使我的思绪更加积极跟务实，经历过了种种事端，现在的我更能了解我自己想要什么。经过仔细考虑，我准备重新找活儿干，逐步规划自己的未来，开始新的生活，对于以前那个家我始终没有再回去住的打算。

时下已进入了六月，城外运河上来往的船只增多了起来，运河沿岸停满了南上北下大大小小的货船。在这个航运的旺季，找个搬运货物的活儿还是不难的。我排在长长的等候派活儿的应征队伍中往岸边看，见码头上一个工头模样的人挥着手吆喝着："搬粮包，不管吃，一百四十钱一天，有干的这边排队啊。"我盘算这个活儿我可以干，一百四十钱一天我每天可以攒下一百钱。终于轮到我了，我在账簿上签上自己的名字，由于有了以前的经验，工头再向我提出要好处费的时候被我回绝了。这一年我不但长高了，而且不再是初到京城时那个懵懵懂懂的半大孩子。生活的历练已让我变得成熟而自信。这种结果直接导致的是我对自己权益的维护，我不喜欢占别人便宜，也不喜欢别人占我便宜。工头对人高马大的我无可奈何，我顺利地拿到了这份差事。

在码头搬运货物没什么技术含量，只要身体好就行，来这干活儿的大多是社会底层的穷人，跟他们交流起来并不费劲，只是要忍受他们开的那些低俗的玩笑。休息的时候，他们都圈坐在一起，相互说些趣事解闷儿，偶尔也拿我取笑，我只当什么也听不见。一来二去，他们觉得我人倒随和，就是不太爱说话。

其实那段时间我最想的就是嬛嬛。可是经济上的拮据让我感到很难堪，再加上忙碌了一天，我已是累得疲惫不堪了。对这种大体力的劳动最有效的补偿就是休息，所以我虽是很想见嬛嬛却也没去找她。我租了一家运河边上很便宜的旅馆，暂时地安顿下来。年轻力壮的我最大的资源就是浑身使不完的力气，健壮的体魄，块状的肌肉使我在那些岁数已不再年轻可仍然靠出卖体力谋生的脚夫面前充满了蓬勃的活力。常年的劳动把这些脚夫的背都压弯了，不过从他们的体形仍可以看出当年都是很魁梧的，但时光流逝，现在支撑他们的不过是一身骨架。每当我赤膊扛着麻袋快步走过他们身边时，他们都不禁回过头看着我，眼神里充满了羡慕："小伙子，悠着点，二十年前我也有你那样的身板。"我卸下肩上的麻袋回道："看得出来，您不用夸我，即便是现在，像您这岁数能扛得起麻袋的人也没几个。""干咱们这行儿的时间别长喽，不然身体都垮了。""没问题，我身体好，顶得住。"我回答。"小伙子，我是说，你还是省着点力气等将来结了婚留着给媳妇用，哈哈。"众人哄笑。

在画画没能给我带来足够的回报之前，身体就是现在我可以利用的唯一资源，而且源源不断，补充迅速。这种廉价的体力劳动虽谈不上什么陶冶情操，却能给我带来颇丰的回报。随着我经济上稍有宽裕，我又按捺不住对嬛嬛的想念，于是到朱门宅邸找到小雪约嬛嬛见面。

对于这些日子我的消失，嬛嬛心里是有些抱怨的，这从我刚见到她时她脸上的表情就可以看出来。我准备好接受嬛嬛的责问，可出乎我的意料，嬛嬛并没怎么埋怨我，她说这么长时间不见我的消息，连通信也停了，担心我出了什么意外。曾打发小雪去我原来的住处找过我，可小雪回来说，那里空无一人，大门紧闭。问过邻居，人家说住这的人都搬走了，问他们搬到哪了，邻居说也不知道。嬛嬛说她心里隐隐有些不安，小雪是她信得过的人，她不会走漏风声，她担心的是母亲暗中查出我的来历然后从中作梗。正当心里忐忑不安时，小雪告诉她有了我的消息，她听到小雪这么说，提着的心终于放下了，不过仍打算见面之后埋怨我一番。

可真一见面，长压于心头的想念顷刻爆发，话语中互吐情愫，情意缠绵还来不及怎顾得上埋怨。而且嬛嬛还发现这些日子不见，郑灿不但身体比以前健硕，人也更精神了，相比那些书卷气十足的儒生她更喜欢我这种洒脱跟俊朗。

嬛嬛拿来了一些书，说是给我看的。她问我考翰林画院做了计划没有。我说出了自己的顾虑："嬛嬛，你曾经说过并不喜欢你过去的生活，为什么还要我参与进去？"嬛嬛好像心里也料到我会这么讲，她说："这些天我也在想我们的将来，母亲问我最近还有没有跟那个市井中的人来往，我也对她隐瞒了实情，我在表面上做的顺从，其实是为你赢得时间。我心里也很矛盾，我很珍惜你我的感情，却也不得不考虑我母亲跟我说的话。"沉默了一下，嬛嬛又对我说："我虽然反感宫中的尔虞我诈，可有了你意义便不同了，因为你是属于我的，我会让你成为一个出类拔萃的人，我会动用一切关系迅速让你在众多的青年人中脱颖而出的，我在经营咱们的未来，主动控制着我们的命运，你知道吗？有了这个信念就有了面对一切阻挠与险恶的动力与勇气，我就不会在乎任何形式的攻击与诡计，郑灿你明白吗？"我点点头。嬛嬛又说："郑灿，你爱我吗？""从没像这样爱过，可考翰林画院恐怕没那么容易吧，先不说画画，光诗词歌赋这一项我就过不去。"我说。嬛嬛见我有些顾虑，便鼓励我说："你连试试都不敢吗？你说过连跳崖都肯陪我一起去，为什么不敢为我去搏一下呢？"我说："如果为了你跟我的将来，我可以去试一试，但不一定是为了步入你们所谓的上流社会。""当然，在这一点上我尊重你的意见，也给你自由。诗词这些都是可以学的，在于平时多读多记，我也可以帮你。""怎么帮？"我问。"我自小在宫中就学过很多诗词，我可以教你。"嬛嬛毫不掩饰对我的信心。看到嬛嬛那么胸有成竹的样子，我也无形中被她的坚持感染了："好，那咱们就试一试，为了我们的将来，加油。"

在当时，翰林画院考试采取出题的方式，根据题目来作画。简单地说，比如“落日楼头一笛风”，根据对这一句诗意境的理解在规定的时间内完成画作。这不仅要求应考者有足够的绘画技能，而且还要有充分的形象思维能力、审美能力以及创造力。这无疑是对我综合素质的一种挑战。

嬛嬛并不急，她拿出往届的试题给我分析：“‘踏花归去马蹄香’，根据这一句诗你会怎么构思画面？”我思考了半天，摇摇头。嬛嬛说：“一般试者都画马踏花，比较平庸。最佳答案是画数只蝴蝶飞逐马蹄，紧扣住一个‘香’字。”“这对我太难了。”我悻悻地说。“那咱们由浅入深，先学些简单的吧。”嬛嬛说。“也好。”我说。嬛嬛拿出早准备好的书稿，翻开书页叫我读，我接过书一看，很多字还不认识，我叫她先给我念。嬛嬛举起书一字一句地朗读给我听：“春来赢得小宫腰，淡淡纤眉也嫩描。”

嬛嬛一句一句地教，我一句一句重复着她说的诗词。那些诗词我并不完全理解其意，只是觉得诗句朗朗上口，富有韵律，没有上过学的我并不知道，这是当时颇为流行的文风。这些词没有大气磅礴的气势，可是它离合回旋，典雅委婉，甚至近千年之后仍广为流传。

嬛嬛不厌其烦地逐一给我解释，直到我明白其中的意思。她极其认真的态度让我不敢偷一点懒。每当看见嬛嬛手持书卷站在窗前专注读书的样子，我都有时空倒转的感觉，的确，晚秋也曾跟我这样读过书。与她不同，嬛嬛举手投足间带着一种与生俱来的优雅与高贵，那种从容不迫与不言自威的气度很难不让人臣服。这让我心里不由得又把她跟晚秋比较起来，如果嬛嬛给人的感觉是富贵的牡丹，那么晚秋就是冰山上的雪莲，至于婷婷，她给我的感觉更像一朵浓艳的玫瑰，火热而奔放，甚至带着那么点市井的粗俗。其实这样比较她们，未必公平跟准确，我只是想说明她们各自的性情给我的感受。

就这样，我开始跟嬛嬛学习诗词。嬛嬛在这方面有很深的造诣，这也可能得益于她从小打下的文学功底，也可能跟她父亲喜好诗歌有关系。不管怎么说，嬛嬛教我的这段时间，我真是受益匪浅，她向我推荐了很多历史名篇，我都花了心思尽力把它们背了下来。

为了方便，嬛嬛还临时租下城外靠近农田的一所农家院。院子坐落在一片碧绿的稻田里，稻田被一片竹林围拢着，这里非常安静，很少被人打扰。我俩约定日子，她在那里给我上课。于是隔三岔五，郊外农舍敞开的窗户里便传来朗朗的读书声，或是在雾霭飘浮的清晨，或是在蛙声连片的傍晚。那声音飘到了窗外，被清风带走，融进了稻田，化作一片片蒙蒙的绿意。

那些日子我跟嫘嫘陶醉在如胶似漆的爱恋当中。

我一边抽空跟嫘嫘学习，一边还要在码头干活儿，毕竟人还是要生存的。虽然每天很累，但我感觉很充实，有了嫘嫘在身边，生活似乎也有了希望，一切都向着好的方面发展。冥冥中我心里暗暗感激嫘嫘，她让我重新找到爱的感觉，这种感激又转为对她更深的爱，虽然我从没对她说出口，可是我俩每每如胶似漆，难分难舍的感觉俨然成为一对热恋中的人。

偶尔，我们也常有拥抱接吻这一类亲近动作，一般都是选择在无人的田野或者僻静的树林里，由我先主动。随着交往的逐渐加深，我感觉嫘嫘已成为我生命中不可或缺的一部分，她像我在茫茫人海中抓到的一根通往希望与光明的稻草，让我时刻小心倍加爱护，生怕不小心发生意外弄丢了。有时我想遇到她真是上天对我的恩赐，也是我的幸运。这一切自然地发生，如此真切，刻骨铭心，让我每天都沉浸在幸福里， 以至于我都怀疑是不是在做梦。确实生活有时就跟梦一样，让人沉迷于此，可梦终有醒来的一天，这样的日子维持了一个多月，直到发生了一场意外改变了一切。

那天我像往常一样在码头扛货，上午的天气很好，阳光明媚，晴空万里，运河两岸来往的船只穿梭不停，井然有序。临近中午的时候，刮起了大风，运河里正常航行的一艘大船，不知什么原因忽然失去控制，偏离了航道斜斜地向岸上冲来。我当时正在靠岸的货船上搬货物，背对着河面，根本不知道发生了什么，就听见周围有人惊呼："快跑，要撞船了。"当我转身向后看时，那艘偏离航道的大船正朝我卸货的船撞了过来，躲是来不及了，只听"咔嚓"一声巨响，两艘船撞在了一起，巨大的冲击让船身颠簸起来，我也失去了平衡，跌倒在甲板上，紧接着更危险的事发生了，那艘船上的桅杆被撞裂，粗大的桅杆禁不起巨大重力的扭曲，缓缓地开裂，发出断裂的声音，然后慢慢地倾斜，向我在的船身砸了过来，岸上围观的人被这突发的险情惊得目瞪口呆，有人疾呼："快跑。"的确，这种大船的桅杆如果砸在甲板上肯定会把它砸得粉碎。这时船上没来得及躲避的人纷纷跳水逃生，我来不及多想，就在桅杆落下的一刹那，也纵身跳入水中，就在跌落的过程中头却碰到了船帮，顿时昏了过去。

等我醒来的时候，已被众人打捞上岸。我只觉得头疼得厉害，浑身无力。我躺在地上，看到的是头顶上方的蓝天跟把头围成一圈目露关切的一张张面孔。他们每个人都张着嘴向我指手画脚地说着什么，可我却什么也听不见。我当时大脑一片空白，甚至不知道自己是谁，我努力地回忆着，却什么都记不起来，我只感觉周围安静极了，一切都显得那么陌生，只有头顶上的那一抹蓝天似曾相识，我这是在哪里？我是谁？我怎么会在这里？一连串的疑问让我头又痛起来。待我听力有些恢复，听见周围的人不住地摇晃着我的肩膀喊着："郑灿，醒醒。"我不知道他们为什么这么叫，郑灿是谁？跟我有关系吗？我茫然地看着他们，却说不出一句话。

我又昏了过去，不知过了多久，我再次被人唤醒，这次我的意识渐渐清楚起来，也恍惚记起一些事。把我叫醒的是那个工头，估计是怕我死在他这里，花言巧语地问我城里有没有亲戚、朋友。我迷迷糊糊地想起了父母和姐姐、妹妹、晚秋、陈韦，当然还有嬛嬛。可是我脱口而出的竟不是他们中的任何一个。

"谭婷婷在哪儿？"工头问。"在樊楼。""她是你什么人？""她是——我妹妹。""提你她能来吗？""能来。"

婷婷果真如我所说的来了，可她一看见我，眼泪就掉下来了，我不知道婷婷究竟看见什么了竟让她哭得如此伤心。婷婷抹着眼泪拦了一辆路边卸货的牛车，把我接到了一所住处。我躺在房间里，听见婷婷跟一个类似掌柜的人在外面吵，只听那个人说："谭婷婷，你舅舅病的时候，已经借了我们很多钱了，至今还没有还清，现在又弄来个半死不活的人，你当我们樊楼这儿是漏泽院呢？"婷婷用几近乞求的声调说："您再帮我这次吧，房钱我照付还不行吗？他在这儿我能方便照顾他，他在京城无亲无故，以前帮过我，现在他这样儿我不能不管。""可你以前欠的钱怎么还？"我会尽快想办法的。""办法？靠你天天弹琴？做梦吧，你要不出去卖这辈子都还不上。"

我躺在炕上挣扎着要站起来，想走出去，可浑身疼痛难忍，哆哆嗦嗦地撑起半个身子，僵持了片刻却又体力不支趴在了炕上，我这才发现身上多处伤口仍在流血。而此刻我清楚地感觉到身上在流血的不仅仅只有这些皮外的伤口。我无力地趴在炕上，任由眼泪无助地流淌。

不知过了多久，我从昏睡中醒来，屋里点着蜡烛，这才知道天已经黑了，发现自己盖着被躺在炕上，上面铺着婷婷的花被。而且我发现自己不知什么时候已被脱成了赤身。身上的伤口感觉没那么痛了，再一看原来伤口都已扎好了绷带。婷婷在给我洗脚，我想挪动一下身体，婷婷见我醒了说道："等一下，就快好了。"她给我洗完脚，收拾干净，坐到我身边。她身上散发着一股香味儿，可我觉得特别地刺鼻，可能是我闻惯了嬛嬛身上的香味，对她的不适应。我把头稍稍歪了歪，头上缠着绷带，却也没觉得有多疼。

婷婷边给我拽被边说：“刚才我请郎中给你看过了，都是皮外伤，没什么大碍，养些日子就好，别担心。”我闭上了眼睛，回想起出事的那天，真是危险至极，我心里暗想。听婷婷说没什么大碍，如果我真成了残疾，还不如当时死了算呢。婷婷拿来一个苹果一边削一边跟我说：“你也算命大，我听说跟你一起跳船的那几个人都死了，就你一个人活了下来。不过刚看到你的时候，你浑身是血，真吓死人了。”我虽然受了伤，可头脑却还清楚，我知道，即便当时没死，如果不是婷婷这样帮我，恐怕早就命丧黄泉了。我看着她使劲从嗓子眼里挤出了几个字，可声音沙哑得连我都听不清，婷婷见我有话要说，便弯腰凑过来听，当她终于听出我说的是谢谢时，直起身子看着我说：“你少来了，你真要谢，谢得过来吗？存心让人心里难受是吗？”我当时只是想对她表达一下我的感激，却招来她这么大的不快。婷婷又说：“那天夜里要不是你非要走，何至于弄成现在这样。”说着，把头躲过一边，我见她用手擦了一下眼睛。婷婷转身出去了，临走时她把削好的苹果榨成汁，倒进一个漂亮的大碗里，叫我自己喝。

我在婷婷这儿一连躺了三天，每晚我俩都挤在一起睡，不过每次都是我睡熟之后，她才回来，早晨很早就走了，因此除了按时给我热饭、熬药外，我几乎见不到她。到第四天的时候，我可以自己坐起来了，那天我正一个人坐在炕上，想着婷婷这些天都在早出晚归地干些什么，婷婷却早早地回来了，还领来了一个人。我一看是陈韦，心里甭提多高兴了，很长时间没见到他了，他神色略显憔悴，不过从他的表情当中可以看出他也很高兴，他问了我的一些情况，我简单地说了一下那天出事的情形，告诉他我并无大碍，只是些皮外伤而已。他说：“真是万幸啊，大难不死，必有后福。”虽是宽心的话，不过语气中竟流露些伤感，我这才注意到陈韦胳膊上戴着孝，我问他出了什么事，陈韦告诉我他父亲前一阵子突然病故了。他也是从老家奔完丧刚赶回城来，说父亲去世之时他没赶上见最后一面。说到这儿，陈韦一脸遗憾跟怅然。

在我跟陈韦说话期间，婷婷有事出去了，我安慰开导了他一番。我还问他怎么知道我在这儿的。陈韦说听一起在显圣寺画画的几个朋友说的，当时只是说码头死了几个人，其中有个叫郑灿的，我吃了一惊，赶紧去码头打听，才知道你被樊楼的一个姑娘接走了，我一想就是婷婷，所以就赶忙从城外赶过来了。陈韦还拿来一篮子好吃的，隔着盖在上面的花布就能闻到散发出的香味儿。他把这些吃的端上桌子，说："这是嫂子特意给你做的。我哥回老家给父亲守灵了，嫂子先陪我回了城里，要不是显圣寺的活忙，我也应该在老家守灵。"

我俩边吃边聊，直到临近中午，我告诉陈韦让他替我去找一趟小雪，让她转告嬛嬛，我这些日子不能去跟她读书了，而且千万别告诉小雪我出了事儿，也不能说我住在这儿。还有这事儿不能让婷婷知道。陈韦小心地问我："你跟婷婷现在到底和好了还是没和好？"我说："我跟她就是兄妹之间的关系，我现在这种状况没法去见嬛嬛，你就替我转告一声。"陈韦听了我的话，点了点头，我看他略微思索了一下，似是有什么话要说，可终是没说出口。

日子一天一天过去，我的伤势一天天好转起来。这一方面因为有婷婷的照顾，另一方面是我年轻，身子骨比较结实，恢复起来也快。没过半个月，我就可以站起来在屋内走动。除了不能干些吃力的活儿，自己照顾自己是没问题的。这些日子，我让婷婷帮我把在码头租的房子退了，还让她把我留在那的一些书画跟行李拿了过来，婷婷看到这些书的时候问我这些书是做什么用的。我说是为考翰林画院做准备的，婷婷虽表示钦佩，却也露出几分惊讶，我跟她说："反正现在我养伤期间，没什么事可做，就当个消遣。"话虽这么说其实我不想自己有那么大压力，因为翰林画院的考试就在下个月。婷婷并没有多问，她赞成我去，因为她当初也曾建议我去考翰林画院，只是她没想到我这么快就下了决定。

我一个人在屋里，每天都抓紧时间看书。眼睛看累了的时候，就瞧瞧窗外。我住的这所房子位于樊楼的后院，紧挨着柴房。柴房又靠着大门，因此街上来来往往的人，在我的屋里看得清清楚楚。每当黄昏时分，华灯点亮，樊楼被里里外外数不清的花灯照得流光溢彩，恍如黑暗中一座金碧辉煌的宫殿。那些游走于空中阁楼的歌女，回廊两侧彻夜不停的莺歌燕舞以及歌舞升平的表演似乎让人错以为樊楼是降落在人间的仙境。那些沉迷于其间的达官显贵，财大气粗的巨富商贾，风流倜傥的儒生公子，甚至还有闲游于市井中的泼皮无赖，每日进进出出。在里面，这些人把酒当歌，纵情豪饮。这种纸醉金迷的场景每天都在上演。诚然，这里不乏一些痴情男女演绎的动人爱情，有的终成眷属，有的却倾家荡产。

我却并不在意与羡慕这眼中的浮华，它像水中倒影一般地缥缈，稍稍一碰，也许就消失殆尽，禁不起半点的风吹雨打，只不过是过眼云烟罢了。

每当这时，我都对那些深陷欢场的女子产生无限的同情。她们耗尽生命中最为宝贵的年华，换来的未必都是完美的归宿。这种用生命去做的赌注就像飞蛾扑火一般地执着，对光明与美好的向往却要付出血的代价。每当想到这儿，脑海里便闪现出婷婷的身影，婷婷不也是在这里吗？想到这儿，我就感到胸口好像压了一块大石头，透不过气来。

因为是婷婷的好友，小妤有时会过来找婷婷玩。有一次我就问她，婷婷这些日子在干什么？小妤说婷婷不像其他歌女，她没有卖给了樊楼，她还是有人身的自由，不过她借了好多钱，为了还债，她在外面也找活干。的确，婷婷除了晚上在樊楼演奏外，白天还去染房兼了份儿差事，为的是多赚些钱。这是我后来见到她一再追问才得知的。那些天过度的劳累让婷婷的脸色显得苍白，那光润纤细的双手也变得暗淡粗糙。每当我看见她累了一天回来倒头便睡的样子，心里就不忍离开她再去想别的女人。我暗暗地下着决心，一定要让婷婷离开这里。因为我无法做到与其他女人厮守，却让日日照顾我的婷婷无依无靠，流离失所。我这样想着，浑身憋足了劲儿，似乎潜在的力量可以改变一切。当我再次举起书本，却发现刚才拿书的手在不知不觉间竟用力地将书页撕捻开，成了一块块断裂的碎片。

二十三

随着我身体的痊愈，考试的日期也终于到了，地点设在太学的锡庆院。陈韦和我都报了名，并且在头一天拿到了给牒，这是类似准考证的文书。那天早晨，我跟婷婷早早地去了位于锡庆院的考点。婷婷特意抽出早晨的一点空闲陪我去。我们到锡庆院的时候，大门已打开，门前横立着一排黑色木栅栏，几个身穿紫绯色官衣的小吏站在栅栏外维持秩序。当时锡庆院门口小广场上已围了上千人。这些都是来应考的，年龄各异，口音也不同，其中不乏一些色目人跟僧侣。在这人头攒动的锡庆院门口，我忽然发现有人喊我的名字，我循声一看，是陈韦，我跟婷婷赶紧从人群中挤了过去。陈韦看见婷婷打趣地说："欢迎咱们一起去考试。"婷婷回道："我是来陪郑灿的，怕他不认识路。"他俩你一句我一句地开玩笑，我则拿出了给牒，跟陈韦对了一下，我的考号是一百八十九号，陈韦的是一百八十七号。等到官吏叫号，我们开始按给牒上的号牌排队，依次通过监考官的检验，检验地点在锡庆院门口那棵大槐树下。由监考官确认给牒无误后，盖章通过，方可进入考场。陈韦比我先进去了，待到我时，我回头看了看，见到婷婷在人群里在向我不住地挥手。

锡庆院原本为接待使臣的驿站，后弃用改为太学。它的后堂及两边的廊庑本为学舍，现在被用作临时考场。院内苍木林立，中间有一个用大理石堆砌成的台基，长宽各数十丈。上面搭着竹棚，我跟一些考生被安排在上面，每人一个桌子，笔墨纸砚早已备齐。半个时辰的光景，待所有考生都就座，监考官点燃了计时香烛，敲响了考钟。发的考卷题目是“野水无人渡，孤舟尽日横”。我考虑了半天，却没有一点思路，时间一分一秒地过去，我趴在桌子上，一手托着下巴，一手拿着笔发呆，而周围的人有的已开始动笔，耳边尽是作画时的声响，让人听了心里不由得一阵阵焦急。一种无形的压力让我感到紧张，于是更无法进入状态。我看了一眼隔行的陈韦，他已在低头作画了。我感到自己准备不足，甚至有些后悔来应考了。我正不知所措时，忽听得叽叽喳喳的叫声，抬头观瞧，见一群小鸟嬉闹于盘根错节的苍天大树间，追逐于廊庑屋檐下。它们左顾右盼，灵活多变，时而疾驰飞过，时而悬于空中，我仰头透过竹棚的缝隙看见小鸟陡然飞上蓝天，像一股青烟融化在蓝天里，那份自由与灵动让我仰慕不已。这时的思绪仿佛也跟着这些小鸟飞上了蓝天，我忽然思如泉涌，那张画在心中便已有了雏形，伏案挥毫，我都不知道是怎么完成的，反正是按照对题目的理解给画完了，不过待到交卷时，考场上已没剩几个人了。

等我出了锡庆院，聚集在外面的广场上的人已经散去了大半，婷婷不在，她没等我，估计是上工去了，陈韦比我先交卷，也早早离开了。这时天空飘起了雨丝，地面被雨点浇得湿漉漉的，我加快脚步往回走，街的拐角，我的余光无意间看到一个熟悉的身影，仔细一看是小雪，她站在路边的槐树下，连连向我招手。我跑了过去，她见我过来，连声问：“郑灿，陈韦说你这些日子忙，你去哪了？怎么找都找不着你。”“我这些日子都在备考。”“嬛嬛知道你今天考试，特意让我在这儿等你。”“她人呢？”“在等你，跟我来。”我跟着小雪来到了一处街边的茶楼。

当我再次看到嬛嬛的时候，更加确定我之前的判断，因为每次与嬛嬛对视，那种心跳加速的感觉跟婷婷是从来没有过的。的确，我跟婷婷的关系更多的是一种感激的性质，是一份寂寞时的安慰，是一种带有亲情式的关爱，她不能像嬛嬛跟我之间如磁石那般相互吸引。这种发生在少年男女之间由于悬殊地位跟身份造成的对彼此的新鲜感和陌生感，一旦被爱情撩拨，会比一般世人眼中所认为的要纯洁跟富有激情得多。我便印证了这一点，嬛嬛看见我的时候，站起身，几乎是跑着扑到我怀里来的。多日不见我们情难自已。

当我们坐下来，嬛嬛看见我手腕上刚刚愈合的伤疤，还是流露出相当惊诧的表情，她用询问的眼光望着我。我没告诉她这些日子都发生了什么，没有透漏我的住处，更没向她倾诉什么，只是轻描淡写地说是不小心碰伤的，让她感到我现在的状态很好。而事实上也证明了我避重就轻的做法是正确的。嬛嬛的反应是积极的甚至脸上还带着欣慰的笑容。她追问起我考试的情况，我如实地回答她。她认真地听，不住地点着头，最后她用带着鼓舞的口吻对我说："我就说嘛，你能行的。我不喜欢你每日为生活疲于奔命，这样才能发挥你的长处，祝你这次考试成功。"嬛嬛举起茶杯，由衷地向我表示祝贺。我不知该说什么，因为考试结果尚未知晓，这种提前预支的祝贺总让我感到心里不踏实。就在我犹豫之际，嬛嬛替我把杯端起来，她似乎看出了我的心思，安慰我说："相对于考试的结果，我更看重的是勇气，谢谢你能为我迈出这一步，干杯。"我接过杯说："谢谢你能来给我助阵，谢谢你对我的信任。"

对于这次应考，我只是做到了尽力，对于结果我没敢去想。

回到住处，心里仍沉浸在与嬛嬛共建未来的热情当中，可脚刚踏进屋门，眼前的一切把我原本愉悦的心情一下打破了，我看见婷婷正趴在炕上哭，小妤陪在一旁落眼泪。我赶忙一问才知道，刚才一个朋友从扬州捎信来，婷婷的舅舅病情突然恶化，在不久前已撒手人寰了。听到这突如其来的噩耗，我一下也蒙了，坐在凳子上，半天没缓过神儿来。待我情绪稍稍稳定下来，便想安慰婷婷一番，问她是不是该去扬州一趟，婷婷红着眼睛说她欠了樊楼的钱，掌柜的是不会放她走的。小妤说："婷婷舅舅的后事都处理完了，婷婷想给在扬州的舅妈捎些钱过去，可现在负债累累的她，已拿不出一文钱。"

我听她这么一讲，暗想，不管用什么办法，这次无论如何我都要帮婷婷，我自觉欠她的太多了，如果我对此熟视无睹，我的良心无法安宁。我对婷婷说："你先别急，我去给你想办法。"我虽然信誓旦旦，可是静下来一想，自己竟然没有什么好办法，其实不管是借，还是靠自己打零工，我都不可能短时间筹来足够的钱应急，我想了半天，也犹豫了好久，终于做了一个决定。这个决定尽管在我看来是很难下的，它既违背师训，又让我承受忍痛割爱的痛苦，可我别无选择，只有靠它才能解决当下的困境。我打算把师傅给我的那张《晴峦春晓图》卖掉，换回钱给婷婷，对我来讲，做出这样的决定，的确是权衡各种利弊之后的无奈之举。

我一个人拿着画到樊楼附近的当铺，把画放到柜台上，掌柜的看过画后一再确认我真的要卖时，我点头回应着，我并不敢说话，怕我控制不了自己。我开出的价钱是一百两白银，掌柜的心里掂量了一下这幅画的价值没有还价，立刻就成交了。当我接过递过来的钱时，眼看着那张画被一双手拿到柜台后面，心里像刀割一般难受。那张画陪我走过了风风雨雨，它在我心目中已经不单单是一幅画，而是我对师傅、锡林郭勒草原以及很多往事的情感寄托。

我揣着银子从当铺里走出来，浑身乏力，像丢了魂的行尸走肉。时下已是三伏天，火辣辣的太阳烤得人皮肤都要冒出油来。我拖着影子走在十字路口的土道上，几只老狗躺在街边铺子的阴凉处，伸着舌头喘着气。我也在路边找了个茶铺，寻了个凉快的角落，坐下要了碗凉茶，躲避着难熬的热浪。这里离界身巷、鹰店比较近，平日里来自各地的商贾跟色目人云集于此，热闹而繁华，现在街上看不见几个人，大概因为天气热的缘故，反倒是茶楼里的人比较多。

我心情低落，一个人闷闷地坐着，这时身旁几个商人打扮的人，正在大声地说着话，从他们不太流利的中原话语中，我听出了这些人应该来自漠北草原。为了验证我的推断，暗自看了他们一眼，根据他们的相貌跟肤色来看，我坚信我的判断没错。这时他们其中一个人从我身旁走过的时候不小心碰了我一下，我端着的茶碗被碰洒了，我心情本来不好，就恼着冲他凶了一句，那人也不示弱，这样一来我便跟他动起拳脚。由于我的伤病刚刚好，身体处于恢复阶段，体力还较弱，对方身强力壮，我并没有占到便宜，反倒被对方打倒在地，他的几个同伙也一拥而上对我拳脚相加。我蜷在地上抱着头，心想这下吃亏了，恰在这时，听见有人大喝了一声，这几个人突然不动手了，纷纷让开，周围变得一片安静，我感到纳闷，抬头一看，只见迎面一个人俯身把我从地上搀了起来，还帮我掸去身上的尘土，口中说道：“手下失礼了，请见谅。”我听此人这么说如坠入云雾里不知这到底是怎么一回事。待我仔细看着对面这个人忽然感觉在哪见过，头戴儒巾，身穿皂袍，唇红齿白，面如朗月，却怎么也想不起来。那人看着我，嘴角挂着微笑，说道：“郑家兄弟你可曾记得我？”我搜索着大脑中的记忆，可仍没有拼凑出眼前这个人的任何印象，就在我尴尬地思索时，对方无意间用手摸了摸下巴，露出拇指上一枚翠绿的扳指，就在这一刹那，我想起来了，这个人是耶律释才。我不禁脱口而出：“耶律释才，是你吗？”他含笑点了点头。

在京城遇见他让我既意外又惊喜。耶律释才责训了刚才跟我动手的那些手下，对我说：“这些都是跟随我的好兄弟，刚才我没认出是你，多有冒犯，还请见谅。”那几个人都上来给我抱拳施礼，我倒有些不好意思了，连忙说没什么。耶律释才把我带到二楼的一个独间。我跟他虽交往不深，也没见过几次面，但彼此对对方印象都不坏，再加上都是身在京城，更有他乡遇故知的感觉。在跟他谈话的过程中我感觉几年不见他比以前有了些变化，少了些轻狂，多了些稳重。他虽稍大我几岁，却好像有着比同龄人更多的经历，可能是这几年走南闯北让他看起来更加的成熟跟练达。这一点从他以前给我桀骜不驯的印象跟现在得体的言谈举止就能比较出来。

当我问他这几年都做些什么时。他跟我说，自从他违背父亲的意愿没有跟我姐郑澜成婚，便离家出走，去了西域，游历了不少地方。一年以后，当他再回到中京，那里已是一片废墟了。让他料想不到的是，他的国家也被阿骨打灭亡了，父亲死于战火中。他也由原来的贵族沦为被通缉追杀的要犯，而且随时面临着生命的危险。他没法在漠北待下去，只有隐姓埋名，远走他乡，这两年一直漂泊在外，结交了不少江湖朋友，刚才跟我动手的那几个就是跟随他的结拜兄弟。

听了他的经历我心里有些不安，因为我也曾参与过攻打中京的战役，虽然他父亲不是我杀的，但是亡国之恨会不会让他常记于心？我没向他说我参军的这段经历，只是试探地问道：“那现在你有什么打算？是否还想起兵杀回中京，为父亲报仇？”耶律释才听我这么说先是笑了笑然后颇有感慨地摇摇头说：“不会的，对权力我没那么大的欲望，再有过去朝廷的腐朽弄得民不聊生，亡国是迟早的事，它不被阿骨打灭亡，将来也会被别的强国所灭，这点我早有预感。至于我父亲，这是他的命，也是他的选择。现在我只想做些生意赚些钱。”

耶律释才的一番话打消了我的顾虑。他问我怎么来京城的，我便把姐逃婚后发生的事，拣些重要的跟他说了。当他听到我姐姐的时候，忍不住地夸道：“我走南闯北这几年，认识了不少人，像你姐郑澜这样的确实不多，她是个很不错的女人。”我问：“怎么，你后悔了？”“不能这么说，这要看缘分，当初因为叛逆一意与家里作对，其实是不想跟父亲一样，那种环境在别人看来好似尊贵，其实人活在里面感觉像潭死水一般，到处散发着恶臭，所以整个国家灭亡也不足为奇了。”我听他这么说好像有些理解当初他的行为了，接着问道：“你现在还是孤身一人没有成家吗？”“当然，我这样四处漂泊，居无定所，怎么能成家呢，不过像这样无拘无束的生活也不错嘛。”耶律释才很多想法跟我挺像，不过他比我活得洒脱多了。

我俩一直谈到太阳落山，他跟我讲他到京城来是做些皮货生意的，过些日子要去南方买货。临分手的时候我们互留了地址，他还告诉我，为了掩人耳目他起了个新的名字叫司徒择宬。不过我还是不习惯称呼他的新名字。

从茶铺回到樊楼，天已经黑了。当我把钱交给婷婷时，从她一脸惊讶的表情中我可以看出她做了不下一百种可能来推断我这笔钱的由来，我一一否认了她有些世俗的假设，让她尽快把钱给舅妈寄去。她却认定这钱来历不明，不说清楚不肯收下，我迫于无奈只有告诉了她实情，当她听到这些钱是用师傅那张画换来的时候眼睛就湿润了，她知道这幅画对我有多么重要，我对她做出了多大牺牲。她上前抱住了我，哽咽着，说不出话来。

发榜的日子终于到了，锡庆院门前人山人海挤满了观榜的人，榜纸上按照考试作品水准高低的顺序写着应考者的名字。在待诏、祗候、艺学等称号的榜上，都没有我的名字，在画学生的榜上找到了我跟陈韦的名字。我们没有取得职称，只能算图画院最低一级的画工。不过这样的结果对我跟陈韦也算是很不错了。我第一时间跑去了朱门宅邸告诉了小雪让她转告给嬛嬛。嬛嬛知道消息后叫小雪过来约我明天下午一起庆祝一下，我自然答应了，临走时小雪特意问了我现在的住址，我没告诉她我住在樊楼，说跟朋友住在显圣寺。吃过晚饭，婷婷比平时回来得早些，当我告诉她我只取得画学生的时候，婷婷还是很高兴，她问我明天要不要庆祝一下，我说不必了，也没取得职称，没什么值得庆祝的。我没跟她说我已经跟嬛嬛约定好了。

转眼到了第二天下午，我如约到了状元楼。这几天状元楼的生意出奇地好，这都是各地来京赶考的学生下榻在此的缘故。考榜颁布后，那些中榜的在此欢聚庆祝，那些没中榜的有的大多失意地离开京城了。店小二带我去楼上，我走在并不太宽的楼梯上听见两侧各个房间里传出的都是欢笑哄闹的声音。就在楼梯的尽头我刚一上来迎面撞到一个人，那人急匆匆地要下楼，我抬头一看那人竟是陈韦。陈韦显然喝了不少酒，脸色红扑扑的。的确，经过这么多年的努力他能取得今天的成绩也确实来之不易，难得畅快地豪饮一回。不过他的酒量不大我是知道的。

陈韦也认出我来，抓住我的手说："郑灿，你太不够意思啦，来这儿也不叫着兄弟。"我看他没少喝酒便说："我今天有事，改天咱们再聚好吧。""不行，今天天大的事也要放一放，咱们哥俩好好地喝一杯。"说着硬搂着我要进旁边的独间。我说："我今天真的不能去。""郑灿，你不用客气，是我那几个在显圣寺一起画壁画的朋友给我庆祝，我跟他们提起过你，你要来他们更高兴。"我正要跟他解释推辞，这时楼下有人在喊陈韦，我借机对他说："有人找你，快去忙你的。"陈韦这才罢手，不过还一再回头对我说一会儿过来好好聚聚。我冲他连连点头，看着他下了楼梯。

离开了陈韦，我赶忙催店小二带我到茶房。那间预订的茶房在二楼的最里面，来到门前我迫不及待地推门进去，嬛嬛已在里面等我了。让我眼前一亮的是今天她并没有扮成男装，而是穿着女装，露出了女儿本色，虽然刻意穿得很俭朴，可仍掩盖不住她内在的华贵与优雅。嬛嬛正坐在榻上泡茶。我走过去坐在她身旁，安静地看着她点茶，嬛嬛没有因为我的到来而分神，她专注地点茶，手法相当娴熟，一道道程序有条不紊。当她把泡好的茶摆到我前面的木桌上，我端起来品了一口，茶香四溢，温润爽口，回味无穷，真是一种享受。我不禁问道："这么好的茶艺，跟谁学的？"嬛嬛并不看我，全神贯注地点茶自顾地说："还能有谁，我父亲呗。"

"哦，难怪呢。"

趁她低头忙着泡茶时我抱了嬛嬛，又亲了她。我还想有进一步的动作，但嬛嬛闪着身子躲开了。

她说："小心有人进来，让人看见。"见我退缩之后她又逗我："你真的喜欢我吗，都喜欢我什么？"

我说："喜欢你这个人。"

嬛嬛说："人？人的概念太宽泛了，具体说喜欢哪些方面，喜欢跟我做那事？"

我说："那事是指男女之间的'做吕'吗？"

嬛嬛说："'做吕'是什么？"

"就是亲嘴儿，两个口叠在一起。"

嫘嫘笑道："你从哪儿听来的这个？"

"我是从街上听来的，这是市井中的浑话，你不知道。"

"哈哈，挺有意思的。除了'做吕'，还有吗？"

"还想跟你做爱。"

嫘嫘说："假如我不跟你做爱，你怎么解决？"

我说："什么怎么解决，不解决呗。"

嫘嫘说："是去找别的女孩儿，还是自己解决？"

我有些脸红地说："亏你还是个公主呢，这种话你怎么说得出口？"

嫘嫘抿嘴一笑，把头一扬，换了个方式跟语气又问："嗯，你喜欢我这个人，喜欢跟我'做吕'，喜欢和我做爱，还喜欢我什么？"

我说："没了。"

嫘嫘说："没了？"

我说："真的没了。"我又追问她："你到底喜欢我什么？"

嫘嫘说："我呢，我也喜欢跟你做爱啊。"

我说："那为什么你不做呢？"

嫘嫘说："嗯，现在还不行，我没有准备好。还有，你虽然考上了画学生可并没有真正进入翰林画院，离咱们当初立下的愿望还差一步，所以我要等你正式跨入翰林画院大门的那一天，我喜欢的男人应该是最优秀的，而且我喜欢痛痛快快地做事，不喜欢偷偷摸摸，特别是我的第一次，我想把我生命中的美好留给我最爱的人。"

我说："可我这辈子要是考不取翰林画院呢？"

嫘嫘说："那你就不是最优秀的。"

我说："优秀就那么重要吗？所以你就只穿布衣，用这种身份来见我是吗？"

嫘嫘看我面有不悦，便放下手里的茶壶，身子挪过来哄我说："穿这身衣服不过是为了掩人耳目，行动方便些嘛，没有别的意思。可不过万一你考不取，我也不可能等那么久，或者时机成熟我会考虑跟你一起私奔也说不定。"

我说："你说的是真的？那我们一言为定，相守一生好吗？"

嫘嫘点着头说："嗯，永远不离不弃。"

正说着茶房的门"哗"的一声巨响被打开了。原本温馨安静的气氛随即被打破，那个敞开的门口像一座时空门，外面的喧闹跟嘈杂源源不断地涌了进来。陈韦端着酒杯，后面跟着一群人，挤在门口，此时陈韦显然又喝了不少酒，红着脸，走路晃晃悠悠，说话结结巴巴，他看见我，踉踉跄跄地走过来指着我说："郑灿，原来你在这儿啊，可找到你了，你在跟嬛嬛约会？你不叫着兄弟，重色轻友。"张了张嘴好像还有话要说，脚下却一软一头栽倒在地，也没起来，躺在地上打起呼噜。后面几个人一哄进来，这几位也没少喝，不管认识不认识上来就敬酒，嬛嬛被这场面弄得有些不知所措，拉住我的手躲在我身后，不住地后退。

我推辞不过这些陈韦的朋友，应酬地喝了一杯，这时就听见有人喊："陈韦不是邀来个姑娘嘛，叫她过来咱们一起喝几杯。"众人响应连声说好，说话间有个拿着琵琶的姑娘被领到门口，众人纷纷后退让出一条道，待那人进得屋来，站在我面前时，当我看到她时立刻呆住了，这人竟是婷婷。我俩四目相对，彼此都是满脸惊异，她用满是疑惑的目光打量着我，令我尴尬万分，回避着她的目光。我不知道她是怎么到这里来的。当她把视线转到我身旁的嬛嬛时，停留了片刻，似乎一下明白了，她看着我，脸色霎时变得很难看，她问："郑灿，你不是说不庆祝吗？怎么又在这里？她，就是你的那个嬛嬛？"我一时竟没想出词来回答她，愣在那里，心想这不是介绍她们认识的时候，便迎上前，想跟她解释解释，婷婷却用眼睛狠狠剜了我一下，甩手出了房间。

一旁的嬛嬛目睹着这一切，从我跟婷婷目光的交流中也看出了些端倪，她是何等的聪明，立刻看出些蹊跷，转身也出了房间，我追上前，在走廊里拉住她的袖子解释："她是我妹妹，你别误会。""既然是妹妹，怎么从来没听你跟我提起过？"嬛嬛脱开我抓着她的衣袖头也不回地走了。我像一块木头似的站在原地，好一会儿没有意识，大脑一片空白，恰在这时几个在屋里的朋友把头从门里伸了出来睁着醉醺醺的双眼纳闷地问："人呢？怎么都走了？"

二十四

事后，我才弄明白婷婷是被陈韦约过来的，陈韦当时也不知道我在状元楼里，他那天上午到樊楼想约我一起庆祝一下，当时我没在家，恰好碰见了婷婷，他便邀请婷婷跟我一起到状元楼聚会，他们都知道婷婷琵琶弹得很好，一起热闹热闹助助兴。婷婷开始不想去，陈韦一再跟她说，都是朋友，就当帮忙，婷婷当时犹豫不决并没有答应，也没有说不去，后来当聚会开始时，婷婷没有到场，陈韦以为她不来了，其实是婷婷临时有事耽搁了一会儿，等到她赶到状元楼的时候，陈韦已经喝醉了。他那几个朋友只知道婷婷是陈韦请来的朋友，对我们之间的关系并不知情，阴差阳错所以就出现了茶房的那一幕。

就这样我跟嬛嬛、婷婷都陷入了一场冷战。嬛嬛对我避而不见，我到那所宅邸找过她，可来见我的是一个相貌英俊的儒生，穿着十分地考究，他对我说话倒是很客气，可是言辞中让人感到一种拒人千里的冷淡，他说嬛嬛不想见我。婷婷也是对我爱答不理，那些天我就像一条犯了错摇着尾巴向主人讨好的狗，除了向她们乞求原谅，也没什么更好的办法来弥补这场误会。可是无论我如何表示歉意，得到的都是冰冷的表情。陈韦事后也试图找嫘嫘解释，可小雪出来给他的答复是不予理睬，我说算了，没什么，他再三地致歉，自知没趣儿也只得作罢。

这种局面僵持了很多天，我每天六神无主，感觉就像丢了魂似的。做什么都心不在焉。我是理解嫘嫘的，她这样的反应也正常，她是凡事都要求完美的人，她不允许她与我的感情里有任何瑕疵，她对我们的感情相当珍视。只是我觉得她因为此事而不肯理我，让我很难接受，因为毕竟我跟婷婷没有什么，我心里面只有她。我想去跟嫘嫘解释清楚，可那扇红漆大门却对我紧闭。那扇门关起来的不仅是我朝思暮想的嫘嫘，还有我倾注于心的对未来美好幸福生活的向往。我坐立不安，那个翩翩儒生更令我对他有一种强烈的抵触感，仿佛周围有人要夺走我的嫘嫘，抢走我的幸福。

婷婷开始几天对我是冷嘲热讽，她知道我那天没有跟她说真话，可后来时间一长，气也消了不少，跟我说话的语气也由那种恋人之间因爱生恨的尖刻多少掺杂些亲人式的关爱。婷婷对我态度的转变，我也没觉得有什么奇怪。她对我似乎有着异于常人的包容。她就是这样的人，心里憋不住话，刀子嘴，豆腐心，说了闹了也就算了。她不忍心看我那副整日失魂落魄的可怜样子。其实从她的言辞中我明显感觉到自从上次见过嫘嫘后，她认为嫘嫘确实不错，颇有大家闺秀的教养跟风度，这一点她也自叹不如。只是作为情敌那就另当别论了，她不会把自己的挚爱拱手相送。她喜欢的东西她一定要得到，当她得不到的时候，即便打碎毁掉也不会给别人。这是她作为女人与生俱来的一种本性。

在这一点上嫘嫘便与她不同，受当时上层文化的熏陶，她骨子里根深蒂固有一种己所不欲勿施于人的品质，这使她看起来很高傲，有种凌驾于人之上的优越感。她不强迫别人，同样也不受别人强迫，在感情上她更多喜欢的是自由与互动。婷婷给人的感觉更多的是占有。这是我感觉到的她们最大的不同。当然，我这只是根据自己的亲身体验来分析，事实上谁也不可能做得那么绝对。女人远没有我理解的这么简单。

我什么都懒得做整天赖在樊楼的家里，哪也不去。像我们这种层次的画学生，朝廷一般是不怎么用的，自然也就没什么俸禄，待遇比起有职称的画师差多了，不过民间对我们这类画师还是比较认可的。只要肯干，生活应该是不成问题的。但是这些画学生往往又不情愿为了钱而画一些迎合民间那种市井口味的俗画，所以造就了这帮人高不成，低不就。我也不例外。

对于情绪低落无所事事的我，婷婷并没有让我找事做。她对于现在的局面比嫒嫒要满意，至少她可以天天守着我。因此婷婷仍早出晚归忙着赚钱，每天回来给我买些零食，如栗子、瓜果、烧鹅、炒肝什么的。那些天她独守我一人颇让她有小两口一起过日子的感觉，让她倍感甜蜜。晚上有空的时候则边剥着瓜子边跟我聊天：“郑灿，你成天自己一个人在家里不闷吗？要不我陪你出去走走？”我摇摇头，她见我没精打采便想给我安慰安慰鼓鼓劲：“别总垂头丧气，我记得你以前挺有一股劲儿的，还说过考上翰林画院的待诏才是你的目标，往后还打不打算实现你的理想了？”我头枕着双手仰面往后一躺说：“我现在只想过去不想今后。”“过去？想过去什么？”婷婷放下正在剥的瓜子睁大眼睛瞧着我问。“想我的家人，姐姐妹妹、父母。”婷婷接过话又笑着补充了一句：“还有嫒嫒吧？”我反感地瞥了她一眼，站起身要走，婷婷赶忙赔不是：“我跟你闹着玩儿呢，开句玩笑也不行吗？”

其实婷婷说得没错，我每时每刻都在想嫒嫒。自从嫒嫒让那个翩翩儒生跟我见面后，就再也没有跟我联系过。算起来有十多天了，我曾几次想去朱门宅邸找她，可刚走出门口却又停下脚步。越是心里放不下的人，越要小心谨慎。我在想，这个时候，等待嫒嫒来主动找我比较妥当。我不是没找过她，可结果都吃了闭门羹。她若心里有我，能原谅我，一定会来找我的。如果不原谅，即便我贸然找上门去，又有何用？

立秋的早晨天已有了稍许的凉意，笼罩在京城周边的薄薄晨雾随着东方渐渐升起的朝霞慢慢散去，整个京城犹如舞台上的布景随着帷幕缓缓地拉开逐渐呈现在人们眼前。这是入秋的第一天，老天似乎很眷顾整日忙碌的人们，清晨的天气格外地凉爽。我醒得很早，枕着双手躺在炕上，透过敞开的窗户看着外面，院内几棵高大的槐树葱郁茂盛，墨绿色的枝叶连成一片，像一块色彩浓重的翠玉屏风横在半空，一些小鸟穿梭在树枝间不知疲倦地啼叫着。那些欢快的叫声跟蝉鸣一起营造出秋日清晨宁静的气氛。婷婷很早就出门了，屋里只有我一个人。来京城这么长时间了，我头一次有了想出去走走的念头，于是轻掩房门，来到了樊楼外宽阔的大道上。

街边巷尾，我不时能看到一些推着太平车赶早进城做生意的小贩。太阳照常升起，一如往常晃得人睁不开双眼。很久没有像这样留心看京城了，我一直向东闲逛，丽泽门外的花鸟市早已聚集了不少人，街两旁的桂花树浓密葱绿，遮天蔽日，像一座天然凉棚，顺着街道一直伸向远方，树荫下摆满了各色的花卉，有茉莉、倒挂金钟、荷花、海棠等数不胜数的品种。这些鲜花争先绽放，清香怡人，挂着露珠的花瓣在晨曦中显得格外娇艳动人。早市的人多但并不喧闹，逛市的游人三三两两驻足在各个花摊面前，或评头论足或讨价还价，轻声细语间让整个市场的气氛就像淹没在树荫里的那些颜色各异的花朵一般融洽而祥和。只是在头上树枝间那些蹿来蹿去的小鸟，欢快的叫声像是给这和谐的旋律平添了几许跳跃的音符。

我被这眼前的景象感染着，尽情地陶醉其中。生活在京城一年了，只有现在似乎才真切地感受到京城独有的氛围，这才是真正的京城。这里没有波澜壮美的宏大气势，有的只是俊秀精致的景色跟浓郁的生活气息。就连花市后面，民居屋顶上长满蒿草的青瓦，还有墙边角落生长的暗绿色的苔藓，甚至早晨推院开门出来担水身披红色开衫的年轻少妇，都无时无刻不在传递出一种京城特有的文化氛围，你潜移默化地被她带入其中，甚至呼吸间都能体会到她律动的脉搏。我漫步在摆满鲜花的街道中，独享着这份难得的惬意。

两盆盛开的海棠花，让我看着就喜欢，于是买下它，捧在了手中。离开了花市心依然停留在那里。漫无目的地走着，不知不觉间猛一抬头竟又看见了那处朱门宅邸，不知道是巧合还是自己潜意识里仍放不下对嬛嬛的想念，鬼使神差地又走到了这里。我望着紧闭的大门，心想里面住着我心仪的姑娘，而那扇朱红色的大门像一团燃烧的烈火把我们隔开。我盯着大门，仿佛要把它看穿，此时里面的嬛嬛又在做些什么呢？我驻足良久，没有去敲门，而是把两盆花放在门前的石阶上，心想也许嬛嬛出门的时候能看见它，抑或是毫不在意，一切顺其自然吧，我这么想着，转身离开了。

一天的心情都因早晨逛花市而感到轻松，到了傍晚，婷婷回来了，是由小好搀扶着进了门，浑身散发着酒气。我皱了皱眉有些责怪地问道："怎么喝成这样？""还不是跟那些客人应酬。"小好答道。婷婷醉眼迷离地扬着红扑扑的脸冲着我扑了过来，怕她跌倒我赶忙去扶她："郑哥，是你啊，想死我了，今晚你要好好陪我。"婷婷东倒西歪地胡言乱语，我当她醉了，便把她扶上炕。她躺在炕上辗转了一会儿，很快睡着了。看着她酣睡的样子，我问小好："婷婷以前是不陪人喝酒的，这次怎么喝这么多？"小好叹了一口气说："她借了樊楼那么多钱，不尽快赚钱，怎么还清呢？"我说："那也不能这么毁身体啊！"小好无奈地摇摇头："她能有什么办法。"

夜很深了，我独自坐在炕上，丝毫没有睡意，看到婷婷为赚钱去陪人喝酒，感觉就像自己妹妹被别人欺负一般特别难受。无论要我做什么，付出什么样的代价，一定要帮她，我正独自想着，婷婷忽然翻过身急切地说：“郑灿，别抛下我，你是我的，不要跟别人走。”被子给蹬开了，双手紧抓着被角，那急切的表情像是生怕我被人抢走似的。她在说梦话，待她又昏昏睡去，我轻轻地给她盖好被，握住她的手，看着她微微拧起的双眉，心里说不清是内疚还是怜惜。

第二天一早，趁婷婷还没有出门，我严肃地跟她说：“婷婷，今后别再陪人喝酒了。”婷婷正在梳妆台前描眉，听我这么一说手停住了回头看了我一眼：“为什么？”“不为什么，你就别去了。”婷婷回过头继续化妆：“不去，等着喝西北风啊。”“你欠的钱我替你还。”“你替我还？你是我什么人，我为什么用你还？”“不管怎么样，我就不许你再去了。”婷婷站起身走到我身边挨着我坐了下来：“你答应娶我，我就听你的。”“这事跟娶不娶你没关系。”“我就知道你放不下那个大家闺秀，不用在这儿虚情假意了。”“你别扯远了，就算我虚情假意，你也不能不考虑自己啊。”“我贱命一条，比不上人家深宅大院的千金，可我知道自己几斤几两，不像有的人总想攀高枝。”“你说谁攀高枝呢？”“说谁谁知道，你让人养着你不就得了，操我这份儿心干什么。”我有些恼了，气着说：“你这人怎么不知道好歹呢？”“承认啦，那我谢谢你喽，你借我的钱我会想办法还你的。指望你卖画赚钱，不知道哪年哪月呢。”“你作践我，别作践我的画。”婷婷撇撇嘴说：“说实在的，你画得真的很烂，也就是那个大家闺秀会哄你。”我被婷婷的话气得脖子都红了，真吵起架来她什么难听的话都说得出来，专往人家伤口上撒盐，我抡起手要扇她：“你嘴给我放干净点，信不信我抽你。”“你打啊。”婷婷扬起下巴，挺起胸脯，闪着泪花的眼睛里充满了委屈，“你在我这儿吃，在我这儿住，我都不在乎，可你为什么骗我去跟别人约会，你考虑过我的感受吗？舅妈临走时你向她保证照顾我，你做到了吗？”我高高举起的手悬在空中，终是没有落下，倒是婷婷扔下一句：“有谁会像我这么迁就你。”随后甩手夺门而出，伴着房门咣当一声被关上，霎时间空空的房间只剩下我一个人，愣愣地站着，呼呼地喘着粗气。

这些天，我也开始打算找活儿干，不能再这么闲待下去了，总要为婷婷做些什么。婷婷的话虽然像刀子可她的心软，想想婷婷所抱怨的话，无非是让我多关爱她罢了，而照顾她的承诺我确实没有尽到责任。

陈韦在显圣寺修补壁画终于发了工钱，他特意邀请我跟婷婷晚上一起出去聚聚，其实他是对上次状元楼发生的事儿一直心存内疚，想趁着相聚的时候缓和一下跟大伙儿的关系，恢复到以前的融洽。而事实上他所希望的效果那天晚上也确实达到了，那顿饭是很久以来，唯一一次像过去那样，我们三人喝得都很尽兴。我们回忆了过去在铺子画扇面的那段日子。我还托陈韦跟显圣寺住持说说能不能去寺里修补壁画，陈韦欣然答应了，拍着胸脯说没问题包在我身上。当他知道婷婷的处境后，二话不说，当着我的面，不管婷婷如何拒绝，硬是把发的工钱都借给了婷婷，并说若不收下便是没把他当朋友看，见他如此诚意婷婷也不好拒绝，便称是暂借，还说："今后我赚了钱一定给你还上。"陈韦说："我拿你当亲人，这么说就显得见外了。"

那天晚上我喝得酩酊大醉，怎么回来的都不清楚。不过自打那次以后，婷婷真的再也没去陪人喝过酒。而且婷婷注意到我时常跟陈韦一起在显圣寺，每天早出晚归，除了去显圣寺，从不在外逗留。婷婷晚上也很早就回来了，会把饭菜做好等我，那段日子我跟婷婷的话不多，但关系明显融洽了下来。

有时在婷婷的提议下，我们也会一起去逛夜市。入秋后的傍晚空气清爽怡人，在波光荡漾的河边，我们坐在岸边听着阵阵的涛声，迎面吹过的风里夹着一丝郊外旷野里才有的麦香，这是素有京城八景之一美誉的汴水秋声。婷婷有时也会拿自己的将来征求我的意见："你不让我陪人喝酒我听你的，可给人弹琴又挣不了几个钱，我借的债又那么多，你说我能做些什么？"这时候的她总是一副小鸟依人的表情。我望着眼前一汪碧波荡漾的秋水，也给她出了一些主意，但多数也并不实用，比如多看看书，多学门手艺，提升一下自己的素养，将来说不定能接触到上层社会的人。婷婷反问："我接触上层社会？为什么？"我也说不出个所以然，只能眨着眼睛闷不作声。

由于陈韦向寺院推荐，寺里的住持知道我跟陈韦一样都是画学生，试用了一段时间后便同意我跟画工们一起加入修复大殿的工程。于是我正式地进到显圣寺开始修复壁画。显圣寺后殿的壁画大概有两千平方尺，都是历代名家所画，存世至少上百年了，描绘的是众仙朝圣的场景。壁画里的神仙众多，有头戴进贤冠的儒臣雅士，有身着彩衣的翩翩仙子，有身披铠甲阔目虬髯的武士，还有鹤发童颜的老翁。他们腾云驾雾，飞翔于天际，描绘得栩栩如生。只是由于战火的破坏，很大一部分画面已经被烧得面目全非了。

殿内的壁画大概有三层楼高，画工要爬上十多米的脚手架在接近天顶的部位修补画面。这些人物画都很大，仅头的大小就接近一米，我修复的壁画是一个身穿彩衣手持如意的仙女，面似桃化，神态自若。我站在高空中的脚手架上近距离地接触壁画，颇有跟画中仙人那般腾云驾雾似的感觉。

我按原作残留的痕迹临摹着壁画，把这些画人物生动的表情、流畅的线条恢复到原来的样子。陈韦跟我在同一层，相隔并不远。忙过一阵儿总要过来跟我瞎聊上几句："哎，最近画得不错啊。你感觉到没有，你画的这个仙子像一个人？""像谁？"我头也不抬仍埋头工作。"嬛嬛。"陈韦脱口而出。他见过嬛嬛，自然对她有些印象。我听陈韦这么说把身子往远处挪了挪，留心仔细看了看，还真像他说的，有那么几分神似。我说："你小子眼倒挺尖。""那是，咱们是干什么的，看人特准。你现在还跟她联系吗？""有段时间没联系了。""放弃了？""顺其自然吧。""我听寺里的人说前些日子有个姑娘到咱们显圣寺找过你，你说会不会是她？""是吗？说不好。"我若有所思地搭着话，手中的笔没有停仍在壁画上描绘。

陈韦又滔滔不绝地说："我觉着，你跟嬛嬛一个在天上，一个在地下。人家是贵族千金，你顶多算一个画师，地位悬殊太大，退一步讲即便你们真的走到一起了，你也养不起人家。她就像你画的这幅壁画似的，看着好看，只可远观，却不识人间烟火。婷婷就不一样了，知冷知热，也不娇气，过日子多好。也不知道你小子哪修来的福气，让人家这么喜欢你。"我听他说完放下手中的笔："你什么时候变得跟媒婆似的说话一套一套的。""这不是替你可惜吗？""我看你也喜欢婷婷，怎么不去争取她？""我倒是想呢，可她眼里只有你，哪稀罕我呢，我可没那么不识趣儿。"陈韦又向我身边靠了靠："婷婷倾心于你我不考虑，不瞒你说，我前些天认识了个女孩儿，家里是开染坊的，抽空带你去看看，给我参谋参谋。""你小子什么时候变得这么多情了？""别笑话我，我这次是认真的。"

在那个十七八的年纪，女孩子永远是我们谈论不完的话题。闲下来的时候，总要分享一下对女孩子的感受。可惜当时被亲情、爱情、友情交织在一起的我心情并不那么轻松，甚至到了疲惫的地步，没有闲情逸致跟他去玩儿。可终抵不过陈韦三番五次的说和，在一个秋高气爽的下午陪他去看了那个姑娘。那女孩倒也生得灵巧，名叫姬薇。从她的眉眼间确实能感到对陈韦的情意绵绵。后来他问我："你觉得那个女孩儿怎么样？"我说："可以呀，不过我说没用，这关键取决于你对她的感觉。""我真的喜欢她，跟她在一起有种说不出的感觉。”我想了想对他说：“我跟嬛嬛在一起的时候，感觉周围所有的事物，包括花啊、草啊，甚至连飞翔的鸟都在向我们招手，一切都焕发出光彩，那么美好，这就是爱。当你爱一个人的时候就会波及周围的一切，好像整个宇宙都发生了变化似的，我也解释不清，很奇妙。”“对对，我也有这种感觉。”陈韦点着头抢着说，“跟她在一起我也有类似的感觉。”“那你就是真的爱上她了。”我说。陈韦又问道：“真正的爱情是什么？”“我想真正的爱是无私的，可以为对方付出一切，是纯洁无瑕的，也是充满激情的。”陈韦思索了一下说：“我倒没有像你说的想那么多，不过我离开她一段时间就挺想她。”“那也是爱。”我补充道。

二十五

忙了一天，傍晚回家的时候，我用显圣寺预付的工钱给婷婷买了件礼物，这是我先前答应过婷婷的，是一把精致的琵琶。回到樊楼的住处，还没进屋就闻见一股菜香从开着的窗户里飘了出来。我进得屋来，见婷婷坐在桌旁，桌上摆满热腾腾的饭菜。我递给她那个礼物，是一把琵琶，婷婷接过来看了又看："很不错，买给我的？""是啊。""你哪来的钱？""寺里发的工钱。""咱们钱本来就不富裕，干什么买这么贵的东西。""我答应过你的，一定会兑现。""那好我收下了，不过这可是赔给我的。""随你怎么说都行。"

吃饭的时候，婷婷坐在我的对面，她今晚打扮得格外漂亮，暖橘色的烛光下，盘子沿儿银色的高光跟闪烁在她耳际的耳环交相辉映，把整个气氛烘托得温馨而惬意。她托着下巴看着我轻轻地说："郑灿，咱们喝一杯吧。"我举杯跟她共饮。几杯下肚，婷婷依然是这么默默地看着我，我说："你看什么呢？"

"看你呢。"

“看我？你过去没看过吗？”

“没看够，要是我跟你永远这样下去，该有多好。”

“你今天晚上是怎么啦？感觉好像跟平时不大一样。”

“你看出来了？”婷婷起身靠在我身边坐下。

随即一股清香扑面而来。

“有什么不一样？”

“就是不一样，话语难以形容。”

“我今天漂亮吗？”

我点点头，然后望着满桌的酒菜说：“这些，是特意做的吗？”

“嗯，给你做的。”

“干吗对我这么好？”

“不干吗，就是喜欢。”

“是不是有什么条件？我未必能回报你。”

“不要你回报什么，我就是愿意给你做。”说罢抬起头看着我，眼神灵动而炙热。

婷婷有属于她自己独有的那份美丽，那份美丽不矫饰做作，直爽而火辣。这种美丽在一般男人眼里是极具诱惑力与杀伤力的。

“你跟嬛嬛亲热过吗？”婷婷眨着眼睛问我。

“你干吗问这个？”

“就是好奇，问问怎么了？”

“我跟嬛嬛的感情，不像你想象的那样，我们从没有怀着你认为的什么目的刻意去做什么，一切都是自然地发生，我们彼此都向往自由，就像放出去的风筝，无论飞得多高、多远，总有根线相连，而不是给彼此套上枷锁。”

“说得真好，那你为什么不能像爱她那样爱我？”

“我说过，爱是唯一的，我无法做到同时爱上两个人。”

“可能是因为我没有她那么富有跟高贵吧。”

“不是，这跟金钱、地位没关系。”

“可你喜欢的这个偏偏是有地位跟金钱的。”

“婷婷，我们不谈这个好不好？”

“好，我也不想破坏属于我们俩的时光。即便我没有高贵的身份跟富足的金钱，但至少有一样，她比不了我，现在我跟你在一起。”

“婷婷，其实你挺好的，我一直把你当妹妹看待，只要你认我这个哥，叫我做什么都行，将来你的事就是我的事……”

“我要你永远记住我。”没等我说完，婷婷抢过话，并伸出手臂把一杯酒举到我面前。

我接过酒，一饮而尽。当时的我并没在意婷婷所说的永远记住她到底是什么含义。只是在当时的情形下，烛影银杯，婷婷善解人意的话语让我们忽然之间有种平时少有的信任跟默契，一下让我倍感亲近，就像久别的亲人。有些自负的我，在酒精的作用下竟然按捺不住激动之情，毫不犹豫地饮下被我认为是妹妹端过来的酒。

事后我把那天的情形跟陈韦说了。当时他正伏在墙上画画，听我讲完，便笑我迂腐，说：“把婷婷认作妹妹亏了她对你的一片痴情，真不清楚你是怎么想的。”我说：“我心里已经有了嬛嬛，换作你会怎么办？”陈韦反问道：“嬛嬛跟你之间真会有结果吗？她的那个阶层，对咱们这样身份的人来讲就是狼窝，你往里钻，迟早会被弄得粉身碎骨。我觉得婷婷跟你才最般配，况且你向她亲人保证过照顾婷婷一辈子的。”“我把她当作妹妹也可以照顾她。”“妹妹？你又不是刚认识婷婷，难道你不了解她，她是不会这么想的，你是不是有点幼稚过头啦。”

我俩正说着，恰在这时，大殿门口有人喊：“陈韦，有人找。”陈韦放下笔，煞有其事地对我说：“猜猜会是谁来找我？”我看着他兴奋而神秘的表情摇摇头：“我哪知道。”“是姬薇，我俩现在一会儿不见就想得不行，我跟她已经有过那个了。”我领会陈韦指的那个是什么意思。他向我眨眨眼：“郑灿，要把握住哦。我先出去一会儿，剩下的这点活儿，你帮我画。”他飞快地跳下脚手架，直奔大门而去，看着他急匆匆消失的背影，我心里也泛起一阵涟漪。那个年纪，作为少男，我们生理上对性爱的向往跟渴望是那么强烈。他指的那个就是睡过觉。我俩曾在床头私下聊起过这些，每每谈到这些总令我们充满了幻想，只是羞于表达，而今陈韦真的把他曾经的梦想变成现实，想想他幸福的表情，心里既感到羡慕又感到落寞，空荡荡的大殿里，高高的脚手架上我孤零零地站着，面对着壁画里那些飞翔的仙女，不禁感到一丝怅然，我不禁扪心自问：我坚信的真爱，真如这画中的幻景一般，难以实现吗？

这些日子以来，并没有像我以为的那样随着时间的推移冲淡我对嬛嬛的思念，事实上这种想念更强烈了。我压抑着对嬛嬛的想念，郁结的情感得不到释放让我感到很烦躁，因此不得不靠加倍地工作来转移注意力，让繁重的劳动麻痹自己。每日早早地吃完寺里准备的斋饭，便爬上了脚手架，那天我站得特别高，几乎头挨到了房顶在画，几只在殿里筑巢的沙燕受到惊扰，不断地在我身边迂回盘旋，我一手拿着画稿一手握着笔，还要不时地躲避它们。

我专心致志地在墙壁上勾描仙女的发髻，那些被流畅的线条跟青墨晕染出的秀发显得飘逸而丰润，我沉醉在自己创作出的艺术效果中，不让自己的意识有丝毫转移。的确，这些天我全心投入修复壁画的绘画中，似乎只有那一刻我才能不再思念嬛嬛，才能抛开琐事干扰，也更加贴近寂云大师所说的绘画所具有的那种自由的境界。

思念是一种痛苦，我在摆脱，也在追求，我在理想与现实间不停地转换，在放弃与坚持之间不断徘徊，虽身心力竭，苦苦挣扎，可对于未来仍看不到一丝光亮。也许我的一生将永远这样下去，那些让我心动的激情，曾像是一团熊熊的烈火，照亮了我的世界，而今却燃烧殆尽。那些让我憧憬的美好向往，不过是水中捞月一般的昙花一现，不会真的实现，留给我的只有平静，而恰是在这种平静之中我却渐渐体会跟领悟到了绘画的真谛。

几只沙燕又飞过来，在我左右盘旋，我挥手驱赶着它们，它们在一排排紧紧支撑斗拱的粗大梁柱间迂回，像是故意跟我嬉闹，举手打它们，它们便消失得无影无踪，刚一转身它们却又不知从哪儿冒了出来。我索性不动，转过身专心盯着那些梁柱，等着它们出现，把它们哄走。由于我站的位置高，这些柱子在我看起来由于透视的缘故显得很奇特，上面很大，向下望去逐渐变细，就在我无意中向下看的时候，我的眼神蓦然被来自大殿里的一束目光吸引住了，仿佛有一股强大的力量把我从另一个时空中拉了出来，顿时让我感觉如穿梭在云雾中一般，我看见大殿里站着一个我再熟悉不过的身影，是嬛嬛。她是来找我的？

我不知道是怎么从脚手架上下来的，当我站到嬛嬛面前的时候，大脑仍是一片空白，沉默了片刻我对她说出的竟是一句连我都觉得有些虚伪的客套话："你，你好，是来找我的吗？"我的话显得有些语无伦次。嬛嬛并没有作答，她示意我出来，我回头望望大殿，陈韦跟那几个画友都停下了手里的活儿，站在脚手架上转头眼睛直直地着看我俩。见我回头，陈韦即刻明白了什么意思，冲我挥了挥手，叫我放心去。

嬛嬛拉着我的手走出了显圣寺，外面的光线强烈，眼睛有些不适应。迎面的太阳发着耀眼的白光，照得周围一切都像褪了色似的，我们一直往前走，嫘嫘的手细腻而酥软，就像回到从前那样，握在手中倍感亲切跟温暖。我忐忑不安，心怦怦乱跳。

我们来到了郊外，空旷的田野里种满了庄稼，空气也格外清爽。我们彼此没有说话，相互牵着手并肩走着。前面不远是一片矮矮的灌木林，这里离我们一起读书的农舍并不远。“最近还好吗？”半晌嫘嫘侧过头问道。“还好，就是给寺院修补壁画，你呢？最近怎么样？”不知道为什么，虽然心里激动得不行，可说话的语气平静得似是什么都不曾发生，这种客气连自己都感到陌生。嫘嫘折了一截细细的草秆在手指间轻轻捻着：“这些天娘叫我去相亲，见了几个公子。人呢，倒还都不错……”说到这里，嫘嫘故意停了下来，看着我，听嫘嫘这么说，我嗓子就像被堵住一样，顿时感觉很憋闷。我故作镇静，尽量控制着自己的情绪，缓缓地说：“也好，你是贵族，门当户对的……”还没等我说完，嫘嫘用奇怪的眼神打量着我，咄咄目光似乎要看穿我，我回避着她的眼睛，她却不等我躲避一下扑到我怀里仰头抱住我的脖子，双唇紧贴在我的唇上。我被她这突如其来的举动弄蒙了，但很快，随着她的热吻，原先的那副客套的伪装，顷刻消散得无影无踪，多日积压的思念如洪水般倾泻而出。不再考虑身份地位，不再考虑世人的眼光，不再考虑由此付出的代价，她是我的，我双手紧紧拥抱着她，主动回应着，呼吸急促，血脉喷张。

我对她的心理防线在短暂的亲热之后，彻底瓦解。

“想我了吗？”嫘嫘松开我的脖子，仍握住我的手问。

“想了。”

“那为什么不去找我？”

“找了，你不见嘛，再说，你都相亲了，还用得着我找吗？”

“吃醋了？怎么这么酸溜溜的。刚才可不是这样啊。”

我默不作声，嫘嫘见我不作答又补充道：“还是你没真心去找。”

“我去过不下三次，叫人传话，可你都没出来，我觉得你不愿再见我了。”

“就是给你一点点教训。”

“你真的去相亲了？”

“真的。”

“那你怎么还来找我？”

“我想看那个想陪我跳崖的人还在不在。”

“当然在，而且真的很想你。”

“我也是。”

嫘嫘说在这段分手的日子里，她心里其实并不好受。她也想见我，不过也就是刚下决心又放弃了。这件事她没有向任何人提起，甚至是小雪她都没有说。她像往常一样，除了内心，脸上看不到任何难过的表情。她还告诉我，她对我的失望很大程度上源于她对我们之间爱情所抱的过高期望。

我后来慢慢地理解了嫘嫘对感情的这种态度。其实这种期望对她来讲并不为过，这与她从小生长的环境有关，她拥有一切世人所难以企及的地位与富贵，这使她对爱情的要求比一般人更挑剔与苛刻。在她眼里，爱情是至高无上的甚至是她生命的全部。这一方面是她善良纯真的天性使然，再有就是因为在宫中见惯了尔虞我诈，深知人心的险恶。因此对人与人之间的纯挚情感格外珍惜与向往。

嫘嫘还说在宫里她小心地周旋在各种人际关系之间，尽量避免与人发生冲突，甚至在某些利益上可以一再让步。她并不是怕，而是避免发生矛盾，在她看来与其煞费苦心地与人争名夺利，不如适时地调整自己，等待那个让她心动的人出现，她要把自己最好的一面展现给她所爱的人。直到我走进她的生活，虽然我地位低下，但嫘嫘凭自己的感觉认为我就是她想要的人。当然她也清楚，她不能用她的地位与身份来赢得跟我的这场爱情，也不希望横在我们之间的社会地位影响我们爱情的纯洁，她甚至鼓励过我不要考虑她公主的身份，可以讲她对我倾注了全部情感。可婷婷的突然出现让她始料未及，她对出现的这种状况是没有一丝准备的，原有的那种天经地义的优越感随着婷婷的出现第一次受到了冲击，心情降到了谷底。

当单纯真挚的情感被误以为是编织在某种别有用心的动机外面的花环，无论它有多美丽，都会给当事者带来莫大的伤害。嫘嫘说每当怀疑我们之间的感情时，她心里就十分痛苦，甚至在梦中有时都哭醒。我听嫘嫘说完，心里既自责又心痛，自责的是我没有把婷婷跟我的关系处理好，心疼的是我在嫘嫘心中占有那么重要的位置，我却让她受到如此的委屈和伤害。

我连忙解释说：“对不起，过去我没跟你说清楚。那晚酒楼的女孩是我妹妹。”

“我没有问你啊，你用不着解释。”

“真的是我妹妹，我发誓，我当她如我亲人一般。”

嫘嫘看我红着脸一脸正色的样子，笑道：“没人要让你发誓啊，是你的妹妹一定要对人家好。不过怎么以前没听你说过？”

“怕你误会嘛。”

“越是刻意隐瞒，越会引起别人的猜疑，难道不是吗？不说这个了，你刚才怎么跟我那么客气？像个陌生人似的。”

“你突然出现，我心里一点准备也没有，我以为这辈子咱们都见不着面了呢，谁会想到你能出现。”

“其实，我以前也到显圣寺找过你，可你不在。”

“是吗，那你是怎么找到我的？”

嫒嫒又把找我的来龙去脉讲给我听。嫒嫒与我中断联系近半个月，这期间我们彼此都没有联系，似乎我这个人慢慢地要在她的生活中消失了，她与我的过往如沙滩上的涂鸦，在时间的海水一遍一遍的冲刷下消退得几乎看不见什么痕迹。她给自己营造出一个并不在意我的印象，这个人似乎没存在过，连身边的小雪也觉得奇怪，嫒嫒对我那么轰轰烈烈的感情怎么瞬间就没有了呢？

其实越是刻意忘却，越无法摆脱无时无刻的思念。嫒嫒说她无法欺骗自己，她想起我们在一起的日子，想起那些快乐的时光，这种诱惑让她把理性又姑且放在了一旁。在一个黄昏的傍晚，她终于下了决心独自出城，去了显圣寺。她听小雪说我有可能在那里，因为有人在那儿见过陈韦。抱着一丝希望她找到这个古刹，来到寺门前，想远远地看我一眼。可是偌大的显圣寺山门敞开，院子里空荡荡的竟看不到一个人影。宏大的殿宇在暮色里巍然屹立，她对这种环境不仅陌生，还多少感到恐惧。

嫒嫒本没打算那天一定要见到我，只是那些愉快的回忆促使她有种想走近我的冲动，而且越是见不到我越要走得更近，所以她独自出城找到这儿来，而且居然走进了这光线昏暗的寺院。

在这连气味都陌生的寺院里，她顺着大门两侧的回廊大着胆子往深处走，透过院里几株苍翠的古柏依稀能看见后院大殿内闪烁的一丝光亮。就在她要迈步跨入侧门进入后院时，一个声音从对面传来吓了她一跳：“施主，请问找谁？”借着傍晚昏暗的光线，她看清了是一个迎面走过来对她合手施礼的小沙弥。“我是来找人的，请问这里有个叫郑灿的年轻人吗？”小沙弥略想了片刻，摇摇头说：“我印象里没有，您要找的是本院的出家人吗？”“不是，他是画画的。”“哦，是不是给寺院修壁画的？”嫒嫒也并不知道我在不在寺院修画，她听小沙弥这么说，也就含糊其词地点点头。小沙弥又说：“可那些画壁画的人先后走了几批，不知道你要找的是哪一个？现在画画的人里没有姓郑的。他们的工地就在后院的大殿里，刚才都出去吃饭了，要不要等他们回来认一下？”嬛嬛抬头向后院望去，那些因战火而被损毁，显得凌乱阴森的大殿门口把她想继续寻找的勇气给扑灭了。她听郑灿没在寺里，便谢了小沙弥，转身退了出来。当她走出山门时，又忍不住转头向后院望了望，心想也许我曾来过这里，只不过现在又不知道身在何方了。她忽然有种预感，或许这辈子再也见不到我了。这个男孩只是她梦境中的一颗流星，划过时耀眼夺目，过后消逝得无影无踪。的确，她已经尽力了，如果我再不找她，嬛嬛的这份爱情可能就到此为止，无果而终。她还问自己难道就为了那场不欢而散的聚会？

嬛嬛说那天晚上母亲王贵妃到她的降萼阁找她闲聊时还问：“跟那个街头小混混还有来往吗？”作为母亲，她一直在留心观察女儿，这些天公主总待在宫里，哪儿也不去，她认定女儿跟那个地位卑贱男孩的关系，不过是稍纵即逝的激情，或者只是一时的新鲜。来势凶猛，去得也快。只不过这几日嬛嬛满脸沉闷的表情让她有点疑虑，所以特意问询。嬛嬛说她回答的那一刻把头闪向了旁边，用若无其事的口吻说：“您说的在市井认识的那个人，我们始终没见面，没有联系了。”嬛嬛一忍再忍，那眼眶里转圈的泪珠终是没有掉下来。听嬛嬛讲完，我才更加明白与我整日为生活奔波相比，她虽然生活优越，可承受的压力并不比我少。一想到这儿，不禁把嬛嬛的手握得更紧了。

“我来显圣寺时间不太长，估计你找我的时候，我还没搬到寺里呢。”

“难怪呢，后来小雪说你就在显圣寺的时候，我开始还不信呢。”

“这次你是怎么找到我的？”

嬛嬛想了一下道出了实情，原来这些日子，嬛嬛在母亲的张罗下，见了几个门当户对的公子，这都是王贵妃一手安排的。她知道女儿的脾气，不真的让她瞧上眼，她很难让这个女儿嫁出去。嬛嬛被母亲缠得无奈，点头同意母亲安排的相亲，可心里仍然惦记着我。见的几个公子虽都是一表人才，但她没有往心里去。迟迟地不表态，只是在屏风后面做做样子，敷衍一下母亲，暗地里吩咐小雪抓紧时间打听我的下落。

小雪费劲周折，终于打听出我的地址，当小雪把我就在显圣寺的消息再次悄悄告诉嬛嬛时，她表情很奇怪，简直不敢相信。她曾去那里找过我，可我并不在那里，这次难道是真的？

抱着试试看的态度，她又独自来到了城外的显圣寺。这是一个晴朗的早晨，入秋后的早晚，天有些凉，嬛嬛一身便装，再次站在宽大的山门前往里面看。高高的院墙把红红的朝阳遮挡在了外面，整个院子呈现出一种青灰的色调，只有几棵参天古柏，弯曲旋转的枝干伸出墙外，墨绿的枝叶被一道道霞光染成了金色，给清冷的院落带来稍许的暖意。远处透过层层大殿的屋脊，隐约传来轻轻敲打木鱼的声音，嬛嬛迈步进了寺院，一直向后走去。几个早晨起来扫地的小和尚见她走过，以为是早起拜佛的香客，并不阻拦，拄着扫把，好奇地看着她。嬛嬛来到后面的大殿门口，幽深宽阔的大殿内搭着高高的脚手架，里面的光线有些暗，她睁大眼睛怀着急切、忐忑的心情往里面看。在脚手架上依稀能辨出几个人影，正在专注地修补壁画，整个大殿里安安静静的，几乎没有什么声响。当她的目光停留在我熟悉的身影上时，她的心又怦怦乱跳个不停，她认出我了，但她没有立刻上前去召唤我，只是呆呆地愣在那里静静地站着，远远地看着我。

我问："你为什么不叫我呢？"

"因为我喜欢看你现在的样子，不想去打扰你，就像喜欢一朵花，并不一定要把它摘下来一样。我觉得那时看到的你是最真实的，真的，当时我就在想，让你为我去考翰林画院，我是不是很自私，或者这本身就是个错误，因为你本来就不是我们这个环境里的人，这样逼你去做，实在为难你了，我觉得你做自己就好了，我不应该强迫你改变自己。你知道吗？我最喜欢看你站在梯子上画画的样子，那个站在脚手架上专心伏在墙上画画的布衣少年，似乎有一种魔力吸引我，谢谢你曾经像一盏灯点燃了我暗淡的世界，让我的未来充满了幻想跟激情。"

"其实你对我也是这样，不过能进翰林画院也曾是我的理想，只不过你给了我更大的动力，你不必多想。"

我抬头望着前面说："那有片树林，咱们过去看看。"我们离开大道，沿着麦田往前走，这片田野我们没有来过，穿过那片树林是一望无垠的麦地，周围没有任何人，入秋的麦穗略有些发黄，从空中俯视，就像一片被霞光染成金色的海面，平静而整洁。一条细细的田间小道，弯弯曲曲一直通向远方，在层层的麦浪间若隐若现，仿佛是浮到浅水的鲸鱼用背鳍在海面上画出的淡淡的波纹。

一阵秋风掠过田野，土道两侧庄稼轻轻摆动，发出碎密的"哗哗"声响，如细浪轻拍着海岸。嬛嬛走在前面，回过头对我说："快看，那里好像有间房子。"她长长的睫毛在光线折射下透出琉璃般的光泽。

我们走了过去，这是一个用稻草临时搭建的茅屋，应该是附近的庄户人家盖的。茅屋紧挨着树林边，门口敞开，很简陋。我们走进去，里面不大，地上铺着厚厚的稻草，阳光透过墙壁的缝隙照在上面，金灿灿的，让人看了顿感耀眼和温馨。

我们坐在松软的稻草上面，肩并肩靠在一起，我搂着她的腰，手心微微有些发汗。麦秆扎成的墙壁并不挡风，一阵风吹过，掌心在风中感觉到一丝丝的清凉。嬛嬛被风撩起的秀发拂过我的面颊，带着淡淡的体香，恍然间让我如沐春风。

我顺势躺靠在厚厚的稻草上面，嬛嬛趴在我身上，边抚摸着我的鼻子，边侧头看着我说："喜欢我吗？"

"喜欢。"

"喜欢什么？"

"喜欢你趴在我身上。"

那天的天特别蓝，我似乎被暖阳蒸发在充满麦穗清香的空气中，又仿佛漂浮在麦穗铺成的海洋里，一会儿被波涛推上了浪尖，一会儿又沉入海底。在这进退间，阵阵的秋风犹如清澈的碧波流淌在我身体里，我被涌动的麦浪牵引着，好似遨游在大海中，那一刻让人心醉得仿佛连时间都凝固了……我们相拥躺在稻草上，听着屋外风吹麦浪的"沙沙"声，一直到日落西山。

二十六

婷婷这些日子对我依然如故，每天变着样儿做些可口的饭菜给我吃，我除了对她的厨艺大加称赞之外，逐渐对她每日精心的照顾习以为常，时间一久甚至觉得没什么不妥，殊不知在这点滴的关照之中却隐藏着她的一个蓄谋已久的计划。这一点，我丝毫没有意识到。当时我正准备在适当的时候告诉她我跟嬛嬛的情况，把一些问题说清楚。就在我找机会的这些天里，她常常会问我一些奇怪的问题，比如，女人为什么会喜欢男人啦，女人怎么让男人喜欢自己啦，等等。我有时被她缠得没办法就随便跟她讲，有魅力的女人就会让男人喜欢，甚至爱上她。婷婷又问："怎么才叫有魅力的女人呢？是不是漂亮？"我想了想说："不一定，能征服男人内心的女人应该是最有魅力的。"她追着问："怎么才能征服男人的内心呢？""这个我也说不好，可能一切都随缘分吧。"我应付着婷婷的提问，没有往心里去，她却若有所思地坐着默默发呆。

就在我下决心告诉婷婷我打算跟嬛嬛好的那天晚上，她又如往常一样准备了一桌丰盛的晚饭，除了平时我爱吃的菜，还在灶上给我煮着汤，我在席间说起我今后要跟嬛嬛在一起，我也担心这种方式是不是太过直接，因为我不想伤到婷婷，但听完我的话，她的表情却很平静，好像对我这番话早有准备似的，她静静地听我说完看着我说：“嬛嬛有魅力是吗？”

我点点头。

“她能征服你的心？”

“嗯。”

“我不能，所以我们只能做兄妹？”

看到她一脸严肃的表情，我马上又说：“婷婷，这一点上并不能说明什么，其实你也有自己独特的地方，我也没你感觉的那么好。”

“不用说了，我明白。”婷婷打断我。

“我知道一切随缘，这顿饭，算是我为你跟嬛嬛做的，祝福你们。”

婷婷举起酒杯一饮而尽，我听完她的这些话，恍然间好像心里的一块石头落了地，总算对她放了心。

“即便是做兄妹，咱们也是一家人。”我补充道。

婷婷看我喝完酒，起身说：“我去给你盛碗汤。”

她轻步走到外屋的灶前，汤已经熟了，在灶上咕咚咕咚地冒着热气。婷婷拿起早已准备好的那个非常漂亮的碗，盛了一碗，随手从衣袖里取出准备好的一袋药末儿撒在了汤里。做完这套动作，此时她的心也是怦怦跳个不停，她清楚刚在汤里下的药是什么，她更知道药的作用，这是一种很轻易就能在樊楼里找到的药，无色无味。但它能激发一个男人潜在的欲望，使他变得疯狂而失去理智。说白了，这就是一种春药，她要趁郑灿毫无察觉时给他服下去，她要通过它来占有郑灿，以此来征服他。婷婷进得里屋，端给我汤，见我一口气喝完了，便紧靠着我坐下来。很快我就感觉浑身燥热，胸口就像放进了火炭，似乎要燃烧起来。婷婷见我脸色发红，便问：“郑灿，你热吗？”

“嗯，我的头怎么有点发涨呢？”

“可能是刚才喝酒喝急了。”

“这是什么酒，劲儿怎么这么大。”

“郑哥，我还有个问题不明白想问你。”

“你说。”

“你说的魅力到底是什么？”

“我跟你说过嘛，魅力应该是能征服别人的一种东西。”

“那你告诉我，怎么才能征服一个人？”

“我也说不清。”

“那怎么叫征服呢？”

“征服，就好比战场上的搏杀，输的一方就沦为胜利者的俘虏。”

“会有这种战场吗？”

“这只是种比喻，实际上只有战争的时候才有。”

“我挺感兴趣，就是太深奥，我听不太懂。”

“怎么这么热。”我解开前襟，用手扇着风，好让自己凉快些。

这时的我感到就像有个东西缠在身上，慢慢地扩散到全身，胸口好似放了一个火炉，烤得我坐立难安。

现在要是能有什么东西不让我胸口那么热该多好啊。

婷婷面向我，把手慢慢地伸进我的上衣，抚摸着我滚烫的前胸。“这样好些吗？”她抬起头望着我，此时的我感觉自己身体就像着起了大火，那些刺激性的药物充斥在我的血脉中，沿着脊柱一直向上冲。婷婷那双眼睛就像一潭清凉的泉水，让我恨不能立刻跳入其中，让自己好受些。我眼前开始模糊，头脑发晕，感觉自己被什么力量牵引着，一步步拉向深渊。

“婷婷别这样，我有些控制不了。”

“那就别控制，是不是有种征服我的欲望？”

婷婷说着把我推倒在炕上，解开了我的上衣。

就这样，我被婷婷拉上了“战场”。对当时神志恍惚的我而言这的确是一个只存在于意识当中的战场，格斗双方只有我跟婷婷。这又是一场欲望与征服的搏杀，或者说是理智与情感的角逐。我不知道怎么说明才能更明确跟贴切，但我清楚，从来没有人征服过我，我也不可以被任何人征服，那是因为我不想成为某份情感的奴隶，更何况那份情感我始终是当作兄妹亲情而珍藏的。还因为，在我内心里不仅有我从小生活过的辽阔草原，飞驰的骏马，蓝天白云，甚至旷野中吹起的风，我跟伙伴一起打的口哨，以及很多轻易就能回忆起来的过去，它们对我来讲是那么的熟悉与亲切，又是那么的重要，好比是生命的一部分，自然也包括对嫘嫘纯真爱情的向往。但所有这一切，都将随着步入战场而成为搏杀的赌注。我尚存的理智无时无刻不在提醒我“郑灿快走，你会输了你的全部，这里面没有胜利者，只能伤得遍体鳞伤，快离开”。而与此同时，服下去的药充斥在血液中，它们化作“战场”中站在我后面给我呐喊助威的千军万马，簇拥着我，把我推向前沿阵地。我身不由己地站在空地上与对面的婷婷对峙着。它们摇旗呐喊给我助阵，声音犹如从地狱中发出，一遍一遍地唤醒我心底的欲望。

在它终于被激发后，爆发的力量让我惊诧，我不知道我怎么变得如此疯狂。理智在欲望与诱惑面前为什么显得那么的苍白和无力，与其说这场搏杀是跟婷婷的角逐不如说是我自己内心的挣扎。欲望驱使着我冲向战场与婷婷交锋在一起。而此刻婷婷也在通过对我的诱惑证明着自己，她清楚地知道她也将通过这场肉搏得到我，这个过去她无法掌控的人将属于她。她期待着我的爆发，享受着我的身体，驾驭着一切。与我不一样，她没有内心的挣扎，她心里只有占有我，跟我结合成一体的欲望。这种欲望转化为热辣而缠绵的身体接触以及不住在我耳畔喃喃的低语："郑灿记住我。记住我，你是喜欢我的，我是你的。"因此在开始的搏杀中她能占上风，不过她对我残存的理智很快就有所察觉，因此步步紧逼，使尽浑身解数，招招致命，她要把我残留的理智全部抹杀，得到一个此刻完全属于她的郑灿。她有节奏地控制着一切，那迷离的眼神像无形的网紧紧地锁住了我，任我锋芒毕露，奋力抵抗。

不知道什么时候我由被动挣扎逐渐变成主动进攻，时间能摧垮一个人的意志，当初的抵抗竟转化为一步步堕落的动力。就像掉进一片泥潭，奋力挣扎却越陷越深。呐喊声远去了，我跟婷婷如两个手持利刃的斗士，从原野杀到山巅，从大海杀到云端，从过去杀到未来，利刃相交火花四溅。而在这种对抗中我也渐渐迷失自己，天地一片混沌。刀光剑影下恍惚又出现了那个红衣少女，她拉着我的手跟我一起在云海中飞。渐渐地我有些体力不支，大汗淋漓，婷婷也体会到了我的疲态跟破绽，知道离胜利不远了，索性开始放任，甚至不再用力进攻，她知道她已稳操胜券。此刻的我，就像一座被激活的火山，一旦复活就无法阻止它的喷发，婷婷也如一个即将垂死的人耗尽了所有气力等待着炙热的岩浆将她彻底地吞噬。

我后面的千军万马摩拳擦掌，摇旗呐喊，跃跃欲试，当我拼下最后一刀，用刀拄着地支撑行将倒下的身躯，千军万马终于失去控制，顷刻间冲向阵地。我感觉自己被一股力量推着，逐渐失控，像一枚弹射出去的礼花，顷刻间飞向蓝天，天空中豁然出现的那片巨大而绚丽的彩虹在我眼前飘忽不定，终于把我包围。就在我拥抱它的瞬间，狂风大作，这彩虹变成一股疾风呼啸着席卷过我的身体，就在这疾风扬起的飞沙走石中，我的身体被剥离成一块块碎片，风蚀得只剩一副骨架。

婷婷得手了，尽管手段不那么光明磊落，却很实用。

清晨，当昏睡一夜的我张开蒙眬的双眼，发觉天已大亮，透过窗户的朝阳斜斜地照进屋里。我侧头看到正坐在梳妆镜前的婷婷，她穿戴整齐，正在盘头，看样子早就起来了，而且神色不像我那般疲倦乏力，她满面春风，甚至可以用精神焕发来形容。见我醒了，转头看了我一眼，眼神里充满了柔情跟淡定，那稍稍扬起的下巴，甚至还带着那么一丝带有挑衅意味的骄傲。她给我端来了莲子汤。我把汤拨到一边，质问道："你昨晚给我的汤里放了什么？"她见我用质问的口吻，便若无其事地说："知道还问。"婷婷轻描淡写的回答以及略带傲慢的语气，让我立刻猜到了真相，也激怒了我，我气得用手指着她问："是你在汤里放了药，你，你不觉得你太卑鄙了吗？我一直把你当我妹妹来看待。"婷婷扬了扬眉，不屑地笑了笑，有些得意地说道："是什么都晚了，也不重要了，我想问你，你不是清高吗？你不是看都不看我一眼吗？你不是喜欢大家闺秀吗？为什么不能做到坐怀不乱？"一连串的发问，让我都不知道该怎么回答。

我感觉像是受了极大的羞辱，说话竟然有些结巴："你，你，别欺人太甚。""你别得便宜卖乖啊。"婷婷跟我针锋相对。我的肺简直都快气炸了，我知道昨晚是婷婷精心安排的计划，但我仍气不过，暗自狠狠道："这是你处心积虑的计划，你在骗我，要不是你用卑鄙的手段，我岂能……"我把那碗汤往地上奋力一摔，穿上衣服，一脚踢开门跑了出去。这次，婷婷看着我离去的背影却不急不恼，也不阻拦。只是嗔道："折腾了一晚，还这么大火气。"被她征服过的男人，她是有耐心让他发发脾气的。而她更知道即便是我跑得再远，我这个人也是属于她的。

我冲到街上，街上人来人往，我漫无目的不顾一切地往前跑，那些被我无意撞到的人，纳闷地看着我：这小哥儿怎么了？我头也不回，似乎只有不停地奔跑才能让我摆脱一切枷锁，才能甩掉强加在我身上的屈辱。我一路狂奔冲上一座石桥，累得筋疲力尽，气喘吁吁。我站在桥上，桥下的河水奔流不息，波光闪闪，我呼吸急促，胸口一起一伏，平日让我自豪的胸肌今天却让我感到恶心，我懊悔自己只长了一个强壮身体却没有头脑，气急之下，我纵身跳下石桥，一头扎进水中，顿时水花四溅。随着"扑通"一声巨响，周围过路的人高呼："有人跳水了，大家快看。"经这么一喊，很多人围在岸边、桥头，侧头往河里观瞧。当我把头浮出水面，恍惚觉得桥上、岸边聚集了很多人，他们指指点点似乎在说着什么，隐约我听到：

"这小厮是不是疯了？" 我不在乎这些路人说些什么，甚至当他们不存在，因为此刻我心里只想着一个问题，那就是我将怎么去面对嬛嬛。想到这儿，我就恨婷婷，是她从中作梗在我跟嬛嬛的感情之间插了一杠子，她应当受到惩罚，可是我发现恨她的时候，心里竟是那么的痛。这种痛如心脏被毒蛇咬过一般带着痉挛在全身蔓延，怎么会这样，为什么会这样？我不住地问着自己。难道跟她有过肌肤之亲就不能再恨她了吗？我就不能摆脱她了吗？我不知道怎么解释自己对婷婷的情感，我是不是真的被她俘虏了？爱上她了？我该怎么办，我拼命地舞动着双臂，湍急的暗流一会儿把我卷入河底，一会儿又把我推向水面，我随波逐流，身不由己，奋力挣扎，却徒劳无益。

对于我跟婷婷的种种过去，似乎是一场梦，说不清，也道不明，我似乎只有忘记，也只有忘记，才能使我跟嬛嬛在一起时不再有愧疚感。婷婷在我内心深处留下了某些无法抹去的印记，我不敢跟嬛嬛讲，我怕失去她，失去那份我最为向往又弥足珍贵的纯真爱情。一想到这儿，我就觉得我特别地卑鄙跟猥琐。那种鄙视自我的心情是从来没有过的。这让我在嬛嬛面前感到自卑，我备受煎熬，却没有任何选择的余地。

我决定先离开婷婷，那个樊楼我是不会回去住了。而当时我唯一可以投奔的人只有在显圣寺的陈韦。当我出现在他面前的时候，正在专心画壁画的他一脸惊诧，他不知道为何站在面前的我竟然浑身湿透，犹如一只落汤鸡。

我在陈韦这儿暂时住下来。陈韦并没有多问我来这儿的原因，他估计多半是因为跟婷婷闹别扭。他对我跟婷婷之间的打打闹闹早已见怪不怪了，并没有多问。

然而一连几天，我都没有回樊楼，他觉得有点不对劲，而且发现我精神状态不太好，画画的时候常常心不在焉，有时画错了，自己却一点都不知道，这时陈韦就在一旁提醒我："哎，郑灿，怎么了？又上错颜色了。"我这才意识到又走神了。陈韦觉得我心里好像有什么事，总一个人坐着发愣，于是在休息的时候走到我身边："你最近怎么了，是不是又跟婷婷吵架了？" "从此以后，我不会再回婷婷那住了，我跟她彻底完了。"我眼睛一眨不眨看着对面壁画上我画的云中仙子说。陈韦看了我一眼沉默了片刻又问："这次是真的？"我点点头。陈韦又说："郑灿，我觉得你这样做对婷婷不公，她为你付出很多，你如果跟那个嬛嬛好，为什么还要招惹婷婷呢？”“我没有招惹她，我始终是把她当作妹妹看待的。是她……”我皱着眉头，没有再说下去。“一个男人应当敢于对一份爱负责。”陈韦看着我说。我感觉心乱如麻，头很疼，脑海里不住地想着一个问题：我究竟应该为道义还是为自己心动的那个人活着呢？那一刻我心里茫然而没有答案。

我纠缠在两个女人之间，精疲力竭。然而当我再见到嫒嫒时，我便摒弃了原来困惑我的负罪感，那种无法控制的心跳让嫒嫒再次征服了我，我确信我的未来非她莫属。

经过内心挣扎的我终于下了决心，彻底搬到显圣寺去住，不能再跟婷婷这样下去。我既然不爱她就不该不明不白地一直耗在一起，实际上也耗掉了婷婷的青春，长此下去对双方都无益，我希望她能找到自己的如意郎君。当我向她提出搬走时，心里已经做好准备，抱着死猪不怕开水烫的精神，迎接她暴风骤雨般的责骂。可出乎我的预料，听到我要搬走，婷婷并没有大吵大闹，也没有指责我是势利小人，虽然她完全有资格痛斥我的翻脸不认人，忘恩负义……可她这些话统统没有说，只是默默地掉了几滴眼泪，把脸上刚化好的妆给弄花了，然后她一声不吭地洗了把脸，待重新补好脸上的妆，她抬起头冲我淡淡地一笑，声音略带沙哑地问道：“你什么时候搬？”又问：“你还会回来看我吗？”

婷婷的举动以及态度让我心若千钧，我觉得自己在她面前渺小得像只蝼蚁。当即发誓道：“今后我若赚了钱，分给你一半，我只要基本生活费，余下都给你还欠债。将来不论你遇到什么样的困难我都义不容辞地帮你。一定让你有钱花，过上好日子。”

婷婷哼了一声淡淡一笑，拿我的誓言并不当真，她说：“谢谢你了，又来哄我，你帮我？靠你卖画？下辈子吧，你能养活你自己就不错了，除了长了一副能让那些大家闺秀着迷的脸蛋，你呀，没什么本事。”

离开了樊楼婷婷的住所，我搬进了显圣寺，住在寺院专门为我们画工腾出的一间仓库里。仓库很大，一半装着粮食，一半搭建着临时的通铺给我们住，这种群居的集体生活我并不陌生，小时候在草原住的帐篷就跟现在很相似，只不过有一点不同，让我难以忍受，就是半夜经常出没的老鼠。这里老鼠大得惊人，夜里有时爬到床上来，常常把我从睡梦中惊醒。醒了之后就难以入睡，耳边尽是此起彼伏的鼾声跟角落里老鼠不断的磨牙声，这些声音混合在一起，在半夜听起来很奇怪。我有时睁着眼睛看着黑洞洞的房顶，一看就是一两个时辰，脑海里尽是一些跟婷婷过去的事情，有时想着想着竟觉得自己可笑，因为这里的居住条件比起樊楼婷婷的住处差远了，而我宁愿离开舒适的环境来这里受罪是因为要离开一个对我心生爱慕的姑娘。这听起来确实让人觉得可笑，不过我丝毫不后悔，我坚信自己的坚持是对的，因为这里毕竟有属于我个人的空间，更重要的是我心里还装着嬛嬛。为了我真正的爱情，为了我跟嬛嬛的未来，再恶劣的环境我都可以承受。

关于婷婷，嬛嬛再也没有向我追问，我觉得嬛嬛虽然对于我的婷婷只是我妹妹的说法并不完全当真，但她相信我是最喜欢她的。因为那种见面后彼此无法抑制的心跳是骗不了人的。而且她说过她觉得这种心跳恐怕今后对别人不会再有了。她珍惜这种感情，她也更加了解我，而她原有的想法也开始慢慢地发生了一些变化，在她看来像我这样的青年有姑娘喜欢也是再正常不过的事，我能对她好就够了。至于那个婷婷跟我到底是怎么样的关系，对嬛嬛来讲不重要，关键是我的态度，她相信自己有能力让我留在她身边。

对于我跟婷婷的过往，我对嬛嬛只字未提，既然已经跟婷婷分手了，一切都让它随风而去吧，很长一段时间，我甚至连樊楼都没再去过。忘掉过去多少让我心里不再有负罪感。住在显圣寺让我跟嬛嬛的来往更加方便跟自由。但这只是对我而言，嬛嬛的行动仍要时刻提防母亲跟曾太监的暗中监视，事实上曾太监也从来没有间断过对嬛嬛的跟踪，只是嬛嬛细心提防加上小雪的掩护，因而始终没有被他发现。

但终究纸里包不住火，有一次曾太监的爪牙竟尾随嬛嬛跟踪到了显圣寺，后来叫来了一帮人，领头的竟是曹捕头，他带人闯进了寺院，要强行搜捕，说是追捕逃犯。幸亏陈韦跟寺里的小和尚帮忙，把我跟嬛嬛领到了一座粮仓，从地上打开一处暗门让我俩进去躲避，这才逃过一劫。

那真是一场惊险刺激的经历，我跟嬛嬛躲在地窖里既紧张又兴奋，从地面上传来的咚咚脚步声跟喧哗声断定外面一定很热闹。曾太监绝对想不到此处有个绝佳的藏身之处，只要那个小和尚不说，他是甭想找到我们的。兴奋之余我和嬛嬛仔细观察了周围的环境，这是一个储藏粮食的地窖，只是现在弃用了。从它的空间上看，当初的规模很大，这可能也是这里老鼠比较多的原因吧。穿过一条狭长的地道，有个出口直通寺庙的墙外，寺外有一个跨院，出口就隐蔽在院中的一片竹林里，上面盖着木板，看上去像个废弃的枯井。我跟嬛嬛认为这个地窖实在是太好了，简直是为我们相聚量身定做的，不知道是寺里哪位高僧设计的。

虽然我俩暗自庆幸，却也感觉到这样躲来躲去也不是长久之计，总不能躲一辈子吧。特别是嬛嬛，她考虑再三，那个让我尽快考取功名的计划再次被提起，最差也先在衙门里谋个职，她再想办法一步步把我往上调，将来也好光明正大地跟我在一起。听了嬛嬛这番话，我也觉着有道理，但眼下嬛嬛的行踪暴露了，这次虽然没被找到，但寺院已不安全，我们继续在此聚会的危险也增加了，这段时间最好避避风头。嬛嬛赞成我的看法，同时她有些担心我的处境，怕那些差人找我的麻烦，我跟嬛嬛讲，这些人肯定不知道我的底细，因为如果知道早就抓我了，还用得着跟踪你吗？只要我不动声色，仍在寺里画我的壁画，他们是发现不了我的。嬛嬛又嘱咐我小心，她觉得以后再去朱门宅邸联系恐怕不安全了，她告诉我一个新的联系地点，就在朱雀门外的聚仙楼，有什么事找史掌柜的转告小雪就行。我们一直聊到傍晚，天黑的时候嬛嬛离开了。我目送她消失在暮色中，心里想起她的话，去衙门谋个职位，不管我愿意不愿意，或者这个办法真的是我目前看来唯一的出路。

由于陈韦跟那个小和尚的暗中周旋我没有被差人发现，对他们我心存感激，我一再叮嘱陈韦不要告诉任何人，而且我知道除了陈韦，那个小和尚是不知道嬛嬛身份的。那些差人没有再来，生活又恢复了平静，我跟那几个画师每天仍起早贪黑地抢工，不知不觉间整个大殿的壁画修复工程已接近尾声。陈韦这些日子有空就往染坊跑，一天到晚神出鬼没，他的那些工作差不多都是我替他完成的，一个人要干两个人的活儿，自然要比其他人花的时间长，有时空荡荡的大殿里就只剩我一个人，别人都收工了，我却点着灯一直干到深夜。那天外面下起了小雨，一阵阵潮湿的冷风吹过大殿，我不禁打了一个喷嚏，一场秋雨一场寒，眼看就要入冬了。每当冬季的时候我就会想到姐姐，如果姐在，不论我遇到什么事情都可以找她商量，可惜姐姐到现在也没见到，这已是我来京城的第二个深秋了，姐她现在在哪？她是否正在赶往京城的道上呢？

几天后显圣寺的壁画终于完工，住持给画工发了工钱，干完活的画工就各自散去了。遣散了画工，我也没了住处，便在城里随便找了个客栈安顿下来，好在手里有了些闲钱，也不急于找事做，于是便去了趟聚仙楼，见了史掌柜的。掌柜的四十多岁，看样子人很精明，他听我提起小雪便全明白了，上下打量着我，弄得我怪不好意思，我告诉了他我新搬的客栈，如果小雪找我就去那里，说完便告辞出来了。不知道为什么，这次我并不急着见嫘嫘，脑海中总是不知不觉地想起姐姐来，这种预感越来越强，难道她真的快来京城了吗？

这段时间陈韦常常跑到我住的客栈跟我闲聊。那天他到我这来的时候表情相当幸福，当我问起他怎么回事儿的时候，他开始还不肯说后来在我追问下才告诉我，他跟姬薇商量好年底娶她过门，日子都选好了。我向他道喜的时候他又无意间提起了婷婷，说前些天他有个乡下的朋友在嫣红楼看见了婷婷，她好像不在樊楼干了。我虽然对婷婷没有那种爱的冲动，但心里始终把她当作亲人，听陈韦这么说，赶忙追问她的下落。陈韦说他具体也不是太清楚，听到这，我的心又悬了起来，陈韦看我满脸不安的表情纳闷地问："你俩不是断了吗？到底跟她还有没有感情？"我一句话也没说头也不回地跑出了客栈。

陈韦的话让我不知道怎么回答，跟婷婷虽然断了，但她真的出什么事儿，我这辈子也不会心安。我一路狂奔跑到樊楼四处打听，果然婷婷早就不在那干了，我找到小妤的住所，她打开房门，见是我，插着手倚靠在门框上并没有让我进屋去，而是不屑地问："你来干什么？""我来找婷婷。""你还知道找她啊，她早就不在这儿干了。""你告诉我她在哪儿！"小妤瞥了我一眼说道："婷婷她自打你离开她后，掌柜的逼她还债，硬是把她卖给了嫣红楼。婷婷这次丝毫没有拒绝，甚至跟我们这些姐妹连招呼都没打，自己卷了铺盖就走了。"

"嫣红楼在哪？"

"就在猪柳巷那边。"

我转身准备走，忽然看见小妤屋里的墙上挂着婷婷的琵琶，我疑惑地问道："那不是我给婷婷的琵琶吗？怎么，她没拿走吗？"

"我说你真傻还是假傻呀，婷婷去那种地方还用得着这个吗？这是她唯一留下来的东西，对了，她说你如果来找她就把这个琵琶还给你。"说罢取了琵琶往我怀里一塞，白了我一眼说，"婷婷对你好，喜欢你，我们姐妹都知道，本指望你能给她个好归宿，唉，真是看错了人哪。"说着回屋砰的一声把门关上。我脑袋像炸了一般扭头走开了。

那天晚上我堵到了婷婷，是在猪柳巷里嫣红楼的门口。这里的环境显然比樊楼的档次低了不少，街道也很狭小，磨得发亮的青石路面反射着一盏盏彩灯发出的昏暗的光，这些悬在门楼两侧的灯笼把漆黑的巷子染成了一片暗红色。出没在这里的多是些生意人，西域的胡人或者失意的穷秀才，很少有达官显贵到这里来。

婷婷果然是跟一个商人模样的中年人走出嫣红楼的门口，那个粗壮的中年人招呼过来一顶轿子看样子是要婷婷跟他一起出去。我远远地看着他们，就在两人准备上轿的时候，我从巷子的阴影里走了出来大声叫住了婷婷。婷婷循声看了我一眼，表情很意外，她快步向我跑了过来，跟我在这里相遇，对婷婷来讲不知是惊喜还是尴尬。

“你怎么在这儿？”

“那人是谁？”我没有回答，怒目扫视远处那个粗壮的中年人。

“是个做生意的，没什么，他总光顾我，对我挺好。”

那个中年人正往我这边看，放下轿帘，向我们走了过来，他大概想看看婷婷遇上了什么麻烦。婷婷连忙向他挥挥手，那意思是说没事。“这是我的远房亲戚，我们聊几句，你先去吧。”那人犹豫着，看了好一会儿才退了回去，上了轿子离开了。

婷婷见那人走远了，才转过头，心平气和地问我：“你是怎么找到我的？”

但我却不能心平气和：“你知道不知道这个地方来的都是些什么人，他们是冲着什么跟你在一起的吗？”

婷婷眨着眼睛想了一下，大概在想该怎样回答，我不等她仔细想，口气变得愈加犀利。

“你跟他是什么关系？你以为他们会娶你回家吗？”

“我知道，不会。”

“不会，你跟这种人混在一起干什么？”

“我不跟他混我跟谁混，跟你你要我吗？”

我咣的一下愣住了，哑口无言。

“跟你混能替我还清欠债吗？跟你混我吃什么？喝什么？你也不动动脑子想想，跟你混我都得着什么好了，你伤成那样我不出来混你能活到今天吗？”

我面红耳赤无地自容，一些在路边店里饮酒喝茶的人被婷婷的斥责惊住纷纷探出头来观望。我顿时感觉被无数目光穿刺得体无完肤。我几乎是带着哭腔儿向婷婷发出哀求：“我对不起你好吗？这都是我的错。我以后还你好吗？求求你听我的，别在这干了，你欠他们的钱我们一起还好吗？”

婷婷看着我激动不安的样子，故意轻松不屑地哧了一声，然后傲慢地侧过头，但与此同时眼圈也跟着红了。

“你不是不在乎我了吗？怎么还来了？上次我也知道我不对，不该对你下那个药，可我是真的喜欢你。”婷婷说到这里，声音有些哽咽，“我想把我的一切给我最爱的人，你珍惜过我吗？我也有自尊，我也想摆脱现状，可我有什么办法？我是地位低下，可难道我连喜欢别人的权利都没有吗？”她擦了擦脸上淌的泪水，稳了稳情绪接着说：“算了，我知道，你心里放不下那个千金小姐。你要对我好就彻底对我好，要不就别三天两头来这儿惹我烦，咱们之间别再提钱了，我知道靠你卖画发不了财，别打肿脸充胖子说替我还债。你也替我想想，人也图不着，钱也图不着，我还傻子似的听你的，我干吗呀我，我的事儿我会自己解决的。”

我默不作声低着头，那头似乎有千斤重，怎么也抬不起来，而比头更沉重的是我的内心，婷婷这些话像刀子似的插在我心里，伤得我很深很深。我不愿在任何女孩儿面前，哪怕是婷婷这种跟我擦不出火花的女孩儿面前被如此贬责。一贯好强跟自负的我竟说不出半句话应对，所有的自尊、脸面此刻在她面前似乎都无足轻重了，或许到现在我才发现，我是多么地爱她，那是一种亲人式的爱，那种心痛跟牵挂，就像是疼爱自己的妹妹。我不能容忍她再往这条道上走下去，她在这里待一天，我的心就如同在火上煎烤，片刻都不会安宁。可婷婷说得没错，我拿什么来拯救她，如果我不能娶她，那就只有一个办法，花钱把她从嫣红楼赎出来，不过这笔钱对我来讲，有可能又是个天文数字。

二十七

这些日子朝野发生了很多事儿，由于先皇让位于太子，原先宠信的六个大臣被杀的杀，流放的流放，搞得朝野内外人心惶惶，倒是陈东领的太学的学生跟城里的百姓显得异常高兴，在宣德楼前连放了三天爆竹，以示庆祝。新登基的皇帝铲除朝廷旧疾，确实大快人心，尤其是开始这几步着实让黎民百姓欢喜了一场。新老众臣明争暗斗，各为其主，王贵妃周旋于宫中各股势力中，无暇顾及嬛嬛，这倒给我跟她创造了不少单独相处的机会。

可我这几日神不守舍，即便是跟嬛嬛在一起也是总想着婷婷的事儿。她觉察到我情绪不对追问我怎么了，我只能推说想念姐姐了，我还没糊涂到跟她讲我跟婷婷的故事。上次的误会已经让我吃到苦头了，对于我得来不易的爱情，我小心地呵护着，生怕自己的疏忽，让珍爱自己的女人再次受到伤害。哪怕是流露出一丝对其他女人的牵挂，我也担心会引起嬛嬛的误解，进而引发一场战争也说不定。

我私下打听了，赎出婷婷至少要五百两白银。这对我来讲可能是半生都赚不到的一笔钱。我无奈地拿了几张自己还算满意的画到画商那去卖，给出的最高价不过区区二十两银子。按照这个价钱我不停地画也得几年才能凑足五百两银子，可婷婷等不起。那个掌柜的说他出的价儿已经不低了，在京城算是高的，他还说我画得不错，只是我不出名儿，所以价钱也上不去，京城像我这样的有的是，没几年工夫是混不出名堂的，要想卖得高，等几年再说。

我又找到陈韦看他有什么救婷婷的办法，这些日子陈韦手头是攒了些钱的，这我知道，他是准备结婚用的，我若向他借，他必会答应，只是他那些钱跟庞大的赎金比起来不过是杯水车薪，不顶什么用。我跟他说了婷婷的事，他摇着头叹了一口气说："几年？用不了半年，人就完了。婷婷真要走上这条路算是没救了。将来没人要不说，岁数一大就得被轰走，流落街头，这样的例子还少啊？你也不想想哪个男人愿意娶被人玩烂的女人当老婆。"

听了他的一席话我寝食难安，夜不能寐。婷婷走到这一步，怕是多少有跟我赌气的成分，她是不相信她在我心里的位置，因此拿自己当赌注。因为我了解她，单是因为钱的问题，她还不至于这么作践自己，如果真是这样，由她一时任性走错这一步，我的良心怎能安，我又岂能坐视不管。

我想，只要婷婷不在嫣红楼干，我对她也算尽到责任了，今后她爱怎么生活都随她了。现在我跟她讲道理恐怕难以说动她。婷婷陷在那种环境里对周围的险恶已经不知不觉，甚至是麻木了。我不管想什么办法一定要赎她出来，我曾向婷婷的家人承诺过，我一定要尽到责任，这也是对她舅舅在天之灵的告慰。

第二天，小雪来客栈找我说嬛嬛要约我见面，认识她以来我头一次拒绝了嬛嬛的邀请。独自一个人来到了河边，我想让自己静一静，考虑一下到底该怎么办。我靠在桥栏杆上，望着滔滔河水自西向东滚滚奔流，心情也如这流水一般波涛起伏。已是九月末了，河面往来的船只不多，这个节气已进入航运的淡季，没什么大的货船，那些大的船家都赶在入冬前早早停航了。河面上零星地漂着几条小舟，岸边的垂柳跟杨槐叶子都已泛黄，秋风一扫纷纷飘落，那些散落在河面上的树叶随着荡漾的河水不断地被冲上岸边，堆积在两岸的残枝败叶连成片，顺着河床一直延伸到下游。天空一片阴霾，还没到傍晚，红日便早早悬在了上游的河面，似乎要迫不及待地等着沉入两岸层层叠叠的亭台楼宇中。站了一会儿，暮色渐浓，整个京城笼罩在灰蒙蒙的雾气中，只有河面上隐约闪烁的点点波光反射着如血的残阳。

肃杀的风景，寂寞的心情，风有些冷了，我紧紧前襟，下了桥，走进街边一家茶楼，找了个角落坐下来，要了些酒菜一个人开始喝闷酒。我看了看周围，这家茶楼我跟婷婷曾经来过，此情此景不由得让我想起了从前跟她在一起的时光，愈是回忆过去愈是让我坐立不安。想到刚来京城人生地不熟，多亏婷婷相助，不管怎么说她也是在京城里我最亲近最可信赖的人。这时我突然脑瓜一闪，想起一个人，耶律释才。他或许可以帮我。自从上次偶遇之后，我们就再也没见过。我虽跟他只有几面之缘，但他给我的印象是为人仗义，走南闯北好交友，或许他可以在危难之际帮我一把。想到这里，不觉心头一振。幸好他留给我地址的那个布条还放在行李里，没有弄丢。正当我为赎出婷婷的事有了些眉目而欣喜时，肩膀忽然被人拍了一下："兄弟，一个人在这喝酒哪？"

我抬头一看，见两个布衣青年站在我旁边，年纪好似比我大一些，样子有些面熟可一时竟也想不起来。"您可真是贵人多忘事啊，连我们都不认识了？"两人看着我疑惑的表情说。"咱们在码头一起卸过货，你忘了？"我这才想起来他俩是谁。

我请他们随便坐，他俩边拍着我的肩膀边说："你小子恢复得不错，身子骨还那么结实，要不是在这儿遇见你，我们还以为你早就不在人世了呢。"

"呵，你们就这么盼着我？"我也跟着搭话，对于他俩的出现我既感不到欢喜，也谈不上讨厌。

"哎，也不能这么说，上次那场意外确实够吓人的，受伤的那几个人好像就你活着。真是命大。"

"对了，上次接你走的那个女的，是她把你救了吧？"

我点点头。

"她是你什么人？"

"朋友。"

"朋友？我看不像，八成是你相好的吧。"

"别胡说，二位找我有何贵干？"我侧着头看着他俩问道。

"你别这种表情嘛，我们没别的意思，咱们都在一起混过，我看你人不错，我俩想提醒你，救你的那个女孩我们在猪柳巷见过。被一个姓丁的船霸包着，听说给她花了不少钱，那个老丁可不是什么好人，外号丁阎王。”

“你俩怎么知道得这么详细？”

“前些年，我俩在老丁开的那个码头干过，那时侯他跟京城的官员交往甚密，黑白通吃，相当有势力，没人敢惹，当时扣我们的工钱是家常便饭，所以我们这些人都恨他。不过前一阵子改朝换代查处了一批官员，老丁也受了牵连，据说他以前还跟梁山草寇有来往。我不知道救你那个女孩是怎么跟他搭上的，这种人最好离他远点，官府也正在通缉他呢，万一受他牵连被官府治罪太不值了。”

听完他俩的话我心里咯噔一下。酒是再也喝不下去了。

那天晚上我一夜没睡，第二天一早，我翻出布条按上面的地址找到了耶律释才下榻的那家客栈。我敲了几下客房的门，好一会儿才有人过来，那人打着哈欠打开门，我一看并不认得，倒是对方认出了我，客气地把我让到厅房。寒暄之后得知那人是耶律释才手下的伙计，我说明来意，想面见耶律释才，那人遗憾地说：“太不凑巧了，前些日子耶律释才带着几个弟兄去了洛阳做生意还没回来。”“他什么时候能回来？”“这个不好说，要看他那边生意谈得怎么样了，您有什么急事儿吗？”我犹豫了一下说：“没什么，他若回来请转告一声我来找过他。”留了个地址我便起身告辞了。

无功而返的我并没有回到住处而是直接去了嫣红楼。还是上午，跑堂的刚打开店门，我便径直往里走，老板娘迎上招呼着我说：“公子这么早就来了，您是喝茶呀，还是住店呢？”“我来找人。”见我不是来消费的，老板娘的脸上挂出不耐烦的样子，语气也跟着冷淡了许多：“找谁呀，我们这儿的姑娘可不是随便想见就见的。”“谭婷婷。”“哦，她呀，你是她什么人？”“我是她远房亲戚。”

婷婷的房间在二楼，我进去的时候，婷婷刚起来不久，正一个人在梳妆台前化妆。我坐在床榻上愣了好一会儿，想跟她说些什么可话到嘴边却欲言又止。

婷婷正侧身对镜自赏，抿了抿嘴唇道：“楼下没难为你吧，下次来就说是我顾客，没人会拦着，说吧，找我什么事？”

婷婷变了，她不再是那个我刚到京城时认识的那个婷婷了，她变得我几乎认不出来。

看着婷婷抹得鲜红的嘴唇，我不知是恶心还是憎恶，把头扭向了一边，至少不看她多少能消减些我话语中的锋芒。

“婷婷，我一直把你当妹妹看待，别用那种口吻跟我说话行吗？这次来是告诉你，赎金的事儿，我正在想办法。”

婷婷正在化妆的手停住了，半晌没反应，虽然看不见她的表情，不过我还是从她若无其事的动作中看到一丝隐藏不露的感动。

“什么办法？”

“反正我会用尽一切办法，什么时候能还清我还不知道，不过我不会让你在这里待久的，我向你保证。”

“你是不是还指望卖你那些画？”婷婷回过头，“我看还是算了吧，劳心费力不说，还卖不了几个钱。不然我给你介绍几个京城里有钱的富婆，看你相貌堂堂，也算一表人才，有人专喜欢你这样的，这个资源留着也是浪费，怎么样，保证来钱又快又舒服。”婷婷这番话不知道是有意挖苦，还是故意嘲讽，她目光炯炯期待着我的回答。我按捺住自己的恼怒，深深呼吸了几口气，尽量做到平心静气：“婷婷，过去我始终认为你是个好姑娘，虽然我也有对不住你的地方，但我总把你当我亲人看待，人哪没什么都不要紧，就怕没廉耻。”婷婷不等我说完，笑了笑说道：“知道你会这么说，你们这些正人君子我太了解了，怎么会干这种不要脸的勾当。我只是跟你开玩笑，不过咱俩毕竟一起睡过，你称呼我妹妹什么的其实我也无所谓，反正我是你的人了，这个到哪儿都改变不了。”

这次我没有发火而是缓缓地一字一句回应：“婷婷，没人逼着你非得堕落。我在做我应该做的，不管我付出多大代价，我欠你的一定偿还给你，我会对你做到仁至义尽的，之后咱们两清，各走各的。”

早上我还没起床，陈韦就来敲门，他告诉我要回一趟老家，和家里人准备跟姬薇的婚事，当时他的情绪不太好说他哥哥陈东罢学离开京城回家了，他这次回家恰好也要跟家里人聚聚。我便跟他出城，一路上不断地安慰他，叫他别太担心陈东，毕竟他是个学生，朝廷应该不会对他怎么样。陈韦说他打算过些日子回京城，再把姬薇娶回家完婚。我说：“等你回来好好给你办婚事。”我们边说边往南熏门的方向走。越靠近城门街上来往的人越多，川流不息的人群中夹杂着一些半大孩子，他们嬉闹地在行人中间追逐，有的还高声唱着顺口溜：“城门闭，言路开，城门开，言路闭。”还有的唱：“不管太原，却管太学，不管防秋，却管春秋，不管炮石，却管王安石，不管河东，却管陈东……”听到这儿，我问陈韦：“你哥这么有名，怎么连孩子都知道？”陈韦苦笑着说：“这都是城里百姓编的谗语，有什么办法，我哥的主张虽得到百姓的支持，可得不到朝廷的采纳，又被奸臣诬陷，这也是他罢学的原因之一吧。”

快到城门的时候，由于人多，陈韦背的行李不小心碰了对面一个过路人，那人额头上被撞出一个包，随即抓住陈韦的衣领便要打。我眼疾手快赶忙上去阻拦，正当我准备向对方解释道歉的时候，忽然发现这个人我认识，是那个曾经挟持过婷婷的泼皮。与此同时他也认出了我，他拍了拍我的肩膀哈哈一笑说：“是你啊，怎么在这儿又遇上了。”“真巧，我们正要出城，不小心碰到你了。”“他是你什么人？”“朋友。”“哈哈，真是不打不相识啊，好，既然是你的朋友，也就是我的朋友。上次被捕头追捕，多亏你的遮掩，本想答谢你，可以后就找不着你了，而且连你叫什么我也不知道啊。”“免贵姓郑单名一个灿，他叫陈韦。”“在下叫谢虤，兄弟们都叫我虤头，今天我有点事，先走一步，改日再聚。”我跟他客气了一番互留了地址，谢虤便先走了。我跟陈韦一起出了南熏门，他挥手向我告别，我站在城下目送他一直消失在路的尽头。

小雪通过史掌柜的找到我，她说嬛嬛要见我，还特意嘱咐我带上两张满意的画作。我直到在约定的酒楼见了面后才知道嬛嬛的用意，原来承先皇授意，翰林画院正在编辑《宣和画谱》，由于涉及的名家众多，收录的作品数近万轴，鉴定跟评传的工作量极大，加上翰林画院有职称的画师年纪都偏高，人手紧缺，因此特地从京师临时招募些画工，参加编辑工作，待遇也不错。嬛嬛得到这一消息后，知道我恰好符合这样的条件，马上让小雪找到我，她告诉我这次机遇难得，一旦被录用留在翰林画院可能性极大，将来取得职称也说不定。我听她这么说，心里自然是十分愿意，一来显圣寺的活儿干完了，自己又没了工作，二来如果真能进翰林画院对自己太有帮助了，我满口应允，嬛嬛还满怀信心地说：“郑灿，我觉得你肯定能被录用，到时候我一定会找机会在父亲面前举荐你，那样的话离咱们在一起的日子就不远了。”

嬛嬛给我提供的这个机会使我在工作跟感情方面出现了新的转机，心情也好了起来，当一个人遇到顺境的时候自然对周围的人和事充满了关爱和宽容，我也不例外，特别是对待婷婷的问题上，我现在比平时更能设身处地地为她着想。我冷静地思考之后，觉得身陷风尘的婷婷更需要别人的关心跟宽容，她现在的自甘堕落跟玩世不恭也不完全是她个人的原因，我还要尽我最大的能力拯救她。哪怕是一句温馨的话语，一次诚挚的看望，对她都是一种感化和抚慰。

傍晚的时候我又悄然来到了嫣红楼，这次我没有直接找婷婷而是包了她对面的一间客房，我其实心里很矛盾，一方面我厌恶婷婷现在的样子，恨她的自甘堕落，不愿看到她，可另一方面我又对她放心不下，毕竟我们形同兄妹。我就是在这种既想帮助她又对现在的局面无能为力的心情下坐在客房的圆桌旁，想着见到婷婷该跟她说些什么。

夜色渐浓，嫣红楼里人开始多了起来，也热闹了不少，隔壁跟走廊尽是嬉闹声跟脚步声。

这时突然听见有人争吵，起初声音不大，但很快就听见砸东西的声音，紧接着听见走廊里一声巨响好像什么东西被打破了，传来一阵打骂的声音，让我出乎意料的是，我面对的房门猛然被一股力量撞开。随着门扇的断裂，一个人竟被踹了进来。那人一身丝绸锦缎，趴在地上，我认出此人是婷婷，惊诧之余婷婷也看见了我，表情很意外，她似乎想说你怎么在这儿，刚要张口门外就走进一个人，那人用手拨开挡在头前的一根断裂的门框，边撸着袖子边说：“你这个贱货，你以为你是谁呀，在这种地方你还跟我装，你知道我在你身上花多少银子了吗？今天我要不教训教训你，你就不知道什么叫规矩。”说罢，过来就要打趴在地上的婷婷。

我一看此人正是那天在街上遇到婷婷时看到的那个老丁。他嚣张地走上前欲再殴打婷婷，我怒火中烧，冲过去迎头一拳打在他脸上，老丁趔趄着倒退几步，鼻子立刻淌出血来，他估计被我这一拳打蒙了，捂着鼻子半天才缓过神来，好像没弄明白谁打了他，谁有这么大胆子敢在太岁头上动土。他擦了把呛出来的眼泪，鼻血跟泪水抹得满脸都是，满脸通红。他定了定神见我正在扶婷婷起来横着来一句：“你他妈是谁？”我怒目而视还没等搭话。婷婷抢过一句：“他是我男人，怎么样？”老丁眯起眼睛端详了片刻，好像发现了什么对着婷婷吼道：“他不是那天在轿子旁找你的人吗？好哇，你还骗我说是亲戚，居然背着我养起汉子来了，今天老子非宰了你们不可。”说罢从怀里抽出一把刀，举着向我们扑了过来。我推开婷婷侧身躲过老丁刺过来的匕首，同时飞起脚踢在他的小腹上，我年轻力壮，这一脚憋足了力气，老丁敦实的体形来不及躲闪被踢个正着，他人往后仰翻滚出了门外。

他捂着肚子躺在地上哇哇直叫。一向作威作福的他哪受得了这个，他大声呼喊着同伙儿，挣扎着爬起来嘶嚷着再次挥刀冲了过来。说实在的对付他这样大腹便便的中年人对我来讲真是易如反掌，我一手握住他的腕子，顺势给他来个大背胯，他整个人被我重重地摔在了地上。这时楼梯上传来咚咚的脚步声，老丁那几个同伙奔上楼来，五个壮汉，堵在了门口，他们瞧了一眼蜷在地上呻吟的老丁，顿时明白了，几个人不由分说挥拳向我扑了过来。他们人多势众我暗叫不好，随手抄起盘子板凳向他们扔去，我边撕打边瞅机会脱身，俗话说好汉不吃眼前亏，我抓住一个空当儿，钻出了客房，来到了楼道里，这时走廊里不知道什么时候挤满了看热闹的人，我穿过人群跑向对面的房间，几个大汉在后面紧追不舍。

这是个二楼的客房，窗户支着，窗户外面就是大街，我没有多想，纵身跳出窗外。落地后我就势一滚，爬起来就跑，那几个人也跳下窗户跟了过来，老丁抓着窗沿露出半个脑袋杀猪似的大喊："把他给我抓住，往死里打。"那几个人都抄起了家伙，我知道这会儿他们打红了眼，什么事都干得出来，万一被他们逮到不死也得残，于是跑得更快了。我在街巷里飞奔却怎么也甩不开那几个人。就在我左冲右撞地跑到一条街上时迎头却跟一个人撞了个满怀，我也没看清楚那人是谁，他被我撞翻在地滚到了马路对面，我也跌倒在地上。与此同时那几个壮汉也赶到了没等我站起身，便对我拳打脚踢，我只能抱着头蜷缩在地上。这时我听到有人高喊："好大的胆子，曹捕头在此也敢造次，是不是活腻了？"那几个人闻声住了手，我抬头一看，那个被我撞倒的人正被几个衙役扶起来，竟然是曹捕头。原来他正带着几个手下巡夜，走到这个路口时恰好被择路而逃的我撞倒了。曹捕头站稳整了整衣冠，冲着我们大喝："你们聚众群殴，冲撞本官，一律给收监，听候发落。"衙役冲上来就要抓我们，那几个追打我的人一见是衙门的捕头纷纷落荒而逃，我也趁乱跑回了客栈。

躲在住处，我心也放不下来，担心婷婷的安危，想去嫣红楼找她又怕被官府抓住。老丁被我打了绝不会善罢甘休，肯定会伺机报复，他手下耳目众多说不定现在正暗中派人追查我，我倒不要紧就怕他打婷婷的主意，如果婷婷有什么不测，我不敢往下想。在焦虑中思量了一晚也没拿出个好对策，窗外天空已大亮，不能再犹豫了，我决心再去嫣红楼，这次我下了决心就是虎穴我也要闯，实在不行就只能来硬的，一定把婷婷从嫣红楼里带出来。我从包裹里拿出一把匕首揣在怀里，以备防身之用。就当我刚要拉门出去时，却听见一阵敲门声，我心里一惊，是谁？莫非是老丁的人找

上门来？我立刻警觉起来，手不由自主地伸进了怀里握紧了刀把，侧身躲在了门后，

门没有插，敲了几下没有人回应便被人缓缓推开，从外面闪进一个人影。那人迈步来到了房子中央。我从门后见只有他一个人，两手空空，于是冲了出去，就当我正要用刀抵住他后心之际，那人好像听到动静悄然转过身，四目相对，顿时让我又惊又喜，此人正是我千方百计要找的耶律释才。耶律释才看见我举着明晃晃的匕首刺过来也是吃了一惊，连连往后躲闪一下栽倒在地。我收起刀连忙过去扶他。原来耶律释才刚刚从洛阳回到京城，到了客栈伙计给他看我留的地址便急匆匆地赶到我这儿，却被我误以为是老丁派来追拿我的人，险些被我刺伤。

简短寒暄之后，我向他说了我现在的状况，也把婷婷的事跟他一五一十地讲了。现在有个叫老丁的人在缠着婷婷，希望他能帮我把婷婷赎出来。耶律释才感慨地说："想不到你还有这么一个情深意重的女子。"思量了片刻说："好吧，婷婷的事没问题，我答应你把她赎出来。""那太好了，我真的不知道怎么感谢你。"耶律释才又接着说："没什么，恰好过几天我要去南方，正好可以带婷婷一起走。我这次去南方一是有笔生意要做，再有就是避难，洛阳那边已经传得满城风雨，女真人兵分两路开始南下，用不了多久，便会攻到京城。我看你还是跟我一块南下，避避风头吧。""是吗？他们不是才走没多长时间吗？怎么又回来了。""中原的朝廷软弱，人心涣散，女真人上次进攻京城就摸出底来了，这次来势汹汹，我看京城怕是保不住了，走为上策。"

我想了一下说："多谢兄长的好意，我姐很有可能不久要来京城，我要留在这里等她，待我们姐弟相见后再做打算。"耶律释才见我已有打算便不再坚持："也好，嫣红楼那里情形复杂，恐有老丁的耳目，你就不要去了。我这就去嫣红楼找婷婷，见机行事。""好，把这个带上。"说着我拿出那把琵琶递给耶律释才，"见面后你把这个交给婷婷，跟她提我，她会相信你的。""好， 我赎出她先安顿在我住的旅馆，你放心吧，没什么意外两天后的晌午我们在城南的码头坐船离京，我们在那儿等你。"

送走耶律释才，我回到旅店，关上了门。为婷婷悬着的心总算落了下来。心里暗自祈愿一切顺利。我没答应耶律释才一起南下不仅有姐姐的原因，还因为嬛嬛，无论发生什么事我都不能留下她一人独自离开。至于耶律释才所说的女真人会攻打京城，我并没在意。

正在这时又传来一阵敲门声，我心里纳闷，会是谁？我打开门一看是小雪，我把她让进屋，小雪递给我两封信说：“这封信是翰林画院的，另一封是嬛嬛给你的。这两天宫里看得紧，我就不便来了，你也要注意安全，没什么重要的事情就暂时别联系了，保重，我先走了。”小雪说罢便匆匆下楼了。

送走小雪，我打开翰林画院的信笺，内容大致是叫我如期去参加招募画师的面试，地点在皇城右掖门外，日期是两天后的上午。我想这信是由小雪给我拿来而不是翰林画院派人来，肯定会经过嬛嬛的手，看来她为我能进翰林画院没少费心思，我把两封信揣在了怀里，准备下楼去街上买点吃的。

就在我看信的这会儿，旅馆外面的街上来了一个人，此人溜达到店门口，抬头看了看店门上连升客栈的匾牌，便进得店来，找了个靠门口的桌子坐了下来。小二过来马上过来招呼客人，他冲小二要了壶茶，趁小二端茶之际目光四处打量，店里冷冷清清没什么客人。此人不是别人正是受王贵妃之托暗中监视嬛嬛行踪的曾太监，几个月来虽看见嬛嬛进出却也没发现什么异常。他知道嬛嬛在宫外有个不错的相好，也派人去抓过几回但都让他跑了，几次失手让他备受王贵妃的责难。这次是听手下的人说那个跟嬛嬛相好的人，好像就住在附近，所以他乔装打扮来到这里，他也不敢确定是这里，只是来探探风儿，看能不能摸到点线索。我下了楼梯径直向大门走去，由于大厅里没什么人，老远我就看见门口坐着一个人，由于逆光的原因，看不太清，不过走得近点后，我立刻认出了曾太监，那副面孔我在轿子里见过，他也正抬头往我这边瞧，我浑身急出了冷汗，知道如果被他认出来就糟了，可现在转身回去已经来不及了。我只能装作若无其事地向大门走去。曾太监并没有见过我本人只是那晚瞧过我的背影。不过当我从他身旁走过时，他还是隐约感到了什么，放下端着的茶水，盯着我离去的背影。我隐约听到他叫过小二问道:“这个人是谁？”“一个住店的。”“废话，他叫什么？”“好像姓郑。”“就他一个人吗？”“是，客爷，您打听这有什么用？”曾太监在桌子上放了一锭银子对小二说：“他若回来你给我稳住他，别让他走，这银子是你的，我去去就回。”说完转身离开了客店。小二拿起桌子上的银子，看着他匆匆离去的背影一头雾水。

我走在街上神态自若可心里却像着了火似的，生怕曾太监追过来，但看看周围也没什么异常，转念一想他可能没认出我来，不过怎么这么巧在这儿遇见他，越想越觉得不妥，不管怎么样，绝不能在这店住下去了。想到这儿，转了个弯儿，从后门绕回到店里，偷偷往大厅里看，却见大厅里曾太监坐的地方已经没有人了，我意识到他可能回去叫人了，赶忙跑上楼，收拾自己的行装，就在我下楼准备走时，小二上前搭话，我一把推开他，头也不回跑出了客店。

曾太监确实是叫人去了，可等到他带人回来抓我时，已是人去楼空了，相差也就是煮杯茶的工夫。追问小二他也不知道人跑到哪里去了。曾太监懊恼地咬咬牙，他有种直觉，从刚才此人种种行迹来看，断定他就是要抓的人，不由得自言自语道："这次又让这厮跑了。"

我一路狂奔直到出了朱雀门才停下脚步，我没有地方安身，找了个偏僻的小店，住了下来，耶律释才那儿我不敢去，怕给他再找麻烦，好歹自己身上还有点银两，先在这躲躲再说。

两天后一早我梳洗完毕，特意换了身新衣服，怀里揣上信笺直奔宣德门而去。虽然曾太监想抓我，可是偌大的京城他哪那么容易找得到我的行踪，再说只是在店里打了个照面未必记得住我的模样，因此也没把这事放在心上。我沿着御街向北走，街两侧高大的树木遮天蔽日，浓郁的树叶现在已经褪变成了一片金黄色，伸出的枝杈在御街的上方交织成一张大网一直延伸到街的尽头，与朱门碧瓦的宣德楼遥相呼应，甚是好看。我赶到右掖门，掏出请柬然后被一个官差引进了翰林画院，在一个二道门外停下，门外有几个面试的画师，有几个竟是在显圣寺一起画画的朋友，我们互相寒暄，让我诧异的是这些人里竟还有胡人。看来朝廷真是广纳贤良，不拘一格，面试的人依次被传进门里，没被传唤的就候在门外。一有面试的人出来我们就围上去询问。

叫到我时，我递上信笺随差人到了一处凉亭，凉亭里的石椅上坐着一位老者，就是考官了，考试很快也很简单，没有想象的那么难。老者提了几个问题，我都一一解答了，老者点点头："好，明天来上工。"说罢给我发了官服还有鱼符。站在一旁的差官领我到画坊去。到了画坊，见里面画案上已经罗列摆放了很多画卷，差官又对具体工作做了要求跟安排。一切安排妥当跟那几个画友告别后我就出了翰林画院。

从翰林画院一出来，想到今天还要给婷婷送行。看看这光景，耶律释才应该在码头等我。于是心急如焚地往河边赶，心想他们千万别出什么意外。等快到码头的时候，老远就看见耶律释才一行人站在船上，婷婷背着琵琶在岸上翘首观望，见我们来了连忙招手，我那颗悬着的心总算放了下来，走到她面前，本来想讲几句嘱咐的话，此时此刻却一句也说不出来了，不知道怎么，彼此有种预感，似乎这次分别我们很难再见了。婷婷紧紧拉着我的手，低着头，眼泪不听使唤地淌了下来。“灿哥，我要走了，我们还会见面吗？”“别哭了，到了扬州城给我捎个信儿。”“灿哥，你到现在还觉得亏欠我吗？你知道吗？我一直给你亏欠我的印象是想不让你离开我，其实你不亏欠我什么。跟你在一起我从没后悔过，就怕有一天你离我而去。现在我真的要离开你了，今后没人再缠着你了。”“婷婷，别弄得跟生离死别似的。明年开春我就去看你，时候不早了。”我尽量用轻松的口气跟她说着。

耶律释才走了过来，我对他说：“释才兄，多照顾我这妹妹。”“放心吧，我会待她如自己的亲人一样。”说罢一行人互道珍重拱手告别。船缓缓离岸了，婷婷仍站在船尾向岸上观望，一双眼睛哭得像个熟透的桃子，船离了好远还听见婷婷向我挥着手喊：“灿哥，明年春暖花开的时候，记得到扬州找我，答应我，我会等着你……”我站在原地眼看着帆船渐渐远去了，终于消失在淡淡的雾霭中。婷婷走了，那个对我死缠烂打的女孩子终于离开了我，本以为我会如释重负地轻轻松一口气，可此刻我的心头却莫名地涌上一丝落寞跟惆怅。当时我并不知道，此一别竟是我与她的最后一面。

整整一天我都没有出门，傍晚的时候刮起了北风，天气也骤然变得异常寒冷，我却独自走上街头，不知不觉地来到一个路口，也许是巧合抬头一看竟是我跟婷婷第一次在街口相遇的地方，回想往事历历在目，仰望天空夕阳如血，我站在原地待了很久，蓦然沿街走到了河边，河面零星地漂着几叶小舟。顺着河沿儿我仍漫无目的地走，直到夜幕降临才独自回到住处。整晚我灯都没点，躺在炕上望着窗外发呆，看着窗外的月色久久不能入睡……

二十八

午夜的天空寂寥而清冷，一弯明月挂在辽阔的夜空，几颗孤星被缓缓飘移的浮云遮挡着，若隐若现地发着暗淡的光，苍凉的大地在夜色下显得荒芜而肃杀。只有那条由西向东的大河被月光照得雪亮，阵阵寒风贴着结冰的河面席卷而过，带起的扬尘跟冰碴打着旋儿飘散在冰冷的空气中。河的北岸闪动着点点寒光，仔细看就会发现那是一把把挎在腰间的弯刀反射出来的。的确，如果你再细心一点，你还会发现这些腰上挎刀的人不止一个，而是漫山遍野，他们髡发披肩，横眉立目，身披皮甲，手持利刃，骑在战马上，悄然无息地沿着河岸整装待发。在这金戈铁马的队伍中，一个骑着枣红马，手持缰绳站在土坡上的年轻人格外显眼，银狐的帽檐下古铜色的额头在月色下泛着清冷的光。尤其是他胯下的那匹红驹，体形高大，通体透亮，特别是脑门上那一条闪电形状的白毛，更显得与众不同，这分明是闪电。不错，骑在马背上的这个年轻人正是完颜守。此时他正被一群将领簇拥着，那种运筹帷幄的表情俨然是一位首领。他现在已经是这队人马的统帅，这几年的征战已让他羽翼丰满，他的部队所向披靡，手下的战将各个骁勇善战，立下了赫赫战功，作为朝廷的先锋部队，他奉宗罕之命一路追杀敌军到黄河岸边，面对他手下如虹的攻势，中原部队已溃不成军，连连的胜仗让他感到由衷的自豪。看着眼前这空空荡荡的黄河，他举目往南眺望，夜色下的大地一片苍茫。他心里清楚地知道，中原已近在咫尺，汉人的防守形如鸡卵，只要渡过黄河，中原就唾手可得，他不但可以封官加爵而且光宗耀祖的愿望也能实现，一种权力欲的满足化成一股成功的快慰涌上心头，让他嘴角不知不觉间露出一丝得意的微笑，那句常常挂在嘴边的话，再次被他喃喃地说起："王侯将相，宁有种乎？"腮上发达的咬肌随着嚅动的双唇形成一条条隆起，陷凹的线条，棱角分明。

"将军，您在说什么？"手下的人问道。完颜守并没有回答而是反问他："你们此刻在想什么？""听您一声号令，渡过黄河，占领京城，听说京城的女人个个如花似玉，比咱们那的娘们儿受看多了。这些中原的女人我们昼思夜盼，由来已久。去抢占这些中原的女人。"完颜守哈哈一笑随即高声喝道："汝等随我征战南北多年，而今，最后的胜利就在眼前了，独霸中原的日子就要来了，我们必定乘胜追击，誓取中原。"话音刚落，众将士士气高涨，整个河岸连及土坡的数万名士卒群起响应，他们纷纷举起利刃振臂高呼："乘胜追击，誓取中原。夺他们的财产，抢他们的女人。"声音雷动响彻云霄。

完颜守"嗖"的一声拔出佩刀，向前一挥，雪亮的钢刀在夜幕下划出一道银色的弧线。他对着群情激昂的部下大声吼道："随我渡河。"随着他一声令下，胯下的闪电一声嘶鸣，如离弦之箭冲了出去，整个部队开始从聚集的各个角落鱼贯而出，蜂拥着冲向岸边，疾驰的铁蹄踏在坚硬的河面上激起的冰碴四处飞溅。几只海东青纵身飞上夜空，它们展开双翅，黑色的身影在长空下一闪而过，而它们的身下就是马不停蹄一路向南狂奔的骑兵，黑压压的部队如一块慢慢展开的巨大黑色帷幕，渐渐地覆盖了整个苍凉的大地。

我霍地从梦中惊醒，坐了起来。浑身吓出了一身冷汗，我定了定神儿，这才意识到刚才浮现的景象不过是做的一场梦。可是其中的细节怎么竟如此真实，以至于让人觉得历历在目？我愣了半天，都在怀疑这个梦到底是不是真的。尤其是完颜守，我怎么会梦到他？他是死是活？自从千佛岭一役，便与他失去联系。这两年，完颜守似乎淡出了我的生活，但我没有忘记安术虎的死，在他身上仍有未解开的谜团。也许找到完颜守就能找到答案，可如今他在哪里？想到这儿我睡意全无，坐在客房里静坐冥思，此时窗外不知道什么时候开始飘起了雪花，雪花纷纷扬扬，落地无声，午夜的京城在不知不觉间披上了一层银装。我对窗而坐，整个人埋在阴影里，几乎分辨不出自己的模样，只有脖子上挂的紫檀坠链，在微弱的光线下，泛着诡异的光。

我无意间看见嬛嬛给我的那封信被我放在桌子上，还没打开看，于是便拿过信凑到窗前借着外面青蓝的光线拆开了信函。嬛嬛信中的内容是这样的："这几日天渐渐寒了，夜也比以往来得更早，绛萼阁里也升起了火炉。龙涎香的香气弥漫在房间的各个角落，让我倍感舒适。我记得以前每个冬天来临的时候我都是在这样温馨而又平静中的氛围中度过的，可此刻虽是夜深人静我却心烦意乱，无法入睡，心头隐约有种不祥的预感。这几日宫中的气氛颇为紧张，虽然我从不过问政事，但还是从父亲、八哥以及群臣焦虑的表情当中感觉到了一丝不安，我猜不出是什么事，但直觉告诉我京城要面临一场劫难。而更让我不安的是母亲好像觉察到了我跟你仍有联系，暗地里曾多次盘问小雪，虽然小雪守口如瓶，可长此下去势必会露出马脚。我担心母亲会对你下手，我不想你因此受到牵连或伤害，你一定要小心，没有特别的事暂时不要联系。翰林画院那边我已让人打过招呼，面试应该不会有问题，祝一切顺利。"

自此我如愿以偿地在书画局开始了我向往已久的仕途生涯，虽说我只是临时雇用的画工，甚至不能称作官，可是在世人眼里能去那里就职，已然是非常了得。这与我当初在草原时，师傅跟父亲的期望如此地接近，想到如果姐姐能看到我这般出息，肯定会替我高兴的，似乎一切都朝着好的方向发展。那几天心情虽好但天公却不作美，阴霾的空中整日飘着雪花，我丝毫不理会周围的变化，沉浸在自己的快乐当中。当时我一点也没意识到此时危险正一步一步地向我逼近。

大雪接连下了几天，仍没有停，而且越下越大。像往常一样，早晨我仍步行去翰林画院，那天天还早，一路看到鹅毛大雪拖着数寸的雪丝堕地，厚厚的积雪快没过了膝盖，走起来非常艰难。可能是昨晚受了点风寒，头总是晕晕的，好像丢了魂儿似的打不起精神。到了翰林画院，让我奇怪的是往常忙碌不停的前院今天却冷冷清清，竟没看到一个人，院里厚厚的积雪也没人打扫。我朝自己的画坊走过去，脱下被雪浸湿的外套，换上紫袍，坐在案前，蘸满墨屏息凝神，在一捆整理完毕的画卷封条上用朝廷规定的瘦金体书写下了一行小字，靖康元年闰十一月一日《宣和画谱》道释门，第五卷，共一百一十二轴。写完后我长长出了口气，坐在椅子上，看着自己的字，自我感觉还行。我正孤芳自赏，这时听见门外有行走的脚步声，我暗想待了快一个时辰也不见个人影，这会儿外面能是谁呀。想着，我站起身掀开门帘走了出去观瞧。

外面匆匆走过一个人，是画院的差官，是上次带我来这里的那个人。他也回头看见了我吃惊地问："郑画师，您怎么还在这儿哪？"他这一问倒把我弄糊涂了："怎么了，我也纳闷，这局里的人都上哪儿去了？""您是不知道吧？金国人正在攻城，京城危在旦夕，命都保不住了谁还有空到画院，跟您一起的那些画师早都走了。""都走了？金人在攻城？我怎么不知道。"我十分诧异。"唉，金人驻军在刘家寺跟青城，把京城围了起来，您这是怎么了，连这也不知道？现在城外打得正激烈，不信您去看看。我是来画院拿点东西，您也快点撤吧。"差官说完匆匆地离开了。空空的院落只剩下我一人，抬头看着迎面飘落的大雪，好似做梦一般，对差官的话将信将疑，我跑出了清静的书画局，直奔宣德楼。街面上行人稀少，站在楼前广场上往城南看，在漫天的大雪中依稀能看见南熏门的方向火光冲天，杀声震耳。善利门方向黑烟滚滚，炮声隆隆。这熟悉的声音一听便知是旋风炮发出的。看来差官说的是真的，也正如耶律释才之前所料，女真人果真打了回来，而且这次来势更凶猛。

我赶忙跑到了聚仙楼，告诉史掌柜转告小雪今天晚上我在聚仙楼等嬛嬛。我要尽快把消息告诉嬛嬛，让她有所防备。

城外的炮声一直响到了太阳落山，看来战事异常激烈。晚上我早早来到聚仙楼，不多时，嬛嬛也独自一个人来了，披着的斗篷上落满了雪花，我一边帮她解下斗篷，一边迫不及待地把今天看到的情形告诉她。其实嬛嬛也知道京城被围的消息，她并没有像我那样感到特别着急，她坐在窗前说："京城被困也不是头一回，皇兄已派人去接李纲了，如果快点接来的话，对付金人应该不会太难。"嬛嬛打开了窗户，外面阵阵的炮声传了进来，她突然问我："郑灿，假如京城真的失守了，你会来救我吗？""当然。""那你还会等你姐姐吗？""我现在倒是希望她别回来，京城这么乱，谁也说不好将来会发生什么。"

话音刚落就听楼梯咚咚直响，紧接着门被踢开了，一群衙役闯了进来，为首的是一个捕快，他看见我跟嬛嬛说道："终于堵到你了。"我一看此人竟是曹捕头，他也认出了我，一脸吃惊的样子：“原来是你啊。”“怎么了，你们要干什么？”“奉命抓你去府衙。”嬛嬛看此情此景，心想糟了，担心的事还是发生了，想到这儿上前一步挡在我前面：“本公主在此，谁敢妄动。”曹捕头愣了一下，显然是被嬛嬛的话吓了一跳，不过他又一想公主怎么能随便到这地方来呢。但是看她的样子又不像是在说谎，犹豫地问道：“你，你真是公主？”这时门外脚步声响，人未到声音却先传了过来：“不错，她就是公主。和国长公主。”随着话音进来一个人，此人中等身材，面庞消瘦，正是曾太监。见他进来先对嬛嬛躬身施礼：“公主莫怪奴才无礼，我是受王贵妃之命来捉拿这个小子。”

曹捕头见状也赶忙向嬛嬛施礼：“小人有眼无珠，多有冒犯，请公主恕罪。”曾太监接着吩咐道：“把这厮给我拿下。”几个衙役上来便给我戴上木枷，推搡着往楼下走。我挣扎着回头对嬛嬛说：“嬛嬛，别害怕，我不会有事的，我会去找你的。”曾太监讥笑道：“你小子还以为你能活命啊，敢打公主的主意，胆子不小，先押往府衙大牢，等着收监问斩吧。”嬛嬛要追上阻拦，却被曾太监迎面挡住了去路。他压低了嗓门，声音好似从牙缝里挤出来似的：“公主，这厮自有他的去处，您还是跟我走吧，咱们这就去面见您的母亲王贵妃。”

曹捕头押着我往府衙走，经过酒楼门口的时候我看见那个掌柜满脸堆笑地对衙役点头哈腰，看着我的目光躲躲闪闪。我一看便知，定是他告的密无疑。

府衙的牢房阴暗湿冷，黝黑的甬道，粗大的木栏，与外面的世界比起来这里如同地狱，常年光线昏暗，到处散发着一股发霉的恶臭，押到这里算是与世隔绝了。各个牢房之间用胳膊粗的木桩隔开，人关在里面就像关在了笼子里。我被单独关在了一所牢房里，隔壁是一间大号牢房，押了十来名囚犯。晚上，狱卒不在的时候隔壁的那几个犯人有的就开始骂街，有的打架，一些受过刑罚的犯人伤病在身，在角落里呻吟。我的牢房跟他们的仅用木桩隔离开，里面的动静听得清清楚楚。我坐在地上戴着手铐，靠在墙角发呆，墙外临街，隐隐能听到外面时时传来的嘈杂声，不知道外面发生了什么，我担心嬛嬛，不知道她现在怎么样了。就这样一连关了六天，陆续又关进来新犯人。这些新犯人总能带些外面的消息，什么女真人攻进了南熏门啦，占领了善利门，整个外城都失守了，皇帝去城外敌人营寨谈判被扣押了，外城街巷上都是髡发环眼的女真人，烧杀抢掠无恶不作，等等。

听着这些，让人不由得心惊胆寒，这种局面超出了我最坏的预想，甚至还没有心理准备。看来宫城也难保，嬛嬛的处境也是凶多吉少。

到了第七天头上，牢门打开，狱卒又推进来个犯人，这人不但昂首挺胸，还骂骂咧咧。旁边几个犯人围过去，问他犯了什么罪，那人道："娘的，老子杀了几个女真人，竟让官府给逮了，真是黑白颠倒。"我听这话音耳熟，扒着木桩凑过去看，那人竟是谢虓。只听得他又说："女真人让朝廷赔款，钱凑不够用人顶，皇上的好几个妃子公主都顶过去了，真是闻所未闻。还有张邦昌跟金国人搞得挺热乎，老子杀几个女真人解气还给抓了起来。这样的国能不亡吗？"

众囚犯听到这里也是义愤填膺，恨恨地说："这些女真人该杀，连同这些败类，等老子出去一个顶一个跟他们拼了。"谢虓又接着说："昨天，在朱雀门那儿，我亲眼看见有个少妇被众多女真人围着吊起来当街扒光衣服，折磨至死。她好像有个小叔子，我还认识，好像叫陈韦。他上去阻拦被女真人打得奄奄一息，死时的姿势是趴在地上朝着她嫂子的方向，一只手伸着，一只手都抠进了土里，像是要爬过去用身体盖住她的尸体，死的时候眼睛都是张开的，死不瞑目啊。我当时在场，被挤到人墙的外面，是进也不是，退也不是。真窝屈。"听到这里，我如晴天霹雳。站在原地如傻了一般。半天我才缓过神，冲着谢虓说："虓兄你说的可是真的？"谢虓闻听有人叫他名字，一愣，转身走到近前一看，吃了一惊："啊，郑灿，你怎么在这儿？"我拽着他的衣襟："你刚才所讲，是那个跟我一起的陈韦吗？"谢虓点点头，我一下瘫坐在地上。

其实这样的事例每天都在上演，由于朝廷的迂腐跟出卖，整个京城都控制在女真人的屠刀下，一场史无前例的浩劫正在拉开帷幕，上至达官显贵下至黎民百姓都在劫难逃。

我靠在墙角，屋顶的缝隙透过一丝光线，我看着这片阳光，想着陈韦，想着他的嫂子。想着他们死时所受的屈辱，心如在火上煎烤一般疼痛，陈韦这个曾经与我朝夕相处的朋友就这样离我而去，我不敢回忆过去，每天只是漠然地看着那丝光线渐渐地从墙上消失，那时候便是傍晚了。而深夜来临，隔着墙听到外面哭喊声一片，更是让人心惊肉跳。那是生灵涂炭的惨叫，是百姓无助的挣扎。那声音往你耳朵里钻，任你怎么躲避，似乎老天爷故意让你看到人世间的种种磨难。

我有时会想，如今国破家亡，嬛嬛现在不知道怎么样了，她在哪呢？

宫城是否安全？终于这种让人窒息的气氛我再也无法忍受，蓦地，我站起身双手摇着木桩大声地喊："放我出去，放我出去。"我的这种突然的举动也同时感染了其他牢房的囚徒，他们也跟着开始大声疾呼，整个狱牢闹成一片。门咣当一声打开了，一个狱卒站在门口："吵什么吵。""京城都陷落了，放我们出去。""你们想造反啊？你们知道什么，谁说京城陷落了？放你们出去？说得轻巧，上面没有批文，放你们出去，怪罪下来，谁顶着，老实给我在里面待着。"众人道："你骗人，我们都知道，放我们出去，我们家里还有老人、孩子等着照顾。"狱卒瞥了一眼牢房，这回连话也不答带上门就走了。就这样一连两天，没人再理我们，饭也没有人送，任我们再怎么闹也没人开门，照这样下去，过不了几天我们肯定全饿死在牢里。

然而就在此后的第三天夜里，那扇紧关的牢门却意外地打开了，不是人打开的，是被风吹开的，狂风夹着雪花吹了进来。看来狱牢中所有的狱卒都逃了，只剩下我们这些被关在木笼子里的囚徒。众人开始骂娘砸木栅栏，就在这时，门外传来嘈杂的脚步声，不一会儿，几个人出现在门口，我定睛一瞧，那几人身着皮甲，髡发阔鼻，一双眼睛被手举的火把映得通红，是女真人，估计是哪个部队的将士。那几个人在栅栏前溜达了一圈，瞧着狱牢里面的人，表情很失望，相互叽里咕噜地说了些什么就转身出去了。监狱里的人面面相觑，看来女真人真的已经打进内城了，囚犯们有的发呆，有的骂娘，他们不知道这几个女真人说的意思。而我却是听明白了，他们见牢里的都是男囚犯，扫兴之余就去别的牢房看看有没有女犯人，这里在押的囚犯，一个不留全部处死。果然，没多大工夫牢房的屋顶就开始浓烟滚滚，火苗乱窜。浓烟灌进牢房呛得人睁不开眼。刚才这几个女真人在点火烧牢房，他们要把关在牢狱的囚犯烧死在里面。我们不住地咳嗽，拼命地撞栅栏。火势越来越大，不大一会儿屋顶的房梁就被烈火烧断，整个房顶全都塌了下来。一面砖墙也在大火中断裂开一条缝，各个牢房之间的木栏都烧断了，众人凑在一起围上前用脚踹用肩撞，终于把墙弄塌了，我们从一片废墟瓦砾中爬了出来，逃出了监牢。外面是呼呼的北风，漆黑的夜空，我们这些人刚才在牢里被火烤得炽热，现在又感觉浑身异常的寒冷。大家伙趁着夜色互相用石块砸断了手铐，各奔东西。

我当时只有一个想法，就是快去找嬛嬛，趁着月色我直奔宣德楼方向。此时的御街早已没有昔日的景象，黑漆漆的街道两侧灯红酒绿的酒肆茶楼如今已成了残垣断壁，没有一丝光亮，如鬼影一般矗立在黑森森的夜色里。我借着地面积雪的反光，依稀能看见远处宣德门上残缺的门楼仍在冒着滚滚浓烟。我飞快地跑过去，到了近前才看清楚，眼前的宣德门，没有御林军把守，城门已经被大火燃成灰烬，门洞面对我敞开着。目光穿过洞口能清晰地看见过堂的尽头墙壁上泛着森白的青光。不时有燃烧未尽的雕梁画栋从城楼上掉下来。我躲过地上燃烧的火堆跑进了内城。我直奔延福宫，站在巍峨的大庆殿前，面向宽阔的殿前广场，广场空荡荡，环顾四周连个人影都看不见，只有我孤零零地站着。此时的宫城已然成了一座空城，广场周围高低错落的亭榭楼台，像一尊尊蹲在周围阴暗角落里的怪兽。我大声连呼："嬛嬛，你在哪儿？"空旷的广场上没有人应答，耳边听到的只有呼呼的风声，跟自己急促的呼吸声。我喘着气跑到绛萼阁，里面仍是空无一人。我心中焦虑万分，嬛嬛她究竟去哪了？难道她被金人抓走了？

我在宫里没找到嬛嬛，便从内城中出来，也不知道该去哪儿找。此时街面上不时能看到一些抓人的官兵，我一边躲着他们一边找着嬛嬛，就在我来到外城的时候，偶然间又遇见了谢虤，他跟我一起逃出监狱，本想出城，可城门都被金兵把守着，只有南熏门可以进出，那里戒备森严他怕被抓所以还躲在城里寻找着出城的机会。我跟他讲了我的情况，他给我出了主意，说要想知道嬛嬛的下落只有到金营里去探察一下，因为所有的宫中女子都被掠到金营，而且据说还要押往上京。如果能找到她，就想办法逃出来，如果金营里没有她，说明她没被抓走，还在城里。

我觉得他说得有道理，于是我们从城内阵亡的金兵身上扒了两件衣服，穿在身上，扮作金兵混进了城外金营，凭着我说的一口流利的女真语，一路畅行，可金营转了个遍也没发现嬛嬛的踪影，由此想到嬛嬛可能还在城里，于是我准备回到城里找。谢虤逃出城不打算再回去了，于是我二人拱手而别。

就我再次经过检查站的时候，猛抬头碰见了曹捕头，四目相对他也认出了我，他看见我时的表情很奇怪，我猜他肯定纳闷我是怎么从狱中跑到这来的，居然还穿着这身装扮。我心想只要他不揭穿我，我也就不便去招惹是非，于是低头准备从检查站进城。就在我经过曹捕头身边的时候，他却低声地问了我一句话："你是不是在找人？"我一愣，我知道他是见过我跟嬛嬛的，难道他知道些什么？就在我迟疑间，曹捕头似乎看出了其中的蹊跷，从我诧异的表情里他也好像印证了他刚才的猜测，他又偷偷地说：

“是不是在找嬛嬛？”我用目光给他肯定。他瞧了瞧四周，朝东面给我使了个眼色，意思是让我去东面的金营找，我明白了他的意思，感激地向他点点头，转身径直朝关押男俘的金营走去。

在这里我很快发现了嬛嬛，我看见她扮了男装混在俘虏中，看情形隐藏得很好，还没有人注意她。我奇怪嬛嬛是怎么逃出城又如何混在男俘营的。她母亲呢？还有小雪在哪儿呢？我本想接近她，可周围尽是金兵，戒备森严，我只能潜伏在她周围暗中保护她。又过了两天，傍晚时分，营房的灯都熄了，整个军营悄然安静下来，白天嘈杂的营寨此刻变得空荡荡的，我整天都警觉地观察着周围，保护着嬛嬛的安全，累了一天，此刻靠在帐篷外的木栏边独自休息，心想还好嬛嬛没被发现，这一天总算熬过去了。就在这时，我远远看见嬛嬛被一个金兵带到了帐外一个角落里，那个金兵好像在跟嬛嬛撕扯，我看周围没有人趁着夜色悄悄地接近那个金兵，趁他不备拔刀刺死了那个金兵。嬛嬛此时惊魂未定，待她认出我时热泪盈眶，我不等嬛嬛叫出声，上前一步，手捂住她的嘴，示意不要出声，把死了的金兵的衣服扒下来，给嬛嬛换上，再把尸体掩埋，迅速带她离开了这里。

我带她到一处废弃的帐篷，里面没人，确认周围安全后，这才握着嬛嬛的手说：“可找到你了，你还好吧？”嬛嬛湿着眼眶说：“我没事，我还以为你已经不在了呢。”说罢一下扑到我怀里，双肩耸动，泣不成声。我待她情绪平复了些问她：“你是怎么到这儿的？就你一个人吗？你母亲，还有小雪呢？”嬛嬛擦了擦脸上的泪水，告诉我事情的经过。

那天我被曹捕头押走后，嬛嬛也被王贵妃按家法软禁在宫里。后来战局失控，金人很快攻破了外城，而且扣押了前去议和的钦宗，宫中大乱，王贵妃顾不上家法，又叫小雪把嬛嬛解禁出来商议对策，此时朝廷正与金兵谈判，结果是大批的宫女与帝姬被抵押给了金人，由张邦昌负责用牛车分批往城外的军营里拉。嬛嬛与母亲王贵妃也不例外。好在有小雪的帮助，买通了负责登录的宦官邓述，带着嬛嬛跟王贵妃逃离了皇宫，躲在百姓家。怎奈金人入户搜查、抢掠，于是又随着逃难的人群四处躲避，幸好母女二人有小雪在身边，三人商量了一下，别的地方也不认识，于是带着王贵妃逃到显圣寺。看寺的小和尚见过嬛嬛，放她们进去，躲进了地窖。地窖里面已经藏了十来个人，有和尚也有难民。靠先前储存在里面的食物这些人坚持了十几天，不过由于疲劳惊吓，再有吃得也不好，王贵妃还是病了，小雪整日在旁伺候，嬛嬛惦记着我，安顿好母亲，便披了件毯子，扮了个男装，趁天还没亮的时候，只身来监狱找。

那天清晨，城内起了一层淡淡的薄雾，街上没什么人，偶然能见到几只乌鸦在满是狼藉的街边寻找着食物，见有人来便“呼啦”一下飞上断裂的墙头，干涩地叫几声。嫘嫘匆匆地往前走，这几天城里发生了这么多事，她并不知道监狱已被大火烧毁，只当我还关在那里。当她站在牢房的一片废墟上时，环顾四周，到处是残垣断壁，哪有半个人影。她低头躲过横在面前还在冒烟的房梁，一边叫着我的名字，一边绕过坍塌的墙壁，当她来到一处尚存半个屋顶的牢房面前时，瓦砾下面露出的几具尸体着实让她吓了一跳。难到是我遭到了不测？嫘嫘顾不上害怕，冲上前用手扒开盖在尸体上面的瓦砾，见都不是我，悬着的心稍稍放下了些。可是我究竟去了哪里？是死是活？

随着渐渐升起的雾气，周围一切都笼罩在白色的清冷之中，街面上似乎也有脚步声，嫘嫘不敢耽搁，她要赶在天亮之前回到显圣寺，于是靠着墙边往回走。由于晨雾渐浓，十步之外看不见人，嫘嫘又怕被金人发现所以非常小心，走得很慢，等她快要到显圣寺的时候，离她出来已经将近一个时辰。这时她发现街面上的人多了起来，而且有大批的金兵往显圣寺方向聚集。嫘嫘心想不好，于是偷偷躲在一处残破的院墙后面，往寺院观瞧，眼前的场景让她大吃一惊。

只见寺院周围已被金兵包围，而且墙外堆满了干柴燃起了大火，院门外几棵大槐树下横躺着几具和尚的尸体，看来金兵好像发现了什么，他们要火烧显圣寺。看着熊熊大火，想到母亲跟小雪还在寺里面，眼泪不禁夺眶而出，她浑身战栗，尽力咬着嘴唇不让自己发出声来。模糊的视线中只见一个军校来到寺门口，一脚踹开大门，挥刀带着一队士兵冲进了寺院。嫘嫘呆住了，眼睛不眨地看着眼前的一切，恰在此时嫘嫘感到肩膀被人拍了一下，就听身后有人说：“看什么呢，跟我们走。”

嫘嫘一惊，自己被人发现了，赶忙低头擦了一下眼泪转过身，她没敢抬头，用余光瞥了一眼这几个人，见他们都是一身衙役的装扮，大概在这一带搜查什么。他们也没瞧出来这是女子，因为嫘嫘扮着男装，身上披着毯子，脸上又抹了灰，这几个衙役以为是个难民，所以边聊天边把嫘嫘带出了院子，来到街上，道边站着十来个人，显然也是刚被他们抓来的，有男有女。只听见其中一个衙役说：“就找到这么多了，先交上去顶数吧，反正这些金兵也认不出来。”

后来才知道皇帝被金人扣押，太上皇后来又被奸徒出卖骗出了宫城，囚禁在金军大营，整个政权已经完全瓦解了。金人扶持张邦昌当了儿皇帝，不断索要宫中美女来犒赏攻城将士，宫中的女子除了自杀逃跑的都已被尽数交给了金人，可仍然不能满足这些人的欲望。无奈之下，张邦昌让过去在衙门里当差的衙役从民间抓人冒名顶替宫女来交差。女的稍做打扮，饰粉描眉便交给金人，男的便当作苦役派往金营。嬛嬛现在就被他们抓到，等待她的将是被押往金营。

嬛嬛这一行人被带到了南熏门，见门前设了检查站，站前排了很长的队伍，从检查站出去，这些人被分成男女两队，被金人带着从不同的方向出城。嬛嬛排在人群里，心里知道万一被认出是女子，那就只有死路一条了，她看看周围都是持刀的士兵，逃跑是不可能的，队伍缓缓前行，眼看就要轮到自己，这可怎么办？

负责检查的是几个府衙的差役，他们给每个经过检查站的人戴上手铐，男的排在东边的通道，女的排在西边的通道然后依次被带出城。

嬛嬛离检查站越来越近，就听有官兵不住地喊："快点，下一个。"轮到嬛嬛了，她低头走进个检查口，只听有人命令道："把头抬起来。"嬛嬛把头抬起来，看见一个衙役正在拿着手铐看着她："把手伸出来。"嬛嬛伸出手，那分明是一双女人修长的手，白皙而丰润。衙役一愣，看了看嬛嬛的脸，又看了看那双手，心里就明白了，这是一个女子。嬛嬛看着这个衙役忽然认出了他，此人正是曹捕头。而那个衙役也认出了嬛嬛，这不是那天在茶楼里遇见的公主吗？他下意识地要行礼，可又觉得不妥，就是这眨眼间的工夫，他看见嬛嬛伸出的一只手张开了，里面是一枚黄灿灿的金锭。嬛嬛冲曹捕头点点头，意思是让他别声张，然后趁戴手铐这机会，顺手把金子递到了曹捕头手中，嬛嬛的心怦怦直跳，戴上手铐低头往东边的通道走，曹捕头握着手里的金锭，看着嬛嬛从眼前走过，这才明白眼前这位公主的意思，她是女扮男装逃出来的，还没被金兵捉住，她要去男囚的大营。曹捕头看看周围戒备森严的检查站，心里不是滋味，他自己这辈子在府衙当差，见过不少达官显贵，昔日何等风光，如今国破家亡，这样一位千金竟然流落番营，他想对她说些什么，可嘴唇哆哆嗦嗦竟说不出话来。嬛嬛走出了几步，就听见曹捕头在背后喊道："下一个。"嬛嬛没有回头，她知道这一关算是混过去了。

在金营里，嬛嬛混在人群中，由于裹着毯子，又是大脚，没人注意到她。

几天后金人北撤，带着掠得的金银财宝、祭器，以及大量的俘虏分批次押往上京。临行的清晨寒风阵阵，虽已是四月，可风吹在人脸上如刀割般疼，沿途耳听哭声震天，满目横尸遍野。队伍走了几天，嬛嬛倒是没被发现，可长时间的行走也让她身体有些吃不消了，睡得不好，又冷又饿，渐渐感到疲惫，就在这当中出了错，她身上原本是带了一些银两的，除了给了曹捕头以外，还有一块金锭，就是这块金锭给她惹了祸，那天不小心掉在了地上，自己也不知道，恰巧被一个金兵瞧见，他偷偷地捡起来，瞧了瞧嬛嬛也没有声张，而是等到晚上独自把嬛嬛叫了出来，带到一个偏僻之处，本想再搜些钱财出来独吞，可发现她竟然是个女子，顿生歹意。嬛嬛拔出头上的银簪打算以死相拼，就在这危机关头，我突然出现结果了那个金兵。

听嬛嬛讲完我这才明白，原来是曹捕头放过了嬛嬛。我又问她后来见到她母亲跟小雪没有，嬛嬛含泪说没有，显圣寺被烧，母亲及小雪没能逃出来，估计也是遇难了。此时的嬛嬛可以说是举目无亲，走投无路。我说："现在顾不了那么多了，咱们只要不被发现，就有机会逃走。不过现在金兵看守很严，咱们一定要倍加小心，好在我会说女真语，应该能对付一阵子。"就这样我保护着嬛嬛混在金兵中，随着队伍北上。

二十九

转眼间向北走了半个多月，在我的小心掩护下，我跟嬛嬛居然混在军中没露出丝毫破绽。那天早晨下起了零星小雨，时断时续，直到中午天还没有完全放晴，一路泥泞，队伍只好在原地安营扎寨。嬛嬛在帐篷里熟睡，我趁这行军的空当儿走出帐篷，到外面透透气。一场小雨过后，道路东侧的土丘上刚出芽的嫩草还湿漉漉地挂着水珠儿。看着眼前的景象不禁让我想起当年刚刚来京城时的情景，同样是春雨霏霏，可境况却发生了天大的变化。这世间似乎只有四季轮回才是永恒不变的主题，一年又一年，春去春又来，在这季节交替变化的过程中人渐渐衰老，不变的是自然中的万物，它们随着时令的变化，沉淀着生命的轮回。当春风拂过大地时，它便会焕发出勃勃生机。此时你看到它的时候，蓦然回首，时空倒转似乎又回到了从前，那一草一木似曾相识，那枝枝叶叶中仿佛又凝结着过往的点点滴滴。

我正感慨着人世间的沧桑变化，隐隐地看见高高的土丘上有一座凉亭，里面孤零零地站着一个人，出于好奇，我也登上土丘来到了凉亭。里面站着一个五十岁左右的中年人，一身青色布衫，白色方巾，面向南方，满脸的伤愁。看他的装扮便知，这也是一个被掳的中原人，不过从他那气度，以及经过长途跋涉依然整洁如新的衣饰上我判断，他不同于一般的俘虏。

雨虽然停了，可亭子里依然感到很冷，阵阵夹杂着潮气的劲风呼啸着掠过山脊，吹得衣衫哗哗作响。站在亭子里放眼向南望去，映入眼帘的是无边无际扑面而来的杏花，让人眼花缭乱，目不暇接。那些浮在枝头漫山遍野盛开的花朵，像是粉色花海激起的层层浪花，连成一片沿着南麓山坡一直延伸到远方，犹如一条巨大的粉色丝绸飘落在山间峡谷。只是经过疾风暴雨的洗礼，那些绽放的花瓣，虽鲜艳、饱满，却多已凋落枝头，狼藉满地，让人看了不禁扼腕痛惜。一双燕子从亭子旁飞过，它们相互追逐，肆意嬉闹，丝毫没被眼前这凄凉的景致所动，是的，它们不会像人那样触景伤情。而面对此情此景恐怕世上没有谁比面前这个人的表情更加伤感。他望着飞逝而过的燕子，仰天长叹一声，声音充满了无奈与惆怅。

我上前跟那人打招呼："先辈，可是为这眼前景物所感伤？"那人转过头看我，显然没意识到有人来，他眉梢轻挑，一脸诧异，从他的眼神里我看出他没料到一身皮衣装束的女真人竟然说着一口流利的中原话。他用疑惑的口气问道："你是谁？"我鞠躬施礼："无名小辈，不足挂齿"。"听口音，你可是中原人氏？"我见周围没有别人便道："祖籍中原，在京城住过。"他转过头看着我，叹了一口气说："很难看见中原故土的人了，你来做甚？是否被派来监视我？""您误会了，我只是好奇过来看看，因何您孤身在这凉亭长叹。"长者见我不是来监视他的，于是对我挥挥手说道："那就好，你来帮我。"说罢，他指了指旁边铺在石台上的纸，我过去帮他按住，他悬腕挥毫，用清丽遒劲的字体在铺好的纸上写下了"燕山亭"三个字，我随着他书写的墨迹逐字念道：

"裁剪冰绡，轻叠数重，淡着胭脂匀注。新样靓妆，艳溢香融，羞杀蕊珠宫女。易得凋零，更多少无情风雨。愁苦。问院落凄凉，几番春暮。凭寄离恨重重，这双燕，何曾会人言语。天遥地远，万水千山，知他故宫何处。怎不思量，除梦里有时曾去。无据。和梦也新来不做。"

虽然我不知道他是谁，对这首词也是似懂非懂，但从字里行间仍能感觉到他的内心充满了苦楚与无奈，不禁对眼前的这位长者充满了同情。晚上跟嬷嬷说起遇见的这个人，还把词背给她听，嬷嬷听完潸然泪下，她说能写出这样词的人只有一个人，那就是她的父皇。我半晌无语，不过在同情之余又问自己，这种无奈与伤感又有何用？当下最要紧的是嬷嬷不能被发现。我看着帐篷外幽蓝的星空，心中暗自盘算带嬛嬛逃走的计划。

金人一路北上，兵分两路，行军途中被押囚犯十之八九被蹂躏致死。落在他们手中的皇亲帝后、贵妃公主也是备受屈辱。好在嬛嬛在我的掩护下暂时没有暴露身份，我终日不离她的周围，暗中保护她的安全，同时密切关注着附近的地形，伺机带嬛嬛逃走。怎奈金人戒备森严，他们担心中原抗金民兵的偷袭，把途经所有的桥梁、民居全部烧毁，设置路障，防止中原军队追杀上来。绵延数十里的部队呈“一”字形北上，我们处在队伍的中间，要想逃跑，势比登天。

我没找到机会只能小心翼翼地跟着队伍走。转眼进了五月，天气也日渐炎热，多数囚犯水土不服，加上一路的忍饥挨饿，身体虚弱，不少人倒下了，病疫也开始在队伍中蔓延，沿途的路边不时能看到被焚焦的尸体，惨烈的场景让人触目惊心，但这还不是最糟糕的状况，更让人难以忍受的是那些稍有姿色的宫女，甚至贵妃、公主都被各个大王霸占着，每日相伴，令其唱歌跳舞，纵酒取悦。稍有不从便箭镞贯喉，惨不忍睹。这些千金贵胄、金枝玉叶平日在宫里娇纵惯了，遭此磨难，如登鬼录。在这些押解的囚犯中，有不少嬛嬛认识的丫鬟、郡主皇亲，平日行军这些被俘的男男女女排成两行，捆着双手，前后用绳索牵着缓缓地向前走。看着他们步履蹒跚，衣裳褴褛，真叫人肝肠寸断。嬛嬛目睹他们受此磨难，告诉我她感觉自己无力相助，内心苦不堪言。

嬛嬛虽然女扮男装，可我担心随着天气的变暖，嬛嬛那身冬天的皮袄时间久了难免会露出马脚，不能再拖延下去了，行程中我有意放慢速度渐渐落到队伍的后面，这里主要集中了从京城掠夺过来的大量祭器、礼器以及各色珍宝、财物。除了押运的官兵，还有大批的步兵部队随军进行破坏，他们负责侦察，把周边的交通要道全部损毁。我找机会接近他们，希望从他们口中刺探出有价值的信息，为我们的逃生寻找着机会。在整个队伍横跨一座天堑时，我知道我的机会来了。那是横穿平原的一条深深的峡谷，上面搭着几座木桥，绵延几十里的队伍，不管是骑兵、步兵还是囚犯都要依次穿过木桥，这是向北的必经之路。那天我跟嬛嬛过了桥，在中途休息的时候，我嘱咐嬛嬛照顾好自己，悄悄离开随行的部队，回到了经过的那座桥，凭着一口流利的女真语很快就跟看守桥的校尉混熟了，我装作若无其事地问他们要守这座桥到什么时候，那个校尉说：“等整个北上的队伍都过去，我就把桥烧了。”“还有别的桥吗？”“往西边好像还有几座，不过都比较小。”“那几座也烧吗？”“不知道，我只负责这座。”我心中暗自想，那座桥就是我跟嬛嬛的逃生之路。

我打探完消息就急忙往回赶，嬛嬛没在我身边，我一刻也放心不下。可就在这短短的时间里，意外还是发生了。当我回到嬛嬛原来所在的队伍里时，却没找到她的身影。正当我焦急地四处张望时，就听见旁边几个军校正兴致勃勃地凑在一起，你一言我一语地调侃：“真没想到刚才被抓走的那个校尉竟是个女的，长得还真他娘的好看。”“跟这儿这么长时间你说咱们怎么就没看出来呢？”“要早知道是个女的，怎么也轮不到让别人带走。”“听说是押到军曹宗玉的帐里去了。”

我听到这里心里一沉，糟了，一定是嬛嬛被发现了。我此刻心急如焚，这个军曹宗玉我是有所耳闻的，此人五十多岁，中等身材，眉心一颗痣，单眼皮，细长眼。他是丞相宗望的族弟，仗着这层关系，在军中骄横跋扈，谁也不放在眼里。此人贪财好色是出了名的，嬛嬛被押往宗玉的军营如同羊入虎口，凶多吉少。我顾不上多想，骑马直奔军曹宗玉的营帐。就像我推测的那样，当我赶到时，宗玉正带着人站在营帐门口，往里观瞧。当他看见捆在帐中的嬛嬛顿时心花怒放。向来垂涎于中原女子的他虽然在京城抢掠时已摧花无数，但其中大多是市井平常之辈。今日见其俊秀贵雅，颇有大家闺秀之气度，就像饿狼闻到肉香一样，顿时两眼放光，目露贪色。于是吩咐手下人把好帐篷门，自己捋胳膊挽袖子就往帐篷里进。

我飞身下马，推开拦住我的校尉，也跟着闯进了帐篷。此时宗玉刚刚凑近嬛嬛跟前，打算好好端详一番，却被突然闯进来的人吓了一跳。我用身体护住嬛嬛，面对军曹说：“军曹，你不能动她。”军曹一愣，上下打量打量我，见是一个年轻的校尉挡住他顿时恼道：“为什么？让你们这些校尉在门口看着，上这儿来干吗？你小小的军校也敢跟我抢人，等会儿再轮到你，快滚，别误了本爷的好事。”他以为我也跟他一样是贪图美色而来的，说罢过来用手拉我。我肩膀一撤，挥拳打在他脸上，顿时打得他鼻子鲜血直流。此刻外面的几个小校也冲了进来。军曹没想到挨了拳头，捂着鼻子嚷嚷：“把这小子给我剁成肉酱。”顷刻间，几个人拔刀围拢过来，我也抽刀迎战。

在当时押解北上途中，各个首领、大王之间因为争夺俘虏过来的女人而发生流血杀戮的事件屡见不鲜。很多将士没有战死在疆场却因为争风吃醋横尸在族人的刀下。我自知势单力薄，若不以死相拼恐难保护嬛嬛，因此下刀异常凶猛。几番拼杀竟把几个人逼退到了门口。此时军曹气急败坏地叫道："给我放火烧死他们。"说罢撤到外面，开始点火，霎时间帐篷周围开始火光四射。我解开嬛嬛身上的绳索，眼见火势越来越大，浓烟更是呛得人睁不开眼。若是再不走，嬛嬛跟我必死无疑。于是横下一条心拉着嬛嬛的手闯出了帐篷。此时帐篷外面已被围拢过来的士兵堵得水泄不通，想要冲出去，绝非易事，好在大多数人只是看热闹，并不知道发生了什么事。只是那个军曹扯着嗓子喊："把他俩给我抓住。"这群士兵这才缓过神来。我挥刀砍向堵过来的人群，伺机杀出个空隙逃出去，怎奈身边拉着个嬛嬛，顾前顾不了后，刚打开的缺口很快又被后面的士兵补上。这样僵持了一阵，很快我就寡不敌众，不知道人群里是哪个士兵趁我不备一棍扫在我的腿上，把我掀翻在地，顷刻几个士兵扑了过来，把我按在了地上，而此刻的嬛嬛再次落入军曹的手中。

军曹走过来，看着半拉脸埋在土里的我，恨恨地说："还想跑，他娘的。"说着用皮靴狠踢了我几下，然后蹲下身抓起我的头发把脸露出来，换了个口气说："小子，我看出来了，你不是找快活来的，你是要带这个女的逃走，对不对？"见我不答话，又仔细瞧了瞧我的装束："我怀疑你是奸细，你甚至连女真人都不是，对不对？你俩是怎么混进来的，那个女的是什么人？"军曹摇着我的头发问道。见我一言不发，他倒嘿嘿笑了："你不说可别怪我不客气了。"说罢起身走向捆在木桩上的嬛嬛，他一边脱着衣服一边说："不说也行，我就让你看看我跟这个小妞是怎么快活的。"他踱着步走到了嬛嬛跟前，赤裸着上身，伸手就要撕嬛嬛的衣服。

"你别动她，她是和国长公主。"我挣扎地吼道。我现在只能用嬛嬛的身份保护她了，按当时的规矩，重要的贵妃和公主这个级别的俘虏是要照例献给太宗皇帝的 。军曹听见我的话，那只手停了下来。周围喧闹的人群也骤然鸦雀无声，众人都看着军曹。军曹也有些诧异，将信将疑，他听说有个和国长公主，可搜遍了全京城也没找到，难道躲在自己的军中？是不是这小子故意诓我，正在犹豫时，手下有人出主意："可以找个中原俘虏过来的宫女认一认，不就完了？如果这小子撒谎就杀了他。"军曹一想，对呀，马上吩咐带宫里的人上来，可是军曹的大营押的都是些艺人、工匠，没人认识公主，那些皇室宫女都在完颜将军部押着，于是派人去完颜部的营寨提人。半个时辰的光景，几个校尉带来一个宫里的宦官，让他上前辨认嬛嬛是否是公主。宦官见过嬛嬛，掩面而泣。军曹把他带到一旁询问所看之人是不是和国长公主，宦官点点头。军曹顿时喜上眉梢，暗想如若把公主留在自己帐中，会有很大利用价值，将来自己亲手把公主交与金帝吴乞买，这可是头功一件，想到这儿，他吩咐手下把嬛嬛抬到自己的大帐，他要独霸嬛嬛。就在这时忽听得人群外战马嘶鸣，一人高呼："宗军曹且慢。"

众人闻声回头看，见一身着皮甲的男子骑马而来，说话间到了眼前。众人闪出一条过道，此人来到军曹面前，勒住缰绳拱手言道："刚才听说你军中抓获一中原女子，完颜将军甚是关注。考虑沿途多有伏兵袭扰，且中原人诡计颇多，怕是潜伏的奸细，事关重大特让在下押解去完颜将军大帐，待盘审完原委，再做定夺。"我被按在地上看不见来人，但他一席话却听得清清楚楚，不由心中暗自担心，刚入狼穴，又被虎盯上。此时听军曹说道："哎，我当是谁，原来是完颜将军的部下，好说，好说。"军曹虽嘴上这么说可心里老大不愿意，这明显有从他手里夺人的意思。可完颜将军现在是朝廷的重臣，官爵也比他大，虽然有族兄给他撑腰，可完颜将军是他们这次南征的统帅，也不好拒绝。可是把这么个如花似玉的公主硬生生地交与他人，实在是心有不甘，不能眼巴巴让完颜将军把这头功抢去，不如跟他们一起去看个究竟，再见机行事。想到这，他便说道："既然完颜将军来提人，怎能不给面子，我与你一同前往完颜将军大营。"骑马的人又问道："这地上是何人？""是跟这个女子一起的。""两人一起带走。"我被架起来一同押往完颜将军的大营。我低着头不知怎么回事，那个骑马人的声音好像在哪儿听过，有几分熟悉，可一时怎么也想不起来。

等我们到完颜将军大营的时候天已经黑了。我跟嬛嬛被推进了中军大帐。大帐里灯火通明，空荡荡的帐中只有将军孤零零一人。我们被分别审问，先是我被军曹推到了前面，按跪在地。此时那位将军站在帐中背对着我们，正用羊皮擦拭横挂在屏风上的一把宝剑。此剑一看就是宫廷御用之物，黄金铸的剑柄，剑刃锋利无比，寒光四射，应当是从中原缴获的宝物。军曹迫不及待地说："将军，此人为我部所获，他会讲本族语，身份可疑，跟另一女子皆系中原人氏，据他所供述另一女子是和国长公主。"听到这儿将军转过身看着军曹，军曹又补充道："我刚才找了个宦官辨认过，此女确实是公主。"将军看着低头的我，问道："所说是否属实？"我点点头。将军又说："把头抬起来。"我慢慢地抬起头，目光看向了前方，两侧熊熊燃烧的火把发出耀眼的光，让双眼有种灼伤般的刺痛，眼前一片炫目的白色，我本能地侧头避开，待我适应这种光线再举目观瞧。眼前站的人让我惊诧不已，古铜色的皮肤， 这不是完颜守吗？不错，此人不是别人，正是久未谋面的完颜守。

完颜守此刻也认出了我，我们二人目光相对竟都愣住了，他没料到下面押的俘虏竟是与他一起出生入死过的兄弟。自千佛岭一役，他就失去了两位兄弟的消息，当时战事正酣，他又转战各地，也曾派人去千佛岭找过我们二人的下落。可回来的人说大雪封山，整个峡谷都被雪崩填平了，根本找不到任何人。完颜守只当我跟安术虎二人已命丧黄泉了，便立了个衣冠冢，没再寻找。今日见到我让他喜出望外，没料到我们二人几年后竟在这里相逢。他问道：“下面可是郑灿？”“是我。”完颜守哎呀一声急忙过来给我解下绳索，吩咐把公主带下去安顿好，给我赐座摆宴。旁边的军曹瞪着眼睛看愣了，这个俘虏是什么人？将军怎么会待若上宾？不过后来他从二人的言谈中渐渐明白了，我与将军原是结拜兄弟。

完颜守打发了旁人跟我一直聊到深夜，我这才知道他现在已是官拜镇国上将军。对于他现在显赫的身份我其实一点也不感到意外，这是他过去一直的夙愿，而且我也始终相信他有实力完成他的抱负。他问我这几年去了哪儿，我便把这几年在京城的情况如实地讲给他听，讲到嬛嬛时完颜守自言自语道：“那她还真是位公主。”“不错，是公主，还望完颜兄给她一条生路。”完颜守眉头紧锁并不答话。我见他面有难色，觉得此事不像我想象的那么简单，得从长计议，便换了个话题，我问他这些年是否回过堡子时。完颜守摇摇头说：“没有，自从咱们逃出来后就一直没回去过。我后来打听过说堡子的人都已不在了，活不见人，死不见尸，从此便没有一点消息。”“我也回去过，堡子的人都死了。”“死了？怎么死的？”“得了天花。”完颜守听到这里倒了杯酒洒在地上，沉默了好久叹了口气说：“我们在应州活捉了天柞帝耶律延禧，也算给家里人报仇了吧。”当我提及安术虎在千佛岭已死，完颜守举杯的手微微发抖，与我对饮后便说：“天不早了，休息吧，改天再聊。”

我被带回了住处。在回去的路上，我心里隐隐有些不安，我感到完颜守不像我以前认识的那样爽快了。他心里好像压着什么东西，或者有什么难言之隐，尤其当我提及安术虎的时候，他好像故意回避，难道这里面真的有完颜守什么事？我回到帐篷，嬛嬛也被安排在这里。这里是完颜守的军营，自然比原先那个条件要好些，嬛嬛由于身份暴露，索性也就不再扮男装了，一头秀发拢在一侧从耳边垂下来，显得她更加端庄、秀丽。

我见她无恙，心里一块石头总算落了地，不过从嫒嫒的眼神中还是看到了一丝憔悴，估计今天发生的一切仍让她惊魂未定。我本想安慰她一下，她却先开口问我："他们没把你怎么样吧？""我没事。"此刻看着嫒嫒我心里不知是愧疚还是怜惜，反正不是滋味。我问嫒嫒是怎么被人发现的。嫒嫒把经过告诉了我。

原来我离开后，由于没有我在身边保护她，嫒嫒自然非常警惕，不过嫒嫒混在军营中，由于化了装又穿着步兵的装束所以金兵很少有人留意她，只当她是个随军校尉。可偏偏不凑巧当时有几个喝酒滋事的军校，硬是要拉上嫒嫒一同饮酒，嫒嫒不肯，他们跟她搭话，嫒嫒只会我教她的几句简单的女真语，然后就支支吾吾答不上来，那几个人好生奇怪而拉扯间嫒嫒散落的长发让那几个家伙顿时心生疑点，再仔细一看，终于看出了破绽，这个校尉是假的，是个中原女子扮的，而且年轻漂亮。几个人立刻把嫒嫒围了起来，看着嫒嫒美貌如仙的样子，几个人如贪婪的饿狼发现了猎物一般，眼睛都红了，嫒嫒知道身处险境，准备以死相拼，然而这几个校尉却因谁来霸占嫒嫒意见不和打了起来，结果嫒嫒被他们押到营帐准备交给军曹请赏，直到我赶来救她。

嫒嫒后来被人带到这里，整晚她都坐立不安，她担心我的安危，事情变化得太快，让她理不出头绪，有好多疑问不解，为什么这个将军忽然对我们这么客气，还待我们如贵宾？直到见我面色凝重地回来，提着的心才稍稍放下。

我把跟完颜守的关系告诉了她。嫒嫒说："你有这样的兄弟，可从来没跟我说过。""这兵荒马乱的，我们彼此都不知道对方的下落，提起过去除了担心，还能怎样。"嫒嫒又说："我们下一步怎么办？""看看完颜守有什么想法再说，我想暂时咱们还不会有太大的危险，不过你我仍身处狼穴，事事难预料，原先的计划不能放弃，还是要做好逃走的准备。"的确，此处虽然有完颜守的关照，但这毕竟是金军的大营，我们得时刻提防。其实按我最初的设想就在这一两天逃跑，由于节外生枝嫒嫒暴露了身份，这样一来，我们的计划就要延期，可离此地越远，我们成功的希望越渺茫。我心里此时不由升起一股紧迫感。

就在我跟嫒嫒商量往后该怎么办时，帐篷外不远，有人正暗地里朝我们这儿观瞧，他躲在帐篷的阴影里，一双眼睛在月色下反射着寒光，此人不是别人，正是押我回来的额颠阔乌鲁。当时我觉得声音耳熟，却想不起来是谁的就是他。额颠阔乌鲁现在是昭勇大将军官阶，虽然在完颜守之下，在军中权力却也是数得着的。其实他更重要的任务是受宗罕之命暗中监视完颜守。完颜守之所以能够得到重用，完全依靠他的骁勇善战和临战指挥才能，也是这一点让宗罕极为欣赏，才不断地提拔他。但宗罕也担心羽翼丰满的完颜守日后不听命于他，因此安插了个额颠阔乌鲁用以牵制完颜守。当然这一切完颜守也是心知肚明的。

队伍每天清晨都拔营起寨向北方行进，由于跟完颜守的特殊关系，我跟嬛嬛不像一般俘虏一样步行，而是都配了马匹跟在行军队伍中。途中我驱马跟完颜守走在并排。完颜守骑的坐骑依然是那匹闪电，让我奇怪的是闪电的眼睛上蒙着皮罩，我纳闷地问完颜守："闪电为什么蒙着眼？"完颜守解释说："自千佛岭一战后，不知怎么闪电的脾气变得异常暴躁，谁也不让骑，还踢伤了我不少兄弟，不吃不喝，整日嘶鸣。手下人让我把它杀了，我不忍，于是只能给它套上眼罩，这样还好总算让它安静下来了。"我靠近闪电摸着它的耳朵说："几年不见，你还认识我吗，老朋友？""应该认得，它很有灵性，别说人，就是走过的路，只要一遍，就绝不会忘记。跟我南征北战，立下了不少战功。"完颜守还颇为自豪地说："不过，现在军中除了我，谁也别想骑它。""真的？我试试看。"完颜守把缰绳交给我，果然，闪电可以任由我牵着它，但想骑它，却怎么也不肯，不是挣脱跑开，就是嘶鸣乱跳。我努力了几次都不行。"马这种动物很通人性的，待的时间久了，就会有感情，怎么样，留下来跟着我干。说不定闪电也会让你骑的，再说它本来就是你的马。"

我笑了笑转头问他："那个公主嬛嬛，你打算怎么处置她？"完颜守说："你想怎么样？""能不能放她走？""走？去哪儿？沿途八十里都是金国部队，再有她是和国长公主，已尽人皆知，只能交给太宗皇帝吴乞买，不是我不帮她，倘若她在我的大营出现什么意外，将来太宗怪罪下来，我们都脱不了干系。"我见他这么说心凉了半截，但仍不死心："还有办法吗？让我付出任何代价都行。"完颜守勒住马站住对我说："郑灿，你我一起从堡子里出来，我比谁都信任你，我现已是镇国上将军，官阶三品，而你最多不过是流落京城的画师。跟我一起干，你我也好有个照应，保你日后有飞黄腾达之日，何必因为个女人耽误你的前程。到了上京，面见太宗，我就说是你抓住的公主献给皇帝。皇帝肯定会重赏你，弄不好给你一官半职做做，到时别说一个女人，多少随你挑，如何？”听到这儿，我的心全凉了，漠然地看着完颜守，一句话也说不出来。

正在这时，一个小校跑到完颜守面前单膝跪下双手呈上一本名册：“报，完颜将军，今早刘贵妃自缢而亡。”完颜守拿朱笔在名册上勾了一个圈，一挥手：“路边掩埋。”他指着路边那些横躺着的尸体说：“所谓王侯贵胄只不过是有一层华丽的外表，这些人当中有的气节还赶不上一个青楼女子。刘贵妃舍生取义，值得我们敬重。可他们大部分人都是贪生怕死之徒，除了供我们淫乐还有何用？”我接过他的话说：“我知道胜者为王败者寇的道理，诚然有些人死不足惜，可一概而论未免有失公允，对这些手无寸铁的人如此残暴，你不觉得没有人性吗？你这样做与当年的朝廷有何区别？”“你别看他们现在手无寸铁，两军交锋时他们的军队也不曾手软。这些人都是用我们战士的生命换来的，难道我的将士就白死了吗？”“可毕竟是你侵占了他们的国度。”“哈哈，这种两国交战的事，你我未必说得清楚，也不是我考虑的范畴，出卖他们的是他们的皇帝，他们命该如此。这个道理你不懂吗？我很奇怪，为什么你总替这些人说话，人往高处走，水往低处流，这个道理你不懂吗？难道你也希望自己如他们一样？”完颜守的话让我难以辩驳，我愣住半晌竟无言以对。

完颜守拍拍我的肩膀：“考虑好自己的立场，站在哪一边，想好了再来找我。”说罢策马向前冲去。一阵寒风吹过，在他身后卷起一丈来高的黄土。

看着完颜守远去的背影，我暗自琢磨，无论付出什么样的代价我都要带嬛嬛离开这里。这时有人骑马从背后跟了过来：“这个小哥，你还没死啊，咱们可又见面了。”这个沙哑的嗓音让我非常熟悉，我扭头一看，此人满嘴黄牙，满脸横肉，不是别人，正是额颠阔乌鲁。心中暗想，他怎么也在这。额颠阔乌鲁凑过来跟我并行：“怎么，千佛岭一别，连我都不认识了？”“哪能，化成灰都认得你，不过宗罕大王堂堂的爱将怎么肯屈就在完颜守的手下？”“哈哈，难得过去的事你还真记着，大丈夫在哪里都能效忠国家，不过，几年不见你怎么落得这番田地，真让人意想不到啊，跟过去的兄弟叙叙旧，求条生路？不过他今非昔比，是南征的镇国将军，你不过是个囚犯。”“意想不到的事还真多啊，你现在不过也是别人的鹰犬嘛。”“哼，嘴还挺硬，看好你的公主，不然后悔都来不及。”额颠阔乌鲁驱马向前冲去，没走多远又停了下来，转头对我说道：“忘了告诉你，当年千佛岭提前炸山的命令是我下的，完颜守当时就在我身边，我们目睹了山下发生的一切，当我下令点火药的时候，完颜守曾上前阻拦过，可我告诉他时间来不及了，山下这几个人的性命是小，万一耽误了太祖的大事你负得起责任吗？你的这个兄弟明明知道我话里是什么意思，后果是什么。可他居然盯着呼呼燃烧的导火线选择了沉默，他最终还是听了我的，哈哈。”说罢策马扬长而去。

我看着他的背影不由得握紧了拳头。要不是考虑到嫒嫒的安危，我恨不得上前一刀砍了他，我强压住心头怒火心中暗暗告诫自己，小不忍则乱大谋。

北方五月的天空晴朗而多风，远处荒野外的树林已泛出浓浓绿色，队伍顶着风缓缓向北而行，傍晚扎营的时候，天还没有黑，风也小多了，我悄然走进了完颜守的大帐。帐篷里显得很凌乱，中央的案台上点着油灯，完颜守一人伏在案上，低头聚精会神看着地图。我刚进来时他竟全然不知。大概听见了点动静，完颜守抬头，看见我，问道：“郑灿，你来了，有事吗？”我点点头。“考虑好了？说来听听。”我平心静气地说：“我要带嫒嫒离开这里，无论付出什么代价。”完颜守用不解的眼神看了我一眼站起身离开案台，口气充满了质询跟疑虑：“你知道这意味着什么吗？你将走上绝路。你以为你真的能逃走吗？我说过，方圆八十里都是金国的部队，即便我不追杀你，你也会被别的部队抓到，到时候你别说保护嫒嫒，就连你也性命难保。听我的，我保证你绝不会有任何风险。”“其实我倒无所谓，关键是让嫒嫒逃走，放心，我不会连累你的，你只要给我个机会，我跟嫒嫒化装趁夜逃走，就半天时间，天一亮你再追我，没人会怀疑你的。”“为了她，你把命搭进去值吗？”“值，千佛岭的时候，你没给我跟安术虎机会，这次我只要你给我一次机会，如果我们再被你抓住，任杀任剐悉听尊便。”

完颜守听到这里脸都红了，这话好像刺到了他的痛处，脖子上的青筋暴露，他一把抓住我的领子吼道：“千佛岭是额颠阔乌鲁下的命令，我也没得选择。这几年我征战南北，功勋卓著，别人以为我春风得意，可每当闲暇之余，唯一让我心里不安的就是当年千佛岭那场战役，我没能及时阻止额颠阔乌鲁炸山，造成了你们两位兄弟的不幸。这种内疚的阴影一直笼罩在我的心头，无时无刻地不在折磨我，你知道吗？”我轻蔑地看着他一字一句地说：“不错，我身为你的囚犯，没资格要求什么，但这次我只要你给我一个机会，我甚至可以用我的生命来换。只要你不要像上次那样再选择沉默。”此时完颜守像一头被逼上绝路的猛兽瞪着眼睛看着我：“没人能逼我做什么，要不是我顾念咱们是一起长大的兄弟，你早就做了刀下鬼了。好，你要机会，我给你机会，让你们走，不过你记住，出了这个大营咱们谁都不欠谁的。”话音刚落，只听帐篷侧门人影一闪，有人在帐外偷听。完颜守机警地一侧脸问道：“什么人？”只见帐帘一挑，由外闪进一个人来。我俩定睛一瞧，不由得暗叫不好，原来进来的人是军曹宗玉。

军曹宗玉这几天一直在完颜守军营周围溜达，暗地里派人有意无意地接近完颜守的大帐。当他得知我进了大帐后，便悄悄跟过来偷听，我们的谈话都被他听到了，他挑帘进来，一脸不屑地说道：“果然不出我所料，堂堂的朝中大臣与敌国奸细结党营私，还密谋纵容重犯脱逃，不知朝廷知道此事会怎样处理你，完颜大将军。”“你想怎样？”“把公主交给我看管，人是我发现的，由我亲自交给太宗吴乞买。”这时完颜守缓缓地把身子背过去并不看军曹：“我要不听你的呢？”军曹步步紧逼走到完颜守近前厉声道：“那我就把刚才你说的上报朝廷，通敌的后果你就可想而知了。”“哈哈。”完颜守仰天冷笑了几声，“怕是我听了你的也没有好结果吧。”话音刚落，只见完颜守猛然一转身，顺手抽出挂在屏风上的宝剑，单臂一挥，眼前寒光一闪，正砍在军曹宗玉的脖子上，再看宗玉，红光迸溅，人头落地，滚到了一边。身子扑通一声栽倒在地，血喷了一地。眼前发生的一切不过是眨眼间的工夫。我看得目瞪口呆。没等我缓过神儿来，当啷一声，完颜守把宝剑扔在了我脚下：“既然你意已决，我不强留你，你带嬛嬛走吧，不过从此我不欠你什么。记着你一旦出了这个大营，咱们就不再是兄弟，你我就是敌人。”

话刚说到这，猛然间帐帘一掀，额颠阔乌鲁拍着巴掌走了进来连声说：“杀得好，杀得好。”完颜守跟我都一愣。突然出现的他让我俩措手不及，但见他接着说道：“这个宗玉，平日骄横跋扈，目中无人，早就该杀，这几天我就看到他鬼鬼祟祟的，原来他是来窥探将军的，真是死有余辜。”我跟完颜守相互望了一眼，不知道这个额颠阔乌鲁葫芦里卖的是什么药。

额颠阔乌鲁走到我们近前又说道：“刚才将军跟郑灿说的话不巧被末将听到了，兄弟之情实在令人钦佩，郑灿舍身救公主实在让我感动。既然郑灿够情够义，我看就成全了他吧。”额颠阔乌鲁说到这儿眼睛看了看完颜守接着说，“不过，等天亮以后再追你们，难免会让军中起疑心，这里人多嘴杂，传到太宗耳朵里可就不好说了，判个私通敌国的罪名就得不偿失了。我看咱们玩个游戏，给郑灿一炷香的时间，时间一到我亲自带人追他，他若逃得走算他的福气，他若逃不走人可就归我处置，到时候可别怪我不讲情面，天王老子来了也不行。”

听到这里我跟完颜守都明白了，额颠阔乌鲁插进来是想借我逃跑的机会杀掉我们，这是往死路上逼我们。一炷香的时间，莫说是逃跑，恐怕连大营都跑不出去。一阵风吹过来，帐帘被掀开一角，我用余光一看，帐篷外已排满了士兵，看来额颠阔乌鲁是有备而来，我顿时出了一身冷汗，站在那里骑虎难下，额颠阔乌鲁见我不语又道：“哈哈，公主毕竟不是普通犯人，这样一走，恐怕将来连累整个部队，完颜将军跟我不知道要冒多大风险呢。我看不然就算了，反正这件事现在除了我们三人没别人知道，公主由我看押，日后由我亲自交给太宗皇帝，此事我就当没发生过。”

我心中暗想将嬛嬛交给他处置与死无异，帐篷里瞬时安静，我看了看完颜守，他也没料到额颠阔乌鲁会来这一手。额颠阔乌鲁把我将在当下，我已没有退路，留下是死，逃也是死，索性搏一搏。我反问额颠阔乌鲁：“一炷香的时间，此话当真？”“君子一言，驷马难追。”我转身朝门口走去，背后完颜守叫住我：“郑灿，你是逃不掉的，现在改主意还来得及，出了这个大营，可没有回头路，你别后悔。”此刻连我自己都没料到在面临生死攸关的选择时我的态度竟是如此地坚定，我转身对他说：“我不会后悔。对了，完颜守，上次你问我的问题，我有了答案， 为什么我会选择跟这些亡国的俘虏在一起，因为在他们这些人身上有你们所没有的东西，这种东西对于人来讲有时甚至比生命还要珍贵，至于你们恐怕永远都不会理解。”

三十

我跑出了帐篷，外面天全黑了，一轮明月高悬在天，照得大地如同白昼，周围全是士兵，如同潮水一般把整个帐篷包围了起来。额颠阔乌鲁也跟了出来。“让开，给他让路。”他喊着，围堵的士兵像水中散开的鱼群一般闪出一条道，我顺着让出的空隙回到了帐篷，拉着嬛嬛的手往外就跑。

嬛嬛看了看周围，四面都是人头攒动的士兵，纳闷地问我：“我们这是逃跑吗？”我点点头：“我们时间不多，快跟我走。”我们两手紧扣，向大营的门口飞奔而去。背后一个骑马校尉横握着刀从我们身侧冲到前面，一边挥刀驱散着士兵一边高呼：“给他们让路。”两旁士兵像退潮的海水，立即躲闪，我拉着嬛嬛快跑到营门口的时候，豁然看见离营门不远有处马厩，一排战马正拴在桩子上低头吃草。一匹健硕的红马忽然映入我的眼帘，那是闪电，我认出它，于是大声地冲它喊：“闪电，闪电，快过来。”闪电抬起头，眼睛仍盖着皮罩，大概它听见有个声音在喊，本能地把头朝向我这边。可能是看不见的原因，它打了个响鼻，警觉地站着，纹丝不动。

这时马倌走了过来给它添草料，一边用手摊开草料一边说：“吃啊，天亮还得赶路呢。”他弯着身子露出皮袄里面有些破旧的紫色衬袍，这是中原宫里人常穿的官服，再看此人，中等身材面庞消瘦，正是被俘的曾太监，因为有一手饲养马的手艺，他现在给完颜守做马倌。由于马不吃草，他抬头一看，见闪电正一动不动地抬着头，于是他也顺着闪电的方向扭头看，远远只见一男一女两个少年正在向营门飞奔，一群士兵在他们后面簇拥着，借着月色，他定睛一瞧，吃了一惊，心中暗自纳闷，那不是郑灿跟公主嬛嬛吗？郑灿他不是被关在京城的牢狱中吗？怎么会出现在这里？与此同时旁边干活的几个宫女也放下手里的活儿，惊讶地看着眼前的一切，有人认出了嬛嬛，用手指指点点。突然人群里有个人晃晃悠悠地站出来，那人走了几步又跌倒在地，她坐在地上边揉着小脚边向这边喊：“妹妹，救救我，带我一块走。”但她近乎绝望的呼喊即刻淹没在周围喧闹的声音里，没有人注意到她，从她消瘦的面庞上依稀能辨认出曾经熟悉的影子，她就是被折磨得快没人样的成德帝姬。

我不断喊着闪电的名字脚下仍不停，眨眼间跑到了营门口，却不见闪电有任何反应，站在门口，我还回头恋恋不舍地望了望马厩里的闪电，嬛嬛问我：“你在找什么？”“我那个兄弟，它应该记得我的。”“兄弟？哪个？”嬛嬛问。我没有回答她，心里真希望闪电也跟我们走，可没时间再等它了，我转身拉着嬛嬛跑出了大营，向南狂奔。而那些士兵随后堵在了营门口，不再追赶，他们看着我们一路向南的背影，摩拳擦掌。我边跑边问嬛嬛：“跑得动吗？”“还跟得上。”

我望着眼前辽阔的天地，有些茫然，不禁问自己，究竟能否带嬛嬛逃脱金兵的追杀呢？想到这儿不由得脚步放慢，嬛嬛见我面带忧虑问道：“怎么了？”我停下来说：“现在我们自由了，这是我能给你的全部，只是时间过于短暂。如果这只是片刻的，甚至要付出生命的代价，你后悔吗？”嬛嬛道：“这份自由就在我们脚下，能够走多远它就有多大。我们还有希望，我们还没有被抓到，别因为我有什么负担，我们选择这条道，就让我们共同承担，生死一起，带我快跑。”我点点头：“好，希望永在，哪怕只有一丝希望我们都不放弃。”嬛嬛的话重新让我鼓起了勇气，我仰天打了几个响亮的口哨，紧抓住嬛嬛的手，一路向南飞奔。

我跟嬛嬛正向前奔跑，忽听见后面有响动，回头一看，远远看见一个黑影从军营里冲出直奔我们而来，那急促的马蹄声由远及近，蓦地，有种直觉告诉我那一定是我的闪电，我停住脚步激动地抓紧嬛嬛的手：“是闪电，它记起我来了，它还记得哨声。”我没想到我无意间打的口哨竟是当年教妹子郑姝训练闪电的，闪电对这个哨音再熟悉不过了，那是它曾经的主人郑姝呼唤它回家的哨令。无论天涯海角，身在何处，听到这个哨令，一定要回到主人身边，这是郑姝教它的，它还记得。我兴奋地接连不断打着口哨，闪电犹如一股旋风似的冲到我们面前。我上前抱住它的脖子，一把扯下盖在它眼睛上的皮罩，手摸着它的前额：“闪电你终于记起我来了。”闪电忽闪着大眼认出了我，低着头亲昵地在我怀里蹭来蹭去。我一跃翻身跨上马背，伸手把嬛嬛拉上马背。

嬛嬛坐在后面，环臂抱着我，身躯紧紧贴在我的背上。“嬛嬛，咱们去哪儿？”“不知道，我听你的。”我望着前方夜幕下无垠的荒野说：“咱们回家。”闪电抖了抖身子，侧过头冲我不住地上下晃着脑袋，它对背上新骑上来的嬛嬛还感到陌生，我知道它的意思，用手抚摸着它的耳朵，告诉它嬛嬛跟我一起走，闪电不住地在地上踏着蹄子，好像听懂了我的话。我双脚一磕马肚子，闪电仰天一声嘶鸣，载着我们俩骤然加速，爆发力所产生的惯性使我的身子往后仰，随后身子如射出去的箭一般向前冲去。

此刻的大营已乱成一团，完颜守、额颠阔乌鲁站在营门口，额颠阔乌鲁看着我们骑着闪电而去，大出意外，他一挥手示意手下去追，完颜守猛然抽出宝剑横在他胸前咬着牙说：“你我都承诺过，一炷香的时间，时间未到谁敢迈出这个营门一步，休怪我剑下无情。”额颠阔乌鲁懊恼地咬牙切齿，看着我们渐渐消失在地平线上的背影，头上青筋暴露，他怎么也搞不明白，闪电怎么会一反常态挣脱了缰绳跟我跑了出去。

午夜的天空明月高悬，苍茫无际的旷野笼罩在朦胧的月色下，呈现出一种淡淡的暗灰色。荒芜的原野上一些不知名的野花零星地生长在布满碎石的土地上，月色下这些花朵都失去了本来的色彩变成亮度不同的灰白色，与周围一些反射着月光的碎石一起，淹没在这片静寂的荒原里。

一阵急促的马蹄声由远及近，打破了这里的宁静，一匹飞驰的骏马正狂奔在这片荒原上，马蹄上下交错扬起的一阵阵烟尘，在后面飞奔的轨迹上拉出了一条长长的线。它所到之处如疾风而过，那些野花在奔马卷起的风尘中微微晃动着。

我带着嬛嬛骑在疾驰的马背上，一路狂奔而去，瞬间跑出了二十多里，可我仍然心急如焚，二十多里的路程对于完颜守的骑兵来说也不过是眨眼间就能赶到的距离，我们没有脱离险境。一炷香的时间，这是我跟生死的赌注。我知道这意味着什么，这是我跟嬛嬛最后的逃生机会，如果在这段时间甩不开他们的追捕，我跟嬛嬛将生不如死。我靠着天空的北斗星辨认着方向，不顾一切地向南跑。我紧盯着前方模糊的地平线，我知道逃生的希望就在南面，就是那条深深的峡谷。它是穿过这片荒原的必经之路，它把整个荒原分割成两块大陆，谷底是条狭长而湍急的河流，谷顶上架着一座木桥，它是连接这片荒原跟南方大陆的唯一通道，也是能救我们的唯一办法。我只要在追兵赶来之前冲过桥去，再把桥毁掉，阻止完颜守的骑兵过来，就能顺利逃脱。这是我蓄谋已久的逃生计划，最关键的是要赢得时间。

我不断地催促着闪电，它也好像领会了主人的意图，奋力地奔跑。这种源自西域的纯正汗血宝马，此刻的速度与爆发力被淋漓尽致地发挥了出来，虽然驮了两个人可仍然健步如飞，没显丝毫疲态，这是一般草原上的蒙古马所无法企及的。在飞奔的马背上，我向东面望了望，远远的绵延数里的距离上闪烁着点点的火光，我清楚那是敌军扎的营寨，我尽量靠西跟他们拉开距离，以免惊动他们被发现。我拍着闪电的脖子说："好兄弟，加把劲儿。"这时我才发觉马脖子上湿漉漉的全是汗，用手一摸竟如血一般鲜红。

那条深深的峡谷终于渐渐出现在不远的前方。它在平坦的大地上断裂出二十余丈宽的口子，像一座天堑横在了我的眼前。嬛嬛问我："该往哪里走？"我说："峡谷上有座桥，找到它咱们就脱险了。"我驾着马迫不及待地冲到了峡谷的边缘，从谷顶往下看，峡谷深不见底，崖壁两侧陡峭而光滑，能听见谷底传来湍急的水流声。我举目四处搜索，急切地寻找那座通向对岸的木桥，可夜色下，视线所能看到的范围实在有限。我沿着峡谷的边缘凭着直觉向东寻找，希望尽快找到那座逃生的木桥，因为越快发现那座桥越能使我们远离危险。时间在一点一点地流失，它此刻就像生命一样宝贵，可一路走过去，却没有发现桥的半点踪迹。

宁静的夜空，几片薄云缓缓地移动着，它们遮挡住月光，整个苍穹一下变得昏暗起来。就在这幽暗的夜色下，我跟嬛嬛骑在马上站在峡谷的边上，看着对岸那片变得模糊不清的广漠大陆，茫然无助，焦急万分。当月亮从云层中再次露出来，重新把银色月光洒向大地时，嬛嬛忽然指着东面对我喊："郑灿你看，那是不是一座桥？"我顺着她指的方向看，果然，在远远的东面峡谷附近隐隐约约好像有个东西，由于距离太远，光线又暗看得并不真切。不过从远处闪烁的火光判断那儿距离敌人的营寨应该不太远，嬛嬛担心地说："咱们还要过去看看吗？"我握着刀柄点点头。不管怎么样，我都要试一试，任何机会都不能放过，我驱马向东飞奔而去。

那个东西在距离我们两里多地的悬崖边上，我们很快就到了，可走近一看却发现它不是我期盼的木桥，而是一个废弃的茅屋，面向峡谷而建，由于年久失修，只剩下些残垣断壁。我心里的那份期待再次落空了，一种由失望引发的焦虑，让我有些急躁。时间一分一秒地过去了，我知道一炷香的时间快到了，估计这时候完颜守已带人倾巢而出追捕我们了。

恰在这时，茅屋里传来一阵脚步声，接着从里面走出来一个人，借着月色，我一看竟是髡发披肩、身穿皮袄、腰佩弯刀的女真人，不由得一惊，心一下提到了嗓子眼，大脑飞快地转着，我不知道这个破茅屋里怎么会出现女真人，看着东面不远处的火光，我想他应该是东面营寨里的人，几乎在一瞬间那人也看到了骑在马上的我，他显然被吓了一跳，他也没料到在这深夜的荒野突然出现个骑马的人。他冲我说了一句话，是女真语，问我是哪里来的。我用女真语回答他我是宗罕部队的，他一听，这才好像有些放心，这时茅屋里又传出一个人的声音喊外面这个女真人，趁他转头回应之际，我从马鞍旁拿出弓箭，拉弓搭箭，瞄准他射了出去，那人叫了一声，栽倒在地。

刚才的响动惊动了茅屋里面的人，他边问着话边出来看个究竟，我则快速地翻身下马抽出弯刀，躲在茅屋后墙的阴影里，待他走近时，一个箭步冲了过去，把钢刀架在他脖子上。那人毫无防备，被突然横在他脖子上的刀给弄呆了，锋利刀刃紧贴在他的皮肤上，让他感到阵阵的寒意，身子立刻僵直不动。与此同时他看到了倒在地上中箭而亡的同伴，这时他好像明白发生什么了，吓得他手直哆嗦，不住地用女真语说着：“饶命，饶命。”我压低声音问他：“你们在这儿做什么。”“我们是巡逻到此的，怕有中原的追兵偷袭。”“你们这儿有几个人？”“两个。”“知道附近有一座木桥吗？”“知道。”“在哪儿？”“就在东面不远。”那人用手朝东面比画着。这时嬛嬛在马上压低声音对我喊到：“郑灿，注意那边有人来了。”

果然，听到远处传来一阵马蹄声，我跟那人不约而同顺着声音看去，只见有一个人举着火把骑马从东面飞奔过来，随着人影越来越近，火光把他的脸照得越来越清晰，当看清来人披着一头散开的髡发时，我立刻意识到，又来了一个女真人。怎么办？趁我分神之际，被我用刀架在脖子上的女真人突然往后一撤，撒腿就跑，边跑边冲骑马的人喊：“救命，有人偷袭，快回去报信。”我暗自责备自己的大意，情急之下，追了过去，拔刀刺进对方的后心。那人背后插着刀往前踉踉跄跄地跑了几步，便一头栽倒在地，身体不停地扭动，口中不住地呻吟着。我顾不上从他身上把刀抽出来，赶忙拉弓搭箭，向那个骑马的人射去。我的想法很明确，决不能让这个骑马的人活着跑回去报信，那麻烦就大了。可能是距离有些远，再加上光线暗淡，连发几支箭都没有射中那个人，倒是立刻让他警觉起来，估计他听见了刚才冲他喊的声音，又有迎面射向他的箭，他感觉不妙，大叫一声掉转马头就往回跑，直奔大营而去。我见射他不中，赶忙骑上闪电追了过去。

那人一溜烟地往东飞窜，举着的火把也丢在了地上，很快消失在茫茫黑夜里，再想找他，却不见他的丝毫踪影。他若回去报信，带人马追杀过来，我跟嬛嬛的处境就更危险了。时间不容我去多想，现在只有先找到木桥才是最重要的。我顾不上追那个人，带着嬛嬛沿着峡谷的边缘一直向东找过去。没走多远，那座苦苦寻找的木桥终于出现在我们面前，我跟嬛嬛喜出望外，可走到近前再仔细一看，我俩被眼前的景象惊得目瞪口呆。

那座本应架在峡谷上的木桥，如今空荡荡的只剩下两根木桩孤零零地立在悬崖边上。从几乎燃为黑炭的木桩表面上飘起的丝丝青烟以及散落在地冒着微弱火苗的火把上就可以轻易地推测出，这座桥毁于最近的一场人为纵火。不知道是为了防范中原追兵的偷袭，还是防止俘虏逃跑，他们把所有连接中原的桥梁、船只都销毁了。面对着这残破的桥桩，心情犹如坠入寒冷的冰窖，我一时没了主意，不知道下面该怎么做，这最后的希望也破灭了，一种绝望感笼罩在心头，心情相当地沮丧。此时，远远的东面似是有一片火光在移动，我知道那些火光是正步步向我们逼近的敌军。嬛嬛看着我说："郑灿，还有别的办法能离开这儿吗？"我看了看天上的月亮，没有回答她。我心里清楚，不管怎么样，决不能坐以待毙。我看了一下正北，这是完颜守他们要追来的方向。此时北方远远的地平线寂静无声，漆黑一片，不过我知道在它貌似安静的背后酝酿着更为凶险的杀机，它就像一个隐藏在黑暗中的巨人的脊背，似乎随时都可能站起来对我们发起致命的攻击。刻不容缓，我一拨马，对嬛嬛说："抓紧我，坐好，咱们往西走。"我策马向前飞奔而去，我并没有明确的目的，但东面跟北面都有大批的敌军围拢过来，只有向西这一条路了。

我骑着马狂奔在峡谷的边缘，视线中的景象在月光下显得清清楚楚，只是由于精神高度紧张，我的眼睛产生了近乎夸张的错觉，视线中周围的一切似乎都变了形，右侧空寂荒凉的大地如同一块望不到边的磨盘，随着疾驰的骏马飞快地向身后旋转。左面的峡谷像是在银色的大地上撕开的一个口子，它黝黑深邃，巨大无比，扑面而来，令人炫目。而从谷底吹上来的风，带着一股清凉潮气，让人不由得打着冷战，帽子上的雉鸡翎随风飘摆。

我们越往前跑，地势越陡。这是一个长长的斜坡，闪电速度丝毫不减，红色的马鬃迎风飘扬。马蹄踩在地上发出富有节奏的“嗒嗒”声，我们一溜烟飞快地登上了坡顶，正准备加速向前跑，然而闪电却突然减速，它猛地压低头，嘴里低吼着，竭力往后倒退着，并用前蹄使劲撑着地，这一连串的动作使它与地面的摩擦猛然增大，速度骤减。我则本能地抓紧缰绳俯下身，以防被甩出去，不过巨大的惯性依然推着它的庞大身躯向前冲去，连同搓起的烟尘跟碎石在地上滑出很长一段距离，待到它完全停下，那些碎石仍然不断向前翻滚很快就跌落山崖。我向前一看，不由惊出一身冷汗，我们离深不见底的悬崖不过几寸的距离。如果闪电不及时停下，恐怕此刻我跟嬛嬛早跟那些碎石一起跌入这万丈深渊了。我定了定神儿环顾一下四周，这才发觉是一座长长的断崖横在我们脚下，更让人惊愕的是前方已无路可走。

我们站的位置是一个几乎呈直角的拐弯，南面一侧的峡谷仍然延伸向西，而我们所站的北面则由此拐弯，峡谷陡然变宽，向北拓展约有十多里的样子，从而把南北两块陆地彻底分开。可就在这拐角处，峡谷两岸的距离却相当地近，我目测了一下不过十余丈的距离。可就是这区区十多丈的距离把南方的大陆从我们的视线中割裂出去，它虽近在咫尺，可是隔着深不见底的峡谷又让我们感觉遥不可及。

我跟嬛嬛站在这段峡谷的最高点，奔腾不息的河水从脚下狭窄的河道中倾泻而出，在前方的谷底冲出了十多里宽的一片汪洋，并漫着两岸的崖壁一直延伸到雾霭朦胧的远方，月色下整个宽阔的河谷水面平静，波光粼粼，气势恢宏。我看着这壮观的景象心情却如脚下湍急奔腾的河水一般万分焦急。这时东面那一片闪动着的火光离我们越来越近，北面也隐约出现了一丝移动的亮点。敌人大批的追兵围堵过来了。怎么办？我大脑飞快地运转着。东面不能去，往北面很可能就遇上向南追杀过来的完颜守。真是前行无门，后退无路。我们已无路可逃。

片刻的沉默，我跟嬛嬛对视着，我们都很清楚现在的处境，我说：“前面已没有路了。”虽然我不愿意这么说，可眼下也由不得我了。因为下面的抉择有关我俩的生死。嬛嬛咬咬下唇，冲我点点头：“我听你的。”那一刻我下了一个决定，一个疯狂的决定，就是从这峡谷上跳过去。我把想法告诉嬛嬛时，她睁大了眼睛看着前方的峡谷惊讶地说：“是从这里吗？”“嗯。”我点点头，“你一个人先骑闪电过去。”嬛嬛疑惑地说：“能过去吗？”“我们只有一搏了，相信闪电，它行的。”“那你呢？咱们还是一起过去吧，不然你怎么办？”“闪电驮你一个人把握会更大些，你先去，我自然会有办法。”

其实我没有跟嬛嬛讲实话，对闪电能否带着她越过峡谷我并没有十足的把握，毕竟十余丈的距离也不算短，但除了放手一搏，我们没有别的办法，这无疑是一次铤而走险的选择，也是我跟嬛嬛唯一一次机会了。我把这机会让给嬛嬛其实我也是在赌，我只知道闪电这种血统纯正的汗血宝马的爆发力是惊人的。它能轻易跳过十余丈的距离，敌人骑的蒙古马是无论如何越不过去的。我把所有希望都押在了闪电身上，虽然嬛嬛会冒很大的风险，但除了这个办法，我别无选择。闪电一旦越过这个峡谷，嬛嬛就能脱离险境。为了这一线希望只能一搏了。

远处的火光越来越近，黑暗中那些蠕动的红色的亮点，就像一双双魔鬼的眼睛正一步步向我们逼近。

嬛嬛虽然害怕，可是有我在旁边也多了份勇气。没有时间去多想，我牵着闪电往回走了百余步，让它有充足的助跑距离。我边走边嘱咐骑在马上的嬛嬛，在到悬崖时要勒紧缰绳，身子要贴在马背上，就像我过去教她的那样，嬛嬛点着头一一记下。

临走时，我用目光给她鼓励，嬛嬛虽尽量努力让自己镇静下来，可仍掩饰不住激动而紧张的神情。的确，那令人眩晕的万丈深渊谁看了都会不寒而栗的。我本想再安慰她一下，可是后方的那些追兵已经越来越近了。我顾不了那么多用力一拍马背，闪电驮着嬛嬛顿时向前飞奔而去。我在那一刻心也跟着它悬了起来，闪电在加速，我看着它疾驰的背影心仿佛提到了嗓子眼儿。然而就在闪电跑到悬崖边，准备起跳时，它却又突然减速，一声长长的嘶鸣，如同刚才一样，减速停了下来，我大声喊着闪电，它回过头不住地晃着脑袋。我赶忙跑了过去，抱住它的头问它怎么了。闪电低下头，蹄子不住地刨着地，它不到万不得已是不会临时改变主意的，它不跳，是本能的一种反应。眼前的这座断崖对它来讲距离太远，太过危险了。我摸着它的耳朵对它说：“闪电，不要怕，你行的，一定要带嬛嬛跳过峡谷，我随后就去找你们，我知道你能做到。”闪电把头紧紧地靠着我的前胸，不断地上下蹭着，鼻孔喘着粗气，像是听懂了我的话。

嬛嬛跳下马，扑到我的怀里，啜泣着道：“郑灿，我不走了，咱们死也要死在一起。”我手拢着她面庞上迎风飘散的发丝说：“我们没得选择，过了这个断崖，南面的大陆就是你的国度。我们付出这么多，就差最后这一点努力了，不能放弃。”嬛嬛握着我的手，她睁着眼睛带着疑问看着我说：“可万一闪电跳不过去呢？”“记得从前我对你说过的话吗，我会永远陪着你，万一闪电过不去，我不会让你一个人孤单上路的，我也会从这里跳下去，陪你。”嬛嬛眼圈红了，紧紧地抱住了我，双肩耸动，泪如雨下。

远处地平线上的红点逐渐连成一片，像原野燃起的大火，呈半圆形，迅速地向我们蔓延过来。我拉开嬛嬛说：“时间不多了，嬛嬛，再试一次，快。”我催促着再次跑着把闪电拉到距离悬崖足够远的地方。嬛嬛骑在马上，我们最后看了一眼对方，我们彼此都清楚，这也许将是我们此生最后一次看到对方了，嬛嬛眼里闪动着泪光，突然她再次从马背上跳了下来，再次扑到我怀里，用手急促地撕开我的上衣，在我左肩膀上狠狠咬了一口，留下了月牙形的一道血色牙印，说：“我们黄泉路上见，那个肩上有我牙印的人就是你。”我说：“我也记住了你的样子。”嬛嬛冲我点着头说：“我准备好啦。”我解下脖子上那个紫檀坠链，戴在嬛嬛脖子上：“戴上它，若它真有灵性，就让它保佑你吧。”为了保险起见，我又脱下上衣撕成条，把嬛嬛绑在马背上，当嬛嬛再次上马准备好时，远处已能清楚地听见隆隆的马蹄声，那是敌人追杀过来的信号，声音由远及近，像战场上擂起的战鼓，催得人心里不禁一阵发怵。

我赤裸着上身，手牵着闪电的缰绳，头也不回带着它拼命地往悬崖边上奔跑，此时后面的敌人离我们不过百米的距离，我甚至都能听见一张张弓弦绷紧时发出的“吱吱”声。那是敌人瞄准我们拉起的弯弓，紧接着一支支的雕翎箭带着风声从我们身边呼啸而过。我拽着缰绳边跑边对嬛嬛大声说：“别害怕，我会一直陪在你身边的。”随着闪电飞快地加速，我的步伐逐渐跟不上了，就在撒开闪电缰绳的瞬间，我使尽全身力气用力一拍它，得到命令的闪电骤然提速，像一股旋风从我身边飞过，我的身体被巨大的惯性向前牵着，失去平衡。就在闪电冲刺的一刹那，我的心也仿佛被它带走，跟随嬛嬛一起奔向了万丈的悬崖。我趔趄几步跌倒在地，这时的我对自己所处的险境毫无知觉，似乎整个世界都随着嬛嬛的离去失去了声音。霎时间周围好像一片寂静，心中响起的只有我一遍一遍的暗自祈祷声：“闪电，一定要给我跳过去。”

片刻间闪电飞驰到悬崖边，这次它没有丝毫犹豫，借着巨大的惯性，后腿一蹬，张开前蹄，身体腾空跃起，犹如一只展翅翱翔的大鸟，矫健的身形凌空飞跃在黑黝黝的峡谷上空。

当我抬头再次看到嬛嬛时，她跟闪电已经越过宽阔的峡谷，闪电的后蹄刚好踩在对面的崖壁上，巨大的冲击力把崖面的碎石踏落了，大大小小的石块纷纷跌入峡谷，而闪电却拧身借力蹬上了崖面，最终稳稳地落在了对岸。嬛嬛激动地喊着，声音都变了调：“郑灿，我们成功了，闪电过来了，它真的做到了，郑灿，你快过来。”闪电也冲着我仰头一阵嘶鸣，欢快地踏着蹄子，那样子像是在召唤我快点过去。我从地上爬起来，悬着的心立刻落下了，顷刻间喜悦之情像清泉一样从心中涌出。我们成功了，瞬间的变化产生的巨大心理落差让我也不敢相信这是真的。我甚至用不断的自言自语来给自己肯定：“嬛嬛过去了，闪电做到了。”嬛嬛在向我招手，我站起来飞奔冲向崖边，现在该轮到我了，我也要过去，我不能被抓住。我激动地对自己说，给自己打气，由于精神高度紧张，呼吸急促，慌乱地迈着腿向前奔跑。

就在此时，我背后穷追不舍的敌人赶到了，他们在距我五十步开外的地方勒住了缰绳。他们没有追过来，而是在原地来回踱步。这些战马显然还没有从刚才激烈的奔跑状态中调整过来，焦躁地喘着粗气，四蹄不断地乱踏着，地上顿时扬起浓浓的烟尘。在众多的马匹中一匹黑色的高头大马上正坐着完颜守，他跟手下将士勒住战马看着前面发愣，显然是被刚才孤注一掷飞越峡谷的举动给惊呆了。他们的眼睛紧盯着闪电跃起的身影，看得瞠目结舌，简直不敢相信眼前发生的一幕是真的。他们料想走投无路的我们会乖乖地束手就擒，却没想到我们会以这种自杀式的方式跳过峡谷而且居然成功了。我们孤注一掷的勇气让这些追兵感到震撼，就连久经杀场的完颜守眼里也不由得闪过一丝钦佩。

他的手下此刻没有人自告奋勇再去追了，他们不会冒这个险，况且这些马是根本越不过去这个峡谷的，这些人心里很清楚。“不能让他们就这样跑了。”手下有人高喊，拉弓搭箭，准备瞄准射击。恰在此刻，又一批追兵赶到了，为首的正是额颠阔乌鲁。“跑了吗？”他冲过来问一些将士。“跳过去一个，剩下一个还没跑掉。”有人答道。额颠阔乌鲁对完颜守说道：“他现在是我的，完颜大将军，把你的弓给我吧。”说罢伸手从完颜守马鞍旁摘下弓箭，看着我往前奔跑的背影脸上狞笑着说：“我就不信他能逃出我的手心。”

我冲到悬崖边，沿着陡峭的崖壁向西跑，慌乱地寻找可以往下去的东西，光秃秃的岩石表面却只有几根细细的藤条。我正准备往旁边再找找，可忽然间觉得肩膀像是被锥子扎了一下，往前踉跄了一步险些摔倒。我顿时感到嗓子一阵发热，一股咸咸的东西从口中喷出，用手一抹竟然全是鲜血，与此同时鼻子也往外冒血，我紧张地低头一看，一支箭从我右胸刺了出来，锋利的箭头在月色下泛着寒光，它从我的肩胛骨靠上面三分之一处穿进，又刺破了肺，从胸前穿出，是肺里的血从口中呛了出来。我中箭了，随即感到一阵眩晕。

这时前面传来嬛嬛的喊声："郑灿，快过来，我们一起走，快。"她没有看到我中箭，站在悬崖对面一边鼓励着我，一边向我挥着手。我低头擦了擦嘴角的血，觉得周围一切都在扭曲晃动，我想挪动一下身子，可脚像灌了铅似的沉。那一刻我清楚地意识到我过不去了，我不想让嬛嬛看到我现在这个样子，更不想拖累她，冲她喊道："嬛嬛公主，别等我了，你自己快跑。"嬛嬛大概看到我身子发晃有些站不稳了，意识到发生了意外，跑到崖边哽咽地喊着："郑灿，你怎么了？别丢下我，咱们不是说好了一起走的吗？""嬛嬛公主，记着，从现在开始闪电是你的了，下面的路闪电陪着你，给它打口哨，它会听你的。""不要再叫我嬛嬛公主了，我不要做公主了，我叫沈嬛嬛，是你永远的嬛嬛。你快过来啊，你答应过我的。"我冲对面的嬛嬛做了个手势，是个快跑的手势，断断续续地喊着："快，快跑，别让他们抓住，不能前功尽弃，别等我了。"虽然我已喊不出声了，嬛嬛还是从我微弱的声音跟晃动的手势中明白了我的意思："没有你我哪儿也不去。"她仍坚持着。我做了个手势指指她脖子上的坠链，有它在我就在："快跑，去，去江南。"我拼尽全力喊道。

她看着不断飞向她的箭，终于冲我点着头，明白了我的意思，时间来不及了，不容我们再告白什么，我最后向她挥挥手转身不再看她。嬛嬛一拨马看了我一眼，像是要把我记在心里，闪电也冲着我抬着头，像是在跟我道别。终于，嬛嬛抹了把眼泪转身拨马而去。直到她的背影渐渐消失在南方那片无垠的大地，我才回头。嬛嬛走了，消失在茫茫夜色中，我心里想，可能这是最后的诀别了。又一支箭射了过来，从我大腿外侧穿出，我一个趔趄跪在了地上。我忍着剧痛俯下身把胸前露出的箭头掰了下来，借着月光我清晰地看见箭头上赫然刻着"完颜守"三个字，我暗自把它攥在手里。巨大的疼痛让我身子一歪仰面瘫倒在地上，胸脯一起一伏，奄奄一息。

额颠阔乌鲁穿着乌皮靴，柔韧的皮靴底踩在地上，几乎没什么声响。此时他正一步一步地向我走来，手里拎着宽背大刀，刀头拖在地上，随着他一步步地前行，锋利的刀刃跟地上的碎石摩擦发出"窸窸窣窣"的响声。月色下泛着寒光的刀背跟他反射着青光的额头，让他看起来异常的冷酷跟残忍。他眼睛一眨不眨盯着我，脖子上的青筋暴起，他咬着牙，他要让眼前这个手无缚鸡之力的家伙向他求饶，然后再把这个不识抬举处处与他作对的家伙的脑袋砍下来。此时我躺在地上依稀看见额颠阔乌鲁一步步向这边走来。浑身是血的我居然冲着他笑了起来，嬛嬛终于逃脱了，我是笑眼前走来的这个失败者。额颠阔乌鲁看到眼前这个赤裸着上身，中箭倒地，浑身是血奄奄一息的人不但没有向他屈服，还冲着他开心地笑，眼里充满了胜利者的骄傲，不禁被激怒了，他举起刀正准备好好折磨一下我。忽然他发现我抬起手向他做了一个手势，额颠阔乌鲁看见我嘴动了动好像有话要说，便俯身单腿跪下把耳朵贴过来，他其实很期待听我说些求饶之类的话，以此作为刚才被蔑视的一种补偿。

我待他靠近了，做出要跟他说话的样子，拼尽了身上最后一点力气，猛然把手中攥着的箭头插在了额颠阔乌鲁的脖子上，在他一愣之际再用力一拔，动作准确而利落。我看到他脖子上立刻血如泉涌。毫无防备的额颠阔乌鲁被我这一举动惊呆了，他慌忙用手堵住了动脉，喉咙中发出奇怪的声音，鲜血从他的手指缝不断地往外涌。刺破猎物脖子的动脉，这是我从小在草原上狩猎学会的，而且相当的熟练，每每杀死麋鹿、野狼我都会用这一致命的手法。这种近距离的杀戮十分有效。额颠阔乌鲁表情木讷，眼里满是惶恐。我吃力地用一只胳膊撑着地坐了起来，另一只胳膊夹着他的头，靠近他耳朵，用断断续续的声音说："宝贝，这里不是你的家园，干什么要跑到这里来，对我们苦苦相逼？这回我要让你死个明白，这一箭是为了被你害死的安术虎报仇，滚！"说罢用手一推他。额颠阔乌鲁目光呆滞僵直着身子，扑通一声重重地倒在地上，四肢不停抽搐着，那张粗糙的脸紧贴着地面，张开的眼睛里瞳孔散开，满是惊愕。

我摇晃着从地上站了起来，拖着几乎迈不动的腿，一步一步走向悬崖，我急促地喘着气，回头望了望远处的敌军，我知道完颜守肯定在里面，可是黑压压的人群里根本看不清哪个是他。我猜他此时一定吃惊手无寸铁的我怎么会亲自手刃了宿敌额颠阔乌鲁。可是既然选择了分道扬镳，无论如何我是不会等完颜守派人来抓我的，我的生死由我来决定。

我站在高高的悬崖上，由于不断失血，我的意识时而清楚时而模糊。抬头看看天空，头顶上的月光明亮刺眼，一如我儿时看到的明月，我恍惚又回到了从前，回到了曾经那个茫茫草原，在盛夏的夜晚我站在大河旁的山崖上跳水。我最后望了一眼这夜色下的苍穹，看了看南方无垠的大地，纵身跳下万丈深渊，此刻身后完颜守的军队万箭齐发。

我坠下峡谷，身子仰面飘浮在半空中，周围的向上气流托着我的身体，耳边是呼呼的风声，感觉身体轻得像一片羽毛。我看见一支支箭呼啸着飞过上空。恍惚中我似乎又看到了嬛嬛，还有晚秋跟婷婷，她们仿佛化成了我梦中的红衣女孩，穿着红色的衣裙，飘舞在头顶上的天空，她们伸出手来拉我，俯在耳边对我说："郑灿，抓住我。"我伸出手试图抓住她们，可手指在空中无助地张合，却抓不住任何东西，而身体却依然急速地下降。她们跟着我一起飞，我看见她们在哭，很快她们的样子在我眼里开始变得越来越模糊，身影也渐渐离我远去。残存的意识中，我知道她们要永远地离开我了，我努力地睁大眼睛想记住她们，可是能想起来模样的竟然只有谭婷婷，或许因为我没有好好珍惜过她，亏欠她的太多，才让我如此牵挂她，如果我能活下去不论天涯海角一定要去找她。随着"扑通"的一声巨响，我落进水里，耳朵顿时听不见任何声音，浑身乍凉，仿佛进入了另一个世界，身体不断在下沉，我憋着口气，睁着眼使劲向上划。河水清澈、透凉，水草丛生，随着水流漫舞，扬头透过水面我看见空中的月亮被荡起的水波冲散开来，形成荡漾的光环，在头的上方一闪一闪地发亮。我被巨大的水流冲着，我划动着双手想抓住什么，可是什么也抓不到，我在湍急的流水中随波沉浮，无助地挣扎……

三十一

书的后几页已残破不堪，无法辨认，这本书没有标明作者，我不知道是否是郑灿所写，抑或是别人代笔，这些从书上都已无从考证。我轻轻把书放在桌子上，坐到沙发里，我摸索着上衣口袋，拿出烟，“啪”的一声打着了火机，红色的火苗即刻跳跃在眼前，由于激动我点火的手有些哆嗦，费劲地点燃了香烟，深深地吸了一口。蓝色的烟雾顿时缭绕在周围。我揉了揉因看了一晚书而布满血丝的双眼，心情却没有像那些飘散开的烟一般轻松，反而因书中郑灿的不知所终而感到有些郁闷。为了让自己的心情从深陷于书中的情节摆脱出来，我拿起遥控器打开了电视，转移一下注意力。电视里正播着早间新闻，都是领导在开会，我不停地换频道，却没有一个能让人心情高兴起来的节目。我索性站起身，走到窗前，把窗帘拉开，这才发觉天早已大亮，窗户是面向西开的，窗外蓝天白云，晴空万里。工地上的塔吊矗立在一片纷杂的建筑材料中，巨大的吊臂横在朝霞里，一动不动，在我看来犹如一个低头忏悔的巨人。外面强烈的光线也使屋里的一切变得清晰起来 ，我回到沙发上坐下，往茶几上的玻璃烟灰缸里弹了一下烟灰，又调了一个频道，里面正在播着小品《卖拐》：“没事儿走两步，没事儿走两步。”电视中的主人公正忽悠那个厨师。我特别喜欢看这个小品，尤其结尾时厨师饱含深情的一声：“谢谢啊。”每次看都让我不禁哑然失笑。我把频道停在这个台上，希望它能缓解我郁闷的心情。这时我听见传来一阵敲门声，赶忙放下遥控器，跑着去开门。

门外站着个人，高高的个子，我一看竟然是侯专家。他笑容可掬地站在门口。“小翟你好，很冒昧，打扰你了。”他的礼貌显示了他的学识，也赢得了我对他的尊重。“您有事吗？”“我想问一下，工地的文物有新交上来的吗？”“有是有，可没有什么太有价值的。”侯专家那双兴奋的眼睛里马上闪过一丝失望：“能进屋谈吗？”“当然可以。”侯专家被我让进屋里。他坐在沙发上，我则转身去给他倒铁观音茶。只听他在客厅里说：“小翟，你真是年轻有为啊，岁数不大却做上了项目经理，真是了不起啊。”“哪里，现在的年轻人比我厉害的有的是，再说我已不年轻了。”我在厨房里跟他搭着话。我把沏好的茶端了过来，边走边说：“干我们这个行业的社会上比比皆是，您可就不一样了，考古专家，稀缺人才，您可是国家的财富啊。”“小翟，你可真会说话。”侯专家满脸笑容地说。我把茶端到他面前的茶几上，也在沙发上坐下。我客气地问侯专家怎么称呼。侯专家从西服口袋里掏出名片递给我，我接过一看，上面写着“XXX 考古研究所 考古断代专家 侯春纬”。侯专家靠在沙发背里，喝了一口茶，端着茶杯，跟我说：“刚才你说有文物交上来，都是些什么，拿出来看看好吧？”我说：“好，稍等。”于是便把桌上那本书拿给专家看。

当他看到我拿书过来，立刻把端着的茶杯放下，双手接过书，小心仔细地翻看，只翻了几页，他便激动得手直颤抖，低着头，接二连三地说：“这是工地交上来的吗？这是工地交上来的吗？”“是的，我保证错不了。”我说。“是我看错了吗？”“太珍贵了，这简直是奇迹。这将填补我国考古界的空白。”他抬起头说，“你知道吗？小翟，这是一个巨大的发现，这将有可能改写你我的命运。”“有这么神奇？可能对你们专业人士或许有用，对我一个搞建筑的却未必。”我边说边抬头漫不经心地看了一眼电视，这时荧屏上正传出那句经典台词：“同样是生活在一起的两口子，做人的差距咋就这么大呢？”

此时我的注意力全在电视上，而侯专家现在由于兴奋，脸上粗糙的皮肤变成了酱红色，一双眼睛竟有些湿润。我转头看他这么激动，便把电视机音量调小，对他说：“我刚刚看过了这本书，里面写的是个姓郑的人，结局挺惨的，唠唠叨叨说了些事情，未必有您所期望的价值。”侯专家摇摇头说：“你不知道，我没说这本书的故事，而是说通过它能让我给这些出土文物断代，明白吗？”“是吗？那太好了，我看了半天就看个热闹。还是专家您考虑全面。”专家感慨地说：“这么多年了，我在学术上一直没什么作为，就快退休了。本以为这辈子就这么过来了，没想到还能在考古领域有所发现。在我们这个领域要想有所建树，不光要有科学严谨的态度，有时还要有那么一点运气，或者这就是上天对我一贯小心谨慎的回报。靠这次考古发现我没准还能再升个一官半职的，不过这也多亏你啊，小翟。”“您客气了，这其实没我什么事。”我说。此时电视上传来小品演到高潮时的对白：“架拐！缘分啊——”侯专家难以抑制激动的心情，他要赶回所里去汇报，走之前紧紧握着我的双手说：“谢谢啊。”不知为什么跟他握手的时候看着他坦诚的目光，总让我想到小品里的情节，心里怪怪的。

专家走后，我独自坐在沙发上发呆，我在想工地不知什么时候才能开工，也不知道自己该干些什么。恰在这时办公桌上的电话响了，我拿起电话一听，是总公司的来电，大体意思是让我准备一份工地情况的材料，我安排秘书去做。这时突然发现放在桌子上的那个坠链忘记给侯专家了。我暗自责备自己的粗心，想这件东西肯定也是有用的，于是我赶忙把坠链塞进上衣口袋，找出专家给我的那张名片，记下上面的地址，急匆匆地下了楼，开车直奔考古研究所。

此时街上正是下班高峰，车子开过几个路口便被挤在车流当中动弹不得，我焦急地看了一下仪表盘，时间是十一点多。

这时手机响了起来，我一看是梁晏的电话。我按了一下接听键：“梁哥，什么事？”里面传来梁晏急切的声音：“子毅，你现在在哪儿？”“在南四环。”“刚才你住的小区物业来电话，说你家水管漏水了，水把你家楼下的几家住户都淹了，让你赶快回去。”我一听这话，心里更着急了，梁晏以前到我家玩的时候，看过我家的水管，他说我家厨房的水管锈迹斑斑，质量不过关，将来肯定出事，当时我没太往心里去，没想到今天终于让他说准了。我赶忙掉转车头，往家的方向开去。

当我走进楼道，并没有看到电话中形容的那种大水滔天的场面，一切如故。我三步并作两步跑到自家门前，也没见地上有半点水迹。拿出钥匙开门进去，窗帘都是拉着的，屋内光线昏暗，但地板上整洁如新。我看着干干净净的家，纳闷地想是不是梁晏搞错了。正在我瞎琢磨的时候，突然屋里的灯全都亮了起来，昏暗的客厅一下变得灯光耀眼，与此同时，一群男男女女从各个房间跑了出来，他们拿着蜡烛，唱着“Happy birthday to you”把我簇拥在中间。梁晏捧着一个蛋糕也在其中，这些人都是我认识的朋友，梁晏得意地跟我说：“今天是你生日。我们大家诓你回家，是想给你个惊喜，怎么样，这个主意不错吧。”我这才恍然大悟。这些日子忙得过了头，竟连自己生日都忘了。没等我谢谢大家，众人就把我拉到桌前吹蜡烛。在这些人中，我注意到昨晚在豪爵迪厅认识的那个女孩儿也在这些人里。她站在挂钟下面，她叫什么我却一时想不起来了，我俩目光对视，相互点了一下头算是打了招呼。她显然是梁晏带过来的，因为其他几个朋友都是成双成对来的。我吹灭生日蜡烛的时候，几个朋友拿着相机一阵乱拍，闪光灯把我的眼晃得一时竟什么都看不见了。

在梁晏的提议下，大家围着饭桌开始分吃蛋糕，彼此都连说带笑地嬉闹着。那个女孩儿坐在我对面，她的座位靠着梁晏，可能是跟别人不太熟，她的话不多，不像那几对男女玩得那么疯。不知道是什么时候起有人打开了酒瓶，大家开始喝酒，反正不管酒量大小，每人都喝了些，我本来就不胜酒力，喝了点就兴奋，梁晏就趁着大家都在兴头上开始叫着众人划拳，谁输了谁就拿身上的东西给对方，谁都不许玩赖。大伙儿一对儿一对儿开始，轮到我时正好是对面那个女孩，结果是三局我都输了，只好把身上的东西都掏出来放在了桌子上，什么钱包、手机、香烟、钥匙……摆满了一桌，那个女孩儿目光扫了一下桌面，什么也没看上，却拿起了那条看起来陈旧的项链。“翟哥，我要这个。”我一见她拿起坠链，连忙上前说：“这个不行，这是要上缴的文物，换一个吧。”女孩儿把头转向了梁晏噘着嘴说：“梁哥，人家就喜欢这个嘛。”梁晏冲着我说：“我说子毅，别那么小气好不好？像个爷们儿似的，认赌服输，给就给呗，何况人家还是个女孩子。”说罢偷偷向我眨眨眼，意思是趁这个机会跟她示好。我无奈地解释说：“不是我小气，别的什么都行，就是这个，给了你我没法交代。”看着我真的面有难色，梁晏说：“这样吧，给雨欣戴些天总行了吧。”我想了想迟几天再交上去，也应该没什么问题：“好吧，就三天。”“就三天？”梁晏一摆手说，“一个月，出事我给你兜着，这事就这么定了。”女孩笑着说：“翟哥，电话是多少啊？到时候好把坠链还你啊。”

海鸥的啼鸣跟阵阵的涛声，把我的思绪从回忆中拉到现实，我从沙滩上坐了起来，这才发现天空逐渐亮了，远处海平面出现一抹红色。迎面的海风吹拂着我的面庞，我拢了拢散开的头发。岸边一夜让我的头脑也如这大海般清澈跟蔚蓝。退潮后的海滩，搁浅着一些叫不上名字的彩色贝壳，远处有些赶在退潮前拾贝的游客，零星地出现在海岸，他们卷着裤腿，赤着脚，整个人都掩盖在大海深邃的蓝色里，只有身上的衣服在海风中舞动着，颜色鲜艳而醒目。这时从身边跑过一对年轻的情侣，他们光着脚欢呼着奔向大海，脚下溅起一片片水花，女孩儿尖叫着跳上男孩儿的背，男孩儿背着她继续往前跑。他们站在没膝的海水中冲着海平面上正升起的红日，挥着手大声呼喊。在火红的朝霞下，他们一起拥抱，一起激吻，一起发着海誓山盟。

我点燃一根烟，侧躺着，沐浴在朝霞中，享受着秋日的海风。海岸上的人渐渐多起来，一列夏令营的小学生在老师的带领下来到海边，他们手举着红旗，排着整齐的队伍，面向大海，胸前的红领巾随风飘扬。金色的阳光把他们稚嫩的脸映得红彤彤。一个年轻的女教师用清脆的声音对小学生说道："同学们，你们看到了什么？""太阳。"孩子们异口同声地回答。"好，美吗？""美。""你们像什么？""我们像太阳。"孩子们大声地回答。"对了，你们就是早晨八九点钟的太阳，你们长大要做什么？"老师启发地问道。"做个好孩子。"

我看着这些七八岁的孩子，就像看到当初年少的自己，曾几何时，我也如他们一样站在红旗下宣誓，当时的红旗在我眼里是那么的鲜艳。老师告诉我们红旗是用烈士的鲜血染成的，我们也要像他们一样报效祖国保卫国家。我戴上红领巾举起手宣誓的那一刻，鲜艳的红领巾在胸前飘扬，那时候感觉自己就像被赋予了神圣的力量，肩上扛起了无数人的期望跟责任。以至于我真把自己当成了拯救世界的主人，内心充满了自豪跟骄傲，这种感觉陪伴了我很多年。

我开着车往回返，路过高速收费站，我期待着窗口能再次碰见昨晚那个漂亮的姑娘，当我伸出手接过递给我的卡时，窗口出现的却是一张年轻男人的面孔。他冲我礼貌地笑了笑："欢迎再来，一路平安。"汽车很快就驶出了收费区，我脚踩油门，连续挂挡，动作衔接得非常紧凑，车速瞬间被提到一百八十公里。

这是一条连接东北与内地的高速公路，名叫京沈高速，我选择它是因为清晨来往的车比较少，能飙出速度。果然不出所料，宽阔的高速公路内很难见到一辆汽车，从驾驶室内往前看，路中间白色的超车线笔直地伸向远方。路两侧的护栏在视线能及的远方交叉在一起，随着车速迎面分开，并顺着道路弯曲的走向不断变换着方向跟弧度，路两旁绿化带内高大的树木飞快地向后闪去。我手握方向盘目视前方颇有玩游戏“极品飞车”的感觉。过了杨柳青，天气开始变得闷热而潮湿，我关上车窗，打开空调，车内立刻凉爽不少。这时我注意到西面的天空阴云密布，像是要下雨的样子，道边的路牌显示离廊坊还有十公里，没开一会儿，隆隆的雷声便从车外传了进来，远处田野上方低矮的云层里闪电接踵而至。当我驶过高速廊坊出口的时候，雨点噼里啪啦地落了下来，我打开雨刷器，挡风玻璃前的景物随着雨刷片单调而频繁地滑动，一会儿清晰一会儿模糊。我特意看了一下车窗外一闪而过的一组组建筑群，廊坊，这个沿途经过的城市，曾因为抗击八国联军而被写进教科书，它在我的记忆中并不陌生，但不是因为它轰轰烈烈的爱国历史，而是我儿时在此居住过的经历。这座现代化的城市如今已找不到当年记忆中的丝毫模样。

我正独自畅想，这时手机铃声响了，蓝色屏幕上显示的人名是姜雨欣。我迟疑了一下接通了电话，里面传来一个女孩儿柔柔的声音：“翟哥，你现在有时间吗？”姜雨欣的来电让我多少有些意外，我跟她的接触仅是在生日派对跟迪厅里的两次。在我印象里她文静而内敛，属于不温不火很理性的那种女孩儿，虽然她有时也会给人很疯的感觉，文身，化烟熏妆，跟一些玩得很颓废的朋友交往，去酒吧、歌厅什么的，但我的直觉告诉我这些绝不是她本来的面目，她骨子里是很传统、很有分寸感的。这种类型的女孩儿我过去鲜有接触，即便是梁晏也未必涉足过，她对我来说充满新鲜感，这次主动来电话，机会难得。我连忙说：“我现在正在高速上，回到城里还要半小时，怎么了，有事吗？”“翟哥，我想约你一起吃饭，咱们见面聊，好吗？”

“可以。”

“那好，你回城了，就到依诺咖啡厅，我在那等你，不见不散。”

“好，不见不散。”

雨下了一路，等我到城里的时候也刚好停了，太阳也从散去的乌云中露了出来，湛蓝的碧空甚至挂起了难得一见的彩虹。我转过几条街，等我到咖啡厅的时候是十点多，推开门进去，感觉里面很安静。由于是上午，咖啡厅里没什么客人，户外的阳光透过咖啡色的玻璃窗把空荡荡的室内照成了一片暖褐色。姜雨欣坐在靠窗的桌前静静地看着窗外，柔和的光线使她的脸部呈现出略带橘红的暖色，配上那优雅的姿势，看起来如同一幅古典油画。服务生把我引到她的桌前，她这才发觉我到了，她冲我笑了一下算是打了招呼。不知道为什么从她那副黑色边框的眼镜里透出的眼神让我有种说不出的感觉，或是诱惑或是神秘。桌子上摆着打开的笔记本电脑跟手机，白色的挎包紧挨着她放在椅子上。

我坐下，要了杯卡布其诺。

“叫我来，是还那个坠链吗？”

“还没到日子呢！你那么急啊。”

“开玩笑啊，我紧赶慢赶，怕你有急事，电话里你又没说什么事。”

姜雨欣用吸管从杯里吸了一口饮料，然后身子往靠背上一靠：“真的有事，请你过来给出出主意。”她那轻松而坦然的态度让我对她的要求欣然接受：“说吧，什么事儿。”

“我以前谈过一个男朋友，他对我没什么不好，可我就是对他提不起精神，见他我就犯困。你说对这有什么好办法没有？”

“就这事儿？”

“啊。”

“你跟你男朋友的事，跟我有什么关系。”

“没关系，就是想让你给我出出主意。”

“简单，好了就接着相处，不行就散呗。”

“要是这么简单，还找你干什么？”

“那还能怎么样？”

“他的父母跟我的父母都是世交。我们从小就认识，长大以后，两家长辈都有让我们年轻人相好的意思。再加上我那男朋友热情主动，我父母又满意，所以我好像没什么选择，就只能被动接受了这种安排。”

“先生，您的咖啡。”服务生端过咖啡。

我喝了一口，问道：“除了这个，你还交过别的男朋友吗？”

姜雨欣看着我摇摇头。

“你男朋友叫什么？”

“董春平。”

“那你是对他不感兴趣了？”

姜雨欣没有立刻回答，而是低下头，用勺子轻轻搅拌着咖啡。这时咖啡厅里放起了音乐，低沉的萨克斯乐曲悠扬而深情。姜雨欣仍然在搅拌着杯中的咖啡，赭石色的液体在不断的搅拌下，形成一个圆圆的旋涡，回荡在耳畔优美的旋律仿佛是从那里流淌出来一般。

“我也不知道为什么，好像总有些不甘心，觉得自己不该这么稀里糊涂地混日子。”

“你现在是学生，应该以学业为重。”

“我知道，但总感觉生活中好像缺了点什么。”

“是什么？”

“我也说不清，可能是某种渴望或者期待吧。”

“你说的可能每个人都会有，只不过各个年龄阶段都有让自己迷失的东西，有的东西很美好，有时却很难把握自己。”

“听起来，你好像是专家似的。”

“哪有，我以前上大学的时候，有一阵子跟你说的感觉一样。”

“是吗？对不起，我去趟洗手间。”姜雨欣冲我点了一下头起身走开。

她走后，我一个人坐在落地窗前看着外面来往的行人。对面沙发上姜雨欣白色的挎包可能是在她起身时没放好忽然掉在了地板上，里面的东西散落了出来。我俯身给她捡起来。在一些杂物里，一个学生证映入我的眼帘，上面是姜雨欣的照片，一身蓝色的运动服，淡淡地笑着，我注意到这是国内一所名牌大学的学生证，让我惊讶的是上面印着博士研究生，更让我想不到的是照片下面打着的名字居然是林霭徵。正在我诧异之时我的手机忽然响了起来，我赶忙把东西收好，放回了原处。

接通了电话，是梁晏打过来的：“子毅，你是不是跟姜雨欣在一起？”

“你怎么知道的？”

“哈哈，这你就别管了。她在你旁边吗？”

“没有。”

“她对你有意思，我早就看出来了，我打电话是告诉你，当初我介绍你给她时，说你是普林斯顿大学毕业的，她的学历很高，不然你很难搞定她。”

“梁哥，你这不是让我难堪吗？”

“管那么多干什么，我这可是为你好啊，可别说漏嘴了，哈哈。”

这时我见姜雨欣回来了，急忙对梁晏说：“不说了，她现在回来了。”

挂掉电话，姜雨欣刚好在对面坐下，见我放下手机问到："谁呀？"

"一个朋友。"

"女朋友？"

"不，男的。"

"翟哥，你有女朋友吗？"

"嗯，你指的是一般意义上的女朋友？"

"不是一般的。"

"还没有。"

"怎么不找一个？"

"还没顾得上。"

"这也叫理由？"

我犹豫地问："我能问你个问题吗？"

"说吧。"

"林霭徵是你的名字吗？"

"你怎么知道？"

"刚才你包掉在了地上，我看见里面有个学生证上面写的。"

"是这样，那是我出生的时候护士报户口给起的名字，随的是母亲的姓，过去一直没怎么用。不过我这次出国申请用的就是这个名字，我打算一切重新开始，也是对过去的一种告别吧。"

姜雨欣笑了一下，这时她的手机响了起来。

"不好意思，接下电话。"

我点点头，跷起腿侧身坐着。来电的好像是姜雨欣的一个熟人，只听她在电话里说："我现在正在咖啡厅呢，有那么急吗？好好，马上就来。"撂下电话她对我说："刚才系里导师找我有点事，我得走了，不好意思。"

"没什么，我送你过去吧。"

"不用了，很近的，改天我再约你，拜拜。"

"拜拜。"

姜雨欣起身匆匆离开了，我一个人靠在舒适的沙发里倾听着细腻委婉的萨克斯曲，这种环境下很容易让人放松，加上昨夜我一宿没睡，想着想着竟打起瞌睡来。不知道过了多久，"铃铃铃"手机铃响了起来，我接通电话，是公司秘书打来的："翟经理，下午一点公司有个办公会，通知让您参加。""噢，知道了。"我看了一下手表，起身离开了咖啡厅，驱车直奔公司。

公司大厦顶层的会议室里坐满了各部门的负责人，大家都围着长长的办公桌侃侃而谈，似乎都在为今年的业绩而感到兴奋。我跟几个熟人打了招呼便在写有我名字的桌牌前坐下。很快李总经理来了，他来主持会议，首先宣布了一个特大喜讯："总公司股票已在美国成功上市，这是公司成立以来开拓海外市场的又一大手笔。"接下来汇报各部门工作，轮到我时，我简明扼要地说明了工程进度，并强调各个工程单位已做好准备，只等考古工作一结束，即刻开工。李总经理打断了我的汇报问道："考古工作什么时候结束？""估计至少半个多月。"他沉吟了一下："你先别汇报了，散会后，你到我办公室来一趟。"

李总把我叫到办公室单独跟我谈，是因为对工程进程中出现的意外情况由于我控制得好，没有使国家文物受到损失，因而得到了社会各界的好评，他对我进行了表扬。我知道还有一个坠链没有上缴，但又不好直说，只能惭愧地说："我做的还不够，与公司的期望还有一定差距，希望能给我更多的时间，我一定不会让大家失望。""不用谦虚，该表扬的就得表扬嘛，再接再厉，对公司其他的年轻人也是一种正面的激励。"李总拍着我的肩膀说，"对啦，还有件事，是我单独跟你谈的原因，公司在美国开展业务，计划明年要承包几个大的工程，总公司准备从一线选些年轻的中层骨干到美国去实践锻炼，我打算推荐你去，你看怎么样？""那太好了，谢谢总经理的器重。""哈哈，年轻人，这些都只是计划当中，具体实施还要看个人表现啊。""有这样的好机会，我一定会努力争取的。"

三十二

几天后，我主动给姜雨欣打了电话，本想跟她说说归还那个坠链的事儿，还有上次在我家过生日时给她拍的照片，我想问她还要不要，可没等我开口，她抢着告诉我说她公费留学的申请刚刚批下来了，听着她满心欢喜的语气，我也由衷地替她高兴。电话里姜雨欣叫我晚上出来跟她庆祝一下，还说要我见一个人，我问是谁，她说来了你就知道了。

董春平给我的第一印象很特别，他是属于营养过剩的那类人，微微发福的体形，加上圆圆的头，脖子又肥又短像是套了几层肉圈，几乎看不出下巴，这个模样让我立刻联想到了日本动画片里的机器猫。我经雨欣介绍才知道他就是姜雨欣的男友，连忙跟他握手寒暄，之后便坐在沙发里。董春平站起身，拿起话筒，站在大屏幕面前对着姜雨欣说："我要把这首歌献给小欣。"随着乐曲声响起，他立刻握着话筒动情地唱了起来："妹妹你坐船头，哥哥在岸上走，恩恩爱爱纤绳荡悠悠。"董春平唱得很投入，也很卖力，声嘶力竭地吼着，脖子上的青筋都凸了出来，似乎只有这样才能表达出他对姜雨欣的感情。唱完之后我拍手给他鼓掌，他执意要我也唱一首，我便唱了那首《死了都要爱》。她端着酒杯，轻轻地晃动着，红色的液体在杯中来回荡漾，同样是声嘶力竭，同样是激情澎湃，但从雨欣的表情上我能看出给她的感受却不一样。

那天玩得很尽兴，从下午一直唱到天黑，午夜才各自散去。雨欣搭董春平的车回家，我也开车回了自己的住处，到家倒在床上就睡了。那晚我睡得很香，以至于第二天到公司都临近中午了。刚走进公司办公大厅，秘书小文慌慌张张地跑了过来，几乎是冲到我面前："翟经理，你可来了，我找了你一上午，你手机也打不通，急死我了。""什么事？这么慌张？"我边走边从上衣口袋掏出手机看，手机屏幕显示电量不足。小文说："昨天夜里，咱们公司负责海南项目的巫经理在外地出车祸了，现在正在医院抢救。他负责的那个项目现在正处在谈判的关键阶段，他这一出事，整个项目就瘫痪了，公司高层连夜开会，临时决定由你先去接管这个项目，机票都给你定好了。"说完手拿着机票举到我面前。

我接过递过来的机票问道："巫经理？哪个巫经理？""就是前年从咱们这个部门调走的那个，当时你还没来公司呢。""什么时候的飞机？""下午的国航，李总已经去机场等你了。"我停下来看了看手表，时间还来得及。转头向外走："车准备好了吗？""就在外面等你呢。""我那工地的考古工作怎么办？""先由我负责，现在咱们也插不上手，而且又不断发现新的墓葬，估计考古工作一时半会儿也结束不了，你先放心去吧，这里我会处理好的。"我上了汽车，小文冲我摆摆手："电话联系。"汽车出了公司停车坪，驶上高速，直奔机场而去。

就这样我离开这座城市去了海南。由于走得匆忙我谁也没告诉，而这一走竟去了很长时间。其间梁晏打过几次电话，说自己最近晋升为设计部的主任了。跟雨欣也通过几次电话，她告诉我她的一些状况，但最让我惊讶的是她已经跟董春平分手了，而且准备出国。她说她很想见我。我说现在我很忙，而且在外地出差，抽不出时间。雨欣让我回来给她打电话，我说好，回来第一个给你打电话。等我处理完工作上的事再回到这座城市，已是十一月隆冬季节了。

刚下飞机，习惯了海南潮热天气的我对北方清冷干燥的气候还有些不适应，小文开车来接我，回去的路上天空开始飘起细小的雪花。小文边开车边打开暖风："翟经理，刚回来还不习惯这里的天气吧？""还行。"我边应答着边用手机给雨欣发了条短信："我回来了，刚下飞机。""翟总你走的这段时间公司发生了很大的人员调动，那个设计部的梁主任调去人力资源部了。”“是吗？考古工地进展得怎么样了？”“一切都还算正常，不过天气太冷，整个工地都停了，估计具体工作要等明年春天再开始了。”说话间手机灯闪烁，短信回复了：“我在忙，晚点打给你。”

告别小文回到住处，洗了把脸躺在床上，看着天顶的吊灯发呆，不一会儿便有了困意。这时身旁的手机响了起来，我抓过手机迷迷糊糊接了电话：“雨欣。”我刚叫出名字，电话里传出的声音吓了我一跳：“你小子拿我当谁了？”我顿时困意全无，是梁晏打过来的。“是梁哥啊，我还以为是雨欣呢。”“你小子肯定陷入情网了，张口闭口都是雨欣的，进展得够快的，是不是都跟她开过房了？”梁晏开始拿我打趣。“哪像你想的，我们就是一起喝喝咖啡而已。”“哈哈，还不承认，回来也不跟哥们儿打声招呼。”“我刚回家，对了，听说你调到别的部门了？”“对，去人力部了，再去公司到人力部主任室找我。”“该庆祝庆祝啊。”“等你来公司再说吧，不打扰了好好休息，改天聊，拜拜。”“拜拜。”

我放下电话，去卫生间洗了洗脸，等我再回到卧室，手机铃声再次响了起来，是雨欣，我接通了电话。“翟哥，是你吗？”“是我。”“你在哪儿呢？”“在家。”“刚回来挺累的吧？”“还行。”“明天晚上有时间吗？”“嗯，应该没什么事吧。”“那说好，明天晚上我在西外环的皇朝大厦等你，我一定去，不见不散。”没等我回答她在那头便挂了电话。我拿着手机愣在那里，揣摩着雨欣话里话外的意思。

第二天，我按照导航的提示开车绕到了西外环。当时夜已经深了，积雪的路面并不好走，不过来往行驶的车辆仍然很多。虽然离圣诞节还有近一个月的时间，可路边的高层建筑上早早便用霓虹灯打出了庆祝的话语，温馨的语言让人感到了浓浓的节日气氛。透过车窗依稀能看见一些高档酒店门前摆放着真人大小的圣诞老人，他们身上披的红色外套在挂满彩灯的圣诞树前面显得格外抢眼。我的目光沿着路边寻找着，终于在不远的前方，我看到了面前一座建筑顶上用红色霓虹灯打出的几个大字：“皇朝大厦”。

“到了吗？”我收到她的短信时正手转着方向盘把车开进皇朝大厦的露天停车场。停车场不大，上面拉起了节日的彩灯，夜幕下，这些如繁星般的彩灯倒映在车前挡风玻璃上形成了炫目而璀璨的光点，并随着车子的前行，在铿亮的车身上一闪而过。我下了车，靠在车门上，并没有即刻给雨欣回短信，而是点燃了一支烟。迎面是清冷的寒风，我让自己冷静下来，耳边响起的是不远处报刊亭放出的圣诞歌。地上的积雪还没有化，脚踩在上面硬硬的。

我抬起头仔细打量着这座大厦。大厦二十多层高，是一所中西合璧的现代建筑，楼身上的彩灯交替闪烁，变幻出各种造型，与照在上面的射灯交相辉映，显得金碧辉煌，灿烂夺目。大厦的前门厅到广场中央种着两排小树，像是站岗的武士，让人感到格外气派威武。不过要说明的是，对眼前的皇朝大厦我还是有些耳闻的，这可能归于我所从事的建筑行业的特殊性。我听公司里的一些搞建筑设计的前辈说过，眼前的皇朝大厦是迁址后重建的。它本来是建在城的东面，只是由于去年的一场大火，这座建筑被烧毁了，才重建到这座城市外环的边上，紧靠着西四环。

现在的这座大厦的建筑风格跟原址上的可是大相径庭，据说是请了国外一位知名设计师设计的。皇朝大厦这个品牌之所以知名度高，与它颇具传奇的历史有关，它的前身是个国营招待所。历史要追述到二十世纪中叶，它大概始建于解放初期。当初在它刚竣工的时候在全国还引起了不小的轰动，上过报纸，不过当时也不叫现在这个名字，叫什么现在没有人记得起来了，反正是个很革命的名字。那时它立于一片红墙碧瓦的古老建筑中，彰显着时代感，以至于成了那个年代颇具特色的建筑。后来随着时间的推移，在“文革”期间它曾被当过造反派的司令部。改革开放后才被改造成招待所，后来又扩建成涉外旅馆，接待外宾及来访使节。经过多年的发展规模不断扩大，几经变更才定名为皇朝大厦。随着时代的变迁，进入二十一世纪后，它便逐渐淹没在如雨后春笋般拔地而起的现代建筑中，慢慢淡出了人们的视线。只是偶尔经过它时，一些居住于附近的老人仍会停下脚步看一看。这座建筑虽历经沧桑，但仍透着一股优雅的气派，在一片光怪陆离的现代建筑中独树一帜。

一连串“铛铛”的钟声使我的注意力一下回到了现在。我把目光转移到了对面的马路。路口一座欧式建筑的顶部有一个巨大的石英钟，时间显示的是午夜十一点。我想姜雨欣此刻正在对面皇朝大厦的某个房间等我，我知道这意味着什么，短信我仍没有回，去与不去，我犹豫不定。正在这时手机响了，我拿出来一看，蓝色屏上显示的是梁晏。我接通了电话，“子毅，你现在在哪儿？”“在外面。”“你是跟姜雨欣在一起吧？”“还没有。”我答道，心想这家伙调到人力部门消息还真灵通，放个屁他都知道。只听他又说：“子毅，我给你打电话是告诉你，还是离那个姜雨欣远一点，趁早别惹上什么瓜葛。哥们儿打电话没别的意思，人是我介绍给你的，出了事儿别说哥们儿没告诉你。”“梁哥，为什么现在这么说？”“据我了解她的背景比较复杂，撤了吧，你玩不起，听哥的没错。”“噢，知道了。”

我放下电话，看着对面一层层亮着橙黄色灯光的大厦，心里举棋不定。我知道姜雨欣要的是什么，她为什么约我来，就像她当初认识我一样，一切都是很自然地发生的。我没有刻意怀着某种目的而来，但也不能说对她没有一点欲望，出于男人的本能，我感觉她身上有某种东西在吸引我，像一张笼罩在我身边的网，而且越收越紧。我不想一份单纯的情感被各种社会关系弄得复杂，尤其是她复杂的背景。这样只会把原有的简单爱慕弄得变了味儿，但我想这只是我跟她之间个人的私事儿，这样想心里就轻松很多。越是真挚的情感越要轻松地对待，跟雨欣的这次约会我就抱着这样的心态，在这种心态下我能明显感觉到她需要我，可能仅仅是一夜的促膝长谈抑或是靠在我肩膀上的小憩，不过一切皆有可能。

我靠着车门站了一会儿，心里还是没拿定主意，这时一辆黑色高级轿车开进了停车场，悄无声息地从我身旁驶过，在前方不远处停下。片刻，驾驶一侧的车门打开，下来一位男士，四十多岁的年纪，修长的个头，一身深灰色精致的西装，垂在前额金黄而柔软的头发让他看起来文质彬彬，看样子是个欧洲人。他款款走到另一侧的车门前，轻拉车门，从里面又下来一位女士，三十岁左右，身着浅褐色风衣。男士搂着女士的腰边交谈边走向大厦的门口，那个女士不时地扬起下巴注视着男士，目光中洋溢着幸福的神情。男士汉语还算流利，不时夹着一两个英文单词。那个女士问：“怎么这么晚？”“Sorry，刚下飞机我就过来了，让你久等了。”

我看见他俩相拥进了旋转门，转动的透明玻璃一闪一闪，像一架正在播放黑白胶片的老式放映机，把他俩逐渐模糊的背影定格在那片阑珊的灯火中。我看着慢慢消失在大厦中的两人，心想他们可能是一对情人，也可能是一对夫妻，但不管是什么他们都幸福得让人羡慕。

透过玻璃窗我看见他俩走进宽敞豪华的大厅，巨大的穹顶上垂下的水晶吊灯发着柔和的光，把整个大厅装点得既浪漫又温馨。空荡荡的大厅只有零星的一两个顾客在服务台上办理着业务。两人向迎过来询问帮助的服务员出示了门卡，然后亲密地说着话，他们好像对这里很熟悉，径直穿过大厅直奔电梯而去。

我考虑再三还是要见雨欣，不能失信于她，我于是开始向皇朝大厦的大门走去，走过旋转门踏进大厅，扑面而来的是温暖舒爽的空气，让人很快就忘却了室外的寒冷。我不知该去哪儿，给雨欣发了条短信：“我到了，在一层大厅。”等她回信之前，我好奇地打量着这个豪华宽阔的大厅，这时远处西面墙壁上一幅巨大的仿古壁画吸引了我的注意，我不由自主地走了过去观看……

我一步一步走到壁画前，抬头仔细观瞧，这是一幅用瓷质材料烧成的巨幅壁画，光洁的釉面上面是众多的人物跟街景，很快我就看出这壁画的内容取自中国古代一幅著名的风俗画《清明上河图》。画面比原作放大了若干倍，占据了整面墙，让人看了觉得场景气势恢宏，人物惟妙惟肖。

我的手机这时短息铃声再次响起，打开一看，蓝色显示屏上是几个字：“十一层，一一二七号房间，雨欣 miss you。”与此同时我看到手机上显示的时间是十一点二十七分。我把手机放回上衣口袋，转身走向电梯，当我把手抽出来的时候，那张拿给雨欣的照片从口袋中滑了出来飘落在地上。我捡了起来，看了看，照片是在我家给我过生日时拍的，雨欣站在墙前面会心地笑着，样子很可爱，照片拍得很清晰，连我家墙上那个挂钟也照得清清楚楚。看着姜雨欣那张有些曝光过度的脸，我也不禁笑了一下，正当我准备把照片放回口袋时，目光无意间看到照片里我家墙上那个挂钟显示的时间，我突然感觉有些异样，当我下意识地再仔细看时，瞬间愣住了。那个指针显示的时间也是十一点二十七分，怎么有这么巧合的事，这几个数字为什么频繁地出现？我心里纳闷，脚却不停地仍往前走。就在我经过服务台的时候，背景墙上的电子日期打出来的几个数字霍然闯入我的眼帘，今天是十一月二十七日。这几个接连出现的数字“一一二七”让我几乎惊呆了，我立刻意识到这不太可能是巧合，我大脑飞快地运转着，我回想着这些天发生的一切，当我再次转头看那幅壁画时，我突然好像明白了什么，一一二七是时间，联想到最近发生的一切，这个时间应该是那本书里郑灿跳崖的那一年，公元一一二七年。难道书里说的封存的诅咒竟然是真的？是它在潜移默化地左右着眼前的一切？想到这儿我浑身的汗毛几乎都竖了起来。

那个坠链在找转生的郑灿，所有戴过它或接近过它的女孩儿都会成为祭奠郑灿的牺牲品。女孩儿会受到坠链的蛊惑，莫名其妙地爱上郑灿的转生或是什么人，这种颇具宗教意味的献身是那个千年的诅咒在补偿郑灿什么，或是以此方式达成他的某种愿望？想到这儿我的脚步逐渐加快，进而转为狂奔，直冲向电梯，我知道那条紫檀坠链现在还在雨欣手上。

半年以后，北美大陆正经历着一年中最为炎热的酷暑，热浪席卷东西海岸各州。亚利桑那州广漠的科罗拉多高原上，历经数亿年侵蚀的地貌，把形成于各个地质时期的岩层裸露在烈日下。那些被风蚀作用雕琢而成的奇峰异石矗立在无垠的旷野中，在正午的强光照射下呈现出一种橘红色调，单调而荒芜的景象犹如宇宙中某个外星球的场景。

我手举相机站在山坡上，透过长焦镜头望着远方，缓缓地移动着视角。镜头里的那条宽阔的峡谷被放大若干倍，仿佛近在咫尺。由于高温暴晒，视线中的景物在光的折射作用下随着谷底升起的层层热浪变得虚无晃动，看上去犹如海市蜃楼般缥缈。蓦地，一只暗绿色科罗拉多蜥蜴出现在我的视野中，我停止了移动仔细观瞧，那只蜥蜴正缓缓爬出洞口，身上的角质鳞片在骄阳下反射着点点高光。它骄傲地侧着头，除了那对偶尔来回转动的眼球，一动不动的样子看上去就像一块石头做的雕塑。它伏在峭壁红褐色的岩石上，后爪恰巧踩在一个寒武纪三叶虫的化石上。这是它的领地，它昂首警惕地观察着四周。在通往谷底的斜坡上零星地生长着巨大的仙人掌，不时有些蝴蝶、蜜蜂飞过此地，此时这只科罗拉多蜥蜴伪装得一动不动，微张着嘴，待到那些毫无防备的猎物接近它，它便突然间发起了进攻，就在它熟练地用舌头把蝴蝶蜜蜂卷入口中的那一瞬间，我接连不断地按下快门，这种狩猎的场景非常难遇到，我不忍放弃这样的机会。只见它把猎物叼在嘴中，配合着吞咽的动作，眼角膜也不断地张开合上，直到将猎物露在嘴外面的半截身体全都咽下，整个动作瞬间完成，堪称完美。此时阳光愈加强烈，烈日的照射让它倍感温暖，可能它还要充分利用晌午的这段时间去猎食，以补充能量，我见它迈开四肢缓缓翻过一座座巨石，向谷底爬去……

我正全神贯注地追踪着那只蜥蜴，一旁的姜雨欣坐在汽车的副驾驶座上问道："子毅，你在拍什么？""一只蜥蜴。""找到路了吗？""还没有，这个峡谷不知道通向哪里。""咱们还是往前开吧，车到山前必有路。""好的。"我放下举着的相机回到车旁，打开车门坐在驾驶座上。这是一辆美国产的红色野马双门跑车，宽大粗犷的外观颇具美国上个世纪七十年代的风格，虽然是辆旧车，可性能依然卓越。我转头对姜雨欣说："咱们没有导航设备，天黑之前能不能开得出这片峡谷，我可不敢保证。""有点悬念难道不好吗？""嗯，好的，咱们出发。"我发动了汽车，顺着山坡一直向谷底冲了下去。

汽车飞驰在宽阔的峡谷中，布满碎石黄沙的土道丝毫没有影响它行驶的速度，红色车身上泛着耀眼的高光，车标上那匹银色奔驰的骏马，随着颠簸的车身不断地上下晃动，车后面拖起长长的烟尘，车窗是开着的。驾驶室内我一手握着方向盘，一手搭在操纵杆上，看着前方，姜雨欣坐在副驾驶座上，侧头看着车窗外飞驰而过的景色，迎面呼呼的风把她的头发吹起，我们谁都没有说话，除了风声，便是车载音响里飘着的《加州旅馆》，那首颇具西班牙风格的吉他弹唱曲。主唱略显沙哑的充满原始磁性的声音配上节奏感很强的手鼓击打效果让人不禁为之陶醉。那充满寓意的歌词一遍一遍地在耳畔响起，像是对我们诉说着什么，又像是对我们心情的一种阐释：

On a dark desert highway.（行使在昏暗的荒漠公路上。）

Cool wind in my hair.(凉风吹过我的头发。)

……

Welcome to the Hotel California !（欢迎来到加州旅馆！）

……

She got a lot of pretty boys.（她有许多漂亮的男孩。）

……

They livin' it up at the Hotel California.（他们在加州旅馆尽情狂欢。）

What a nice surprise !（一切都美好得令人吃惊！）

……

We are programmed to receive.（我们照常接待。）

You can checkout any time you like.（你想什么时候结束都可以。）

But you can never leave!（但你永远都无法摆脱！）

姜雨欣把音量调小了一些，她看了一下目视前方的我，白皙的脖子上没有了那条紫檀坠链，现在的她看上去比半年前理性和淡定很多。

半年前皇朝大厦里发生的一切我们现在仍记忆犹新，事后我曾把那本书的内容跟坠链的来历讲给姜雨欣听，而她对我关于那条坠链的推测也只是将信将疑。我问姜雨欣在我上楼找她之前，她在做什么，她说在等我，她把当时的情况讲给我听。

当我开车驶进皇朝大厦停车场的时候，姜雨欣此时正抱着双肩一动不动地站在巨大的落地玻璃窗前，她脱了外套，只穿了件贴身的白衬衫，浅灰色的职业裙非常得体，把她腰身的线条勾勒得格外优雅匀称。她赤脚踩在软软的地毯上，凝视着窗外。巨大的玻璃窗呈现在她面前的是一片幽蓝的夜色。绚丽的城市灯光融进了夜色，把整个夜景渲染成了一片如万花筒般光影斑斓的世界。她透过玻璃窗看着外面高低错落的楼宇，感觉自己仿佛站在一座高得让人眩晕的山顶上俯视着大地。

这是她包下的皇朝大厦十一层的一处豪华双人间。浅米色的内饰让整洁宽敞的房间显露出一种时尚与典雅，无处不让人感到一种由衷的舒畅与温馨，这是她喜欢的格调。她一动不动看着外环路上如蚂蚁一般大小缓缓蠕动的汽车，她在想子毅可能现在就在这些移动的某辆车里面。于是她用手机给我发了个短信。

在等我回信的这段时间，姜雨欣冲了个热水澡，从浴室出来，身上裹着白色的浴巾，她边走边用白色毛巾把梳洗过的头发盘了起来。看了看梳妆台上的手机，见我还没有回信，又看了看墙上的时钟，十一点一刻了，她觉得有些奇怪，为什么翟子毅没有给她回信？她坐在华丽的梳妆镜前，向前倾着身子，拿起口红对着镜中的双唇仔细地描画着。

当时那个紫檀坠链就放在了梳妆台上，静静地摆在淡粉色的台面上，紫色的珠子跟金色的钥匙牌搭缠在一起。门牌做得异常的精致奢华，一串闪闪发亮的阿拉伯数字在柔和的光线下泛着明亮的金色，上面的数字显示着这个房间号——一一二七。当她再次给我发短信的时候她完全没意识到那个时间竟与这个数字相同。

后来我们很长一段时间没再联系，坠链也上交给了国家有关部门。出于好奇，我托人把酒店那晚十一点二十七分左右的视频监控录像都借了出来，找了一个无事的晚上独自在家仔细观看，希望能在这些影像里找到证明我推测的一些线索。

我打开电视接好录像，屏幕上呈现出各个机位的影像资料，在这些略显粗糙的画面中，大多是无人的场景，我不断地进行筛选最后发现在那个时间里皇朝大厦只有一对人出现过，他们就是我在停车场见到的那对情侣。我调到他们的视频监控，画面呈现出他们在电梯里的场景。

银色的电梯门无声地打开，里面空无一人，他俩进到里面，女士把搭在男士胸口的手拿开，按了一下楼层数字键，电梯门又无声地关上了。二人再次紧紧地相拥在一起，女士紧紧贴在男士身上，从紧裹的风衣下摆中可以看见她修长的右腿绕过男士的胯部，圆润的肌肤裸露在灯光下，更显露出她的迷人和性感。男士顺势靠在墙上，二人缠绵地热吻，女士右手习惯性地抚摸着男士的肩膀，这个动作不经意却充满了爱意跟抚慰。他们蕴藏的激情如燎原的烈火一般逐渐升级，充斥在狭窄空间里的热度好似他们身侧的电梯指示灯，不断地闪烁，一层一层地上行，直到停在了十八层。此时画面一片雪花，之后便什么也没有了。我关了电视，坐在沙发里失望地望着天花板一个人发呆。

一周以后，姜雨欣来了电话，她说过几天就要出国了，想跟我道个别。我说那就来我家吧，恰好我公司也派我到国外去，可能也要走上一段时间，咱们聚聚。姜雨欣犹豫了一下还是答应了，我知道是上次那件事弄得我跟她之间好像有些尴尬。

开门的时候见到姜雨欣，她依然带着那副眼镜，感觉很清爽文艺的样子。我请她到客厅坐下然后去厨房做饭，她执意要跟我一起下厨，我说要出门了还是我来吧。她说："你不也要出国吗？去哪里？""美国。""真的？我也是去美国。"我把她推到客厅，把电视打开，她拗不过我就在那看电视，不知道怎么的，跟她在一起总感觉比过去要熟悉，可言语间又客气得不行。她问我电视机旁边的录像能看吗？我说是那晚酒店监控的视频，能看。她用好奇的语气说："你看那些监控干什么？"我说："想找找我对那条坠链推测的证据。""发现什么了吗？"我遗憾地摇摇头。姜雨欣笑笑说："我可以看看吗？""没什么有价值的东西，只是有些性感火爆的场面。""火爆？真的吗？我倒要看看。"

姜雨欣一个人看电视，我回去厨房做饭，当我端着炒好的菜出来的时候，见姜雨欣坐在电视机前已是泪流满面。我纳闷地想，这么火爆的场面，她怎么看哭了？我连忙问："你怎么了？"姜雨欣指着电视说："子毅，那段视频你真的看过了？""对啊。""你再看一遍。"我重放了那段视频，就在雪花过后，画面又出现了那对情侣。

他俩出了电梯，低声说笑着，穿过铺着地毯的走廊来到预订的房门前，那扇紧闭的房门在柔和的灯光下呈现出淡淡的乳黄色，门牌上镀金的阿拉伯数字二十一闪闪发亮。女士此刻抛开了所有的矜持，主动地亲吻着男士，甚至在她甩开外套的时候双唇仍没有离开过对方的面颊。她的手开始脱掉对方的西装，由于兴奋，她的动作显得粗鲁而忙乱，顷刻间男士雪白的衬衫在她纤细的双手下被彻底地扒开，露出他宽厚的胸膛。周围的空气似乎都要跟他们火热的激情一起燃烧起来。两人如胶似漆地缠在一起，女士的指尖滑动在男士的肌肤上，对方很快就有了反应，呼吸有些急促。女士在迎接对方被她刺激后迸发出的热吻之际她的那只手也再次抚摸到了男士的肩部，习惯性地不断抚摸着……她紧贴在男士的腹部，舌尖轻舔着他的胸前，阵阵袭来的刺激让他不断地发出轻轻的呻吟声，而她那只手始终没有离开过男士的肩膀，透过指间的缝隙，赫然能看见一个红色胎记，那形状明显呈月牙形状。

我看到这里霎时惊呆了。

后来姜雨欣跟我说，她不想过多地评判什么，只是那天晚上留给她的那种感觉真的让她难以忘怀，以至于过了这么长时间，每每想到此事的时候，当时的那种感觉依然让她迷恋。它很奇妙，是她从来没有体验过的，一种恋爱的感觉，既紧张，又兴奋，还带着某种甜蜜，她也说不清楚，无法形容。她当时约我是凭感觉，她认为她的感觉最重要，她相信瞬间即是永恒。她觉得跟我有种默契，有一种难以抑制的心跳，她忠实于自己的第一印象，她觉得我也会有这样的感觉。她以前对别人从没有过这样的冲动，她怀着这种对异性的感觉期待这次约会能给她带来一次终生难忘的体验，当然她也可以随时走掉，这是她的自由，但凭女人的直觉，她相信我肯定会来 ，她等着我的出现，她甚至设想当我出现在门口时，她应该怎么办，当时一想到这儿，心里就按捺不住一阵阵悸动。她还通过心理暗示不断地安慰着有些紧张的自己，一切皆有可能，一切也皆无可能，她可以随时走掉。

不过她也觉得对我瞬间产生的那种莫名的喜爱与冲动来得蹊跷。她也不知道自己为什么会那样。直到我冲上来找她，她一直处在那个状态。

那个坠链她不再戴了，它现在被保存在国家博物馆，出国之前我还曾带她去看过，它静静地躺在玻璃橱窗后面，像一个诡异的精灵，漠然地注视着每一位参观者。姜雨欣在橱窗前驻足很久，那个坠链很难让人相信有什么神奇之处，或许如我分析的那样，它的诅咒没有被郑灿开启，郑灿把所有祝福都给了嬛嬛，因此那个坠链仍有魔力，它还在寻找着郑灿，寻找着他的来生，寻找着那个一度拥有它的主人。或许它所有的秘密都将永远封存在那方寸间的橱窗里，永远不为人所知。

现在我跟姜雨欣远在地球的另一端，眼前的一切真的没有让我们感到特别，我相信尤其是我，现在在姜雨欣看来是个普通得不能再普通的人，可她也不明白当初为什么那么喜欢我。这种解释不清的事，抑或归因于那条神秘的坠链的蛊惑了。

雨欣撩了撩额前被风吹散的头发说："子毅，你相信那本书所写的吗？"

"或许吧。"

"现实中真会有郑灿那样的人吗？"

"可能有吧。"

"你现在后悔吗？"

"后悔什么？"

"那晚，你完全可以……"

"我觉得只是受到那条坠链的蛊惑罢了，你其实真正喜欢的并不是我，有什么好后悔的。"

"你还很坦诚，谢谢你没有欺骗我。"

"不过我有件事还是向你撒了谎。"

"是吗？"

"其实我不是普林斯顿毕业的。"

"我早就看出来了，不过这个对我不重要。"

我如释重负地松了口气。

"那你觉得什么重要呢？"

雨欣没有直接回答，而是把头转向了窗外。

"我改修了专业。"

"什么专业？"

"美洲印第安文化。"

"这可跟你以前学的专业不挨边。"

"没什么，我感兴趣。"

"据我了解古印第安文化与东亚文化有着某种联系。"

"是吗？我们现在往哪儿开？"

"前方。"

"哪里呢？"

"Hotel California。"我随口说。

"Hotel California？为什么？"

"我随便说的，我们现在可能已经迷了路，正在漫无目的地往前开。"

"漫无目的其实也意味着一切皆有可能。"

“我也这样想。”

“那个让人迷失的加州旅馆，就像这歌词中唱到的，我喜欢。”

“刚才你问我什么？”

“什么对你重要？”

“现在重要的是速度，你能开得快点吗？”

“好的，林霭徵。”我故意加强语气说。

姜雨欣侧头看了我一眼，笑容灿烂。

我脚猛踩油门，V6直喷发动机迸发的二百一十千瓦的强劲功率即刻被超大的扭距作用于四个轮子上，随即产生的强大牵引力让汽车瞬间提速。我不由自主地眼盯前方，手握紧了方向盘，视线中的一切景物迎面飞速扑来，就在这飞驰的瞬间，我眼前仿佛又浮现出郑灿骑着闪电带着嬛嬛狂奔在午夜的荒原上，那滚滚的车轮犹如闪电上下翻腾的马蹄，还有那条神秘的紫檀坠链，它们交替在我脑海中若隐若现……

远处我再次看见了那只趴在岩石上的蜥蜴，大概是发动机的轰鸣声让它有种不祥的预感，本能地，它转头挪动身体，往洞口爬去，它要在这个庞然大物过来之前躲到安全的地带。我驾驶着跑车转眼间从它身旁疾驰而过，卷起的尘土即刻弥漫在空中，蜥蜴摆动着尾巴渐渐淹没在铺天盖地的尘埃中。

姜雨欣把头朝向车窗外，清澈的双眸闪烁着对未来的某种期待，她冲着远处红色的山脉挥舞着手臂大声喊：America, I am coming. I am free.